ちくま学芸文庫

奇妙な廃墟

福田和也

筑摩書房

目次

序◉ヒューマニズム批判の禁忌……13
I コラボラトゥールの現在 14
II 「アウシュヴィッツ」とコラボラトゥール 18
III ハイデガーとツェラン 24
IV フランスの反近代主義 45
第一章 アルチュール・ド・ゴビノー◉高貴なる星座《プレイヤード》……53
I 反中央集権と反革命 54
II 「王の息子」の大いなる不安 58
III 二月革命：普遍主義の台頭 65

IV 『人種不平等論』：普遍的ヒューマニズム批判 71
V 『プレイヤード』 85
VI 救済としての文学 100

第二章 モーリス・バレス◉フランス・ナショナリズム、または幕間の大活劇……109
I 世紀末の軛 110
II 冒険小説と参加の文学 123
III 第三共和制の成立とブーランジェ将軍事件 133
IV ドレイフュス事件 144
V 『国民的エネルギーの小説』 152
VI 幕間的文学者 164

第三章 シャルル・モーラス◉反近代の極北……179
I 忘却された詩人：古典主義 180
II プロヴァンス：音と陽光の王国 184
III モーラスの王政主義とデュルケム社会学 194

IV　ソレル、ヴァロワ、ブランショ　209
V　ヒューム、パウンド、エリオット　225
第四章　ピエール・ドリュ・ラ・ロシェル◉放蕩としてのファシズム……　249
I　文学的ファシズム　250
II　放蕩者の愁訴　253
III　大戦間の世代：空っぽのトランク　261
IV　第一次世界大戦から二月六日事件まで　276
V　『ジル』　282
VI　対独協力：フランス＝ファシズム最後の夢　303
第五章　ロベール・ブラジヤック◉粛清された詩人……　335
I　夭折の天才、または最悪の裏切り者　336
II　地中海の官能的詩人　340
III　二月六日事件：青年たちの真実　355
IV　スペイン戦争：青春の歓喜としてのファシズム　365

V　対独協力：ホロコーストの叫び　384
VI　深淵をぐる声　399
第六章　リュシアン・ルバテ◉魂の復活のためのホロコースト……　419
I　ディレッタントと親衛隊　420
II　「わが人種の報復」　424
III　近代フランスの「残骸」　447
IV　『ふたつの旗』：魂の復権のために　462
V　ディレッタントの戦後　479
第七章　ロジェ・ニミエ◉生きながら戦後に葬られ……　491
I　モーラス裁判　492
II　四五年に二十歳の世代　501
年　表　521
文庫版あとがき　538

解説　柄谷行人　543
*
人名索引　26
書誌　1

奇妙な廃墟

フランスにおける反近代主義の系譜とコラボラトゥール

謝辞

浅学で迂鈍な筆者を激励してくださったばかりではなく、改稿のたびに目を通してくださり、懇切な助言を戴いた、古屋健三先生に、この場でお礼を申しあげます。小著をまがりなりにも書きあげることができたのは、先生のおかげでした。

また入手困難なコラボラトゥール関係の書籍を、長年にわたってフランス本国はもとより、世界中から捜してくださった田村書店の奥平氏にも、お礼を申しあげます。同氏のご理解とご親切がなければ、小著は到底上梓できませんでした。

そして、国書刊行会の佐々木秀一氏にも、お礼を申しあげます。同氏は本書の企画を立てて筆者に機会を与えてくださっただけではなく、長期にわたった執筆期間を通して未熟な筆者を助けてくださり、また刊行にあたっては疎漏な原稿を校閲してくださいました。

またここではお名前をあげることはいたしませんが、有形無形に筆者を助け励ましてくださった先生がたや先輩がたにお礼を申しあげます。

最後に、ドイツ哲学、文学関係について疑問に答えてくれたばかりでなく、日常生活のうえでも協力してくれた妻の弘美に感謝したいと思います。

序◉ヒューマニズム批判の禁忌

I　コラボラトゥールの現在

第二次世界大戦中、一九四〇年から四四年までのドイツ占領軍のフランス統治に〈協力《コラボレ》〉(collaborer) した作家・文学者に加えられている断罪は、二重である。ひとつには、かれらが敵軍の占領政策に協力することで祖国を裏切った〈売国奴〉であるという糾弾であり、ひとつには占領軍であるナチス＝ドイツに協力することで、ナチズムが支配下においたほとんどすべての地域でおこなった非人道的行為のお先棒を、フランスにおいてかつぎ、その施行に協力したという人間性に対する犯罪への糾弾である。

フランスというかれらの祖国に対する裏切りは、しかし、作家・文学者にとって本質的な罪悪ではない。もしも文芸が国家や国民といった近代的制度への帰属的忠誠を前提としてしか成立しえないというのなら話は別であるが。それにかれらが犯したとされる「裏切り」については、いまだに歴史的事件としての決着がついているとは到底いえないものである。「奇妙な戦争」からの基本的な戦時・講和関係の資料、外交文書、警察文献のほとんどが未公開であるのがフランス第二次世界大戦史研究の現状で[*1]、その後の占領時代の歴史についても新聞等の年代記的記述や回想録といった資料に頼るしかなく、政権内部や行政側の一次資料を使用できないために、ヴィシー政権の成立から講和条約、内政についての評価を定めようがない以上[*2]、かれら〈コラボ〉作家たちについても、その「裏切り」の性格について歴史的政治的に語ることは難しいし、少なくとも「民族」や文化、伝統の総体としての祖国をかれらが裏切ったとは到底いえないからである。

しかし、この「裏切り」が呪われたものであるのは、かれら〈コラボ〉がくみした相手がナチズムであったことで、そのため〈コラボ〉の作家・文学者はナチズムにむけられた「人類と文明に対する犯罪」の糾弾をみずからのものとして背負うことになった。かれらはナチズムとの共同をおこなったことで、近代史の最も忌まわしい一連の人物として銘記され、そしてわれわれが通常いだいている文学の観念によるならば、非人道的行為、虐殺、ホロコーストへの加担は、文芸とは決して両立しないものであり、文芸の基盤ともいうべき人間性に対する重大な冒瀆として断罪されるべきものである。

しかも実際には「協力者《コラボ》」という呼び名はかれらにとって別な意味での汚名でもあった。第三共和制フランスのナチス＝ドイツに対する軍事的敗北という〈チャンス〉が、かれらを権勢の表舞台に押しだしたのだとしても、かれらにしてみれば、みずからの政治行動・信条はナチズムの下風に立つものではなかった。かれらは、ドイツ軍の強制あるいは迎合の結果としてではなく、（かれらはドイツ人が手ぬるいとすら考えていたので）みずからすすんでユダヤ人種の身分に関する法律をつくりあげ、暴力と密告で支えられた社会をつくりだし、世界の黙示録的な崩壊ののちにあるべき再生を求めていると信じていた。それゆえにこそ、現在でもフランスではかれらの名前と作品は新鮮な怒りと嫌悪をまねくのに充分なのである。

(ここでいう「コラボ」とは、本叢書に収められたドリュ・ラ・ロシェルやブラジヤック、ルバテ等の、思想・信条から主体的にナチス＝ドイツと手を結んだ作家をいう。対独敗戦と占領政策のいきがかりによってヴィシー政権およびドイツ軍に手をかした、もしくは公務についた文学者[*3]や、占領下で発行されていた雑誌に寄稿あるいは協力した作家[*4]、検閲や用紙わりあての基準に迎合あるいは妥協した作家[*5]はこれに含まない)。

そしてコラボ作家たちのおこなった選択は、決して機会主義的にフランスの軍事的敗北によってもたらされたものではなく、一八四八年の二月革命以来の、第二帝政と第三共和制のフランス近代百年の歴史から導きだされた必然的帰結ともいうべきものであり、少なくともナチス＝ドイツに対する軍事的敗北の原因となった第三共和制末期の政治状況と密接な関係をもっていた。かれらコラボ作家たちは近代フランス文学史において決して主流派ではないがまた無視することもできない文学的政治的エコールの正統な後継者だった。このエコールは、一八四八年の二月革命のときに最もあからさまで楽観的理想主義的な姿をとったヒューマニズム、リベラリズムへの反動として、近代史上はじめてのブルジョワジーに対する組織的な武装行動（階級闘争）として闘われた六月暴動とくしくも同時期にあらわれたのである。仮にフランスにおける反近代主義、反ヒューマニズムとも呼ぶべきこのエコールは、一九四四年のパリ解放とその後の粛清によりその命運を絶たれたが、少し見方を変えればフランス文化の底流として現在も深く流れていると考えられるし、あるいは残された可能性のひとつですらありうるかもしれない。

たとえば戦後のフランス思想を支配した実存主義という人道主義的反動ののちに、二十年来主流の位置を占めてきた構造主義、記号論、フーコー、デリダといった系譜に対して隠然とした精神的支柱、後見人の役を果たしてきたモーリス・ブランショは、かつてシャルル・モーラスの影響圏から思想家としての歩みを始めた。ブランショの「コンバ」誌や「ジュ・スイ・パルトゥ」紙等のアクション・フランセーズ系ジャーナリズムでの経歴を青年期の誤りや、たんなる（無視しうる）通過点にすぎないとする議論があるが、たとえばジャック・デリダが反ヒューマニズムを語るときに依拠するハイデガーや、ハイデガーによるヘーゲル、ニーチェの読解と戦後のブランショの立場は極めて近いものである。そしてハイデガーの哲学的立場は近代的な価値を相対化しようとしたシャルル・モーラスやコラボ作家たちの反近代主義とそれほど遠いものではなく、現在ではこのハイデガーを通じて、コラボの文学者とブランショは、そして戦前フランスの反近代主義と戦後の思想はつながっているとも考えられる。[*6]

皮肉なことに、ドイツ本国ではナチス党員として追放され許されることのなかったマルティン・ハイデガーは、フランスにおいては戦後哲学の最大の源泉でありつづけている。『存在と時間』の影響下に誕生したいわゆる実存主義哲学がハイデガーから公然と「破門」されたのちも、フランスの思想家はかれのテクストの学習の結果を哲学と称して発表しつづけ、何度となく「新しい」、「真の」、「別の」ハイデガー解釈が登場してきたのである。

しかし、かれらがいまハイデガーに求めるしかない反近代主義は、戦前のフランスでも確固とした伝統として一つのエコールをつくりあげていた。もちろん、ハイデガーの哲学とコラボ作家の思想は同一のものではありえないし、またフランスの反近代主義者は伝統的に文学者であり、また過激な政治活動をおこなっていたので、かれらの近さは現在では感得しがたいものになっている。そのうえフランスにおいてかれらの思想と作品を読みうるものにするのは、かれらのおこなった政治的選択とアンガージュマンののちにはほとんど不可能になってしまった。しかし、もしもかれら反近代主義者が戦後に生きのびることができていたなら、フランス思想は現在とは異なった様相になっていたことは確かなように思われる。

II 「アウシュヴィッツ」とコラボラトゥール

リュシアン・ルバテやロベール・ブラジヤックの作品とかれらがドイツの占領下に「ジュ・スイ・パルトゥ」紙、「クリ・ド・プープル」紙に載せた署名原稿を同時に読むことは、文学や芸術について広くゆきわたり自明のこととして受け入れられてきた理解にとって大きな試練である。

リュシアン・ルバテは戦後、恩赦を受けて自由になってから、一九六九年に『ひとつの音楽史』という大著を発表した。この著作は、メソポタミアでの起源、ギリシアでの音楽劇についての考古学的推察から、クセナキス、ノーノの現代音楽の展望にいたるまでを含む西洋古典音楽についての網羅的な大作でありながら、深い鑑賞と知識、西欧音楽の本質にむけられた偏ることのない愛情につらぬかれたさながら大長編小説ともいうべき名著であり、事実フランスでは長年にわたって売れつづけている隠れたベストセラーである。そしてこのような音楽史を書くことのできる男が名ざしで、誰々はユダヤ系だとか、レジスタンスだと発表してはゲシュタポや民兵の怠慢をなじっている記事を一九四三年の「ジュ・スイ・パルトゥ」紙では毎号のように読むことができる。

あるいはロベール・ブラジヤックは二十二歳で、古代ローマの詩人ウェルギリウスの伝記を発表して読書界に波紋をまきおこした。処女作の成功は著者のエコール・ノルマルにおける教授資格取得試験に悪影響を及ぼしたが、膨大なラテン語文献の渉猟とこれまでの研究結果をふまえた斬新な鑑賞によって、古代詩人を現代に甦らせ、誰もが知っているのに専門学者しか読まない古典作品から、万人を魅了する清新な感動をひきだした。このように古典文学についてなみはずれた理解と教養をもちながら、十年後にロベール・ブラジヤックは小学校の生徒であっても、ユダヤ人ならば連行されるべきであると論陣をはることができた。そしてブラジヤックは、連れていかれた子供たちにどんな運命が待っているのかおそらく知っていたのである。

なぜルバテやブラジヤックのような伝統的人文主義の精華ともいうべき人物が秘密警察の手先、あるいはもっと卑しい告発者、扇動者になることができたのか。文芸や音楽に対する理解と愛情、深い内省と研鑽が、卑劣で矯激な殺意や憎悪と共存できるのか。この疑問はかれらの人間像と作品を切り離すことによって解決され癒されるものではなく、セリーヌの研究者がかれの小説を反ユダヤ主義パンフレットから切り離すことで作品だけを「文学」の領域にかこいこもうと試みるような学問的な中性化の詐術によっても到底「消毒」しきれないものである。ルバテたちの政治的行動と、文学・美学における業績はたがいに通底しあうものであり、それぞれがあいまって一つの世界をつくりだしている。政治において果断であることと、文学においてぬきんでていることの一致は、間違いなくかれらが強く誇りとするものであり、その誇りと生き方はかれらが引き継いだ伝統とエコールの名誉でもあった。

以上のような、才気と人間的魅力に最もあふれた、学識深い人間が同時に死刑執行人の手先であり、密告者であることは明らかに一般にいだかれている文学、芸術についての観念と真っ向から対立し、受け入れられず、あるいは芸術に対する信頼をすら揺るがすものである。

今日、われわれがいだいている芸術作品の通念は、すぐれた芸術作品はすぐれた人間性からのみうみだされるものであるとしており、芸術作品とは、往々にして性格破綻者や失敗者である作家が実生活において喫した敗北を超えておこなう人間性の肯定として捉えられている。このように人間性と作品を結びつける芸術観は、文芸ルネサンス期に誕生した人文主義にその起源をもち、この時代に古代ギリシアのテクストを学ぶことがそのまま中世的な束縛からの解放と脱出という人間の可能性の拡大と直接的に結びついていたことが、今日の通念としてのヒューマニズム・人間主義＝人文主義という等値をうみだした。学芸に通じ、古典文学を読み、芸術を愛好することが、自由で可能性にみちた新しい人間像をつくりだすことと直接につながり、それは封建的な位階とは別の高貴さをもった人間、文明化された人間をつくりだすことであるとされてきた。

しかし、このような西欧の文明とその基盤である人文主義への了解と信頼は、近代西欧国家どうしが死力をつくして戦った第一次世界大戦での、従来の戦争概念を大幅に超えた大量死と破壊によって深刻に傷つき、第二次世界大戦での非戦闘員への広範な爆撃や虐殺、そして特にナチス＝ドイツによりアウシュヴィッツやダッハウに設けられた絶滅収容所・強制収容所で合理的な管理のもとに遂行されたユダヤ民族、ボヘミア民族を主な対象とするホロコーストによって打ち倒されてしまった。西欧において最も文明化され、長い歴史と豊かな伝統をもつ国民が、ナチス＝ドイツのような政権を樹立し、基本的な政策として圧制と虐殺を選択した事実は、文明に対する楽観的な信頼をもはや許さず、人間性に対する新しい考察を要求することになったのである。

テオドール・アドルノの「アウシュヴィッツのあとで、詩を書くことは野蛮である」[*7]という今日ではアフォリズムとして流通するようになった言葉は、人間主義と人文主義が乖離せざるをえない状況、ヒューマニズムという語が保持してきたダブルミーニングの破綻を表明している。詩作は、文学を含むあらゆる表現行為は、決してアウシュヴィッツでの出来事を表現することも、その本質を明示しつつ担うこともできないばかりではなく、詩作は（アドルノの発言は最初、シェーンベルクの「ワルシャワの生き残りたち」への批判としてあらわれたのだが）表現行為がもっている傲慢さ（なぜなら作者はその題材に対して構成を吟味したり美学的、様式的配慮を働かせるという作業から逃れられないので、事件に対して超越的な態度をとらざるをえないために）によって、アウシュヴィッツを現実として生きていかなければならない歴史に対しての冒瀆であるという認識である。

アドルノの糾弾に対して、ルバテやブラジヤックの存在は奇妙な陰画を形づくっている。アドルノが人間性の擁護における文芸の無力、あるいは人間性の再確立が文芸に優先することについて語っているのを、あたかも証しだてるかのようにルバテたちの存在は人間性の破壊に奉仕する文芸を示している。そしてコラボ作家たちのような文学者の生き方は、なによりもまず現代における文学の腐敗と無力、ヒューマニズムの崩壊によっており、もしもヒューマニズムの再建、人道主義と一致した人文主義のルネサンスがありうるとするならば、「コラボ」の文学はその再生において最もおとしめられるもの、否定される存在となるかもしれない。というのもかれらは公然とヒューマニズムを排撃し、解体しようとしたばかりではなく、人道主義＝人文主義：ヒューマニズムを成立させている近代的知と政治のシステムを解体するべく数世代にわたって輪陣をはり、過激な政治活動を組織してきたのであり、また自覚的に従来の文学観を踏みはずしてかれらの目的に奉仕させることで、文芸を（ヒューマニズムの観点から見ると）かつてないほどおとしめたからである。

このような認識に立ってコラボ作家の文学を見た場合にとりうる態度は二つある。かれらの名前と作品を汚辱のなかに閉じこめて封印してしまうことと、ヒューマニズムの再建をめざすにしろ、その他の価値を求めあるいは受け入れるにしろ、ヒューマニズムと近代に反逆し、そして歴史との格闘の末に行きづまり、自暴自棄な闘いに身をゆだねて地獄に堕ちた、極めて興味深くまんざら現在の課題に役に立たなくもない文学・思想として捉えることの二つである。今日でもコラボ作家の作品をとりあげ読むことに対する一般の反感は根づよく、結局「文学者」としてかれらを扱うことはニュートラルな地点にかれらをひきだすことでひそかにかれらに加担することでしかないという指摘もある。ヨーロッパがナチズムからいまだに癒されたとは断言できず、またいつどこの国で新しい形での圧制やホロコーストが始まるとも知れない現代において、コラボ作家への興味を語ることは、文芸の不遜さ、まさしくアドルノの語った「詩」の「野蛮」さにほかならないかもしれない。しかし、たとえばブラジヤックのような知性がなぜホロコーストに加担したのかという問いは、一種のスキャンダル、知的好奇心をそそるばかりではなく、封印のうえに再びヒューマニズムを建てることを試みるのとは異なり、真の問いかけを「近代」に対してうみだしうるはずなのである。

III　ハイデガーとツェラン

ヴィクトル・ファリアスの著書『ハイデガーとナチズム』[*8]がフランスで発表された一九八七年一月以来、フランス言論界で活発におこなわれたハイデガー＝ナチ論争[*9]も、前段で論じてきた「コラボ作家の作品をどう扱うか」という問題と同じ争点をめぐっている。ファリアスと、かれに味方するジャーナリスト、ヌーボーフィロゾフの類いは、ファリアスの著書でハイデガーとナチズムの結びつきが「証明」されたことによって「ハイデガーを読むことや、注釈することなど《もはや》できるのか」と問いかけて、ナチズムとともにハイデガーを葬り去ろうとしている。それに対して、デリダをはじめとする哲学者たちはハイデガーがナチであること、反ユダヤ主義者ですらあることを認めながら、ハイデガーのおこなったアンガージュマンとかれの哲学の関係を解読することこそ、現在の哲学に課せられた最も大きな課題であるとしている。

いうなればファリアスたちは、ヒューマニズムの陣営から「ナチズム」を決定的な、もはや議論や検討の余地もない「悪」として定め、「ナチズム」に関連したり加担した人間はすべて、忌まわしきものとして棄て去られるべきだと考えている。一方デリダの側はナチズム自体がいまだに「汚辱にまみれた」[*10]謎の集積であり、その全体像も本質も到底あきらかにされたとはいえず、西欧史の帰結のひとつとしてのナチズムは何度も問い直されねばならず、ナチズムの理解のためにはハイデガーを理解することが不可欠であるとしている。

この論争にここで容喙する余裕はないが、ハイデガーとナチズムの関係は、コラボ作家の文学の基本的なプロブレマティークと同じ構造をもっている。そしてコラボ作家たちがもつことのなかった戦後を生きたこの哲学者について考えることは、コラボ作家を現在あつかうときに直面せざるをえない「アウシュヴィッツ以降の詩作」という問題について小論の姿勢を決定するうえで、たいへん役に立つのである。

そのエピソードは、ハンス゠ゲオルク・ガーダマーの回想録『哲学修業時代』のハイデガーをめぐる章の後半に記されている、ユダヤの詩人パウル・ツェランのハイデルベルク近郊、トートナウベルクにあったマルティン・ハイデガーの山荘への訪問である。

トトナウベルク詣でをした多くの者の中に、詩人のパウル・ツェラーンもいた。そしてこの思想家との出会いから、一篇の詩が生まれた。思っても見るがよい――迫害を受けたユダヤ人、ドイツではなくパリで生活した詩人、しかし紛れもなくドイツの詩人――そういう彼が胸苦しさの裡にもこの訪問を敢えてするのである。水の滴る井戸《ブルンネン》（「その上には星型の台」）のある小さな農家の佇いと、光る眼をした農夫のような小さな男の姿が、彼の眼を慰め、彼を迎えたにちがいない。（中略）詩人は思想家と連れ立って、あの丘のやわらかな草原を歩いて行った。一つまた一つと咲き揃う草花（「オルヒスとオルヒス」）のように、一人と一人が相並んで。[*11]

ガーダマーは抑えた筆致で、ツェランが偉大なそしてドイツの哲学者を訪れたときにかれを襲ったであろう〝胸苦しさ〟についてよびおこしている。〝迫害を受けたユダヤ人、ドイツではなくパリで生活した詩人、しかし紛れもなくドイツの詩人〟パウル・ツェランは、一九二〇年にルーマニア領ブゴヴィナ（現ソ連邦ウクライナ共和国、第一次大戦前はオーストリア領だった）の首府ツェルノフツィに生まれた。第二次大戦中、親独政権のもとで両親は強制収容所に送られ、再び戻ってはこなかった（「ぼくの母の髪は決して白くならなかった」）。[*12]自身もゲットーから強制労働のキャンプに狩りだされたが、ソビエト側に脱出することに成功して、ソ連軍の衛生夫として働くことでなんとか戦争を生きのびた。

戦後は故国ルーマニアにも、また文筆活動の舞台だったドイツにも暮らすことを拒んで、パリで博士号を取得し、エコール・ノルマルでドイツ文学を講義した。一九七〇年にセーヌ河に投身して死ぬまで、パリに暮らし、旅行者としてしかドイツに足を踏み入れなかった。

ラテン民族の国ルーマニアに生まれ、高等教育をパリで受けたためにドイツ語同様フランス語にも堪能だったが、戦後、詩人として出発するにあたって、かれはみずからの言葉、詩の言葉としてドイツ語を選んだ。

かれは叫ぶもっと甘美に死を奏でろ死はドイツから来た名手
かれは叫ぶもっと暗くヴァイオリンをならせそうすればおまえらは煙となって宙へたちのぼる*13

かれの七冊の詩集はすべてドイツの出版社から発行された。

かれの詩人としての名声については、いまさらなにも言うことはないだろう。戦後ドイツ最大の文学者という評価は当然としても、現在では西欧最後の詩人とすら呼ばれている。絶滅収容所をテーマとした(とされている)「死のフーガ」は、数多い収容所文学のなかでも最高の傑作とする世評が定着した。文芸によるジェノサイドの表現を〝野蛮〟と評したアドルノは、晩年にツェランの詩(そしてベケットの戯曲)を読んで、みずからの宣言が誤りだったと考えるようになったとペーター・ソンディは書いている*14(そしてソンディは、ツェランのあとを追うようにして自殺した)。

そして詩によってジェノサイドに対抗し、ある意味での「文芸の勝利」を手中におさめたとしても、あるいはパリに暮らし、ドイツを離れ、新しい生活を手に入れても、ツェランは決して癒されることはなかった。ツェランや、あるいはアウシュヴィッツから帰った文明批評家ジャン・アメリーといった生き残りの自殺、初めから無力感に襲われながらも奮闘し、うちかとうと試み、成果と信じうるものを手にしたあげくの、かれらの自死ほどやりきれないものはない。かれらの格闘の空しさや、癒されることの絶対的な不可能さを思わずにはいられないからであり、あらゆる希望がそこで終わるようにすら感じられるからである。

しかしそれでもツェランの詩は、われわれを勇気づけ、希望を与えうる数少ない言葉のひとつである。かれの言葉だけは、直接的に自分にむかって問いかけられてくるように感じるのだ。

ぼくらは　かつて
無であり　今なお無であり　将来も
無のままであるだろう　花咲きながら――
無の
だれでもない者のばら[15]

そのかれが、マルティン・ハイデガーをトートナウベルクに訪ね、言葉を交わし、森のなかを共に歩いたのである。J・ケロールとともに映画「夜と霧」のドイツ語版をつくったかれが、ナチス党に在籍し、ヒトラー政権下に大学の総長を務めたために公式の場から追放され、いまだにナチスへの加担協力とその哲学の核心におけるナチズムとの関係について議論が止《や》むことのない哲学者を訪ねて、たんに面会したのみならず、心を通わせあい、その出会いのために詩をつくりさえしたのだ。

トトナウベルク

アルニカ、アウゲントロストの花、
星型の台のある
井戸からの一口、
山荘
の中で、
（中略）
きょう、思索するひとから
聞ける
言葉
心のうちに
期待して
森の草地、均らされぬまま、
オルヒスとオルヒス、ひとつずつ、

さだかならぬもの、のちに、車中で、
明らかに、

車を駆る人間《ひと》、
ともに耳傾け、
山の沼地に
半ばまで足踏み入れた
丸太の小径、

湿ったもの、
多く[*16]。

ツェランはなぜ、あえてハイデガーを訪ねたのか。いくつかの説明が考えられる。そしてそれはツェランが詩の言葉としてフランス語や〝アーリア人〟のものではない他の言葉ではなく、ドイツ語をあえて選んだことに対する答えと極めて近いものだろう。結局そのことはジェノサイドという事実に直面して、ツェランがなぜ詩を書き文芸というジャンルに手をそめたのかという問いにも通じている。

ツェランはドイツの文化やドイツ語に対する〝胸苦しさ〟について直接語っているわけではない。しかしアウシュヴィッツ、ブッヘンヴァルトの絶滅収容所にいたジャン・アメリーは収容所から帰ったユダヤ人のドイツに対する感情を、〝ルサンチマン〟と呼んでいる。[*17] かれはルサンチマンという概念を、ニーチェやシェーラーが考えたものとは異なった、そしてかれにとって可能な生においては本質的なものだと書いている。アメリーも、ツェランと同様に、戦後かつての故郷だったドイツに帰ることを拒み、ベルギーに住みついた。かれはハンス・マイヤーというドイツ名も捨てて、ジャン・アメリーとフランス風に名のった。そして過去にこだわり、決して許すこともなく癒されることもなしにドイツを断罪しつづけること、この（ナチに特定しない）ドイツ文化全体とすべてのドイツ人に対するルサンチマンにとどまりつづけることだけを責務にした。しかしドイツ語だけは結局かれも捨てられなかったのである。ドイツから亡命して、ベルギーで反ナチの地下運動に従事していたときの体験をアメリーは『罪と罰の彼岸』のなかに記している。[*18] ある日、かれらの潜伏場所に親衛隊の隊員が、突然ドイツ語でどなりながら侵入してきたことがあった。そのときかれは、大変な恐怖に襲われながら、同時にそのドイツ人にドイツ語で答えたいという猛烈な誘惑を感じた、と。結局アメリーはそのときフランス語で応答して危急を逃れたのだが、故国と故国の文化から非アーリア人として追われ、亡命しながら、異国で耳にした故国の言葉に対して（しかもそれは親衛隊員の口から出たものだった）抗しがたい懐かしさをおぼえたことは、なんとも奇妙なことだったとかれは書いている。そしてかれも著書をドイツ語で書いていた。

こういった生き残り、あるいは亡命者がおぼえる故国の文化全般への反発、糾弾と、母国語に対する拘泥（あるいは執着）にはどのような事情があるのだろうか。たとえば、文化や人間は許すことができなくても、言語は裁きうるものとは別なのか。しかし何人かの社会学者、言語学者が第三帝国下で最も汚染され、また最も猛意をふるったのは言語だったと指摘している。[*19]言語こそが第三帝国をつくりあげ、圧制をおこない、そして統治の道具としてふさわしくかつ有能であるべくみずからを変えたのである、と。親衛隊員が行進のときに口にした号令、屠殺の合図であり、収容所のガス室の壁に書かれていた言葉、それが第三帝国が崩壊したのちのドイツ語の本質だった。何年ものあいだヨーロッパのいたるところで、ドイツ語の号令とともに夜とつぜん叩き起こされた人々がそのまま身ひとつで連れ去られ、突撃の合図とともにゲットーに火がつけられ、鼻唄まじりに死の尊厳や人間性といった観念をおはらい箱にするべく淡々と人が殺されつづけたのである。

こうしたジェノサイドと非人道的行為に対して、しかしながらツェランのとった態度はいささか他の文学者とは異なっていた。かれはジェノサイドを糾弾してその再発を防ぎ人間性の復活を約束する政治勢力に協力することもなかったし、文芸や思想的なヒューマニズムの運動にも加わらず、作品のなかで怒りの声をあげあるいは呪うこともしなかった。ツェランの数少ない散文作品「山中の対話」[*20]のなかでは、ユダヤ民族の抹殺が、人為的な犯罪行為としてではなく、あたかも天災のように語られている。おそらくこういったジェノサイドの捉え方が、ツェランのドイツ語、ひいては言葉や詩作に対する態度に反映しているように思われる。かれにとってドイツおよびドイツ文化圏はもはやとりかえす望みもなく失われ、故郷と、そこに生きていた両親をはじめとする人々も失われてしまった。しかしそれでも、というよりもそれだからこそ、かれはドイツ語にこだわり、また詩作に取り組みつづけたのではなかろうか。

一九五八年、自由ハンザ都市ブレーメン文学賞の受賞講演のなかでツェランは言葉についてこのように語っている。

……かずかずの損失のなかでただそれだけが――言葉だけが――届くもの、身近なもの、失われていないものとして残りました。……しかし、その言葉にしても、それ自身がそなえている答えのなさの中を、おそろしい沈黙の中を、死をもたらす弁舌の千もの暗闇の中を通ってこなければなりませんでした。そのようなものの中を通ってきて、しかも起ったことをいいあらわすただのひとことも生みだしはしませんでした。*21

ここでツェランが語っている言葉、「失われていない」しかし「起ったことをいいあらわすただのひとことも生みだしは」しなかった言葉が、ツェランには詩作に先だって残されているものとしてまずあった。ツェランにとっての詩作とはそのようなかれの言葉を、「投瓶通信」のように、「いつか、どこかしらに、ひょっとして心の陸地に流れつくことがあるかもしれない」という希望のもとに送りだすことであり、顔の見えない、誰とも、どのようなものとも知れない、想い描くことすらできない読者に、詩が語りかける対象である「あなた」にむけることであるとされている。このツェラン自身による詩作の解釈に立つと、かれの詩作がドイツ語でなされたわけがよく分かる。つまりかれはまずなによりも詩に先だつ言葉、「かずかずの損失」をともにした言葉、最も乏しく、時代の「暗闇の中を通って」きた言語にすがらざるをえなかったのであるから。一九六〇年のビュヒナー賞受賞講演のなかでは、詩作についてさらにこのように語っている。

それはおそらく存在の投企、みずからを先だててみずからへおもむくこと、おのれみずからをもとめに行くこと……一種の帰郷です。[*22]

この帰郷という言葉はおそろしい言葉である。それはたんにこの言葉が後期ハイデガーの基礎概念のひとつであるからばかりではない。詩人はいったいいかなる故郷に帰るつもりであったのか。「投瓶通信」にはいまだこめられていたほのかな「ひょっとして心の陸地に流れつくことがあるかもしれない」希望が、人知れずひっそりと、しかし明確に否定されて、たどりつくべくもない旅程としての「帰郷」を詩作の本質として把握することで、詩人が絶望を引き受けていることが分かるからである。もとより、ツェランはアンガージュマンによって、自分自身や「人間」を救おうとは試みなかった。しかし、「失われていないもの」を瓶に入れて海に流す、到達のほのかな希望は残っていたはずだったし、それが詩作の、あるいは生きることの支えとなるはずだった。しかし、詩作の本質が「帰郷」となることで、希望なり人間なりのあらゆる支えは捨て去られ、それはあたかも「言葉」だけでできているような、「失われていない」言葉だけとともにある、なにも求めない詩作、どこにもたどりつかない旅程になってしまった。

しかし、いかに故郷がありえないものでも、それは単純な絶望の彷徨ではなく、まさしく帰郷であった。その行程はたどりつく先をもたなかったが、いつかたどりつくという希望のかわりに、故郷がないということを耐え忍んでいるのであるから。そのためにも、つまりは故郷の喪失を耐え忍ぶためにも、かれの詩作は「帰郷」でなければならなかったし、「失われていない」言葉とともにあることとは、そのまま故郷の欠落とともにあることにほかならなかった。

このツェランの最終的な選択は、読者を暗澹とさせるものである。ここでは、「帰郷」という言葉のもつ響きは、かれ自身の水面への落下音と同じである。かれはなにも望まず、支えられず、ただ耐え忍び、そして死んだ。その結末は救いのないものであり、また納得のいかないものである。しかも、皮肉なことにかれの試作の結論はナチスへのアンガージュマン後のハイデガーと軌を一にしている。こんどはハイデガーについてかれのアンガージュマンと詩作の関係を一覧してみる必要があるだろう。

マルティン・ハイデガーのナチス党への参加について、講壇哲学が守ろうとしてきたイメージ、つまり世なれない哲学者による軽微な政治的過誤という解釈は、ハイデガーの政治的経歴についていかなる幻想もいだいてこなかったガーダマーやデリダの反論(「ファリアスが明らかにしたことのほとんどすべては遥か昔から知られていた」[*23])にもかかわらず、ファリアスの著書がひきおこした論争によって徹底的にくずされてしまった。ファリアスの著書自体がもっているスキャンダル性は、いわゆる「ナチ狩り」というニュアンス、哲学とは無縁な領域で働いている暴露的な意志が、広く公衆には知られていなかったナチとしてのハイデガー像をあらわにし、これまでナチス政権下でのフライブルク大総長就任、非アーリア人として追放され窮状にあったかつての師フッサールに対する対応、ナチスがおこなったホロコーストに対する戦後の一貫した沈黙といった点について断片的におこなわれていた批判を、ナチス党員としてのハイデガーの行動として一つのストーリーにまとめあげたのである。哲学的に見ればおそらく不毛であるこの論争は、いまではハイデガーを語るときにナチの問題を避けて通れなくしたという点では、小論にとっては興味深い事態をひきおこして、リオタール[*24]やラクー=ラバルト[*25]といった哲学者による、ハイデガーとナチズムに関する論考を輩出させている。

しかし、小論の立場からすると、ハイデガーとナチズムの関係で興味深いのは、かれの哲学が、ナチスへのアンガージュマンによってどのような影響を受け、変化をしたのかという点であり、後期ハイデガーの言葉と詩作を中心に据えた哲学の誕生とナチス党へのアンガージュマンならびに離反のあいだの関係である。前期ハイデガーの哲学のなかでは

『存在と時間』の現存在論、第一部第二編第五章の「社会や民族の生起」論が、個人の決意性による歴史への参加、アンガージュマンの根拠となってきた。この参加の論理に従い、ハイデガーはナチス党でも最も過激かつ野蛮なSA（突撃隊）に接近し、学生突撃隊の指導者たちに影響力を及ぼすことで、大学の「革命」をくわだてて、政治運動に深くコミットしたのである。しかしかれの政治的経歴は、ヒトラーによる突撃隊の粛清、レーム以下幹部の処刑によって頓挫する。ヒトラーはその政権の安定とヒンデンブルクの後継者としての承認を得るべく国防軍および政財界と妥協をはかるのだが、そのいわば交換条件として、野蛮ながらも「革命」を呼号し、あらゆる既成勢力を打破しようとしていた突撃隊が抹殺されたことで、ハイデガーはナチスに幻滅し、わずか九カ月で総長を辞任した。[*26] ハイデガーが提唱した参加の論理は、日本の京都学派からフランスの実存主義まで、左右を問わず受け入れられたが、戦後、ハイデガーは『ヒューマニズムについて』のなかで、「参加《アンガージュマン》」のような形で世界と歴史を捉えるのは、ニヒリズムにほかならないと糾弾している。この「参加」をめぐる態度の変化の間にはいったい何があったのか跡づけることが、ハイデガーの哲学におけるナチス党への参加の意味を論じることになるだろう。

　そのためには、ハイデガー哲学の中心命題である「転回」（Kehre）について、ナチスへのアンガージュマンとの関係から検討しなければならない。というのも周知のように後期ハイデガー哲学を考えるうえで「転回」は避けて通れない問題であり、一九二七年から四七年の中期ハイデガーは「転回」をうみだすための過程として捉えられているからである。

もしもナチスへのアンガージュマンがかれの哲学に影響を与えたならば、「転回」のいずれかの要素のなかにその反映が見出せるはずだから。

ハイデガー哲学の「転回」が公刊された著書のなかで初めて確認されるのは、一九四七年の『ヒューマニズムについて』のなかで「存在の思索」が公開されたときである。しかし茅野良男によれば、「転回」の内実を示す「形而上学の克服」および「形而上学の耐え抜き」という表現はすでに三八年に書かれた注記やメモのなかに見出せるという。[*27] さらに三六年には後期ハイデガーのキータームである「自現」を主導観念とした思索が始められたとされ、ハイデガー自身、「存在の思索」について「一九三六年から始められた歩み」と語っている。

現在では、「転回」の主要なモチーフである「形而上学の克服」は、三五年夏学期の講義「形而上学入門」にすでに先どりされているとするのが定説であり、「転回」について考える場合この講義を端緒として捉えるのが通例である。

ここで、時間的な経緯を整理すると、一九三四年四月にハイデガーはフライブルク大学の総長を辞任し、七月にはナチス党の反ハイデガー・キャンペーンが激しくなる。党側の通告により書店から『ドイツ大学の自己主張』が回収される。九月からの冬学期にはヘルダーリンの「ゲルマーニエン」と「ライン」がとりあげられ、翌年の夏学期には前述の「形而上学入門」が講義されるのである。

こうしてみると、「転回」に通じる歩みが、ナチスからの離脱の直後から始まっていることは明日である。総長辞任以前にすでにハイデガーはナチスに対して幻滅しており、ナチスへのアンガージュマンを断念したのちのハイデガーの思索の最初の成果がヘルダーリン講義と「形而上学入門」にあらわれ、そこから中期ハイデガーの思索が実質的に始まることはほぼ推測できる。

しかし、「転回」自体はこの時期の状況から突然にあらわれたものではない。ハイデガー哲学の展開から考えてみると、一九二七年に『存在と時間』が第一部第二編で中断し、そのままになってしまったときからすでに「転回」は予想されまた要請されていたと言うことができる。というのも『存在と時間』の第一部第三編は、「時間と存在」という標題のもとに構想され、ここで『存在と時間』全体が逆転し、存在に対する問いの主要部、存在の意味に迫るという中心問題が扱われるはずだったが、(のちに『ヒューマニズムについて』のなかで語るところによれば)この逆転は「形而上学の用語の助太刀では切り抜けられませんでしたので、差し控えられ[28]」ついになしとげられなかったのである。この挫折以来、存在の意味に迫るために形而上学以外の言葉を求めることが、ハイデガー哲学の課題となっていたのである。こうしてみると「転回」自体が一つの一貫した探究のなかの過程にすぎず、ハイデガーの言うように立場の変更ではないことが明白になる。

しかし「転回」の契機はすでにうまれていたとしても、それがどのようになしとげられるかについては初めから決定していたわけではなく、その性質についてはこの時期のハイデガーのおかれた状況が大きく関係していることは間違いない。そしてこのナチスからの離反と「転回」の関係を見きわめるためには、辞任直後のテクストである「ヘルダーリン講義」と『形而上学入門』を検討するほかない。

一九三四年、冬学期講義「ヘルダーリンの〝ゲルマーニエン〟と〝ライン〟」はハイデガーが初めて哲学的な究明の対象として文学テクスト、詩作品をとりあげた講義である。これ以降ハイデガーは生涯にわたってたびたびヘルダーリンをとりあげ、その他にもゲオルゲやリルケといった詩人を講義や著作のなかで扱っている。まずこの時期に、つまりナチスから離脱した直後にヘルダーリンを、いままでとりあげたことのなかった文学テクストを講義でとりあげた理由は何なのだろうか。「転回」の達成という側面から考えたならば、そこに従来の哲学、形而上学の範囲に入らない言葉、詩の言葉を取り入れることで形而上学を克服しようとする意図を読みとることは容易である。しかし後期ハイデガーのなかに詩作品が占める位置の大きさは、たんに詩の言葉のみに由来するものではなく、詩作という行為そのものにも由来している。

「ヘルダーリン講義」のなかでハイデガーは、シュペングラーからナチス党内でハイデガー批判の先鋒だったローゼンベルクまでの名をあげて、詩作を体験や魂(それが個人のであろうと集団のであろうと、文化、人種、民族のものであろうと)の表現として、つまり表現現象として捉えることを(たとえそのような見解が証明されたとしても)深く非真実であり、非本質的であるとして、「ゲルマーニエン」に注釈を加えながら語っている、「詩人は神の電光を無理にも〔人間の〕言葉と化して言葉に閉じこめ、この電光にみちた言葉を自分の民族の言葉の中に置き入れる。詩人は彼の心理体験を素材にするのではなく、『神の雷雨が下』に——『頭をさらして』、無防備に己れを委ね引き渡して——立つのである[*29]」

このように表現現象として詩作を考えることを拒否し、神（＝存在）からの電光を言葉に閉じこめる行為として詩作を考察する方向は、完全に「存在の思案」へと一貫するものである。『ヒューマニズムについて』のなかで「思考はその本質上存在の思考として存在から要求せられている[*30]」として規定された「存在の思索」は、目的達成の能動的な手段としておこなわれる人間を主体とした行為ではなく、存在が人間に対して要求する、存在が人間に到来させる思索なのであり、「存在の思索」とはまさしく字義どおり存在が思索する、存在の行為としての思索なのである。このような思索の非人間化が『ヒューマニズムについて』のテーマだが、この反ヒューマニズムはすでに「ヘルダーリン講義」のなかでの詩作の非人間化、つまり詩人の感情や体験、魂の表現ではなく、神の雷鳴を無防備に受けとめて言葉に移す行為としての試作という見方にあらわれている。

この反ヒューマニズムは『形而上学入門』にもあらわれる。このなかでハイデガーは、形而上学は存在者としての存在をしか思考できないために、存在自体を思考することはできないと言い、「存在の本質についての問いには、人間とは誰であるかという問いが内的に結びついている。この問いに答えるためには人間本質を規定することがどうしても必要になってくるが、それはしかし決して、根拠なくふらふらしている人間学の仕事ではない。

（中略）人間存在についての問いは、いまや、その方向とその広がりとにおいて、もっぱら、存在についての問いから規定されている。人間の本質は、存在の問いの圏内で、始まりの隠された指示に従って、居所として、すなわち、存在が自己を開示するために強いて要求する居所として、把握せられ根拠づけられねばならない」[*31]としている。しかしこの観点は、存在者の分析、つまり世界内存在としての現存在のあり方を知ることが存在の把握につながるとする『存在と時間』の戦略とは大きく食い違うものであり、現存在を歴史へと結びつけるアンガージュマン（決意性）の論理もこの立場に立つと根拠を失ってしまう。

同様に「ヘルダーリン講義」のなかでも、祖国の建設は詩人による存在の建立と存在の思索に基礎づけられるとされており、『存在と時間』のなかで語られた、個人的「宿命」と民族の「命運」の統合において生起する歴史というテーマも消えている。『存在と時間』で用いた「民族」や「祖国」概念を、より精密に定義しようとする試みもおこなわれているが、ヘルダーリンの詩作から定義されたこれらの概念は個人の決意とは無縁に、存在からの大地に対するはたらきかけとして考察されており[*32]、『存在と時間』や『ドイツ大学の自己主張』で語られたような個人の参加や奉仕を求め、それによって成立する「民族」「祖国」ではなくなっている。

このような「転回」をナチスへのアンガージュマンと関係づけてみると、どのような推測が可能になるだろうか。一九三四年からの「転回」の歩みの著しい特徴は、「形而上学の克服」というモチーフが、詩作＝思索という媒介を通して、存在者としての人間を主体として捉えることに抗する反ヒューマニズムに結びついていることである。この反ヒューマニズムは詩作や思索を人間の主体的な行為としてではなく、存在から受けとめる受動的な行為として考察することに根拠をおいており、個人の決意により歴史に参加しようとするアンガージュマンの論理を完全に無益にするものである。

「転回」を公式に承認した『ヒューマニズムについて』は、サルトル等いわゆる実存主義者とハイデガーの立場の違いを鮮明にする目的から書かれた。ここでハイデガーは、第二次大戦後、全体主義との闘争をとなえ、人間復興をスローガンとするみずからのエピゴーネンたちに痛烈な反ヒューマニズムをもって答えたのである。決意性による人間回復の呼びかけをおこなう実存主義者たちに対して、ハイデガーは人間の本質を人間の人間性において見るヒューマニズムの限界を暴露し、アンガージュマンの無益なることを説いた。反ヒューマニズムだけが近代的技術による暴虐の時代に、人間の本質への接近をもたらすものであり、(それが右であろうと左であろうと) アンガージュマン自体は近代の破壊をさらに進めるものでしかないと断じたのである。

こうしてアンガージュマンを放棄したハイデガーは、「神々なき時代」「故郷の喪失」を耐えること、「帰郷」を哲学者の任務とした。このハイデガーの結論は、さきに見たとおりの、言葉とのみともにあるという。ツェランがたどりついた姿勢と同じものである。ガーダマー[*33]によるならば、ハイデガーはツェランを森の樹木と語ることのできる詩人であると評価していたという。ハイデガーにとっての森が、存在の、言葉の棲むところであることを考えれば、ハイデガーが詩人としてのパウル・ツェランを認めていたことは明白だろう。そしてツェランは、もとよりいかなる政治的社会的行為にも「参加」することなく、ただ言葉とともにあり、帰郷を耐え忍ぶことでホロコーストについての、そして喪失についての詩を書きつづけた。

この乏しき時代にもなにかまだ転回の余地が残されていると仮定するならば、それは世界が根底から、すなわち、今日では言うまでもなく深淵から、転回するときに、はじめて起りうるのである。世界の夜の時代には、世界の深淵が経験され耐えられねばならない。しかしそのためには、この深淵にまで到達するような人々が必要なのである*34

このリルケ論のなかでハイデガーはリルケが（深淵に到達するという）詩人の務めを果たせなかったことをそれとなくほのめかしている。そしてツェランは到達することを欲した。ホロコーストよりもより深い夜にかれは耐え抜き、ハイデガーの思索＝詩作を頼りとして言葉のみと近きにあり、たどりつくことのない帰郷のみちを歩いた。

マルティン・ハイデガーとパウル・ツェランは、ナチスがユダヤ民族に加えた蛮行をはさんで正反対の位置にありながら、ジェノサイドと全体主義の本質を前にして、虐殺と圧制にみちた現実よりもさらなる深淵への到達を詩作＝思索する者の課題とすることにおいて一致して結びついた。この結びつきはもとよりハイデガーが許されたとかツェランが癒されたといったことからは最も遠いことである。しかし、それでもなお、かれらの結びつきは、「アウシュヴィッツ」後の時代における最も建設的な関係であるし、文芸にとっての希望でなければならない。それは「人間」なきあとの文学についての最初の一歩であり、この地点から「人間」なき言葉は紡ぎだしていかれねばならず、耐えていかれねばならないのであるから。

ここでハイデガーとツェランが到達した地点が、小論がコラボ作家を論じる位置であり、またいうならば一種のアリバイである。けだしハイデガーは汚辱にまみれており、ツェランはセーヌ河に投身してしまった。[*35] しかし、その窮地においてかれらは深淵に到達するために「帰郷」の旅程を耐えた。コラボ作家の文学も、深淵に関わる文学である。かれらは、おそらくハイデガー以上に道義的には非難されなければならないが、またその作品のなかには同様に読むべきものが、ホロコーストの彼岸からも読むべき何かが含まれているのである。

IV　フランスの反近代主義

以上のようなファシズムと文学・思想に対する議論を前提とし、小論は叢書「１９４５：もうひとつのフランス」の別巻として、叢書の収録作品の理解および鑑賞に小なりといえ寄与すべく企画された。もともとの企画の意図は、コラボ作家であるドリュ・ラ・ロシエル、ブラジヤック、ルバテと、かれらの衣鉢をついだ戦後作家ニミエについて、各作家個人からではなく統一された視点から、歴史的な意味を問いつつ論じることにあった。

コラボ作家という蔑称が、対独協力という政治事件に由来しているように、かれらをグループとして扱うことには、歴史的な意味はあっても文学的な必然性はないように思われるかもしれない。しかし、政治的に同一の選択をしたかれらコラボ作家たちは、文学的にもまた思想的にも、もちろん大きな見すごしがたい立場の違いはあるものの、有機的な結びつきをもっていたがために、ナチズムに対する共同という選択をともにし、ホロコーストに加担する文学をつくりあげたのである。また、よってたつ同一の伝統をかれらは共有しており、そしてその伝統自体が、戦後になると消滅あるいはかれらが承《う》けていたのとは異なった形で見られるようになってしまったので、その文学的な同一性をあらためて跡づけることが、小論の課題として浮かびあがった。

本書では、そのためにまずコラボ作家の文学的・思想的パースペクティヴを明らかにするために、フランスにおいてかれらが影響を受け、またその伝統のうえに資質をはぐくんだ一連の作家を論じたのちに、コラボ作家をとりあげる手順を踏むことにした。コラボ作家に先行する、十九世紀、二十世紀フランスの反近代主義者、アンチ゠ユマニストの系譜である、アルチュール・ド・ゴビノー、モーリス・バレス、シャルル・モーラスを一覧することによって、反近代主義の基本的な思想や政治手法、ヴォキャブラリーに接すると同時に、かれらの文学・政治の経歴が世界的な近代的価値の没落の過程にどのように対応し、さらに課題あるいは負債として続く世代にどのように引き継がれたのかを論じておきたい。そしてまた小論は、ゴビノーからニミエまでを扱うことによって、一八四八年の二月革命から一九四五年以降の戦後処理にいたるまでのフランス近現代百年を射程におさめることで、いわば反近代主義者たちによる文学史と政治運動史のごくおおまかなエスキースとなることを企図している。この射程によってフランスの近代がもっていた極めて多様な反近代主義の伝統の片鱗を示すと同時に、ニーチェ、ブルクハルト、ハイデガー等のドイツに由来する思想によって占められている（もちろんわが国には「近代の超克」座談会に参集した思想家・文学者の多様なグループが存在したが）現在の反近代、近代後、の論議にまた別の異質な発想がかつて存在したことを示すことができたらと考えている。

注記

＊1――ヴィシー政権を中心とする文書・資料の現状については、H. R. Lottman : *Pétain*, Seuil, 1984. 参照。歴史家による研究書等についての解題は、H. Michel : *Paris Allemand*, Albin-Michel, 1982. が詳しい。

＊2――今日まで、最も権威あるヴィシー政権の研究書といえる *La France de Vichy, 1940-1944*, Seuil, 1973. の著者である R. O. Paxton の、M. R. Marrus との共著 *Vichy et les Juifs*, Calmann-Lévy, 1981. は、占領下でのユダヤ人対策に主題は限られているが、ヴィシーの政府内部関係資料か

らドイツ側の文書までを利用した最も周到な著作であり、特にカトリック教会のユダヤ人問題に対する姿勢の指摘（pp. 185-191）は広範な反響をまきおこしながら教会側の反論を許さないだけの資料的裏づけがあった。しかし、他の分野においてはいまだに包括的な研究を許すだけの資料的な整備はおこなわれていない。今日最も包括的な著作は、学士院会員のH. Amourouxによる全八巻の浩瀚な占領下史 *La grande histoire des Français sous l'occupation*, Laffont, 1976-1986. である。

＊3——たとえばヴィシー政権によりルーマニア大使に任命されたポール・モーラン等。一九四四年九月当時の文学者による対独抵抗の全国組織C・N・E（全国作家委員会）が対独協力者とみなした文学者のリストとして、C・N・Eの機関紙《Lettres Françaises》の一九四四年九月十六日および二十三日号に、約一二〇名の名前があげられている。

＊4——シャルドンヌ、ジュアンドー、モンテルラン、ジオノ、サルモン等の、ドリュ・ラ・ロシェル編集の「NRF」誌をはじめとする対独協力派系の雑誌に寄稿した作家。

＊5——検閲と用紙わりあてに関する審査は極めて全般的におこなわれたので、一九四〇年七月から一九四四年八月まで、パリ等のドイツ軍占領地域で出版された書物のすべてが、このカテゴリーには該当する。この問題についてはPascal Fouché : *L'édition française sous l'occupation 1, 2*, l'Université Paris 7, 1987. が詳しい。

＊6——M・ブランショからM・フーコーやJ・デリダといったフランス現代思想家の営為は、極めて難解かつ晦渋であることで知られている。かれらのその難解さは、ナチズムとファシズムによる暴虐と第二次世界大戦における民主主義陣営の勝利ののちに、正面から近代の価値とその核心であるヒューマニズムを相対化することができなくなったフランスの知性が、その禁忌を苦心惨憺して迂回しながらヒューマニズムを解体しようとした試みによって必然的にまとってしまった装いであり、またその隠蔽を助ける鎧でもある。しかし、哲学的内容はもちろん、事実関係においてもさして新味のない

V・ファリアスの著作（序―Ⅲ参照）が大規模な反響をまきおこした背景には、エコロジーや人道主義の夜郎自大な露呈に先導されたヒューマニズムの大きな反動的勃興があり、特にさきごろ死去したP・ド・マンの弁護にも懸命のデリダの立場は、まことに苦しいものがあるかに見える。

＊7――T・W・アドルノ『プリズム』竹内豊治他訳（法政大学出版局、一九七〇年）、二六頁。

＊8――V. Farias: *Heidegger et le nazisme*, Verdier, 1987.

＊9――この論争について日本では、「現代思想」が、一九八八年三月号、同五月号、一九八九年四月臨時増刊号等で紹介している。

＊10――「現代思想」一九八八年三月号、一一二頁、ファリアスとデリダの論争より引用。

＊11――H・G・ガーダマー『哲学修業時代』中村志朗訳（未来社、一九八二年）、二六八―二六九頁。

＊12――P・ツェラン『死のフーガ』飯吉光夫訳（思潮社、一九七二年）、一八頁。

＊13――『死のフーガ』二九頁。

＊14――世界の文学38『現代評論集』（集英社、一九七八年）所収、P・ソンディ「『追奏』を読む――パウル・ツェランの詩篇についてのエッセー」飯吉光夫訳、三八六頁。ソンディの死後、ソンディによるツェラン論が一冊にまとめられてSuhrkamp社から出版されている（P. Szondi: *Celan-Studien*, 1972.）。

＊15――飯吉光夫『パウル・ツェラン』（小沢書店、一九八三年）、一二一頁（この詩は川村二郎訳）。ツェランの伝記については、同書に依拠した。

＊16――『哲学修業時代』二六九―二七一頁。

＊17――J・アメリー『罪と罰の彼岸』池内紀訳（法政大学出版局、一九八四年）、一一三―一四六頁。

＊18――『罪と罰の彼岸』九一頁。

＊19――たとえばJ. P. Faye: *Langage de Totalisme*, Hermann, 1972. をはじめとする、ハイデガーを

テーマとした一連の仕事。
*20――種村季弘編『現代ドイツ幻想小説』（白水社、一九七〇年）所収、P・ツェラン「山中の対話」飯吉光夫訳。
*21――『パウル・ツェラン』一一―一二頁。
*22――『パウル・ツェラン』一四―一五頁。
*23――「現代思想」一九八八年五月号、二〇五頁。
*24――J.-F. Lyotard：*Heidegger et les《juifs》*, Edition Galilée, 1988.
*25――Philippe Lacoue-Labarthe：*La fiction du politique*, Christian Bourgois, 1987. このM・ブランショに捧げられている著作は、おそらく近年のフランス哲学界の、最もすぐれたハイデガー研究の成果であり、本書のなかで提示されている政治審美主義という概念は、バレス、モーラス、ドリュモン、デルレードらの近代フランスのナショナリズムと、ナチズムの関係を本質的に論じることを可能にすると思われる。本書は著者の国家博士号請求論文であり、当初出版される予定はなかったが、おりからのファリアス論争のために公刊されることになった。同様の経緯をたどって出版された著作に、ブルデューのハイデガー論がある。
*26――ハイデガーと突撃隊の思想的な類縁関係については、J. P. Faye：*La théorie du récit*, Hermann, 1972, p. 127. を参照。ここでファイユはハイデガーを、E・ユンガーに代表されるような突撃隊左派の革命思想、労働観と結びつけている。
*27――「現代思想」一九七九年九月臨時増刊号所収、茅野良男「ハイデガーにおける思索の旋回」一八三頁。
*28――ハイデッガー選集23『ヒューマニズムについて』佐々木一義訳（理想社、一九七四年）、三八頁。

＊29——ハイデッガー全集39『ヘルダーリンの讃歌——「ゲルマーニエン」と「ライン」』木下康光／H・トレチアック訳（創文社、一九八六年）、三八頁。

＊30——『ヒューマニズムについて』一〇一頁。

＊31——ハイデッガー選集9『形而上学入門』川原栄峰訳（理想社、一九六〇年）、二五九頁。

＊32——『ヘルダーリンの讃歌』一一九頁。

＊33——H. G. Gadamer: *Wer bin Ich und wer bist Du?*, Suhrkamp, 1973, p. 15.

＊34——ハイデッガー選集5『乏しき時代の詩人』手塚富雄／高橋英夫訳（理想社、一九五八年）、八一九頁。

＊35——ブランショは一連のファリアス論争についての発言で、ツェランの死の責任をナチズムとホロコーストに対してのハイデガーの戦後の沈黙に帰しているが、詳しい説明はおこなっていない。「現代思想」一九八八年五月号、二〇三頁。

第一章　アルチュール・ド・ゴビノー◉高貴なる星座《プレイヤード》

I　反中央集権と反革命

一九四〇年の第三共和制フランスのナチス＝ドイツに対する軍事的敗北によって、フランス本土が四〇年から四四年のあいだドイツ軍に占領されたときに、なんらかの形で積極的に占領者たちの政策に関係した文学者たち、通称コラボラトゥールたちを、第三共和制フランスの敗北に際しての機会主義者としてではなく、一群の基本的な思想、つまり大革命以来のヒューマニズムを中核とする近代的な諸価値や政治体制を否定する思想を共有する政治的文学者たちとして考察することが小論の課題であるが、その思想の根源は大革命以前にさかのぼることになる。もちろん文学的にはフランスにおけるあらゆる反近代主義の源泉であるサド侯爵の圧倒的な存在を逸することができないものの、政治的な思想においてはさらに時代をさかのぼって考えなければならない。たとえば十九世紀思想史の泰斗、J・ゴデショはかれの著書『反革命』で、ド・メーストルやド・ボナルドといったフランスにおける反革命思想の起源を『回想録』の著者でもあるサン＝シモン公爵に求めている。[*1]公爵が生涯にわたってリシュリュー以来の宰相による宮廷政治へ反抗しつづけたことを、合理的かつ近代的な政治機構に対する反発、反動主義のあらわれとして捉えて、宰相政治、絶対王政に対する名流貴族の批判が、革命後のブルジョワ体制への批判の原型となったと考察している。

このゴデショの考察はゴビノーの近代批判の射程とちょうど一致している。シャルル・モーラスとアルチュール・ド・ゴビノーの両者はともに、中央集権による統治システムを近代的政治機構の病巣とみなしていたが、その歴史的な認識は極端に異なっていた。モーラスはアンシャン・レジームを地方貴族たちによる地方分権、市民社会を革命政権による画一的な中央集権と捉えていたが、ゴビノーは、中央集権はマザラン、リシュリューらの宰相政治に地方貴族、名流貴族が屈服し、宮廷貴族化したことから始まり、市民社会は、絶対王政が進めてきた中央集権化を継承したにすぎないと考えていた。ゴビノーにかかると、モーラスたちが崇敬したラシーヌ等の古典主義文学も、宮廷政治によるフランス文化の画一化の陰謀にほかならず、デカルトも、パスカルも宮廷貴族の手先にほかならなかった。*2

モーラスの歴史認識は、王政復古という政治的プログラムに由来して、その枠を一歩も出ていないという点では極めて素朴である。それに対してアルチュール・ド・ゴビノーの歴史認識は正確かつ深いものであり、かれの近代批判の射程がルネサンス以降の十六世紀にまでさかのぼる遠大なものであることも分かる。しかしまたその遠大さは公衆からは理解されがたく、また具体的な政治あるいは言論活動の方針とはなりにくい。人と共有しえないこのような射程をもった人物が、講壇にたてこもる哲学者や隠者的文学者であるならばまだ救われる可能性もあるが、もしも複雑な野心と世間に対する欲望に燃え、必ずしも手練手管にすぐれていないわけでもない青年だった場合、かれは周囲に誤解され、みずから極端で均整のとれない生き方を選ばざるをえないだけではなく、その死後もかれの人生の歪みは正されない。事実ゴビノーの伝記と作品に対して、伝説や悪名を通り過ぎることなしに接することは、今日でもなお不可能なのである。

かれがこうむっている伝説を数えあげると、まず古くからある根づよい悪名では、『人種不平等論』の著者であるアルチュール・ド・ゴビノーは、「人種主義」の発明者であり、アーリア人種の優秀性の主張と汎ゲルマニスムを結びつけることで、ナチズムの理論的骨格をつくりあげたとする通説がある。

いまひとつの伝説はかれの文学的手腕に関するもので、まずスタンダール死後の、つまりはスタンダールを著書のみにより知った、最初のスタンダリアンであるという伝説、またラクルテルから、ジイド、ロマン・ロラン、ヴァレリー、プレヴォー等、一般の読者よりもまず実作者、作家たちに崇拝されている通好みの作家という定評、そして、世紀末の大傑作としての『プレイヤード』が放っている光輝がある。

実生活面でいえば、なんの根拠もなく「ド」をみずからの名前に勝手に加え、ゆえなく伯爵を名のった貴族マニア、称号気違いであるという風説、もしくはヴァイキングの血を引いた名家の出身という見方、そしてさらには、ド・ラ・トゥール伯夫人から、コジマ・

ワーグナーにおよぶ女性たちに愛された、「女達に覆われた男」であるという伝説。

これらの伝説のうちいくつかは全くまとはずれであり、またいくつかは、正当なものであったり、その背後に、複雑な事情が控えていたりしている。

ただはっきりしているのは、これらの伝説と悪名を与えられた、十九世紀の思想家ゴビノーの生涯には、やはり相応の事情があったと言わざるをえない点である。

ゴビノーの与えた影響や、その系譜という側面から考えるならば、じつはこの稿を起こすような意味は極めて少ない。かれは思想的にも、また文学的にも、同時代の誰にも影響を与えなかったし、その後も今日にいたるまでゴビノーの思想的文学的影響は皆無であり、これからもずっとそのままであると思われる。

小論で、バレスとモーラスを扱うのは、かれらの営みとして押さえたものが、続く世代へ直接的に継承されてゆくのを、見ることになるからである。

ところが、ゴビノーは全く孤立しており、生前には全く無名であった。その名が知られるようになっても、具体的には読まれず、また読まれても嫌悪か、極端な賞賛をひきおこすのみであり、およそメートル・ド・パンセという柄ではない。生前からかれは孤立しており、世間から切り離され、思いも言葉も同時代の文学者、思想家たちと通じることができず、ただ十指にみたない崇拝者を得ただけだった。そして、今日プレイヤード叢書に三巻本でかれの作品が収められるようになっても、その孤独はいまだ癒されていない。

それでも、この稿にゴビノーをとりあげるのは、かれについて論じることで、フランス近代に脈々として巣くっていた、いわば、その反近代主義、アンチ＝ユマニスムの流れの広さと、根づよさを知ることになるからであり、反近代主義のフランスにおけるひとつの源泉（その泉は、かれよりあとに直接的につながらなかったのだが）にゴビノーは位置しているからである。その起源としての豊饒さはいまだ汲みつくされず、ある意味ではかれのとりあげた思想および文芸上の問題にその後の反近代主義をめぐる争点のほとんどが尽くされているとも言いうるからである。

II 「王の息子」の大いなる不安

アルチュール・ド・ゴビノーは、一八一六年七月十四日に生まれた。革命記念日に生まれたことについて、この「封建主義者」はそんなに嫌がってはおらず、「極端な二つの出来事（自分の出生と革命）が一つの日付に乗った」と良い気持ちになっていたという。

父親であるルイ・ド・ゴビノーは、当時ルイ十八世の近衛第二連隊の大尉を務めていた。ルイは、一八一三年に王党派による反ナポレオン蜂起のたくらみに加わり（ポリニャック兄弟による挙兵）失敗して皇帝の警察に捕らえられたという経歴によってその地位を与えられたのである。しかしルイ・ド・ゴビノーは、その地位に不満だった。失敗したとはいえ、王家のために生命を賭した代価として、年収三十万フランは堅いサン＝ドミンゴ島の国税管理人の座を望んでいたのである。

ルイ・ド・ゴビノーが反ナポレオン挙兵に加わった一因として、ゴビノー家が王党派の有力な地方ブルジョワであったことがあげられるだろう。

ゴビノー家のボルドーにおける存在は、十六世紀にまでさかのぼることができる。十八世紀を通じて、一家の勢力は伸長し、ゴビノーの曾祖父の代には、ボルドー市議会の議員となって、議会に事務所を購い、祖父チボー・ジョゼフは、「ゴビノー館」と呼ばれた邸宅をボルドー市中に建てた。革命中もゴビノー家は大過なく過ごしたが、王家が流した血は、ゴビノー家の人々に革命を憎ませ、ボナパルトを嫌わせた。あるいは、革命派に属する新参のブルジョワたちの社会的進出が、王政下に着実に地歩を固めてきたゴビノー家に嫉妬をいだかせたのかもしれず、ルイの積極的な王党派支持の行動は(その後の猟官運動とあいまって)、革命以来フランスに蔓延していた、出世主義の尻馬に乗った行動とも考えられる。

父親は、王政復古が成功したのちに、近衛連隊に勤めるようになると、自分の名に貴族の称号"de"を付けて自称するようになった。現存する公文書には、曾祖父にも祖父にも、"de"の称号を付けた記録は存在しない。

ゴビノーの旧友、マキシム・デュ・カンは『文学的回想』のなかで、ゴビノーは極めて卑しい生まれの貴族狂であり、かれは勝手に自分の名に、最初に"de"を、のちには伯爵の称号を加え、外交官のあいだではこのことは公然の秘密であり、誰もがそのことを笑っていた、と書いている。[*3] しかし、この"de"については、アルチュールは父親が近衛士官として既成事実化した称号を受け継いだもの、伯爵号についてはゴビノー自身が第二帝政で外交官生活を送るようになってから勝手に名のりだしたものである。ナポレオン三世は、事情を知りながら黙認していたらしい。しかし、ゴビノー自身にとってはそれは理由のあることだった。

アルチュールの母、アンヌ＝ルイーズ・マドレーヌは、夫とは全く逆に、父親がブルボン家の信任が厚く、十五世の私生児であるという噂さえあったボルドーの王領管理人であったにもかかわらずボナパルト支持者であり、ポリーヌ・ボナパルトの取り巻き女性の一人であった。彼女は、サン＝ドミンゴ島出身の極めて奔放なクレオールで、一八一〇年に十九歳で結婚したときにはすでに一人前にめはしのきく社交界の女性だった。結婚も女性としての行動の自由を得るためにおこなわれたとおぼしいもので、夫婦が一緒に生活することは極めて稀だった。このクレオールの母の奔放さは、ゴビノー一生の呪いとなる。アルチュールの妹であるカロリーヌは、ルーヴル館長クララック伯の子であるといわれ、さらにのちに生まれる下の妹スザンヌは、ルイによって認知されるのを拒まれている。スザンヌは、母の公知の恋人であり、アルチュールの家庭教師だった、シャルル・ド・コアンデールの子だった。

母は、夫が連隊とともに、ヴェルサイユ、ルーアン、ピレネーと赴任して行くのに従わず、二人の子と家庭教師を連れて、フランス国内を転々とし、一八三〇年には、警察により、偽名を使って借金を重ねた罪で告発されたが、うまく所在をくらまして逃げつづけた。

しかし、その後も行動はおさまらず、同種の行状を重ねたため、一八四一年から四八年まで七年間にわたって女性刑務所に服役している。

アンヌ＝ルイーズ・マドレーヌがゴビノーに及ぼした呪いは、ひとつには、母親の不品行が社交界、サロンで話題にされることへの恐怖であり、いまひとつは、母親の身もちの悪さのために、自分自身の出生について、確信をもつことができなかったことである。

近年のゴビノー研究は、特にジャン・ゴーミエの『スペクトル・ド・ゴビノー』[*4]が一九六五年に発表されて以来、かつての政治的イデオロギーによる作品解釈から離れて、ゴビノーの創作の核心を、ゴビノーと母親の関係に求めることが一般的である。自身の父親が誰と断定できない不安、母親の身もちに対する疑心という暗黒が、ゴビノーのエリート論、人種・血統という起源にむかってゆく発想につながっており、また一方で、反発しつつも、奔放に望むがままに生きる母親へいだく愛着と憧れ（後年、ゴビノーは妻として母親と同じクレオールの奔放な女性を選んでいる）がエネルギーや活力への賛美となって、ゴビノーの小説世界の大きなテーマとなっている。ゴビノーのスタンダール的な、人格的強さ（vertu）への賛美が希望と明るさを伴わないのは、母親に由来するエネルギーの希求が、つねにかれの起源にまつわる暗黒とつながっているためである。

その暗黒の、最終的な局面が、晩年に書かれた『オッタール・ジャール　ヴァイキングの王』[*5]である。作者自身、ライフワークであり『人種不平等論』は同書の序文にすぎないとまで語っているこの書物は、ゴビノー家の先祖である（とゴビノーが主張する）北方アーリア人の海賊の「歴史」である。この海賊オッタール・ジャールの子孫が、イングランド公ド・オッタール・アン・グルネイとなり、そのまた子孫が十五世紀にギィヨンヌにおちついたという。さらにこのグルネイが時代とともに音便が変わり、ゴーヴァンになり、ゴビノーになったのだと主張している。

この誰も本気にとらない系図を正当化するために、ゴビノーはボルドーの古文書館に通いつめて証拠を探したが果たせず、それでも絶対の自信を本人はもっていた。そしてイングランド公の末裔であるのだから、伯爵の称号を名のるのも当然としていた。

しかし自分の本当の父親は誰なのかという深刻な悩みと、みずからの血統を十一世紀のヴァイキングの末裔に位置づけるゆるぎのない確信の同居がもっている、異様な暗さと不均衡には、たんなる狷介さやミスティフィカシオンでは決して説明のつかない一種の狂気を感じざるをえない。

父ルイは、一八三〇年の七月革命を機に軍を退役し、詐欺罪で告発された母親によって置き去りにされた二人の子供（妹スザンヌの行方はその後不明）をひきとった。父は、ゴビノーに、サン＝シールの士官学校を受験させるが、落第してしまい、ゴビノーは一八三五年、立身出世の野心をいだいてパリにむかった。

しかし、パリは、つねにそうであるように野心的な青年に対して冷たかった。ゴビノーは、一八四〇年までの五年間就職することができず、伯父チボー・ジョゼフの世話になり、なんの収入もなく、毎日、職と、つてと、庇護者を求めてパリ中を歩きまわり、出入りを許されたサロンで卑屈にご機嫌をとり、権勢のある人間には誰にでも取り入り、愛想笑いをつくり、悲惨と屈辱のかぎりをなめた。

このパリでの苦闘時代に、ゴビノーの思想の中核は形づくられた。社会から門戸を閉ざされて、ゴビノーは、いつの時代でも青年たちがするように、当時の七月王政を批判した。ルイ・フィリップ治下の「金銭支配」、金銭万能の時代、という誰もがおこなう批判の彼方に、しかし、ゴビノーが求めたのは、ソシアリスムでも正統王朝の復活でもなく、デモクラシーと西欧近代への統括的な批判の視点だった。

最初にゴビノーが興味をもったのは、中東の非西欧文化圏だった。かれは、七月王政のフランスをヨーロッパ全体の病のあらわれと規定したうえで、西欧をアジア、オリエントと対置して、ヨーロッパ文明の本質を「進歩」として捉え、オリエント文明の本質を「智」と把握することで、西欧を相対化し、その社会的病は文明の本質である「進歩」に由来するものであり、もはや直しようがないと早くも考えていた。

ゴビノーのオリエント熱は、上京後、コレージュ・ド・フランスの講義に通いつめて以来のことだが、就職運動をおこなっていた時期に、いくつかの新聞、雑誌に、アジア通信、オリエントの宗教や文学、特に十三世紀ペルシアの詩人についての記事、論文を寄せている。[*6] そしてこの興味がのちに外交官として中近東に赴任したときに取り組んだ『中央アジアの宗教と哲学』等の著作の源泉となった。

ゴビノーの近代批判のもうひとつのポイントは、かれが生涯を通じて愛してやまず、初期の新聞小説から、最晩年に完成される大作詩劇『ルネサンス』にいたるまで続いた十六世紀イタリアへの傾倒である。ゴビノーは十六世紀イタリアに自由人の理想、個人主義と英雄的ペシミズムの融合を見出し、こうした観点から、画家や文学者、宗教家よりも、庸兵隊長たちにルネサンス時代の理想の完成があるとした。けだし「傭兵隊長たちがいなくなると同時に、富も勇気も、芸術も自由もなくなった」[*7]のである。ここで、ゴビノーが個人主義や自由といった観念を、先だってブルクハルト＝ニーチェ的な意味で（非リベラルな意味で）用いていることは注意に値するだろう。

一八四二年にゴビノーは、十六世紀の代表的な庸兵隊長バルトロメオ・ダヴィアーノの伝記をシスモンディやダリュの資料に準拠しつつ書こうと試みる。ゴビノーは、バルトロメオは全くなんの氏素姓もない、卑しい生まれであったが、いわゆる vertu をもっていることで、一種のゴビノー流の貴族、選民である（『プレイヤード』のなかで展開される概念だが）「王の息子」の一人であると考えていた。また、ここで「人種」という観念を使っているが、「人種」（race）とはこの時期のゴビノーによるならば、魂の性質のことなのである。

こうした苦闘の青年時代、母に連れられて入退学を繰り返した中学生活と、母の愛人である家庭教師から受けただけの教育にもかかわらず、ゴビノーは社交界に立ち交じり、詩や小説を書き、アジアやオリエント関係の記事を新聞に寄せることで、二十代のうちにルナンやトックヴィル等、当時第一級の知性から評価されるような知的成熟に到達していた。しかしこのような独学による学問は、他に類をみないゴビノー独得の境地を許したのと同時に、奇妙な孤立、他の学者や思想家との交流の不可能性と、かれの作品の奇妙ななりたちをつくりだした。こういった作品自体のあり方と、周囲の誤解の最も奇妙で極端な結合が『人種不平等論』にほかならない。

III　二月革命：普遍主義の台頭

ゴビノーがアレクシス・ド・トックヴィルと出会ったのは、かれが生涯に経験した最初の幸運だった。トックヴィルはゴビノーの学識と、リアル・ポリティックに対する目の確かさを評価していた。たとえば、ゴビノーは論説紙に寄稿した政治論文のなかで、西欧世界がロマンティックな感情から一致して歓迎していた（バイロンまでが義勇軍に参加した）トルコからのギリシアの独立はオスマン＝トルコの弱体化をもたらすだけであり、結局はロシアのバルカン半島への圧力を増すことにしかならないと警告した。[*8] またドイツの統一運動についての評価を、ナショナリズムでも民族の力でもなく、ドイツ資本主義と行政官僚主義の利害の一致に見出している。[*9] ドイツの統一化とは、ドイツにおける一種のフランス大革命であり、工業化、鉄道、運河、造船を通して、資本家と行政家による革命が進められているのだと指摘している。そしてプロシア王政によるドイツ的モラルの均質化は、高貴で詩的なドイツを永遠に絶滅し、人間性を産業セールスマンの愛想笑いのなかに閉じこめてしまうだろうと指摘している。このような統一ドイツに対する見方が、死後のゴビノーにむけられた汎ゲルマニスムという非難と全く相容れないことは明白である。

正統王朝時代から権勢をふるい、七月王政では議会の極めて有力な議員であり、すでに『アメリカの民主主義』によって、学界の高い評価を受けていたアレクシス・ド・トックヴィルは、名門貴族らしい鷹揚さで狷介なゴビノーを受け入れ、かれを引き立てていくつかの調査研究の仕事を依頼した。[*10]

しかしゴビノーのほうは、トックヴィルの提唱したキリスト教を市民社会の融和と連帯の根本に据えたデモクラシーの可能性に関して、オリエント中東の宗教・哲学を視野におさめている自分から見ると、キリスト教もまたアジア的宗教の一形態にしかすぎず、『聖書』はギリシア哲学、アレクサンドリア派の影響のもとに書かれたユダヤ教テクストの寄せ集めにすぎないので、自分は到底信じることはできないと書き送っている。[*11] こうしたゴビノーのトックヴィルに対する態度は確かに居丈高であると同時にポイントがはずれて攻撃的であるが、また理解者を求める甘えた気持ちとも取れないことはない。実際にゴビノーは、思想的に立場が違うとはいいながらも、アカデミーの編纂事業を手伝い、フィヒテ、カント、ヒューム、ベンサムそしてヘーゲルの哲学を学び、またトックヴィルが主宰していた「商業」誌に政治、外交、文学等の記事を寄稿しつづけたのである。[*12]

そして一八四八年の二月革命によって成立した第二共和制で、四九年六月、バロ首班の内閣の外務大臣に就任したトックヴィルは、ゴビノーを官房長官に抜擢した。[*13] 公邸と馬車、そして七千フランの月給を与えられ、結婚して以来生計を支えてきた雑文書きとも縁を切って、ゴビノーは、有頂天になった。初めておおやけに認められ地位を得たよろこびに、ゴビノーは毎朝五時に起きて深夜まで働き、トックヴィルを助けたのである。そして二月革命は、ゴビノーにとって公職のみちがひらかれる契機であったことに加えて、かれがものごころついて立ち会った最初の革命であり、その推移はかれの思想形成に大きな影響を与えた。

一八四八年の二月革命は、普通選挙の実施を要求して、正統王朝派や首相のギゾーを批判するブルジョワジーといった雑多な勢力によって一八四七年に挙行された改革宴会から始まった。主宰者自身が極めて限定された効果しか期待していなかったこの反政府デモンストレーションは、ルイ・フィリップの施政に飽き生活苦に追われた民衆の熱狂をかきたてて、しばしば暴動に近い騒乱をひきおこしたために、一八四八年一月にギゾー内閣によって禁止された。その禁止に逆らってあえてパリで宴会を催そうとしたことから、政府による強硬な改革宴会の禁止命令が二月二十一日に出されると、翌二十二日には学生、労働者、市民による抗議デモがパリ全市を舞台におこなわれ、気のはやい市民はバリケードを作りはじめた。二十三日には国民軍が政府を見限って叛徒側につき、ルイ・フィリップはギゾーを罷免した。それでも騒ぎが沈静しなかったために、二十四日に議会を解散し、王自身退位してイギリスに逃亡してしまったのである。

こうして、二月革命はあっけなく成就し、フランスにはナポレオン・ボナパルトが統領に就任して以来ほぼ半世紀ぶりに共和制政権が誕生した。二月革命は大革命以後はじめての本格的な革命で、ルイ・フィリップの登場により予定調和的に収拾された七月革命とは異なって、突然に事態が進んだために誰ひとりとして渦の外に身をおいて先を見通すこともできず、混乱のなかからどのような歴史がうみだされるのか固唾をのんで見守るしかなかった。

ブルジョワジーとならぶ二月革命の主役は、都市労働者たちだった。一七八九年の大革命を支持した群衆のなかにはほとんど含まれていなかった工場労働者の流入が、パリの人口を百万人の大台におしあげ、一八四〇年から一八四七年の七年間に蒸気機関を用いた工場の数は約三倍、鉄道の軌道は三二〇〇キロが敷設されていた。急速に膨張した都市労働者層は生活環境も劣悪で、一八三一年にリヨンで起こった絹織工の蜂起を端緒として労働運動もうまれて、ピエール・ルルー、サン゠シモン、ルドリュ・ロラン等の社会主義思想が徐々に浸透しつつあった。

そしてまたこの革命は、王政復古時代以来のロマン主義の洗礼を社会全体が色濃く受けていたために、あたかも政治行動が情熱の吐露であり魂の解放であるかのような群衆の熱狂的な参加に支配されていた。二月革命の政治的な推進装置となった「クラブ」はかれらロマン主義的な群衆の根城だった。この「クラブ」は市民が自発的に集まって革命の方針を討議するものだったが、ダルトン゠シェー伯爵やラマルチーヌ、バルベス等が主宰した有名クラブから、場末の貧民窟にいたるまで、数千にのぼるクラブが存在し、誰もがみずからの政見を発表して支持を求め、クラブ内で意見がまとまると臨時政府に赴いてその履行を迫った。一人がいくつものクラブに参加するのは常識であり、クラブめぐりが上流市民から学生までの流行になった。

初めて政治的言説を自分たちの手に握ったかれらの要求は多分に急進的であり、理想主義的であり、なによりも幻想的だった。かれらの主張には「普遍的」(universel) という言葉がよくつかわれていた。平等と自由と友愛の観念が甘美で万人を陶酔させる一種の信仰にまで達していたために、その紋切型の思考のなかであたかも「人間」とその幸福の追求が宇宙的な真理であるかのような興奮があらわれていた。その決議の内容は、たとえば世界共和国の即時建設であり、ヨーロッパ言語の統一、男女の仕事の完全平等、動物や家畜の解放、あらゆる搾取の禁止、菜食主義の法制化、全寮制による教育の完全国有化、貴金属・芸術作品の廃棄、市民の服装の統一、そしてたくさんの記念碑や凱旋門・胸像の建設等々で、現代まで存続している非現実的で民衆の耳に甘く響く理想主義的な要求のほとんどをこの四八年のクラブに集まった群衆の決議のなかに見出すことができる。

しかし、革命は「クラブ」の熱狂とは関わりなく進行した。まず、徐々に過激化してゆく労働者階級に対する富裕層のしめつけに反発して、六月に蜂起した都市労働者は、鉄道を利用して地方から増員された国民軍により鎮圧され、少なくとも二千人が死に、一万五千人が逮捕された。そして事態を収拾したカヴェニャック将軍は新憲法を成立させて大統領選挙をおこなったが、国民が選んだ指導者はルイ・ナポレオン、のちのナポレオン三世だった。つまり二月革命の熱狂はもうひとりのナポレオンをうみだすことに奉仕して終結したのである。

二月革命の登場人物、事件、思想には二十世紀前半までにおよぶ政治の要素のほとんどがあらわれている。社会主義、共産主義、国家主義、組合主義、キリスト教的民主主義等の政治イデオロギーまたはその原型、そしてマルクスが考察したように、革命の初期に共同して王権を打倒したブルジョワジーと労働者の利害が、革命の進行のうちに分裂し対立することで、(六月蜂起であらわれたように) 革命が「二月以前では国家形態の転覆を意味したが、いまやブルジョワ社会の転覆」を目標とする「ブルジョワジー」対「プロレタリアート」の階級闘争になったこと。そして、「クラブ」に参集してみずからの政見を披露する人々、のちにオルテガ・イ・ガセが「大衆」と呼んだ人々が政治の主役としてあらわれたことである。かれら「大衆」が、政治の表面にあらわれたことで、政治は専門家による理念と統治実務の手法をめぐるあらそいではなく、宣伝と耳に心地よい主張の夜郎自大な羅列になり、そしてこのナポレオン三世を大統領にした大衆が、のちにヒトラーを民主的に元首の座につけることにもなるのである。

こういった現代政治史の原型ともいうべき二月革命を観察したゴビノーが取り組んだのが、『人種不平等論』だった。

IV 『人種不平等論』：普遍的ヒューマニズム批判

バロ内閣が一八四九年十月に倒れ、ルエール内閣が発足すると、トックヴィルも外務大臣を罷免されたために、ゴビノーの官房長官生活は四ヵ月しか続かなかった。ゴビノーも上司であり、いわば恩人であるトックヴィルに殉じて下野するのが慣例だったが、かれはトックヴィルの後任であるドートプール侯爵に運動して、ルイ・ナポレオンから外交官に任命してもらった。ドートプール侯爵はかつて近衛連隊で、ゴビノーの父と同僚だったことがあったのである。

実際、トックヴィルはかれの行動を極めて不快に思ったらしいが、ゴビノーにしてみれば、失業すればその日から家を探し、雑文を書かなければ暮らしていけなかった。やっとみちがついた外務省の仕事になんとか食いこむしかなかったのである。ゴビノーはスイスのベルンの公使館の一等書記官に任命された。一八七七年に事実上引退するまでの、およそ三十年の外交官生活の始まりである。

初めて外交官として赴任する興奮からさめてみると、ベルンは商人ばかりが住んでいる田舎町にすぎず、派手でパリの流行から遅れまいとする妻の服装は目立ちすぎ、ちゃんとした社交界もオペラもない暮らしは、かれらが考えていた外交官の生活とは全く異なった憂鬱で退屈なものだった。そしてこの太った善良なスイス市民たちにかこまれた倦怠と、日々つのってゆく妻の忿懣から逃れるために、ゴビノーは『人種不平等論』に取りかかったのである。

『人種不平等論』は、世紀末の小説家としてのゴビノー像がクローズアップされるまでは、アルチュール・ド・ゴビノーの名前とまっ先に結びつけられてかれのイメージを形づくっていた主著である。しかし現在、プレイヤード叢書に収録されて、古典的作家に仲間入りしたかに見えるゴビノーの姿は、『人種不平等論』がはらんでいるスキャンダルが解消したり、忘却されたためにあらわれ、受け入れられたわけではなく、『人種不平等論』の著者としてのゴビノーは、いまだに一般的には二十世紀最大の災厄のひとつである人種主義(racisme)の祖として知られ、またヒトラーやローゼンベルクらのナチズムの人種政策に決定的な影響を与えたと考えられている。

「人種主義者」「反ユダヤ主義者」という人物像、またドイツ帝国主義、汎ゲルマン主義やナチズムとの関係を、しかし、現在のゴビノー研究者のなかで肯定するものは一人もいないだろう。それは身びいきや研究対象を古典的作家のイメージにとどめようとする方策のためではなく、一度『人種不平等論』のテクストそのものを手にとって読めば、一般的な「悪名」は伝説でしかなく、ゴビノー自身や著書の内容とは全く関係ないことが明らかになるからである。そしてこのような「悪名」「伝説」が存続している大きな理由のひとつは、『人種不平等論』が実際にはほとんど読まれていない書物であるからかもしれない。

一八五三年に『人種不平等論』の初版が出た当時には、五百部のうち百部程度しか売れず、また書評にもほとんどとりあげられなかった。親交のあったエルンスト・ルナンは

「両世界評論」誌に書評記事を書くことを約束していたが、果たさずに一般の注目はほとんど期待できない学会誌「ジュルナル・アジアティック」に、一八五九年になってから『人種不平等論』全体のなかからヘブライ民族の歴史についての部分だけをとりあげて論評したにとどまり、その他の反響も得られなかったので、『人種不平等論』はゴビノー自身の意気ごみにもかかわらず、黙殺されたに等しかった。その後ゴビノーの生前には重版を果たさず、死後一八八四年、一九二二年、一九四〇年に、それぞれ四百部程度ずつ重版されただけで入手の困難な本として有名だった。

そのうえ一九四〇年の再版は、商業的な理由のためではなく、版元のフェルミナ＝ビドー社が、ドイツ占領軍の好意が得られるのではないかという推測のもとに再版にふみきったという事情があり、同様の配慮からメルキュール・ド・フランス社から、『人種主義の発明者、ゴビノー伯爵』なる伝記[*14]がローゼンベルクの『二十世紀の神話』とともに出版された。

一九四四年以降、ゴビノーの『人種不平等論』はナチズムに対する強い批判を背景に、セリーヌの反ユダヤ主義パンフレット、ルバテの著書、エドゥアール・ドリュモンの『ユダヤ的フランス』等とともに入手することがほとんど不可能になってしまった。一九六七年にゴビノー再評価の一環として、フィリップ・ジュアンの序文を付した再版[*15]が出版されると、反ユダヤ文書の再版として広範な非難が起こり、出版社を困惑させた。当時、ゴビノーの『プレイヤード』はポケット版になり、『アジア短編集』はガルニエ社の古典叢書に収められ、他の主著はもちろん文学的な価値があるとは考えがたい初期の新聞小説までが再版されて版を重ねていたのである。

内容からいえば、ゴビノーの他の著書と同様に、『人種不平等論』は全く反ユダヤ主義的な書物ではないし、またいわゆる人種差別的な「人種主義」の書物でもない。プレイヤード叢書に収めても千ページにおよぶこの大著の梗概は以下のようなものである。

前歴史的な段階に、地上には白人種、黄色人種、黒人種の三人種が存在していた。かれらはたがいに接触することはなく、独自の人種的特質と、その特質に由来する文明をもっていた。しかし時間が経つにつれて、三つの人種はたがいに混じりあい、様々な組み合わせや様々な比率による混血が発生して新たな人種がうまれ、その混血の過程でいくつもの文明が誕生し没落していった。時間が経てばたつほど混血は進み、それによって元の人種がもっていた特質は失われて、均質化が進んでくる。人類がその特質のほとんどを失って均質化したのが、現在の民主主義の時代であり、そしてこの混血が、全世界的に進行し、すべての人種が完全に混じりあったときに、人間はその特質のすべてを失い、あらゆる文明は死滅する。そしてこの滅亡は避けがたいものであり、もちろんいかなる救いもありえない。

つまり、ゴビノーによるならば、全人類の歴史とは、白色、黄色、黒色という三種の人種が、混血によって徐々に初めの純粋さを失ってゆく過程であり、その純粋さが完全に失われたときに文明は死滅するというその歴史観は終末論的なものであり、極めて厭世的なものである。

この梗概のなかで注意を喚起したいのは、ゴビノーは各人種それぞれの特質について指摘し、またその人種的特質がそれぞれの文明にどのような形であらわれたかについて、テクストのほとんどのスペースをさいて論じているが、各人種間の価値の上下や、なかんずく白人種やアーリア人種の優越といった価値判断は全くおこなっていないということである。

このことは、同時代的に見ればゴビノーの観察が極めてとらわれることの少なかったことを示している。たとえば革命の守護神ミシュレは公然と「黒人であるということは、人種であるというよりも一つの病である」[*16]と語り、社会主義者サン゠シモンが「ニグロは、その体質の故に、平等に教育したとしてもヨーロッパ人と等しい高さの知性に達するとは考えられない」[*17]と書いている。

それに対して、ゴビノーは黒人種を人類におけるディオニュソス的要素の極として捉え、アポロ的な極である白人との混血が「芸術家」にとって最も幸福な結合であり、また黒人の血が「ギリシア人には詩と彫刻を、イタリア人には感情と音楽を」[*18]もたらしたのだと語っている。

このような考察からも明らかなように、当時西欧世界に蔓延していた植民地帝国主義ほどゴビノーから遠いものはなかった。ゴビノーは一八五六年、テヘランへ赴任する途中エジプトに立ち寄ったとき、瞥見したイギリスの植民地政策に憤激し、このような下劣な連中に高い文明をもった民族を支配させていることからも、神には正義の観念が欠けていることが分かる、と怒っている。[*19]もともとゴビノーは西欧キリスト教文明を、アジアの宗教の一ヴァリアントにすぎないと軽視していた。それにもかかわらず、アジアやアフリカの民族に対して野蛮を教化し文明化し場合によってはキリスト教化するという口実のもとに地球全体を同じ文明、同じ文化によって支配しようとする西欧近代の植民地帝国主義は、決して許せない犯罪行為であり、そのよってたつ起源はリベラリズムと同じ普遍主義の、つまりは普遍的ヒューマニズムの夜郎自大にほかならないと考えた。あらゆるところに西欧近代文明をひろげ、打ち立てようとする心の根は、人間がみな均質で同質であるとするリベラリズムの普遍主義に由来した、文化普遍主義、普遍ヒューマニズムなのであると。

こうしたゴビノーの主張から、かれが『人種不平等論』の不平等（inégalité）にこめた意味が明らかになるだろう。ここでの「不平等」とは、人間の様々な文化や文明におけるあり方を、ある一つの、西欧近代の視点からのみ、同質のもの均等のものとして捉え、そこに根本的な差異を認めず、人間は誰もが「平等で同質」なものであるとする、リベラルでデモクラットな普遍主義、近代ヒューマニズムの傲慢さに対して、人間が相互に保持している差異や非同質性を主張する「不平等」inégalité＝非均質なのであり、人種間の価値や支配民族と被支配民族といった人種間でのヒエラルキーの「不平等」なのではない。

というよりもゴビノーは、それぞれの人種、ひいては個人を「人間」という虚構の同一性のなかの同じ尺度によってはかろうとすることがそもそも近代西欧の、ひいてはヒューマニズムの病であり、他の民族の特質と個々人の認識しがたい差異を識り認めようとしないことが、世界的には植民地帝国主義、またヨーロッパ近代の一国家の内部ではそれぞれの地方の文化的多様性を認めない中央集権という災厄をひきおこしているのであると考えていた。

同時代的にはゴビノーは人種的偏見がない思想家であるとしても、現在から見るとゴビノーの用いる人種という観念自体が抵抗感をまねくかもしれない。しかし十八世紀以来、十九世紀を通じて、「人種」という観念は、非常に一般的なつきなみでさえある主題であって、科学から宗教の枠組みがはずされて「神の似姿としての人間」という観念が失われると、人間にむけられた博物学的研究による、人種間の差異とその価値の優劣を主題とした論文が大量に書かれていたのである。

というよりも、ゴビノーの著作自体がニービユールや、ラーセン、プリチャード、ミシュレ、ルナンといった著者の「人種」本からの引用、借用から書かれているのである。いまだに、『人種不平等論』がゴビノーのアジアにおける外交官生活によって、実地にフィールドワークをおこなって書かれたものだとする説があるが、『人種不平等論』が発表された一八五三年には、ゴビノーはフランス以外の土地では、一等書記官として赴任したスイスのベルンしか知らなかった。『人種不平等論』は、たとえばフレイザーの『金枝篇』や、近くはメアリー・ダグラスの諸著作のような、「寝椅子の人類学」の系譜に属する著作である。ゴビノー自身が明らかにしているもので約三百冊、現在研究者がスールスとして特定しえたものでその四倍の、人類学書、博物学書、歴史書、旅行記、探険記が、『人種不平等論』のために用いられている。[*20]

しかし、『人種不平等論』がフレイザー等の著作と異なるのは、ゴビノーは資料から自分の理論をひきだしたのではなく、かれがいだいていた先入見、歴史に対する個人的認識、起源に対する信念の正当化のために資料が選択され、千あまりのページが費やされているという点である。

そして主要部分のほとんどを借用に頼っているこの著作のなかで、独自性があり、また統一された著作としての価値をつくりだしているのは、ゴビノーの個人的信念、「文明の死」に対する信念であり、デカダンスに対する確信である。この確信は著作の性格を（著者の意図とは無縁に）ラマルチーヌの『天使の失墜』、ユゴーの『諸世紀の伝説』といった詩作による歴史物語や、その暗さと野放図さにおいては『マルドロールの歌』といった散文詩により近いものとしている。[*21]

十九世紀に生まれた人種主義のほとんどが、植民地帝国主義を背景として、最終的な白人種の勝利や、あるいは黄色人種、黒人種、特にセム民族を排斥することによっての文明の進歩を信じており、「つねに生まれでる新しい世代がそれ自体新しい混血の結果であるので」絶対に文明の敗滅は避けることができず、「白人種は地表から消え去るだろう[*22]」と断言しているゴビノーとは全く相容れない。ゴビノーの徹底したペシミズムと、近代文明に対する軽蔑を共有しうるような思想は、もともと西欧中央主義、近代主義の産物である他の人種主義には求めるべくもないだろう。それではこのようなゴビノー、他の人種主義者とは一線を画して、白人種の優越性や、神が与え賜うた支配民族としての本質、西欧文明の普遍的な価値といったいわゆる「人種主義」のいかなる論拠とも相容れないゴビノーが、なぜナチズムの源流として、人種主義の教祖としてみなされるようになったのか、その疑問は『人種不平等論』が現実にはあまり読まれていなかったといった事情には、到底還元できない。

ヨーロッパにおける反ユダヤ主義や人種主義の歴史の権威であり、「現代ユダヤ文化センター」の設立者、国立科学研究所の研究員であるレオン・ポリアコフも、『アーリア神話』のなかで、「彼（ゴビノー）の人種の位階づけからして、論理的には当然、彼の『人種の不平等性について』は第三帝都《ライヒ》においては焼かれてしかるべきものであった」のであり、なぜゴビノーのような（人種主義における）小者の存在が、このように強調されたのかを究明する必要があると主張している。また他の論文のなかで、ゴビノーは明らかに「最も反ユダヤ主義的ではない」人物であり、実際『人種不平等論』のなかにはドイツ人やアーリア人に対する非難（最も堕落したものの併置）は見出せても、ユダヤ人種については、最高の賛辞（高潔で強い民族、知的な民族）を繰り返していると指摘している。[*23]

ゴビノーが着せられた濡れ衣の原因のひとつは、かれとドイツとの強い関係である。トックヴィルやルナンといった数少ない知己をのぞいては、フランス本国では全く迎えいれられなかったゴビノーは、最初にプロシアの外交官プロケッシュ＝オステンから、そして晩年にはリヒャルト・ワーグナーから最高の敬意をもって迎えられ、のちにはワーグナー・サークルのなかから、シェマンをはじめとする、ゴビノー崇拝者、研究者が輩出した。ゴビノーはまさに生前トックヴィルが予言したように「ドイツからフランスに帰って」[*24]きたのである。あたかもフランスの知識人たちには、十八世紀以来、ヴォルテール、ミシュレ、サン＝シモンにまでおよぶ人種主義の潮流を、忘却してフランス思想史から切り離し、ライン河の彼岸にのみ信奉者をもつフランスの作家、しかしフランス文学史にはどのような跡もとどめていない、私生児であり、流刑に付された一人の作家の名前に集約することで、フランスを人種主義から浄化し、人種主義をフランスとは無縁な、ドイツに固有なものであるかに思わせるような、無意識の作為でも働いているかのように。

ゴビノーがナチズムに影響を与えたとする説の根拠になっているのは、ゴビノーのワーグナー・サークルとの関係であり、特にコジマ・ワーグナーと彼女の取り巻きによって結成された、第二帝国下の汎ゲルマニスト・グループにゴビノーが思想的影響を与えたとする説である。

確かにリヒャルト・ワーグナーもコジマ・ワーグナーも、ゴビノーを温かく迎えた。ゴビノーはワーグナーの楽劇を好まず、「パルシファル」のキリスト教臭さをあざ笑っていたが、あまりにも賞賛と理解に縁遠く、誰ひとりからの理解も得られないまま晩年に近づきつつあったゴビノーが、ドイツでは王者のように振舞っていた当時のワーグナーの賞賛を喜ばなかったわけがない。

コジマはゴビノーとの特別な関係を噂されるほどゴビノーにほれこんでいて、日記にも、ゴビノーの健康や精神状態を気づかう記述が散見される。ゴビノーと出会ったときから、コジマは自分のことを、かれの価値を見出し受け入れた、この「難破」した思想家にとって初めての「港」であると思いこみ、ゴビノーの死後は、ワーグナー・サークルの人々にかれのことを語りつたえた。

しかし、ワーグナー家との関係から、汎ゲルマニスムとゴビノーの関係を推測するのはいささか早計である。たとえばコジマ・ワーグナーの女婿であり、汎ゲルマニスト・グループのリーダー格だった『十九世紀の生成』の著者H・S・チェンバレンは、ゴビノーのことを嫌っていた。義理の母であるコジマから再三にわたって『人種不平等論』を読むようにうながされると、この一般に「ゴビノーの弟子」と呼ばれている人物は腹にすえかねて、『人種不平等論』はただのファンタジーであり、ひいきめに見ても「書物による博学」の著作であり、「予言の書」にすぎず、「うんざり」するので読みたくないと書き送っている。[*25][*26]かれによれば、ゴビノーは生物学や遺伝のことなどなにひとつ分からず、アプリオリにつくりあげた歴史を正当化するために、膨大な書物に助けを求めているだけである。ゴビノーを語る場合に必ず引き合いにだされるチェンバレンからしてこの調子では、他はおして知るべしと言わざるをえない。

もともと官僚主義と中央集権を不倶戴天の敵としているゴビノーが、諸公領を併呑して成立したドイツ第二帝政の支持者たちと、どのような形であれ折り合えるわけがなかった。

さらに言えば「国家」こそが、ゴビノーが最も嫌っていたものであり、『人種不平等論』のなかでも、「国家」とはすでになにひとつ失うものがない無産の民から、生命と身体をも奪いとるためにギリシア人がつくりだした詐術にすぎないと論じており、[*27] 人種観からも、政治観からもゴビノーが汎ゲルマニストやその後継者としてのナチスと相容れる可能性は全くなかったのである。

もしもゴビノーと通じあえるような知性をドイツに見出すとすれば、それは汎ゲルマニスト、ナショナリストたちのなかにはいないだろう。それはたとえばF・ニーチェであり、J・ブルクハルトである。

ゴビノーが「文明の死」、「人間の滅亡」と呼んだ全地球的な完全な混血の完成は、いわゆる額面どおりの「死」や「滅亡」ではなくて、混血による各民族の特性の喪失、人間の個性や差異の消滅であり、完全な（「普遍的な」）人間の均質化、同質化をもって「死」と呼んでいるのである。ゴビノーによるならば、活力のある文明とはそこで生きる人間たちが、自分自身の特性をもち、自由に（リベラルな、政府が与える自由ではなく）欲望のままに生きる社会であり、そこでは高貴と卑賤、富裕と貧困、勝利と敗北がそれぞれはげしいコントラストであらわれ、同質性ゆえではなく、それぞれの個性によって各人が生きるような文明である。このようなゴビノーの近代批判、ヒューマニズム批判の内実は、晩年のニーチェがキリスト教批判において「生を弱めるもの」にむけた指弾と極めて近いし、ブルクハルトの文明論にも相通ずるものがある。そしてゴビノーが近代社会を「けだるさに圧倒されて麻痺したまま澱んだ水たまりにつかって反芻している水牛の群れ[*28]」のごときものだと定義しているのは、『ツァラトゥストラ』の「末人」の章での考察に相当するのではないだろうか。ニーチェはゴビノーを、ワーグナーを通じて、またブラジル皇帝ペドロ二世を通して知っていたとおぼしいが[*29]、はたしてその著作を読んだかどうかは分からない。

このように「悪名」とはうらはらな内容をもった『人種不平等論』がなぜ、ナチズムと、またかれらのおこなった人種政策そしてホロコーストと結びつけられなければならなかったのか、これまで見てきたように実証的な説明はすべて成立しないのである。他の凡百の低劣で悪質な人種主義の著作とその歴史に対する影響が忘却されてしまっているのに、内容的にはナチズムと結びつくところのない『人種不平等論』が、なぜホロコーストといまだに結びつけられているのか。

ここで小論として推測すれば、『人種不平等論』のなかにある否定の暗いエネルギー、絶望を証明し、文明に死刑宣告をおこない、逃れるみちはないのだと宣言するためにこのような大著を、膨大な引用でつくりあげたゴビノーの情熱こそが、『人種不平等論』にそのような伝説を与えていると考えられる。ゴビノーが『人種不平等論』にこめた近代に対する憎悪と人間性全般に対する尽きることのない軽蔑は異様な力を放ち、その否定のエネルギーは、近代ヒューマニズムが保持し守ってきたとする普遍的近代的な「人間」に対してなによりも強くむけられているために、ホロコーストによって顕在化した近代ヒューマニズムの危機に際して、実際に関係した虐殺者たちとは別に「ヒューマニズム」殺しの隠れた主犯として、その殺意を名ざされているように思われる。もちろんホロコーストがゴビノーの意とするところであったのではないことは、かれの思想から見て明白であり、第三帝国がビスマルクの第二帝政以上にゴビノーにとって好ましくなかったであろうことには、議論の余地はない。しかし、ゴビノーが二月革命を支持した民衆のなかに見出した、極度に均質化して個々人の特質を失い、みずからの人生を生きることができなくなった人々、そしてかれらが属している衰弱した文明、西欧近代のデカダンスに対する糾弾の強さが、人知れず、その内容や趣旨とは全く無関係に、ただその怒りと追及の激しさ強さによって悪名をよびよせ伝説をつくりだしてしまったのではないだろうか。ゴビノーの憎しみの強さと、そしてその憎悪がよびおこす連環は、もはや理性的な推論の範疇を超えた一種の呪いや狂気といった場でしか最終的には解き明かせないものではないだろうか。

『人種不平等論』に対する誤解はすでに、出版当時から始まっていた。アメリカの反奴隷解放運動グループのリーダー、グリドン博士が、英語への翻訳とパンフレットとしての出版をもちかけてきたのである。黒人種を賞賛し、白人種を非難している部分さえあるこの書物がどうして人種差別運動の助けになるのか、ゴビノー自身が深く困惑した。そしてこれは「悪名」の始まりにすぎなかったのである。

ゴビノーは文筆活動を始めるにあたって父親に「僕は人間を長いあいだ憎んできた。だからそれを理解してやろうと思う」と書き送っている。そして『人種不平等論』はこの憎しみによる人間学の集大成である。この憎悪は時とともに昂進し、稀にあった生きるよろこびの感覚も間遠になってゆき、癒されることなく、狂気に近づいていった。その狂気もヘルダーリンやニーチェのようなユーフォリックな狂気ではなく、正気の、冷静なあくなき認識者に蓄積していった、苦渋にみちた均衡と調和の喪失であり、憤怒の発作であった。

V 『プレイヤード』

第二帝政の約二十年、ゴビノーは、フランクフルト、テヘラン、アテネ、リオデジャネイロの各都市で外交官としての生活を送った。特に二度におよぶテヘランでの生活はゴビノーのアジアに対する興味を満足させると同時に、オリエンタリストとしての研究の機会ともなり、『アジア三年』、『中央アジアの宗教と哲学』等の著作を成立させたが、しかし外交官としての成果は満足すべきものではなく、ゴビノーが綿密に打ち立てた外交政策はいずれも本国政府によって尊重されず（特にアフガニスタンをめぐる対英、対独政策）、また任地の面でも本人が希望した西欧主要国がわりあてられることがなかった。また家庭生活は、ゴビノーが史跡を求め、現地の知識人と交流し、知的好奇心から東奔西走していたテヘラン滞在中に、妻が倦怠のために鬱病になったことで破綻し、家庭の幸福は二度とゴビノーにはもたらされなかった。第二帝政最後のリオデジャネイロへの赴任は意にそわないものだったが、テヘラン時代に専制君主の宮廷に長く暮らすことで身についた一種の誇大妄想によって城を購入する等の浪費が続き、借財のためにやむなく受け入れざるをえなかった。

社交界もなく訪ねるべき史跡もないリオデジャネイロでの勤務は予想したとおりに憂鬱なものだったが、なによりもこの都市の退屈に最も苦しんでいたのが元首であり皇帝であったペドロ二世だったことから、ゴビノーは最も信任の厚い話し相手になり、皇帝との友情はほとんど残りの全生涯にわたって続いた。

このリオデジャネイロ滞在中に、突然ゴビノーは二十年来書くのをやめていた小説を書いた。青年時代にはもっぱら生活費を稼ぐ目的で、メリメ風の歴史小説を新聞に連載するために書いていたが、外交官となり生計が立つようになると手がけなくなっていたのである。一八六九年十二月十五日、一晩のうちにゴビノーはかれの傑作として名高い「アデライード」[*30]を書きあげた。母と娘が、彼女たちの新しい夫であり父である美男の青年士官を奪いあうという極めてスタンダール的な内容をもつこの小説は、一八五一年に短期間ハノーヴァーに使節として滞在したときに聞いた実話をもとにしている。外交官としての強烈な自負と自信にもかかわらず、出世への希望も結局は果たされない見こみがこの頃にははっきりし、また『人種不平等論』以降、テヘラン滞在を契機に次々と刊行した大著『アジア三年』、『楔形文字論』、『ペルシア史』、『中央アジアの宗教と哲学』もフランス本国の学会からほとんど完全に黙殺されてしまった。辺地まわりが続く外交官生活と破綻した家庭生活のなかでたまった忿懣は、まだテヘランやアテネでは遺跡や古代の文物、知識人との会話によってまぎらわされていたものの、リオデジャネイロの不毛と孤独のなかで、突然に小説「アデライード」となってあらわれたのである。

それゆえに、読者は「アデライード」のもつ女性のエネルギーの謳歌というモチーフを、飼い慣らされ無力化した市民・近代社会への嫌悪の側面からのみ解釈してはならないだろう。小説としての「アデライード」がゴビノー自身にとってもっている意味は、他の論説的著作とは異なったものであり、いわば絶望の彼方に希望を、希望という言い方が適切でなければゴビノーの晩年を包みこんだ嫌悪と絶望の暗い闇を相対化する何かを、示すものでなければならなかったはずであるから。

ブラジルから帰国するとすぐに普仏戦争が勃発し、第二帝政の没落とパリ・コミューンの惨劇をゴビノーはまのあたりにした。ナポレオン三世の統一ドイツに対する軍事的敗北はともかく、祖国フランスの勝利を訴え、革命の理想をかかげてパリにたてこもった民衆が、ヴェルサイユ議会のブルジョワ軍によって虐殺されたコミューンの顚末はゴビノーを暗澹とさせた。「国家」の苛斂誅求の対象である無産の民衆が、他の階級よりもいっそう強く国家に魅了され、愛国心のために生命を捨てることの愚劣さが、ゴビノーの同時代への嫌悪をいや増しにし、第三共和制を支配することになる熱狂的ナショナリズムの萌芽があらわれて、なによりもゴビノーが糾弾した人間の内部に巣くう圧制としての国家がいよいよその巨大な姿をあらわしてきた。リオデジャネイロの孤独から、同時代史の（ゴビノーが見るところによるならば）さらなる黙示録的様相を前にして、ゴビノーは『プレイヤード』を書きあげたのである。

アルチュール・ド・ゴビノーの、というよりも今日では十九世紀フランス小説のなかの最大の傑作のひとつとしてすら数えあげられる『プレイヤード』は、ドイツとティエール首班のヴェルサイユ政府のあいだでのフランクフルト条約の締結後、コミューンの敗北直後、一八七一年七月に書きはじめられ、一八七三年初頭に脱稿し、一八七四年に出版された。

おおざっぱな梗概は以下のようなものである。フランス人で社交界の人士であるルイ・ド・ロードン、ドイツ人で彫刻家のコンラッド・ランツェ、イギリス人で政治家志望のウィルフレッド・ノアの三人の青年が、スイス・アルプスからマジョーレ湖畔をともに旅する場面からこの小説は始まり、偶然に出会ったかれらは各人がたがいに高貴な魂をもった「王の息子」であることを認めあう。ロードンは成功したブルジョワの貞淑な妻であるジュヌヴィリエ夫人に、ランツェはポーランドの奔放なトンスカ伯爵夫人に、ノアは貧しいイギリス人の宣教師の娘ハリエット・コックスにそれぞれ恋をしており、三人の青年の恋愛の顚末が小説の主軸となっている。ランツェが生まれ育ったドイツの地方宮廷ビュルバック公爵領の、哲学的で開明的な君主ジャン＝テオドール・ド・ビュルバック公の言動と恋が小説のいまひとつの中心となっている。

『プレイヤード』は近代小説としての結構あるいは形式的な完成度という側面から見ると

はなはだ不完全な、というよりも気ままな構成をもっている。プロットの進行はかなり御都合主義的であり、人物の偶然の出会いが頻発し、伏線と思われた動機が端緒のままに放置されたり、突然の出来事や、あらかじめほのめかされてもいない秘密の発表あるいは登場人物によって重要な問題が解決されたりする。三人の恋が並行して進むために、メインプロットと呼ぶべき主題もなく、また各人物どうしの関係も、冒頭に提示された姿から発展することがない。叙述は場面をこま切れにして変わってゆくが、それも効果をねらってのことというよりも、気ままの印象のほうが強く、また登場人物の意識の側面で展開する叙述が往々にして地の文章と区別がつかなくなり、はたして登場人物の感慨であるのか作者、語り手の演説なのか判然としないところが多い。

しかしこういった形式上の不備は『プレイヤード』の鑑賞の疵にはほとんどなっていない。というよりも逆に小説形式に対する配慮に欠けるこのような無邪気さがかえってジイドやアランといった腕利きの作家・文章家に高い評価をつけさせた所以であるとすら考えられる。ゴビノー自身が自分を小説家とみなしていたかどうかも疑問であり、少なくとも後世に自分の名前が、歴史家でも思想家でもあるいは外交官でも東洋学者でもなく、小説家として残るという事態は夢想だにしていなかったに違いなく、そうした他の著作に比べて肩の力が抜けているところに加えて、晩年にさしかかり人生を暗く閉じようとしているときに慰めとして書かれたという性格が『プレイヤード』を、ゴビノーにとって最も幸福で闊達な著作にしていることは間違いないだろう。たとえば『プレイヤード』のいまなお読者をひきつける魅力のひとつである、ビュルバック公が王位を捨てパレルモに隠遁したのちに公妃が急死して従妹のオーロールと結ばれるという美しい結末、ハッピーエンドについていえば、ゴビノー自身の苦渋にみちた生き方を背景としているからこそ説得力があるのであり、職業的な小説家にはあえて取りえない都合のよすぎる結末も、気ままで奔放な構成のゆえに小説のなかに破綻なくおさまったという側面がある。というよりも『プレイヤード』の全編に漂っている幸福な香気は、形式や構成、小説美学や脈絡といったせせこましい理屈を意に介さないおおらかさと密接な関係があるのである。

　その幸福の横溢からの連想によって、『プレイヤード』はスタンダールの『パルムの僧院』と結びつけられることが多い。発表当時すでに、最初に『プレイヤード』を絶賛した批評家アルベール・ソレルは、『パルムの僧院』を引き合いにだして『プレイヤード』を論じていた[*31]。事実、ゴビノーは『パルムの僧院』をこよなく愛し、トックヴィルが主宰していた「商業」誌に一八四五年に一連の文学評論を掲載したとき、ミュッセ、バルザックに続いてスタンダールをとりあげ、『ハイドン・モーツァルト・メタスタージオの生涯』と『パルムの僧院』を核としたスタンダール像をつくりあげている。特に同時代的に見ると、バルザックが『パルムの僧院』について指摘した「政治小説」という側面に対して、ワーテルローの場面から終盤までに一貫している行動者としてのファブリスの主観をとりあげた姿勢は評価するべきだろう。この「商業」誌の記事がゴビノーに「スタンダール死後の最初のスタンダリアン」という伝説を加えたのだが、これはいささか過大評価であって、ゴビノーは小説、特に『パルムの僧院』を読むことでスタンダールを「発見」したわけでは決してなく、スタンダール本人とは面識がなかったにしろ（しかしまた、いずれかのサロンですれちがったという可能性もまた否定できない）、トックヴィルやメリメを通してすでにその人となりや作品に触れていたと考えられるからである。しかし、スタンダールに対するゴビノーの傾倒は否定しようがないものであり、『プレイヤード』が『パルムの僧院』を強く意識した作品であることも事実である。冒頭でロードンとランツェが酌み交わすアスティ酒からして『パルムの僧院』のなかでファブリス・デル・ドンゴがファルネーゼ塔で看守たちと飲んだものだからというので登場人物の青年たちがよろこび、マジョーレ湖畔を散策すればサンセヴェリーナ公爵夫人が引き合いにだされるといった具合である。そもそもビュルバック公国なる小国の宮廷という背景の設定がパルムと同様であり、ジャン゠テオドール・ド・ビュルバック公はモスカ伯爵を思わせるところが少なくなく、またビュルバック公の愛情を拒んで、年下の彫刻家に走るトンスカ伯爵夫人にはサンセヴェリーナ公爵夫人の面影がなくもない。

しかし実際のところ、『プレイヤード』は『パルムの僧院』に似ても似つかぬ小説である。というのも『プレイヤード』にはファブリス・デル・ドンゴが、つまりは主人公が、かつて若きゴビノーが指摘したような行動者として読者に現実への視点を与える héros がいないし、その主人公が担うメインプロットとなる大きなドラマ、対立の劇がないからである。『プレイヤード』は『パルムの僧院』や『赤と黒』、『リュシアン・ルーヴェン』といったスタンダール的近代小説、レアリスムの小説、社会の価値と個人の価値の乖離、矛盾を担った小説ではなく、『プレイヤード』のなかには近代の社会・政治的現実と結びついたドラマが存在していないので、あるいは『パルムの僧院』と共通しているかに見える「幸福」の謳歌も幸福のもっている性格が全く異なっている。『赤と黒』の終結部でジュリアン・ソレルが見出す幸福は、かれが青年時代から執着し自分を誰とも対等であるような「人間」とする唯一の手段とみなしてきた出世を断念しまたその幻想からさめたことによるものであり、ファブリスの牢獄のなかでの幸福も、権謀うずまく宮廷社会から離れたことによっている。しかし『プレイヤード』には実際には「王の息子」たちとその恋人たち、そしてかれらに匹敵するか極めて近い、高貴な人間しか登場せず、またドラマもその高貴な人間たちの星座《プレイヤード》のあいだでしか展開しないので、実際の敵である卑しい人間、愚者、現実の社会をつくりだし動かしているものたちは姿をみせず、幸福と高貴さを求める人間をつねにくじこうとする強大な現実はあらわれていないのである。つまるところ『プレイヤード』のなかにはデル・ドンゴ侯爵も、検察官ラッシも、大公も、ジレッチも、ラヴェルシ侯爵夫人も姿をみせていない。そのために『プレイヤード』のなかの幸福は、現実との葛藤から個人の価値を奪還しようとするコントラストの強さ、幸福と虚栄、高貴と卑劣、愛情と憎悪、衝動と瞑想という対立からうまれでたものではなく、ひたすら現実から逃げをうった、もはや歴史に対してなんの希望もいだいていない人間の幸福、一種の観照的な、ゴビノー流ストイシズムの果実なのである。

この『プレイヤード』と『パルムの僧院』の現実に対する態度の相違はビュルバック公とモスカ伯爵の比較から容易に読みとることができる。ビュルバック公は、自分の公国が遅かれ早かれプロイセンに併合される運命にあることを認め、小規模な封建領主は中央集権の暴威の前に完全に無力であり、自分の治世に未来も、また公国の長い未来にわたっての継承もありえないことを見抜き、できるならば退位して平穏な生活に入りたいと願っているが、卑俗な野心をいだく弟や王妃の取り巻きに領民をゆだねてはならないという君主としての義務感から国政にたずさわり、娘の婚姻によってふわさしい後継者を得ると、引退してパレルモに旅立ってしまう。一方モスカ伯爵は、パルム宮廷の廷臣やその政治的対立を軽蔑しているが、国政にたずさわる以上全力をつくして政敵を打倒しようとし、現実に働きかけることを望み、自分にその力があることを誇りに思っている。伯爵はいつでも宰相の座を未練なく捨てることができるが、しかしいくら政敵や政治自体が軽蔑すべきものであっても、戦えるならば戦うべきであると考えている。サンセヴェリーナ公爵夫人が看破したように、細かい政治的駆け引きにあけくれる宮廷生活には緊張があり退屈とは無縁なのである。両者の社会に対する認識はその軽蔑においては共通していても、力と無力感において正反対であり、誇りのよってたつところも、かたや逃れがたい責任であり、かたや現実に対する闘いというように全く異なっている。

このような『プレイヤード』の現実逃避と観照的な態度を端的に示しているのが、以下のビュルバック公とロードンの会話である。

「私が思うに、誇り高く、みずからの魂の呼び声を聞くことのできる人間の火急の義務とは、自分のなかに閉じこもってしまうことでしょう。そして他の人間を救うことは不可能な代わりに、自分自身を向上させるのです。これこそがいまのような時代にやるべきことなのです。社会が失ってしまったものは完全に消え去ったのではなくて、個々人のなかに隠れているのですから。（中略）」

「いうなればそれは、高き星座《プレイヤード》のなかに自分を加えようとすることですね」[*32]

このような現実からの逃避と観照的な態度の賞揚は、アラン、ジイドの世代から今日までにおよぶ知識人の『プレイヤード』に対する高い評価と無縁ではないだろう。そしてこの観照的な人生観において『プレイヤード』のドラマトゥルギーをつくりだしているのは、「王の息子」の高貴さをめぐる葛藤であり、この葛藤は恋愛においてのみあらわれる。というよりも恋愛こそが『プレイヤード』の主題であり、小説を構成している骨格なのである。「王の息子」がそなえているとされる高貴さは、外的にはなんの保証も基準もない極めて個人的な価値にすぎない。しかも「王の息子」たちは、その高貴さを社会によって認知されることを望んでもおらず、逆に社会への徹底した軽蔑と高貴さへの意志によってのみかれらの個人的な貴族性が確立されると考えている。そして社会的現実にぶつかることのないかれらの価値は、いまひとつ別の高貴な魂との交流、受容、理解、つまるところただ恋愛によってのみ高貴さを証しだてることができるのである。いうなれば、『プレイヤード』は教養ある「高貴」な人士に対する愛の力と影響についてのエッセーあるいはブールジェ、A・フランス風の分析小説ともいうべき内容をもち、そしてこの恋愛の美しさが、『プレイヤード』の魅力の中核となっている。

『プレイヤード』の登場人物のなかでも最も魅力的なのは、ポーランド貴族のトンスカ伯爵夫人だろう。彼女は最初、ビュルバック公の愛人として物語に登場する。夫である伯爵は放蕩と賭博による借金のため、ヨーロッパ各地で追放されてロシアで軍人になり、彼女はヨーロッパ中の社交界を渡り歩く生活の末に、ビュルバック公国におちついたのである。しかしある日彼女は宝石店で見かけたコンラッド・ランツェを誘惑してしまう。コンラッドは何回か夫人と会ううちに、その偏狭さと優しさの共存した魅力に強く惹かれるようになるが、夫人は自分がコンラッドを愛することは可能だが、コンラッドは自分を愛することができないと言って拒み、コンラッドは夫人の本当の愛人がビュルバック公だったことに驚く。というのもランツェ家は十五世紀からビュルバック公家に仕えてきた家柄で、コンラッドの父親もジャン゠テオドール・ド・ビュルバック公の主治医を務めていたからである。しかしコンラッドは宮殿に入ってゆく夫人の馬車を見かけて宮殿に侵入し、ビュルバック公当人に捕らえられてしまう。公はコンラッドを許し、フィレンツェに旅立つよう命ずるが、そのいきさつを聞いて夫人もまたビュルバックを立ち去ると言いだす。公がひきとめるが、夫人はきかない。夫人はビュルバックを立ち去ると、自分に対してひどく絶望的になり、フランスの保養地サン゠ガールのホテルに止宿して、偶然ロードンの献身の対象であるジュヌヴィリエ夫人とその夫に出会う。そして彼女は、ジュヌヴィリエ夫妻に自分の過去を告白し、ジュヌヴィリエ氏を誘惑したうえで、突然ホテルを立ち去ってしまう。そして彼女はフィレンツェで再びコンラッドと出会うと、一緒に暮らすことを申し出る。

「わたしは危険な女です。そしてなによりもわるいのは、わたしが本心からふるまっているのに危険であるということで、わたしの性格の真実は偽りであり、わたし自身がだれよりも先に自分に欺かれているのです。しかしわたしは変わりたい。名誉と善良さを、何年ものあいだわたしは自分の虚偽にもかかわらずもとめてきました。そしてわたしの考えが罪ぶかいとしても、心はまだそれほどではないでしょう。わたしの移り気の餌食のなかでもあなたが、一番苦しんだとおもいます。そしてだからこそわたしはあなたをお呼びしたのです。わたしは過ちをただして、より好ましい人間になりたいとおもいます。どうかこれ以上わけをきかないでください。コンラッド、あなたはわたしに平穏を、休息を、そして自分自身への尊敬を与えてくれますか。もしそうしてくだされば、わたしはすべてを差し上げましょう。この取引はお気に召しませんか[*33]」

トンスカ夫人は、衝動的な振舞と自分自身への辛辣さに悩まされながら、高貴さを求める女性であり、つねに誇り高く振舞い、しかしまわりの男性を誘惑によって屈服させずにはいられないやまれぬ衝動をもち、そしてそのために自分で苦しんでいる。そしてここでのコンラッドとの恋愛は衝動でも官能でもなく、みずからの誇りのための高貴な生への強い意志であり、誘惑と支配、衝動と自縛の循環から逃れた平穏な世界をつくりだそうとする、現実的社会から離れた愛情のなかに自分たちだけの世界をつくりだそうとする試みである。

『プレイヤード』のなかでいまひとり興味深い人物をあげるとすれば、それはドリヴィエ公爵だろう。かれは貴族の称号が虚栄であるというので、平民としてカジミール・ビュレと名のっている（公爵の行動が、勝手に伯爵号を名のったゴビノーの行動とちょうど逆なのが面白い）。公爵は、ビュルバック公国に行く前にパリでトンスカ伯爵夫人がつきあっていた相手である。しかし、公爵が他の男のように屈服しないのに業を煮やして、夫人があなたはわたしを愛していないと言って責めると、公爵はトンスカ伯爵夫人は生きている人間を愛することができないのであるから、自分も彼女を愛することはできないと言い、しかし自分には宗教も、政治的党派も、仕事も、愛情もないから、パリにいても仕方がないと言って全財産を夫人に与えて、ウクライナの辺地に隠棲してしまう。公爵の挿話は、メインプロットとは関係ないが、明らかに『プレイヤード』の本質、高貴さの本質を示すエピソードとして語られている。

『プレイヤード』は、現実の社会、近代、大衆、普仏戦争とコミューン後の混乱する世相、フランスと自分自身の行く末への絶望からゴビノーみずからを救い出すために書かれた。『プレイヤード』はいかにして現実とは無関係に幸福にかつ高貴に生きうるかという問いを中心とし、「王の息子」たちの恋愛を描いた作品である。そして恋愛こそが歴史と社会から決別した高貴な生き方を可能ならしめるという解答が『プレイヤード』では示されている。この愛は感情でも衝動でもなく、一種の魂の力ともいうべきものであり、情熱の一時的な強さを平穏のなかで持続に変えることに価値を見出している。恋愛はつまるところ、高貴な生への強い意志であり、その完成と持続という目標のためには、結婚生活こそが理想の関係とされている。

『プレイヤード』の十九世紀フランス文学の古典としての名声は、このような恋愛と「王の息子」という奇妙な貴族性の規定の仕方が自由に展開する、小説的な空間の創造によっている。つまり歴史から目をそむけて、ひとえに内省的な価値を社会とは無縁に確立し、幸福の方法論を、あるいは近代世界とは無縁な世界を小説のなかで示そうとした点である。『プレイヤード』が何世代にもわたって知識人を魅了しつづけたのは、まさしく時代の外に立った観照的な生活を理想とするような近代知識人の希求に、あるいはあまりにも強い歴史の干渉のなかで社会とは別の価値を守ろうとした二十世紀知識人の運命によっている。『プレイヤード』は、確かに美しい小説だがまた奇妙な小説でもある。というのも小説の基本的なモチーフである「王の息子」たちが主張する「高貴さ」の正体が、不分明だからである。「王の息子」の高貴さがいっさいの内実を伴わないとすれば、いかにしてそれは高貴たりうるのか、またその高貴さが純粋に個人的な意志によるものであるのならば、なぜ「王の息子」という血統を暗示するような名をもたなければならないのか。逆に言えば、その高貴さとは軽蔑の別名にすぎず、つまるところ近代の社会にはなんの実体的な個人間の差異、つまりは高貴さがありえないゆえにその内実について言明しえないのではないのか、そして「王の息子」が個人の任意な発意による高貴さの宣言であるのならば、それはゴビノー自身の伯爵号の僭称となんら変わりがない。ゴビノーの貴族狂は、「混血」によって同質化し均一化した近代市民、大衆を前にしておぼえた軽蔑と恐怖から、自分自身をかれらと区別するために「伯爵」を名のったことに始まり、ついに『オッタール・ジャール』における家系の確立のくわだてにまでいたる。これは確かに狂気に属する振舞であるが、その意味するところは深遠である。もしも、大衆から自分を真にわかつ具体的差異を、人が、知識人が、大衆に対する深い軽蔑にもかかわらずもつことができず、それでも時代と社会への嫌悪と、個人を侵す近代社会の暴力から身を守るために大衆から自分をわかつことを必要としたとき、その差異を求める意志が知的に鋭敏であればあるほど、実際にはそのような差異が存在しないがゆえに、みずからを尊しとし、高貴であるとする価値の内実は空疎で非現実的なものにならざるをえないのである。

『プレイヤード』は、知識人のもつ大衆から自分をへだてようとする高貴さへの要求に応えているがゆえに、何世代にもわたる文学者・知識人に愛されてきた。ひとは、ゴビノーの貴族狂をあざけりながら、同時に『プレイヤード』に賛嘆し、このような作品を書きうる文学者がなぜそのように卑しく奇妙な情熱をもっているのかいぶかしく思う。しかし分裂しているのは、『プレイヤード』を書きながら同時に自分の名に平気で伯爵とサインするゴビノーではなくて、『プレイヤード』を読みその美しさにひたりながら、実際には自分のひそかな差異への欲求、「貴族狂」に気づくことのない読者なのである。

VI 救済としての文学

ゴビノーは第三共和制初期の四年間、ストックホルム大使として再び外交官生活を送った。妻との関係は完全に破綻し、トリィの城館を売り払うと、妻と娘に会うことはなかった。外交官を引退してからは、イタリアやドイツを旅行して暮らし、定まった住居をもたず、『アジア短編集』、『ルネサンス』、『オッタール・ジャール ヴァイキングの王』を出版し、『プレイヤード』の続編として今度は近代社会への怒りと嫌悪を前面に押しだして「馬鹿どもを薙ぎ倒す」ことを主題にした『黒いヴェール』に取り組むが未完成に終わる(この作品は草稿も失われてしまい全容を知ることはできない)。そして六年におよぶ放浪生活ののち、一八八二年十月十三日トリノで誰からもみとられずに死去した。

生涯変わることのない友人だったプロケッシュ゠オステンはゴビノーを、歴史家にして社会学者、オリエンタリスト、詩人、批評家、文学者、小説家、ジャーナリスト、彫刻家、政治家、外交官として成功した、ミケランジェロやダヴィンチのようなルネサンス的巨人であると主張している。しかしまた一方で、必要に応じて何にでも手を出した一種の才子にすぎないという意見もある。かれは天才であったのか、あるいはいうなればブヴァールとペキュシェのような異常な情熱にとり憑かれたアマチュアにすぎなかったのか。

小論ではゴビノーの思想および歴史観について、反ヒューマニズムや反近代主義という視点から、あるいはニーチェ、ブルクハルトとの通底といった論点から眺めたが、結局ゴビノーにおいて最も個性的であり特徴的であるのは、かれの歴史観と社会認識の結論に由来するものとしての、狷介で突飛な行動、怒り、嫌悪そして暗い狂気だろう。すでに『人種不平等論』がその内容とは無縁に、うずまく絶望と嫌悪の力のために、全く関係のない忌まわしい思潮の起源に位置づけられてしまったことは見てきた。そして『人種不平等論』の結論は実際には直接的に『プレイヤード』に結びつき、『人種不平等論』で不可能であると判断された高貴さは「王の息子」という称号によって『プレイヤード』のなかで実現している。それは、明白にゴビノーにとっての救いであり、それこそが「文学」の力というべきものだろう。『人種不平等論』の結論、文明の全体的死は、『プレイヤード』においても同じものである。ただ、『プレイヤード』においては社会生活を逃れ内面に閉じこもり、そして恋愛によって他の高貴な魂と築きあげる幸福の可能性が示されている。そしてそのためには、ビュルバック公やドリヴィエ公爵のように、完全に社会から離れ、虚栄を捨て去らねばならない。この結論は極めてまともで理性的であるように見えるが、しかしその高貴さの実質は、社会とのいっさいの関連をもたない、ゴビノーの貴族マニアと変わるところのない、ひとりよがりの、独善的で、かつ孤独な自己規定である。

しかしこのような高貴さへの希求、市民社会から自分を区別し、より高いものとして位置づけようとする意志は、たんなる虚栄によるものではないし、またゴビノーの称号狂いや荒唐無稽な系図への執心を俗物的な側面からのみ解釈することはできない。この貴族狂と、そして「王の息子」の論理によってつらぬかれている『プレイヤード』は、ゴビノーの近代社会に対する、近代市民社会の普遍主義、画一性、コンフォルミスム、人間性を矮小化し、同質化し、均一な価値のなかに封じこめようとする近代社会の力に対する、抗議であり、異議申し立てなのであるから。『人種不平等論』の結論である家畜化した近代人から、自分自身を救い出し絶望を癒す行為として、伯爵の称号はゴビノーにとって必要だったのである。そしてその称号と文学作品は、ゴビノーにおいては幾分かは、救いでありえていた。少なくとも文学作品は苦渋にみちたかれの生涯から離れて、一つの美しい世界をつくりあげているし、文学にはその救済の力がいまだそなわっていたのである。しかし、ゴビノーよりも後代の作家たちは文学によって救われているようには思われない。『ふたつの旗』の美しさは、ルバテの近代社会と人間への嫌悪を少しも救っていないばかりでなく、じつはその古典的な完成度はかれの最も過激なナチズムへのアンガージュマンの本質とつながっているのである。その意味で、つまり文学作品が政治に侵食されない世界をつくりえているという点で、ゴビノーはいまだ十九世紀の作家であり、またより「幸福」であると言える。そしてさらに、ゴビノーにおいては貴族狂という形であらわれていた社会への異議申し立ての形は、のちの作家たちにおいてはより暗く歪んだ性質をもつことになるのである。

アルチュール・ド・ゴビノーは、家庭環境と青年時代の都市生活から身につけた社会と人間性全般に対する軽蔑と憎悪、および十九世紀中葉の政治状況に対する歴史的洞察から、人間性の窮乏というその後百年におよぶ現代の趨勢についてほとんど完全な理解をしていた。しかし、その思考と論述の形態があまりにも特殊であり、狷介であったので一般的な影響をもつことはなかった。近代の知的、政治的、社会的思考の中核である「人間」という観念そのものの統一性と普遍性を攻撃するかれの反ヒューマニズムは、その絶望の深さと認識者としての稀な知的鋭敏さゆえに再生のプログラムをもつことができず、かれは一種の逸脱的な行為によって社会には侵されない価値をみずからにいだこうとした。ゴビノーの生涯は苦く、その孤立と逸脱は救いがたいものだったが、しかしかれは、少なくとも小説だけは美しいものとして残すことができたのである。

注記

＊1――J・ゴデショ『反革命』平山栄一訳（みすず書房、一九八六年）、七頁。

＊2――絶対王政の官僚的中央集権体制は、大革命ののちには、急進的な共和主義の立場をとるジャコバン派が支持するところとなったのに対して、封建貴族が標榜した地方分権主義は、地方のブルジョワ、地主階級を支持層とするジロンド派に継承された。このジロンド派の思想はその後のフランス近代政治史において、時の政府に対してより保守的な立場に立つ反体制派に受け継がれた。ゴビノーは、ルイ・フィリップ治下のパリでジャーナリストとしてデビューしたとき、オルレアン家の王統に対して否定的な立場をとるブルボン正統王家支持のサロン、特にド・セール夫人のサロンからの庇護を受け、地方分権思想の洗礼を受けた。一八四〇年六月に正統王朝派の新聞《La France》紙に分載されたゴビノー最初の創作である、"Le Mariage d'un Prince"（「NRF」誌一九六六年八月号に再録）は、リシュリューを主人公にした歴史小説だが、骨子はリシュリューをオルレアン家に重ねあわせた、地方の衰退と貴族の没落をうながすルイ・フィリップの政策に対する批判だった。

一八四三年より執筆の、《La Quotidienne》紙掲載の一連の記事ではさらに進んで、二世紀来、地方の共同体を破壊することで、固有の文化と自由な生活を奪いつづけてきた近代国家に対する批判と、それに代わる価値が王党派に欠けていることの指摘がなされている。

＊3――M. Du Camp : *Souvenirs littéraires, tome 2*, Hachette, 1892, p. 192.

＊4――J. Gaulmier : *Spectre de Gobineau*, Pauvert, 1965. ほかに、近年の代表的なゴビノー研究の成果としては P.-L. Rey : *L'univers romanesque Gobineau*, Gallimard, 1981 ; J. Boissel : *Gobineau*, Hachette, 1981. があげられるが、いずれもゴビノーの伝記的なプロブレマティークから、作品の構造を説き明かそうとする問題意識につらぬかれている。

異質な試みとしては、ゴビノーの十九世紀的な科学知識をその世界観の中心に据える A. Smith : *Gobineau et l'histoire naturelle*, Droz, 1984. がある。

他に Klincksieck 社から発行されていた《Etudes gobiniennes》, 1966-1978. 一九八二年十一月に

エコール・ノルマルで開かれたゴビノーをテーマとしたコロック（《Romantisme》が特集を組んで掲載）等が、参照すべき論考を提供している。

小論のゴビノーの伝記部分も上記の著作とプレイヤード版ゴビノー著作集の年譜、解説を参考にした。

＊5——*Histoire d'Ottar Jarl, pirate norvégien, conquérant du pays de Bray en Normandie et de sa descendance*, Didier, 1879.

＊6——一八三八年、二十二歳のときに《France et Europe》紙の、中東関係記事を担当し、学会の論文紹介から、ペルシアの詩人マウラナの詩についての小論、そして最近の政治情勢について等、網羅的な執筆活動をおこなった。その他、《La Gazette de France》《La Revue de l'Orient》にも同様の記事を掲載している。

＊7——"L'Alviane"より。この作品は《Revue de littérature comparée》, N° 3, 1966. に再録された。

＊8——《La Revue des Deux-Mondes》, 15 avril 1841.
ならびに《La Quotidienne》, 30 juillet 1843.

＊9——《La Revue de Paris》, tome 1, 1844.
ならびに《La Revue nouvelle》, 1847.
なお、注8・注9の記事は Boissel 前掲書より引用。

＊10——一八四三年四月に共和派の議員 de Remusat のサロンで知り合って以来、当時トックヴィルが政治社会科学アカデミー（トックヴィルは、一八四一年にすでに学士院の会員に選出されていた）での発表を準備していた「十九世紀の政治および社会思想」のなかの、ドイツおよびイギリス哲学の資料編纂をゴビノーに依頼したのをはじめとして、トックヴィルはゴビノーをなかばブレーン、なかば秘書として扱ってその政治・著作活動の助手にしたばかりでなく、トックヴィル家の図書館への出入

りを許して、蔵書をゴビノーの望むままに閲覧させた。

＊11――一八四三年十月十六日付ゴビノーよりトックヴィル宛の書簡より。ゴビノーとトックヴィルの文通は、トックヴィルの全集に収められている。A. de Tocqueville : *Œuvres complètes, tome 9*, Gallimard, 1959.

＊12――一八四四年九月にミュッセについての評論記事により執筆を始めた。当初文芸欄を担当し、ゴーティエ、バルザック等を扱った連作評論のなかでスタンダールをとりあげて、作家の死後最も早いスタンダール論のひとつとして名高い「小説としての『パルムの僧院』」を掲載した。また、宗教戦争に題材をとった小説 *Le Prisonnier Chanceux* を一八四六年三月三十一日まで連載した。この小説は一九二四年に Grasset 社から再刊された。

＊13――二月革命当時のトックヴィルの立場については、自身の回想録が興味深い。『フランス二月革命の日々』喜安朗訳（岩波文庫、一九八八年）。

＊14――L. Tomas : *Arthur de Gobineau, Inventeur du Racisme*, Mercure de France, 1941.

＊15――*Essai sur l'inégalité des races humaines*, Belfond, 1967.

＊16――*Œuvres complètes de Jules Michelet, tome 21*, Flammarion, 1982, p. 587.

＊17――L・ポリアコフ『アーリア神話――ヨーロッパにおける人種主義と民族主義の源泉』アーリア主義研究会訳（法政大学出版局、一九八五年）、二九〇頁。同書は、フランスにおける人種主義の確立に果たしたサン＝シモンの役割を強調している。事実、ワーグナー・サークルの一員で、ゴビノーの死後ドイツでゴビノーの著作を出版し、その遺稿を集めてゴビノーの文書館を創設した L. Schemann は、ゴビノーの人種論の骨子である混血による各人種の堕落や、混血を歴史の原動力とみなす生態史観等がすべて、サン＝シモンを信奉する社会主義者 V. Courtêt の一八三七年に発表された著書のなかで示されていることを指摘している（*Gobineau Rassenwerk*, Trubner, 1910.）。ただ

し、Courtêt の結論は、社会主義者らしく極めて「進歩的」であって、優生学的な混血の管理、および異人種の排除によって理想的な社会を建設しうるとしており、混血が不可避であり西欧文明の没落は必至であるとするゴビノーの見方とは全く異なった結論を導きだしている。ゴビノーと Courtêt のどちらがナチズムの先駆と呼ばれるにふさわしいかは、一目瞭然だろう。

フランスの進歩思想と人種主義の相関については H. Arvon : *Les Juifs et l'Idéologie*, PUF, 1978. が詳しい。あわせて、十九世紀の社会主義思想家は、アメリカによるメキシコ領の併合を生産力のまさる国家による遅れた国の支配として祝福したマルクスにいたるまで、先進工業国の異民族支配や占領に肯定的であり、支持を与えてきたこと、つまり一貫して「進歩」した側の味方であったことを想起されたい。社会主義に後進国側の価値観が導入されるのは、レーニン、毛沢東の世代以降である。

＊18――*Essai sur l'inégalité des races humaines*, Bibliothèque de la Pléiade, *Œuvres, tome 1*, Gallimard, 1983, pp. 472-478.

＊19――J. Boissel : *op. cit.*, p. 155.

＊20――*Essai sur l'inégalité des races humaines*, *Œuvres*, pp. 1233-1243.

＊21――*Les Pléiades*, GDU, 1982. の H. Juin による序文（p. Ⅷ）。

＊22――*Essai sur l'inégalité des races humaines*, *Œuvres*, p. 1163.

＊23――『アーリア神話』三一二頁、ならびに *Essai sur l'inégalité des races humaines*, *Œuvres*, p. 1276.

＊24――A. de Tocqueville : *op. cit.*, p. 267.

＊25――この誤解の例は枚挙にいとまがないが、たとえばF・ノイマン『ビヒモス』岡本友孝他訳（みすず書房、一九六三年）、九八頁。

＊26――H. S. Chamberlain から C. Wagner 宛の一九〇四年一月十一日付の手紙。*Briefwechsel*, 1888

-1908, C. Wagner und H. S. Chamberlain, Reclam, 1934. 所収。

＊27——*Essai sur l'inégalité des races humaines, Œuvres*, pp. 678-681.

＊28——*Ibid.*, p. 1164.

＊29——一八七一年にブラジル皇帝ペドロ二世は、ヨーロッパ諸国歴訪をおこない、ゴビノーは、一八六九年から七〇年にかけてのリオデジャネイロ大使時代から皇帝の信任が厚かったために、フランス側の接待使節に任命された。皇帝はその後、スイスのチロル地方で旅の疲れを癒すが、ここで一人の聴衆もなくピアノを熱狂的に弾くドイツ人と意気投合した。

＊30——*Adélaïde*, Bibliothèque de la Pléiade, *Œuvres, tome 2*, Gallimard, 1983.

＊31——《Moniteur Universel》, 26 avril 1874.

＊32——*Les Pléiades*, Bibliothèque de la Pléiade, *Œuvres, tome* 3, Gallimard, 1987, pp. 203-204.

＊33——*Ibid.*, p. 189.

第二章　モーリス・バレス◉フランス・ナショナリズム、または幕間の大活劇

I　世紀末の軛

尊大な愛国的作家、反ドレイフュス派の指導者といったイメージが固まってしまった世紀末の作家モーリス・バレスは、コラボの世代へと続く右翼作家の源流であるばかりでなく、今日ではあまり論議されないがその若き日にはサンボリスムとディレッタンティスムの全盛時代に作家としてデビューして、爛熟を極めていた文学・思想の世界に新風を送りこみ、二十世紀文学の先頭を切ることでジイドやプルーストからアラゴン、マルローにいたる作家に多様な影響を与えつづけた重要な小説家だった。*1 コラボ作家の世代に引き継がれた政治と文学の領域におけるバレスの影響の大きさも、現在のたんなる愛国者としてのバレス像からは決して浮かびあがらない。創作行為自体を絶対視する文学の行きづまりを打破するべく、作家のテクスト外の活動、なかでも政治行動によって作品を支える文学者のあり方を示すことで、文学における現実参加の必然性をディレッタンティスムとサンボリスムという極度に知的なものとなった文学的洗練の結論として位置づけた若きバレスの文学と社会の関係づけの新鮮さこそが、第三共和制の保守勢力全体はもちろんとして、たんにアラゴンやマルローだけではなく、左右を問わない政治的文学全般を支配したからである。そしてこのような政治的文学者としてのあり方は、かれの思想や政治活動からつちかわれたものではなく、サンボリスムの時代にマラルメの影から文学者としての経歴を始めたかれの、文献学に代表される近代的知の体系との対決から必然的に、つまりは文学と思想の内的な要請の結果として導きだされたものだった。ここで第三共和制の政治とバレスの文学の関係を考察することは、たんにコラボ作家たちの文学と政治的選択について考えることに資するだけではなく、現代の政治と文学の関係に対する基本的や問いかけにもなるはずである。そしてバレスにおいても出発点になっているのは近代的ヒューマニズムに対する批判であるが、もちろんその批判の内実はゴビノーとは全く異なったものだった。

前章で検討したアルチュール・ド・ゴビノーの近代ヒューマニズム批判は極めて広範な西欧史・人類史全般への文明批評としての射程をもっていたが、その射程の大きさが政治的な姿勢よりも歴史に対する洞察を本質としていたために、その市民社会に対する批判は、現実の政治や社会的行動を前提としたものであるというよりは、観照的な性格が強く、結果として嫌悪と現実逃避のみがゴビノーのとりうる具体的な選択であり行動だった。ゴビノーよりも半世紀のちに生まれ（しかし、若くして成功したためにほとんど二十年程度の文学者としての世代間隔しかない）、同様に近代全般に対する批判をおこなったモーリス・バレスの場合は、ゴビノーとは逆に、極めて個人的内面的な観察から出発して、近代ヒューマニズムと近代的政治体制に対する、政策的な要求と方針をともなった闘争を組織し、文学作品を政治的現実と本質的に結びつけることで、二十世紀フランス文学の一大潮流としてのアンガージュマンの文学をつくりだした。

バレスの処女作『自我礼拝』の第一部『蛮族の眼の下に』には、主人公とその他の人間をわかつのに「自我」と「蛮族」というカテゴリーが用いられているが、バレスの用いたこの区分は、ゴビノーの『プレイヤード』における「王の息子」という呼称ならびにその呼称が担っていた「高貴さ」という価値との対比において非常に興味深いものである。ゴビノーの「王の息子」というカテゴリーが、一種の徳として、その呼び名を名のる者に対して誇りを与え、他者を愚民、大衆として切り離し、また世俗的な興味から離れようとする指向を担っているとすれば、逆にバレスの区分による「蛮族」はいかなる価値基準も担ったものではない、というよりもあらゆる価値判断から離れていることこそがバレスの特質なのである。この「蛮族」という言い方は極めて攻撃的かつ侮蔑的なニュアンスが強く、またそれが都会に出てきた不慣れな青年の口にのぼると、いかにも独善的でナルシスティックな印象がつよまるが（そのためにシャトーブリアン的といった評価がつきまとうのだろうが）、その実体はより控えめで慎ましい要求を背景としたものである。バレスによれば『蛮族の眼の下に』における「蛮族」とは、自分の自我以外のすべて、すなわち自我を害し、自我に抵抗するいっさいのものであり、その「蛮族」とは「俗物」「俗人」の意ではなく、「たとえそれが洗練された教養人であっても、彼には異邦人であり敵」[*2]なのである。つまりバレスが定めた「蛮族」というカテゴリーとは、「高貴さ」といった人間としての価値とは関係なく、あらゆる自分以外の存在、他者、客観的視点のすべてを「蛮族」と呼んでいるのである。この区分は、なんとか「自我」を、つまりは主体であり自分自身である個人を、社会とか国家とか共同体とかいったあらゆる弁別をぬきにしてとにかく自分であるものを、「他者」であるすべてを「蛮族」として排撃したうえで残しうる（かもしれない）残滓を「自我」として捉えようとする要求にもとづいており、つまりは「自我」が「自我」としてアプリオリかつ無条件に存在しうるものではないという認識を前提としている。この認識はさらに進めば、近代西欧がその知性の前提にしてきた、主体としての人間、個性ある人間といった存在は、はたしてほんとうに存在しているのかという疑問へと結びつく。

　前章でとりあげたゴビノーの場合には、批判するべき対象としての社会や文明はあくまで外部として、作家の批評の対象として存在していた。であるからこそ「高貴さ」という価値が、価値として存在しえたのである。ところがバレスにとっては、批判するべき対象は自身の内部にあり、その問題を問題として認識し、その対象を批判検討するべき対象として客観化することからして極めて困難だった。「自我」と「蛮族」という区分は、人間の主体としての統一性・一貫性と自我の即自的な存在という信仰への疑問を提議するために、バレスがつくりだしたカテゴリーなのである。

　この区分は、ゴビノーのようにみずからを高しとすることを目的としているのではなくて、バレスが「自我」と呼んだ人間の主体性、近代社会における個人の存立の可能性を問いただすことを目的としている。このようなバレスの指向はもちろん「書く主体」としての作家・詩人を「言葉」の前に無化しようとするマラルメのサンボリスムや、人間を環境や言語といったより根本的な枠組みの産物とみなそうとするテーヌ、ルナン等の文献学・言語学的知性（文献学・言語学においてその思考を完成するのはもちろんF・ソシュールである）がもっていた知的風土からうまれたものである。しかし当時二十六歳だったバレスが小説としての処女作『蛮族の眼の下に』のなかで、近代的知と文化の前提である、（「我思う、ゆえに我あり」という）統一性をもった、あらゆる認識の主体としての「自我」の実在と構造を直接問い直すことから一歩を踏みだしたことは、極めて野心的であると同時に先鋭的な試みだった。それは近代ヒューマニズムの前提と近代的知の統一性を問い直すことであると同時に、サンボリスムや文献学・言語学がひそかに進めていた作業を、表層にみちびきとりだし主題にすることで、ヴァレリー、ジイドからプルーストにいたる二十世紀文学の門戸を開け放つことになったからである。

一八六二年生まれのモーリス・バレスは、八歳のときに普仏戦争の敗北を経験し、生地ロレーヌの分断、ドイツ第二帝政への割譲をまのあたりにした。地方の富裕な金利生活者としてほとんど無為のなかに暮らしていた両親に育てられ、早くから文芸のみちを志し、ナンシーのリセを卒業するとすぐにパリに出むきはじめ、如才なくつてをたどり、文芸サロンに出入りして有力者に取り入り、二十歳の頃にはすでに自身の個人雑誌のほかに、いくつもの一流紙に定期的に寄稿するだけの地歩を築いていた。青年バレスは文壇遊泳術に劣らず文筆のうえでも早熟さを示して、サンボリスムとディレッタンティスムが支配する過度に洗練され知的な当時の文壇の要求にもとることのない評論・記事を書いて評価を受け、新世代の先頭を切り、爛熟しきった文学の世界を客気と果敢さで征服する意図から、二十六歳のときに『蛮族の眼の下に』を発表したのである。

小説としての『蛮族の眼の下に』は、このようなバレスの意図を担って、極めて野心的かつ実験的な体裁をもっている。作品は全体が七つの章から構成されているが、各章は照応篇（correspondance）と本文に二分されていて、照応篇は、「蛮族の眼」から見た、つまりは主人公の青年の客観的伝記的な記録、故郷でのリセ時代からパリでの遊学にいたるまでのエピソードが簡単にまとめられている。そして本文がその客観的な、「蛮族の眼の下」の外観のなかに息づいている「自我」の内面の記録にあてられている。この本文はかなり客気にあふれたもので、第一章と第二章は、青年と少女の恋愛とそれを戒める老師（アナトール・フランスがモデルだといわれる、驢馬「ペシミスム」号にまたがった「システム」老人）といういささか凡庸な牧歌的恋愛劇を、内容と不つりあいに荘重なサンボリスムの文体を使って書くことで、象徴主義文学のパロディーになっている。

禿頭の一苦労人が声張り上げ、塵にも等しい伝説のはかなさによって、存在することの苦難を証明し、過去も未来も、また幻滅の翼あるゆえに「空想」をさえ拒否するさまは青年の迎えるこの第一日の暮れがたに、まこと美わしい姿であった。*3

第三章の本文は舞台を紀元四世紀のギリシアに移して、純粋知をまつる神殿が「蛮族」であるキリスト教徒に襲撃されて壊滅するというエピソードが描かれ、第四章以降は一応パリにおける青年が主人公として登場するが、断片化はよりはなはだしいものになり、一つの章のなかで三人称のスケッチがあり、会話があり、独白があるといった体裁で、都会に暮らす青年の憂鬱で怠慢な生活をサント＝ブーヴの『ジョゼフ・ドロルム』風に描きだしている。

バレスの語るところによれば、このように断片的で、定まるところがなく、なおかつ様々なスタイルと要素が混在した体裁を『蛮族の眼の下に』がもっているのは、「自我」の様相を「なんの手も加えずにそのまま」描きだすという意図に忠実であったためだという。「自我」の、つまりは人間の主体としての統一性の欠如と非連続・断片性という認識をそのままにバレスは小説の構造に取り入れて、小説自体を分裂し一貫性がなく多様な要素の寄せ集めとして構成したのである。

このようなバレスの客気と闊達さ、文学的な前衛としてのあり方、そして陽気なユーモラスはかれについて現在もっとも看過されている側面であるが、『蛮族の眼の下に』の発表当時の世評はもっぱらバレスのこのような客気への非難に終始しているのである。たとえばゾラはバレスをイカサマ師だと言い、ルコント・ド・リールは『蛮族の眼の下に』は一種の悪ふざけにすぎないと評し、コペは手のこんだ韜晦にすぎないと批判している。さらにジュール・ルメートルはどこまでが皮肉でどこからが本音なのか見分けがたいスタイルの不誠実を指摘しているし、ウルバックは凝ったサンボリスムと冷笑的なスタイルが秘めている挑発について注意を喚起している。*4

若きバレスの姿は、のちの現在まで変わらない荘重で尊大な愛国者というイメージとは全く異なったものであり、『自我礼拝』三部作を虚心に読めば軽快で柔軟な若きバレスの肖像が容易に見えるはずである。かれが既成文壇からほぼ一致した攻撃を受けたのには、処女作発表当時の経歴にも若干原因があった。バレスは当時作家というよりは、いくつかの雑誌、新聞に寄稿するジャーナリストであり、文壇的にいえば最初マラルメの火曜会に出入りしながら、マラルメ周辺とは疎遠になったジャン・モレアスと最も近かった。

バレスの文名を高くしたのは「ヴォルテール」紙の文芸欄に連載していた「想像インタビュー」(intervu imaginé) という企画で、とりあげた作家・評論家を徹底的に愚弄することで人気があり、特に評判をとったのは、エルンスト・ルナンをとりあげた回だったが、このときにはルナン自身がかなり怒って反撃したため、さらに書きつがれて連作になり、ついに『ルナン氏宅での一週間』という標題のもとに著書として出版された。

この記事のなかでバレスはルナンの、キャラクターというよりは知的な性癖、傾向を徹底的に茶化している。インタビューアーがルナンに「あなたは賢者ではないですか」と訊くと、ルナンに以下のように答えさせている。

「偶然の成功が訪れてから、わしはもう賢くないのじゃ。わしの人生は情熱につきうごかされてきたんじゃ。他の連中が成功して立派になっているのに目もくれず、わしは精進した。五十歳になるまで朝の二時前に寝たことなどない。そのあげく胃が痛くてたまらんのじゃ。どうかね。情熱につかれた男の末路とはこんなものだよ。わしはわれわれの宗教の原型を知るためにヘブライ語からシリア語、カルデア語まで学んだのじゃ。なんと甘美な仕事だろう。どんな恋人とてわしのこの情熱ほど満たしてはくれなかったろう。わしはドン・ジュアンよりもかつてのわしがそうだったちびの哲学者のほうが、熱く燃えていたと思うよ」[*5]

ここでバレスが茶化しているのはルナンの真理への追究にむけられた情熱であり、一種の知的英雄主義としての文献学である。いうまでもなく、ルナンは文献学のなかに、言語学、歴史学、哲学を包含し、科学的に実証可能な人文的知の集大成を見出し、文献学によるテクストの客観的検証によって、実証的な人文学をつくりあげることができると考えていた。そのためにかれは高名な『イエス伝』にいたる過程で、セム語系言語の歴史をテクスト批判によって再構成する試み『セム語ヘブライ語の史的・理論的試論』において、抽象と直観に頼らない、実証的で科学的な方法によって言語の本質、ついには人間精神の全体像に迫ろうとした。

実際にはバレスの知的風土はルナンのそれからさほど遠ざかったものではない。ルナンやテーヌの文献学は、思想的にはクーザン等の折衷主義が残していた精神主義的な敬虔さを葬って、知的ディレッタンティスムの風潮をつくりだした。十九世紀末フランスにおけるディレッタンティスムとは、その代表的な作家・評論家であるポール・ブールジェによるならば「知的で快楽的な精神の状態。様々な異なった生き方を試み、なおかつその一つ一つの生き方に身を投じないようにする」[*6]ことであり、ジュール・ルメートルによれば「すべてを理解しようとする欲望」[*7]である。ルナンが示した実証的な手法による全体的認識への到達の可能性は、知への情熱をよびおこすと同時に、認識と理解の自由を保持してあらゆる事物に触れながらも、深くコミットすることで束縛されることがないような知のあり方を示した。つまるところそれは現実からの乖離とひきかえに、相反する立場に身をおき事情を理解し、多様な価値と生き方に共感を示そうとする試みであり、ありていに言えば、実際に行動を起こすことはしなくても、すべての事象は認識し理解しうるという自負であり、一つの立場にこだわることで、逆の視点を見逃すことを恥に思うような心持ちである。ルナンを代表とするディレッタンティスムは、世紀末のフランスの知的な洗練をつくりだしていたのと同時に、現実の行動や、行動のなかに秘められた生の謳歌、直感といった要素を強く抑圧した知的な閉塞を形づくっていた。バレスがルナンに反発したのは、この閉塞のゆえであるとしても、バレス自身、ブールジェやアナトール・フランスと同様にディレッタンティスムの風土のなかに育ち、あまつさえ過度に知的で、皮肉やパロディー、おびただしい引用や固有名詞の頻繁な使用によって『蛮族の眼の下に』もまた発表時には文学ジャーナリズムから「ディレッタンティスム」の非難を受けていた。そして『自我礼拝』のメインテーマである主体の統一性の不在という認識についても、ディレッタンティスムが指向している多様な価値による世界の理解という目的に直結するものである。

さらに作家・思想家としてのモーリス・バレスの生涯とその知的な射程を考えてみると、処女作における古典から近代までのおびただしい文学作品・哲学書からの引用および言及に始まって、スペイン美術、特にエル・グレコへの傾倒、イタリアの歴史、ヴェネツィアへの執心、ギリシア文明とオリエントへの関心、そしてなによりもロレーヌの文化的アイデンティティーの証明（ライン流域文化という概念の確立）、パスカルとキリスト教団への関心といった極めて広範な知的テーマがバレスの主著を構成してきたことは明白であり、さらに生涯にわたって書きつがれた『カイエ』をひもとけば、ワーグナーから日本の能におよぶ様々な文芸に熱中し好奇心をいだきつづけた作家の素顔があらわれて、バレス自身が誰よりも徹底したディレッタンティスムの典型的な知識人であることが明白になる。[*8]

バレスはそれゆえに、みずからに近いものであると同時に、時代の知的な閉塞をつくりだしているルナンを攻撃するのに、正面から論駁を加えることをせず、笑いとばすことで敵手の精神的な硬直をさらけだすという、パロディーを用いた柔軟な戦略を使用した。そしてこの手法はそのまま『蛮族の眼の下に』に使われているのは先に見たとおりである。

こういった知的な皮肉とパロディーと同時に、『蛮族の眼の下に』の大きな特徴となっているのが、断片的で非連続的な構成と内容である。この断片的かつサンボリスムのパロディーから告白体までを使った体裁は、いうまでもなくバレスが認めたとおり「自我」の分裂に対応している。「自我」の統一性・一貫性の不在と、その断片的でばらばらなあり方を「そのままに」描きだそうとした意図から、『蛮族の眼の下に』は前述のように異質な要素から構成されているのであり、「自我」の非連続性という認識を作品の構造に直接反映させるという文学形式に対する意識は、「骰子一擲」より十年も早い当時はもとより、J・ジョイスの文学的試みを知っている現在でも新鮮なものである。そしてまたこのような「自我」の分裂、即自的な主体の不在というテーマの文学的な追究とその形式・文体への反映という課題は、ジイドはもちろん、「テスト氏」や眠りからの目覚めによる自我の発生のテーマに憑かれた詩人であり、晩年にはデカルトに取り組んだヴァレリー、そして自我の重層性とその記憶や視覚との関係に『失われた時を求めて』の大部分をあてたプルーストにまで引き継がれ、現代フランス小説の主流を形づくった。

なかでも『蛮族の眼の下に』の形式に最も近いジイドの『贋金つかい』もまた、物語や描写によって小説的文学的に認識されて統一性を与えられたのではない現実を、全体的に小説のなかに取り入れるという目的のために、ストーリーと話者を複数にし、文章自体を断片化して、読者に再構成を強いる形式をもっている。ジイドによれば、このように断片化しているのが真の現実の姿なのであり、『贋金つかい』の形式は現実を「そのままに」映したことの結果なのである。[*9]

しかし、ジイドがバレスと異なっているのは、ジイドの試みは純粋に文学的な追究の結果によるものであり、マラルメの「骰子一擲」を念頭においた「小説のサンボリスム」のジイドなりの実現としてうまれたものであるという点である。バレスにとっては『自我礼拝』のテーマは文学に限定されるものではなく、より思想的な意図を担っていた。しかしまた『自我礼拝』は、まぎれもなくサンボリスムの小説を実現している。それはべつに『蛮族の眼の下に』がサンボリスムの文体のパロディーを試みているからではなくて、まず第一に「自我」の統一性の不在、主体のアプリオリな存在の否定というテーマは、いうまでもなく、詩において作者・話者を廃滅させるというマラルメの詩学と直結しているからであり、また果敢な形式的冒険によって作品の意図を究めようとする文学的な姿勢を可能にした、ジャンルと形式に対する柔軟で客観的な認識、つまりは一種のメタ文学としての性質は、サンボリスムによって初めて可能になったからである。

ディレッタンティスムとサンボリスムの風土に生まれながら、バレスがその地点から離れ、また異質であったのは、かれの客気ゆえ、陽気で闊達な笑いゆえだった。ある意味では世紀末フランスの洗練されたジャーナリズムに由来するかれの軽快さ、闊達さは、「最新流行」におけるマラルメの軽妙さに通じているかもしれない。[*10] しかし、バレスの陽気さは間違いなく行動者のものであり、行動者としてバレスはディレッタンティスムとサンボリスムの風土から離れて、「自我」に統一を与え、主体を確立することを試みる。

II　冒険小説と参加の文学

『蛮族の眼の下に』のなかで、断片化されたものとして認識された「自我」、つまるところ即自的かつアプリオリには存在していないものである個人の主体は、バレスの考えによれば、日々、一瞬ごとにみずからの手でつくりださなければ存在しないものである。そしていかにして「自我」をつくりあげるのかという課題が、『自我礼拝』の第二部『自由人』のテーマとなっている。『自由人』は『蛮族の眼の下に』よりも通常の小説に近い体裁をそなえており、本文と「照応篇」に二分されていたり、ギリシアの巫女や驢馬「ペシミスム」号にまたがった「システム」老人といった人物があらわれることもなく、一応展開のあるストーリーをもっている。しかし、本文は描写や説明、省察といった形に分断されているし、皮肉な調子は相変わらずで、スノッブな生活に倦んだ、すれた遊び人の主人公と友人シモンの二人は、退屈しのぎにジャージー島に避暑に行きさらに退屈するが、ひょんなことからわざわざ島に連れていった娼婦を食事の仕方が下品だとなじって置き去りにし、興奮したのが愉快だったことから、精神の興奮状態としての愉快さを保ち維持するために自我を研究することが始められ、その内容は二人でロレーヌの山地の壊れた教会に泊まりこんで、イグナチウス・デ・ロヨラの修行法を真似したり、医者を呼んで身体検査をしたりという具合の「ブヴァールとペキュシェ」風の自我分析である。ロレーヌの史跡をたずねて歩くうちに、主人公はロレーヌが過去の歴史においてフランスとドイツの文化に挟撃されて「自我」をもちえなかったという結論に達し、シモンと仲たがいした主人公は別れてイタリアに入りヴェネツィアにたどりつくと、この都市がまわりの他の都市の文化やギリシア、ローマの伝統、イスラム、オリエントから影響を受けながら、都市の独立を保つ意志と戦いのなかで独自の文化をつくりあげたことに感動する。しかし、その感動をパリの生活にもちかえってても相変わらずの倦怠したスノッブな暮らしぶりに戻ってしまい、そのために主人公は、民衆を「蛮族」として遠ざけることをやめ、孤独を放棄し、「俗世のただなかに建設を試みようと覚悟」する。

自我のアプリオリな統一性の不在を提示した『蛮族の眼の下に』に続く『自由人』は、いかにして自我をつくるかという問いを探究する小説であり、ここで探究と言うのは、小説自体が、自我の自主的な構成という問いにむけられているということ、つまりはジャック・リヴィエールの用語を用いれば「冒険小説」としての性質をもっているということであって、理念として自我建設の方法を示すことにとどまっているわけではないということである。『蛮族の眼の下に』の全体の構成がなによりも自我の分裂と一貫性の不在を示して余すところがなかったように、『自由人』は自我の探求をそのまま小説として示すことに腐心している。倦怠のパリからヴェネツィアにいたる行程はまさしく自我を求める探求の過程であり、皮肉で軽い『蛮族の眼の下に』以来のスタイルから、アドリア海に浮かぶヴェネツィアの彩り豊かな描写にいたるまで、読者は探求の過程をともにするように書かれている。このような探求としての小説、自我の自由を求めて行動する主人公の小説は、いうまでもなくジイドの『地の糧』『背徳者』からモンテルラン、マルロー、ドリュ、アラゴンそしてサルトルにいたる二十世紀フランス小説の主流となるものであり、ここでもバレスは二十世紀文学の系譜の先頭に立っていると指摘することができる。[*11]

この小説の結論は、自我の建設の手段としての「俗世」の選択、つまりは政治的現実的な行動という外部への働きかけを通じて自我をつくりだしうるという、アンガージュマンによる自我の建設として提示される。このアンガージュマンの目的は、主人公の回心のきっかけがヴェネツィアへの傾倒として示されているように文化の建設であり、その文化も絵画のヴェネツィア派の完成者としてのティエポロへの感動や潟に浮かぶ都市の景観を通して語られているように、耽美的な要素が極めて強いものである。もちろんヴェネツィアという他に例をみないような商業国家の熾烈な生存の歴史が、自我の建設という課題と極めて緊密な関係をもっていることはいうまでもないが、また自我の統一性を獲得するにあたっての美との関係、観照による即自性の回復が強調されていることも、バレスにおけるアンガージュマンと自我の確立の結合の本質となっている。

自我をつくりだすという主人公の探求は、作為的な方法のブヴァール的失敗ののちに、ヴェネツィアの光景を目前にして官能的な主体の実在と一致することで完結し、そのために『自由人』における自我の実在についての確証はヴェネツィアの文化、なかでも美を通じて主人公にもたらされる。しかし、ここで注意を喚起したいのは、この美が決してバレスにおいては唯美的な、独立した美として把握されているのではなく、一つの文化文明の歴史の発露として理解されているという点である（それゆえにこそ、ティントレットでもなくティツィアーノでもなく、独創性はないもののあらゆるマニエリスム様式の集大成であるティエポロが最もヴェネツィア派の画家のなかですぐれているという結論が示される）。美が文化と関係づけられて考察されているからこそ、主人公の選択は、社会的現実的な行動にむかうことになり、『自由人』において主人公に自我の統一性を与えるヴェネツィアの感興は、主人公を美術・文学といった芸術的行為にむかわせるのではなく、政治的社会的な取り組みを通じての自分のヴェネツィアの建設を、高い文化を実現することを望ませるのである。自我をつくりだす方法を、個人的なつくりものの方法論にではなくアンガージュマンを通じて社会と関係をもつことに求めることで、バレスは自我の不在というサンボリスム、ディレッタンティスムに由来する内省的な現象を、政治的アンガージュマンへの呼びかけとして外界との関係において定着させ、同時にヴェネツィアの美という即自的な感慨を政治と結びつけることで、政治を文学的・芸術的な行為へと取りこんだのである。

『自我礼拝』の第三部『ベレニスの園』は、アンガージュマンの方法論の検討として構想され、主人公は初めてフィリップという名をなのり、小説は三人称を用いて近代小説らしい結構をそなえる。『自由人』の結末でアンガージュマンを志した主人公は、『ベレニスの園』の冒頭、ブーランジェ将軍派の国会議員候補フィリップとして登場する。フィリップは恣意によって南仏のアルルを選挙区として選び、選挙運動をしているときにかつてパリで関係のあった女性ベレニスに出会う。選挙運動を通じての南仏の風土人物とのふれあいと、ベレニスとの関係が小説の主要部分である。告白や省察、呼びかけが挿入され、ルナンが得々と語るブーランジェ将軍の人物評やスコラ哲学によるベレニスの分析、セネカからラザロに宛てたと称する手紙等がちりばめられた相変わらずの断片的構成だが、小説は選挙と恋愛という事件の顚末を描くという大筋は踏みはずしていない。ここでフィリップはブーランジェ将軍を支持する政治運動に参加しているわけだが、冒頭に将軍についてのルナンの評言を引用することで、ルナンが語る将軍への客観的な政治的社会的批判に対して、その内容の妥当性、正当さはさておき、フィリップはルナンが保持している客観的な態度を自分は選択しないことをまず表明している。つまりはバレスにとってのアンガージュマンという行動は、歴史や社会に対して超越的な、かつ客観的な態度を保持しうるものではなく、時代の潮流そのもののなかに入りこみ、評価や批判ではなくみずから行動することに意義をおいているのであって、ルナンやテーヌのように行動から身を遠ざけて正確に社会の動きを認識しようとするディレッタンティスムの態度と正面から対立するものであり、バレスの行動者としての価値観にとっては、「正確」で「妥当」である客観的な評価はなんの意味ももたないことを示している。バレスのこのような非 - 知的態度は、『蛮族』における「自我」と「蛮族」の二分割に秘められていた他者の視線の拒否や理性的な判断の排除にすでにこめられていたものであり、バレスの自我論そのものが近代的理性とは両立しえないものとして示されていたが、さらに政治を非 - 理性的な領域に働きかける活動として定めることで、直接的に反近代的な政治思想と結びつくことになった。選挙運動で出会う労働者や農夫の素朴なブーランジェ将軍びいきや、故郷に帰りアルル近郊のエーグ・モルトに隠棲して南仏の自然と一体化したベレニスとの恋から、主人公は教育もなくパリの洗練とも無縁な民衆のなかに、一種の本能、先祖から受け継いだ、故郷の自然や風物と固く結びあわされた無意識的な実体を感じとる。近代社会の相の下に抑圧された民衆の無意識に触れることでフィリップは初めて自我が確立されたと考え、政治的行動を通じて民族的無意識と緊密な関係をもつことこそがアンガージュマンの目的であり、自我をつくりだすことであると悟る。

ここでバレスは、政治的アンガージュマンについて近代的な理性の視線を拒否し、アンガージュマンの本質をあくまで無意識的な行動として、つまりは反近代的な非‐理性の行動として規定することによって、ディレッタンティスムの現実遊離を克服し、社会に対する行動を可能にしようと試みている。文献学も象徴主義文学も表面的には徹頭徹尾非政治的であり、現実的視点や規制から離れて対象領域を純化することで知性や詩学において絶対的な洗練を完成することを目的としていた。マラルメはいうにおよばず、科学の実証的実験的な手法を文科系の歴史学や言語学にも適用し、遺留テクストの分析という検証可能な手法を駆使することで、人間に関わる全体的な知をつくりあげようとする文献学の意図は、明らかに事物に対する超越的で客観的な認識が可能であるとする近代的知性の最終的な局面に立っている。あたかも篤実で前途有望な文献学の学徒であった若きフリードリッヒ・ニーチェが『悲劇の誕生』で文献学の根本である検証可能性を踏み越え、学界から追放されてから反近代的な思索の歩みを始めたように、若きサンボリストにして、衒学的なまでにディレッタンティスムに骨の髄まで染まっていたバレスは、かれのアンガージュマンの性質を本質的に反近代・反理性的なものとして規定し、ブーランジスムという民衆の熱狂に身を躍らせて加わることで、近代的知性の爛熟としてのディレッタンティスムからの脱出を試み、近代そのものから逸脱することにしたのである。ここでは政治的な行動は直感的で本能的なもの、民族の無意識に結びつき、民衆の本能を鼓舞することにほかならなくなっている。

このように『自我礼拝』三部作は、自我の即自的な存在の否定から始まって、自我の確立の方法としての行動の必要性の確認を経て、アンガージュマンを通じての無意識との合一による自我の確立という結論にいたる。このことは逆に言えば、ディレッタンティスムとサンボリスムの一つの結論としてアンガージュマンを示しているということでもある。過度の知の偏重と絶対への傾倒がつくりだす閉塞の突破口をバレスは政治へのアンガージュマンに求め、もちろんベルグソンやハルトマン等の影響はあるにしても、近代的な主知主義の過剰が行きつかざるをえない結論として無意識をかかげた。のちにバレスは、『ベレニスの園』で無意識と呼んでいたものを、自然と先祖からの伝統を集約して「土地と死者」と規定するようになるが[*12]、伝統と先祖、故郷の自然の集大成として捉えられた無意識は、ハルトマン的な普遍性を離れて、この「土地と死者」への帰依を通じて極端に民族主義的で愛国者的な概念となり、またアンガージュマンの性質も民族主義的なものとならざるをえなくなる。バレスにとってブーランジェ将軍への支持は、将軍が誰よりも民衆を鼓舞し、かれらの秘めている無意識のエネルギーをひきだすことによって正当化されるが、また「土地と死者」という観点に立てば、ドイツに復讐戦を挑み、割譲されたアルザス、ロレーヌを奪還しようとしているブーランジェ将軍は、失われた「土地と死者」を取り戻さんとすることで民衆の本能と一致した行動をとっている、という合理化がなされる。

バレスのアンガージュマンの論理は、端的に言えば、自我の確立がすなわち民族国家の確立となるような、一種の奇妙な弁証法である。知の追求の行きづまりから派生した自我の確立を求める行動が、「土地と死者」的な無意識との融合を解決とするかぎり、政治運動の最終的な目標は失われた「土地と死者」を取り戻すことによる民族国家の回復にならざるをえない。こうした自我＝国家の論理こそがバレスの政治思想の根本的な論理である。

こういった論理がサンボリスムとディレッタンティスムへの客気あふれる軽快で前衛的な攻撃の結論となるのはいささか突飛であるが、政治家としてのモーリス・バレスの新しさはまさに自我＝国家という論理の暴力性と単純さによってつくられていたのである。自我＝国家という図式は、たんに自我と国家双方におけるアプリオリな統一性の不在と、行動と闘争を通じてのその確立という認識を与えるばかりではなく、政治における過激主義や左右の野合、文学におけるパロディーや引用の試みといった放縦が可能になる空間をつくりだした。

バレスがこのような論理を用いたことには、「ワーグナー評論」の寄稿者でありマラルメ・グループにバレスを紹介したT・ド・ウィゼワから教えられたドイツ観念論哲学、なかでもフィヒテの影響がうかがえる。ここでバレスが影響を受けたというのは、フィヒテが『ドイツ国民に告ぐ』の著者であるからばかりでなく、フィヒテのナショナリズムの本質を形づくっている弁証法のあり方が自我の確立を探求するバレスの論理の要求に応えたからである。フィヒテの弁証法の特徴は、ヘーゲルのように命題Aが反命題Bに出会うことで、止揚されてCになるという構造をもっていないという点にあり、つまりフィヒテの弁証法には止揚という契機が欠けている。そのためフィヒテの弁証法は、たとえばかれの有名な自我論によれば、テーゼとしての自我は反テーゼとしての他者に出会うが、自我は他者を吸収した自我として残るとするもので、弁証法のなかで止揚はおこなわれず、超越性はいっさいうみだされない。この自我の弁証法は、分裂を自覚した自我が他者へとむかうことで自我を確立するというバレスの『自我礼拝』の構図そのままであり、事実ウィゼワは『自我礼拝』は自分のフィヒテ解説をそのまま書き写したものであると語っているし、「ワーグナー評論」に発表した「R・ワーグナーのペシミズム」[*13]のなかでウィゼワは、自我を音楽によって変革することによって外の世界全体を変革することの可能性を説いている。この自我と世界の一致というウィゼワ流のフィヒテ解読はバレスの弁証法理解にそのまま受け継がれていると考えていいだろう。そしてフィヒテの弁証法はこのように自我を超越する契機を欠いているために、イポリットによるならば「一種の存在論」にほかならず、ヘーゲルの弁証法における自己の喪失の痛み、「経験」をもつことがないのである。[*14]

こうした、アンガージュマンにおける「経験」、ヘーゲルにおいて意識の歴史を形づくる経験の領域の欠如は、バレスに対して奇妙な自由を保証した。自我が対決する対象としての他者・社会的現実は最終的には自我のなかに包含され、自我は最終的に否定されることもみずからを失うこともないので、その政治行動は、いきおい無責任で過激なものになりやすい。つまりそれは一種の娯しみのようなものだからであり、真の経験を欠いているために意識は手ごたえを求めて過激に走りがちだからであり、ある意味では言論や文学以上に無責任な行為だからである。こういったアンガージュマンの意識をバレスは『愛以外のすべてへの放縦』[*15]というパンフレットで書いている。このパンフレットのなかではクーデターやアナキズムのテロルといった過激主義が賛美され、また『法の敵』[*16]というアナキストを主人公にした小説も同時期に発表している。

バレスの現実への参加としての政治活動は、じつは、フィヒテ的な、現実世界における歴史をつくりだす「経験」を欠いた弁証法によって裏づけられており、近代的知の完成形としてのディレッタンティスムとサンボリスムから逃れるために「無意識」という非 - 理性を政治行動の中心に据えることで、国家主義に決着してしまった。経験を欠いた論理は、短絡的に自我と国家を結びつけ、熱狂と放縦による政治を肯定し、アンガージュマンから理性的な認識を排除した。若きバレスの客気は、むこうみずな民衆の扇動、暴動の勧奨、愛国的言辞の夜郎自大を方法論として、過激で戦闘的な政治にたどりつき、民衆の狂熱とともにある知識人という図式をつくりだしたのである。

III　第三共和制の成立とブーランジェ将軍事件

モーリス・バレスは、『ベレニスの園』の主人公フィリップと同様にブーランジェ将軍支持派の闘士として政界にデビューした。一八八八年四月に滞在中のヴェネツィアから「アンデパンダン」紙に「ブーランジェ将軍と新世代」という記事を寄稿したのが、ブーランジェ将軍との関係の始まりだった。この記事のなかでバレスは将軍を「蛮族から人々を解放する、民衆の本能に根ざした選ばれたる人物」であると、『自我礼拝』の用語を用いて讃え、この記事を認めた「フィガロ」紙の主幹F・マグナールは自分の新聞の第一面に、この才気煥発な青年作家とブーランジェ将軍の対談を企画し掲載したのである。将軍の知遇を得て、また当時の将軍周辺の雰囲気に触れ、バレスはみずからもブーランジェ将軍支持者として行動することに決め、故郷ナンシーで将軍支持派の新聞の編集にたずさわり、一八八九年にはブーランジェ将軍支持派の国会議員候補として選挙に出馬して当選した。

若きバレスが政治的参加の第一歩を踏みだしたブーランジェ将軍をめぐる政治的事件と、当時将軍を支持した民衆および諸党派について語るためには、まず第三共和制の成立事情とその後の歴史を考えなければならないだろう。フランス第三共和制はパリ・コミューンの不屈の戦いと悲劇にもかかわらず、国民から望まれて成立した共和政権ではなかった。一八七一年に、普仏戦争の敗北ののち普通選挙で選出された国民議会は、共和制を嫌い、穏健な王政を戴いた立憲君主制を新しいフランスの国家形態にすることで大筋の合意をつくりだしていた。近くはパリ・コミューンの、また百年前の大革命の混乱の記憶が、ほとんどが地方のブルジョワジーである議員たちにあえて共和制を選択させなかったし、また民衆のあいだに絶大な人気を誇っていたガンベッタの存在が、直接制大統領選挙の実施を厭わせずにはおかなかった。しかし、立憲王政の実施にあたって、ブルボン正統のシャンボール伯爵とオルレアン家のパリ伯爵のあいだの王家の継承争いというおよそ前時代的な問題が発生し、二年ののちにシャンボール伯爵が即位することに決着すると、こんどはこのシャンボール伯爵はおよそ国家元首の器ではないことが判明するような事件が発生した。伯爵は議会に対して書簡を送りつけ、あるいは声明を発表し、即位にあたっての人民への宣誓を拒否したり、国旗を三色旗から王家の百合に戻すことを要求したりして、国家を大革命以前の体制にひきもどすという非現実的な情熱に憑かれていることを議会に二年間にわたり繰り返し表明したのである。

一八七五年に、呆然自失となった国民議会は王党派・保守派が立憲君主制を念頭において作成した憲法を大統領制に置き換えることで成立させ、このときに第三共和制は実質的に発足した。この憲法では大統領は直接選挙ではなく、国民議会の投票により選出され、議会に対して責任をもつ政府の首相は議会の解散権がなく、解散権は大統領に付与されていた。そして一八七七年に一度マクマオン大統領が議会を解散して、選挙の結果自分にとって改選以前より不利な構成の議会を迎えて以来、第三共和制下ではその後六十二年間一度も、どのような国家の危機にあっても、議会が四年の任期以前に解散されることはなかった。そのうえ当時フランスには近代的政党と呼べるような議会政党がほとんどなく(二十世紀初年に結成された社会党とクレマンソーの中央急進社会党のみ)、同盟とか連盟といった漠然とした議員組織があるだけで、議決投票はほとんど議員各自の自由判断にまかされており、そのために議会は解散を恐れることなく自由気ままに政府を攻撃することで内閣を倒すことができただけではなく、また議会内で立法にむけて意見を統一して妥協や取引を成立させることは困難を極めた。第三共和制七十年の歴史のなかで、じつに一〇七の内閣が倒され、最も短命な内閣は一カ月もたなかったほどである。また極度に強い権限を与えられ、こみいった取引と折衝の舞台となった議会は、腐敗の坩堝となって数えきれないほどの疑獄事件とスキャンダルをうみだし、立法行為などが必要なときにその果たすべき役割を果たすことは極めて稀だった。

こうしてなしくずしに成立した共和制、前代未聞の放縦と腐敗に支配された議会は、敗戦によって成立した第三共和制の本質、すなわち国家としての基盤の整備と人心の統一をおこなうことなく混乱のうちに統治を始めざるをえなかったための深刻な国内の分裂と葛藤を反映して、いくつもの政治的・社会的危機を体験することになる。そしてブーランジェ将軍が主役を演じた諸事件も、第三共和制の歴史を彩る、奇妙で複雑な、しかし国家の本質に根深く関わっている国家危機の最初のひとつだった。

ブーランジェ将軍はもともと、マクマオンの軍政が打倒されたのちに共和主義的な軍事相を望んだ急進党の領袖クレマンソーがチュニジアの派遣軍から一本釣りをして、一八八六年に大臣に任命したことから脚光を浴びた。優秀な軍人として植民地戦争に数々の軍功をあげていたブーランジェは、クレマンソーの意を受けて軍内のマクマオン元帥の幕僚や王党派の将軍たちを退役に追いこんで人事を刷新し、近代化に取り組んだ。このブーランジェ将軍の処置は、普仏戦争の後半からガンベッタをしたって軍歴に入った共和国世代の将校に、第二帝政以来の職業軍人に代わって主導権をゆずることになった。かれらによって軍事的には暴挙としか言いようのない対独復讐戦を望む気運が軍内部にも高まると、ブーランジェがきたるべき仏独再戦の指導者として目されるようになったのである。ブーランジェ将軍は若い将校たちの支持を背景にしてその風潮に乗り、軍事大臣としてドイツに対して強硬な発言を繰り返し、ドイツ国境で税官吏をめぐるいざこざが起きると議会で即時総動員を要求した演説をおこない、ドイツ側のささいな譲歩をひきだすと、国民のあいだにも「復讐将軍」として絶大な人気を獲得した。ブーランジェはドイツに対して強硬なだけではなく、内務大臣の要請による軍のストライキ鎮圧出動を拒否し、議会で財界や金融資本を攻撃した。こういった将軍の行動は、将軍の人気をたんなる軍人としての人気から国家の指導者としての声望に変え、ゾラやジョーレスといったリベラル派から保守層にわたる広範な支持を獲得した。予想を超えて有力な存在となった将軍は議会の忌避するところとなり、議会が一八八七年五月に大臣を罷免して地方軍の司令官として左遷すると、将軍の取り巻きはかれを下院の補欠選挙に異なった選挙区から何度も出馬させ（将軍はまだ現役の軍人だったので実際に議員になることはできなかった）、いずれの選挙区でも議会諸派に対して大勝をおさめた。

クレマンソーの庇護から抜けだしたのちのブーランジェの支持者は、広範かつ雑多な層からなっていたが、そのなかでも有力だったのは、普仏戦争に従軍した愛国詩人ポール・デルレード[*17]が率いる愛国者同盟だった。デルレードは極めて凡庸な三流詩人にすぎなかったが、右翼の領袖としての力量は他の指導者を大きく圧しており、第三共和制の全史を通じて、かれが指導者の地位にあった愛国者同盟の系統に属する政治団体と、街頭での暴動による政治というかれの手法は、社会主義者たちの労働運動と対になって、反体制勢力の主流を形成することになる。この当時、愛国者同盟はフランス全土に八十六箇所の支部をもち、二十万人の会員が所属しており、ことがあればデルレードの要請によって街頭にくりだして議会に揺さぶりをかけ、実際二度にわたって第三共和制を崩壊の瀬戸際に追いこんだ。デルレードの愛国者同盟はしかし、単純な保守的右翼国家主義団体ではなく、A・マルタンやA・ド・ラフォルジュといったガンベッタの支持者が、ガンベッタが普仏戦争のパリ攻囲戦にあたって気球でパリを脱出し、地方で民兵を公募して国民軍を再編成しプロシア軍に反撃を加えたときの民兵組織を母体に組織した、一種の民間国防団体だった。その出発点から推察できるように愛国者同盟は極めて愛国的であるのと同時に共和的であり、ジャコバン的だった。領袖のデルレードは、貴族王族嫌いとして有名で、大貴族や王党派の軍人を侮辱しては決闘にもちこむことを趣味としていたくらいである。デルレードの盟友であるアンリ・ロシュフォール[*18]も、第二帝政では果敢にナポレオン三世を攻撃しながら国内にとどまり、幾度も投獄されながら節をつらぬいた硬骨ジャーナリストとして名高く、パリ・コミューンの初期には閣僚に名をつらねていた。ロシュフォールはジャコバンであると同時に反ユダヤ主義者としても有名であり、ドレイフュス事件では反ドレイフュス派の先頭に立ってデルレードやバレスとともにリベラル派と闘ったために、大佛次郎のフランス近代史物のなかで『パリ燃ゆ』には善玉として登場し、『ドレイフュス事件』では仇役にまわるといった人物である。

ブーランジェ将軍は、ジャコバン的右翼やルイーズ・ミッシェルのようなコミューンの闘士、旧ブランキストだけではなく、生粋の社会主義者であるラファルグやミルラン、ジョーレスたちからも支持されていたし、当時のフランスにおける唯一のマルクス主義政党、労働党の党首ジュール・ゲードはエンゲルスの非難にもかかわらず、ブーランジェ将軍派との対決を避けたばかりではなく、一部の選挙区では共同行動をとったのである。

こうした広い層から支持されながら、憲法の規定により大統領選挙を直接制によっておこなわない以上、ブーランジェ将軍が国政を握るためには、クーデターか、あるいは将軍派議員によって議会を制するべく国政選挙にのぞむしかなかったが、一般に将軍は前者の方法を選択するものと思われていた。一八八九年、いくつもの補欠選挙の仕上げとしてブーランジェがパリの選挙区に立候補し、大差で急進派の候補を打ち破ると、パリの市民はいよいよクーデターのときがきたと判断して街路にくりだし、将軍の名前を連呼した。警察も憲兵隊もクーデターを受け入れるべく暴動に対してなんの規制もおこなわず、気のはやい閣僚はパリから逃亡してしまった。デルレードたちはいまこそエリゼ宮に入って政権を掌握するべきだと将軍に勧告したが、将軍はエリゼ宮からわずか数百メートルのレストランで食事をしながら、愛人を食卓に一人で残すことを拒んだために、クーデターは成立しなかった。この後ブーランジェには二度と政権に近づく機会は訪れず、内務省からの脅迫に屈してベルギーに逃亡したのち、王党派に接触するなどして支持者を失い、一八九一年に、結核で死んだかの愛人の墓前で拳銃自殺をした。

この滑稽で龍頭蛇尾に終わった政治事件は、しかし、バレスの政治的経歴にとっては極めて意義深いものだった。ブーランジェ事件を通じてかれは若手の知識人として売りだし、「フィガロ」のような一流紙に定期的に寄稿するようになったばかりでなく、下院議員として当選し、みずからサロンを構えて訪問客を執事にさばかせる名士の地位に弱冠二十七歳でたどりついたのである。いわば当時のバレスは若く才気にあふれた新世代の旗手であり、文学者としても当時の大学生のあいだのアンケートでは、ヴェルレーヌと並んで最高の人気を誇っている。ブーランジスムへのアンガージュマン、政治参加は、バレスを文学者として大成させただけではなく、新しい文学をひらく鍵としてのアンガージュマンを続く世代に強く印象づけたのである。そしてことアンガージュマンに関するかぎり、近代小説の遺産相続者として振舞っていたゾラよりも、サンボリスムとディレッタンティスムから出発したバレスのほうがより二十世紀文学にとって本質的な意味をもっていた。というのも『自我礼拝』によって初めて、書斎にこもり知的洗練のかぎりをつくした知識人が現実と関わる必然性が、文学の内部の問題から明らかにされているからであり、アンガージュマンが文学にとって本質的な問題であることと同時に、もはや文学が、作品の内部、テクストのなかだけでは自足できないことをあらわにし、作者が現実の政治において果敢な行動をとることで、テクストの実質を支えなければならないことを明らかにしているからである。

しかしブーランジェ事件によって政治の表舞台に出たものの、当の将軍が亡命し自殺してしまったために、バレスやデルレードをはじめとする旧ブーランジェ将軍派の議員たちは、具体的な政治的目標も方針もないままに、第三共和制議会の伏魔殿然とした駆け引きにより分断されて王党派やボナパルティストに吸収されてしまった。バレスとデルレードはブーランジェの大義に忠実であろうとして、国民から大統領を直接選挙で選べるように憲法を改正する運動を進めるが、将軍のような選ばれるべき国民にとっての指導者が具体的に存在していない以上、意味のある政治行動とはいえなかった。

ブーランジェ将軍の「孤児」として残されてから、初めてバレスの政治に対する本格的な考察が始まった。バレスにとって政治とは、『ベレニスの園』の冒頭でルナンのブーランジェ観との対比でみせたように、理性的な行為ではなく、本能的で無意識的な民族の力、エネルギーに関わる営為として最初から考察されていた。そしてこのエネルギーの側面からいえば、ブーランジェ将軍事件はまさしく一時は理想的な盛りあがりをみせた。

そしてブーランジェ将軍事件との関わりからバレスがいまひとつ受け継いだのは、ブーランジェの陣営に参集した左右両翼の過激派の連合であった。ブーランジェのもとでは、将軍への熱狂がイデオロギーの相違を問わず双方を共同させていたが、バレスはいわば国家民族主義の過激派であるデルレード[*19]やロシュフォール、反ユダヤ主義の教祖E・ドリュモン[*20]、ジョーレスやミルランのような社会主義者、L・エル[*21]やゲード[*22]のようなマルクス主義者、そして若きモーラスのような人物が共同できるような政治の潮流をつくりだすことを夢みた。

このバレスの計画を実現したのが、かつてブーランジェ派の新聞であり、将軍の死後面目を一新して政治欄の編集をバレスに一任した「コカルド」紙だった。バレスはこの新聞を足場に、ジョーレスとモーラスに同時に論陣をはらせたり、ミルランとドリュモンにユダヤ金融資本を攻撃させたりしたのである。もちろん思想的に見ればこのような共同は一種の野合でしかない。しかしバレスにとって政治の本質は思想にはなかった。政治とはまさしく行動であり、民衆の行動を集団化し、一人一人に個人としての反省を忘れさせ枠を超えさせる、行動と集団化による衝動のダイナミズムにほかならなかった。扇動を本質とするこのような政治手法は、理性を捨て、客観性を民族の本能の放縦の発現の障害となる「蛮族」とみなすバレスのアンガージュマンの当然の帰結であり、そしてその政治行動の究極の目的が、民族の本能の具現としての国家の確立であるのならば、思想の内容は問わず、ただ行動によって政治的現実を打破する勇気と攻撃性にみちた過激な党派を左右両翼からかきあつめることになる。

しかし、実際バレスのまわりでうずまく環境も、このようなバレスの企図を荒唐無稽に終わらせないようなきな臭さがあった。一八九五年にロシュフォールとドリュモンがブーランジェ将軍に関わる事件での国外追放を解かれて帰国したとき、ユゴー以上といわれた出迎えの群衆の顔ぶれは、ほとんどそのままジョーレスの演説に歓呼を送る聴衆と同じだった。デルレードやドリュモンにとってブーランジェ将軍を失脚させた仇敵の、クレマンソーの右腕でもあるユダヤ人富豪レイナック兄弟は、金融資本家としてゲードたちにとっても不倶戴天の敵であり、議会でのデルレードとブーランジェ派の残党、ドリュモンやロシュフォールの文筆によってパナマ運河のスキャンダルが攻撃されレイナック男爵が自殺しクレマンソーが失脚したとき、社会主義者たちもそろって喝采したのだった。また外国人労働者の排斥や、外国製品の排斥といったスローガンはいうまでもなく民族主義者と組合・労働運動家の要求を同時に満たすものである。バレスはブーランジェ将軍について「フランスにおいてブルジョワジーに対抗できるのは将軍しかいない」と書いてブーランジスムによる社会主義の可能性を示唆したが、このことはたんに将軍がかつて議会で大むこうをねらって、組合運動に肩入れをしたり、金融資本を攻撃する発言をしたことに由来するわけではなく、ブーランジェ将軍がまきおこした熱狂と諸派の一体感・連帯だけが、共和国の支配層をくつがえし国家としてのフランスを樹立することができるという信念があったからであり、そのような諸派の連帯と行動を可能にする大きなうねりがないかぎり、革命はおぼつかないという認識があったからである。

こうした左右の野合の推進と、ときにバレスが用いた「国家社会主義」というスローガンから、バレスはナチズムの先駆として考察されるときがある。[*23] 他にも「大地と死者」ならびに反ユダヤ主義というスローガンや民兵組織によるテロといった政治手法は確かにナチズムに先行するものと思えなくもない。しかし、ナチズム自体がドイツ第二帝政の保守主義との連続性からうみだされたものであり、その表層にある一、二の現象を拾いあげて類似や影響関係を論じたり、あるいは（ラモン・フェルナンデスの言うように）時代の条件が整えばバレスはフランスのヒトラーたりえたのかと問うのはあまり意味がないように思われる。ただこの比較において留意したいのは、バレスの政治の本質としての民衆の集団化による本能の喚起、民衆の無意識的欲望に訴える非‐理性的な過激行動という大衆政治の手法は、おそらくナチズムの政治の一面には通じるものがあるという点である。

一八九三年に下院議員としての任期が切れると、バレスは再選をめざして選挙運動をおこなうが、僅差で落選してしまう。一八九六年にも再び出馬するがまた落選し、バレスはこの後一九〇六年にパリで当選するまでじつに四回にわたって連続落選する。落選するたびにバレスは選挙運動を緻密にし、選挙民と直接会う機会をふやし、演説会や集会を開いて市民の要求に応える政策をつくりあげることにつとめ、ついに五回目にして議席を取り戻すと生涯落選しなかった。この長い落選時代とその間のたゆまぬ政治運動がバレスの政治家としての土性骨をつくりあげ、思想の貧困化とはうらはらに、行動の厚みによる自信をもたらした。バレスはこの選挙戦と、議会内での取引や、反体制右翼の領袖としての地位から、近代フランスでは唯一の職業政治家と呼びうる文学者になった。かれの政治行動は文学者のアンガージュマンという埒を超えて、最終的には国政を左右する地位にまでたどりついた。そしてこのようなかれの政治経歴から、議会へのたび重なる非難にもかかわらず、バレスは選挙と市民の直接選挙による議会政治に対して信頼をもっていたことが明らかになる。

Ⅳ　ドレイフュス事件

一八九六年の選挙のときにモーリス・バレスがかかげたスローガンは、以下のようなものだった。

一、反外国製品
二、反外国人労働者
三、反金融資本（反ユダヤ人）
四、反帰化（反コスモポリット）

このような社会政策のスローガンによって要約されるバレスの社会観が、極めて視野の狭いものであったばかりでなく、当時の産業社会を理解するには稚拙なものだったことは明白である。このころのバレスは、その社会政策から見るに、いわゆる共同体的な「悪者」さがしに終始しており、あたかもその「悪者」がいなければ社会がうまく機能するかのように考えていて、近代社会をシステムとして捉える視点を全くもっていないのみならず、選挙民に安易な充足、カタルシスを与えることしかしない、たんなるデマゴーグにとどまっている。

バレスの選挙集会は、社会主義者や労働組合員、ナショナリストが集まって騒然となるのが常であり、ときには警官隊と衝突し、また近くでおこなわれているボナパルティストや王党派、急進派の集会を襲撃して気勢をあげることも稀ではなかった。

バレスの政治手法と社会観は、街頭の暴動指導者としてのデルレードと、天才的デマゴーグ、E・ドリュモンから学んだものである。ドリュモンは十九世紀最大のベストセラー『ユダヤ的フランス』[*24]の著者であるばかりでなく、ウィルソン買勲事件やブーランジェ将軍事件に際して、また有力な日刊紙「自由公論」紙の主幹としてドレイフュス事件やパナマ疑獄にあたって果敢に筆をふるい議会を攻撃し読者を扇動して一般大衆から知識人までに高い人気を誇り[*25]（若きP・ヴァレリーは「自由公論」の熱心な読者だった）、錯綜した第三共和制の政治史を語るにあたって逸することのできない人物の一人である。極めて悪質なデマゴーグとして、バザーの火事や鉄道の惨事などもユダヤ人の責任や陰謀にするという二十世紀前半を汚染する劣悪なイエロージャーナリズムのパターンをつくりだし、またセリーヌのそれをはじめとする反ユダヤ主義パンフレットの汲んでも尽きぬ源泉になったばかりでなく、金銭の支配と近代社会のはらんでいる巨大なシステムとしての不気味さの告発者としてベルナノスのような作家の尊敬を受け（ベルナノスの『敬虔な信者の大いなる恐怖』[*26]はドリュモンの賛辞的伝記である）、また散文の書き手としても都市の回想ともいうべき分野に手をそめてW・ベンヤミンに影響を与えたといわれている[*27]、たんなる反ユダヤ主義の教祖としてはかたづけられない複雑な人物である。

反ユダヤ主義者としてのドリュモンの特徴は、従来のカトリック的な、あるいは反フリーメーソンといった視点から抜けだして、反ユダヤ主義に金融資本批判というテーマを与え、労働者や一般勤労者から見た社会の矛盾や不合理を糾弾しその責任を資本家＝ユダヤ人に転嫁することで反ユダヤ主義を社会主義化し、ユダヤ人の問題を宗教的な問題から社会的な問題にすることで、ユダヤ人というヨーロッパの歴史を通じての犠牲の山羊に、新しい役割を与えたことである。

バレスはごく初期から反ユダヤ主義を標榜していたが、そのユダヤ人観はドリュモンそのままに社会主義化されたものであった。そしてバレスは自分こそがドリュモンやデルレードらの右翼と社会主義者を結びつけることで、きたるべき革命の産婆役を果たしうると考えていた。このころのバレスが書いた論説によるならば、あるべき革命政権とは「ドリユモンやデルレードが、ミルランやジョーレスと一堂に会しているような」[*28]政権でなければならなかったのである。

しかし、バレスの夢はドレイフュス大尉の再審をめぐるフランス国内を二分した深刻な論争と対立のなかで霧消してしまうことになる。一度有罪を宣告されて悪魔島に投獄されたドレイフュス大尉の冤罪をめぐる一八九七年からの論争は、たんに左右の政治勢力の対立をあおっただけではなく、市民一人一人にドレイフュス再審についての緊急な態度決定を迫ることで、フランス国内を二分し、中立といった曖昧さを許さない問題の性質によって、宥和不能な怒りと恨みを社会のあらゆる階層に対してもたらさずにはおかなかったのである。

このような国内の分裂状態において、バレスがみずから担っていると考えていた革命運動の媒介者の役割、つまり極右と左翼をつなぐ実践的な絆としてのバレスの立場は、一瞬のうちに消滅してしまった。ドレイフュスの再審を要求して陸軍の不正を糾弾することで一致した左翼と、きたる対独復讐戦を戦う陸軍を守り、ユダヤ人を売国奴として告発する右翼のあいだには和解不可能な対立が生じ、特に陸軍がドレイフュス大尉に不利な証拠を捏造したことが捜査の過程で判明してからは、議会のリベラル派はもちろん穏健な保守派までがドレイフュス支持にまわり、陸軍を支持し一貫してドレイフュス大尉を糾弾する姿勢をとりつづけた右翼諸派は追いつめられ、その態度はことさらに強硬でかたくななものとなったために、左右の政治的対立は市民の深刻な対立を背景として、一触即発の内乱前夜を思わせるような険悪なものになってしまった。そして同時に、ドレイフュス事件における、冤罪の再審という一市民の正当な権利の要求と、国軍の保全という国家の要請の妥協の余地のない対立は、個人主義と国家主義を無媒介に両立させるバレスの自我＝国家というアンガージュマンの論理を根底からくつがえしてしまったのである。ドレイフュス事件はたんにバレスの政治的立場を危機にさらしただけではなく、かれの国家観はもちろんのこと、個人の内面に関わる省察を直接的に政治に結びつけるというフィヒテ的弁証法を基本としたアンガージュマンそのもの、政治参加の正当性と目的を雲散霧消させてしまい、「経験」を欠いた弁証法にもとづいた放縦の夢は、現実の政治の前でもろくも簡単に崩れてしまったのである。

愛国主義の権化といった後世のバレス像から見ると意外なことだが、当時バレスが右翼の側について反ドレイフュスの立場をとるかどうかは極めて微妙な問題であり、社会主義者の友人のなかにはバレスが当然ドレイフュスの再審を支持すると考えていた者が少なくなかった。たとえば未来の人民戦線の指導者であるレオン・ブルムは当然賛同してもらえるものと思ってバレスのもとへ再審請求の署名をもらいにいって断わられたと自伝に記している。またバレスにとって反ドレイフュスの立場に立つことは、当然のことながらドレイフュス支持派の信用を裏切ることになり、「コカルド」紙でかれが夢みていた左右両派の結合や左翼の友人を失うばかりでなく、若きバレスの登場に喝采を与えた公衆、読者にとっての魅力である若々しさや率直さを裏切ることで、知識層や青年がかれに与えていた広範な支持を失くしてしまうことにもなった。そのような公衆の失望を最も直截に示しているのがバレスの盟友だった社会主義者L・エルがつきつけた公開の絶縁状である。エルはかつての輝かしいバレスの登場と、『自我礼拝』をはじめとする作品の魅力を喚起しながらも、ドレイフュスの無罪を知りながら反ドレイフュス派に暗澹としつつまわったバレスは、決定的な場面で結局コンフォルミスムを選んだ田舎の優等生にすぎなかったとしている。[*29] 実際バレスは、あえてドレイフュスの側に立つことができないほどに政治の現場の狭い見方や党派性にとらわれていた。かれやデルレードの判断によるならば、ドレイフュス事件とはクレマンソーやレイナックといったパナマ疑獄で失脚したリベラル派の権力奪還闘争であり、実際、事件によってクレマンソーが返り咲いたことは事実だが、そういったいかにも党派的な捉え方によって、一個人の権利と国家の利害の対立という重大な問題を真剣な倫理的反省もなくかたづけてしまったことは、バレスからかつての柔軟さが失われていることのなによりの証であり、エルの指摘したコンフォルミスムのそしりをまぬがれないものである。党派性を超えた放縦をとなえた若きバレスに喝采を送った読者の大部分が、党派の利害に汲々としてこころならずも反ドレイフュスに加担しているかのようなバレスの態度に失望し、決然と反ドレイフュスをかかげたモーラス以上に徳義にもとると判断したのも当然のことだった。

バレスにとってドレイフュス事件は痛烈な痛手であり、かれの若さと潑剌とした魅力に終止符を打つものだった。しかしバレスが反ドレイフュスの立場をとらざるをえなかったのは、たんに保守的コンフォルミスムや打算によってだけではなかった。打算というなら、「フィガロ」紙への寄稿のみちをも閉ざした反ドレイフュス派への加入は決して賢明ではなかったかもしれない。それでもバレスが反ドレイフュスの立場をとらざるをえなかったのは、かれのアンガージュマンの本質としての反近代性、非‐理性、無意識との合一がもたらす客観性の棄却に由来している。バレスはゾラに対する批判として、かれらの要求する「真実」なるものは、抽象的で観念的なものにすぎず、国家とその根底である民族の無意識とはなんの関係もないものであり、無意識の領域においては客観的事実などは存在しないと語っている。[*30] この強引な非‐理性的発言は、ドレイフュスの有罪無罪などどうでもいいというモーラスの論説と同曲でありながら、実際のところバレスはゾラやクレマンソーに対しては強硬な発言をしながら、自説を疑うことをしないモーラスに対しては鼻白み、内心ドレイフュスが無罪であるのに弾劾したことを終生気に病んでいた。

そしてドレイフュス事件は、国内の政治対立をあおると同時に、政治活動の内部において世代交替をもたらした。左翼のなかでも、ゲードやミルランのような古くからの闘士がシャルル・ペギーから痛烈な批判を受けたように、右翼陣営でも、デルレードやロシュフォールのようなジャコバン的愛国主義者が影響力を失い、モーラスやレオン・ドーデの世代が台頭してきたのである。実際、陸軍内部での証拠の捏造が明らかになったときに、ドレイフュス大尉の無罪が確定的になり意気阻喪する右翼を立て直していま一度反ドレイフュスの潮流を鼓舞したのは、モーラスだったのである。モーラスたちのつきあげを受けながら、デルレードは証拠捏造の判明後、ドレイフュス派に有利になった流れをくいとめて決定的に再審の開始を阻止するために、一八九九年二月のフォール前大統領の葬儀に合わせてクーデターを試みる。葬儀を名目として群衆と愛国者同盟の私兵をパリに集め、陸軍と共同してエリゼ宮と議会を占拠する計画を立てたのである。このクーデターの風評のため葬儀の当日にはブーランジェ将軍事件の際と同様に政府の閣僚は一人のこらずパリを逃れてしまい、群衆は街頭を占拠して気勢をあげ、第三共和制の命運は風前のともしびになったのである。しかし陸軍のロジェ将軍がデルレードに対して、オルレアン家の王位継承権者であるパリ伯が国境にきて入国するべく待機していると告げると、骨の髄から反王党派であるデルレードは、王政復古に手をかすことになるのを危惧して、王党派の軍隊と共同行動をとることを拒み、クーデター計画を放棄してしまう。このときのデルレードの行動をモーラスは、結局このクーデターの失敗がドレイフュスの再審を可能にして大尉を無罪にしたばかりでなく、クレマンソーやレイナックの復権を実現してそれに続くリベラル派による反教会法の施行をはじめとする伝統的なフランスの価値の解体を許してしまったとして批判した。実際このクーデターの頓挫は、革命とバリケードと愛国の理想に酔った粗暴なだけのデルレード流の右翼を時代遅れにし、整備された政策と政権構想をもち、その実現のためには妥協も辞さず手段も選ばない、より高度に政治化された右翼政党の登場をうながすものになった。[*31]

デルレードはこの事件のために十年の国外追放に処せられて、実質的な影響力を失ってしまう。そして代わりに登場するのが、モーラスやドーデのアクション・フランセーズである。バレスはこの世代交替の場面において、ジャコバン的なデルレードの一派と、目的達成のためにすすんで王政を戴かんとするアクション・フランセーズという水と油の両者に対して親交を保ち、その直接的な対立を回避し、みずからを両派の連帯の証とすることで右翼勢力の一体性を保つことを、政治的使命にすることになる。

V 『国民的エネルギーの小説』

モーリス・バレスはクーデター未遂事件ではデルレードとともに陰謀の渦中にありながら、当時首相の座にあったかつての盟友ミルランの工作によって起訴を免れ、デルレードに代わって保守勢力の指導者の立場につく破目になってしまった。それは間違いなくバレスにとって、かれの若さの時代が終わりつつあることを示していたのである。もはや無責任な扇動や過激な行動は許されず、かれの双肩にかかっている党派の、そしてバレスの見方によるところのフランスの将来を慮った政策をつねに提示し、実地に指導してゆくことがかれの責務となり、バレスはあえてそれを担ったのである。

ドレイフュス事件の渦中で社会主義者や青年層から加えられた弾劾と、事件が推進してしまった政治党派の世代交替のなかでバレスが新たに占めざるをえなくなった国家主義者のリーダーとしての位置を反映している文学作品が、『デラシネ』『召集』『かれらの面影』

の三部からなる『国民的エネルギーの小説』である。しかし、『国民的エネルギーの小説』は、実際にはドレイフュス再審をめぐる経緯に直接影響されて構想されたわけではない。『デラシネ』が発表されたのはドレイフュス再審事件の起きる前であり、事件の推移と並行して以後の二作は書かれていったのである。そのうえ、三部作という体裁自体は、出版者であるシャルパンティエが全体の分量におそれをなして便宜上要請したものであり、バレス自身としては単一の長編小説として構想し執筆したのであって、三部作がじつは一編の長編にすぎないとすれば、当初ドレイフュス事件以前に着手された時点で立てられていた執筆計画が、事件によってはたして変更を加えられたのか否かという疑問もあり、小説とドレイフュス事件の関係を直接的に考察することは草稿や創作ノートの詳細な検討をふまえなければ困難である。[*32]

しかしそれでも『国民的エネルギーの小説』がドレイフュス事件後の、青春を失ったバレスの政治観と文学観を反映しているのは否定しようがない。そのことは作品自体の構成やテクストからも明白である。いわば、作家としてのバレスは文学的な結論として、ドレイフュス事件を先どりしたかのように、かれの作品を青春の終わりにそなえて鍛えていたのである。

一編の長編小説として構想されながら、三部の小説はたがいに調子がかなり異なっている（そのためにそれぞれの小説が発表当時のバレスのドレイフュス事件との関係を反映しているとも考えられるのだが）。『デラシネ』はロレーヌ出身の七人の青年たちのパリにおける奮戦記といった梗概をもっていて、力強いストーリーの展開をそなえていたバルザック的な小説である。『召集』は、『デラシネ』の登場人物たちがブーランジェ将軍のもとに結集して、運動の挫折をともにする内容だが、歴史的事件に小説の登場人物のドラマがからむ、フローベールの『感情教育』に似た体裁になっている。『かれらの面影』は、小説の登場人物は少し背景にさがって、クレマンソーやデルレードといった実在の人物を通してパナマ疑獄を追及する、小説というよりはいわゆるノンフィクションやルポルタージュといった内容になっており、しいて近代小説のなかに類書をあげればスタンダールの『リュシアン・ルーヴェン』の後半に最も近い。

しかし、『国民的エネルギーの小説』の全体をつらぬいている主題は同時代の歴史に対する肉迫であり、国家経済から市民生活におよぶ第三共和制の全体的表現である。第三共和制を専門にする歴史家A・シーグフリードは、研究の資料としてのみではなく第三共和制の全体像を把握するために、何度となく『国民的エネルギーの小説』を通読したと語っている。*33 またバレスとは反対のリベラルな立場から第三共和制史に題材をとった小説を書いた大佛次郎も、パナマ疑獄における議会での動きや人物像、対話、エピソードをかなり『国民的エネルギーの小説』に拠っているし、『ブゥランジェ将軍の悲劇』はブーランジェ事件を叙述するにあたって『召集』の構成をそのまま踏襲して書かれている。

このような歴史の専門家をも魅了するような叙述と独自の生々しい解釈、小説による同時代史の再現が『国民的エネルギーの小説』の一貫したテーマになっているが、バレスがこの小説において歴史にこだわったのはもちろんかれの政治活動とその正当化、宣伝が強い動機となっているのはいうまでもない。もともと『国民的エネルギーの小説』は『自我礼拝』とは全く異なり、サンボリスムとディレッタンティスムを背景として韜晦やパロディーといった手法を駆使して独得の文学的境地をきりひらいた『自我礼拝』は徹頭徹尾、知識層にむけて書かれた作品であり、その冷笑と誠実さのいり混じったスタイルと構成は、著者が背景にしている教養をふまえて初めて理解し解釈することが可能になるのに対して、『国民的エネルギーの小説』はバレス自身が「ロマン・ポピュレール」と呼んでいたように、広範な大衆を読者として想定し、読者が作者の意図を感得し理解しうるように書かれている。バレスが執筆中に念頭においていたのは、偉大な大衆小説でありかつ啓蒙的なユゴーの『レ・ミゼラブル』だった。

それではバレスが『国民的エネルギーの小説』のなかで再現しようとした歴史、また大衆に対して啓蒙しようとしていた歴史観とはどのようなものであるのか。それはもちろん、いわゆる客観的なものではなく、小説の標題に示されているように「国民的エネルギー」による歴史、つまるところブーランジェ将軍やパナマ疑獄をめぐる、特に国家主義的な主張により鼓舞された大衆の熱狂の歴史であり、そのエネルギーの挫折をみつめ、そのさらなる奮発を要請する歴史観である。エネルギーはもちろん、ブーランジェ将軍とともに政治的経歴を始めて、デルレードに政治の手ほどきを受け、国土回復の愛国心の噴出と労働者の氾濫の秘めているフレネジーを同一視することで革命を夢みてきたバレスにとって、政治のキータームであると同時に本質的な要素であるが、そのエネルギーを反近代的で非-理性的な、具体的にいえば、第三共和制の体制に対抗する力として考察することで小説世界の歴史的枠組みをつくりだしている。

単純化すれば『国民的エネルギーの小説』は、第三共和制に対する国家主義者の闘争の物語であるが、小説自体は第三共和制の歴史をパノラマ的に理解し、第三共和制の体制と右翼の闘争の要因と正義を巨視的に眺められるようになっている。そのためにバレスは小説を、共和制の代表する価値と民族の代表する価値の闘争として展開し、第三共和制の側はすなわち共和国の価値である理性と近代主義、普遍性と中央集権、資本と金銭を代表するのに対して、右翼の側は大地と死者の価値としての無意識と伝統、地方の特質と分権、民衆と正義を代表しているとされ、この両者の闘争として第三共和制の歴史を読者に対して提示しているのである。

この二つの価値を小説世界のなかで代表しているのが、第三共和制の価値を担ったナンシーのリセの教師ブーティエと、民族の側の価値を体現する教え子の生徒ステュレルの二人である。ステュレルはほとんどバレス本人を思わせる人物であり、ブーティエもかれのリセの実在の教師A・ビュルドーをモデルとして書かれている。[*34]『国民的エネルギーの小説』は一面ではこの二人の争いの小説として二つの価値の対立を描き、ブーティエはロレーヌのナンシーのリセに赴任すると、校長と対決するなどして、ステュレル以下七人の生徒から崇拝を受け、共和国に献身し、ロレーヌを出てパリに行き、地方の偏狭さを抜けて普遍性を獲得し、伝統にしがみつかず、平等で均質な「個人」によってつくられるべき共和国の未来に参加することを生徒たちに熱っぽく説き聞かせる人物である。ブーティエはその後パリのルイ大王校に赴任したのち、急進派の代議士として議会でレイナック男爵やクレマンソーのもとブーランジェ将軍を打倒するためにパナマ運河のための起債の工作資金を流用し、将軍を打倒することに成功したのちは、パナマ疑獄の揉み消しのために奔走する人物として描かれている。

これに対して大地の価値を代表するステュレル以下七人はロレーヌの原理に結びついた青年として考えられている。ロレーヌの原理とはドイツ第二帝政に奪われた大地の象徴であり、ゲルマンのものとも北フランスのものとも異なった独自の文化と伝統をもち、その文化を保持し再生させようとする意志は、全フランスを均一な国土と考え、均一な教育により均一な市民を育てようとする中央集権の国家とは全く相容れないものである。このような地方主義、反中央集権は、共和国の均質性、普遍性の原理へのアンチテーゼであると同時に、たんなる行政論を超えた反近代主義の原理となる要素をもち、この反中央集権と反近代をつなぐキーワードとしてバレスが提示したのが、地方の土地に根づきその伝統や文化と一体化することを説く「根」の論理である。ドレイフュス事件のときに、バレスはドレイフュス派が要求した「真理」に対して、国家や国民の状態から離れたあらゆる「真理」、全く抽象的な「真理」なるものは存在しえず、あらゆる共同体ごとにその状況に合った「真理」が存在するのであり、ただ真実を求めようとする情熱は、国民をその基盤から「根こそぎ」(déraciné) にし、抽象的な一市民に還元しようとする近代主義と中央集権の論理にほかならないと批判した。ここでバレスは地方主義の論理を非 - 理性的な反近代の論理に結びつけている。この観点からすると、南部人と北部人のあいだに生まれた自分はどこに「根」づけばいいのか、とバレスを皮肉ったジイドは、バレスの近代批判としての「根」の論理の射程を理解していなかったと指摘できるだろう。

しかし、この小説の主人公はなんといっても大地の価値の噴出としての「国民的エネルギー」であり、その実像としての熱狂した群衆の描写は、バレスの散文の白眉であり小説の前景を占めている。『召集』において、左遷されたブーランジェ将軍をひきとめようとリヨン駅に集まった群衆、議会派の手によっておこなわれようとしていたガンベッタの胸像の除幕式を妨害するべく街頭に蝟集した暴徒、ブーランジェ将軍がエリゼ宮に入ってクーデターが成就すると思われた夜パリ中をなんの目的もなくうろつきつづける大衆の不気味な姿。

将軍と群衆のあいだには強い一体感があった。だれもが「パリに戻れ!」と叫び、将軍が進んでゆくのにしたがって、道をあけながら同時にひきとめようと試みた。誰かがころぶと、「将軍が倒れた」と叫ぶ者がいた。この気違いじみた騒ぎにとりかこまれて右左に大きくうねりながら、やっと将軍は機関車にたどりついた。汽笛を先刻から鳴らしつづけていたので、あたりは蒸気につつまれていた。この雲のなかから駅員の手をかりて将軍は運転手の隣にのりこんだ。狂信的な百人ばかりの者が、まるで馬を脅かすように機関車の前に立ちはだかり、あるいはレールの上に転がってみせたが、鉄の塊は意に介さぬように蒸気を勢いよく吹きあげ、汽笛を鳴らし、すぐにも動くように身を震わせていた。他の一万人くらいの群衆はわけの分からないまま「ブーランジェ万歳！」と叫んでいた。そのときまさに将軍は群衆の危険な愛情から逃れようとしていたのである。この群衆を扇動した百戦錬磨の指導者や陰謀家たちもいまとなってはこの熱狂についてゆくのが精いっぱいだった。狭いプラットホームや昇降台の上、いたるところに群衆がいた。機関車の前部標識灯の光は、副官のドリアンの体でなかばおおわれていた。かれは将軍を発たせまいとして、一番ゆれるところにしがみついていたのである。[*35]

こうした光景からは、暴動の政治家であるデルレードとともに将軍につきしたがって、その場その場に一方の当事者としてバレス自身が立ち会っていたせいもあって、臨場感はもちろんとして、群衆の大きなうねりや運動、立ちのぼる熱気や迫力のなかに確かにバレスが説くところのエネルギーを感じなくもない。そしてまた、街頭における騒乱は物語の交錯点の役目も果たしていて、リヨン駅でステュレルはかつての恋人を殺した男をブーランジェ将軍に歓呼をあげる群衆のなかにみつけるし、ガンベッタの胸像の除幕式ではステュレルは右往左往する人の波に揉まれながら、代議士として演壇上にいたブーティエと一瞬視線が合うのである。

小説のストーリー自体もこうしたバレスの意図と緊密な構造的関係をもっている。ブーティエの教えどおりパリに上京した七人の青年が、都会の圧倒的な力の前にばらばらになり、一人が発案した新聞の発行によって共同しようとするが、しだいに仲間われをして発行は困難になり、予約購読者も減ったことから経済事情が悪化すると、あくまで新聞の発行にこだわる二人の若者は、ステュレルの恋人であるアルメニア人の女性を殺して金を奪うが、結局主犯の一人は強盗殺人によりギロチンにかけられてしまう。特に青年たちの夢想的な企画として出発した新聞が、金策や購読者獲得のためにおこなう妥協的な方針のためにしだいに仲間を失い、そして様々な危機を無理して乗り越えるたびにだんだん手づまりになり、ついにあらゆる支持者や知友を失って世間をせばめ、経済的に追いつめられてゆく過程の緻密な展開は、バルザックの『あら皮』や『ゴリオ爺さん』を思わせる緊迫と破滅のドラマとして、若さや夢想を容赦なく圧殺してゆく近代都市の力を描いて余すところがない。以上が『デラシネ』の梗概である。

『デラシネ』においてパリの厳しさに敗北した青年たちは、ブーティエの教えに疑問をいだき、それぞれのみちを模索し、故郷に帰ったり、急進派に加入したりする。この青年たちを再び大きなうねりのなかで再会させるのがブーランジェ将軍をめぐる熱狂のうずである。青年たちはブーランジェ将軍を支持する運動のなかで、ある者はアナキズムに接近し、ある者は政治的に将軍を利用して政界にのりだそうとし、またある者は幻滅してロレーヌに戻る。主人公のステュレルはブーランジェ将軍に全幅の信頼をよせながら、その取り巻きに失望し、ロレーヌに戻った友人をたずねて故郷を再訪し、二人で自転車を使ってモーゼル川の流域をくまなくまわり、そこで生活する独仏両国に分断された民衆に触れることで「市民」という近代的概念ではわりきれない、暮らしと文化の息吹に触れて、地域に根づいた特殊性をふまえることの必要性を感じるとともに、ドイツへの復讐戦によって、モーゼル流域の文化圏を統一することの必要性をあらためて痛感し、復讐将軍としてのブーランジェの大義を堅持することにする。しかし、将軍は、その性格的弱さや取り巻きの策謀によって身動きがとれなくなり、クレマンソーやブーティエらによって破滅させられてしまう。『召集』は共和国の論理から踏みだした青年たちがアンガージュマンを通じて『デラシネ』で敗北を喫した現実に戦いを挑みながら、社会の全体像を捉えようとする試みを扱っている。

続く『かれらの面影』において、かつてのブーランジェ派であるデルレードやドライエといった実在の人物とステュレルは、頓挫しつつあったパナマ運河工事の資金調達のための起債を議会に認可させようとして奔走したレセップスを食い物にした金がブーランジェ将軍を打倒するための資金に流用されたことをつきとめ、汚職に関係した議員百名の名前を議会であげて政府を攻撃し、民衆を扇動して共和制を崩壊の一歩手前まで追いつめた。しかし、ブーティエの奔走とレイナック男爵の自殺によって、事件はわずか五人の代議士を起訴し、そのうちたった一人が有罪を宣告されただけで落着してしまう。手づまりになったデルレードたちと別れたステュレルは単身ロンドンに渡って汚職議員の新しいリストを入手し、アナキストとなったロレーヌの七人組の一人と共謀してテロルによって議会を占拠し汚職議員の新しいリストを発表することで共和制を倒そうとするが、政権の展望もないままただ怒りから政府を転覆させることの邪悪さをかつての友人から指摘されて思いとどまる。そのためにステュレルは同志・友人から軽蔑され、すべてを失い傷心のうちに故郷に戻る。

第三共和制を痛烈に批判しながら、結局右翼の敗北と主人公の挫折という苦い結末を小説がむかえていることは、ドレイフュス事件後のバレスの境遇を反映していると同時に、たんなるプロパガンダや啓蒙文書に小説が堕することなく社会と政治の問題を扱った近代小説としてのひろがりをもつことを可能にしている。『国民的エネルギーの小説』は、世紀末から二十世紀初頭の大河小説のなかに数えられるが、その全三部を通じて小説の調子を変えてゆく政治的現実のダイナミックな再現、国家予算の項目や地方の状態の、またフランスの経済指数などの数表まで使って読者に状況を理解させようとする姿勢、実在の人物を登場させて小説の人物と等身大でつきあわせる手法を通して同時代の歴史を、自分がその場で生き戦った現場を読者に伝えようとする執念によって、[*36]スタンダール的な近代小説の基盤を形成してきた個人と政治という二つの側面を大きく政治のほうに傾け、「政治小説」の一つの範型をつくりだしたといえる。いわば、バレスは読者を啓蒙する「ロマン・ポピュレール」を書きながら、なによりも時代を全体的に描きだすという手法をとって、主人公ステュレル＝バレスの選択とアンガージュマンの正当性を検証し、逆に自分自身がおこなった選択を納得することを求めているかのようである。主人公と歴史の関係はこのような小説の結構によって、近代小説の社会と個人の価値の乖離というダイナミズムから、時代の状況のなかで立場を選択し行動する個人という現代小説の参加のダイナミズムへと移行した。つまり、主人公が個人として社会から離れた価値を実現し、あるいは保持しようと努めるのではなく、個人が完全に社会のなかに埋没しており、社会のなかで歴史に対して満足な対応をおこなうことのみが個人の自己実現となるような形の、選択の（つまりは投企の）テーマに支配された小説のパターンをバレスはつくりだしたのである。『国民的エネルギーの小説』は、政治状況のなかでのアンガージュマンの正当性の検証という政治小説のパターンをつくりだした。みずから声高にバレスの崇拝者であることを宣言してはばからないアラゴンはもとより[37]、『国民的エネルギーの小説』の方法論を全体的に取り入れた『希望』におけるマルロー[38]、そしてファシズムへのアンガージュマンの過程を政治的・精神的状況から検証したドリュ・ラ・ロシェルの『ジル』、そして投企の小説としての『自由への道』にいたるまで、もちろんそのなかで語られる状況、政治イデオロギーの意匠は変わっても、選択の「政治小説」としての構造は『国民的エネルギーの小説』から一歩も出ていないのである。

VI　幕間的文学者

ドレイフュス事件ののちに、バレスは名実ともに反動的保守の重鎮として振舞うことになる。パスカルの研究に取り組んでキリスト教陣営への接近をはかり、また政治的には、リベラル派の推進する反教会法、国内の学校教育からの教派・修道院の排除に始まり、ついには教団財産の没収、国外追放におよんだいわゆる反コングレガシオン法に抗議して反対する運動を組織したことで、議会におけるキリスト教会の保護者としてみなされるようになった。一九〇六年にアカデミーの会員に選出される文学者としても巨匠の列につらなり、モーラスやタロー兄弟たちだけではなく、ペギー、モーリヤック、プルーストといった新世代の作家たちもバレスのもとに集まるようになった。

デルレードが死去したのちには愛国者同盟の総裁の地位を引き継ぐと同時に、デルレードとは微妙な関係にあったモーラスのアクション・フランセーズにも名誉職として名をつらねて、右翼陣営の団結の象徴として振舞い、セーヌ県選出の議員としては毎週水曜日と金曜日に演説集会をおこなった。

しかしバレスの政治的経歴の頂点は第一次世界大戦が勃発して三年が経過したのちに戦線が膠着した、一九一七年に訪れる。開戦当初、大方の予想に反してゼネストに入ることもなく応召した労働者たちをはじめとして、第三共和制成立以来かつてないほどの団結をみせたフランス国民も、開戦から三年が経つと厭戦気分がひろがり、前線での兵士の反乱や軍需工場でのストライキから、公然の対敵内通といった売国行為、議会内での降伏・反戦論議が横行して、フランスはまた半世紀前の普仏戦争と同様に、内部の対立と腐敗のために自滅するかに見えたのである。このとき、長く閣外にいて政府の戦争指導を非難しつづけていたクレマンソーが首相に就任、前首相カイヨーや現職の内務大臣マルビーらをはじめとする厭戦的人物や組合指導者らをかたはしから逮捕拘禁するという強引な引き締め政策により国内の立て直しに取り組んだとき、バレスは三十年におよぶ政敵としての立場をかえりみずに、クレマンソーに協力して右翼保守陣営をまとめあげ、急進派と共同歩調をとることで、いわば戦時翼賛体制をクレマンソーとともに成立させたのである。この翼賛体制の成立により、第三共和制の歴史を通じて曲折してきた議会の動向を意に介することなく、クレマンソーはほとんど独裁政治に近い強権と迅速さで戦争指導に集中して、ついにフランスを勝利に導きえたのである。

バレスの行動は、国家の危急において政治的対立を超えた決断として高く評価され、共和制議会の議会人としての名声を不朽にした。モーラスらの批判にもかかわらず普通選挙にこだわりつづけて選挙民から投票を得ることに政治生活の後半生をかけてきたバレスにとって、議会活動を通じて祖国に勝利をもたらしたことは自身大きく誇りとするものだった。一九一八年ついにドイツが屈服し、半世紀ぶりにアルザス、ロレーヌがフランスに戻ったとき、バレスはメス市に凱旋するフランス軍の先頭に立って市街に足を踏み入れ、かつてガンベッタが、そしてブーランジェ将軍やデルレードが求めて成しえなかったことをついに自分が成し遂げたという感慨にひたっていた。しかし実際には、第一次世界大戦は、政治家、文学者としてのみならずバレスの生涯そのものの終末に位置していた。何人もの文学者が老齢をおして従軍したにもかかわらず、三十年来対独開戦を訴えつづけてきたバレスは志願するそぶりもみせず、それどころか息子の徴兵逃れを画策したと噂されて公衆から軽蔑を受け、前線で近代戦の悲惨を体験したセリーヌをはじめとする文学者から痛罵され、その好戦的な態度とうらはらの立ちまわりが批判された。また、ドイツに割譲されていたアルザスの住民の一部が、国内に亡命してフランス軍に志願したことに対して、アルザスに残ったためドイツ軍に徴兵されフランスに銃弾をむけることになった兵士を弁護したことも、一般の怒りを買った。[*39]

こうしたバレスの没落にとどめをさした観があるのがシュールレアリスム宣言を発表する直前の「文学」誌グループによる「バレス裁判」[*40]である。ブルトン、ツァラ、アラゴン、ドリュ・ラ・ロシェル、リゴーらの若手作家が戦前の世代を代表する文学者としてバレスを「精神の紊乱」の科によって槍玉にあげてその変節と時代錯誤を糾弾したこの裁判により、バレスの文学者としての存在は完全に幕を引かれて、ほどなく一九二三年、心臓発作で死去してしまう。しかしこの「文学」誌グループのなかに、バレスの信奉者であるアラゴンとドリュ・ラ・ロシェルが含まれているように、かれの、特に若きバレスの思想と著作の影響は、第二次世界大戦後まで続いた。ただ実在の作家、政治家としてのバレス像の世俗的な巨大さが、その絶頂の幻影と同時に没落の幻影をつくりだして、バレスの本質の忘却と隠蔽に手をかしているのである。

かつてR・フェルナンデスは、大革命からコミューンにいたる、革命と戦乱の百年が終わってから生まれ、第一次世界大戦ののちに西欧世界が崩壊していく姿に立ち会うことなく死んでしまったバレスは、フランス近代文学における幕間的な存在であると定義したことがある。[*41] 鋭敏な批評家としての活動ののちに、西欧文明の行きづまりを逃れるためにファシズムへのアンガージュマンを選択したフェルナンデスにとって、バレスが関わった第三共和制の諸事件は二大戦間の西欧文明の存続をかけた対立と抗争に比べればコップのなかの嵐にすぎず、そのことがバレスの政治思想をせばめてしまったことをバレスのために悔やんでいるのである。同様にアラゴンもバレスが早く生まれすぎたために、マルクス主義の陣営で革命のために闘うことができなかったことを惜しんでいる。[*42] しかしまた逆に、この近代史の幕間にこそバレスの作家生活において文学的企図と政治状況が拮抗し、政治的選択にみあった文学の表現が、アンガージュマンの正当性と本質を提示しうる文学が存在しえたとも言いうるのではないだろうか。そして第一次世界大戦後の政治状況の緊迫は、文学の問いを問いのままに残してしまい、バレスやモーラスの世代が成し遂げた以上のことを実現することを許さなかったのである。

マルローは小説『希望』のなかで、スペインにおける革命をおこなう民衆のアナーキーな熱狂、明日なき狂熱アポカリプスにふれて、熱狂の渦には未来がなく、革命を成就することでアポカリプスのなかに未来を建設するためには鉄の規則が（サルトルの『悪魔と神』の用語によるならば「死刑台」が）必要であると語っている。バレスのアンガージュマンは、その本質をこの未来なき熱狂においていることはすでに論じた。バレスにとって政治参加とは、カラス事件におけるヴォルテールやコンゴ事件のジイドのように、書斎にこもった知識人が、社会の不正に目をとめてある日立ちあがるといったものではない。かれのアンガージュマンとは非‐理性的で衝動的な行動であり、そのなかで個人としての反省を忘れて無意識的な領域、かれの表現にしたがえば「大地と死者」と一体化することで、爛熟して極度の洗練のために行きづまった理性や近代的知性から脱出する行為なのである。バレスのアンガージュマンの構造が続く世代に強い影響力をもったのは、まさしく知識人の政治参加を無意識に関係づけることでアンガージュマンを本質的に反理性的な行動として規定したからであり、このアンガージュマンのあり方が、社会に対する行動を通じてしか自我の本然を獲得できない、社会に埋没した個人を主人公としたアンガージュマンの小説の構造へと直結しているからである。

ドレイフュス事件の経緯が示すように、民衆の無意識に訴えかけることによっての熱狂の鼓舞を中心とするバレスの方法論では、現実の政治的状況を乗りきることはマルローの指摘どおり不可能である。無意識の領域によって民衆を扇動することは可能でも、それは実際の政策や施政とは別のことであり、もちろん革命の成就は到底不可能であるが、しかしそれならばマルローやアラゴン、サルトルは無意識に頼っているのではない、近代的な、理性にもとづくアンガージュマンの文学を確立しえたのだろうか。あるいはアポカリプスなき革命、熱狂と歓喜を欠いた政治ははたして可能なのだろうか、という問いがバレスのアンガージュマン論の射程から逆に導きだされてくる。さらに無意識の領域との共犯関係なしに、文学は、作家は、そして個人は、群衆、他者、政治的現実と結びつくことができるのだろうか。そしてもしも、アンガージュマンの基盤が非‐理性的であり反近代的であるならば、まさしくジョルジュ・バタイユがコレージュ・ド・ソシオロジーで問い直した、民衆の熱狂的なアポカリプスがファシズムや全体主義と結びつくのは必然であるのか、という第二次世界大戦から現代においていまだに問われつづけている問いがバレスのアンガージュマン論には含まれているのである。

それゆえにバレスのアンガージュマンがもっている反近代的な本質は、たんにバレスの反動性や後継世代の右翼作家だけの問題ではなく、近代における政治と文学についての基本的なプロブレマティークであると捉えられるべきなのである。それは同時に、サンボリスムとディレッタンティスムの閉塞によって文学の未来がテクストのなかにはなく、作家は政治的行動によって自身の作品を外部から支えざるをえないという「参加」の文学の構造において（そしてマラルメの書斎の詩人というあり方に「アンガージュマン」を認めるというサルトルのおこなった転倒は明らかに、この参加の論理の頂点に達しているが）、もはや自主的な理性は存続しえず、近代とヒューマニズムはいやおうなく崩れ去ってしまっているのではないかということであり、近代的価値の崩壊の必然的結果としてアンガージュマンが要請されるならばいかなる選択が可能であり正当性があるのか、という政治的問題にも直結する。そしてこの問題は重く答えがたい問いとして、ドリュ・ラ・ロシェルやフェルナンデスだけではなく、第一次世界大戦から第二次世界大戦を体験することになるすべての政治的文学者に対して課せられることになったのである。

注記

＊1——戦後しばらく看過されてきた観のあったバレスも、近年再び注目を集め、論文や言及もふえつつある。なかでも一九八六年と一九八七年にあいついで出版された二冊の浩瀚な評伝は、バレスの再生を強く印象づけるのに充分な内容をもっている。Y. Chiron : *Maurice Barrès*, Perrin, 1986 ; F. Broche : *Maurice Barrès*, J. C. Lattes, 1987. また各論としては H. Mondor の高名な論文 *Maurice Barrès avant le Quartier Latin*, Ventadour, 1956. 以来、『蛮族の眼の下に』でのデビュー以前の青年期に焦点をあてた詳細な考証研究 M. Davanture : *La Jeunesse de Maurice Barrès*, Champion, 1975. や、バレスの議会活動を扱った J. Bécarud : *Maurice Barrès et le Parlement de la Belle Epoque*, Plon, 1987. 等があげられる。小論のバレスの伝記部分については上記の著作に主として依拠している。また、第三共和制の右翼思想について精力的な著作を続けている Z. Sternhell の政治的評伝 *Maurice Barrès et le Nationalisme français*, Presses de la Fondation Nationale Scientifique, 1972. は、Sternhell の他の著作と同様に、大変刺激的だが、また Broche のように「カリカチュア」(*op. cit.*, p. 536) とは言わないまでも強引な展開や誤解も多く、他の研究者から多くの批判を浴びている。

書誌としては、一九四八年までについては、バレス自身の著作、記事、書簡、およびバレスについての記述に対してほぼ完璧な A. Zarach : *Bibliographie barrèsienne*, PUF, 1951. がある。

*2——新集世界の文学25『自我礼拝』伊吹武彦訳（中央公論社、一九七〇年）、一〇頁。他のバレスの作品については *L'Œuvre de Maurice Barrès*, 20 volumes. Au Club de l'Honnête Homme, 1968. をテクストとした。

*3——『自我礼拝』三七頁。

*4——これらの文学者たちの発言は、J. Hurêt のインタビュー集 *Enquête sur l'évolution littéraire*, Charpantier, 1891.に収められている。同書は一九八二年に Thôt 社から解題と人名解説を付して再刊された。

*5——*Huit jours chez M. Renan*, in *L'Œuvre de Maurice Barrès, tome 2*, p. 310.

*6——P. Bourget : *Essai de psychologie contemporaine, tome 1*, Plon, 1924, p. 55.

*7——J. Lemaitre : *Les Contemporains, 5e série*, Lecèneet Oudin, sans date, p. 58.

*8——ディレッタントとしてのバレスについては、J.-H. Hugot : *Le Dilettantisme dans la Littérature française d'Ernest Renan à Ernést Psichari*, Aux Amateurs de Livres, 1984. 参照。この論文のなかでバレスは、ルナンやフランスと並ぶ重要なディレッタンティスムの作家として扱われている。

*9——『贋金つかい』については、フランス文学講座2『小説II』（大修館書店、一九七八年）所収、若林真「小説発見の小説」に依拠している。

*10——P.-G. Castéx : "Barrès, collaborateur du Voltaire (1886-1888)", dans *Maurice Barrès ; colloque de l'Université de Nancy*, Annales de l'Est, 1962, p. 52.

*11——D. Moutote : *Egotisme français moderne*, SEDES, 1980 ; P. Citti : *Contre la décadence*, PUF, 1987. といった世紀末から二十世紀初頭の文学を襲った大きな変化について扱った著作におい

て、バレスを二十世紀文学の先導者として位置づける見方が定着している。Moutote は同書のなかで「この小説(『自由人』)は、世紀末の最も重要な著作である。初期のジイドやヴァレリーそしてプルーストが、大きな影響を受けた。レアリスムと自然主義のはざまから、『さかしま』や『アンドレ・ワルテルの手記』『テスト氏との一夜』と同様に、主人公が失われた自我を回復しようとする試みを扱ったこの小説はまた、みずからの自由を征服しようと旅だつ人間をテーマにした二十世紀小説の系譜の先頭に立つものでもある。この作品は、モンテルランやジロドー、マルロー、サルトルを予言しただけでなく、重層的な構造と文化の集積を通して自己の内面の深奥に降りて行く冒険によって、遠くロブ゠グリエやビュトール、シモンにも結びついているのである」(p. 111)と書いている。

*12——一八九九年三月十日におこなわれたフランス祖国同盟(La Ligue de la Patrie française)の第三回の総会での演説で初めてバレスは「土地と死者に個人を根づかせる」ことを訴え、それ以降「土地と死者」はバレスのスローガンになった。表現は極めて過激だが、しかしその論理自体は、近代的な理性に対立する原理としての本能や無意識を立てたことから変わっていない。ただこの時期になると、『自我礼拝』の時期には自我の確立のための手段であったナショナリズムが、バレスの文学者としての成功と政治的野心、ドレイフュス事件での挫折等のためにそれ自体目的化、制度化し、無意識のすまう領域にあえて「土地と死者」という反動的な表現を与えることになったのである。

*13——T. de Wyzéwa : "Le Pessimisme de Richard Wagner", dans *Revue Wagnérienne, tome 1*, Slatkine, 1968, p. 167.

*14——J・イポリット『ヘーゲル精神現象学の生成と構造』市倉宏祐訳(岩波書店、一九七二年)、上巻、三〇七頁。

*15——*Toute licence sauf contre l'amour*, in *L'Œuvre de Maurice Barrès, tome 2*. このパンフレットは若者に行動をうながすことを目的として書かれており、叙述が青春(テーゼ)、懐疑主義(アン

チテーゼ）、そして行動（止揚）という形の弁証法仕立てになっている。バレスの哲学的素養については I.-M. Frandon : *Barrès précurseur*, Lanoré, 1984. が詳しい。

＊16——*L'Ennemi des lois*, in *L'Œuvre de Maurice Barrès, tome 2*.

＊17——Paul Déroulède (1846—1914). 詩人。愛国者同盟（La Ligue des Patriotes, 一八八二年創設）の三代目総裁（一八八五年就任）。一八九九年にドレイフュス再審を阻止するためにクーデターを計画するが、土壇場で失敗、亡命したため総裁の座をバレスに譲るまで愛国者同盟を指導し、民間国防団体にすぎなかった愛国者同盟を、第三共和制を代表する反体制組織にしたばかりでなく、街頭での騒乱という政治的手法をつくりだすことで、多大な影響をのちのナショナリズム、ファシズムの団体に与えた。

＊18——Henri Rochefort (1831—1913). ジャーナリスト、政治家。第二帝政下で最も果敢かつ反体制的なジャーナリストとして《Lanterne》紙をはじめとする多くの新聞を舞台に帝政の批判を続け、数度にわたって決闘をおこない、投獄された。帝政の崩壊後は、国防政府で重職につき、コミューンには参加しなかったが、ルイーズ・ミッシェルらとともに臨時政府に逮捕されたため脱走し、アメリカ、そしてイギリスに渡る。一八八〇年に帰国、共和的愛国主義の新聞《L'Intransigeant》を創刊、デルレードらとともに、ブーランジェ将軍を支持し、ドレイフュスを攻撃した。

＊19——Edouard Drumont (1844—1917). いかにしてフランスがユダヤ人たちの「金銭」によって支配されたかという歴史書 *La France Juive*, 1886. 等の執筆により「歴史家」を自任していた。左右を問わない広範な影響力をもち、特にソレル系のサンディカリズムやキリスト教的社会主義には決定的影響を与えた。一八九〇年に、ユダヤの金銭に支配されていない自由な新聞として「自由公論」《La Libre Parole》を創刊、パナマ疑獄を暴露する等の活動をおこなうが、マルシャンドー法（人種主義による言論攻撃を禁止する。一八八一年制定）や名誉毀損等によって、発行停止や逮捕投獄の処分も

たびたび受け、亡命を余儀なくされる。一八九八年に反ユダヤ主義暴動がふきあれるアルジェから国会議員に立候補、選出されるが、デルレードと同様に、一八九九年のクーデター失敗事件以降、影響力が薄れる。他に著書として *La Fin d'un Monde*, Savine, 1889 ; *Mon vieux Paris*, Flammarion, 1891 ; *De l'Or, de la Boue, du Sang*, Flammarion, 1896. 等があり、迫力と抒情のある散文により多くの読者を獲得した。

＊20——Alexandre Millerand (1859—1943). 弁護士、独立系の社会主義者。講演会を通じての活動ののち、一八八五年国会議員に当選。第三共和制前半を代表する議会内社会主義者として活動する。一八九九年のルソー内閣に労働問題担当商業相として入閣、ストライキ対策をめぐって社会主義党派と絶縁したのち、いくつもの内閣で陸軍大臣を務める。一九二〇年、国会の議長となり、のちに大統領に就任するが、一九二四年の選挙での左翼連合の勝利により、辞任に追いこまれる。

＊21——Lucien Herr (1863—1926). 社会主義者、理論家。当時パリに亡命していたロシア・ナロードニキのP・ラヴロフの影響下から、ヒューマンな社会主義者として政治活動を始めたエルは、最初アルマーヌの革命的労働者党に参加したのちに、ジョーレスと出会い、生涯にわたりジョーレスの忠実な随伴者としてジョーレスの活動を著述活動を通じて理論的側面から支えた。一九〇四年に《Humanité》紙が創刊されてからは、多くの記事を寄稿し、社会党の分裂後はブルムを支持した。

＊22——Jules Guesde (1845—1922). 五年の禁固刑をコミューン支持の論文を発表した科により言い渡されたことから政治的経歴を始めたゲードは、あらゆるブルジョワ共和主義とは無縁のプロレタリアートのみによる革命政党を結成するという意図のもと、フランスにおける最初のマルクス主義政党「労働党」を一八七七年に結成した。機関紙は「平等」である。ゲードの主張はあくまで階級闘争を第一に捉えることで、議会におけるミルランらの与党化の試みはもちろん、協同組合やストライキといった戦術すらも、ブルジョワジーとの取引を前提としているために欺瞞的であるといってしりぞけ

た。かれのスローガンは「騙されるな」という叫びであり、労働者にむけてのたゆまぬ警告以外に実質的な政治活動には乏しかった。ドレイフュス事件に際してもドレイフュス支持にくみしないほど強い不信感を共和派に対してもっていたゲードの思想は、第三共和制下での労働者階級の深い疎外感のあらわれとして考察されることが多い。九三年に代議士として当選。一九〇五年にジョーレスのフランス社会党と合併、統一社会党を結成する。第一次世界大戦中はクレマンソー首班の内閣にバレスとともに加わった。

＊23——Z. Sternhell: *op. cit.*

＊24——E. Drumont: *La France Juive*, Victor Palme, 1886. 約三十万部売れたといわれる。

＊25——H・アーレントは、『全体主義の起源』一巻（大久保和郎訳、みすず書房、一九七二年）のなかで、彼女の立場にもかかわらずドリュモンを、「きわめて有能なジャーナリスト」（九三頁）であると認めている。

＊26——G. Bernanos: *La grande peur des bien-pensants*, Bibliothèque de la Pléiade, *Essais et écrits de combat, tome 1*, Gallimard, 1971.

＊27——J・メールマン『巨匠たちの聖痕』内田樹他訳（国文社、一九八七年）、二三五頁。

＊28——"La premier mot de l'année",《La Cocarde》, 1er janv. 1895.

＊29——"A M. Maurice Barrès",《La Revue Blanche》, 15 fév. 1898, reprit dans *Choix d'écrits de* Lucien Herr, *tome 1*, Rieder, 1932.

＊30——"Les intellectuels ou logiciens de l'absolu M. Zola", in *L'Œuvre de Maurice Barrès, tome 5*, p. 52.
ドレイフュス事件をめぐるバレスの去就については、渡辺一民『ドレーフュス事件』（筑摩書房、一九七二年）が詳細に論じている。

＊31――この暴動の顚末、内幕については、従来様々な議論があったが、Y. Chiron は、前掲書のなかで（p. 195）、新資料を用いて解明している。

＊32――『国民的エネルギーの小説』三部作のそれぞれが、完全に独立した小説であるとする見方に立ったバレス観の代表が、A. Thibaudet : *La Vie de Maurice Barrès*, Gallimard, 1921. である。チボーデは、バレスの本質を、ユゴー以来の国民精神を代表する公的な文学者というフランス独得のあり方を完成させた作家のなかに見出し、作品や思想や影響よりもその人生そのものこそが重要であると指摘した。そのような文学者としてのあり方と一致した構造をもった作品として『デラシネ』を『国民的エネルギーの小説』から切り離し、「ヴェネツィアの理想を実現した」（p. 164）小説としてバレスの経歴の頂点にあたるとした。

＊33――A. Siegfried : "Le meilleur écrivain politique",《Le Figaro》, 11 juin 1956.

＊34――Auguste Burdeau は、ナンシーのリセで哲学教師として一年間バレスを教えた。十九歳で普仏戦争に志願してレジオン・ドヌールを受け、戦後二十四歳で哲学の教授資格を取得したかれは伝説的な人物で、『国民的エネルギーの小説』のブーティエ同様にその授業は生徒たちに強い影響を与えたという。その後ビュルドーはパリのルイ大王校に転任になったのち、パリ選出の代議士となり、いくつかの内閣に大臣として加わり、パナマ疑獄に連座した。しかし、ブーティエのようにブーランジエに対する陰謀をめぐらしたり、クレマンソーの腹心であったことはない。

＊35――*L'appel au soldat*, in *L'Œuvre de Maurice Barrès, tome* 3, p. 419.

＊36――たとえば本論の趣旨とは関係ない風俗的な側面においても、風俗社会学の泰斗であるL・シュバリエは『歓楽と犯罪のモンマルトル』（河盛好蔵訳、文藝春秋、一九八六年）のなかで、『国民的エネルギーの小説』は、ゾラの作品よりも第三共和制初期の風俗を調べるうえで貴重な資料であると言明している（三〇五頁）。シュバリエによれば、『国民的エネルギーの小説』のなかの様々な事件は、

みな当時の世相を下敷きにしたうえで構成され、かつ事件の本質がよく把握されているという。たとえば、『デラシネ』の末尾での青年による強盗事件は、当時モンマルトルでよく起きていた同種の事件を背景としているという（三〇八頁）。またシュバリエの示唆によれば、『自我礼拝』の『ベレニスの園』のベレニスは、踊り子ではなく当時流行していた少女売春婦であるということである（三一八頁）。

＊37――*L'Œuvre de Maurice Barrès, tome* 2. p. XVI.

＊38――J.-M. Domenach : *Barrès par lui-même*, Seuil, 1960, p. 27.

＊39――バレスは、ドイツへの割譲を嫌ってパリに亡命したアルザス人たちよりも、そのまま「根」づいて故郷に残り、ドイツの支配に耐え忍んでいる人々により同情的だった。アルザスに残ったためにドイツの兵役につくことになる青年を主人公とした小説 *Au service de l'Allemagne*（*L'Œuvre de Maurice Barrès, tome 6.*）も書いている。

＊40――このダダ・シュールレアリストらがおこなったパフォーマンスについては、季刊「世界文学」第三号（一九六六年）所収、渡辺一民「バレス再審」で論じられている。

＊41――R. Fernandez : *Barrès*, Livre Moderne, 1943, p. 10.

＊42――*L'Œuvre de Maurice Barrès, tome* 2, p. XVI.

第三章　シャルル・モーラス◉反近代の極北

I　忘却された詩人：古典主義

本章で扱うシャルル・モーラスは、アルチュール・ド・ゴビノーとモーリス・バレスのあとをうけた、フランスにおける反近代主義と反ヒューマニズムの系譜の、思想と政治運動の両面における完成者であり、またその思想の影響と射程の広がりにおいても運動の盛りあがりにおいても頂点に位置している。かれは、反近代主義を一つの体系としてつくりあげて、たんなる否定や拒否ではない近代の所産とは別の思考体系であり価値基準である（ここで特にかれにならって名称を与えれば）古典主義を、文学にとどまらず政治や思想をも包含する哲学としてかかげた。かれの思想は、古典主義の名のとおり文学的な考察を土台にしていたが、かれは文学についての思惟をそのまま現実の政治の世界と社会に適用し、その政治思想の実現のための強固な党派をつくりあげて第三共和制の後半に保守勢力を支配しつづけた。その影響はフランス国内はもちろん、イタリアの未来派や、特に文学的にはT・S・エリオットやT・E・ヒューム、E・パウンドといった英米の詩人にも少なからぬ影響を与えた。

しかし、一九四四年八月にパリが連合軍によってドイツ軍から解放されて以来、ナチス＝ドイツとの妥協によって成立したヴィシー政権を支えた右翼保守勢力の精神的指導者としてのシャルル・モーラスは、一般からおとしめられ忘却されただけではなく、ペタン元帥への助力によって対独協力に加担したことで癒しがたい痛手を受けて知的麻痺状態におちいった右翼勢力からも、その思想的射程を保守的、伝統主義的、愛国的なものに限定され矮小化されることで無理解のなかに沈澱し、今日ではわずかにごく一部の熱心なエリオット研究家だけがモーラスの思想の斬新さと前衛性をかいまみているにすぎない。[*1]というよりも、フランスにおいてはいまだかつてエリオットやヒュームが認めたようなモーラス像は、サンディカリズムの哲学者で『暴力論』の著者G・ソレルによる政治家、革命家としての評価をのぞいては、認められたことがなかったのである。それはM・レイモンが指摘したようにフランス文学史のなかではモーラスの古典主義は「生ける文学の誕生を準備することは不可能」[*2]であった（ブラジヤックのことは別に再論する必要があるが）ことからもうかがえる。しかしひとたび視線を大西洋を越えて転じれば、二十世紀後半のいかなるフランスの詩人にも比肩しうる偉大な詩人たちがモーラスの影響下からうまれていることから、モーラスの文学論がたんにポレミックな論議に寄与するだけの思想ではなく二十世紀フランス文学のなかでもひときわ興味深い議論であることは自明であると思われる。

しかし、フランス本国においてモーラスの思想が本質的に評価されまた理解されなかったことについては、無理からぬ点、首肯せざるをえない点が多々ある。第一に、モーラスの極端な政治的マキャベリズムは、かれのまわりに政治的に有効であればその人品を問うことなく雑多な人物をよせあつめ、そのために文学的なエコールのもつべき純粋さや建設的な薫陶の雰囲気とはアクション・フランセーズの文学者たちの集まりがほど遠いものであったことがあげられるだろう。というよりもモーラスは多くの文学的著作を出し思想を展開しながらも、文学における「弟子」といった存在はいなかったし、実際には同時代人において心を通わすことのできた文学者も、アナトール・フランスやダンテの翻訳者であるモンジュネ夫人をのぞけばほとんどもつことができず、ただまわりが自分について論じたり愛弟子を自称するのを放置しておいた観がある。

さらにモーラスのかかげた古典主義、つまり文学における創造の廃滅と非‐歴史（非‐文学史）的な西欧文学の諸テクストとの交感という主張は、フランスではあらゆる意味での文学的な伝統の厚みにからめとられて圧殺され擬古典的な文学遊戯に堕してしまい、エリオットやパウンドのような引用や挿入といったダイナミックな制作上の方法論に到達できなかった点があげられる。このことはもちろん詩人としての器の大きさの問題でもあるが、その背後にあるフランスとアメリカの文学作品の制作における文化的な桎梏の違いも見逃せない要素になっている。

それではフランスにおいてモーラスは完全に孤独であったのかといえば、もちろんそうではない。それはたんにかれが第三共和制後半における最も有力な政治的党派の指導者であり、高名な文芸評論家であったからばかりではなく、モーラスの著書は政治的立場を超えて多くの読者をひきつけつづけていたし、日刊「アクション・フランセーズ」紙はその政治性よりも知的な魅力によって多くの読者を得ていた。第三共和制の知識人としてのモーラスは順応主義にくみしない活発な議論を展開することで、かれの政治思想やその手法に共鳴できない読者をも魅了していたのである。

そしてモーラスの晩年には三人の弟子ともいうべき人物がいた。最も多くモーラスの資質を受け継いだブラジヤック、モーラスの秘書を務めながらのちには敵対したルバテ、そしてモーニエ等と「コンバ」誌の編集にたずさわり「ジュ・スイ・パルトゥ」紙の寄稿者だった若きモーリス・ブランショである。特にブランショに対しては、かれへの中傷として戦前のアクション・フランセーズやモーラスとの関係が頻繁にもちだされるが、かれの思想におけるアクション・フランセーズ体験の意味あいが問われることはほとんどないのが実情である。しかし戦後のフランス文学、思想に隠然たる影響力を保持しつづけ、つねに新しい思潮の擁護者、産婆役として振舞いつづけただけではなく、文学批評の新たな側面をきりひらいたとすら言いうるブランショの、文学者としての形成期におけるモーラス体験の意味についてはいま一度問う必要があるものと思われる。

小論ではこのようなモーラスの文学的・政治的思想の射程と本質を提示することを第一の目的とし、あわせてアクション・フランセーズの指導者としての政治行動についても粗述することにしたい。モーラスの思想は極端であり、異質であり、ときには狂気を感じさせるものがある。この思想をまがりなりにも理解するためには、その発生の現場であるかれの内面のドラマに近づくことから始めなければならない。

II　プロヴァンス：音と陽光の王国

僕には知ることのできない、象徴である
花さき、すぎゆくすべての至福が
苦く悲しい夜のうえにみずから穿った畝溝を
燃えたつ時間で満たしてゆく[*3]

これは一九二五年にシャルル・モーラスが発表した最初の詩集『内なる音楽』に収められた「夏、黄金の時間」の一節である。マルティーグ諸島に生まれ、海軍軍人の家系に育って地中海の海の色を最も愛した詩人が、南フランスの夏を詩の題材とすることにはなんの不思議もない。実際モーラスの詩作品はヴァレリーやミストラルの作品と並んでプロヴァンスの風物を題材とした二十世紀の詩として高い評価を得ていた。しかしそのかれが南フランスの夏をおおう「すべての至福」を、「僕には知ることのできない、象徴」とうたったのは、いったいなぜだったのだろうか。

それについてはまずモーラスの聾音体験を考えるべきかもしれない。六歳のときに父を失ったモーラスは八年後に再び不幸に襲われ、スペイン風邪の後遺症のために聴覚を失い、生涯他人の発音を聞きわけられるまでには回復することがなかった。ロンサールやデュ・ベレーを引き合いにだして笑いとばすことのできた成年後はさておいても、十四歳の少年とその青春時代に聾音がもたらした影響の大きさは察するに余りあるものである。少年モーラスは聴覚を失い、みずからの内に沈黙と静寂をいだきはぐくむ(かれ自身の表現を借りれば)「半死人」[*4]となることで世界との近さを失って、一種の離人症に似た体験を南フランスの光景と生活に対してもつことになったのである。

それ以前のモーラスの幼年時代は、南フランスの自然によって完全につつまれ、はぐくまれていた。『内なる音楽』の冒頭に、モーラスはもしも自分の過ぎ去った生涯のいずれかの場面に戻ることができるならば、ためらうことなく幼年時代に戻りたいと書いているほどである。しかし同時にモーラスは幼年期についての記憶を全くもっていない、とも言っている。というのもその幸福があまりに完全だったためになにもおぼえていないのだと。その完全な幸福がつくりだした、忘却というよりも記憶そのものの欠落のなかで、ただ一つモーラスが記憶にとどめている光景が、南フランスの冬の太陽の金色の長い陽ざしだった。

ギリシアの楽観論者たちが語ったように、光を見ることはよいことであり、甘美なことなのである。ひとたびこの甘美さがおおってしまうと悲しみはほとんど消えてしまう。

この光におおわれた恍惚の日々には悲しみなど存在のしようがない。[*5]

黄金の南フランスの光、そして陽光をみつめることのめくるめきには、世界との一体感に保証されたユーフォリズムがあり、子供を世界との親和から引き離すあらゆる悲しみや辛さを光の官能的な輝きが遠ざけ、感触や音、味覚、匂いまでもが渾然一体となって幸福のなかにつつみこんでしまう。

モーラスの幼年期の南フランスはまた「音の王国」でもあった。モーラスにとっての音とはすなわち、かれの面倒をみていた女中のソフィがくちずさむ歌のひとふしであり、寝つかそうと語り聞かせてくれるロランやシャルルマーニュの長い歌物語の響きであり、戸外をつれだって歩く若い娘たちがくちずさむ詩のシラブルと脚韻の心地よい連なりであり、日暮れになると誰からとも知れずに広場で始まる荒々しく狂気じみた踊りのリズムだった。モーラスが幼いうちに死んでしまった父親は陽気で、どんなに短い言葉でも節をつけて歌うように言わずにはおれなかったという。

陽光により祝福され歌と踊りがさんざめくところ、プロヴァンスがモーラスの出発点であり、かれの素地を形づくった。パリでは謹厳でとおり浮いた話はひとつもなく私生活のない男といわれたモーラスは、故郷のマルティーグに帰ると極めて評判が悪かったという。[*6]というのもかれが知り合いの娘たちを誘っては、港でアンジュー酒をかたむけながらブイヤベースをつまみ昼食をともにすることを好んだからであるということで、モーラスの隠れたプロヴァンス気質がかいまみえて興味深い。しかし、このような南フランスのユーフォリズムは、聾音によってモーラスから永久に奪われてしまった。もちろん音が失われても、黄金の光とその輝きを眺めることの至福はそのままに存在しつづけている。しかし聴覚のないかれにとって世界の甘美な輝きはかえって酷く無縁に感じられ、かつてとは全く別なものに変わってしまったに違いない。聾音のもたらした内なる静けさがモーラスにもたらしたのは、たんなる感覚の欠如、空白ではなしに、視界からもたらされる外のさんざめく世界と内部の沈黙との共存が内包している癒しがたい分裂であり、葛藤だったのではないだろうか。それは外の世界の輝き、至福、フレネジーと内部の沈潜、静寂という相反する二つの世界を同時に生きることをモーラスに強いたのである。それは分裂というよりもある種の遠さであり、疎外であったのかもしれない。モーラスに対してつねにその光景が鮮やかであればあるほど、外の光景は内なる静けさのために遠く感じられただろうし、かれの思念が強く内部にさかまけばさかまくほど、視線がもたらす光景はその思いに応えないものとして映り、自分の思いが届かず、世界とは無縁であることを知らせただろう。外のさざめきと内側の沈黙は決して融和せず、和解しえないものであった。たとえ神と人間のあいだをいま一度結びつけるためにマリアの胎からあらわれたイエス・キリストによってでさえ。[*7]

モーラスは和解すること、癒されることを求めず、また望みもしなかった。かれはただその分裂を受け入れ、みつめ、認識し、その乖離を生きることにした。外の輝きを眺め、その狂熱に時には身をゆだねながらも、アプリオリにそこから引き離された沈黙をつねにみずからの内に養い、その両者を同時にそのままに認識していること。それがモーラスの基本的な認識者としての態度であり、この離人症的な体験を引き受けることをモーラスは「理性」と呼び、またこの分裂のうちに沈黙から外の世界へと癒しがたいものにしたまま流れでる「内なる音楽」を詩作と呼んだのである。そしてこの分裂は期せずして、外界と内なる世界という厳密なカテゴリーをモーラスにもたらし、モーラスはその二つのカテゴリーをつねに同時に受けとめる場所に自分のポジションを定めることで、つねに思考から行動へ、認識から内省へと二つのカテゴリーの同時的な一致を求めたのである。つまりモーラスにとって精神的な活動とは、つねに行動への要請につかれた、危険で、無償ではありえない、手ごたえのある行為にほかならなかったのである。

プシケー、炎をまとう
御身こそわがおもい
人々は御身を厭い
御身は墓のようにほほえむ*8

モーラスは純粋な哲学、形而上学的な思考を認めなかった。また同様に実用科学や科学技術を忌まわしいものとみなしていた。かれが認めたのは思想と人間の生活がせめぎあう政治闘争と政治思想であり、物や言葉と人間の思考や意志が一体となる文学、美術といった美の領域だった。というのもモーラスは決して陽光を眺めること、外の世界に視線をなげかけることはやめなかったし、また自分の孤立した運命としての沈黙を生きることを、厭いもしなかったからである。

このようなモーラスの美学を反映して、かれの詩作は言葉のいわば物質性ともいうべきものと詩想の同時的な一致を追求する行為にほかならなかった。言葉のもつ響きや調べ、諧調、音韻と、歴史上の詩的テクストに対して一つ一つの言葉が担ってきた関係と意味の総体が、モーラスの沈黙の世界から発する詩作への意志、形式のもつ調べと出会うときにきしみながらあらわれるものをモーラスは詩と呼んだのである。つまりモーラスの古典主義とは、たとえば十八世紀に殷賑を極めたドリール師流の、ギリシア・ラテンの古典詩人の詩作を真似て形式的あるいは擬古典的な詩の外面的完成度と参照の豊富さを追求するものではなく、詩作を文学的創造性といった企図から切り離して、言葉と調べと思いのダイナミズムとして規定し、トルバドゥール以来とだえてしまった口承文学の富と伝統を取り戻すことにほかならなかったのである。[*9] いわばモーラスの方法論は、詩作を言語と思考の和解不能な対立、葛藤から詩をひきだすこととして規定し、音韻やシラブル、詩型、参照といった言葉の物質的制約や抵抗を洗練されてかつ強固であり緊急の用につねに応えるように規則化し便覧化することで、言葉と思いの対立を単純にかつ鋭いものにする戦略であった。もちろんこの形式と諧調への強いこだわりには、失われた世界としてのプロヴァンスの「音の王国」の記憶、さざめく歌声への執着があったことは想像にかたくなく、音韻とリズムへの強い関心が古典的詩形式の追求につながったのである。

このまさしく「ドライでハード」[*10]で古典的なモーラスの詩作は、かれの離人症的カテゴリーを背景とした、外界の響き、輝きと内部の沈黙を性急にかつ絶対的に一致させるダイナミズムの追求として、口承文学の方法論を踏襲したものである。いわばモーラスにとっては「作品」よりも行為としての「詩作」そのもの、「詩作」が秘めている闘争の危険が重要であり、詩の本質を形づくっているものだった。そのためにモーラスは近代的な文学の価値である創造、これまでの文学史にあらわれたことのない新しい「作品」、いままでのどのような作者とも異なった理論と意匠による作品をつくりだすという創造性の神話とは全く無縁だった。というよりも、かれが詩作に取り組む場としての離人症的空間は、近代においての創造性の神話を支えてきた「新しさ」という差異の体系としての「歴史」、不可逆的かつ有機的に進行してゆく歴史の展開とは相容れない、直観と闘争が支配する永遠の「現在」の空間であった。この現在は詩作のダイナミズムの同一性のうちに差異を呑みこみ、歴史の意味を解消してしまい、「作品」の創造性を無価値なものに変えてしまう。詩作におけるこの歴史の解消はまた古典的テクストとの関係にもそのまままちこまれた。モーラスは、古典を歴史的な意味づけと距離感による羅列から解き放って、直接的にテクストと接し受容することを提唱した。詩作を近代詩の狭い系譜学から解き放ち、文学史的な認識から詩作の現在を認識するのではなく、ピンダロス、ウェルギリウス、ダンテからヴェルレーヌにおよぶ詩人たちを歴史的秩序とは無縁に並行して読み、その詩作の参照としうるような文学的態度をモーラスは古典主義と呼んだのである。

こうしたモーラスの詩作の独得な性格をフランスにおいて認めた数少ない同時代の詩人の一人がギョーム・アポリネールだった。もちろんアポリネールは当時の代表的なコスモポリットとしてモーラスと政治的には相容れない立場だったが（実際「アクション・フランセーズ」紙上でL・ドーデから攻撃されたことがあった）[*11]、当時数編しか発表されていなかったモーラスの詩のなかから「マルヌの戦いのためのオード」[*12]をとりあげた評論を、戦場での負傷による死の直前に「メルキュール・ド・フランス」誌に掲載したのである。この評論のなかでアポリネールは、モーラスの伝統主義が詩作においてペダンティスムやディレッタンティスムに奉仕するものではなく、詩作を明晰にするという意図に奉仕していることを指摘し、詩作に課せられた形式等の制約がかえって詩に対して強く意識的であることをうながすことで表現の自由と作品の緊張感をもたらしていると評価し、ピンダロスやロンサールを思わせるオードの形式に忠実でありながら、その響きはむしろ自由詩に近いものであるとしている[*13]。

このようなアポリネールのモーラス観は、負傷後の『新精神と詩人たち』や他の詩作に示されている文学観から見るとさほど突飛なものではない。アポリネールがもし生きのびることができていたなら、イタリアの未来派のようなキッチュな古典主義へと転換していったとはいえないまでも、「美しき赤毛の女」のなかで秩序と冒険の調和をうたいあげた詩人が、口承文学的ダイナミズムの探求としての古典主義というモーラスの詩作と埋めがたい距離をもっていたとは考えにくい。もちろんアポリネールをフランスにおける特異な未来派として捉えることには無理がある。かれにはジャリ的側面とうらはらに、ボードレール、ヴェルレーヌの衣鉢をついだ抒情詩人としての本質があり、未来派に対する態度も、みずから「未来派の反伝統主義、総合宣言」を起草してマリネッティへの支持を表明しながら、同時に他の美術評論のなかで未来派の絵画[*14]をマネやセザンヌがとっくにやりとげたことを蒸し返しているにすぎないと切り捨てるような相反する行動にみちており、到底即断することはできない。ただここで一つ提起しておきたいのはいまだに決定的な解釈のないアポリネールの第一次世界大戦への従軍は、戦争に対する未来派的信仰の発露として考察することはできないかということである。イタリアにおいては当時五十八歳のマリネッティから二十三歳で戦死したかの現代建築の一方の始祖サンテリアにいたるまで、未来派の文学者、芸術家はこぞって第一次世界大戦に従軍した。もちろんマリネッティが「未来派宣言」のなかで賛美した「世界の唯一の衛生法である戦争」に参加し「もはや闘争のなかにしかない」美を戦場に見出すためである。そして戦場から戻った未来派は、ロシアにおける立体未来派の構成主義への、あるいはマレーヴィッチの絶対主義への転換と同様に、より形式に配慮をもった傾向をそなえてゆく。このような経緯は、第一次世界大戦への従軍後、戦争詩を書くことで従来の手法から離れ、より伝統的で形式的な詩作に取り組んでゆくアポリネールの方向性とも一致しているのである。未来派的精神が第一次世界大戦の戦場からどのような経験をもちかえったのかを論議する余裕はいまここにないが、この符合は興味深いものである。

そして戦場から帰ったアポリネールやマリネッティが見出した「伝統」とは、以前かれらが否定した対象としての近代文学の伝統と同一のものでは決してなかった。シュールレアリストたちが、「好事家」アポリネールの発掘したサドやレチフ・ド・ラ・ブルトンヌ、ロートレアモンといった作家を「もうひとつの文学史」として「歴史」に組み入れたのとは全く異なって、アポリネールの言葉を借りれば、「冒険」をより確実で危険なものにするためにこそ、「秩序」をかれらは求めたのである。そして伝統に対するアポリネールのこうした意識は、ダイナミズムのための戦略としてのモーラスの古典主義を理解しうる位置にあった。

もちろんフランス文学を代表する近代的詩人の一人であるアポリネールをモーラスと同列に論じることはできない。モーラスの射程は文学における歴史の廃滅と創造性の否定を通じて、ロマン主義以来のというよりも「グーテンベルクの銀河系」以来の近代的芸術観のプロブレマティークとしての作品、作者、創造性の三位一体を解体し、作品と作者の自己同一性の同時的な保証を無効にすることにおかれており、あくまで近代的な詩人であるアポリネールとは異質である。モーラスの文学者としての戦略は、文学作品の創造性や諸ジャンルにおける進歩といった観念とその背後にある歴史を否定することで、作者と作品をめぐる近代的神話を失墜させ、詩作そのものを、詩作という行為のダイナミズムを復活させることにあった。

III　モーラスの王政主義とデュルケム社会学

一九二五年に『内なる音楽』を出版したとき、シャルル・モーラスは二十五年あまりの残りの半生に体験することになる危難と苦境、つまり破門、投獄、騒乱、敗北、再投獄、汚名、忘却を知るべくもなく、ついに一人の文学者・思想家が成し遂げるべき仕事をしあげて、伝説的な文学者の一人となりつつあると感じ、生涯を回想する一地点にたどりついたと考えていたのではなかったろうか。というのも『内なる音楽』はモーラスの処女詩集であり、それまで数編の詩作を雑誌等に発表した以外は（アポリネールがとりあげた「マルヌの戦いのためのオード」もその一つ）詩人としてのモーラスの実像はおおやけなものではなかったからである。もちろんモーラスが詩人であり、評論や政治記事以上に詩作に力をいれていることは、レオン・ドーデ等の側近の語ることとしてつとに一般に知られていた。しかし文筆生活を始めて約四十年を経た一九二五年になって初めて詩集を刊行したときに、モーラスが文学者としてのキャリアの完成を詩人としての姿をあらわすことで成し遂げようとしていたことは、想像にかたくない。事実、モーラスは前年から『知性の未来』『王政についてのアンケート』『アテネア』といった主著を改訂し、序文を付した決定版を刊行する作業に従事していたばかりではなく、ロマン主義を攻撃しつづけて作者個人が文学の領域に侵入することを排撃しつづけたモーラス自身が、『内なる音楽』の冒頭においてごく控えめにではあるが、幼年時代や自身の記憶について筆をそめているほどである。このように遅いモーラスの詩人としてのデビューは、もちろん作品の念入りな彫琢にかかった時間や、自作の出来映えに対する控えめな認識、そして作品よりも詩作そのものを重視する文学観や政治活動の経歴と密接な関係をもっていた。

シャルル・モーラスは一八六八年四月二十日、プロヴァンスのマルティーグに中流ブルジョワ家庭の第一子として生まれた。母親は敬虔なカトリック信者であり、父親は母よりは多少リベラルだったが、かれは息子に思想的な影響を残すひまもなくモーラスが六歳のときに死んでしまった。残された母親はシャルルと弟のジョゼフの養育に心血を注ぎ、一八八〇年にマルティーグをひきはらってエクスに引っ越し、シャルルを一流のコレージュに入学させるが、皮肉なことにシャルルはここでスペイン風邪にかかり、聴覚を失ってしまった。モーラスは聾音という不当な仕打ちへの怒りによって信仰を失うが、コレージュの教師だったプノン神父らの聖職者に対してはその後も長く尊敬心をもち、卒業後も交際をたやさなかった。バカロレアを取得したのちに、聾音によって海軍士官へのみちはもちろん、教師等の地方で得られる通常の職業につく希望もなく、文筆業を志したモーラスは母親とともに、一八八五年十一月パリに移り住んだ。図書館に通いながら歴史や人類学、時評等の記事を雑多な新聞、雑誌に投稿しつづけ、一八八七年頃には日刊「ロプセルヴァトゥール・フランセ」紙の定期寄稿者として採用され、一八九一年までに合計一七四回にわたって書評を掲載している。この実績は若い書評家としては一応の成功をおさめたと言いうるものだが、記事のなかにのちのモーラスを思わせるものはほとんどない。一八九〇年になると王党派の新聞である「ガゼット・ド・フランス」紙の編集にたずさわることで、少しずつ論争家としての手腕を磨きながら、ナショナリズムの勃興を前に旧態依然としてなすところなく手をこまねいている貴族的王党派と交わり、地方分権による地方文化の振興といったモーラス的問題意識がめばえ、ミストラルらのフェリブリージュ運動に積極的に参加した。このころからモーラスはアナトール・フランスの知遇を得て、文壇にも出入りするようになっていた。のちに二人はドレイフュス事件をめぐって決裂することになるが、フランスは青年モーラスに文学上の助言を与えただけではなく、いっしょにバイヨンヌやルルドに旅行するほどかわいがっていた。フランスから紹介された象徴主義者の雑誌「プリュム」の宴会で、モーラスはジャン・モレアスと知己となる。マラルメ的サンボリスムの潮流と距離をおきつつあったモレアスと意気投合したモーラスは、翌九一年にギリシア・ラテン文学の富を詩の世界に取り戻すことをよびかけた「ロマヌス派」宣言を発表して象徴主義との絶縁と近代的な詩学への決別を訴えるが、この宣言は当時のモーラスの文学理論を反映しているというよりは、詩作の展開によってたどりついたモレアスの境地を説明しているものにすぎなかった。

この時期の文学者との交際のなかでモーラスにとってより重要なのはモーリス・バレスとの親交だった。書評欄の題材さがしに偶然とりあげた『蛮族の眼の下に』に感動したモーラスは、記事を機縁にバレスとの交際を求め、バレスの周囲をとりまいているブーランジスムやデルレード等の政治的な動きのなかで王党派にはない強烈なエネルギーに触れることができた。バレスとモーラスの影響関係は相互的なものであり単純なものではないが[*15]、その交友の始まりには、六歳年長でありまた若手の文学者として高い声望をもっていたバレスがモーラスを圧して、モーラスはバレスの影響下にあった。一八九四年に刊行されたモーラスの最初の主要著作『楽園の道』[*16]は、「蛮族」というキーワードを用いた文明論である。しかしモーラスは蛮族という言葉をバレスの『蛮族の眼の下に』とは異なって字義どおりに文化的夷狄の意味で使用しており、ゲルマン的な無限への渇望＝ロマン主義を近代世界の病の中心として告発することで、反ドイツの愛国主義をルソー以来のロマン的リベラリズムへの否定と結びつけている。バレスは若きモーラスがあまり強い敵意をドイツと議会制民主主義に対してもっていたので当時から驚き辟易していたという。

一部の文壇においてのみ高名だったモーラスが公衆の前に戦闘的思想家として姿をあらわし声望を得たのは、一八九八年九月、ドレイフュス事件の担当官としてドレイフュス大尉を告発し、その有罪を根拠づける証拠を提出し、あまつさえ軍事法廷において証言までおこなったアンリ中佐が、大尉の再審を求める動きのなかで証拠捏造の容疑でピカール中佐によって逮捕され、取り調べを待たずに自殺したときだった。中佐の自殺はそれまで軍部の行動を信頼して支持しつづけてきた保守派や穏健な共和派に衝撃を与え、「フィガロ」紙、「マタン」紙、「ジュルナル・デ・デバ」紙といった有力新聞ともども、世論の大勢は再審支持、ドレイフュス大尉擁護へと一夜のうちに逆転してしまい、議会も再審開始への賛成が多数を制するにいたった。事件の発生以来軍部を支持し、またこれをユダヤ人社会に対する恰好の攻撃の機会として利用し公衆の怒りをかきたて扇動してきたドリュモンやデルレード、バレスらの既成右翼は、ドレイフュス大尉の冤罪という見通しを前に強く意気阻喪し、あまつさえ「自由公論」や「ラントランシジャン」紙上においてドレイフュス大尉をはじめゾラやクレマンソーに対して悪罵、嘲笑、誹謗のかぎりをつくしてきたドリュモンやロシュフォールらは名誉毀損による投獄はもちろん政治家・言論人としての命脈すら尽きてしまう可能性があった。

こうした既成右翼の無力を前にモーラスは「ガゼット・ド・フランス」紙にアンリ中佐の行為を賞賛し擁護する論文「最初の血」[*17]を掲載した。モーラスはこの論文のなかで証拠の捏造と偽証、そしてその発覚の瀬戸際での自殺というアンリ中佐の行為を、国家の安全と国軍の名誉を守ろうとした崇高な献身として厚顔にも評価することで、ドレイフュス大尉の有罪無罪という事実関係をめぐって争われていたドレイフュス派と反ドレイフュス派の争点を、ドレイフュス大尉を守ることが国家の利益に奉仕するのかという論点にすりかえてしまったのである。モーラスの提起したこの論理は消沈していた右翼保守勢力から歓呼をもって迎えられ、それまでアンリ中佐を「間抜け」呼ばわりしていた「自由公論」紙は、紙上で中佐の未亡人と遺児の救済と名誉回復訴訟のための募金をよびかけて、じつに十三万フランあまりを集め、デルレードは中佐支持のデモを展開し、バレスもモーラスに続いて同趣旨の論陣をはった。しかし、国家の利益を一市民の権利や司法の正義に優先させるモーラスの論理を受け入れることは、個人の確立と国家の確立を同一視するバレス的なナショナリズムや大革命以来の共和的な愛国主義の伝統を受け継ぐデルレードらの旧右翼にとっては、自殺を意味していた。モーラスが「最初の血」のなかで展開した論理は、一個の個人の人格や、事実の究明と適正な処罰・救済をめざす司法の正義、国家が市民に対して当然もつべき良心と保護といった近代民主主義の根底を形づくっている諸価値を嘲笑するものであるばかりではなく、個人の一身の司法的取り扱いをめぐる根拠や事実といった合理的な思考そのものをリベラリズムの術策として放棄することを表明しており、モーラスの論理にのっとることは、個人の熱狂的な参加によって団結し確立した国家というジャコビニスムの衣鉢をうけた右翼旧世代の国家観を捨て去ることでもあった。事実これ以降、前章で見たようにデルレードはクーデターの失敗により国外追放されることで影響力を失い、またバレスは議会内で保守派の領袖として振舞うことで反体制的な右翼活動の前面から立ち去ることになるのである。

パリにやってきて以来、十三年の雌伏期間を通過し、満を持して論壇の表舞台に出たモーラスは、矢継ぎ早に政治的活動をおこなった。モーラスはまずバレスを発起人にして「フランス祖国同盟」の結成を再策し、フランソワ・コペ、ジュール・ルメートル、エレディア、エミール・ファゲ、ミストラルらの保守的文学者や著名教授を集めて、一八九九年一月に反ドレイフュスの立場に立つ知識人の団体として結成集会を開催した。

このような総花的で著名人ばかりを集めた政治団体が、具体的な行動力に乏しいことはいうまでもないが、バレスが語ったように「フランスにおいて知識階級がすべてドレイフュス派ではないことを示す」という一定の役割は充分果たしえていた。モーラスの狙いはさらに「フランス祖国同盟」の下部団体として独自の政治団体をつくりあげ、その擁護と名声のもとに活動をおこない、最終的には同盟自体をも自身の影響下におくことにあったのである。モーラスは「道徳的活動委員会」というカント的な社会道徳の実践を綱領とする団体から分裂したジャコバン的弱小愛国団体「アクション・フランセーズ」にみずから加入し、牛耳ることでその計画を実現させようとした。モーラスがなぜこの無名な弱小団体に着目したのか明らかではないが、創立メンバーのモーリス・プージョとアンリ・ヴォージョワが一八九八年十二月に「エクレール」紙に掲載した創立マニフェストのなかで、「アンシャン・レジームのような強い共和国をつくる」ことをうたっていたことがモーラスの王政指向との一致を思わせたからだともいう。[*18] モーラスはヴォージョワに面会し、「フランス祖国同盟」が実際的な行動力をもたない張り子の虎であることに意見が一致し、より強力で具体的な政治行動を展開しうる新しい政治団体が必要であるという結論から、モーラスもアクション・フランセーズに加入することになったのである。

アクション・フランセーズに加入したモーラスは、ついで団体の公式綱領に王政復古をうたうことを求めて会員の説得にのりだした。誰もが最初唖然として真剣に受けとめなかったがモーラスはひるまず、ヴォージョワが「君はフランスでただ一人の王政主義者だ」

といって茶化しても、「君がなれば二人になる」と言って平然としていたという。[*19] 実際、王党派を不倶戴天の敵とみなしつづけたデルレードの例を見るまでもなく、大革命のときにブルボン朝を救うべく侵入した外国軍を革命と国土を守るため市民軍が団結して打ち破って以来、フランスにおいて愛国団体や国家主義団体は反王政、共和主義と相場が決まっており、ナショナリストにとっては王党派や貴族よりも社会主義者や組合運動のほうがよほど身近な存在だったのである。

しかしモーラスはひるまず説得を続け、ついにはプージョやヴォージョワ等の創立メンバーや、レオン・ドーデ、ジャック・バンヴィルといった初期の加入者のほとんどを一年がかりで王党派に改宗させてしまったのである。聾音であるばかりでなく短軀で風采もあがらないモーラスから、低い声でしかし粘りづよく自説を聞かされると、ドーデのような偉丈夫が圧倒されてしまい、到底抗弁できなかったといわれる。大きな会場での講演にはむいていなかったが、小人数でモーラスと議論すると、相手の意見も満足に聞きとれないにもかかわらず最後には誰もがモーラスに説得されてしまった。こうして西欧のなかで最も革命勢力が強い国において、二十世紀初頭に近代的な王政主義の政党が誕生したのである。

もちろんモーラスのとなえた王政主義は従来の王党派とは発想も手法も全く異なっていた。モーラスの王党派はいわば共和的国家主義を超越するものとして構想されたものであり、共和制のもとでは国家が確立されえないという観点から考案されたものである。モーラスによれば、ドレイフュス事件に代表されるような国内の分裂と諸価値の対立は、すべての人間を同質、平等なものとして扱い、同質の教育と行政のもとに支配して「市民」という枠にはめようとする共和国の中央集権的画一主義に端を発しているという。人間はもともとたがいに異質なものであり、多様なものであるから、それを画一的な価値のもとに統合しようとすれば、たんに伝統的な価値や文化を破壊するだけではなく、画一化のおかす無理によって国内には深刻な対立が発生せざるをえないというのである。モーラスの考察によれば真の国内の団結は、同質なものの統合ではなく、多様なものの調和にほかならない。そのためには、共和的な画一主義を放棄し、中央集権をやめ、フランス各地方の伝統的文化と生活を保持するべきであり、そしてその多様なフランスの統一の象徴として国王を戴くことで、一旦緩急のときには団結することができるという。統一の象徴がなぜ国王かというと、それは国王がもっている「血統」の無意味性が、たとえば人民投票による大統領よりも、現実の政治に密着していないだけ国内の利害から超越しているため、多数派による少数派の圧迫、都市による地方の支配、金銭の力といった要素が排除される。また国王という無意味であるがゆえに超越的な存在をおき、最高権力を「血統」という極めて不合理かつ根拠のないものによって決定することで、市民による政治体制の選択という近代的民主主義の前提を封じこめ、国民の欲望、意欲に対して制限を加え、競争によっても不可侵な領域をつくりだし、政治の場に欲望の野放図な支配を許さないことで、近代社会の病理の根幹である「無限の天文学」を背景としたあくことのない欲望の展開に終止符を打つことにあった。この思想の出発点にはモーラスの文学観があることは疑いをいれない。形式に配慮しないロマン主義が、文学史の桎梏と創造への強迫のなかでしか詩作ができない状態におちこんでいるのに対して、形式を尊重した口承文学的詩作のなかにこそ表現の自由と調べの美しさがあり、詩作の本質があると考えたモーラスは、自由を呼号する共和制のもとでは実際には人は権力欲と金銭欲に支配されて生を楽しむことができず、ゆるやかで不易の体制のもとでこそ、伝統的な価値のなかで多様な生の局面を生きることができると考えたのである。アクション・フランセーズはこうしたモーラスの思想によって文化的・文学的目的に奉仕する政治運動という稀有な組織として確立され、第三共和制の後半を最強の反体制組織のひとつとして支配することになるのである。[20]

このようなモーラスの王政主義は、同時代にフランス社会学を確立したエミール・デュルケムと比較すると理解しやすいものとなる。ユダヤ教のラビの名家に生まれ、リベラルな思想家として一度ならずアクション・フランセーズの攻撃にさらされていたデュルケムをここでモーラスの引き合いにだすのはあまりに突飛なようだが、事態はそれほど単純ではなく、二人の思想家に並行性を見出すのはじつはそんなに難しいことではないのである。たとえばモーラスは論壇に登場したときに、ドレイフュス大尉個人の有罪無罪をはなから問題にしない態度をとったが、デュルケムも同様に事件の政治的意味あいばかりを尊重し大尉の冤罪について関心をもたなかったためにブリュンチエールから批判を受けている。もちろんデュルケムはドレイフュス支持派に属していたが、ドレイフュス事件の事実関係と真実を尊重するという正義にはほとんど関心を示さず、事件が国民のあいだにかきたてた怒りが、共和国内部の団結に結びつくかどうかだけがかれの関心事だったのである。こういった共通する態度がうまれる背景には、両者の思想のキーワードとなっている「秩序」という概念が存在している。そしてこの社会秩序という概念はフランス大革命に関する同時代の批判や考察からうまれたものであり、もともと社会学という学問の誕生の契機となるような、ルソー的な政治体制としての把握とは異なる「社会」そのものの客体化が、フランス大革命における政治体制の転覆と生成の合理的な解釈の過程で要請されたものとも考えられている。デュルケムの師にしてフランス社会学の始祖であるオーギュスト・コントが実証的科学の政治・社会分野への応用として社会学の構想を打ち立てたときにコントが社会学の目的として提示したのが、科学知識の応用による社会秩序の維持と、科学、技術の進歩と社会の調和だったのである。コントは革命を不変である人間の本性と日々発展してゆく知識の乖離によってうまれる一種の危機であると解釈し、不変性と発展のあいだに調和を達成できれば、社会を混乱におとしいれて革命の混乱を起こすことなく秩序を維持しうると考えたのである。いうなれば、コントの構想した社会学とは、社会的領域に対する実証主義の応用によって大革命以来絶えることのないフランス社会の混乱を静めて、社会秩序を回復することを目的とするものであった。

コントが「革命」を危機の時代として把握し、社会秩序の回復を社会学の目的として提起したときに、かれが秩序という概念とその保持の方法論について示唆を受けたのは、大革命と同時代に革命を批判したド・メーストルやド・ボナルドといった反革命主義者たちの著書からだった。特にド・ボナルドの、社会秩序は不変である人間の本性のうえに打ち立てられた不変の社会構造であり、世代から世代へ継承されるべき歴史的相続物であるとする秩序論からは多くの示唆を受けたといわれている。ド・ボナルドの結論は伝統的秩序の回復としての王政復古のみが、社会の安定をもたらすことになるという政治プログラムに決着したが、コントはド・ボナルドが指摘した社会秩序における超越性の重要さをより普遍的に解釈することで、新しい理性的な信仰としての「人類教」を提案した。コントが生涯をかけて最も真剣に取り組んでいた「人類教」は、カトリックの教義を改編して神の代わりに全人類（ル・グラン・エートル）を崇め、哲学者自身が大祭司となってノートルダム寺院の祭礼をおこなう計画をもっていた。これは決して老哲学者の譫妄ではなく、カトリシズムのパロディーとしての形態のなかに、宗教のもっている超越性・神秘性と科学精神の融和を求め、また共同体的な紐帯を個人のあいだにつくりだす装置としての宗教を、あくまで理性的な営みとしてつくりあげる「人類教」という発想は、もちろんその方法論は奇抜であるという印象をまぬがれないものの、社会問題に対する深い洞察とその解決にむけての具体的なプログラムをもっている点でその企図を認められるべき試みであり、のちのデュルケム、モースからバタイユにいたる「聖なる社会学」の門戸を開くことにもなる。のみならず、ダンテやアリストテレスと並んで尊敬する人物の名前にコントをあげることが多かったモーラスの崇敬の要因もこのような人間性と社会に対する洞察にあった。*21

コントのあとをうけたデュルケムの最大の業績が、学問としての、科学としての社会学の確立であるのはいうまでもないが、またその学者としての営為の背後に、コントの問題意識を受け継いだ政治への関心とアンガージュマンが一貫して存在していたことは多くの論者が指摘するところである。生涯を通じて社会主義者たちとの交際をたつことがなかったデュルケムは、最初の主著『社会学的方法の規準』がリュシアン・エルやシャルル・アンドレの強い批判にさらされたときにも、マルクス主義はいうにおよばず多かれ少なかれ経済決定論に支配される社会主義には認識することのできない領域である「社会」を対象にすることで、かれの社会学がより有効な政治的プログラムを提示しうることを確信していた。『自殺論』において展開されるデュルケムの社会学は「社会的なもの」としての自殺を論じることで、社会学の学問の対象と方法論を特定しながらまた同時に近代社会批判へと移行していく。アノミー状態の原因として産業の社会に対する支配を指摘し、古典経済学も社会主義経済学も一見対立しているように見えながら、前者は自由放任、後者は政府による計画・統制と手法が変わるだけで、産業あるいは生産活動をそれに優越した目的のための手段とは見ず、産業を個人および社会の至上の目的としている点では同じであり、両者ともアノミー的無限病の反映の一種にすぎないと批判するとき[*22]、デュルケムは社会主義の経済学によっては扱うことのできない、独立した人間的領域としての社会を確定すると同時に、独自の社会学的解決策を示唆しているのである。

デュルケムは自殺の近代的な二つのパターン、自己本位的自殺とアノミー的自殺の共通する原因として、産業による社会的凝集の希薄化を指摘した。社会との絆が失われることによってひきおこされる自己本位的自殺と、無限に昂進する欲望が満たされないことによる不安と絶望が原因であるアノミー的自殺は、ともに社会の宗教的、制度的、家族的な絆と規則がはずれたことよって、個人の孤立と欲望の解放がおこなわれて自足することができなくなったことに起因しているとし、そのために、デュルケムは社会に国家とは別に個人を包括し個人に対して密接である集団をつくることを提案した。この個人を包括する集団としてデュルケムは地域的集団と職業集団の二種類を検討した結果、地域集団には多数の諸個人を統合規制する道徳的力をもつことが困難であるとして、愛国心や政治的信条、信仰心、家族愛によるものではない、凝集性の高い、諸個人をよく包摂しうる社会集団として職業集団を提起したのである。[*23] この職業集団は同一の種類のすべての勤労者あるいは同じ機能にあるすべての労働者が結合して形成する社会集団であり、この集団によって職業活動が一つの協同生活となり、連帯と一体化による道徳的環境をつくりだし、そのなかで欲望を抑制し自足を知ることができると考えたのである。そしてこの職業集団は国家に制限を加えると同時に、国家は職業集団の活動に制限を加えるので、各個人は双方に対して双方から保護を受けることができ、自由を保持できると構想した。

このようなデュルケムに対してモーラスの王政主義が、デュルケムが採用しなかった地域集団のプログラムとして解釈できることは容易に理解しうるだろう。モーラスはデュルケム同様に、社会秩序の確立（デュルケムの用語によれば凝集）と、無限の天文学に制限を加えるために、中央集権国家を地域集団に分割し、王政を地域集団の上部におくことをとなえたのである。国王に対するモーラスの態度はコントの「人類教」のアイディアとかなり似かよっており、不合理であるゆえに超越的であるものの必要性が、あえて王政という政体をモーラスにとらせたのである。

モーラスとデュルケムのプログラムの差は、産業に優越する目的としての社会の本質を何とするかによってうまれたものである。デュルケムは経済決定論を社会学的カテゴリーによって乗り越え、『自殺論』のテーマが自殺の防止の方策の検討にあったように、近代社会におけるヒューマニティーの擁護と復権を社会秩序の確立の目的としていた。それに対してモーラスの価値とはすなわち詩作であり、つまりは伝統や風物といった文化にほかならなかったのである。それゆえにモーラスは中央集権の文化的圧殺から逃れるために地域集団の確立をめざしたのであり、また伝統と密着しつつ超越的である国王を戴くことを望んだのである。しかしこの国家内部の力学の構図、つまり国家と職業集団、王と地域集団が基本的に同じものであることは、モーラスが見ていた社会が、デュルケムが経済の彼方に人間的領域として探りあてた「社会」と同じものであることを示しているのではないだろうか。それはつまりバレスやデルレードに見られる、そしておそらく社会主義者たちにおいても同じだったろうが、個人が各自直接的に愛国的熱狂や革命的情熱によって国家と結びつくような、いわば共同体的な国家がもつ同質的な社会ではなく、異質な要素からなり、緊張した和解不能な二重の構造をもってしなければ包摂できない拡散した空間としての社会である。それゆえにモーラスにおいて、そしてデュルケムにおいては社会内の諸個人をいま一度つなぎとめることが問われるのである。

デュルケムはのちに『宗教生活の原初形態』において近代社会のアノミーが集合的沸騰状態のなかで解消されることを夢み、「しばらくは人類の指南となる新たな方式が見出される創造的興奮の」[*24]時期がいずれくるだろうと予言するにいたった。このようなデュルケムの射程は、M・モースを経て「現代社会において人々が連帯することが可能かどうか」を問いかけるバタイユらのコレージュ・ド・ソシオロジーの問題意識を完全に含んでいると言いうるだろう。そしてバタイユらの世代において、つまりバタイユと、アクション・フランセーズからの転向者としてのブランショの「友愛」において初めて、デュルケムとモーラスは出会うことになったのである。

Ⅳ　ソレル、ヴァロワ、ブランショ

モーラスがアクション・フランセーズを王政主義の政治団体に改宗させたことに追随して、結局第三共和制下の右翼勢力もジャコバン的共和主義・大統領直接選挙要求という政策から徐々に王政復古を政治目標に採用する方向へと運動の潮流を変化させていったにもかかわらず、当のモーラスはオルレアン王家の王族に対しても、また王政のもとで地域集団と密着しつつ民衆を牧するであろうキリスト教の神やカトリックの聖職者に対しても、なんの尊敬もいだいていなかった。モーラスは政治的に有効であれば、旧王党派の貴族や僧侶を自派にひきこみまた同席することを厭いはしなかったが、しかしまた機会があればオルレアン公やパリ伯、そしてユダヤ人の神やその地上での代理人への軽蔑を表明することを辞さなかった。ただモーラスにとっては、王位請求者であるオルレアン公がいかに愚鈍な男であろうと、かれに流れている血統が一種の無意味な、しかしゆえに否定のしようがない超越性をフランスの国民と歴史に対してもっており、社会と文化にとっては超越的な存在が必要であるのならば、それにはいまのところオルレアン家の人間が最適であり便利であるにすぎない。このようなモーラスの論理は、王家とその関係者を不快にさせずにはおかなかったが、幾度か生じた王家とアクション・フランセーズのあいだの紛糾はつねにモーラス側の勝利に終わり、王家の不満は圧殺されてしまった。しかしオルレアン家よりもはるかに強力な教皇庁はアクション・フランセーズとの紆余曲折ののちに、一九二六年モーラスとアクション・フランセーズを破門し、カトリックの聖職者にアクション・フランセーズと関係をもつことを禁じ、モーラスの著書のすべてを禁書にしたのである。

モーラスの政治思想と行動がもっているこういった圭角と着実さ、ラディカルな取り組みとプラグマティックな選択の同居には、かれの主観に働いている一種の離人症的カテゴリー、さざめく陽光の外界と内なる沈黙という構造が強く反映している。現実と角逐する対立を生じるこのカテゴリーをかかえていたためにモーラスは自身の信条を環境の変化によって変えることがなかった。第二次世界大戦後、対独協力の罪名でクレールヴォーの牢獄につながれて老いた敗残の身をいくばくもない余命のなかにのみ残していたときもなお意気軒昂としており、隣房のグザヴィエ・ヴァラが、あきらめて敗北を認め、その信念を捨てるように説いてもせせら笑って全く相手にしなかったという。しかし、モーラスは確信の人ではなかった。それはかれが確信の核となるような信条の系統だった体系をもっていなかったということではなく、ただモーラスが信じその場を離れようとしなかったのは、かくかくの思想の内容ではなくて、思考を現実との葛藤のうちに打ち出してゆく、意志と抵抗の闘争の場そのものであったからである。そしてこの闘争はヘーゲル的な意味での歴史をうみだしてゆく闘争や経験ではなかった。モーラスにとっては闘争の場はそれ自体が目的であり決着であるような、不朽の力がせめぎあう永遠の現在というべきものだったのである。かれのおこなう闘争は歴史を現在のうちに解消し、フレネジーと内省という離人症的カテゴリーをつなぎ、同時にみつめ享受しようとする主観性と知性の現在は、戦いによって得た勝利や痛手、敵手や味方、みずからの境遇の変化によっても全く変わることがなかったのである。

実際の政治行動における闘争においても、モーラスは過激さと細心さをあわせもったいわばラディカリズムのためのマキャベリズムを用いて、文化的目的のための政治運動組織アクション・フランセーズという政治史上前代未聞の党派を、現実に影響力をもった組織として育てあげ運営したのである。共和主義を否定して、宣伝のためにしか選挙を戦うことをせず、バレスやデルレードと異なって一度も選挙に自身出馬したことがなかったモーラスの政治手法は、言論による宣伝と街頭での集会や示威行為に限られており、それらの行動を通じてモーラス的政治観・文学観の宣伝をし、ひいては王政を樹立する機会をうかがうしかなかったが、アクション・フランセーズにおいては言論と街頭行動の双方が、当時のフランス右翼はもちろんヨーロッパのいかなる政治団体と比べても遜色がないほどよく組織されていた。組織の運営面においてモーラスが最も細心な配慮をはらったのが、政治資金の問題だった。社会主義の運動とは異なって直接に労働者や大衆と密着することで財政基盤を確立しているとはいいがたい右翼党派は、金銭の問題でつまずきがちであり、外部のスポンサーに資金を頼ったりすることで不明朗な問題が生じやすい傾向があり、たとえばドリュモンの「自由公論」紙にしても経営維持のための資金供与の噂が絶えなかったし、確かに同紙は経営が苦しくなるとユダヤ人がらみのスキャンダルを書きたてるという傾向がなくもなかった。このような行為は、真摯な政治党派にとっては自殺行為であることはいうまでもなく、特に『知性の未来』において、フランスの知識階級に対する金銭の支配と、大革命以来知識人が資本の目的に奉仕してきたことを告発し、金銭からの知性の解放を訴えたモーラスにとっては大きな課題だったのである。

しかし、もちろん運動の初期にはその資金を富裕な階層からの寄金に頼らざるをえなかった。なかでもその参加ともどもアクション・フランセーズの基礎をつくりあげた寄付をおこなったのが、アルフォンス・ドーデの息子レオン・ドーデ[*25]だった。五十万フランにおよぶ寄付だけではなく、演説もうまく、容貌魁偉で陽気なレオン・ドーデの加入は、アクション・フランセーズの運動の広がりにとって欠かせないものだった。のちにセリーヌとプルーストの才能を他に先がけて見出したことで、二十世紀の代表的な文学的名伯楽として知られるようになるドーデは、アルフォンス・ドーデの息子として幼時からユゴーやゾラといった父の文士仲間にかこまれて育ち、若い頃は熱烈な共和派で反ブーランジェの闘士だった。かれの政治信条が変化したのは、ユゴーの孫娘との結婚に破れ、再婚した妻マルトの影響を受けてからである。カトリックの熱心な信者であり、すでに祖国同盟の会員だったマルトはドーデをモーラスに引き合わせたのである。ドーデはモーラスに説得されてアクション・フランセーズに加入し、その基礎をつくることに貢献したが、E・ゴンクールによれば、ドーデの風貌自体が知性と暴力と無礼さと陽気の混淆というアクション・フランセーズの性格を象徴しており、知名な文学者の後継者として世間にみなされることで萎縮していた才知をアクション・フランセーズへの加入が縦横に伸ばしたのである。加えるにアルフォンス・ドーデが、熱心な共和主義者であると同時にドリュモンの親友であったことからも、この転向がそんなに突飛なものではなかったことが感じとれる。ドーデの陽気で少し猥雑な文章は当時から人気が高く、モーラスのストイックな世界とは別の要素を「アクション・フランセーズ」の紙面に与えたばかりでなく、モーラスと異なって広い文学的な好みをもっていたドーデは「アクション・フランセーズ」の文学欄を魅力的なものとするのに大きな功績があり、事実ブラジヤックなどはモーラスよりも批評家としてのドーデにひかれてアクション・フランセーズへ接近したのである。また同時代のパリを書いたドーデの随筆類は、いまでも多くの読者をもっているばかりでなく、都市社会学の研究書でもしきりに参照されている。

しかし、このような個別的な、信頼のおける筋からの寄金によってのみ運動が維持できるわけではなかったし、運動が発展すればするほど、資金の必要は増すばかりだった。そのためにモーラスは一九〇八年に機関紙の日刊化にふみきり、その収入によって運動資金を賄うことを計画した。日刊化は大変な冒険であり、バレスは気違い沙汰だと笑っていたというが、モーラスは成功をおさめて一時は保守派の代表的な日刊紙「フィガロ」をも凌駕する部数を誇っていた。もちろんこの成功は幸運やアクション・フランセーズ運動への政治的支持によって得られたものではなく、紙面自体の質の高さによるものだった。スキャンダリズムによらないクオリティー・ペーパーを目標として、特に文化面に力を入れた紙面は、アクション・フランセーズ流のノンコンフォルミスムの闊達さも手伝って人気が高く、特に映画や音楽評については第二次世界大戦にいたるまでフランスで最高の質と権威を誇り、政治的主張には眉をひそめながらも定期購読する知識人があとをたたず、喩えて言えば一九七〇年以降現在におよぶかつての極左紙「リベラシオン」と似た位置を、二十世紀初頭フランスのジャーナリズムにおいて占めていたのである。

「アクション・フランセーズ」紙の日刊化にともなって、モーラスは街頭組織も改編した。かつてのアクション・フランセーズ学生同盟を、より本格的な戦闘組織「王の売り子」（カムロ・デュ・ロワ）へと移行させたのである。「売り子」という名称は、日曜に団員が教会の前で信者たちに新聞を売ることを役目としていたことによる。カムロ・デュ・ロワは王党派としては異例なことに、ほとんどの団員が学生や工場労働者、事務員等の都市居住者であり、その団員の構成からデルレードの愛国者同盟の参加層を引き継いでいることをうかがわせたが、組織としての体裁ははるかに整ったものだった。規律や入団基準が厳しかっただけではなく、新聞の販売から集会への参加、訓練、他党派への妨害やテロルといったスケジュールが全国的に決められて実行されていた。組織としての戦闘力は、反コングレガシオン運動に反発して陸軍をやめた将校たちによって指揮され訓練を受けていたために、ほとんど私的軍隊ともいうべき水準に達していて、対立勢力はもちろん警察に対してさえ劣ることがなく、第一次世界大戦には義勇軍として参加して実戦で多くの戦果をあげることとすらしたのである。

モーラスは、カムロ・デュ・ロワの暴力を賛美し、「理性のために暴力をふるう」ことを奨励し、みずから攻撃の指示を与えることをあえて辞さなかった。というよりも、モーラスは言論で攻撃を加えただけではあきたらずにしばしば直接的に政敵に脅威を与えることを好んだのである。大革命以来、左翼的な学生が支配しつづけたカルチエ・ラタンを奪回すると称して、カムロ・デュ・ロワによるカフェや講演会の襲撃を何年にもわたりおこなって左翼勢力を沈黙させ、また共和派や社会主義者の政治集会にカムロ・デュ・ロワを送りこんで妨害や殺傷をすることもたびたびであった。このような一連のテロ行為のなかで最も悪名高いのが、第一次世界大戦開戦時の、社会党党首ジャン・ジョーレス暗殺と、人民戦線の選挙直前のレオン・ブルム襲撃である。しかもアクション・フランセーズはこのような暴力行為による逮捕者に対して厚い司法的・経済的支援を与えて警察の取り締まりに対抗したため、カムロ・デュ・ロワの暴力行為の日常化は、特に大学街等を中心として一種の社会不安をうみだし、ついには一九二三年にアクション・フランセーズをのぞくすべての政治的党派によるテロリズム・ファシズム糾弾を名目とした反アクション・フランセーズの国民大会が開かれるにいたったが[*26]、モーラスはその大会の演説者をもまたカムロ・デュ・ロワの団員により襲撃させて大会を閉会に追いこむことで、既存党派の無力を印象づけようとはかった。このようなモーラスの政治活動における暴力の重視は、ブルジョワジーの金銭による支配を打ち破る唯一の手段としての暴力という二十世紀の革命諸党派の暴力観を先どりし実践したものである。そしてこの暴力に対してモーラスがヒューマンな反省、うしろめたさといったものをいっさい感じていなかったことも明白である。

こうしたモーラスとアクション・フランセーズの暴力的な政治姿勢を高く評価したのがアナルコ・サンディカリズムの理論的指導者であり、『暴力論』の著者であるジョルジュ・ソレルだった。ムソリーニが誰よりも多くの影響を受けた思想家として名前をあげたこの哲学者は、銃を投票用紙に代えて[*27]デモクラシー化した、ミルランやブルム、ジョーレスらの社会主義者を憎悪し、労働貴族化した組合指導者と半ブルジョワ化したプロレタリアートを罵倒しつづけた。そのようなかれにはアクション・フランセーズの仮借のない暴力行為こそが革命的なものであると思えたのである。徹底した軽蔑の書である『暴力論』

のなかで「暴力は未来の革命を確保し得るのみでなく、さらにそれは、ヒューマニズムによって愚鈍化されたヨーロッパ諸民族が彼らの昔のエネルギーを回復するために行使する唯一の手段である」[*28]と語ったソレルは、フランスに限らず西欧の労働者階級のほとんどがブルジョワジーのヒューマニズムによって飼い慣らされ、選挙での勝利を政治目的とすることでその本質を売り渡し、もはや暴力を革命のためにふるうことなど思いもよらないと考え、ただドイツの社会民主主義化した共産党から破門されたレーニンとイタリア共産党から除名されたムソリーニだけが、徹底した暴力をふるうことで「革命」を成就したとし、フランスにおいては「モーラスとその仲間たちだけが、わが国において触れるものすべてを腐敗させた奴らと徹底的に戦う勇気をもった前衛」[*29]であるとしたのである。

ソレルの思想はベルグソンとサンディカリストの影響のもとにはぐくまれたが、ソレル自身はサンディカリストとして労働総同盟といった実際の政治組織に関係していたわけではなかった。当時のフランスで唯一のマルクス主義政党だった労働党の党首ゲードに叛旗をひるがえし、ゼネラルストライキを戦法とするサンディカリズムを提唱して一九〇一年に三十三歳で死去したフェルナン・ペルティーエとの交友とその思い出だけがソレルとサンディカリズム運動をつなぐ絆だったが、かれがペルティーエのゼネラルストライキのイメージから多くの啓示を受け、また『暴力論』のなかで論じているためにソレルをサンディカリズムの代表的思想家とする見方が絶えないのである。[*30]ここでゼネラルストライキについてイメージと語ったのは、ペルティーエが早世したためにゼネラルストライキがその運動としての理論的枠組みを欠いているといったことではなく、アナルコ・サンディカリズムにおいては、まさしくゼネラルストライキの本質はイメージなのであり、ペルティーエの後継者V・グリフュールが呼んだように「革命的ロマン」だったのであり、ソレルの『暴力論』はなぜゼネラルストライキが「革命的ロマン」たりうるのかという問いへの解説書であるとすら言いうるからである。ペルティーエがとなえたゼネラルストライキとは、経営者との取引のためにおこなわれる戦術としての職場放棄とは全く異質なものであり、それは政治的行為ですらなかった。つまりゼネラルストライキとは、十九世紀における革命や暴動の体験を経て労働者の武装的反乱に備えて強化されたブルジョワ政府に対して可能な、労働者からブルジョワへの一撃としての、一国の全労働者がしかける突然の全面的な生産の停止なのである。そこに期待されるのは生産の全面的な停止による社会の全体的な崩壊にほかならず、そこでは政権構想といった政治的配慮は全くなされずに、社会の突然の崩壊という事態から何かが、革命的な何ものかがうまれてくるとだけ考えられ、そしてその姿が予見しえないからこそ、社会のきたるべき崩壊は「ロマン」として待ち望まれていたのである。そして敵味方を問わず、社会の構成員全体を危機におとしいれ、おびやかすゼネラルストライキの実施をこそソレルは暴力と呼んだのである。このような極度に過激であり冒険主義的な革命理論には、背景として第三共和制における労働運動の抑圧と強い疎外がうかがえるばかりでなく、その極端な理念化と革命そのものの賛美が容易に極右と結びつく下地も存在しており、イタリアにおいてはサンディカリズムは国家主義と結びつくことでファシズムになり、フランスでもファシズムの試みはつねにサンディカリストとアクション・フランセーズの分派の提携という形でうまれたのである。

こうしたソレルのエラン・ヴィタル的な暴力観が、イタリアの未来派の戦争賛美へと結びつくことは容易に理解しうるが、アクション・フランセーズの暴力性とは明確に異なっている。いわばモーラスにとってはカムロ・デュ・ロワの暴力は手段にすぎず、ソレルにおけるゼネラルストライキのように「革命的ロマン」を担った運動の目的にはなりえなかったのである。モーラスにとっては暴力は、詩作における音韻あわせやシラブルの調整、形式の順守といった、社会への調整作業にすぎなかった。しかしだからといって暴力そのもののもつ力と魅力をモーラスが認めていなかったわけではない。目的のためなら、ヒューマニズムといったブルジョワ道徳にこだわらず、単刀直入に暴力に訴えるアクション・フランセーズの姿勢は、暴力のもっている民主政体への軽蔑としての性質、ヒューマニズムがその最大の価値としてかかげる人命の尊重を一顧だにしないという意志の表明にほかならない。そしてこのようなアクション・フランセーズの姿勢は、ヨーロッパのあらゆるファシズム、ナチズムの政党に受け継がれて現代史に多大な害毒を流したのである。しかしあくまでもモーラスにとっての暴力は政治的な手段にすぎず、秩序を打ち立てるために仮借なくふるわれるべきものであって、ソレルのようにそのなかに無秩序な生成のエネルギーを認めることはなかった。

ソレルは一九一〇年に、カムロ・デュ・ロワの暴力沙汰への評価からアクション・フランセーズに接近を試み、加入の瀬戸際にまで近づくが、四月に「アクション・フランセーズ」紙にペギー論の記事を掲載したのみで加入を果たさなかった。[*31] しょせんモーラスとは肌あいが違ったといえばそれまでだが、しかしソレルとモーラスの関係はこれで終わったわけではない。このときモーラスとソレルの仲立ちをした古くからのサンディカリスト、ジョルジュ・ヴァロワは、モーラスに魅了されてアクション・フランセーズに加入していた。しかも奇妙なことにヴァロワはオルレアン公に面会すると、モーラスたちが軽蔑していた王位請求者の人柄に惚れこんでしまったのである。サンディカリズムの理論家で経済学者だったヴァロワの加入は経済政策に手薄だったアクション・フランセーズからも歓迎され、ヴァロワはドーデとモーラスの支持のもとに、アクション・フランセーズ独自の労働運動として職能組合運動を展開した。しかしかつてのギルドのような同業組織を考えていたドーデと、ソレル的なサンディカリズムのアクション・フランセーズにおける実現をめざしていたヴァロワはすぐに対立し、ヴァロワの指導したアクション・フランセーズにおける労働運動は行きづまってしまったのである。

ここでヴァロワが推進した職能組合は、イタリアやスペインのファシズムの母体となったサンディカリズムの職能組合ともちろん同一の政治思想によるものである（職能組合によって労働者個々人を社会のなかに凝集させ「束ねる」という意味がファッショの語源であることはいうまでもない）。このサンディカリズムからファシズムに受け継がれた職能組合の概念が、デュルケムがアノミーの解消策として提案した職業集団の政策に影響を受けているかどうかについては、社会学者たちは一致して強く否定しているし、[*32]実証的にはその影響関係を跡づけることはできない。しかし、アノミー化した社会を国家の強い体制のもとに把握し、諸個人を国家的アイデンディティーのもとに凝集させようとするファシズムのアイディアが、なかばデュルケムの政策と共通するとは、少なくとも自己本位的になりアノミー化した近代市民を社会のもとに凝集させるという問題意識は同一のものであるとは言いうるのではないだろうか。確かにデュルケムの構想によれば、職業集団はファシズムにおけるように国家に従属するのではなく、国家と対立関係におかれることで、個人を国家からも職業集団からも自由ならしめる配慮が加えられていた。この差異はもちろん見逃しがたいものだが、またデュルケムの提案した個人の社会への凝集という問題意識自体のなかにファシズムと通底するような、社会と個人の関係に対する考察が存在していたことも否定しようがない。

ドーデと対立したヴァロワが窮状をオルレアン公に訴え、公がヴァロワへの支持を表明すると、事態はまた王家とアクション・フランセーズの対立に発展してしまい、ヴァロワはオルレアン公への圧力を恐れてみずからアクション・フランセーズを脱退した。その後一九二五年十一月に、ヴァロワが結成したのがフランス最初のファシズム団体である「フェーソー」である。[*33]ムソリーニの黒シャツ隊にあやかった青シャツ隊の示威行動とともに、アクション・フランセーズに対する街頭や集会での襲撃といった果敢な方針により短期間のうちに勢力を拡げたが、その政治思想はいたずらにムソリーニを模倣したものではなく、ソレルの弟子としての独自のサンディカリズム論とアクション・フランセーズに対する評価を背景とした明確な綱領と、職能組合の組織をもち、具体的な政治的要求をかかげたファシズム政党の体裁をそなえていた。しかしヴァロワのこのような知的な旺盛さが「フェーソー」の命脈をわずかに二年で尽きさせてしまうことになるのである。一九二七年、ファシズムのイタリアを旅行したヴァロワはその国内の内情をつぶさに見るにつけ、ファシズムの経済政策が完全に破綻していること、議会にとって代わった職能組合の代表会議が機能せず、ムソリーニの単純な独裁におちいっていること、独裁政権のつねとしてその内情が腐敗しきっていることを認識して帰国すると、前途有望のファシズム運動をとりやめて、共和主義に転向してしまったのである。

ヴァロワの奇異ではあるが、理性的な結末をもったエピソードはここで終わるが、しかし、モーラスとソレルの思想を結びつけようとする試みはフランスにおいてはファシズムの基本形態のひとつとなり、この結合の試みはその後幾度も試みられた。いわば「コカルド」紙時代のバレスがデルレード、ドリュモンとジョーレス、ミルランの連帯による国家主義の確立を夢みて以来、フランスにおけるファシズムの試みはつねに極右と極左の結合のなかに求められることになったのである。たとえば一九三六年にティエリー・モーニエらアクション・フランセーズの一群の若者たちが、「コンバ」という雑誌を創刊するが、この雑誌にはソレルの言葉がエピグラフにかかげてあり、過激なサンディカリストたちへ公然と連帯をよびかけ、ピエール・アンドリューのようなサンディカリストを寄稿者のなかに含んでいた。そしてその後四年間にわたって「コンバ」誌の主要寄稿者の名前のなかにクロード・ロワやブラジヤックと並んでモーリス・ブランショの名前が見出される。「コンバ」の主張のなかには明らかにアクション・フランセーズの政策とは一線を画した革命的な傾向が盛りこまれ、ファシズムに魅惑された世代がいだく、王政という古色蒼然とした政治目標に執着するモーラスへのいらだちが鮮明に打ち出されている。ブラジヤックは「コンバ」のサンディカリスト的な傾向に抵抗をおぼえており、その関与はおずおずとしたものでしかなかった。そして「コンバ」で提案された右翼革命の、政治的側面をモーニエやアンドリューが代表していたとすれば、サンディカリズムとアクション・フランセーズに通底する革命の文化的、神秘的側面を代表していたのがモーリス・ブランショだったのである。しかし、「コンバ」時代のブランショの記事は他の書き手と比べて生彩に欠けたもので、ドーデやモーラスの口まねを思わせるような政治記事に終始しており、かれの本領が政治活動にはなかったことをうかがわせる。[*34] 論調はつねに暴力的であり、アクション・フランセーズ流の、あらゆる既成勢力への侮蔑と悪罵がその主なテーマになっている。

若きブランショがモーラスに魅了されたのは、その徹底した反近代主義、反ヒューマニズムと、ヒューマニズムの諸価値への暴力的な軽蔑の表明ゆえであったことは想像にかたくない。敗戦後ブランショがモーニエやロワと同様に立場を転回させてモーラスとたもとをわかったことはよく知られているが、ブランショの経歴のなかでアクション・フランセーズからの離反は同時に政治から身を遠ざけて文学批評に転身することをも意味していた。

この転身には政治状況と同時にバタイユとの交友が影響を与えていた。もともと社会学者としてファシズムを興味深い現象とみなしていたバタイユがコントル・アタック、アセファルからコレージュ・ド・ソシオロジーへといたる過程は、また社会学のうちなるファシズムとの対決の過程であった。モースは私信のなかでではあるけれども、ソレルの職能組合とデュルケムの職業集団がつながったものであることを認めていたし[*35]（そのことはファシズムとデュルケムの思想の姻戚関係を認めることになるのである）、バタイユ自身がシュールレアリストやコミュニストから幾度となくファシスト呼ばわりをされていたのである。しかし功利主義の観点を超えた社会と個人の関係の結び直しというフランス社会学の中心命題を考えるうえで、国家への個人の凝集を実現したファシズムが最も興味深い対象となるのは当然であり、いくつかの側面でファシズムを評価することなしには、ファシズムとの真の対決はありえないのである。ファシズムとの対決を通じて現代社会に人間の連帯を回復する方法をさぐるバタイユはしかし共同体そのものよりも、その共同体から明白に分離されることでその共同体を逆に支える「絶対者」について考察することで、逆光によって共同体の成員をつなぐ絆を明らかにしようと試みた。同様にブランショにとっての政治から文学への転換は、ソレル＝ファシズム的なサンディカリズムの沸騰的共同体への指向から、カフカ的な、共同体からの脱落、疎外をテコにした外部からのヒューマニズム批判への転換であり、また、共同体の異分子としてのユダヤ人批判から、共同体の外にとどまる民としてのユダヤ人擁護への転換をも意味していた。いわゆる「聖なるもの」の研究を通じて社会の神秘に立ち入ろうとするバタイユの姿勢は、政治から離れて文学批評のみちを選んだブランショの経歴と明白に一致するものである。

モーラスから離反したブランショが選んだ思想のよりどころは、文学におけるカフカとドイツの哲学者マルティン・ハイデガーだった。戦後サルトルをはじめとする哲学者がハイデガーをヒューマニズム化して、『ヒューマニズムについて』によって破門されるといった状況のなかで、ブランショは一貫してハイデガーをヘルダーリン論以降の文学批評を本質とする反ヒューマニストとして扱ってきた。そしてこのようなブランショのハイデガー理解の下地には、モーラスの思想が存在することはほぼ確実である。ブランショの思考のなかでハイデガーはモーラスに接ぎ木され、ハイデガーは戦後の構造主義からデリダ、ドゥルーズにいたる批評界、哲学界の一大潮流としてのヒューマニズム批判の背景の役目を演じてきた。しかしモーラスの反ヒューマニズムの思想的射程はフランスにおいては尽くされることがなかったのである。

V　ヒューム、パウンド、エリオット

ヴァロワの「フェーソー」運動はまたアクション・フランセーズの失墜の出発点でもあった。「フェーソー」は短期間のうちにヴァロワみずからの手で解体されてしまったが、

そののちにもつぎつぎと新しいファシズム団体がうまれて、アクション・フランセーズを追い立て、その足元をおびやかすようになった。それだけではなく、一九二三年のカムロ・デュ・ロワの暴力に抗議する国民大会とそれに対抗してひきおこされた諸事件以来、フランスにおける民主主義政体に対する第一の脅威として認識されるようになったアクション・フランセーズへの各方面からの攻撃はようやく激しくなり、政治的苦境があいついで訪れたのである。一九二八年には旧出征軍人の愛国団体「クロワ・ド・フゥ」が結成されて二大戦間で最も強力な右翼団体に成長したのに続いて、一九三三年にはヴァロワが共和主義に転向したのちに残った「フェーソー」内のファシストを吸収して香水王フランソワ・コティが資金を提供した反共、反ユダヤ主義団体「ソリダリテ・フランセーズ」が旗あげした。同年には、「イタリア＝ファシズムとナチズムの政治手法を模倣した「フランシスム」が登場し、引き続いて、一九二〇年の共産党との分裂問題の傷から癒えないフランス社会党から、ルーズヴェルトやヒトラーの成功に刺激されたマルセル・デアらが分裂して新社会主義運動を開始した。そしてスタヴィスキー事件からひきおこされた一九三四年二月六日の暴動によって共和政府が倒壊の危機に瀕した際に、モーラスはあえて行動を起こさず、自発的に動きはじめていたアクション・フランセーズやカムロ・デュ・ロワの行動を止めたために、共和制を打倒する機会を逸しレオン・ブルムを首班とする人民戦線政府を成立させてしまったとして他の右翼団体から非難を受ける破目におちいったのである。この事態は、ドレイフュス事件のおりにクーデターに失敗したデルレードをモーラスが批判することで世代交替を印象づけたときと、ちょうど逆の役まわりが、こんどはファシスト団体の側から標的にされることで回ってきたことを意味していた。一九二六年のヴァチカンによる破門以来、守勢にまわらざるをえなかったアクション・フランセーズは、一九三四年を境としてしだいに他のファシズム団体に圧倒されてゆくが、しかし、その守勢はいわば政治運動の力量の面のみについてであって、アクション・フランセーズの思想的文化的な豊饒さはかえってその退勢期に入ってベルナノス、モーニエ、ブラジヤック、ルバテ、ブランショらによって花ひらくことになるのである。

このようなモーラスの思想と、文化・政治運動としてのアクション・フランセーズの新世代への影響の波及は、たんにフランス国内にとどまるものではなく、ヨーロッパ全般にひろがりをもち、T・E・ヒューム、E・パウンド、T・S・エリオットといった英米の詩人たちはモーラスの文学観をさらに展開して、反近代主義文学の可能性を実作によって示すことで、二十世紀の英米詩の一つの潮流をつくりだしたのである。かれらのなかでも最も早くからモーラスの古典主義文学論に着目していたのがソレル＝未来派的な戦争賛美の念にかられて第一次世界大戦に出征し（もっともソレルは第一次世界大戦をアングロ・サクソンの陰謀とみなして周囲に徴兵忌避をよびかけていたのだが）戦死してしまったヒュームである。かれはモーラスの射程を理解し、独自の解釈を下して、二十世紀の詩作を「ドライでハードで古典的」な詩として規定したが、この予言はそのままパウンドやエリオットの詩作によって実現された。

イギリスにおける象徴派としてのA・シモンズやW・B・イェイツの影響のもとに詩作に取り組むことで文学的経歴を始めたヒュームは、ベルグソンやソレルの哲学・思想に接するうちに、文学における近代主義からの脱却を強く意識するようになり、モーラスの著書を手にとるにいたった。ヒュームはモーラスが用いた古典主義とロマン主義の対置を、十九世紀的文学からの脱却のためのプロブレマティークとして捉え、「古典主義」をあらためてモーラスの規定より普遍性をもち明確な射程をそなえた概念にするべく定義しなおしたのである。ヒュームによるならば、「ロマン主義」とはすなわち、人間の完全性、無限性に対する信念であり、詩作においては想像力を重視し、情念と感性の表現を詩の本質として捉え、政治的には革命とデモクラシーの側に加担し、歴史的な進歩を信じている。一方の「古典主義」とは、人間を固定され、限定された存在としてながめ、その本質を不変不動のものとして考察する。詩作においては「構想力」（フォンシー）を重視し、有限なる事物の観照を詩の本質に据える。政治的には秩序の確立、王政とカトリシズムの側に加担するものである。[*36]

ヒュームは、モーラスの用語をあえて自身の持論のなかで採用した理由について『スペキュレイションズ』のなかで、「私は実は一対《つい》の新語を造語すべきだったのであるが、（中略）（「古典主義」「ロマン主義」という言葉をつかうことは）今日それをもっとも多く用いており、またそれをほとんど政治的標語にしおおせていると言ってよい一群の論戦的な論者たちの慣例に、従うことになるからである。私のそう言うのは、モーラスやラセールや、『アクション・フランセーズ』紙に関係しているグループ全部のことである」[*37]と説明し、モーラスが古典主義という概念にこめた極めて反近代的で、反ヒューマニズムを標榜する要素を評価している。いうまでもなく、この用語がモーラスによって政治的スローガンとして実際の政治の場においてつかわれているという事実が導くポレミックな戦闘性がヒュームをひきつけたのである。つまりヒュームはモーラスにほぼソレルが認めたのと同様の特質、つまり近代ヨーロッパが営々と築きあげてきた人道主義、個人の尊重、人権、平和、平等といった価値の全般的な転倒とそのための具体的な戦いの遂行を認めており、ヒュームの「古典主義」においては本来の文学的な意味での古典性、つまり伝統的なテクストへの回帰、参照といった要素は薄いと言わざるをえず、自身の詩論のなかでももっぱら「ドライでハード」な感性の樹立を詩作については強調している。モーラスのテクストのなかでも『アテネア』をヒューマニズムの夢からさめることによって事物への直接的な観照が可能になった例としてあげており、同書のなかで展開されているモーラスの古典主義の骨子ともいうべき、非‐歴史的、反文学史的な歴史上のあらゆる古典的テクストとの並列的、同時的交流というテーマには全く触れていないのである。いわば、ベルグソンの認識論やソレルの思想を文学と政治の実践的な局面に適合させる糸口として、ヒュームはモーラスの思想と政治行動を解釈し、早世によってその全体像は結ばなかったものの、独自の反近代主義を構想したのである。

ヒュームから「ドライでハードで古典的」な二十世紀の詩と反ヒューマニズムについて

語り聞かされた、イギリスに渡ったばかりのパウンドは、「ドライでハード」な圭角だった詩という考えに影響されながらも、「古典主義」というスローガンをヒュームのようにポレミックな内容のみには理解しなかった。ヒュームに畏敬の念をはらいつつも、もとより戦争をなによりも嫌う気持ちの強かったパウンドは、ヒュームの未来派的な戦争への情熱と従軍を極めて愚かなこととみなしていたし、すでに在米当時の二十代後半には、トルバドゥール文学やローペ・デ・ベーガ、ルネサンス期のラテン詩人に傾倒することで、一九一〇年に『ロマンスの精神』で表明されることになる、ヨーロッパの文学的伝統と地中海文明、ヘレニズム＝ラテン＝ロマンス文化の口承文学を基幹とした単一性という認識にたどりついていたパウンドにとっては、形而上学的議論よりもダンテと同時代のラテン詩人カヴァルカンティの口承文学の伝統を受け継いだ技術の完璧性についての論議のほうが、古典主義についての議論においてはより意味があるように思われたのだった。しかしまた、ヒュームによる洗礼以降、パウンドの詩作が少なからずかいまみせていたラファエル前派的な抒情は姿を消し、「ドライでハード」かつ古典的技量の完璧さを追求する方向にむかったことは否定しようがないことである。

もとより二十世紀文学のなかでも最も破格なパウンドの詩作品を、ヒュームとの関係という狭い視点から捉えようとすることにはあまり大きな意義があるとは思えない。しかし、パウンドの詩作と文学観には、ヒュームから一貫する十九世紀的な近代文学の諸価値に対する決別と新しい価値への希求という問題意識があり、いわばパウンドはそのファシストとしての政治思想はさておき、少なくとも詩作においては、モーラスやエリオットの果たしえなかったヒューマニズムの棄却と反近代主義を十全に達成しえたのである。その反近代主義の最終的な達成が、かれの代表作（それはもはや「作品」と呼べるかすら疑問なのだが）である『キャントーズ』であることはいうまでもない。この全一一七篇、二万五千行を数える、詩人の後半生五十余年にわたって書きつがれた、アメリカを含むヨーロッパ文化圏のみならず、日本、中国、アフリカ、南米までをも包括した「歴史のパノラマ」としての詩は、その題材、体裁、分量はもとより、その詩作手法そのものからして破格である。すでにパウンドはエリオットの『荒地』の編纂において過去の詩テクストからの直接的かつ無媒介な詩作品のなかへの引用という試みをおこなっていたが、『キャントーズ』では引用の使用をさらに徹底して、ラテン詩人等の文学作品だけではなく、孔子やルバイヤート、ジェファーソンの演説、トスカナ大公やシエナの銀行家の古文書記録が引用されてその源が多様かつ文学の枠をはみだしたものになっているだけではなく、いくつかの詩篇はそのままオウィディウスやホメロスの気ままな翻訳といったものにすぎず、また漢字がそのままにかきつけられていたり、李白が引用されている個所すらある。こういった引用や翻訳の詩テクストへの濫用（パウンドはほとんど自作としかいいようのない気ままな翻訳を「翻訳」として出版したり、他の詩人の作品の翻訳を自作として発表したりすることが頻繁だったが）は、文学史上にはかつてない独自のテクストをつくりだす創造的行為としての詩作といった概念をはみだすものであるばかりでなく、作者によるオリジナルなテクストというわば近代的な文学観における文学作品の自己同一性を冒瀆するものでもある。『キャントーズ』のモチーフはいわば詩人による全人類の文明を探し求めるオデュッセウス的な探求だが、その探求は一地点へと到達するような閉ざされたものではなく、エドモンド・ウィルスンの表現によれば「ひとつの総体としてまとまりを持つとはどうしても思われない」[*38]ものであり、あるときには、古典詩を引用して地獄めぐりがうたわれるかとおもうと、続く詩篇では孔子とその弟子たちの暮らしがうたわれ、またルネサンスの傭兵隊長たちの戦いぶりに続いて、アメリカ合衆国初期の大統領が讃えられるといった構成のなかで、様々な詩句の引用や政治的スローガンが介入し喚起され、まるまる経済演説ともいうべき内容に終始する章もあり、五十余年にわたって書きつがれたために、その時々のパウンドの境遇や関心を反映した部分も多い。『キャントーズ』はその体裁や分量といった点からのみではなく、その制作態度においてなによりも従来の詩作品とは大きく異なったものであり、引用の多用、翻訳の挿入、作品プランの欠如、質の不ぞろい、一貫性のなさといった要素によって、作品というよりもいわば詩作そのものの過程の野放図な露出ともいうべき性格をもっている。『キャントーズ』とはパウンドのたぐいまれな技巧により音韻によって詩としての統一性をそなえた、人類史とそれにまつわる詩や文書の膨大な羅列という形によって示された汲めども尽きぬ広大な言語空間そのものなのである。パウンド自身が語るように(「ヨーロッパの廃墟から出た、俺は語り部だ」)、『キャントーズ』においてパウンドはかれが求めたずねた様々な文明の姿を語っているが、その語ることにおいておこなわれているのは近代的な意味での詩作、いわば創造的行為としての詩作ではないし、また『キャントーズ』のテクストは近代的な意味での、つまりある作者の作品としてのテクストといった閉ざされたものではなく、パウンドの気まぐれと広範な対象の移動、調子の変化、時空の移り変わりを包含する一種の場にすぎないのである。『キャントーズ』は、モーラスのとなえた口承文学的な価値観による創造性の廃滅と、非‐歴史的なテクストとの交感という反近代的な文学理論を実作において実現し、デスペレートな気概によって「グーテンベルクの銀河系」[*39]が成立して以来の詩的テクストと詩作の偏狭さを打ち破ることで、詩作の未来をきりひらいた。その影響は文学に限らずあらゆる現代芸術の領域にわたっている。一例をあげれば、画家のジャクソン・ポロックは絵画の作品の実体としてキャンバスを捉えることをやめ、絵の具が踊る場にすぎないと解釈したことによりアクション・ペインティングを創始し、絵の具をたらしひきずった痕跡としての、筆と滴りの移動の過程の記録にほかならないものとしての作品を提示したのである。ポロックの取り組みが創造行為そのものと作品の自己同一性の解体というパウンドの射程におさまることは明白である。

しかし一方では『キャントーズ』における詩と文明の網羅的探求は「生ける者らのための道標というよりはむしろ墓標である。じっさいパウンドは、かれ自身もともに惹き起こした西洋文化の破産を壁に塗りこんでいる[*40]」一種の文化主義にすぎないとする批判もまた根づよいものがある。パウンドのおこなったこのような価値の転倒の意義についての議論は、『キャントーズ』の最良の部分といわれる第七十四篇から第八十四篇、通称ピサのキャントーズ、「ピザン・キャントーズ」において最も先鋭化したものとならざるをえない。というのも、「ピザン・キャントーズ」は一九四五年にムソリーニがパルティザンに処刑されたのち、第二次世界大戦中ムソリーニを支持してイタリアで反米宣伝放送に従事していたパウンドが（その放送の内容はあまりにもファナティックであり、攻撃的であるためどれだけ効果があったのか極めて疑問だが[*41]）イタリアでの滞在先ラパルロで捕らわれて米軍に戦犯として引き渡され、ピサの収容所の露天の金網に入れられたときに書かれたものだからである。逮捕当初、雨露さえしのげない金網の「ゴリラの檻」のなかという劣悪な環境におかれて、利敵行為による死刑判決の可能性にかえって奮起したパウンドは、異様な集中力を発揮して自身の最高傑作を書きあげたが、詩人の自伝的回想と、収容所生活の点描、そしてギリシア古代の生命力あふれる世界の交錯という詩篇のモチーフの背後には、ファシズムの破綻とかれの敬愛するムソリーニの死に対する怒りと悲しみが横たわっており、詩人のファシズムへの加担という事実への評価を抜きにしては詩篇について語ることができない。

パウンドがいだいていたファシズムへの支持の念と反ユダヤ主義は、極めて単純素朴なものだった。第一次世界大戦の悲惨に怒りをおぼえたパウンドは、大戦の原因を自分なりに究明しようと試み、ユダヤ人を中心とする金融資本家が世界経済を支配し、大戦により莫大な利益をあげているとする当時には珍しくなかった低劣な反ユダヤ宣伝を信じこみ、ダグラス中佐なる人物がとなえた「ソーシャル・クレジット」というプランを実施すれば金融資本の利子の奴隷としての地位から民衆を脱却させうると信じこんだのである。そしてパウンドはムソリーニの政策が「ソーシャル・クレジット」に近いものであると評価してイタリアに移り住み、第二次世界大戦中にはアメリカ軍の兵士に対してユダヤ人たちにだまされてあたら戦いで命を失くすことのないよう、ラジオから語り聞かせたのである。パウンドは精神病患者として死刑を免れワシントンの聖エリザベス病院に収容されてからも、信念を全く変えることなくユダヤ人と金融資本に支配されたアメリカに対する悪罵をやめず、また自作のなかに「ソーシャル・クレジット」を讃える詩句をおりこみ、新聞に論説を投稿し、一九五八年に退院を許されるとすぐにイタリアに戻って荒野の預言をとなえつづけた。

パウンドの政治思想はその文学的知識や多様な文化への深い理解に反して極めて単純であり、近代社会のシステムとしての理解が徹底的に欠けていて、たんなる悪者さがしのレヴェルにとどまっている。このようなぬきんでた教養と知的麻痺あるいは矮小さの並列的同居を、どのように解釈すべきなのだろうか。少なくともパウンドの政治思想は反近代主義の名に値する社会認識の高みには到底達していないし、ファシストたちの政策についてもその思想や実情について全く理解していなかった。しかし、パウンドの詩作のなかには間違いなくこの豊饒さと矮小さが同時にもちこまれているのである。

一方J・ジョイスと同様にパウンドの庇護と励ましのもとから詩の経歴に入ったエリオ

ットは、ヒュームやパウンドよりも、より明白に文学の領域にとどまらないモーラスの影響を受け、またそのことを隠すことがなかった。ある講演のなかでエリオットははっきりと、モーラスを現代でも最も偉大かつ重要な思想家、文章家として紹介し、モーラスがイギリスにおいて読まれていないことをなげいている。すでにハーヴァード在籍時代にフランス文学の教授アーヴィング・バビットによってロマン主義とヒューマニズムへの軽蔑を注ぎこまれていた二十二歳のエリオットは、一九一〇年に初めてパリの土を踏みカムロ・デュ・ロワの活動をまのあたりにして以来、一貫してモーラスを詩人、批評家、そして政治家として尊敬しつづけたし、最近のエリオット研究では入信についてのモーラスの影響が重視され、またモーラス宛ての手紙も発見されている。[*42] エリオットは、作品をほとんど発表していなかったにもかかわらず特に詩人としてのモーラスを高く評価し、一部の研究者はエリオットの詩のスタイルが、モーラスの散文のリズムに大きく影響されていることを指摘しているし、[*43] 一九二二年にムソリーニがローマに進軍したときにエリオットはその感動をさして高名ではない詩「凱旋行進」のなかでうたいあげ、その最終行をモーラスの『知性の未来』からの引用「そして兵士は隊伍を組んだのか。そう組んだのだ。」でしめくくっている。このようなエリオットのモーラスへの傾倒ぶりの例証をあげるときりがないが、数百人といった程度の読者しかもたず、エリオット周辺の人間のみを対象にした雑誌「クライティリオン」誌上では古典主義への加担を表明して、その思想の内実をより高度で明白な《理性》の概念として定義し、モーラスの『知性の未来』、ソレルの『暴力論』

を筆頭に、バビット、ヒューム、J・マリタン、J・バンダの、理性を理解するために読むべき六冊の書物をあげている。またモーラスがヴァチカンから破門されたときには「クライティリオン」誌上で論陣をはってアクション・フランセーズの立場を擁護し、モーラスの思想体系を取り入れることだけがイギリスをヒトラーから守りうるだろうと語った。しかしながら、このようなモーラスへの傾倒とヒュームやパウンドとの親近性にもかかわらず、エリオットの詩作はモーラスやパウンドのような反近代的な、ましてや破格なものではなかった。J・ラフォルグとT・コルビエールの詩によって文学の世界に足を踏み入れたエリオットは、その初心の感動を保持しつづけて文学的にはその経歴を通じて象徴主義の枠の内側にとどまりつづけた。エリオットにおける引用の頻出は、詩作において作者が保持すべき独自性に関わる作品の自己同一性を攪乱し近代的な文学の体系を転倒させるパウンドのようなものではなく、むしろ象徴主義的な詩作における批評意識のあり方の新機軸ともいうべきものにとどまっている。いわばエリオットの古典主義は、象徴主義的な批評の体系により、古典と伝統に文学の基礎を再びおき直す試みであり、戦闘的というよりはディレッタンティスムに堕してしまう危険をより多く含んでいるものである。評論「伝統と個人の才能」のなかで、エリオットは詩作においては「ホーマー以来のヨーロッパ文学全体とその中にある自分の国の文学全体が同時に存在し、同時的な秩序をつくっている」[*44]のが感じられなければならないと指摘しているが、エリオットにとってこの伝統の近さは、ロマン主義的な「創造」やインスピレーションによりかかる詩作を否定しながらも、近代的な価値体系と相容れないものではなく、いわば権威的な批評意識と博覧な参照による文学空間の拡大に通じるものなのである。もとよりエリオットはパウンドやモーラスのような奇矯な、あるいは平衡を欠いた人物ではなく、たとえばW・H・オーデンが証言しているように思想信条が異なる文学者にも自分の雑誌の誌面を提供するだけの雅量があり、[*45]文学の世界においても充分な成功をおさめて世界的な尊敬を受けた詩人である。かれの詩作はそのモーラス信仰に反してコルビエール的な、たとえば「アルフレッド・プルーフロックの恋唄」のような主観的な世界の憂鬱を題材にしたものが決して少なくない。[*46]

エリオットはモーラスを「われわれを聖堂の戸口に導いたウェルギリウスのような人」と呼んだが、これはなかなか含蓄の深い呼称である。第一にウェルギリウスはエリオットが最も愛した詩人であって、エリオットの定義によれば純粋に古典詩人と呼べるのは人間の限界を認識しそこに足りることを説いたウェルギリウスだけだということになる。しかもこの「聖堂」でダンテの「地獄」の案内役としてのウェルギリウスを喚起し、エリオットを秩序と信仰のみちに導きながら、自身は攻撃的な無神論者だったモーラスと重ねあわせているのである。実際、エリオットはモーラスとヒュームによる反ヒューマニズムの教説によって人間を中心とするような思考から逃れ、また社会秩序の建設と伝統の保持という観点から教会の意義を認めたが、そのうちに本当に熱心な信者になってしまったのである。政治的にもモーラスのアクション・フランセーズを支持していたが、しかしエリオットは民主主義のアメリカを捨てて、イギリスに帰化することで過激な政治運動に従事することなしに容易に国王を手に入れることができたのである。エリオットは本質的に反ユダヤ的な人物であり、かれが考えているような伝統的社会と古典文学の世界には、かつてG・スタイナーが指摘したように、[*47] ユダヤ民族のための場所は全く用意されていないことは明らかであるが、一、二度不覚にも馬脚をあらわしたとき[*48]以外にはすすんで表明されることはなかった。いわば、政治的にもエリオットは極めて無難なディレッタント的な生き方をつらぬき、モーラスやパウンドがおこなったような絶望的な戦いに身を投じるといったことはなく、外面的には書斎の知識人としての生涯を守りきったのである。

こうして英米の現代詩人の詩作と文学観を参照することによって、モーラスの古典主義がM・レイモンの指摘したように「生きた文学をうむことができない」理論ではなく、ある意味では二十世紀フランスの数ある文学論のなかでも最も実りが多い議論であったことが明らかになるばかりでなく、モーラスの著作と詩作だけでは明らかにされえなかったかれの古典主義の射程の全容が示された。二十世紀フランス詩はパウンドのような破天荒な詩人はもちろんとして、エリオットのように象徴主義と古典主義をいわば折衷することにより現代詩の可能性をおしひろげる展開すらもつことができなかった。詩の純粋さを追求することによって一種の不妊症にかかってしまったマラルメからヴァレリーへの象徴主義の流れから、古典と伝統を参照し、引用や諸形式を詩作に導入することで、開かれた詩の世界をつくりあげることとして、エリオットの詩学を定義する研究者がいるが、モーラスの文学論はフランス文学史のうえでは主流としての象徴派に参与することも、また画期的な詩的革命に立ち会うこともできず、なんの成果もあげえなかったのである。

しかし、フランスの圏内を離れて考えれば、モーラスは豊饒な樹木の根幹としての二十世紀における最も前衛的な芸術の提唱者であり、その実態はパウンドの詩作によってきりひらかれた世界、つまり『キャントーズ』のテクスト自体としてあらわれた古典的文学世界によって実現し、古典主義がつくりだす世界のイメージはパウンドによって明確な輪郭を与えられたのである。『キャントーズ』は近代的な文学の手法と価値を転倒することで「グーテンベルクの銀河系」に属する文学のヒューマンな側面、特定の作者による、独自な作品の創造という構造をなしくずしにした。この方法論は、モーラスの反ヒューマニズムの本質の一面、すなわち個性のある独立した一個の存在として個人を確立する人間学の否定と完全に合致する。こうした両者の参加した政治行動は、その信条からうかがえるとおりに全くヒューマニズムに反するものであり、個人の価値の否定は独自の個性としての個人の尊重から必然的に派生する人命の尊重といった近代の枢要な倫理すらも嘲笑することになったのである。第三共和制を通じてのテロリズムと反ユダヤ主義の指導者だったモーラスと、ファシストであり反ユダヤ主義の宣伝者でもあったパウンドの政治的行動が、ヒューマニズムの見地から見れば有罪であることは議論の余地がないだろう。しかし、もともとヒューマニズムそのものを糾弾しつづけ、否定し、その転倒のために戦いつづけた人間をヒューマニティーによって裁くことははたして妥当なのだろうか。しかし、もしもヒューマニティーによらなかったならば、そのときどのような見方が可能になるのか、はなはだ心もとないものがある。というのも、哲学においては現在ヒューマニズムを否定する潮流が隆盛を極めているものの、その直接的な倫理への適用は、特に政治におけるヒューマニズムに立脚しない倫理の追求は、いまだなされていないからである。

モーラスとパウンドはいわば詩作を、つまりは伝統の息づく文化と文明をヒューマニティーの上位におき、価値あるものとした。近代におけるヒューマニティーへの信仰とその尊重、および人間中心主義が、社会から多様性と文化を奪い、生と人間の矮小化をもたらし、金銭万能の潮流をつくりだしたとして、人間の人間としての存在や一個人よりも詩作やその属する文化をより高い価値として提示することで近代の価値を転倒せしめようとした。しかし、はたしてモーラスとパウンドはこのヒューマニズムの否定によって、生き生きとした文化をつくりだしまた人間を矮小化から救いえた、あるいはその見こみがあったのだろうか。ヒューマニティーの否定によって、モーラスが考察したような、ピンダロスのギリシア、ウェルギリウスのローマ、ダンテのフィレンツェのような芸術と政治が花ひらく時代を期待できたのだろうか。

この問いは、続く章によって扱う次の世代の文学者たちが、なによりもさしせまった問いとして自身に課し、その生涯を賭けて決着をつけることになる。

注　記

＊1――戦後、モーラスはアカデミズムから全く関心を集めていないように思われる。近年にいたるまでに、何冊かの伝説（P. Boutang : *Maurras*, Plon, 1984 ; P. Pascal : *Charles Maurras*, Chiré, 1986.）や研究会誌（《Cahier Charles Maurras》, Nº 1-68, SDEDOM.）、コロックの報告（《Etudes maurrassiennes》, Nº 1-4, L'Institut d'Etudes Politiques d'Aix-en-Provence.）等が相当量出版され豊かな内容を競っているが、それぞれみなかつてのアクション・フランセーズ参加者やモーラス信奉者によって書かれたものばかりであり、純粋にモーラスの文学や思想を今日の視点から問い直しているとは、到底いいがたい。

歴史家たちの業績については、E. Weber（*L'Action Française*, Fayard, 1984.）や E. Nolte（*Le Fascisme dans son époque*, Julliard, 1970.）ら海外の大作に刺激される形で、近年政治運動としてのアクション・フランセーズを問い直す試みも散見されるが、しかし正面からモーラスの意義を問い直そうとする姿勢には欠けているように思われる。

書誌は、R. Joséph と J. Forgès による、モーラスの著作、記事等はもちろん、写真から彫刻等にいたるまでを網羅し、またモーラスについての記述は論文、評論の類いから、エピグラフへの引用までもリストアップした *Nouvelle Bibliographie de Charles Maurras*, L'art de Voir, 1980. がある。著者たちがモーラスの信奉者であるために、解題等において党派的な説明があるが、資料としては完璧である。

小論の伝記的記述については上記の資料と *Œuvres Capitales, tome 4.* にまとめられたモーラス自身の記述ならびに巻末の年譜を参照した。

モーラスの作品からの引用、参照は、できるだけ上記フラマリオン版の主要作品集 *Œuvres*

Capitales, 4 volumes, Flammarion, 1954. にもとづいておこない、作品集に収められていないもののみ、単行本を典拠とした。

＊2——M・レイモン『ボードレールからシュールレアリスムまで』平井照敏訳（思潮社、一九七四年）、一二四頁。

＊3——*La Musique intérieure*, Grasset, 1925, p. 223.

＊4——"Quatre Nuits de Provence", in *Œuvres Capitales, tome 1*, p. 456.

＊5——*Œuvres Capitales, tome 4*, p. 7.

＊6——M. Mourre : *Charles Maurras*, Editions Universitaires, 1958, p. 23.

＊7——モーラスにおける信仰問題についてはP. Vandromme : *Maurras*, Centurion, 1965. が詳しい。

＊8——*Œuvres Capitales, tome 4*, p. 297.

＊9——モーラスの口承文学への関心が、ミストラルらによる南仏文学復興運動（フェリブリージュ運動）の影響を受けていることは想像にかたくない。モーラスはすでに高校時代に、ヴェルレーヌの詩と同時にミストラルの作品を愛読していたし、またパリに上京後は、パリでのフェリブリージュの会合に出席し、南仏語で詩作を試みたり、エッセーを書いたりもしている。しかし、モーラスは同郷の先輩たちの運動に敬意をはらいながらも深入りすることをせずに、かれにとっては好ましくないはずのサンボリスムに接近し、そしてモレアスと出会うのである。モーラスがフェリブリージュに見切りをつけたのは、ミストラルらの復興運動は、近代の荒廃を前にしては、たんなる「エリートの反動」（*Au Signe de Flore*, Grasset, 1933, p. 32.）にしかすぎないという認識があり、その荒廃に対抗するためには、たんなる地方文学の復権にとどまらないフランス文学全体の転換が必要であると考えていたからである。

モーラスがミストラルから受けた影響については、H. Hugault : "La Provence, Terre de Lumière", 《Cahier Charles Maurras》, N° 17, 19, 20, 21, 25.

*10——M・レック『エズラ・パウンド』高田美一訳（角川書店、一九八七年）、三五頁。

*11——一九一一年にアポリネールがルーヴル美術館からの窃盗容疑で収監されたとき、ドーデはアポリネールをユダヤ人と罵った。

*12——La Bataille de la Marne, 《Le Feu》, 1er septembre 1918, reprit dans *La Musique intérieure*, p. 174.

*13——《Mercure de France》, 1er novembre 1918.

*14——たとえば La fin du Futurisme, 《Gil Blas》, 3 août 1913.

*15——バレスもまたモーラスから多くの影響を受けている。たとえば『国民的エネルギーの小説』をつらぬいている反中央集権の思想は明らかにモーラスの影響によるものである。また一貫して過激な反体制のみちを歩んだモーラスに対抗する意識が、議会人としての政治活動をつらぬいたバレスのアンガージュマンに影をおとしている。

*16——*Le Chemin de Paradis*, in *Œuvres Capitales, tome 1.*

*17——"Le Premier sang", 《La Gazette de France》, 8, 9, 10, 13, 16 septembre 1898.

*18——E. Weber : *op. cit.*, p. 36.

*19——*Ibid.*, p. 40.

*20——モーラスの政治思想については、*Œuvres Capitales, tome 2.* にモーラス自身の手で主要著作が集められ、適宜編集して収められている。他にモーラスにより簡略にまとめられたものとして、*Mes idées politiques*, Fayard, 1937. がある。

*21——コントの社会思想については、P. Arnaud : *Politique d'Auguste Comte*, Armand Colin, 1965. 参照。エキセントリックな思想家としてのコントについては、B. Sokoloff : *The "Mad" Philoso-*

pher, Auguste Comte, Green Wood Press, 1961. がある。

モーラスがコントの秩序論を扱った文章は *Œuvres Capitales, tome 3.* 所収。この記述は初め『知性の未来』に収められていたが、著作集のなかでは文学論に編入されている。

＊22――E・デュルケーム『自殺論』宮島喬訳（中公文庫、一九八五年）、三一四頁。デュルケムと政治の関係については、B. Lacroix : *Durkheim et le politique*, Université de Montréal, 1981. が詳しい。

＊23――『自殺論』五〇一頁。

＊24――E・デュルケム『宗教生活の原初形態』古野清人訳（岩波文庫、一九七五年）、下巻、三四三頁。

＊25――Léon Daudet (1867―1942). 作家。ジャーナリスト。「アクション・フランセーズ」紙の主筆として、多くの論争をひきおこし、その機会に書いたパンフレットの類いは枚挙にいとまがないが、また、*Le Voyage de Shakespeare* (1896) のような知的で洗練された小説や、*Paris vécu* (1930) のようなノスタルジックな文章には定評があり、多くの影響を与えた。

＊26――一九二三年五月十六日に、「人権同盟」の主催のもとに開催され、アクション・フランセーズへの批判として「反ファシズム」というスローガンが使用された。この大会の弁士に対してカムロ・デュ・ロワがしかけた攻撃は、議会に衝撃を与え、議会は六月一日に全投票賛成で、政治的暴力に対する非難決議をおこなった。

＊27――G・ソレル『暴力論』木下半治訳（岩波文庫、一九六五年）、上巻、九二頁。

＊28――同書、上巻、一四一―一四二頁。

＊29――この文章は、一九〇九年にイタリアの新聞に掲載され、のちに、《Aspects de la France》, 1er décembre 1949. に再録された。

＊30――アナルコ・サンディカリズムとソレルの関係、ソレルとF・ペルティーエとの関係については、喜安朗『革命的サンディカリズム』（河出書房新社、一九七二年）に依拠した。
＊31――ただし、モーラスのほうでもソレルに興味をもって、一九一一年十二月に一度、ソレルの影響下にあったサンディカリストのグループ、セルクル・プルードンの集会に出席した。このグループから、G・ヴァロワやベルナノス、P・アンドリューらが輩出する。
＊32――世界の名著58『デュルケーム／ジンメル』（中公バックス、一九八〇年）所収、尾高邦雄「デュルケームとジンメル」四二頁。
＊33――ヴァロワと「フェーソー」運動については Y. Guchet : *Georges Valois*, Albatros, 1975. および Z. Sternhell : *Ni droite, ni gauche*, Complexe, 1987. が詳しい。
＊34――ブランショの「コンバ」における活動については、J・メールマンの前掲書、二三頁参照。また《Gramma》, N° 5, 1976. に当時の論文五篇が収められている。
＊35――D・オリエ編『聖社会学』兼子正勝他訳（工作舎、一九八七年）、五二二頁。
＊36――T・E・ヒューム『ヒュマニズムと芸術の哲学』長谷川鑛平訳（法政大学出版局、一九七〇年）、一〇七頁〜。
＊37――同書、一〇九頁。
＊38――E・ウィルスン『アクセルの城』土岐恒二訳（筑摩叢書、一九七二年）、九二頁。
＊39――現代メディア論の古典的名著『グーテンベルクの銀河系』（森常治訳、みすず書房、一九八六年）を書いたM・マクルーハンは、もともとはチューダー朝の詩人の研究者であり、かれの問題意識は、宗教改革とともになぜイギリス詩が没落したのかという問いにあった。その答えのひとつとして、印刷技術の発生を指摘するマクルーハンは、印刷された書物として詩が流通することによって、それまで脈々と続いていた口承文学の伝統が破壊され、空間と時間を区切ることで認識をおこなう近代的

な理性に合致するような文学へと堕落したと説いている。

＊40——「ユリイカ」一九七二年十一月号所収、H・ハイセンビュッテル「保守的志向の必然的帰結」本郷義武訳、一〇七頁。

＊41——この放送の全文がまとめられて公刊されている。*Ezra Pound speaks*, Green Wood Press, 1978.

＊42——P・アクロイド『T・S・エリオット』武谷紀久雄訳（みすず書房、一九八八年）、一九四頁、七六頁。

＊43——F. O. Matthissen : *The Achievement of T. S. Eliot*, Oxford, 1935, p. 82.

＊44——T・S・エリオット『文芸批評論』矢本貞幹訳（岩波文庫、一九六二年）、九頁。

＊45——S・スペンダー『エリオット伝』和田旦訳（みすず書房、一九七九年）、六一頁。

＊46——同書、二七六頁。

＊47——G・スタイナー『青髭の城にて』桂田重利訳（みすず書房、一九七三年）。スタイナーには他にフランスの右翼について書いた本もある。*French Right from de Maistre to Maurras*, J. S. McCleland, 1970.

＊48——T・S・マシューズ『評伝T・S・エリオット』八代中他訳（英宝社、一九七九年）、一八七頁。

なおエリオットとファシズム、エリオットと反ユダヤ主義の問題は、W. M. Chase : *The political Identities of Ezra Pound and T. S. Eliot*, Stanford, 1973. が詳しい。

第四章　ピエール・ドリュ・ラ・ロシェル◉放蕩としてのファシズム

I　文学的ファシズム

シャルル・モーラスの思想とアクション・フランセーズの政治運動がはたしてファシズムと呼ばれるべきなのか、またはファシズム運動の先駆とみなすことが可能なのかどうかという問題は、フランス近代政治史の重大な争点のひとつとして扱われてきた。確かにアクション・フランセーズのテロリズムや示威行動を重視する政治手法、文化的スローガンをかかげる政治団体としての性格等のなかにはムソリーニのファシズムやナチズムと共通する部分が少なくはないが、モーラスの地方分権と王政を柱とする政治思想は統制経済の強固な中央集権国家を前提とするファシズムとは明らかに両立しえないものである。そしてモーラスは、ムソリーニに対してはドイツからの離反をうながすべく外交的打算から支持する姿勢を保ちつづけたが、[*1] ナチス＝ドイツに対しては占領中も一貫して敵対し融和しなかったのみならず、国内のファシズム団体と連携することも決してしなかった。フランスがイタリアやドイツと異なってファシズム政権の成立を防ぎえたその要因は、ファシズムの勃興に対して左翼勢力が連帯し人民戦線を成立させたことに求める解釈が極めて一般的であるが、また同時に一九三〇年代から敗戦後のドイツによる占領下の時代までフランスのファシズム勢力が成功をおさめることができなかったのは、アクション・フランセーズならびに第一次世界大戦後に発足した復員軍人による政治組織クロワ・ド・フゥの二つの最も強力な右翼国家主義団体が、ファシズムをかかげる党派と敵対しつづけ共同歩調をとらなかったからでもある。いわばフランスのファシズム団体は、強力で政治力をそなえた政治的党派から切り離されていたために、終始無力で騒々しいだけの過激派組織の体裁を脱することができず、また自国の伝統的な価値観をそなえた保守主義と連携できなかったために、思想内容もドイツやイタリアからの借り物に終始して、大衆の支持からも遊離したままで、そのために第二次世界大戦でフランスがドイツに敗北するとそれまでの無力の反動として占領軍の権勢をかさにきた極めて浮薄なファシズム運動を展開し、ナチス゠ドイツに協力して自国民を迫害するという退廃におちいってしまった。

しかしまた一方で、政治的に無力だったフランスのファシズムはその政治的貧困とはうらはらに（あるいはそれゆえに）文学的、文化的な成果を多くうみだした。ルイ゠フェルディナン・セリーヌの著作を筆頭として、ドリュ・ラ・ロシェル、ブラジヤック、ルバテ、ラモン・フェルナンデス、アルフォンス・ド・シャトーブリアン[*2]といった一流の作家、文学者がファシズムへのアンガージュマンをおこない、その経験を通して作品をうみだしたのである。そしてこのような、政治的に無力であり、政治思想として無内容であり、かつ文学的には極めて卓越したフランスのファシズムのあり方、いわば「文学的ファシズム」[*3]

の構造を最も如実に示しているのが、ピエール・ドリュ・ラ・ロシェルのアンガージュマンと小説作品である。ドリュのファシズムは、その政治的プログラムの欠如、極端な機会主義、現実的な政治経済思想としての無内容、また個人と時代の欲求を反映したファシズムへの憧憬の強烈さとその表現の洗練において、フランスのファシズム運動の象徴とみなすべきものであり、ドリュ・ラ・ロシェルは政治思想というよりも時代精神としてのファシズムの本質を体現した文学者なのである。

文学者としてのドリュ・ラ・ロシェルは、終始「NRF」誌とガリマールの庇護のもとに活動しつづけたいわば現代フランス文学の主流を歩きつづけた作家であり、決して異端的な立場にいた作家ではない。アラゴン、マルローとともに「NRF」誌の第三世代の行動的小説家の一翼を担い、その作風はバレスの直系を引くものである。しかしまたドリュの作品は他の「NRF」誌の作家とは異質でもある。かれの文章は荒々しく、文学的な洗練や肌理の細かさに欠けており、技法や構成はえてしてその題材に対して不つりあいに稚拙である。中国における共産党員の弾圧事件の光景を美文で書きうるマルローのような腕前をドリュは生涯もつことができなかったが、かれは自分の技量とは関係なく取り組むべき題材に果敢にむかってゆき、破綻を意に介しなかった。ドリュ自身が言うようにかれはフランス小説の伝統としての古典的完成度や洗練を捨てて、文学史の視線を気にしながら書くのではなく、いま言わねばならないことを書く小説家だったのである。つまりドリュ・ラ・ロシェルは、ペンを芸術作品の源としてではなく、サーベルの代わりに使うような小説家だった。

II 放蕩者の愁訴

ピエール・ユージェーヌ・ドリュ・ラ・ロシェルは、生涯を通じて放蕩者だった。かれは第一次世界大戦の兵役とドイツ点領時代の「NRF」誌編集長をのぞいて一度も正業につかず、その一生を、女性のベッドを渡り歩きあるいは女性を自分のベッドに誘うことで過ごした。かれの収入のほとんどが、その貴族的な額の稿料をのぞけば（その額はかれの怠惰な生活と陰鬱な豪奢と無軌道な蕩尽を到底まかないきれるものではなかった）、かれを愛した女性に由来するものであり、二度の離婚に際して前夫人からおくられた莫大な資産がかれに恒産をもたらしたが、ごく短期間のうちにドリュはそのすべてを浪費してしまった。ドリュ・ラ・ロシェルとはいわば、小説の主人公に婚約者にむかって「きみを愛していないのじゃないかと心配なのだ。きみのお金を愛しているのじゃないかと……心配なのだ」[*4]と言わせるような作家である。このような言葉のなかには、放蕩者のもつ誘惑と金銭に対する弱さあるいは節操のなさと、汚辱と打算と、常識から見れば最も軽蔑に値するような場面でのみ発揮される真実の結びつきへの絶望的なしかし絶えることのない希求がこめられているのである。手のつけられない放蕩者を父親にもち、つねに父の遊蕩のために心安まらず悲嘆にくれる母をもち、地道に築きあげた母方の祖父母の財産も父によって食いつぶされ一家が貧窮へと緩慢に沈んでゆくのをまのあたりにしながら育ったドリュは、ごく幼い時期から父親を激しく憎みその乱行を軽蔑しつづけたが、第一次世界大戦の戦場から戻ったかれは世間の目から見れば父とはたいして変わらない人間になってしまっていた。そしてとめどなく立場を変え変節を繰り返した政治家・思想家としての行動は世間一般のドリュの放蕩者としてのイメージとかれの人物像や作品への軽視をますます根づよいものにした。

このようなドリュにとって唯一のアリバイが文学であり、特に小説への執着だった。かれは戦場から戻ったのちに詩作を断念してからは、一九四五年に自殺する瀬戸際まで、というよりも一度目の自殺の失敗から三度目の試みの成功までのいわばラザロ的時間にいたるまで、小説を書くことをやめず、その作品の質と腕前は、試行錯誤を繰り返しながら、ゆっくりとしかし着実に最後のときまで向上しつづけた。それでも、ドリュの小説はあくまでも放蕩者の小説であり、その埒を出たものではない。放蕩者の小説とはすなわちみずからの卑しさの自覚のために、他者の卑しさや弱さへの鋭い観察と、自己へのいわれのない酷さや厚顔な自己弁護と、一片の気高さへの執拗な追求に特徴づけられるような小説である。そして放蕩者の小説だからといってその価値がおとしめられるわけでもない。ドリュ・ラ・ロシェルを理解しあるいはドリュについて真剣に考えようとするときはこのことが肝要であるし、出発点なのである。ドリュの思想や政治行動を評価する試みにおいては、つねに政治家や思想家としてのかれの肖像が焦点を結ばずにあるときには振れあるいは整合性に欠けるのも、またその生涯を一貫性のもとに構成しようとしたときには、はなはだしい矮小化や美化が必要であるように思われるのも、かれが根本的にかつ本質的に放蕩者だからである。放蕩が高い思想をさえぎり、かれのうちに見うけられる高貴さやほむべき品行を傷つけ、誠実な論者を深くやりきれない思いにおとしいれる。かれの思想や人間性から文学作品を解釈しようとする試みは、つねに作者自身によって裏切られる。それゆえにドリュにおいてまず真剣に受けとめるべきものは、かれの思想ではなく、信条でもなく、またかれの倫理や情熱でもなくて、かれの放蕩なのであり、まずかれの放蕩を真剣なものとして捉えることが、かれを理解しかれの作品に近づく第一の条件なのである。

けだしドリュ・ラ・ロシェルは一代の放蕩者だった。

このことはドリュが女性たちに愛され、女性たちを通して世界を眺め、世界に接していたことを意味している。その世界とはつまり戦争の世界である。硝煙と汚泥と混乱のなかであらゆる古きものが滅びようとし、めばえつつある新しきものは手に入らないかまがい物ばかりであり、不朽には近づくこともそれを知ることもできないような世界である。戦争は無意味であり、なにものもうみだしはせず、戦場からかれはなんとか生きて帰ってきたのだが、実際には帰ってくることはできなかった。いかなる上流夫人のベッドのなかでも、それは前線から一時後方に送られた兵士の逢瀬にすぎないと思われ、いごこちが悪いのはそれが宙ぶらりんの期限つきの滞留であるためであり、しかしもしかするとこのいたたまれなさを解消しうるような何かが起きないとも知れず、そのためにドリュはいかなる甘美なあるいは憂鬱な誘いに対してもみずから身をまかせないではいられなかったのである。

ドリュが自分の放蕩の本質をたずねるために書いた小説が、晩年にみずからの政治的冒険の失敗と破綻を眼前にして、あらゆるさかしらな演出を捨てて虚心に人生の転換点を描いた中編「ローマ風幕間劇」である。「幕間劇」の呼称は小説の扱うエピソードが、復員後ドリュが取り組んだ思想と文学、そして恋愛が挫折によって一段落をし、その後の対独協力へといたる旅程が始まる前の、いわば幕間に展開されていることにより、また「ローマ風」はクライマックスがローマで訪れることによる。

小説はドリュ自身とおぼしき主人公「私」が、パリの社交界相手のダンスホールで、ハンガリーの伯爵夫人の目にとまるところから始まる。彼女の美しさとほほえみに対して自身「震え」をおぼえていた「私」は夫人の友人の懇請によって夫人に連絡をとり、彼女のホテルを訪れて逢瀬をもつ。事故で目の見えなくなった伯爵をブダペストに残して買物や社交のためにパリに滞在している夫人に「私」はいわば短期間の慰みとして拾われたのである。率直に夫人と関係をもったことで、主人公は手痛い失恋ののちに初めて官能的な悦びをおぼえ、そのためにこんどは彼女の多忙な予定のあいまの短い逢瀬がつらく思える。かれの怠惰でゆっくりとした生活と、一日を飛び歩いて過ごす彼女の暮らしの落差が、かれに夫人を現実感のないものに思わせたので。「私」の苦しみを見てとった夫人は、まる一日を一緒に過ごすことを提案し、週末にフォンテーヌブローにでかける。そのホテルで、夫人のドラマティックなしかし虚偽の身の上話を聞いた主人公は感動し彼女には魂があるのだと思う。しかしフォンテーヌブローから戻り、彼女がかれを友だちに紹介し連れまわすようになるとその応接に疲れて倦怠をおぼえてしまい、一度ブダペストに戻ったら、夫の治療のために一緒にコート・ダジュールに行くからそこで会おうと申し出た彼女に曖昧な返事をし、彼女が出発したのちには忘れてしまう。

「私」は金銭的に行きづまり、誰かと結婚してその場をしのごうという意図から友人の妹であるユダヤ人女性マリアンヌと見合いをして交際する。(原稿の一部が失われているために明らかではないが、マリアンヌとの交際の経緯に伯爵夫人を懐かしく思わせるような事件があったらしく) 夫人から手紙をもらった「私」はコート・ダジュールに赴き、夫人と伯爵が泊まっている同じホテルに滞在して、暇と人目を盗んだ夫人と逢瀬をもつ。夫人の来訪を待つだけの生活に嫌気がさした主人公は娼婦を買い、紹介された夫人の縁戚に喧嘩をしかける。コート・ダジュールからローマに移ることにした夫人と別れた主人公はパリに戻り、売春婦や素人を相手にした不品行に熱中して夫人からきた何通もの手紙を放置し妊娠の知らせにも全く心を動かされない。しかし、彼女が中絶手術の不手際から感染症にかかる瀬戸際だったことを知らされると、彼女と絆が結ばれたような気がしてローマにかけつけるが、また相変わらずの間欠的な情事と社交界に属する彼女の取り巻きにうんざりしたかれはもうローマにはいたくないと言いだす。夫人は「私」に対して見捨てないでくれと懇願し、また彼女はもう裕福ではなく、多忙の理由がマヌカンとして婦人服を売ることで生活費を稼がなければならないことに起因しているのだと告白する。「私」は感動し夫人をいとおしく思い、ローマを散策しながら夫人と過ごした二、三日のあいだほとんどしあわせになる。しかし、また少しずついらだちをおぼえた「私」は、夫人の友人を誘惑し娼婦のもとに通うようになる。ある日、遠出をして海辺を散歩したとき、突然「私」は彼女の魂を見出す。

私は彼女の身体に両腕をまわし、彼女のためにずっととっておいた精神の力をこめて抱きしめた。風が私たちを包み、大いなる救済のみそぎを振りかけてくれた。私は両手で彼女の顔をはさみ、髪の毛と帽子を押しつぶすようにして、美しく蒼ざめたその仮面をむき出しにした。仮面は見出しうる最も真摯な顔であり、それゆえ、あくまでも寡黙だった。私は、この顔の、自分に馴染みの深いあらゆる部分に、敬虔の唇とともに睫毛を押しつけ、これまでにそこを何度も通り抜け、これからも再び通ってゆくであろう目に見えぬ戦慄の痕跡を認めて、それを崇めるのだった。*5

こののちに、また金銭的に不如意になった「私」は、夫人を捨てて、カンヌに滞在しているマリアンヌのもとに行ってしまい、そしてすぐに嫌気がさしてパリに戻るとまたもとのゆっくりとした生活に戻ったのである。そしてある夜突然に伯爵夫人が「私」のアパルトマンを訪れ、一晩泊まったあと去っていった。

「ローマ風幕間劇」は、エピソードの背景になっている「幕間」の時期の、ルイ・アラゴンとの絶交や『ジル』で描かれるアメリカ女性ドラへの失恋といった事情もあって、ドリュが最晩年にたどりついた文学的境地の一方の到達点として多面的な読み方が可能な作品だが、ここでは梗概を「私」の夫人に対する心の動揺の経緯を中心にまとめた。

「ローマ風幕間劇」はドリュの恋愛におけるリズムや、放蕩の生活とそのうつろいやすい心情を、一つの恋あるいは交情の始めから終わりまでを扱うことでほぼ完全に描きだしている。誘惑にすぐ心ときめかし、また小さな倦怠に身も心もおかされ、すぐに乱行にひたり、無関心におちいるかとおもうと次の瞬間には真情にみたされ、愉悦は長もちせず、機会があれば逃亡し、金銭に屈服しつつ復讐を誓い、真の感動と忘却がいつでも隣あわせにある、ドリュ・ラ・ロシェルの内面の全体がここにある。自分を偽ることをせず、またできもせず、安定した心と信条、責任ある行動と愛情のいずれにも欠けているドリュは、しかしまた素晴らしい恋人でもある。かれは恋人によびだされれば、彼女が時間を盗んであらわれる短い逢瀬のためにわざわざコート・ダジュールやローマに行って生活することも厭わない男であり、その逢瀬の完全性のためにはつまらない見栄をもつこともなく、女性から懇請されれば他の男性が小さな誇りのためにあえてなしえない寄生的生活を送ることも平気なのである。つまりかれは「これまでにそこを何度も通り抜け、これからも再び通ってゆくであろう目に見えぬ戦慄」を求めそれだけを信じ、そしてかれの定まらない放蕩の生活はこの「戦慄」にのみ奉仕し、他のすべてを捨ててしまったがために必然的に課せられた生き方であるにすぎない。この「戦慄」はいつやってくるとも予想できず、誰がもたらすとも知れず、そして一度手にすれば途端に失われてしまうものなのである。かつてのドリュ、つまり「ローマ風幕間劇」以前の、ドイツ軍の占領下でのフランス＝ファシズム樹立の希望が完全に絶たれる以前のドリュ・ラ・ロシェルの作品では、「戦慄」が永遠に持続する可能性が信じられ追求されており、運命的な「自分のための」一人の女性との結びつきの願いへと、政治的にはファシズムによるヨーロッパ再生の希望へとつながっていったのだが、すべてことやぶれたこの時期のドリュはこの「戦慄」のはかなさを認めることができ、はかなさのなかでのかけがえのない瞬間として捉えることで、自分の放蕩の経緯を、上昇してはすぐ落ちる感情の変化を余すところなく書くことができたのである。

このような豹変と不安定さ、加担と逃走、熱中と倦怠の短期間の交替は、ドリュのあらゆる精神生活の原型であり、ドリュはこの放蕩的運動のなかで、絶対的なもの、「戦慄」を求め、そしてこのような「放蕩」は女性に対してだけではなく、政治においても思想においても同様であり、ドリュはつねに誘惑と逃亡を繰り返しながら「戦慄」を夢みていたのである。そしてこのドリュ的な探求が堕落と不誠実さにみちているのは、ドリュの時代精神に対する独得の忠実さのためでもあった。第一次世界大戦後のフランス社会の、ヨーロッパ近代の、人間の衰退、デカダンスはごまかしようのないものとして復員してきたドリュの眼前にあり、ドリュはその衰退の果てまで赴こうと心に決めていたのである。

III　大戦間の世代：空っぽのトランク

一八九三年に生まれ、第一次世界大戦開戦の前年である一九一三年に二十歳の成年をむかえ、そして一九四五年三月に死んだピエール・ドリュ・ラ・ロシェルの生涯は、そのまま二十世紀の前半をおおっている二つの戦争の時代にあてはまる。外は帝国主義政策と植民地獲得をめぐる大国間の争い、内は恐慌と労働争議とナショナリズムをめぐる沈滞と対立に象徴される戦前の時代に子供時代を過ごし、世界の歴史のなかでかつてなく大量の人命が失われた第一次世界大戦の戦場において成年をむかえ、戦争のもたらした多くの絶望と一握りの希望をかかえて復員し、次の戦争までの二十年の待機と不安となけなしの希望の時代に作家・文学者としての活動をおこない、政治的アンガージュマンに身を投じていくつかの党派に加わりまた脱退し、第二次世界大戦に際して政治家・思想家・文学者としての総決算を試みてことやぶれ、自死したのである。そのためにドリュの作品や思想、そして行動のいずれのうちにも戦争の刻印が押されていないものを探すのは難しく、というよりもドリュの存在と行動のすべてがマルスの相のもとに展開されはぐくまれていたのであるとすら言えるほどである。またドリュは戦争のなかで育ったことにより、バレスやモーラスの世代ともブラジヤックやルバテの世代とも一線を画している。バレスやモーラスの反近代主義、反ヒューマニズムは鋭敏な知性と政治的な問題意識によって考察され、あるいは提示されたものだったが、ドリュの場合は二十世紀の戦場という極度に産業化され合理化された屠殺場での体験によって、近代がかかげたいくつもの理想や約束、ヒューマニズムの観念と倫理の崩壊はいわば直面すべきかつ逃れがたい出発点にほかならず、そのためにドリュはバレスやモーラスの整然とした理論だった、そしてそのために都合よくできていないこともない主張に対して鼻白む思いを抑えられず、不信の念をいだかざるをえなかった。そしてまた戦場を知らない若い世代に関しても、かれらのものである才気や鋭敏さ、そして未来への信仰と行動への希望に対して、懐疑的になりまたいらだちをおぼえずにはいられなかったのである。同世代のなかでも、アラゴンのコミュニズムや、ブルトンのシュールレアリスム、あるいはベルナノスにおける信仰といった切り札を手に入れることのできなかったドリュは、ひとよりもいっそうあくまで戦争のなかにとどまり、平和の時代を帰還兵として暮らし、次の戦争の予感のなかに生きざるをえず、そのために二大戦間の時代精神のなかの最も不安で退廃した側面を代表せざるをえなかった。もちろんかれが切り札を手に入れられなかったのは、かれの放蕩者としての生き方のためであり、一つの主義や立場にとどまることができず、つねにないものねだりを繰り返す性向によるものである。しかしまたドリュにとってはこのよるべなき放蕩生活にとどまることこそが、屠殺場からの帰還兵として戦争に忠実であることの証だった。

このようにあくまで戦争体験を核とした行動を続けたドリュ・ラ・ロシェルはしかしながら戦時中に手がけた詩作をのぞけば、H・バルビュスやR・ドルジュレス、セリーヌ等の帰還兵作家のようにその文学作品で戦争や戦場を扱うことはほとんどなかったのである。

ドリュが初めて戦争を小説の題材としてとりあげるのは、小説家としてのデビュー後十年を経た一九三四年の『シャルルロワの喜劇』を待たなければならず、その後も『夢みるブルジョワジー』や『ジル』といった長編に戦争のエピソードがとりあげられることはあっても、非常に限定された背景としてでしかない。ドリュの小説作品の題材のほとんどは、男女関係を中心とした放蕩の生活であり、そこには主題としての戦争はほとんど姿をあらわさない。文学者としての自覚のもとに書かれた初めての作品「空っぽのトランク」を含む短編集『未知なるものへの愁訴』や『女達に覆われた男』から、自殺を控えた「ローマ風幕間劇」『ディルク・ラスプの回想』にいたるまで、もちろん手法や劇的な構成の導入、自伝的テーマとの結合といった違いはあるものの、その主要なモチーフは、一瞬の真実が到来することを信じながら、なにひとつ確かなものをつかめないままに誘惑と逃亡を自堕落なシニシズムのなかで繰り返す放蕩者の生活記録なのである。

そしてこの放蕩者の生活こそが、ドリュの戦争への忠誠の表明にほかならなかった。もとよりドリュ自身がこの放蕩を望んだのではなく、戦場で失われた信条や戦争での体験を圧倒する思想や政治的党派、あるいは信教があればそれにくみすることにはやぶさかではなく、というよりもそのような確信への欲求が強いからこそかれは易く信じ、そしていたたまれなくなって離脱することでみずからの名のうえに変節漢の汚名を厚く塗らなければならなかったのである。ドリュにとって放蕩者の生活は、なかば探求の一形態であり、なかば退屈のなかでの待機だった。かれは系統だったものでもアカデミックなものでもなかったが、独学によって自分の歴史観と世界観をつくりあげ、それによって西欧とフランスの運命を占い、人間の未来を考察したが、しかし具体的な解決策にはたどりつけなかった。かれの思想と歴史観は興味深いものであるが、この放蕩生活者の視点という性質から逃れうるものではなく、ただ文学だけが、題材として放蕩をとりあげうることでかれにとって一貫した追求の対象となりえたのである。

ドリュ・ラ・ロシェルの文学的経歴は、前述の第一次世界大戦中の戦争詩から始まった。一八九三年一月三日にパリに生まれ、ノルマンディ系の両親をもち、父親の放蕩による家庭崩壊のために母方の祖父母のもとで育てられたドリュは、幼年期から移り気で憂鬱な性格をみせ、コレージュ時代には同世代の文学好きな少年同様にバレスやアミエル、ダヌンツィオ等の作品を好んだ。父の破産の尻ぬぐいのために財産を失くし没落した祖父母の期待を一身に集めて政治学学院に入学し、最初優秀な成績をおさめるが、だんだん学業に集中しなくなり、卒業試験に失敗、外交官のみちが閉ざされて自殺を検討する。そんなかれにとって第一次世界大戦の勃発とそれによる召集はむしろ救いのようにさえ思われた。しかし実際従軍してみると開戦時の解放感や、愛国的な思いこみ、ヒロイズムは、あとかたもなく吹き飛んでしまった。その悲惨の具体的な描写はセリーヌ等にゆずるにしても、大戦を通じてフランスだけで約一五〇万人の死者と約四三〇万人の負傷者（そのうち一五〇万人が回復不能の障害を負った）を出し、ある統計によれば十八歳から二十八歳までの男性の三〇パーセントが死亡したという過酷な環境では、国土回復を叫ぶバレスのスローガンが空虚に響いたのも当然であり、ドリュは陰鬱な行軍と戦闘への恐怖から再び自殺の誘惑にかられる。しかし実際に経験した一九一四年の第一次世界大戦有数の激戦シャルルロワ会戦での白兵戦のさなか、突然自分が「指導者」(chef)であるという高揚感をおぼえ、この戦場の酸鼻のなかでの生命の充溢という体験がかれの詩作の動機となる。一九一七年に出版された処女作詩集『審問』のなかでは、クローデルの詩法に影響を受けながら以下のようにうたっている。

戦争よ、愛のような幻よ
敵はおまえの目前にあらわれた神だ
いくつもの密集した群れのまわりに愛が渦巻き
平原のなかにあつまってくる
そして突然に
隊列と階級の秩序が
震えながらはやりたつ突撃が
敵をかこむ軍隊を恐怖させる欲望があらわれるのだ

「平和への審問」[*6]

このいささか舌たらずの観をまぬがれない詩作により再現された戦場体験を、ドリュはシャルルロワの会戦の二十年後にもう一度、中編小説『シャルルロワの喜劇』のなかで題材として扱っている。小説の主人公は戦死した戦友の母親を戦場に案内することで謝礼をもらうかなり情けない男として設定されていて、かれは二十年前に兵士として戦った戦跡を案内してまわり、シャルルロワの平原についたとき、突然かつての恐怖と恍惚が甦ってくる。

僕はこの空っぽの平原にいたのだった。そのとき半身をあげ、あたりを見まわしても、なにも見えなかった。しかし、半身を起こしたことで、僕は伏せている敵や味方から見られていた。僕を見て、僕をみつめ、僕を呼んでいた。

誰を？　僕をだ。僕しかいなかった。しかしそれでじゅうぶんではないのか。それは無限ではないのか。このような主観主義を何といったらよいのだろう。

僕は、完全に立ちあがった。

そのとき、突然、何か不思議なものが生まれた。僕は立ちあがった。死者たちと弱者たちのあいだにひとり立ちあがったのだった。僕は恩寵と奇跡の意味が分かった。これらの言葉には人間がこめられている。それは不条理や陶酔ではなく、豊饒であり、狂喜であり、開花なのである。

一瞬のうちに、僕は識った。自分の生命を識った。この強く、自由な英雄は僕だった。このもはやとどまることのない歓喜のはばたきが僕だった。（中略）

何が突然にあらわれたのか？　指導者だ。ただの人間ではなく指導者だ。ただ与えるだけではなく奪う者だ。指導者とは、平原にいる人間のことだ。それは一回の射精のなかで与えまた奪う者だ。[*7]

塹壕のなかで、飛来する砲火に身をひそめ、突撃の合図を待ちながら、敵軍の進攻に怯える友軍のなかで、突然身を起こして立ちあがったときにおぼえた生命の充実感。しかしその陶酔はすぐ消えうせ、かえって主人公に痛みをもたらすものになってしまう。

いまでは僕は自分の悲しい過去、あの朝の混乱について安心している。最初に弾にあたったとき以来、あの体験はだんだん苦しいものになっていた。つまり、ほんのささいなことで思いだされて、最初の頃はたいしたことはなかったけれど、だんだんに大きく、爆発しそうな、過剰反応となり、ついには失われてしまった。（中略）

人間は人間的ではない。かれらは人間的でありたいと願ってはいないのだ。かれらは非人間的なものに支えられている。かれらはこの戦争をやめたくなかったのだ。そして永遠の戦争、人間の戦争に加わりたがっている。（中略）

人間たちはこの戦争に敗れてしまった。そして人間を打ち倒したこの戦争はよこしまなものだった。この近代の戦争、この筋肉ではなく鉄の戦争。このわざではなく科学の戦争。産業と商業の戦争。企業の戦争。新聞の戦争。指導者ではなく将軍たちの戦争。

大臣たちの、組合指導者の、皇帝たちの、社会主義者の、民主主義者の、王政派の、工業と銀行の、老人と女と子供の戦争。鉄とガスの戦争。戦う者以外のすべての連中によっておこなわれた戦争。先進文明の戦争。[*8]

戦闘中に突然湧きあがった高揚と生命の充溢の実感、そしてその充溢があとにもたらした強い失意という体験が、ドリュにとっての戦争体験の核心として『シャルルロワの喜劇』では扱われている。『審問』のなかで表現の原動力となり、またとつとつと表明されていた戦闘のなかの高揚は、『シャルルロワの喜劇』ではその後の痛みと組み合わされて、戦後の空漠とした感慨からの距離によってはかられるようになっている。いわば、ドリュにとっては、他の戦争文学作家のように近代戦そのものの酸鼻が嫌悪や厭世的感情を直接にもたらしたのではなく、この過酷な戦場において体験した生命の肯定、充溢がかれに対して戦争がもたらした傷となっているのである。そしてこの痛みは非人間的な戦争において魂と肉体が十全に合一するような感覚をおぼえるといったことが、倫理、道義のうえで誤っているというような、思弁的な理由によってもたらされるものではなく、高揚や充溢の体験そのものがもたらした反動であり、反動としての意気阻喪のなかで初めて戦争や時代に対する考察が展開されるのである。この反動は戦場における高揚感が持続しえないために必然的にもたらされるといったものではなく、この高揚があまりに強いためにその主体を打ち負かし、おびやかし力を奪ってしまう状態、超越的な体験のあとで腑抜けになり精力を失ってしまった、シャーマンとして役に立たなくなった人間さながらの状態なのである。『シャルルロワの喜劇』の主人公は、結末でかつての戦友の母親から気に入られて、資金と人脈を提供するから戦死した息子の志をついで代議士に立候補しないかと提案されても辞退するしかない、いわば去勢された人物として示されているが、この去勢は全く同様にドリュを侵していたものであり、この去勢はかたや「ローマ風幕間劇」において見たように恋の頂点において高揚、「戦慄」をおぼえるとおもわずそこから身をひいてしまうような症状としてあらわれ、また一方では生命の充溢を求めながらまたそこからもたらされる痛みの予感のなかで散漫に日々を過ごす放蕩の暮らしをドリュに対してもたらしたのである。

一九一七年に『審問』を出版したのに前後して、ドリュは戦死した政治学学院の同級生で親友だったユダヤ人アンドレ・ジュラメックの妹であり、戦前の学生時代にはドリュが恋していた、コレット・ジュラメックと結婚する。ジュラメック家は極めて富裕な家であり、父親が、息子の戦死による傷心にたえかねて自殺したために彼女は唯一の相続人となっていた。コレットとの結婚はドリュに富の魅力を教え、無軌道な放蕩と豪奢な浪費を可能にし、かれは新婚の家庭を全くかえりみずに、毎夜馬鹿騒ぎを繰り返し、狭斜の巷に耽溺し、娼婦をかたはしから買い、手軽い女と宿をとり、そのためにこの結婚は四年で破綻して離婚することになる。アラゴンと同級生の医学生だったコレットは独立した知的な女性であり、結婚後も医学への情熱をたやさなかった。『ジル』のなかではこの結婚がコレット（作中はミリヤン）の情熱によるものとして書かれているが、実際は異なっていたらしい。というのも、ドリュの死後に受けたインタビューのなかでコレットはドリュを自殺させないために結婚したと答えており、また二人の周辺にかれらの婚姻が性生活のないマリアージュ・ブランだったとする証言が根づよく存在するからである。[*9]それがたとえ白い結婚ではなくても、夫が妻の財産をかたに放蕩にふけり、妻が医学の研究のために熱心に大学に通っている夫婦のあり方はいかにも結びつきの影が薄いものであり、ドリュと彼女のあいだにはたして情熱がありえたのかいぶかしいかぎりである。

第一次世界大戦が終結し動員解除がおこなわれてから一年も経たない一九二〇年にコレットとの婚姻を解消したドリュは、離婚ののちにも分配された財産を元手に遊興を続けていた。このような遊興のなかで最も愉快な遊び友達だったのが、アラゴン、ブルトン、エリュアールらのダダ・グループだった。ドリュは「シック」誌や「文学」誌に戦争詩とは異なったかなりモダンな詩を書いたり、かれらの集会やマニフェストに参加したりし、離婚と前後して刊行された二冊目の戦争詩集『軍用鞄の底』にはその影響がかいまみえないこともない。しかしドリュは、その文学観や思想になじみ運動に参加したというよりは、ダダのもっていた虚無的な活気を秘めた乱痴気騒ぎが気に入ったためにかれらと行動をともにしたのであり、「屋根の上の牛」のような当時の文学的なレストランで散財するのが楽しみだったのである。かれらとドリュの肌あいの違いはのちに深刻な対立をひきおこすが、[*10]「文学」十八号誌上の当時すでに高名な採点アンケートで、ドリュは他のダダイストたちが最高点二十五点で支持したイジドール・デュカスを最低点一点にしたり、ブルトンとアラゴンがそろってマイナス点をつけたショーペンハウアーに最高点二十五点をつけるといった足なみの乱れをみせており、文学観も思想も異質であったことをうかがわせる。

ダダイストたちのなかでもドリュが最も深くつきあったのが、五歳年下で第一次世界大戦の復員兵、ジャック・リゴーだった。ブルトンの『黒いユーモア』のなかにその名を残すことになったこの虚無的なダダイスト[*11]は、軍医として戦争を過ごしたアラゴンやブルトンよりもドリュにとっては近しく思われ、またそのはてしない乱行への共感も強かった。リゴーはドリュと違って経済的にも厳しい境遇にあり、いちはやくジゴロ的な生活を送り、戦争中におぼえた麻薬と縁を切ることができず、無頼な生活がもたらす行きづまりにたどりついていた。このようなリゴーの生活をドリュは典型的な戦後精神のあらわれとして捉え、苦い共感と嗜虐的な観察眼をリゴーに対してむけた。ドリュはリゴーをモデルにした中編「空っぽのトランク」を含む初の小説集『未知なるものへの愁訴』を一九二四年に出版するが、この小説はドリュが初めて手がけた小説であると同時に、一人称で放蕩な生活を書くというドリュの小説の基本パターンを確立した作品でもある。いわばドリュは戦争を直接詩作の題材にすることでは表現しようがない、戦場での高揚とそれがもたらした痛手を、戦後の無軌道な生活が秘めている深淵と虚無を通して考察しようと試み、必然的に小説家としての経歴に足を踏み入れたのである。放蕩生活はドリュの小説の終生にわたる主題であったのと同時に、小説家ドリュ・ラ・ロシェルの基盤であり根源であり、出発点だった。小説処女作としての「空っぽのトランク」は主人公ゴンザーク＝リゴーの肖像といった体裁を出ない極めてシンプルなものであり、また「私」は主体的な行動をせずに、ゴンザークに厳しいことを言ったり遊んだりするとき以外は語り手に徹しているが、語り手のゴンザークに対する観察はすでにドリュ独得の、虚無に測鉛を下ろすように放蕩の本質に迫っていく厳しさをそなえている。

彼がつぶやく無意味な言葉のかげに私が感じたのは、彼だけがほんとうに〈賭け〉に情熱を抱いているということであった。〈賭け〉――そこには完全な行き当たりばったりがある。少なくともそこは、またたく間のぼろもうけに熱中できる場なのだ。彼は自分の快楽となれば、どんな形式にも執着しないたちであった。カルタや競馬で勝つ手を考えるといっても、それは酒のちゃんぽんとかすりをやるときのささやかな涼味より以上には、彼を拘束しないのだ。彼を誘惑するのは、危険についての思弁ではなかった。吟味の悦楽ではなかった。しかし彼はそんな賭けごとに、またとない暇つぶしの材料を認めていたのだ。何時間かの暇な時間に敬意を表する場合に役立つ、最もむだな振舞を、彼は是認していたのだ。

その翌日、また彼に会った。私が外に出ようとしたときには、もうあとから追いついていた。いっしょに食事をしようと彼から持ちかけた。彼があの暇つぶしという強迫観念にまったく制圧されているのが、これでいっそう明らかになったのである。暇つぶしというよりも、何らかの身ぶりによってあらかじめ破滅をまねし、さらには破滅を早く招こうという強迫観念というべきだ。ゴンザックは、自分の中身を空っぽにしてしまおうと、あせっているのだった。[*12]

題名の「空っぽのトランク」は、前線から手ぶらで戦後の世間に放りだされてしまったドリュたちの世代に対する寓意であると同時にまた、意味ありげなものをすべて放りだそうとしてひたすら遊蕩を続けるゴンザークの精神の、絶対的な空しさの意味でもある。ドリュはゴンザークを恋愛や立身、仕事、金銭といったあらゆる執着から見放されながら、騒々しく動きつづける一種の貧相な永久機関として描きだす。

個性というものの属性は、もうぐさぐさになっていた。というよりも、腐敗していた。精神はその日の生き方を朝な朝な創造しては、夜までにはもうしゃぶりつくしてしまうのだった。意志はいくつにも折れまがり、しだいにぐったりと萎《しお》れていくらしかった。しかも、なにかのはずみで活気をおぼえると、そんな意志なのに、にわかにまた盛り上がりを見せるのだった。情欲は抑制されているのではなく、思いがけぬ吐け口が見つかると、そちらに向けて発散されているのだった。[*13]

「空っぽのトランク」の雑誌発表から八年目の一九二九年十一月にゴンザーク＝リゴーが

自殺すると、ドリュは大変に驚くとともに衷心からの深い後悔と謝意をおぼえざるをえなかった。ドリュはある意味でリゴーを小馬鹿にして「永久機関」としてみなし、自殺によってその茶番から抜け出すような意志の強さと一種の高貴さをそなえているとは夢にも思っていなかったからである。またドリュはつとに「空っぽのトランク」におけるゴンザーク＝リゴーの扱いが不当だったことを自覚していた。ドリュはリゴーの女性への執着の欠如を、麻薬常用者の閉鎖的な環境や馴れなれしいつきあい方が醸しだす男色的な傾向のためだと考えていたのであるが、あるときにリゴーが女性を愛しうることを知ってから、その執着の欠如が、深い虚無に根ざした諦観と無関心のゆえであると知ったのである。ドリュはリゴーの自殺に際して書いた「ゴンザークへの別れ」のなかで以下のようにリゴーに詫びている。

僕は、少なくともうわべだけならば、君よりもキリスト教的な人間を見たことがない。君はあらゆるものにキリスト教徒の諦念にあふれた視線をむけていた。その目には太陽も輝かず、海も波うってはいず、あたかも自然を輝かせる季節ではないかのようだった。君が「これは美人だね」と言うときの顔の蒼さ、そして「彼女を僕のベッドに釘づけにしてやろう」と言うときの冷笑。僕は君が性交するところを見てしまったことがある。それは僕の人生のなかで受けたいちばん大きな傷だ。平然と、あっというまに勃起させて、君は虚無に射精した。君の視線が睦言を凍てつかせるので、女は君を呆然と見ているだけだった。[*14]

リゴーの自殺に刺激され、まるで負債を返すことにせきたてられるように、ドリュは一九三一年にリゴーの自殺直前の一週間を題材とした小説『ゆらめく炎(鬼火)』を上梓する。リゴーの自殺が、自殺というドリュの根本的テーマをよびさますのと同時に、自殺という定まった結論にむかう小説の重苦しい求心性が、放蕩をテーマとした小説に探求としての性質を加味し、初めてドリュ的な小説のモチーフとしての放蕩と絶対の希求の統一を可能にしたのである。そのため、「空っぽのトランク」から『ゆらめく炎』にいたる過程はドリュにとっての文学・小説修行時代であると考えることもできる。一九二五年の初の長編小説『女達に覆われた男』は、主人公自身の放蕩の記録という体裁と、金銭、淫売宿、フィアスコ、浮気、結婚への誘惑といったドリュの小説での主要な道具立てを揃えながら、錯綜する筋立てと散漫な叙述によって、作者の意欲と確信はうかがえるものの、混乱した印象は拭いがたく読み通しにくい小説になってしまっている。一九二八年の中編小説『ブレーシュ』も同曲だが、いささかの構成への配慮がかえって軽はずみな印象を与えている。一九三〇年の長編『窓にもたれる女』は筋立てにスパイ騒動といったサスペンスを導入し、舞台もギリシアにおき、叙述の随所に政治的考察が散見されるなどの極めてにぎやかな内容だが、筆力が足りずに求心性がなく、品格に欠けたうらみがあった。

このような過程を経て、いま一度出発点であるリゴーの肖像に戻ることで、ドリュは独自の文学世界をつくりあげた。しかし、ドリュが完全にドリュ・ラ・ロシェルになるためには、その三年後の一九三四年二月六日の暴動事件を待たなければならない。

Ⅳ　第一次世界大戦から二月六日事件まで

一九一八年十一月十一日の第一次世界大戦の休戦協定の調印から、一九三四年二月六日の暴動までのフランス第三共和制の歴史は、戦勝の有頂天から、苦い幻滅へ、そして新たな危機に備えることもできずに再び深刻な国内の分裂へとおちいってゆく過程だった。ほとんど敗北の淵に追いつめられながらかつてみせたことのない国民の団結と献身によって侵入してきたドイツ軍を打ち破り、普仏戦争以来の宿願を果たして、一八七一年に併合された領土を奪いかえしたフランスは、その勝利の輝かしさとはうらはらに、厳しく傷つき満身創痍のありさまだった。四年におよぶ大戦は一五〇万人の死者と四三〇万人の負傷者を出したばかりではなく、勝ったとはいいながら主要な戦闘のほとんどがフランスの領土のなかでおこなわれたために、国内でも最も富裕な北部の工業設備のほとんどが戦闘とドイツ軍の手によって破壊され、また肥沃な農地には敵味方双方の穿った塹壕がのべ数千キロにわたり、地中に残存したままの弾丸や金属片とともに、耕作しうる状態に戻すためには天文学的な費用が必要だった。しかも戦費のために国庫はほとんど空であり、アメリカから借り受けた戦債は莫大な額にのぼり償還の見こみは全くたたず、しかも頼みのドイツからの賠償取り立ては遅々として進まず、あまつさえ敗戦国への不寛容として国際的な非難を受けていた。

ありていに言って、第一次世界大戦の戦勝は、アルザス、ロレーヌの失地回復をのぞけばフランスにとって全くなんの利益ももたらさなかった。それはただ敗北よりはましという状態であって、一方的に侵入してきた敵に対して死力をつくして戦い勝利を得ながら、その後の疲弊に悩まなければならないという近代戦の現実、つまりは勝利がそのまま甘美で壮麗なものではありえないという二十世紀的現実は、実際に戦場で栄光ある凱旋と希望にみちた戦後の生活を夢みていた帰還兵たちに虚無的な失望をいだかせただけではなく、国民各層にとって抜きがたい怨懣の種として二十年後の第二次世界大戦の大きな禍根となり、一九三九年には逆にほとんど戦闘らしい戦闘もおこなわず、戦意の高揚もないままに敗北することを国民に選ばせることになった。このような連環の病弊は大革命以来フランスにおける国民の対外戦争に対する対応として一貫しており、フランスの近代史は前回の戦争の反動によってつねに支配されてきたと言いうるほどである。ナポレオン一世の記憶が普仏戦争の前半にはナポレオン三世の、後半にはガンベッタの足を引っぱって、軍事的英雄をうむまいとする内政上の配慮がドイツとの戦争に優先してしまった。第一次世界大戦ではその反動として、普仏戦争の屈辱を晴らそうとするナショナリズムの勃興を背景として大きな犠牲を払いながら大戦を勝ち抜き、第二次世界大戦では実り少ない戦いを忌避してナチス＝ドイツによる占領のうきめにあい、そして戦後は独自の核武装までして二度と他国の風下に立たないことを期しているのである。

　また第一次世界大戦に戦勝したフランスはその唯一の財産であるはずの国内の団結もにわかに失って相も変わらない混乱と分裂へと、舞い戻りつつあった。その兆候の端緒は戦時の国内の団結の象徴でありフランスを勝利に導いた救国の英雄クレマンソーが、議会の乱脈のために失意と屈辱のうちに政治生活から引退することを余儀なくされた事件である。一九二〇年一月の国民議会による共和国大統領選出の投票で、クレマンソーは下院議長P・デシャネルに敗退してしまったが、この投票結果が国民にとってのスキャンダルでありまたクレマンソーを深く傷つけたのは、デシャネルがほぼ狂人であると噂されるほとんど政治的に無力な人物だったからで、実際デシャネルは大統領に就任後、走行中の列車から飛び降りたり、ランブイエ宮の池で溺れたりといった発作のために九カ月のちに退任してしまったが、議会がこのような判断を示したことは、フランスの政治が国家や国民の福祉に奉仕する真剣な姿勢を捨てて各人の利益追求のために大統領としてあえて顚狂とおぼしい人物を選出することをためらわない恣意に再び立ち返ったことを意味するかに思われたからである。そしてその予想を超えて、事態は戦前以上に乱脈を極め、議会は国を立て直しまたアメリカの金融資本を中心とした世界経済の新しい体制に適応するために必要な方策をなにひとつ立てることができなかった。莫大な戦債の返却と荒廃地域再建の費用、そして賠償金の回収不能などによって空になった国庫を満たすための増税の提案は戦後五年間にわたって一度も議会の承認を得られず、一九二四年、国家短期債務の返済が不可能になったときやっと税率を二〇パーセントあげることが認められたのである。しかし翌年また国庫が底をついたとき、内閣が個人の資産に一〇パーセントの税金をかける法案を提出すると逆に内閣が倒されて、それ以降の十四カ月のあいだに六つの内閣が、成立したかたはしから倒され、最後に一九二六年七月にE・エリオが組閣した内閣が、議会の承認すら得られないままに倒されるとついに憤激した公衆と右翼からなる暴徒が議会を取り囲み乱入するという騒ぎになった。事態は老齢をおして首相を買ってでたR・ポワンカレによって収拾されたが、直接税を減税し、間接税を引き上げたポワンカレの政策は、平価の八〇パーセントもの引き下げとインフレ誘導にもよって国庫の安定には成功したものの、貧窮層をますます圧迫するとともに、伝統的に公債で資産を保有してきた中流ブルジョワを直撃して、その価値を一夜のうちに引き下げ、かれらの無産化を進めてしまったのである。

そしてまた戦勝のフランスはその勝利自体によってもみずからの無力を証しだてていた。フランス第三共和制はこれほどまでに犠牲を払いながら、ドイツに対して一国では勝利をおさめえなかったのである。フランスはイギリスの、そしてなによりもアメリカの助力なしには、旺盛な士気と国内の団結にもかかわらず、ドイツの侵略を防げなかったことが歴然としていた。フランスはいまやヨーロッパのヘゲモニーを担いうる強国ではなく、アメリカやイギリス、ドイツ、ロシアといった勢力との連携によってのみ命脈を保ちうる二流勢力にすぎなかった。そしてこの強国のなかでも連合国としてフランスを助けたアメリカと、世界史上初の共産革命を成し遂げたロシアの存在が戦後になって大きくのしかかっていた。アメリカは国際連盟の提唱によって植民地の清算による市場の拡大とヨーロッパの支配を試み、実際戦債の取り立てと、新たな融資の加減によってヨーロッパ諸国を影響下におくことに成功し、フランスの経済はアメリカの金融の流れにくみこまれ、政治はその動向に左右されることになったのである。そのために一九二九年十月のウォール街の大暴落に端を発した世界不況の波は、少し間隔をおきながら一九三一年にはフランスにも及んで株価が暴落し、失業者が町にあふれた。しかし議会はまたも有効な対応をとらず、一九三一年にイギリス、一九三三年にアメリカが平価を切り下げたのちにも財産の目減りを拒否する有産階級の要求を背景として切り下げを拒んだだけではなく、失業者や窮乏世帯に対する救済もおこなわず、逆に労働者の要求に対しては警察力による徹底した弾圧でのぞんだのである。こうした不安定な世相は、没落した中流階級の右翼への支持や労働者階級の根づよい共和政府への不信を背景として、ファシズムと共産党の勢力を急速に伸長させるのに充分であり、ドイツではすでに一九三三年に大恐慌の余波を受けてヒトラーが首相の座についていた。

慢性化する不況を背景に急速に勢力を伸ばした右翼の街頭行動は、アクション・フランセーズとサンディカリズムを結びつけることでフランスにおけるファシズムの口火を切ったヴァロワのフェーソー運動以来、かつてのナショナリズム団体から、ファシズム諸団体に主流がかわっていた。在郷軍人を会員とするクロワ・ド・フゥや、フランス版ファシズムのフランシスム、そしてかつての愛国者同盟の流れを引く青年愛国者同盟は、一九三四年の初頭から、カムロ・デュ・ロワとともにたびたび、政府の枢要な高官が関連していると噂された金融疑獄スタヴィスキー事件の究明を叫んで暴動を繰り返し、ついに二月にはパリは一種の無政府状況に達していた。一連の暴動でファシストに同情的で取り締まりを手加減していた警察長官を首相のE・ダラディエが解任したことに抗議して閣僚が辞任したために、内閣が崩壊し、下院が新内閣の承認のために臨時召集されたことから、疑獄の追及のために下院を襲撃することを右翼勢力の新聞がそろって提案し、またダラディエが警察への不信から暴動の鎮圧のために軍隊をパリに入れるという風説が飛びかったために、一般公衆に一種のヒステリーが発生した。右翼の新聞だけではなく、「パリ・ソワレ」をのぞくほとんどすべての新聞がダラディエを弾劾し、二月六日の下院開催に合わせたデモに参加するようによびかけ、共産党の機関紙「ユマニテ」までが二月六日のデモへの参加を党員によびかけたのである。当日は朝から不穏な空気が流れ、午後の六時にはコンコルド広場に集まったデモの参加者は総勢四万人におよび、カムロ・デュ・ロワと共産党員が肩を並べて議会へと行進するという奇怪な場面が展開された。議会への突入を阻止しようとした警察、憲兵とデモ隊の衝突はついに抜き差しならないものとなり、バリケードを築き実弾を撃ちあう市街戦の様相を呈したのである。議会内ではダラディエ内閣の信任をめぐって相変わらずの綱引きが続いていたが、市街戦の様子が報告されるにつれて空気は緊迫し、もしも右翼と共産党が議会になだれこめば、共和制が崩壊し、右翼の脅迫下での採決によりパリ・コミューンのときのような臨時政府が樹立することもありうるように思われた。事態の深刻さを語った社会党の党主レオン・ブルムは敢然とダラディエ支持を決断して内閣を成立させ、決議ののち議員たちが議会から立ち去ると警察もやっと盛り返してデモ隊の議会侵入を阻止したのである。この二月六日の暴動はコミューン以来もっとも激しい流血となり、デモ隊と警官双方あわせて二十人近い死者と二千五百人の負傷者を出し、ブーランジェ事件とドレイフュス事件に続いて第三共和制は崩壊の瀬戸際に追いつめられたのである。そしてドリュ・ラ・ロシェルにとっては、この二月六日の暴動こそが、フランスとヨーロッパ再生の可能性の発露であり、かれ自身を目覚めさせ積極的なアンガージュマンのみちへと踏みこませるきっかけとなった。

V 『ジル』

復員して以来のドリュの政治的な経歴は、左右の党派を問わぬ様々な政治的人士と交わり、いくつかの政治的エッセーを刊行しながらも純粋に思想的なものにとどまっていて、実際の党派に関わった政治活動や大衆行動には一定の距離をおきつづけていた。一九三四年の二月六日事件以前のドリュは、政治学学院の同級生R・ルフェーブルを通して共産党系のクラルテ運動に、またベルナノスが属していたサンディカリスト時代のG・ヴァロワが率いるセルクル・プルードンに、またダダ゠シュールレアリスト・グループを通じて共産党に親しみ、そしてアラゴンらの共産党加入による決裂ののちにはモーラスの腹心H・

マシスと親交を結び、ついで第三インターナショナルとの分裂後の社会党のM・デアとつきあっていた。これだけでも確かに世間から見るとほとんど相手を選ばない交友関係といわれも仕方がないが、そのうえにドリュには第三共和制の後半に保守勢力と交互に政権を担当していた急進派との強い個人的なつながりがあった。この関係はコレット・ジュラメックとの結婚によって築かれた支配階級とのつながりによってもたらされたものだったが、戦時中からすでにかつての社会主義者でありバレスの盟友だったのちの共和国大統領ミルランの庇護によって勤務地の変更などの恩恵を受け、他にもエリオらの大物や、ガストン・ベルジュリー、ベルトランド・ド・ジュヴネルといった若手の急進派の政治家代議士や党員と個人的な、つまりは思想的に影響を与えあったり政治むきの議論を交わすだけではなく、同じサロンに顔をだし食事をし、誰かの別荘で休暇をともに過ごし、女性を取りあい、旅行するような関係にあったのである。急進派とのつきあいは、ドリュの日常生活の下地になっただけではなく、政治家としてのあり方、いわばドリュが本来の意味での政治思想家たりえず、またみずから積極的に現実に働きかけるアンガージュマンをなしえなかったことにも強い影響を与えた。

ドリュの政治論は、ほとんどが外交官的な認識から出発したものであり、その埒外に出るような社会的文化的な議論はほとんどが凡庸であるか他からの借り物にすぎず、あとに残るのは極めて個人的かつ文学的な思考だけだった。そしてこの外交の、第一次世界大戦後の新しい国際政治の認識という点においてドリュはシャルル・モーラスおよびアクション・フランセーズとたもとをわかたずにはおれなかったのである。ドリュ自身はオルレアン王家への軽蔑がかれのアクション・フランセーズへの加担を控えさせたとしているが、モーラスの王家に対する態度を見ればそのことが本質的な原因たりえないことは明白である。ドイツに対する勝利に沸きたつアクション・フランセーズを横目に見ながら、復員してきたドリュにとって戦後のフランスは戦前以上に弱体化した国でしかなかった。すでに一九二二年に『未知なるものへの愁訴』に先だって発表された政治的エッセー『フランスの測定』において、第一次世界大戦によって明らかになったフランスの国力の衰退を大革命以来の没落の結果として指摘し、あわせてアメリカとロシアのはざまでフランスだけでなくヨーロッパ自体が相対的に昔日の力を失ってしまったことを論証し、続くエッセー『ジュネーヴかモスクワか』『それぞれの祖国を越えてヨーロッパへ』ではさらに一歩すすんでアメリカとロシアに対抗したヨーロッパの連合を提唱している。このようなドリュの国際認識にとって、相変わらずバレス以来の伝統にのっとってドイツを不倶戴天の敵とみなしているナショナリズムの陣営、なかんずくアクション・フランセーズの姿勢は全くはがゆいものだった。もとよりフランスで最もよく組織されかつ行動的で知的レヴェルの高いアクション・フランセーズがドリュに魅力的に映らなかったわけはなく、事実戦前はモーラスを支持していたし、戦後アラゴンと絶交したのちにはアナキストに暗殺されたカムロ・デュ・ロワの指導者マリウス・プラトーの葬儀にモンテルランとともに参列したことをきっかけにマシスと交友を始め、アクション・フランセーズへの加入を真剣に考えまたモーラスに手紙を送るまでした時期もあった。しかし戦後の社会と国家に失望し裏切られた思いをいだいている復員兵ドリュにとって、アクション・フランセーズの行動力がいかにめざましいものであったとしても、その王政と愛国主義へのこだわりはアナクロニズムとしか思われなかったのである。ドリュに言わせれば、いまやアメリカとロシアに挟撃されてヨーロッパ自体が存亡の危機に立っており、フランスが一国で身を守れないのはもちろん、自身の運命さえ決められない状態であるときに、いたずらにドイツに対峙し敵視する政策はほとんど自殺行為であり、いまや真の敵はドイツではなく、物質主義のアメリカとボルシェヴィズムのロシアであり、ヨーロッパの生き残りをかけてドイツと融和すべきであるのに、アクション・フランセーズは相変わらずドイツを負かしたといって有頂天になり、フランス一国の安定のために王政を求めているのである。ドリュにとって政治の最も基本的かつ一貫したモチーフが、このドイツとの融和とヨーロッパの連合であり、フランスからヨーロッパへの右翼勢力の献身の対象の拡大だった。この点がドリュ以降の世代とバレス、モーラスをわかつものであり、イタリア、スペイン、ドイツになじんだブラジヤックやドイツ文化に心酔していたルバテへと受け継がれたものだった。このドリュの国際戦略は二十世紀中葉から後半を含む長期的な眺望において考えてみれば、ECからヨーロッパ統合へと続く大きな流れを先どりしていたと言いうるかもしれないが、一九三〇年代の時点ではナチス＝ドイツのフランスに対する脅威を認識せず、さらに対独協力へのみちを開きヒトラーの「ヨーロッパの新秩序」に協力する論理となったのである。

いわばドリュにとってファシズムとは、アメリカの資本主義とロシアの共産主義に抗してヨーロッパが再生するためのインターナショナルな、一国の枠にとらわれることのないイデオロギーのはずだった。ファシズムはヨーロッパ全土をおおい、ヨーロッパを統合し、資本主義と共産主義を排撃してそのルネサンスを実現する思想のはずだったのである。ドリュが具体的にファシズムに加担するのは一九三四年の二月六日事件以降だったが、それ以前からすでにアルゼンチンやドイツ滞在中ファシズムの誘惑に接していたし、それ以上に見逃せないのが社会主義者たちとの交友であり影響関係で、旧友のベルジュリー[*15]が一九三三年に急進党を脱退し「共同戦線」を旗あげして従来の社会主義を超克して活力あるものにしようとした試みにはドリュもその活動にコミットし、それ以上にネオソシアリストのデア[*16]や、ベルギーの社会主義者ド・マン[*17]の思想動向に興味をいだいていた。ノルマリアンであり哲学の教授資格取得者であり、リュシアン・エルによってフランス社会主義の希望とみなされていたデアは、マルクスの最終的に国家の消滅を想定する共産主義観を批判し、私的所有権の廃止は強力な国家のもとでしかおこないえないとその著書『社会主義の展望』のなかで主張、一九三三年の党大会でルーズヴェルトのニューディールや、ムソリーニのファシズム、ヒトラーのナチズムを「資本主義と社会主義のあいだにある新しい社会主義の形態である」とする認識にもとづく「ネオソシアリスム」を運動方針にかかげる動議を提出して、ブルムによって拒否されると社会党を脱退してしまった。ファシズムを新しい社会主義とみなすデアの観点は、ドリュの『ファシスト社会主義』にそのまま受け継がれている。また、もともと第二インターナショナルのメンバーとしてドイツ、フランス、アメリカ、カナダを舞台にして活動していたド・マンは、二冊の極めて大きな反響をうんだ著書『マルクス主義を超えて』『建設的社会主義』において労働者の人間的回復を運動の主目的に据えることで、マルクスの経済決定論と階級論を否定したが、このモチーフもそのままドリュの『ファシスト社会主義』のプロレタリアート論批判、ニーチェの論理によるマルクス主義批判の試みに踏襲されている。それ以上にドリュが影響されたのはド・マンが提唱した「計画主義」という政治プログラムで、このなかでド・マンは、民主主義政権を打倒し、労働者のブルジョワ化を防いで、宗教的、道徳的、文化的な階級をつくるような社会主義の国際的連携の可能性を提示していたのである。

このようにドリュ・ラ・ロシェルのファシズムの内実は極めて社会主義的なものであり、[*18]実際に当時の社会主義者たちの現状打破の試みの影響を多く見出すことができる。ドリュがあくまで社会主義にこだわったのは、アメリカに代表される、またフランス近代を深く汚染してきた金銭の力、資本主義を超克する社会・経済システムとしてであり、また革命と闘争のうちの社会と文化の再生に希望をいだいていたからにほかならない。だがかれが自分流のファシズムをつくりあげ現実の政治運動に参加するには、その革命の可能性を開く出来事である一九三四年の二月六日の暴動を待たなければならなかったのである。というよりも二月六日の暴動に参集した群衆のなかでドリュはまさしくファシズム革命の可能性を確かにつかんだと思った。そしてこのような革命への信仰は暴力を手段としかみなさないモーラスとは異質であり、革命の、あるいは暴動の熱気のなかにならば極右、極左を問わず手を結ぶことを厭わなかったバレスのアンガージュマンを再びよびさますものである。まさしくドリュは思想よりも、政治よりも、暴力と闘争そのもののなかでの生成を、暴動と革命を信じ、そのなかで再び失われたものと和解して生命を取り戻さんとしたかのようだった。ドリュはかれの二月六日体験を、ファシズムへのアンガージュマンの過程を書いた自伝小説『ジル』のなかで再現している。

ジルはロワイヤル街で、想像していたのよりはるかに大勢の群衆に出会った。そこは女よりも男のほうがはるかに数が多かった。彼らは行きつ戻りつしていた。ジルはこの広大な調馬場に注目しながら、にもかかわらず、否定的な考えをどうにも払拭できず、かぶりをふった。《もう手おくれだ、何ごとも起こらないだろう。何ごとも起きっこない》

ジルがコンコルド広場のほうにもどっていこうとしているとき、とつぜん不穏なざわめきがあり、燃える息が彼の顔にかかった。新聞社にいるあいだずっとからっぽと思っていたこの広場から、別の群衆が逆流してきたのだ。(中略) いくつもの手が荒々しくジルの手をにぎりしめた。いくつもの目が情熱にかられた要求をもってジルに問いただしていた。《いっしょに行こう》ジルの若さがもどってきてこの若さに合体した。とすると、彼は考え違いをしていたのだろうか? そう、ちくしょう、考え違いをしていたのだ。一九一四年の彼も戦争をこんなふうには信じていなかった。ひどくぶよぶよしたもののなかにはまりこんでしまっていたために、運命の内にこもった押圧力がもう感じとれなくなっていたのである。ついにフランスは、全ヨーロッパで、世界中で、胎動しつつある力の重さを受けとりつつあった。

一瞬の間にジルは人が変わってしまった。左右を眺めまわしながら、戦争を司っている恐怖と勇気という、迷いからさめた神聖な夫婦に自分がかこまれているのを見てとった。熱烈な鞭はビュンビュンと鳴った。押し返されてくる群衆の流れに逆らって、ジルは猛然と突進した。ある夜シャンパーニュで、第一線の部隊が敗北を喫して後退したときのように、また、あの朝ヴェルダンで掩護師団が全滅してしまったとき、第二十軍団とともに到着した彼のように。[*19]

旧友クレランス＝ベルジュリーの政治活動に失望し、妻がジル＝ドリュが一度はあきらめていた妊娠を果たしながらも癌のために死の床についたときに、あらゆる希望を失いパリの街を歩いていたジルは偶然に二月六日の暴動の群衆に出会い、混乱に巻きこまれ、その熱気のなかで徐々にシニシズムを失っていき、ついにはシャルルロワの白兵戦のさなかにかれをとらえ、そしてその後ながいあいだかれを無力のうちに放置することになった生命の高揚感が「一瞬の間に」かれを生命の側に、攻撃と参加の側に連れ去ったのである。ジルは群衆と行動をともにし、暴動に参加したあと、見限っていたクレランスの事務所を訪れて問いかける。

「しかしきみは、何が起きているのか認識していない。（中略）この国民は無気力に寝ころんでいた寝台から起きあがった。この国民は、村を捨て、教会を捨てて、工場、事務所、映画館などにしけこんでいたが、血統の誇りを完全に失っていたわけではなかった。（中略）クレランス、あの広場で幾組もの群衆が合流したんだ、コミュニストたちがナショナリストたちと並んで歩き、困惑と羨望のいりまじった目で、彼らを見つめ観察しているのを、ぼくはこの目でしかと見た。もうすこしでフランスのすべての熱気がまじりあって爆発しそうだった。クレランス、わかるかい？（中略）」

クレランスは驚き、気づまりになり、苦々しい気持ちで、二月六日夜の興奮がいまださめやらぬジルを見つめていた。

「この二十年来、ぼくははじめて生きている」と、ジルはこの事務室、二度ともどってくることもあるまいと思っていたこの事務室に入ってくるなり叫んだのだった。

（中略）

「もしひとりの男が立ちあがり、運命のすべてを秤にかけるなら、望みどおりに事は成就するだろう。その男は同じ網のなかに、アクション・フランセーズも、コミュニストも、愛国青年同盟《ジュネス・パトリオット》も、[*20]火の十字架団《クロワ・ド・フー》も、その他たくさんのものをかき集められるだろう。きみにはやる気がないのか？」

ジルの高揚を理解しようとしないクレランスのもとを去って、ジルは一夜あけたパリの街を歩きまわるが、そこで目にするすべてが、暴動のさなかにかいまみえたと思われた希望がなしくずしになりつつあることのしるしだった。ジルは右翼の指導者たちに面会し共産党との協力にふみきるように説得し、また一方で、絶交した、いまでは共産党の幹部になっているガラン＝アラゴンに電話をかけるが、冷たくあしらわれる。ジルはもう一度クレランスのもとに戻って、最後の説得を試みる。

「いまがわれわれの世代にさし向けられた唯一の機会だということを、きみは認識していない。われわれは戦争の炎に燃えて、いや、すくなくとも強烈な生命についての感動的なひとつの観念に永久につなげられて復員したのだが、ついに何ごとも起こらなかった。(中略)

われわれはあっけなく敗れ去り、敗北感から飲めや歌えの大騒ぎをし、突拍子もないことにうつつを抜かし、ありとあらゆるちっぽけな遊びにふけるようになってしまった。しかし、この低劣さもとうとうぎりぎりの限界にまで達してしまった。例のスタヴィスキー事件が、とつぜん人びとに彼らのとほうもない破廉恥な性根を明らかにした。この衝撃は内部からあらゆるものがゆるぐほど深刻だった。極右にも極左にも蜂起があり、体制全体がだしぬけに心底からの告白をして、ゆらぎだすような感じだった。

さていまわれわれにとって、時は刻々と過ぎていき、たぶん二度ともどってこないだろう。昨日はすべてが不可能だった、明日はふたたびすべてが不可能になるだろう、しかし今日《きょう》は……」[*21]

このような言葉のなかにはブーランジェ事件やパナマ疑獄の暴動の場面を小説で書いたバレスには決して見出せないような、切迫感と衷心からの訴えがある。思いと感動の真実は疑いようもなく読者の心を打たずにはいないが、しかしこの迫真をつくりだしているのは、作者の政治に対する熱意や使命の説得力ではなく、長い喪失の時代ののちにやっと再び生命の高揚とめぐり合いそれをなんとかみずからのものとしてとどめようとする訴えの誠実さであり、絶対的なものとの出会いを待ちながら無為と退廃のうちに漂う絶対の希求としての放蕩の誠実さなのである。一九三四年の二月六日の暴動は、ドリュ・ラ・ロシェルを戦後の彷徨と無為の生活からひきだして、かつて戦場とそして幾度か恋愛のうちで手にしたと思われた生命の充実を政治のなかに求めるアンガージュマンの出発点となり、またアリバイとなった。そしてこのような機会主義的なドリュの政治的決断の仕方、つまり自分自身で現実に働きかけ動かそうとするのではなく、社会の状況に乗じて事を起こそうとする傾向は、六年後のフランスの敗戦のときにも示されることになるのである。

一九三四年二月六日の暴動以降、ドリュはみずからファシストを自称し、同年のうちに『ファシスト社会主義』を発表するが、その内容は極めて折衷的なものであり、国際主義、社会主義といった、イタリアやドイツのファシズムの実態や思想とは無縁な独得のイデオロギーをファシズムの本質として捉え、近代からの脱却と生命の再生というフランスの反近代主義の伝統に忠実な文学的主張によってこれを構成したのである。外交的な政策や社会主義といった外から取り入れた要素を排除したうえでドリュのファシズムの本質をたずねると、そこに残るのは近代の衰亡した人間の再生としての革命というモチーフ「ファシズムこそ真の革命だと思う、つまり、ヨーロッパがもっとも古いものともっとも新しいものとを融合してぐるっと転回すること」[*22]である。かれ独自のファシズム理論においてこの再生としての革命が政治的目標としてかかげられる経緯を考えてみれば、そこに二月六日の暴動におけるドリュ自身の体験、生命の充溢の経験が直接に反映し、その経験がかれのファシズムの根拠となると同時に、暴動の再現とそこで取り逃がした勝利の獲得が政治的な目標になっていることは疑いをいれない。『ファシスト社会主義』のなかでドリュはマルクスをニーチェによって倫理的に批判しているが、その批判の骨子はド・マンのマルクス批判をふまえて、革命自体のイメージを意志とニヒリズムのもとに描きだすことにむけられており、そしてそのイメージの背後にあるのはまさしくドリュ自身の体験とかれが追い求める高揚のイメージにほかならないのである。こうして二月六日の暴動はドリュにとってアンガージュマンの契機となると同時にかれの政治思想の内実をも決定づけた。ドリュのファシズムには社会主義的な思想の要素や、ソレルやモーラスの思想の影響等をあげることができるが、その骨子はかれの個人的な経験であり、「戦慄」の瞬間に対するあくことのない追求の姿勢なのである。つまりところ、かれのアンガージュマンもまたドリュ的な放蕩の一種であることを逃れることはできなかった。

二月六日の体験はまた文学者としてのドリュ・ラ・ロシェルを成熟と、かれ自身のジャンルの確立へ導いた。すでに一九三一年に『ゆらめく炎』を、一九三三年に『奇妙な旅』を出版して小説家としての技量的完成に到達していたドリュは、暴動事件ののちに初めて戦争を正面から扱った作品、『シャルルロワの喜劇』を発表する。すでに引用した白兵戦での生命の充実の体験の再現は、いわば暴動での体験と等価であり、小説による戦争体験の解釈ならびに文学を通じて再び戦争とむきあおうとする態度は、政治を通じてかつて一瞬にして失われた生命の充溢を取り戻そうと試みる暴動事件後のドリュの指向の反映である。そしてまた、戦争詩によって文学の世界に踏みこんだドリュにとって戦争を小説で扱うことは、いわばその文学的表現への欲求をはぐくんだ文学的経歴の出発点に立ち戻ることであり、かつて表現への衝動のみがせわしくなく露出するばかりだった詩的生成の現場を、小説の形式のなかで解き明かすことで自身の文学者としての本質を把握することを意味していた。死んだ戦友の母親を、礼金ほしさに戦場へ案内してまわるという散文的な設定のなかで、突然よみがえる戦闘中の高揚の記憶という構成は、まさしく小説家としての手堅い手腕を示すとともに、戦争や高揚の賛美におちいることなく、その魔力にとり憑かれて打ちのめされたままでいることへの執着によってしか示されえない誠実さという、いわば小説的な真実の開示に成功している。

そして一九三七年に刊行した長編『夢みるブルジョワジー』において、ドリュはさらに自身の根源におりてゆく。この作品でドリュはかれの家族、特にかれが避けて通ってきた父親の姿を扱って、十九世紀から二十世紀初頭にかけてのブルジョワ家庭の陰鬱な没落の過程を描いている。この作品は次の『ジル』と一対になっており、自伝小説としての『ジル』に取りかかる前に父親の世代の問題に取り組み、そのデカダンスの源を探り、『夢みるブルジョワジー』の結論をうけて『ジル』では主人公ジル・ガンビエ＝ドリュは孤児として設定され、父親の拘束をあらかじめ切り捨てた主人公として冒頭、第一次界大戦の前線から休暇のためにパリへ戻ってくる姿で登場してくるのである。

『ジル』はドリュの小説家、著述家としての一つの総決算である。それはファシストであることを決断しファシズムに賭けたドリュが、みずからの人生の総括として手がけた小説であるということと同時に、『ジル』のなかにはドリュの著述活動のあらゆる要素がつめこまれているからである。放蕩を題材とした一連の小説はもちろんのこと、『戸籍』や『ヨーロッパの青年』といった自伝的エッセー、『フランスの測定』から『ファシスト社会主義』にいたる政治評論、そしてアラゴンや他の文学者とのあいだでしばしば展開された論争のなかでかいまみせた罵倒をこととするパンフレット作者といったあらゆる要素が、第一次世界大戦中からスペイン戦争までの二十余年のフランスの歴史とジルの人生の記録に注ぎこまれている。そのために小説の完成度は『奇妙な旅』や『夢みるブルジョワジー』に一歩ゆずり、また求心的な力において『ゆらめく炎』にひけをとらざるをえないものとなっているが、しかしそれにもかかわらず他の作品を断然圧して、『ジル』はドリュの代表作であり、かれの第二次世界大戦前の最高傑作であることはまず否定しようがない。『ジル』の価値は文学作品としての完成度といった側面を離れ、ある意味ではそういった文学的美学への配慮を作者自身が断念して時代精神そのものの再現を期し、自身の人生の小説への封入を通して二大戦間のあらゆる堕落と停滞、幻滅、失望、腐敗の提示に取り組んでいる点にあるのである。『ジル』はまぎれもなく政治的な小説だが、政治に奉仕するいわばイデオロギーによる小説ではない。ドリュは自身のファシズムへの選択の正当性を主張しているが、それはあくまで小説的必然性として示されているのであって、思想の内実の整合性や優越によってではない。そのことは『ジル』を一読すれば判然とすることだが、第一部では戦争から戻ったパリの生活のなかでしだいに平和に失望し、去勢されていく戦後の虚無的な生活が描かれ、第二部では真実の愛情からの真剣な求愛が手痛い失恋にいたる結末と、シュールレアリストを代表する同世代の友人との決裂の過程から、自分自身と時代を侵している腐敗を描き、第三部ではその腐敗から抜け出そうと政治活動にコミットし、貧しい元娼婦のしかし健康な女性と結婚をするが、かえってフランス全体と自分自身がひたりきっている退廃の救いがたさが明確になったとき突然二月六日の暴動が起きる、第四部では国際的ファシズムに参加した主人公がスペインで戦う姿が描かれているという全体的な構成のなかで、ファシズムへの選択にいたる過程が政治的必然というよりも、ジルの放蕩や失恋、こわれた友情や幻滅の積み重ねによる帰結として示されており、『ジル』においてはいわば政治は極めて個人的なことがらであると同時に、個人は社会に完全にからめとられて埋没しているために、個人の救済は政治を通してしかありえないかのようである。序文で自身が語っているように、ドリュはフランスのデカダンスをみずからのデカダンスとして受けとめているが、しかしこの姿勢は多分に一方的なものであり、ドリュ個人のデカダンスがファシズムに帰結したとしてもフランスの未来がファシズムにあることにはならないように、この小説の提示する選択の正当性の論理は、作家としてのドリュの美学的な、つまり作品が時代とドリュ個人の体験に対してとっている位置に導かれた論理にすぎず、そしてこのドリュの論理はそのままかれのファシズムの本質ともなっているのである。つまりドリュにとってのファシズムはヨーロッパが退廃から再生する唯一の方法として示されているが、その再生への希望の正当性を保証しているのは、ドリュ自身が誰よりも退廃しそのただなかに身をおいているという、退廃に対する誠実さの倫理であり、デカダンスのただなかでの再生への希求の切実さ以外に思想的実質はない。そして『ジル』は、このデカダンスのなかでの絶対の希求、放蕩にあくまでも忠実であることで、時代の病弊を一身に浴び、傷つき磨滅しながらもその最も膿んだ時代の根底からのみとらえることのできた希望の一閃を描きだしていることで、ドリュのファシズムそのものと対価になっている。その希望がまた幻であったとしても、それは極めて美しいものであり、それは政治思想とは呼べないが、まさしく文学的ファシズムという二大戦間のフランスにおいて独得な現象の、幻惑の全体像をみせている。『ジル』は満身創痍の、不具の小説であり、ドリュの政治的かつ思想的な混乱と短視的判断を反映して、特に戯画的な第四部のあり方も含めて、ばらつきの多い作品であり、ある部分では書きこみすぎるかとおもうと罵倒や批評に深入りしすぎ、そっけなくぶっきらぼうに筋を展開させるかとおもうと突然に胸を打つ数ページが始まる。『ジル』はドリュのファシズムの本質を示すと同時に、ドリュの文学者としての圧倒的な姿、つまり限られた技量と限定された知識や思考能力にもひるまず、到底手におえそうもない巨大な問いに挑み答えようとする雄々しく果敢な小説家、文学史と伝統を意識して技量に合った題材しか選ばない作家ではなく、現在書かなければならないことを書く真のアンガージュマンの作家としての姿を示している。

ドリュ・ラ・ロシェルの興奮にもかかわらず、一九三四年二月六日以後の政治情勢はかれの期待を裏切る方向に進んでいた。モスクワからの指令により共産党は二月六日の右翼との共同デモの立場を捨てて二月十二日に反ファシズムのストライキとデモをおこない、六月には長年の敵視政策を転換して社会党と、反ファシズムを主眼とする提携、いわゆる人民戦線路線を採択し、ドリュが親近感をいだいていた社会党や急進党からの離脱者、デアやベルジュリーも人民戦線に参加してしまったのである。人民戦線は一九三六年の選挙で政権につくのだが、ドリュ・ラ・ロシェルの本格的なファシズムへのアンガージュマンは一九三六年のジャック・ドリオ[*23]を党首とするフランス人民党への参加によって始められた。

二大戦間フランスにおける唯一の本格的ファシズム政党、つまり労働者とプチ・ブルジヨワを基盤とする広範な大衆的基礎をもち、具体的な運動方針と政策にもとづく長期間の展望があり、なおかつカリスマ的な党首とファシズム的綱領と政治活動の実績がある政党、フランス人民党。その党首ジャック・ドリオは機械工を父とし本人も金属工として働き、小学校と職業訓練学校での教育しか受けたことがなかったが、第一次世界大戦中から労働運動に参加し、一九二〇年の第三インター加入問題をめぐる社会党と共産党の分裂後に共産党に加入し、長らくモスクワのコミンテルン本部で活動し第三インターの政治委員を務め、一九二四年にはパリ近郊サン＝ドニ市から下院議員に選出され、一九二六年にはいちはやくトロツキーからスターリンにのりかえることでスターリンの腹心となったフランス共産党はえぬきの指導者であり、長いあいだモスクワはモーリス・トレーズとドリオを競わせることでフランス共産党を意のままにあやつっていた。一九三一年に下院議員からサン＝ドニの市長に転じたドリオは、労働者の待遇改善や児童福祉、失業対策でめざましい成果をあげたが、またこのころからモスクワとの齟齬が始まる。実際の行政にたずさわる立場から現場での他の左翼、なかでも社会党との共同は避けられないとするドリオは、社会民主主義をファシズム勢力と断ずるモスクワの方針に忠実なトレーズとたびたび対立を繰り返し、ついにその立場の相違は、一九三四年二月六日の暴動事件において、トレーズが右翼とともにデモ隊を派遣したのに対して、ドリオが二月十二日の反ファシズム・デモを指揮したことで決定的となった。この対立を解決するべくモスクワはトレーズとドリオの両名を召喚したが、ドリオは暗殺を恐れてモスクワに出頭せず、そのために不服従・規律違反の科で除名された。トレーズがモスクワから持って帰った指令は皮肉なことに年来ドリオが主張してやまなかった社会党との融和と共同だった。モスクワは暴動事件の発生によってフランスにファシズム政権が成立することを恐れて、従来の政策を一八〇度転換したのである。サン゠ドニにおけるドリオの支持者と組織はかれを見捨てず、共産党から離脱し、このサン゠ドニにおけるドリオの組織と、地方、特に南仏のファシズム組織が合併した組織が一九三六年結成時のフランス人民党の母体となったのである。

ドリオは卓越したカリスマ性をそなえた労働運動の指導者であり、不屈の意志と何万人もの聴衆を魅了しうる雄弁の才をもっていた。しかし、かれには具体的な労働者むけの、あるいはコミンテルン時代につちかった外交上の政策はあっても、多少とも一貫した思想信条の類いはいっさいもっていなかった。ドリオは共産党との決裂と、ソ連の国際連盟への加入やフランスとの相互条約の締結により、なによりも反ボルシェヴィキを立場にかかげるうちに、時代の風潮に乗ってしだいにファシズムへと傾斜していった。そしてドリオのまわりに集まった知識人たちが、フランス人民党のファシズム政党としての体裁を整えたのである。フランス人民党の特徴はもともとの共産党からの分裂組織としての労働者層の支持の厚さとならんで、知識人からの幅広い支援があげられる。いわばファシスト知識人にとっては、カリスマ性が強く、行動力があり指導者としての資質を十全にそなえていながら、理論的に手薄なドリオのフランス人民党は理想的な活動場所だったのである。フランスにおいて唯一ナチスのように、照明と音楽の演出が指導者のカリスマ性とあいまって熱狂的な効果をうむことのできたフランス人民党にほれこんで参加した知識人は、ドリュ以外に、文芸評論家のR・フェルナンデス、かつて急進党に所属していたジャーナリストでドリュの旧友でもあるB・ド・ジュヴネル、ノルマリアンであり二十代でフランスの鉄鋼輸出のすべてを手がける財団を運営して業界の立て直しに成功し、財界の代表としてクロワ・ド・フゥの有力メンバーだったP・ピシュー、セルクル・プルードンに参加していたサンディカリストのP・アンドリュー、ノーベル医学賞の受賞者A・カレルらがいた。特にドリュとフェルナンデス、ピシューは結成時に中央委員に選出されるとともに、一九三八年には政治局員まで務めている。

ドリュはまさしくかれの年来の持論である「指導者」としての資質をドリオがそなえていると考え、一九三六年にはほとんど熱狂的な支持を与えている。ドリュは党の機関紙「エマンシパシオン・ナシオナル」に毎号記事を寄せ、ドリオを賞賛するとともに、かれの「指導者」理論にもとづくドリオの伝記『ドリオ、あるいはフランスの一労働者の生涯』を一九三六年に刊行した。フランス人民党の党綱領の起草にも積極的に参加し、強引に「フランス人の再生」についての項目を加えさせた。文学的には魅力的なスローガンがドリュの手で現実の政策にされるとどんな具合になるかというと、「第七条、より強くより健康な次代をうむため、公教育、特に職業教育、スポーツ、輸送機関、都市計画、環境衛生、健康的で低廉な住宅などを首尾一貫して、都市と農村で同時に発展させること。云々」という具合で、総花的であたりさわりのない、なぜドリュが書かなければならないか分からないものでしかなく、他の綱領もサンディカリストの影響を強く受けて、イタリア流の職能組合の代表による経済会議の設立等が基調になっている。しかし、機関紙の寄稿者としてのドリュは、いわばフランス人民党の看板であり、確かにいま読んでも新鮮な記事が多く見られる。

フランス人民党は結成後一年を経ずして、党員を三万人から二十五万人にふやす勢いをみせたのちに少しずつ停滞してゆく。特にナチス＝ドイツがチェコスロバキアへの侵略意図をあらわにしてフランスとの対立が激しくなると、対独融和的なドリオの態度が党内の反発をうんだこともあり、党勢の停滞が露骨になり、また人民戦線の瓦解ののち経済界からの支援も少なくなると、知識人層の党との距離が大きくなった。そして一九三八年に導入資金の不明瞭問題、特にイタリア大使館からの流入を口実としてフェルナンデスやピシューが脱退し、特に経済界とのパイプ役を務めていたピシューの離脱により党は財政危機におちいり、規模の縮小を余儀なくされてしまう。

ドリュも資金問題を契機に離党するが、脱退の真の原因はフランス人民党の成長が考えていたより鈍く、いつになったら政権が取れるともつかないありさまに嫌気がさし、あるいは飽きたからだろう。一九三七年にドリオが七十万人の会員をもつクロワ・ド・フゥとの連携工作に失敗したときに、もはやフランス人民党が政権を取る望みは消えていたのである。しかしひとたびフランス人民党を去った諸氏は二年のちにヴィシーで再会することになる。

VI　対独協力：フランス＝ファシズム最後の夢

一九四五年三月十六日に、ドリュ・ラ・ロシェルはパリの自宅でガス自殺した。前年八月のドイツ軍パリ撤退に際しての睡眠薬と動脈切断による二度の自殺未遂ののちのことだった。自殺の動機は、政権を握ったレジスタンス派の粛清裁判を受けることを忌避してのものだと一般にいう。確かに、レジスタンス派が対独協力者に対しておこなったその裁判の内容が往々にして正当かつ公平な法的手続きを踏まず、あるいは全く裁判ぬきのたんなる復讐や人民裁判にすぎなかったことは、モーラスやブラジヤックの受けた審理の経過を見れば明らかであるし、近年レジスタンス派による粛清の実態が明らかになるにつれて、その放埒で酷薄な方法はフランス近代史の疵のひとつとみなされるようになった。しかしまた、モーラスの件は別としても、ブラジヤックに下された死刑という判決は、その法手続きがどうであろうと一種の正当性をもっているようにも思われる。つまりブラジヤックはまさしく、レジスタンスの側に集まった人々にとって殺すべき敵であったということである。そしてこの殺すに値する敵とみなされることは、文学者、思想家にとって決して不名誉なことではない。まさしくブラジヤックは、レジスタンス陣営を構成するドゴール派や共産党にとって、つまりヒューマニズムやリベラルな自由や平等にとって不倶戴天の敵であり、抹殺すべき悪であるとみなされ、そして殺されたことはブラジヤックのいだいていた思想から見れば正当なことであり、かれが占領中にその敵の死を願ったのならば、逆の立場でかれが死刑の判決を受けることもまた正当なことなのであるから。

一方ドリュは占領下に、対独協力派としての立場から、親友マルローであろうと、あいまみえれば敵として殺すことを高言して、自身の信条が堅固であることを示そうとしたが、実際に占領下でドリュがとった行動はいささかその宣言の精神と異なっていた。ドリュは「NRF」の編集長であり、対独協力派知識人の代表者、また駐仏ドイツ大使オットー・アベッツの親友という立場を利用して、J・ポーラン以下の占領軍へのレジスタンス活動の廉で逮捕された文学者を救い出し、また捕虜や人質、ユダヤ人としてドイツの収容所に送られた文学者、知友を救うために奔走し、またアラゴンへの非難を発表したあとで、レジスタンスをテーマにしたアラゴンの詩を「NRF」誌に掲載し、あまつさえマルローとは南仏で会ってさえいたのである。こうしたエピソードはいまだに絶えることのない、ドリュの小説を愛し、作品を通してかれに親しみながらかれのファシズムへの加担や対独協力にとまどいをおぼえる読者にとって、救いとなるものには違いないが、かれの政治やアンガージュマンの決意の一貫性について考えさせられる点でもある。そして解放後、ドゴールの腹心として強大な権勢をもっていたマルローと共産党の幹部アラゴンは、ドリュに手だしをせず粛清を加えないことで合意していたという。つまりドリュは敵として殺すことを通告した相手から、助けられ保護を加えられることになっていたのである。そしておそらく、ドリュはそのことを知っていた。ドリュはすでに一九四四年の八月に、マルローの師団に志願してドイツへの進攻に加わることで難を逃れることを誘われていたが、かれはその申し出を拒んでいる。ドリュは一度わざわざスイスに行って、逃亡可能であることを示したのちに、もう一度パリに戻るようなことまでやっている。ある意味で言えばドリュの自殺は、アラゴンやマルローといった「敵」たちから保護されることへの拒否であり、さらにすすんで変節と不徹底を重ねた自分の政治行動を完結させるための行為でもあった。いわばドリュのファシズムと対独協力は、自死によってしか完結されえないような、極めて個人的かつ文学的な行為だったとも言いうる。

ドリュ・ラ・ロシェルは、第二次世界大戦開戦前にはナチズムに対して深い幻滅をいだくようになっていた。フランス人民党からの脱退の理由のひとつとして、ダラディエの対独譲歩政策をドリオが支持したことへの反発があったように、ドリュのファシズム思想の根底のひとつである国際主義、ヨーロッパ主義を逸脱して、ナチス＝ドイツが極めて十九世紀的な領土拡張の貪欲さをもったナショナリズム、帝国主義の一形態にすぎないことが、ラインラント進駐、オーストリア併合、チェコスロバキア侵略の過程で明白になったからである。そしてフランスは相変わらずの国内の分裂と、大戦後の外交政策の失政により、頼みのイギリス、アメリカと共同歩調をとれず、ナチス＝ドイツに対して限りなく譲歩を続けるばかりだった。しかもかつての僚友であるドリオやベルジュリー、そしてデアといったファシズムの陣営に属する政治家たちが、「ダンチッヒのために死ぬのか」というスローガンをかかげて戦争回避をはかり、そろって対独譲歩をとなえていたことにも深い嫌悪をもよおした。一九三九年九月三日にフランスがドイツのポーランド進攻に際して最後通牒をつきつけ大戦が勃発すると、ドリュは積極的に祖国を支持する姿勢をみせたが、内相のマンデルはドリュを親独的人物とみなして監視を続け、八カ月後に「奇妙な戦争」が解消されて対峙していた両軍により実際の戦火が交わされるようになると逮捕勾留の可能性がでてきたために、ドリュはパリを離れてペリゴール地方に逃れたのである。

一九四〇年五月十五日を期してフランス軍の裏をかいて中立国ベルギーから進攻してきたドイツ軍は六月初頭にフランス軍を全面的な撤退に追いこみ、非武装都市宣言をしていたパリに六月十四日入城を果たした。一方のフランス軍は戦略や装備の面だけではなく、初めからドイツ軍に立ち向かう意欲に欠けていた。陸軍の将軍たちはドイツが攻めこむまでの八カ月のあいだ、宣戦布告をしたにもかかわらずあえて自軍から兵を進めない「奇妙な戦争」を展開し、このまま戦闘が始まらないのではないかという不条理な希望にすがることでドイツにポーランドから軍勢を転換し戦備を整える充分な時間を与え、ひとたびドイツ軍が侵攻してくると戦略によって危難を乗り越えることよりも、開戦を決意した政府を呪い休戦を要求することに精力をついやし、また前線の部隊では投降を拒んで突撃による敵陣突破を決意した将校が部下によって射殺されるといった状況だった。第一次世界大戦での莫大な損害の記憶に遠く由来するこのような軍の防戦主義・悲観主義はひろく国民のあいだにも根づいていた。かつて一九一四年の第一次世界大戦の開戦に際してパリの市街にくりだしたナショナリズムに熱狂した市民は、一九三九年には一人も路上にみとめることができず、パリは平常にまして閑散とし、「奇妙な戦争」のあいだも新聞による政府への攻撃や悪質なサボタージュがあとをたたず、戦闘が始まると地方では軍の行動を妨害する行為がおおっぴらにおこなわれ、撤退する部隊がドイツ軍の進撃を阻むために橋を爆破しようとすると、橋をこわされては困るとダイナマイトを勝手にとりはずしたり、また市街の近くでドイツ軍を迎え撃とうとすると、村長や町長がやってきて退去を申し入れることが稀でなかった。

六月十日にパリを脱出したフランス政府は十五日にボルドーにおちつき、軍部の要求に対して単独ではドイツと休戦しないというイギリスとの約束を盾にドイツへの休戦の申し入れを拒否してきた首相P・レイノーに代わって、十六日にP・ペタン元帥が首相に就任し、旧知のスペインの独裁者フランコを通じてドイツに休戦を申し入れた。当時八十四歳の高齢だったペタン元帥は陸軍の最長老であるばかりでなく、第一次世界大戦でヴェルダンの戦いを指揮してフランスを勝利に導いた、クレマンソーと並ぶ救国の英雄であり、第一次世界大戦初期の攻撃主導でやみくもに敵陣に突撃をしかける戦法をあらためて、塹壕により陣地を確保し、火力が圧倒的に優勢になったときに初めて攻撃をしかける戦法を確立し、無意味な損失を嫌い、特に兵士の生命をいたずらに危険にさらすことは絶対にしないことで定評があり、国民全般の厚い信頼を得ていた。戦後陸軍の最高首脳として国防計画作成の責任者であり、マジノ線による防御を中心としたその計画は極めて防戦的なものだったが、上記のような性向が反映していたこの計画ばかりでなく、そのマジノ線が破られると、フランス本土を放棄しても植民地を戦場にして戦争を継続すべきだという一部の軍人と閣僚の意見を封じて、自身にとって無駄と思われた戦いを一刻も早く終結させることを望んだのである。この選択が正しかったかどうかはおいても、もともとドイツを相手にまわして戦う気がなく、あまりにもあっけない「ヨーロッパ最強の陸軍」の瓦解に打ちのめされていた国民はペタン元帥の登場と休戦を歓迎した。文学者のなかでもクローデルやヴァレリー、ジイド、そしてのちにレジスタンスを支持するモーリヤックまでがペタン元帥の登場に安心し、クローデルはオードを捧げ、ジイドは日記に「私は独裁を受け入れるだろう、それのみが、われわれを自壊から救いえるのではないかと心配である[*24]」と書いていた。

ジイドや他の多くの国民が希望したペタン元帥の手によって、ついに第三共和制は七十年の歴史を閉じることになった。七月にボルドーからヴィシーに移動した政府は国民議会を召集し、九三二人の上下両院議員のうち六四九人がヴィシーの小さな劇場に参集して、ペタン元帥に全面的な権力と立法権を委任する憲法案を、五六九対八〇の圧倒的多数で可決したのである。ペタン元帥は敗戦の責任を共和制に求め、その廃止によって第三共和制がもたらした年来の悪弊である混乱と分裂を収拾し、自身の独裁によって国内の統一を回復するつもりだったが、第三共和制を葬ったペタン元帥のヴィシー政権は、第三共和制を上まわる乱脈と退廃に支配されていた。ヴィシーには、休戦後続々と今日の敗戦をあらかじめ予見しそのためにいままで報われなかったと称する親ドイツ派あるいは対独譲歩派の政治家たちが集まってきた。そのなかからペタン元帥の腹心として浮上したピエール・ラヴァルは首相や外相も務めたことがある旧社会主義者で、大むこうの受けを狙っては奇抜な提案と大胆な妥協で交渉の成果を勝ちとろうと試み、変節に全く躊躇しない厚顔さをそなえ、一九三五年の外相在任時に政府にも関係各国にもことわらず秘密でムソリーニにアビシニアでの行動の自由を認めたために失脚した第三共和制の代表的な議会人であり、およそペタン元帥とは性格的に相容れない人物だったが、臆面もないラヴァルのような政治家こそがヴィシー政権では最も有能だった。ラヴァルはドイツ大使アベッツや軍政司令部と緊密な連絡をとりながら、ドリュの朋友G・ベルジュリーとともに議会の票固めをおこなって、ペタン元帥への全権委任を実現し、さらにフランスを独裁国家につくりかえるべく策動を始めたのである。ラヴァルのような百戦錬磨の議会人にとって、このような対独協力行為がフランスへの裏切りになるというような発想は全くなく、敗戦を事実として受けとめて勝者と必要な妥協をおこない、そのなかからフランスを立て直すみちをさぐり、同時にムソリーニとの秘密取引のために失った政治生命を回復する絶好の機会として俊敏に立ちまわることは、全く正当な政治的行為に思われたのである。そして対独協力者のほとんどが、一部の純粋な裏切り者かファシズムやナチズムへの心酔者をのぞけばラヴァルと同様の第三共和制的人物だった。

ドリュは七月になるとペリゴールから占領下のパリに戻る決意を固めたが、交通事情と、フランス北部と大西洋岸のドイツ軍占領地帯とペタン元帥の支配下にある通称「自由地帯」の境界を越える許可が得られなかったために、元帥政府のあるヴィシーにむかい、そこでたくさんの旧友と再会した。ドリオ、デア、ベルジュリー、ピシュー、P・マリオンといった共同戦線やフランス人民党でドリュと密接な関係にあった連中がこぞってヴィシーに集まり、政権に参入しようと争っていたのである。外相のボードワンから通行証を交付されたドリュはパリに戻り、新任のドイツ大使としてベルリンから赴任してきた十年来の親友、オットー・アベッツに八月十日に再会した。[*25] 領土拡張政策をとるようになったナチス＝ドイツに失望してから、ドリュはこのドイツの友人に対して親切であるとはいえず、一九三八年からはほとんど会ってもいなかったが、このときアベッツがドリュに対して示した態度は極めて丁重なものであり、その忠告は誠実なものだった。アベッツはドイツ側のフランス政策が全く決まっておらず、これからも急転するおそれがあり、いずれにしろドイツのフランス側への要求が極めて厳しいものになるのは間違いないので、ドイツ占領軍と関係をもつフランス人は他の国民から激しく憎まれることになると述べ、ドリュに対してそのようないっさいの行為に関係をもたないように勧めたのである。アベッツの言葉が真情にもとづいた思いやりの深いものであるのは間違いないが、ドリュはその忠告を受け入れず、アベッツに対して逆に占領軍の肝煎りでの単一党の結成を提案したのである。単一党についてのドリュの提案は、ペタン元帥の独裁によって運営されることになったヴィシー政権を支える強固な政党をつくり、その党の一党独裁による完全なファシズムをフランスに打ち立てることだった。旧友であるアベッツに対してドリュは年来の持論である

「ファシズムのヨーロッパ」を説いて、ナチス＝ドイツにとってもフランスにファシズムが確立されなければヨーロッパの「新秩序」は成立しないと説得したのである。ドリュにはヒトラーの語るヨーロッパの「新秩序」なるものがたんなるお題目であり、ナチス＝ドイツにとって敗れたフランスは戦争遂行と戦時経済のための利用と収奪の対象でしかなく、またもしも大戦がナチス＝ドイツの勝利に終わったとき、そこにありうるフランスはファシズムによって再生したフランスなどではなく、ドイツにとって脅威となりえない永遠に弱体化された衛星国家にほかならないという冷静な認識はなかった。対独協力にふみきった他の政治家たちが勝者であるナチス＝ドイツの厳しい態度に幻想をいだかず、なんとか裏をかいて少しでもフランスの復興のみちをさぐる可能性に賭けていたのとは全く異なり、それはまたもちろん単純に祖国を裏切る行為でもなかったが、結果としてドリュは相手が欺こうとすらせずに自制をうながしているにもかかわらず、みずから幻惑されてその幻想に賭けたのだった。

のちにドリュはこのときが自分が対独協力にふみきる決断を下したときだと語っているが、かれはアベッツに対して、ドリオとベルジュリーを首班とする党をつくることを提案し、至急二人と面会するように要請した。アベッツはベルジュリーについては同意したが、ドリオを好まず、デアを代わりに首班にするようにと言ったという。もともとドリオは共産党時代の経歴が派手で、いまだにドイツを含む国外ではファシストとしてではなくスターリンのお気に入りの第三インターナショナルの委員を務めた人物として知られていたし、ヴィシーに乗りこんで議会弾劾のデモをしたり、ユダヤ教会を襲撃したりといった行動がかえって占領当局の警戒感を強めたのである。一方のデアはインテリで人あたりもよく、ファシストとしては穏健で御しやすいという印象が強かったし、第一次世界大戦の戦場で三回塹壕のなかに生き埋めにされたという経験から徹底した反戦主義者であり、一貫してドイツに対する譲歩を主張しつづけ、ポーランドを見捨てて平和を維持するように要求したという有利な経歴があった。しかしドリュにとってデアは問題にならなかった。デアはたんなる左翼知識人にすぎず、ドリュの考える指導者には到底なりえない人物で、この点では一九三六年当時の認識と変わらずフランスでファシズムを担えるカリスマ性をそなえた指導者はドリオしかいなかった。ドリュはアベッツに再考をうながしたのちにヴィシーにむかい、ベルジュリーと会談するが、このかつての急進党代議士は相変わらず（ドリュの目から見れば）議会の取引に精力を傾ける政治家でしかなく、一九三四年の暴動に引き続いてドリュを激しく失望させたのである。

ドリュは自分自身の提案としてアベッツに単一党をもちだしたとしているが、ヴィシーではペタン元帥の独裁権が確立すると同時に単一党創立の動きが表面化していた。最初七月にラヴァルは、デアとベルジュリーを首班とする、ナチスに近い政党をつくろうとするが、ダルラン提督とペタン元帥の反対によって挫折してしまう。ついで十月に今度はペタン元帥の承認をうけてベルジュリーが首班となって単一党をつくろうと試みるが、こんどはラヴァルが妨害を加えて頓挫せしめた。この間、嫌気がさしたデアは九月にパリに戻り、アベッツの保護のもとにヴィシー政府を反動として批判する活動を始める。アベッツは結局のところフランスに単一の強力なファシズム政党をつくる気はさらさらなく、手元にナチス＝ドイツに忠実なファシストをおいて、ヴィシー政権を批判させることでペタン元帥を牽制し、あるいは場合によっては元帥に代えてファシストを権力の座につけると脅迫することで間接的に支配することが目的だったのである。こういった手法はフランスだけではなくナチス＝ドイツが占領した国で共通してとった政策で、ベルギーでもオランダでもノルウェーでも政権は王族等の旧支配階級に担当させ、現地のナチス党やファシズム政党を牽制に使っていた。

それに対してナチス＝ドイツの占領をファシズム政権成立の絶好の機会だと捉えたドリュは、言論でも積極的にナチス＝ドイツを支持し断固としてナチズムと共同することでファシズムを成功させようと決意した。このころドリュがA・ド・シャトーブリアンが主宰する「ジェルブ」誌に発表した記事はナチス＝ドイツへの賛美にみちている。一九四〇年に書かれた「新フランスの測定」では、ナチズムにおけるヒトラーをフランス革命におけるナポレオンになぞらえて、ナポレオンに征服された周辺国がフランス革命の精神を移植されて封建の眠りからさめたように、現在のフランスもヒトラーによる征服から学ばなければならないと書いている。[*26] ドリュはすすんで人前でナチス＝ドイツへの信頼とファシズムの必要性を口にし、おおっぴらにドイツ大使館に出入りし、フランス人がほとんど出席しないドイツ軍人のパーティーにも参加して、軍政司令部とも顔つなぎをした。こういったドリュを担ぎだしておこなわれたのが、占領下でのドリュ編集による「NRF」誌の刊行である。この提案が誰からおこなわれたのか証言が食い違うために特定できないが[27]、「NRF」誌の復刊がG・ガリマールにとっても、ドリュにとっても、アベッツにとっても有益なこととして利害が一致したことは間違いない。ナチス＝ドイツの占領後、司令部によって会社を封鎖されてしまい、活動再開の交渉を続けていたガリマールにとって、ドリュによる「NRF」誌の復刊は渡りに船だった。ガリマールはライヴァルのグラッセのように危ない橋をわたらず（グラッセは出版業界のドイツに対する窓口を買ってでることで占領軍の歓心を買おうとしていた[28]）、なおかつドイツ資本に株式を譲渡することなく、会社の封鎖を解いて業務を再開する手段を求めていた。めはしのきくガリマールは開戦前に大量の印刷用紙を手当していたが、司令部による封鎖のために本を売るどころか従業員の給料さえ払いかねていたのである。ガリマールはドリュを「NRF」誌の編集長にすることで、ガリマール社全体の活動再開許可をアベッツからとりつけたのと同時に、ドリュを通して占領軍からの身の安全の保証を受けたのである。事実ドリュはアベッツに、ガリマールとJ・ポーラン、マルロー、アラゴンには手を出さないよう強硬に申し入れていた。ドリュにとって「NRF」誌の編集長を務めることは晴れがましいことであるばかりでなく、これから始まるはずのファシズムの時代の知的指導者となることをも意味していたし、アベッツにとってはドリュを通して「NRF」誌の影響力を手に入れることは、大きな政治的勝利にほかならなかったのである。しかし、再刊された「NRF」誌は良質な原稿と筆者をそろえることが困難でガリマール自身が出稿をよびかけて歩くありさまであり、ドリュは政治活動にかまけていたために、ポーランが編集を手伝うような状態で、その誌面の低調ぶりにはアベッツも失望せざるをえなかった。

一九四〇年十二月にドイツに対して譲歩しすぎたという批判を軍部を中心とする保守派から浴びて、ラヴァルは警察に逮捕されヴィシー政権から失脚する。ラヴァルに代わって政権の座についたダルラン提督の内閣には、かつてドリュとフランス人民党でともに中央委員を務め、ドリオに失望して同時期に脱退したピシューが産業大臣、のちに内務大臣として、マリオンが宣伝相として入閣した。もともと財界のエリートだったピシュー[*29]は、若手テクノクラートとして鉄鋼業界を立て直したのと同様にフランス国家をも再建しうると自負して、戦前にはクロワ・ド・フゥからフランス人民党へと勢力のある右翼政党に財界からの持参金つきでわたりあるき、なんとか全体主義政権を樹立させて自身がフランスのA・シュペーアになることを夢みていた。共産党から社会党にわたりあるき、デアのネオソシアリスム運動に加入し、またアクション・フランセーズからコティにいたる極右の人脈と密接な関係をもち、ピシューと出会ってからはずっと行動をともにしてきたP・マリオン[*30]はドリュの親密な友人で、ダルランの内閣が発足するとドリュと連絡をとり、単一党の創立についてアベッツの意向を打診するよう要請してきたのである。ピシューの計画は整備され極めて現実的なものだった。一九四〇年にペタン元帥の要請で全国的に統一された復員軍人の団体「フランス戦士団」を母体とし、旧クロワ・ド・フゥの幹部を合流させた組織を実質的なファシズム政党として直接ペタン元帥の指揮下におき、同時に一九三八年に脱退して以来敵対関係にあるフランス人民党を含む全政党の活動を禁止することで他のファシズム組織を解散させ吸収するという構想だった。この計画は実現すればヴィシー政権をファシズムのもとに再編成しうる可能性をもっていた。ドリュはピシューの計画がペタン元帥を首班とすることに不満をいだきながらも、この計画が極めて現実的であると同時にフランス側のイニシアティヴのもとに遂行できることを評価したが、それこそアベッツの最も好まない要素だった。ピシューは内相として、共産党員の人質をドイツ将兵の暗殺の代価としてドイツ側に引き渡すという蛮行までおかしてドイツとの協調を果たそうとしたが、アベッツは逮捕されたラヴァルを釈放させるとパリに招き、デアを党首とする国家人民連合の結成を助けて側面からヴィシーにラヴァルの復権を要求したのである。この試みの失敗はペタン元帥の周辺に深刻な影響を与え、ピシューは結局対独協力にフランス再建の可能性がないことを認識すると、一九四二年にモロッコに逃れて北アフリカのジロー将軍の政権に参加するが、ドゴールの要求によってのちに処刑されてしまった。ドゴールをペタン元帥への反逆者として否定していたクロワ・ド・フゥの内部でもこれを機にドゴールのもとに去る者が続出し、副党首のシャルル・ヴァランはロンドンに亡命し、ド・ラ・ロック大佐はイギリスの諜報部の指令をうけて隠密裡にスパイ活動をおこない、ゲシュタポに逮捕されて強制収容所で死んだ。[*31]

ピシューの試みが破れたのちにドリュは最後の希望として、直接ドリオのフランス人民党を支援した。ヴィシーではペタン元帥からもラヴァルからも疎まれ、またパリではアベッツにも敬遠されて、恵まれない立場にいたドリオは、しかし最も精力的な政治家だった。パリにおけるフランス人民党の機関紙「クリ・ド・プープル」には、反ユダヤ・キャンペーンから対イギリス宣戦布告の提案、ドイツへの労働者派遣の奨励、レジスタンスの密告にいたるあらゆる売国的な、つまりドイツ側の支持が得られそうなあらゆる提案を見出すことができる。パリではデアに先をこされ、自由地帯ではピシューの圧力を受けてドリオは加速度的に政治的な売国主義と退廃におちこんでいった。一九四一年六月にドイツがソビエトに宣戦布告すると、義勇軍の結成を提案し、みずから従軍して前線にむかい、フランス人民党の党員を続々と「フランス義勇軍団」に参加させたのである。一九四二年にラヴァルが政権に返り咲くと、ドリオは政権獲得に動きだした。ドリオはラヴァルに対して「せりあげ」政策をとることで攻撃を加えた。つまりドリオはラヴァルが占領軍に対して提案した労働者派遣や資材提供を不足だと言いたててより大きな協力を逐一「クリ・ド・プープル」紙上で提案したのである。こうしたドリオの政治優先による行動がラヴァル以上に一般国民を苦しめる売国行為であることはいうまでもなく、このころからペタン元帥とヴィシー政権の人気自体が急速に衰え、ようやく占領軍への抵抗運動がひろがってゆくのである。

このようなフランス人民党にドリュは一九四二年十一月に正式に復帰したのである。実際の活動には三月頃から参加していた。このような政党に参加することはもちろんその汚辱をともにすることにほかならない。ドリュはあらゆる手段を使って政権を奪おうとするドリオの執念のなかにファシズムの最後の希望を見ていた。五月からフランス人民党はフランス各地で「政権要求集会」をたてつづけに開き、ただちにドリオを政権につけ、フランス人民党による一党独裁を実現するよう要求したのである。党内にはかつてのサン＝ドニでの熱気が甦ったかのような興奮がみなぎり、大会はどれも占領下としては異例の成功をおさめたが、しかし現実にはこのように卑劣な売国的政策をかかげる政党に大衆の支持が得られるわけはなく、戦前のフランス人民党と一変して大衆組織は貧弱であり幹部ばかりが目につくありさまだった。しかしそれでもフランス人民党が占領下で最も強力な政党だったことは間違いなく、ラヴァルは窮地に追いこまれた。ドリオが政権につくにはドイツ軍が同意しさえすればいい状況があらわれたのである。しかしアベッツはすでに更迭されてドリュも思うようにドイツと交渉できず、ついに一九四二年十二月四日にリッベントロップは新大使シュライヤーに「ヒトラーはドリオを政府主席とみなすことはない」という訓電を打ったのである。ラヴァルはドイツの支持をうけて一九四三年一月に悪名高い民兵創設法を公布してミリスを発足させ、ヴィシーの歴史はより陰惨な最終局面に突入したのである。

ドリュの占領下における対独協力の意味もファシズム実現の可能性が消えたこのときに消滅してしまう。かれはいまやファシズムの夢を追ったことで自分が取り返しがつかないほど汚れてしまい、抜き差しならなくなったことを認めざるをえなかった。祖国への裏切りとしての対独協力が狭いナショナリズムを否定するドリュにとっては汚辱ではないとしても、フランス人民党の政策は明らかに意味のない政治的野望のためにすすんで同胞を苦難におとしいれる行為でしかなかった。政治的希望のすべてが絶たれたのちになってドリュは突然マルキシズムを礼賛して対独協力者のなかでも孤立し、占領当局は困惑しつつもかれのスターリン賛美の政治記事をさしとめた。一九四三年の一月にスターリングラード攻囲戦で敗退してからはドイツ軍の敗北も動かしがたいものとなり、ドリュの対独協力は思想的にも現実的にも失敗に終わり、いずれ自分が裏切り者として裁かれるであろうことを自覚せざるをえなくなる。しかしドリュ・ラ・ロシェルの作家としての黄金時代はまさに現世的なあらゆる希望が絶たれたこの時期に訪れた。

一九四三年の秋に一度パリからスイスに逃れたドリュは、再びパリに舞い戻る。国外に逃亡することで生きのびること、あるいは自身の政治行動の結果から逃れることをしないとほぼ決断したとおぼしいこの時期に、ドリュは最も美しく完成度の高い中編「ローマ風幕間劇」を執筆する。[*32] 自身の生涯の転換点となった時期に体験した一つの情事の顛末を淡々と叙述したこの作品で、小説でのデビュー作「空っぽのトランク」以来一貫してとりあげてきたドリュの中心的なモチーフとしての放蕩生活が自分自身の生き方に重ねあわされる。この小説のなかには歴史に対する執着は見えていても、もはやファシズムに対する希望は見出せない。そこではファシズムやアンガージュマンもかれにとっては一つの放蕩にすぎなかったかのようである。一九四四年六月に連合軍がノルマンディに上陸し、八月九日にル・マンまで進撃してくると、ドリュは自殺する決意を固め、八月十二日、致死量の睡眠薬を服用して自殺を試みるが、家政婦に発見されて病院に移され、一命をとりとめた。意識が回復するとすぐにもう一度自殺を図り動脈を切るが、また失敗する。この経緯から一九四四年八月の時点ではドリュはあくまで連合軍がパリに着く前に自殺する決意であったことが分かる。蘇生直後にあらためて自殺を試みることは、通常きわめて困難だとみなされているからである。そしてこの断固たる死への決意にもかかわらずもたらされた生の延長はドリュに文学者としての開花のチャンスを与えた。自殺に失敗したあと、パリ市内や近郊を転々としながら、レジスタンス派の裁判に際して対独協力者としての立場を主張するべく法廷での陳述書を書くのと並行して、自身の生涯のなかの妄執としての自殺を扱ったエッセー「秘められた物語」に取りかかる。自我のめばえの時期から、青年期、従軍時代、戦後の生活、そしてパリ解放に際しての自殺未遂まで、自身の生涯を死への親しみと自殺の誘惑の側面から綴ったこの小文は、戦後十六年を経て発表されると、その誠実さと率直さ、死と自殺を前にした人間についての深い洞察によって作家としてのドリュを対独協力のタブーからひきだして再評価するきっかけをつくった。ここでドリュが展開している自殺の概念は、いわばハイデガー的な死の考察に近いものである。ドリュにとって自殺とは自身の死を自分でみつめ、みずから死を遂行することにほかならないのである。個人が個人として死ぬことが困難な時代、大戦争とホロコーストの時代において、みずからの死を死ぬための行為がドリュにとっての自殺なのである。そして死を自分のものにして、時代の凶暴な暴力の意のままにさせないことが、ドリュにとっての生の充実でもあった。第一次世界大戦の戦場で、外では「何億」という弾丸が飛びかい、屠殺がおこなわれているときに、自殺しようと試みて銃口を覗いた「個人主義」的な経験がドリュの自殺の原型となっている。世界をおおっている大量死の無名性から個人の死を救い出すための自殺という動機は、レジスタンス派の対独協力者に対する粛清の嵐のなかで、自分の死を死のうとする選択になっている。ハイデガーは「人はその人の死を死ぬという運命だけは奪われることはない」と語ったが、しかし近代戦と、ナチス＝ドイツやスターリンのおこなったホロコーストは大量な死の無名性という現象をうみだしてしまった。そして皮肉にもその死の無名性の恐怖を訴えたツェランやアメリーと同様に、ナチス＝ドイツに加担したドリュ・ラ・ロシェルも、死の無名性を乗り越え、死をみずからのものにするための方法として自殺を選択したのである。

「秘められた物語」は確かに感動的な文章だが、もしもドリュが『ディルク・ラスプの回想』を完成させていれば、その序文かあるいは内容の解説的な意味をもつ文章にすぎないとみなされるようになっただろう。『ディルク・ラスプの回想』は自殺した画家ヴァン・ゴッホをモデルとした一人称の回想小説であり、当然ドリュの自殺未遂体験から得た理解にもとづいて、自殺に決着する画家の生涯が克明に描かれるはずだったからである。しかし、『ディルク・ラスプの回想』はドリュの身辺の逼迫により一九四四年末に全七部のうち四部が完成した形で中断され、一九四五年三月十六日の自殺によって未完のまま残されてしまった。

『ディルク・ラスプの回想』はドリュ・ラ・ロシェルの小説家としての到達点というよりも一つの出発点でありえた作品であり、ドリュの作品の忠実な読者は『ディルク・ラスプの回想』に驚嘆しないわけにはいかないだろう。『ディルク・ラスプの回想』は間違いなくドリュ・ラ・ロシェルの作品だが、またこれまでの小説とは全く性格を異にしているのである。これまでの極めて自伝的な、あるいは回想録的な小説と異なって、『ディルク・ラスプの回想』でドリュは初めて自分自身かあるいは自己に極めて近似する性質をもった人物ではない、オランダ人の画家を主人公＝語り手に選び、また時代もドリュの生涯と同時代ではない十九世紀が扱われている。そしてこれまでは作家としての自己を作品のうえでは決して出さなかったドリュが、画家を主人公にすることで芸術の問題を小説で正面からとりあげている。つまり『ディルク・ラスプの回想』はドリュのこれまでの小説の特徴だった特殊性、個性や時代、テーマの特殊性を抜けて普遍性をそなえた小説であるという点でなによりもこれまでの作品と異なっているのである。残された四部だけを見てもドリュのつくりあげたゴッホ像は極めて力強く、また魅力的であり、この未完の作品をドリュ・ラ・ロシェルの最高傑作にあげる研究者は決して少なくない。

第一部では、ゴッホの実人生とは異なるが、イギリスの司祭館で育てられた、オランダ人の孤児として主人公が登場する。かれは孤児であり、醜く、貧しく、女性に愛されない存在で、信仰と社会問題への関心と画くことへの漠然とした期待をいだいている。第二部では主人公は画商の下働きをして画家となる下地をつくる。主人の画商は奇矯な人物で、人々が好む俗悪な絵を商品として売りながら、店の奥には美しい作品のコレクションをつくりあげ誰にも見せずに保管している。なんとか自分で絵を画こうとする主人公はアカデミックな画家の俗悪な作品にうちのめされながら、美とは何かと考察し、ここで主人公は自分の容貌や自分のまわりの悲惨で醜い女性たちとの関係から美について考えるのである。そして主人からドラクロワの絵を見せてもらい、そののちにやっと一枚のデッサンを仕上げる。第三部では主人公はオランダに戻り、画業を放棄して、いっしょに育った司祭の息子とともに最下層の炭鉱労働者を相手にする布教活動に従事する。招かれもしないのに貧者の重苦しく暗い家におしかけて福音を説くことは、主人公に誰もが信仰をもちうるのか、救われようと欲することができるのかという問いをもたらす。社会主義によって経済的に救済するしかないという仲間の意見を聞きながら、地獄とは凡庸であること、福音にたどりつけないことだと考える。第四部では布教生活から離れて、いっさい働くことをやめて絵を画きはじめた主人公が、子連れでそのうえ妊娠している娼婦とともに住み、彼女をモデルにすることで独自の世界をつくってゆく。彼女を描くことから、醜さのなかに美があり、美があれば歓びがあると考える。

芸術と社会、信仰と人生を正面から扱ったこの作品がこの時期のドリュに突然わきあがったことと、かれの自殺体験とは決して無関係ではない。『ディルク・ラスプの回想』では、「ローマ風幕間劇」においてドリュがみせたこだわりのない世界、思想や政治にしばられずに自分の行程をみつめることからさらに進んで、これまでのドリュの世界をつくっていた桎梏を抜けだした画家の伝記という筋立てのなか、ドリュにとって本質的な政治や信仰、つまり個人の魂の問題がより普遍的な問いかけとして扱われている。いままで放蕩の姿をとってしかあらわれることのなかった絶対の追求が、『ディルク・ラスプの回想』のなかでは画家の真摯な研鑽の過程としてあらわれ、芸術と関係づけられることで時代精神のくびきを抜けて、自身の探求の本質へ接近することが可能となったのである。しかし、この試みはその道なかばで閉ざされ、自殺の誘惑は芸術を打ち負かしてしまった。いわばドリュは永遠に手を届かせながら、やはりあくまで時代精神に忠実であること、つまりは福音とは無縁な地獄にとどまることを選んだのである。

ドリュ・ラ・ロシェルの自死は二重の意味での放蕩に対する忠誠の表明である。ドリュはリュシアン・ルバテが『ふたつの旗』の完成のためにすべてを打ち捨てたようには、決して文学とその探求に献身することをしなかった。長い作家としての経歴ののちにようやくたどりついた手腕と題材の成熟よりも、かれはみずから放蕩を真剣なものにすることを選び、また危険をかえりみずに身を投じた対独協力の政治的冒険ののちに、その危険を棒引きにして保護されたり、逃亡したりすることをせず、みずからの生命によってその賭金を支払うことを望んだのである。もしもその危険が最終的に寛《ゆる》されてしまうならば、かれの放蕩の誠実さは消滅してしまうだろうし、それ以上に、みずからのすべてをもって贖わないのであれば、そこに死と破滅の危険が遍在していないのならば、そこには誠実さはもとより、放蕩の快楽すらなくなってしまうだろう。生まれついての痛風病みのような、苦渋と陰鬱さから逃れるすべもなく、毎夜毎夜の乱痴気騒ぎと娼家通いのなかで、日に日に生命の実感から遠ざかってゆくように思えたドリュ・ラ・ロシェルにとって、その放蕩のなかの誰も目にとめず真剣にとろうとはしない一片の真実と、政治によって歴史に参加することだけが、かれと世界の親和を回復し、放蕩を真の冒険に変えうるはずだった。バレスからサルトルにおよぶ参加の文学者たちは、様々な卓越した政治的行動や公人としての活動によって、かれらのテクストを支えた。ドリュはスペイン戦争の英雄マルローや忠実な共産党員アラゴンといった肖像の代わりに、放蕩という、あまりにもあやふやな行為によってかれの文学を支えようと試みた。文学の目利きは、『ディルク・ラスプの回想』を読んでこの筆者の手腕に陶然とすると同時に、いかにすればこのような作品を中断して、執筆を放棄し自殺することができるのかと、啞然とするに違いない。しかし、ドリュにとっては輝かしい文学の永遠性よりも、あてのない彷徨の真実のほうが貴重だったのである。

はるかかなたでは、人生はまだ甘美でありうるだろうか？[*33]

甘美さとあらゆる意味で無縁だったこの作家は、しかしないものねだりをして人生の甘美さを求めたのではなかった。最も陰鬱で気づまりな情事のなかにさえ、ドリュは永遠の息吹のきざしを探し求めた。そして真実をしかつかまないように、いつも大きく目を見開いていたために、より苦く陰惨な事実を認めなければならなかった。かれはかれの国と時代と、そしてみずからの資質と能力にふみとどまりながら、そこでなしうる唯一の誠実さへの献身をおこなったが、それがつまりは放蕩だったのである。

注記

＊1――第一次世界大戦終了直後から、ドイツの報復に対して警戒をよびかけていたモーラスは、ひときわ早くヒトラーの台頭を予測し、アクション・フランセーズの外交政策の根幹として、フランスとイタリアの「ラテン同盟」の結成によってナチス＝ドイツを軍事的に封じこめることをかかげた。本書、第六章ルバテ参照。

＊2――Alphonse de Châteaubriant（1877―1951）. 作家。一九一一年にゴンクール賞を受賞。古きフランスの素朴な信仰をテーマにした小説、随筆を書く。一九三七年にニュールンベルクのナチス党大会に参加して、その神秘主義のとりこになる。一九四〇年の夏から占領下のパリで《La Gerbe》を発行し、対独協力の知的支柱のひとつとしてコクトー、エイメ、アヌイらの記事を掲載する。ドイツ軍撤退と同時にスイスに亡命し、その地で死去。P. Sérant : *Le Romantisme fasciste*, Fasquelle, 1959. では、ドリュやブラジヤックと並ぶフランス＝ファシズムの重要作家として扱われている。

＊3――D・ヴォルフ『フランスファシズムの生成』平瀬徹也他訳（風媒社、一九七二年）、一四頁。

＊4――1945：もうひとつのフランス1『ジル』若林真訳、（国書刊行会、一九八七年）、上巻、一二五頁。ドリュの作品については、邦訳があるものはそこから引用し、その他の著作はなるべく入手

しやすい版から引用するように心がけた。

＊5――1945：もうひとつのフランス2『秘められた物語／ローマ風幕間劇』平岡篤頼／高橋治男訳（国書刊行会、一九八七年）所収、「ローマ風幕間劇」高橋治男訳、一八〇頁。

＊6――*Interrogation*, Gallimard, 1917, p. 88.

＊7――*La Comédie de Charleroi*, Livre de Poche, 1970, p. 69.

＊8――*Ibid*., p. 72, p. 75.

＊9――E. Berl による証言。Berl はドリュとコレットの双方と極めて親しかった。コレットのインタビューとともに *Drieu la Rochelle*, Hachette, 1979, p. 125. 同書は、ドリュの年下の友人であり、自身セルクル・プルードンから、「コンバ」グループ、そしてドリオのフランス人民党に所属していた二大戦間のフランス＝ファシズムの生き証人であり、*Drieu, témoin et visionnaire*, Grasset, 1952. によって最初のドリュの伝記を書いた P. Andreu と、*Drieu la Rochelle and the Fiction of Testimony*, University of California, 1958. 以来、アカデミズムにおけるドリュ研究を先導し、またドリュの未発表作品の刊行や旧作再刊にも尽力してきた F. Grover の共著による伝記であり、取材や周辺の証言の豊富さ、未発表資料の多くの引用、考証の正確さによって、現在におけるドリュ・ラ・ロシェルの伝記の決定版であるばかりでなく、必読の一次資料として位置づけうる著作である。ただし、その性格としてドリュ・ラ・ロシェルに極めて同情的であることはまぬがれないが、Grover は占領下でレジスタンス派に属していたこともあり、政治的には偏向していない。同書と、レジスタンスから共産党に加入し、ハンガリー動乱に際して離党した経歴をもつ D. Desanti の卓抜な知識人論ともいうべき評伝 *Drieu la Rochelle ou le séducteur mystifié*, Flammarion, 1978. の二冊の七〇年代に発表された評伝が、いまのところドリュ研究における注目すべき業績と考えられる。小論も、伝記的事実については上記の著作に依拠した。

書誌は、J. Lansard の、一九七九年に提出された国家博士論文 *Drieu la Rochelle, Essai sur son théâtre* が現在 Aux Amateurs de Livres から増補されて出版中であり（I 1985, II 1987）、その第三部がすべて書誌にあてられる予定になっている。

＊10――ドリュとシュールレアリストたちは、一九二五年一月の「宣言」によって後者がシュールレアリスムを「革命運動」であると規定し、共産党へ接近する態度を明確にしたことから、その決裂が明らかになり、ドリュは一九二五年八月「NRF」誌に「シュールレアリストの全き誤り」を掲載して、アラゴンを正面から非難した。この事件については、山口俊章『フランス一九二〇年代』（中公新書、一九七八年）に詳述されている。この決裂は『ジル』第二部〈エリゼ宮〉で扱われている。作中のガランはアラゴン、カエルはブルトンである。

＊11――*Anthologie de l'Humour Noir*, Pauvert, 1966.

J. Rigaut の著作は近年一冊にまとめられた。*Ecrits*, Gallimard, 1970.

＊12――世界の文学52『フランス名作集』（中央公論社、一九六六年）所収、「空っぽのトランク」杉本秀太郎訳、三二七頁。

＊13――同書、三四三頁。

＊14――Adieu à Gonzague, dans *Le Feu follet*, Folio 152, 1977, p. 182.

＊15――Gaston Bergery（1892―1974）. 政治家、弁護士。ドリュ・ラ・ロシェルの親友、『ジル』のクレランスのモデル。一九一四年に第一次世界大戦に志願し重傷を負う。一九二四年にE・エリオの内閣に外相として入閣。一九二八年マントから急進党の代議士として当選。しかし急進党の政策にあきたらなくなって一九三三年に脱党、左翼の広範な連帯をよびかける反ファシズムのための「共同戦線」le Front commun を提唱する（『ジル』下巻、二〇一―二一三頁）。この試みはのちにレオン・ブルムによって人民戦線の先駆と呼ばれることになる。人民戦線の前半に協力したのち、一九三八年

からは対独融和に転換して、ミュンヘン合意の裏で調整役を務めた。敗戦後はヴィシーに赴き、国民議会の票を集めてペタン元帥への全権委任を実現、ソ連大使としてモスクワに派遣される。一九四二年からはトルコ大使。戦後、対独協力の科で告発されるが、一九四九年不起訴で釈放される。

＊16――Marcel Déat (1894―1955). エコール・ノルマル在学中、第一次世界大戦に歩兵として出征し、数々の軍功によって大尉に昇進する。戦後復学して、哲学の教授資格を取得、その秀才によりエルによってフランス社会主義の希望とみなされ、ブーグレからは社会学の未来を築くと期待された。一九二〇年のトゥール大会での社共の分裂ののちに社会党に入党、二六年にマルヌから代議士に立候補、当選する。下院の社会主義者グループの政務書記に就任し、公式にレオン・ブルムの後継者とみなされるようになった。しかし、一九三〇年に出版した『社会主義の展望』*Perspectives socialistes*, Valois. のなかで、経済主義だけでは国家を解体することは不可能であるとマルクスを批判し、「支配」という視点を社会主義に盛りこむように提案して、ありうるべき選択は、「国家」の存在に対して無意識であるゆえに（ソビエトのように）社会主義を民族主義化してしまうか、逆に国家を社会主義化するかの二者択一しかないと断じたことで、ブルムとのあいだに溝が生じた。このデアの提案の背景には、第一次世界大戦をもって国際的な労働者階級の連帯といった幻想が消滅し、労働運動にも「国家」の存在が解消しえない枠組みとしてあらわれたことに対する、戦場から生還した青年としての意識が働いている。純粋な経済関係によって社会を区切ることをしないデアは、革命運動の担い手をプロレタリアートのみに限定するのではなく、中小工業者や開明的なブルジョワジーにひろげることを提案し、ブルムから修正主義者という非難を受けた。一九三三年七月の社会党大会で、デアはニューディール政策やムソリーニのファシズムを社会主義の変種として検討することを提案し、否決された。デアは支持者とともに社会党を脱退し「フランス社会党、ジャン・ジョーレス連合」を結成した。

しかし、人民戦線の結成にあたっては自派を率いてブルム首班の政府に加わり（そのときは社会主義共和連合という名称に変わっていた）、サロー内閣には航空相として加わった。一九三八年からは、戦争回避に政治運動の重心を移し、ミュンヘン協定を支持するとともに、一九三九年五月には機関紙《L'Œuvre》紙上で、「ダンチッヒのために死ぬのか」を見出しとする高名な記事を書いて、戦争回避のためにヒトラーに譲歩することを要求した。

敗戦後、ペタン元帥に強力な国家を再建するための単一党をつくることを提案したが拒絶され、ヴィシーからパリに移って占領中は一貫してヴィシー政府の反動性を攻撃しつづけた。一九四一年にはアベッツの肝煎りで、ヴィシーを追放されたラヴァルを支援するために国家人民連合（Rassemblement National Populaire）を結成し、パリにおける政治権力の中枢につき、同じくパリで政権獲得のための努力を続けていたドリオとライヴァルになる。

ドイツの撤退後、ペタン元帥とともにジークマリンゲンに赴くが、ドイツの敗北後はイタリアに逃亡、山村の僧院に隠遁して死を迎えた。

極めて興味深い三〇年代的社会主義者の一人として、現在では多くの注目を集めている。

*17――Hendrick de Mann（1886―1953）．十代から生地フランドルの労働運動に参加し、ついでライプチッヒで社会主義系新聞の記者となり、またイギリスでも運動に加わる。一九一一年に国際派の労働運動のエキスパートとして、ベルギーの労働者教育センターの書記となる。一九一四年には第二インターの事務局に勤務しジョーレスの国際的な労働者の連帯による大戦回避の試みを精力的に支援するが、労働者の愛国的熱情の前に国際主義の理念やマルクスの説く階級の連帯が無力であることに深く幻滅して、自身第一次世界大戦に志願、従軍する。一九一七年に第二インターによりモスクワに派遣され、革命に立ち会い失望。一九一九年からアメリカに派遣されたのち、ベルギー労働党内部の抗争のためにドイツに移住。フランクフルトで心理学の教授となる。ド・マンの主著『マルクス主義を

超えて』*Au-delà du marxisme*, L'Eglantine, 1932. は、そもそもドイツでは *Zur Psychologie des Sozialismus* という題で発表されたように、マルクス主義の功利性をウィリアム・ジェイムズやベルグソン、そしてなによりもフロイトによって克服しようとする試みだった。ド・マンによるならば、労働者階級が資本主義に反対するのは、剰余価値の搾取のゆえではなく、搾取によって毀損された尊厳を回復するためにほかならない。そのために社会主義者の任務は、労働者の尊厳の回復を支援することだけではなく、かれらの希求が「国家」やナショナリズムによって吸収されるのを防ぐこと、また労働者がたんなるブルジョワとの「平等」化に満足することなく、より高い文化的人間的価値をめざしうるような、低劣なプロレタリア文化の謳歌にとどまらない高邁な社会主義文化の創造にあるとした。

一九三三年のヒトラーの政権奪取によって危機感をつのらせたベルギーの社会主義陣営に対して、労働者階級の衰弱を防ぐための当面の政策として、強い権力による経済統制、金融機関の国有化を柱とした「計画主義」を提唱、ベルギー国内のみならず、諸外国、特にフランスで注目を浴び、「計画主義」のための国際会議が一九三四年にパリで開催され、多くの知識人やデアらの社会主義者が参加したが、また一方で独裁の容認という批判を受けた。一九三四年に公共労働と失業対策の所管大臣としてベルギー政府に入閣し、一九三六年には大蔵大臣に就任、「計画主義」を実践し、ある程度の成果をあげた。

レオポルド三世の信任をうけて戦争回避のために奔走し、アベッツやチアノと親交を結ぶ。敗戦後はベルギー国内にふみとどまったレオポルド三世を補佐して占領政策に協力するが、一九四二年にドイツ側により人質に指名され、フランスからスイスに逃亡、最終的にはドイツのベルギー国境よりに居住した。一九四六年、ベルギーの欠席裁判により対独協力の科で禁固刑に処せられ、国籍を剝奪される。五三年に事故とも自殺とも暗殺ともつかない鉄道事故で死亡。

アメリカでの脱構築派哲学の領袖、ポール・ド・マンは甥にあたる。ポールは叔父の死後アメリカに渡り哲学者として成功したが、一九八七年に死去したとき、ベルギーでの青年時代に書いた反ユダヤ主義文書が暴露され批判にさらされている。

*18――ドリュのファシスト社会主義は、明確に「社会主義」のほうに力点がおかれている。たとえば *Socialisme fasciste*, Gallimard, 1934. の表紙は、Socialisme の部分が赤で大きく書かれ、下に小さく黒で fasciste と書かれているのである。ドリュの政治思想を理解するためには、*Mesure de la France*, *Genève ou Moscou*, *L'Europe contre les patries.* といった著作で示されたフランスの没落とヨーロッパの統一を提起した一連の議論とともに、のちにファシズムの左派を形づくることになるド・マンやデアの三〇年代における一連のマルキシズム問い直しの問題の一環としての社会主義の要素を考慮すべきだろう。

政治思想としてのドリュのファシズムについては、河野健二編『ヨーロッパ――一九三〇年代』(岩波書店、一九八〇年) 所収、西川長夫「『三〇年代精神』と文学」ならびに「思想」一九七九年七月号所収、西川長夫「フランス・ファシズムの一視点」、また、P. Soucy : *Fascist Intellectual : Drieu la Rochelle*, University of California, 1979 ; M. Balvet : *Itinéraire d'un intellectuel vers le fascisme : Drieu la Rochelle*, PUF, 1984. 等が詳しい。

*19――『ジル』下巻、二二六―二二七頁。

*20――同書、下巻、二二八―二二九頁。

*21――同書、下巻、二三三―二三四頁。

*22――同書、下巻、三〇〇頁。人間再生としての倫理的ファシズムという観点からのドリュ論は若林真『絶対者の不在』(第三文明社、一九七三年)、および同氏による前掲書『ジル』の解説「ある道化師の肖像」、R. Leal : *Drieu la Rochelle : Decadence in Love*, University of Queensland, 1973. 等

がある。
*23――ドリオについては、ヴォルフの前掲書とJ. P. Brunet : *Jacques Doriot*, Balland, 1986. の二冊の大部の評伝があり、またP. Burrin : *La dérive fasciste, Doriot, Déat, Bergery, 1933-1945*, Seuil, 1986. では左翼からファシズムへの移行という視点からデア、ベルジュリーとともに論じられている。小論でのドリオについての記述は上記の著作にほぼ依拠した。
*24――A. Gide : *Journal 1939-1949*, Bibliothèque de la Pléiade, Gallimard, 1954, p. 34.
*25――この事情についてはドリュの *Fragment de mémoires, 1940-1941*, Gallimard, 1982. によった。同書にはR. O. Paxton による解題が付されている。
*26――*Chronique Politique 1934-1942*, Gallimard, 1943, p. 248.
*27――Andreu-Grover はドリュの発案であるという解釈をとっている（*op. cit.*, p. 454)。一方、P・アスリーヌは、『ガストン・ガリマール』（天野恒雄、みすず書房、一九八六年）のなかで、G・ガリマールとドイツ側の話し合いで決定したことを示唆している（二九二頁）。
*28――そのためグラッセは戦後、C・N・Eから追放処分を受けた。
*29――Pierre Pucheu (1899―1944). ノルマリアン。二十七歳でフランスの鉄鋼輸出カルテルの代表に就任。業界の立て直しに成功し、戦後派テクノクラートの代表とみなされる。一九三四年からクロワ・ド・フゥに加入。一九三六年フランス人民党に入党するが、一九三八年脱退。ヴィシー政府ではダルランの内閣で産業相、内相を歴任。一九四二年にヴィシーを見限りジロー将軍の陣営に参加するが、一九四四年ドゴール軍により処刑される。
*30――Paul Marion (1899―1954). 政治家。ドリュの友人。共産党に加盟し、「ユマニテ」紙の記者となる。ソビエト滞在後脱党、フランス人民党に入る。ヴィシーではダルラン内閣の宣伝相、ラヴァル内閣の情報相を務める。ペタン元帥とともにドイツ領に逃亡、戦後、終身懲役の判決を受け、死去

直前に釈放。

＊31――ヴィシー周辺でのドゴール批判の急先鋒だったド・ラ・ロック大佐は、その悲劇的な最期にもかかわらず、戦後レジスタンス派からコラボとして非難されつづけ、一九六一年に未亡人が強制収容所移送の書類を示したために、ようやく名誉回復をうけた。

＊32――前掲書解説のなかで、執筆時期について周到な考証がおこなわれている。

＊33――『ジル』下巻、三一二頁。

第五章　ロベール・ブラジヤック◉粛清された詩人

I　夭折の天才、または最悪の裏切り者

二十世紀フランスの文学者のなかで、ロベール・ブラジヤックは最も議論の多い、そして評価の分裂が深刻な作家である。かれの名前は依然として、一般公衆の前では否定的な響きを伴わないかぎり発するのがはばかられ、偶然発せられた場合には「ナチ」、「コラボ」、「反ユダヤ主義者」の一言でかたづけられてしまうことが稀ではない。一般公衆がかれに対していだいている反感は、早くも古典的小説家とみなされるようになったセリーヌ、二大戦間の代表的文学者として捉えられているドリュ・ラ・ロシェルらの対独協力作家に比しても、ひときわ強いものである。そしてこの反感にはブラジヤックの作家・批評家としての才気、教養と強く結びついた野蛮なパンフレテールとしての存在や非常に積極的で一貫したファシズム賛美が寄与していることは確実である。

その一方でブラジヤックは一部の読者に圧倒的な支持と愛着を見出しており、驚くべき数の評伝や研究書（もちろんそのすべてがブラジヤックの存在に対して肯定的であるわけではないが）が死の直後から今日までに捧げられ、[*1] 一九五〇年に発足したブラジヤックの

研究会は近年までに三十余冊の年報を発行しているし、[*2]十二冊からなる全集がすでに編纂され、[*3]主要作品も版を重ねてつねに入手可能な状態にあり、ブラジヤックという作家は、セリーヌはともかくとして、ドリュやルバテよりも作品や研究の面では公衆から厚遇を受けていると言いうるのである。そしてその人気の背景にはブラジヤックの作品自体の力、ドリュとは異なって時代精神と切り離しても価値を失わないような、作品がそなえている古典性と不朽の魅力が控えていることは明らかである。

このようなブラジヤックの毀誉褒貶のはなはだしさは、深刻な文学観の対立を惹起するもので、たとえば一九八七年、ナチス親衛隊将校C・バルビーの裁判をめぐってフランス国内でドイツ占領時代が再び論議された時期に、「カイエ・ロシェル」誌上で編集長のP・シプリオが戦後の混乱のなかで処刑されたブラジヤックを、レジスタンスの英雄でゲシュタポに惨殺されたジャン・ムーランに結びつけて、「いつかレジスタンス派と対独協力派が、十五世紀のアルマニャック派とブルゴーニュ派の対立と同様の歴史的事件になってしまったときに、ブラジヤックはムーランと同じ戦乱の犠牲者とみなされることになるだろう」[*4]と書き、T・モーニエが「ブラジヤックの三十六歳の死はジョルジョーネやワトー、モーツァルトの夭折にも比すべき痛恨事である」[*5]と書いたのに対して、進歩的な言論誌「ヌーヴェル・オプセルヴァトゥール」誌では、J・ジュリアールがあからさまな怒りとともに「ブラジヤックとムーラン、裏切り者と殉教者を同一視することは、文学と政治の《客観性》の悪用にすぎない」[*6]と非難し、ドリュやルバテの作品も含めて対独協力作家の作品を文学作品として《客観》化しようとしている風潮を弾劾したのである。一方に一九四五年の死刑判決当時と変わらない「ファシスト、反共和主義者、反ユダヤ主義者、扇動者、売国奴」というかれに対する厳しい審判とそれにもとづく文学活動の全面否定が根づよく存続しており、また他方ではブラジヤックの作品と才能に対するほとんど手放しの賛辞が声高にとなえられている。片方にとっては一九四五年一月十九日の粛清裁判での論告求刑にすでに見られたように、ブラジヤックの才気の卓越そのものが、かれのファシズムとの共存によって許しがたい罪状のひとつであり、また他方にとっては銃口の前に端然と立って「勇気！」の一言とともに死をむかえたその最期はブラジヤックの名声をいやますことへ貢献をしていることは間違いない。

ブラジヤックの文学と政治行動について考察すること、その評価を試みることは近代的な文学と倫理にとって最も危険な誘惑のひとつである。というのもブラジヤックの作品と行動を真剣にかつ誠実に捉えてその価値と意味を勘案することは、そのままヒューマニズムという概念が内包しているダブルミーニング、人文的＝人道的の分裂に立ち会うことになるからである。ブラジヤックが端倪すべからざる書き手であり、ほとんど完璧な古典的教養とその教養を清新に現代に甦らせうる才気と筆力をもっていたこと、かれの評論と詩のほとんどすべてと一部の小説は不朽の価値をもっていることは、ほぼ間違いない事実である。そしてまたかれがファシストであり、反共和主義者であり、反ユダヤ主義者であり、ドイツ軍の占領下ではフランス人にナチス＝ドイツへの協力と和親をよびかけ、かつての議会人や資本家、ユダヤ人を、かれらがナチス＝ドイツの支配下においておかれていた危機にもかかわらず非難攻撃し、ときには死を要求し、かれの論説の結果として多くの命が失われたことも否定のしようがない事実なのである。そしてこの二つの事実を同時に実現するような存在、つまり人文的にぬきんでていながら、非人道的な行為を意識的に選択した人物を、ダブルミーニングを内包するヒューマニズムの尺度で捉えることは不可能であり、人文的に評価して肯定するか、人道的に切り捨てて抹殺するかという、いわば二つの側面のあいだでの選択、文芸と倫理のどちらをとるかという選択を、つねに逃れがたい問いとして読者に強要するような文学者なのである。

ゴビノー以来のフランス文学の反ヒューマニズムの系譜は、ブラジヤックにいたって明確なヒューマニズムの崩壊に直面する。それはもちろん第一次世界大戦の物心両面での損害とそれに起因する「昨日の世界」の完全な喪失、戦争における非戦闘員の大量死とナチス＝ドイツ、スターリンによるホロコーストによって如実に示された西欧世界の危機を反映しているものであり、そしてブラジヤックについて考察することは、ヒューマニズムなきあとの文芸と倫理について考察することにほかならないのである。というのも、ブラジヤック自身がそのような危機の産物であるというよりも、かれもまた西欧の文化と文明に対する強い危機感をもって時代の難局に立ち向かったのであり、古典的教養と過激なファシズムを結びつけることでヒューマニズムを他の誰よりもおとしめたとされるブラジヤックの立場は、近代的価値の危機に際して新しい価値をうみだすための果敢な選択だったのであるから。

ブラジヤックのファシズムは、危機の時代に生きながらも青春の甘美さを取り戻そうとする、あくなき渇望に裏づけられている。人民や労働者階級、さらには自由や平等といった概念への献身を要求して、政治的目的のためにすべてを犠牲にする左翼の闘い方に対して、ブラジヤックにとっては個人の幸福の追求と大義のための闘争が両立しうる思想が、ファシズムだったのである。幼年時代の恍惚の記憶をいだきながら、モーラス的古典主義から政治的文学者としての歩みを始めたブラジヤックは、かれの若さを圧殺する時代の暗転に抗議し、誰もが銃をもって戦わなければならない時代に生きつつもなお、その戦いを勇敢にたたかいながらもまた、生の豊饒を味わうことを求めた。

そしてその賭けは、必然的にヒューマニズムを分裂させながらも、文芸と行動の新しい絆を求める行為になりえたかもしれなかった。

II　地中海の官能的詩人

一九〇九年生まれでモーラスよりも四十一歳年下のロベール・ブラジヤックは、息子というより孫とでもいいうるような世代の間隔をもちながら、モーラスが得た唯一の後継者というべき文学者だった。一九〇〇年から一九一〇年あたりまでに生まれた世代は、サルトル、マルローからカミュにおよぶ多くの活動的な文学者・思想家が輩出した世代で、この世代の活躍によって二十世紀フランス文学は良きにつけ悪しきにつけ刷新された。その経歴の出発点をアクション・フランセーズ近辺におく文学者に限っただけでも、T・モーニエ、[*7]C・ロワ、[*8]ブランショ、ルバテ、ブラジヤックといった多様な才能が輩出した。モーニエはモーラスのナショナリズムの夢を継承し、ブランショはモーラスの反ヒューマニズムを哲学的な思考に高めたが、その内容や射程も含めてモーラスの思想を忠実に引き継いだのはブラジヤックだった。ブラジヤックも含めてこの世代のアクション・フランセーズ参加者は、一九四〇年の敗戦の前後にみなモーラスのもとを離れ、あるいは背をむけた。モーニエはキリスト教を支えとした保守的リベラリズムへむかい、ロワはスターリニズムに傾倒して共産党に参加し、アクション・フランセーズで文学欄の秘書をしていたルバテはナチズムに魅了された。ブラジヤック自身は死の直前までモーラスの思想に忠実でありまた敬愛の念を失わなかったが、かれが編集長を務めていた「ジュ・スイ・パルトゥ」紙は、そのあからさまな対独協力によってモーラスから絶縁を宣言され、そして敗戦後捕虜収容所から釈放されたのちに、リヨンでなくパリに赴いたブラジヤックはモーラスの不興を買い、公式に「アクション・フランセーズ」紙上で破門を宣言されてしまった。

しかしそれでもブラジヤックがモーラスの後継者であると言いうるのは、かれがモーラスの古典主義のフランスにおける唯一の理解者であり、そしてモーラスの古典主義の根源である地中海の陽光の官能を共有しているからである。ブラジヤックだけがモーラスの古典主義を、ドグマとしてではなく感性による詩作の方法論として理解し、詩作に喜悦をもたらすすべを知っていた。

なによりも、幸福を愛さなければならない、
風に波立つ水面を、
天使が子供にもたらす
ばら色のぶどうと八月の桃を愛さなければならない。

廊下の暗がりの怖さを愛さなければならない、
熊や猿と写ったアルバムを、
夕日の映える
二つの池のある芝の庭を愛さなければならない。

青い栗の木の下に、輪回しが落ちていて、
赤い空地のほうへいまも駆けていく、
ぼくらが遊びにつかった木のベンチ、
それでぼくは昼寝をした。

ぼくたちをおおう眠気を愛さなければならない、

パン、塩、忘れてしまった幸福を、
明るい茂みにそそぐ五月の陽ざしと、
すぐりの木と子供たちを愛さなければならない。[*9]

北アフリカ駐留軍人の父系とスペインに隣接した地中海沿岸の町に根づいた母系のあいだに生まれたブラジヤックは、地中海的な官能の世界を幼年期にむけられた回顧的な心性と結びつけ、そこにもたらされる恍惚を「幸福」と名づけて、その詩作や小説、評論、随筆の主調音に据えた。モーラスにとって地中海の陽光が分裂と対決をうみだす狂気と理性が一体となった眩暈の源であるとすれば、ブラジヤックにとってその光りはつねにレトロスペクティヴな心性をうみだし恍惚とともに失われたものへの強い希求を喚起することで世界との親和をもたらす力だった。そしてなによりも陽光はモーラスにとってもブラジヤックにとっても、太陽の輝きの永遠性とそこからもたらされる恍惚の同一性によって、ピンダロス、ウェルギリウス、ダンテといった遠い過去の詩人の存在を歴史的な遠近法を経ないで共時的かつ官能的に喚起する、ラテン文化の不朽性の保証であり、みずからがその伝統のなかで生きていることを実感させる息吹であり絆だったのである。ブラジヤックは子供時代に浴びた強い陽ざしの記憶をよびおこしながら、その同じ光りをギリシア・ラテンの詩人たちも、ルネサンスの文人たちも浴びていたことを確信し、そしてその陽光のユーフォリズムのなかでかれらの詩業と結ばれていると信じることができた。

ロベール・ブラジヤックは一九〇九年三月三十一日に母の故郷ペルピニャンで生まれた。父アルテミールはサン＝シール士官学校在学中に母マルグリットと婚約し、一年の海外植民地勤務ののちに一九〇八年に結婚して、新所帯をパリに構えた。ロベールの出産が近づくと新妻は実家に帰され、ロベールが生まれたのちに中央アフリカ勤務になったアルテミールが再び妻のところに顔をみせたのは、ロベールの出生と前後して妊娠したとおぼしい第二子シュザンヌが一歳半になったときだった。そして休暇を妻のもとで過ごしたブラジヤック少尉は、新しい任地であるモロッコに再び出発した。一年たらずの新婚生活ののちに夫からずっと引き離されていたマルグリットは、もはやおとなしく夫の帰還を待つつもりは毛頭なく、手持ちの宝石を売りはらって旅費をつくり娘を母親に預けると三歳のロベールを連れて地中海を横断し、夫の駐屯地に乗りこんだのである。当時モロッコのラバはチフスをはじめとする伝染病が猖獗を極めており、外交官、軍人をはじめとする公人の家族の滞在は禁止されていたにもかかわらず、マルグリットは強引に駐屯司令官の許可をとりつけ、夫の近くで生活することにしたのである。

モロッコで、マルグリットはかつて夢みたとおりの植民地軍人の送るべきエキゾティックな生活を楽しんだ。スペイン人の家政婦と黒人の家僕を雇い、近くの岬から地中海の見える白い小さな家で、夫とロベールとあとから呼び寄せたシュザンヌの四人で暮らし、ただ一人のフランス軍人夫人として社交の中心となって家には来客が絶えず、つねに楽しげにさざめいていた。ペルピニャンとは対岸にあたる地で地中海の風をうけながらロベールは幼年期を送り、モロッコの思い出はかれにとってかけがえのないものになった。というのも一九一四年の第一次世界大戦の勃発によりドイツに呼応して蜂起した現地部族との戦闘で、父アルテミール・ブラジヤックが戦死してしまったからである。モロッコでのエキゾティックで甘美なブラジヤック家の暮らしが二年半で打ち切られたとき、ロベール・ブラジヤックは五歳だった。植民地での絵本めいた家庭生活と、若く勇敢な父の戦死という出来事は、五歳の少年の生涯を幾分かは決定してしまったのである。

大戦のあいだ、父を失った一家はペルピニャンの母の実家で過ごした。未亡人は戦争協力のために看護の手伝いに出て、そこでヴェルダンで負傷しガス攻撃を受けた若い医師モージと知り合った。医師は求愛したのちに、再び前線にむかい、かれが戦後生還すると、連れ子となる息子のいたずらによる妨害にもかかわらずマルグリットは一九一八年二月にかれと再婚した。モージ医師は有利な開業地としてフランス北部ヨンヌ県を選び、一家はサンスに移住して、ブラジヤックは生まれて初めて地中海沿岸から引き離されたが、毎年夏休みは母の実家で過ごした。サンスの学校で友達ができずに一人でいることが多かったブラジヤックは、読書を愛し詩作を試みるようになった。かれの詩作のテーマは、地中海であり、モロッコであり、サンスの平原と友情と失恋だった。十五歳のときに初めて詩が地方紙に掲載されたとき、ブラジヤックは文学者になる決心を固めた。そして一流の文学者になるためにはエコール・ノルマルに入学することが必要だと考え、一九二五年に受験準備のためにパリのルイ大王校に入学したのである。

ルイ大王校ではモーニエ、G・ブロン、M・バルデッシュ、R・ヴァイヤン、J・ボーフレ、そして戦後『スヘヴェニンゲンの浜辺』でブラジヤックの肖像を描くP・ガデンヌが同級だった。地方紙とはいえすでに作品を活字にしていたこともあって、ブラジヤックはいずれも後年一家をなす仲間たちから畏敬され、のちにブラジヤックの妹と結婚するバルデッシュは初対面からかれのボードレールとプルーストに関する博識に圧倒されていたという。同世代の才能ある文学青年との交際は、ブラジヤックにとっても極めて刺激的で、かれ以上に早熟だったヴァイヤンは当時R・ドーマル[10]のもとに出入りしており、シュールレアリスムをめぐる熱い空気をブラジヤックに触れさせ、現代美術に対する関心をかきたてた。またパリはブラジヤックにとって文学の都であると同時に、映画の都であり、演劇の首都だった。映画の世界はちょうどトーキー時代をまぢかに控えた無声映画の爛熟期をむかえており、ブラジヤックがパリについたとき、アベル・ガンスはサイレント映画最後の大作「ナポレオン」の制作に着手したところであり、街の映画館ではチャップリン、キートン、マックス・リンダー、エイゼンシュテイン、ストロハイム、ルネ・クレールの名作が次々に封切られていた。まさに、ブラジヤックの世代は芸術としての映画の誕生に立ち会っていたのである。精力的な映画館通いがかれの日課となり、見逃したフィルムがかけられると、なにをおいてもかけつけた。ユルスリーヌ座やシネ・ラタンのスクリーンのうえで灰色のめくるめくような映像がたちのぼるのを木のベンチに坐って恍惚と眺めていたブラジヤックは、この青春の記憶に忠節を守り、あくまで映像の音楽としての無声映画を愛して、無声映画を中心とした映画史をその幸福をともにしていた友人バルデッシュと共著で十年後に著わすことになる。

また演劇界も、ヴィユー＝コロンビエ座によって胚胎した「演出家の世紀」が、コポーがパリを去ったのちのカルテルの演出家たち、デュラン、ジューヴェ、バチ、ピトエフと、ジェミエやシャンスレル、そしてアルトーといった異能の演劇人たちによって百花繚乱の黄金時代をむかえ、またその熱気のなかでクローデル、ジロドー、コクトーといった絢爛たる文学者たちが後世に残る戯曲を積極的に発表していた。ブラジヤックはモーニエとともにパリ中の舞台を見てまわったが、そのなかでもメイエルホリドの影響を受けたピトエフ夫妻の、素朴でありながら詩的な演出に強くひかれて通いつめ、顔なじみになるとリュドミラ・ピトエフにかわいがられた。舞台上のリュドミラはブラジヤックの理想の女性となり、彼女の舞台写真をかれは処刑されるまで手元から離さず、またバーナード・ショーの『聖ジャンヌ』が失敗したときに、ペギーの『ジャンヌ・ダルク』が上演困難であることをなげいた彼女のために、後年戯曲『ドンレミー』を書いた。文芸的でシェークスピアからストリンドベルイ、イプセンまでの古典的名作からピランデルロやクローデルといった現代作家までを貪欲にとりあげたピトエフのレパートリーの広さは、ブラジヤックの文学的間口を広げることにも貢献した。こうしてブラジヤックは同年代の友人とともに毎晩パリの文学カフェ、劇場、映画館、シャンソンやジャズに耽溺して歩き飽くことがなかった。上京したばかりの青年を、パリは圧倒的な魅力と刺激で迎えいれ、幸運にも立ち会うことのできた文化的黄金時代はブラジヤックの青春に刻印を与えた。かれはその驚異に生涯を通じての忠誠をちかい、この時期の暮らしが幼年期とともにかれの「幸福」や「青春」のイメージをつくりあげ、レトロスペクティヴな喚起の対象になった。動員後に執筆した回想録『われらの戦前』のなかで、この時代を叙述した章をブラジヤックは「生きることの甘美さ」という標題にしているのである。このような連日の放埒にもかかわらずブラジヤックは一九二八年にエコール・ノルマルへの入学を果たした。同級にはシモーヌ・ヴェイユがいた。

ブラジヤックは一九二七年、地方紙にジイド、モーラン、J・マリタン、モーラスについての評論を続けて掲載した。このなかでブラジヤックはモーラスを哲学をもった唯一の政治思想家として賞賛し、古典主義にのっとった政治という美学的な政治観に賛同している。しかしこの時期のブラジヤックにとってアクション・フランセーズの政治活動やパリでまのあたりにしたカムロ・デュ・ロワの街頭行動はあまり興味深いものではなく、モーニエの熱狂はかれには無縁のものだったが、文学運動としてのアクション・フランセーズと、モーラスやドーデを擁した「アクション・フランセーズ」紙の文学欄は他の文学ジャーナリズムに比べて最も身近なものであり、その思想を尊重しつつもモーラスの偏狭な厳しさよりも、M・シュオブやクローデルの友人であり、モーラスをはばかりながらもゲーテを愛しワーグナーを尊敬していたドーデの趣味の広さや、プルースト、セリーヌ、ベルナノスを発見した慧眼が崇敬の的だった。そしてアクション・フランセーズ的な文学観から、ブラジャックはその処女作の題材を選び、作家としての経歴を開くのである。

一九二九年、二十歳のヴァカンスをブラジャックは母の実家にほど近い地中海沿岸の町で送り、古代ローマの詩人ウェルギリウスの伝記『ウェルギリウスの存在』に取りかかった。二十世紀の初頭に生まれた若者であるブラジャックが最初の著作の題材として二千年前の詩人ウェルギリウスを選ぶのは突飛なようだが、しかし地中海沿岸の町で夏の太陽を浴びながら、「夏は、気楽さの、怠惰さと仕事の季節である。そこでは働くことと休むことがとてもよく似ている。平底舟と居眠りする漁師たちの夏。夏のすべてが入りこんでくる、あけはなたれた窓。だれもがより自由で、楽しく、いまにもどこかに出て行こう」という愉悦にひたっているときに、この不易の地中海の港町の光景のなかで、ブラジャックはモーラスやミストラル、ヴァレリーとともにラテン詩の伝統のなかに属しており、そしてその伝統の先頭に立つのが、アドリア海から地中海へ詩文化を移したウェルギリウスであるという実感は自然なものだった。そしてブラジャックには、生涯の終わりまで時代精神にからめとられていた十六歳年長のドリュ・ラ・ロシェルとは異なって、その文学的な経歴の端緒から、不朽こそが文学の本質であるという自然な認識があり、知識、教養の集積の助けをかりながらもいわば感性的な、身体的な絆によってかれは伝統の永続性と容易に結びつき、ふれあい、戯れることができたのである。もちろんこのような古典に対する態度は、文学史的な距離感や遠近法を廃して直接に詩テクストと触れることを眼目としたモーラスの古典主義を反映したものでもある。つまりブラジャックの『ウェルギリウスの存在』は古典詩人を扱いながらも、字句の考証や解釈に淫することから逃れて、詩人の魂と感受性の核心に迫るという試みであり、モーラスが長年理想として果たせなかったことをこの二十二歳の青年は実現したのである。

『ウェルギリウスの存在』の冒頭の章には、年代や時代についての説明が全く書かれないで延々と地中海沿岸の夏の風景が描かれ、その風物が喚起する官能的な陶酔のなかに詩人の姿をうきぼりにしようと試みられているが、それはブラジヤックによれば「ウェルギリウスの生涯を一九三〇年に生きているイタリアの青年の物語として読者に読んでもらう」意図にもとづいており、刺激的な地中海沿岸の食物や野菜によって読者の感覚に訴え、まさしく現代にも息づいている風物と詩、大地と精神の絆のなかの「ウェルギリウスの存在」を喚起する。

詩はあらゆるところにあると思われた。イタリアの農夫の魚のスープ、荒っぽく香料のたくさん入った料理、赤唐辛子、粗塩がかかった生のトマト、脂を塗ったり、にんにくのスープに浮かべたりして食べる固いパンといった風味の猛烈な攻撃から逃れることはできなかった。しし鼻の田舎者が夜明け前から起きあがり、灰のなかから昨日の燃えさしをみつけだして火をおこし、哲学的な穏やかさで「これが私の火だ」と言い、胡瓜とキャベツの表面に蒸気が珠となって煮たった鍋が歌い、素朴で旺盛な食欲が湧きあがってくる。そしてこのようなありきたりの光景のなかにこそ詩は隠れているのである。

脂にまみれた、ちぢれ髪の黒人女、凍てついた緑の葉に包まれた庭、寒さのなかでその葉から浮きでている青い葉脈といったものをかれは生で荒々しい言葉をつかって書き、正確に語りたいと考えたのである。すべてを語ること、一度口にすれば土の匂いに包まれる、玉ねぎと塩で和えた、チーズと香草入りのアイオリのような、その官能性によってかれを大地自身と一体にしてくれる、多くの響きをそなえたすべてから目をそらさないこと。

なぜならば、疑いもなく、他の誰とも同様にかれはなによりもまずこの官能性を通して大地と結ばれていたからである。頬についた浜辺の砂の感触や、唇についた潮の味、はりだした木の根が背中にあたる心地、地面に足の裏がふれる感覚といった、愛情にとても似かよった歓びを、情熱をもって求めることによってしか大地を愛することはできないからである。海や草原といったあまりにおおきな空間からもどってくると、まるで酔っぱらってしまったようになることがある。しかしながら、この大地にたいする官能的な愛情のなかには、あまりにおおきいのでそれとはわからないような所有欲がふくまれているのである。(中略)大地に密着した官能的な生活に長くひたっていたので、ウェルギリウスは精神と大地の関係を保つ配慮をもっていた。しかしかれは野蛮でなく理性をそなえていたので、大地にたいする文学的な夾雑物をとりのぞくために文学を使ったのである。[*12]

ウェルギリウスを地中海の大地と精神を結びつける詩精神の根源として感覚的に喚起しながら、ブラジヤックはその生涯や人間像をもまた極めて現代的なものとして捉えて、たんに幼くして父親の死と母親の再婚に立ち会ったという自身との伝記的な共通性をふまえるだけではなく、カエサルの時代の古代ローマと一九三〇年代のヨーロッパのかかえている政治的困難と危機を共通のものとして考えることで、ウェルギリウスの政治的な行動を現実感のあるものとして示し、危機に立ち向かう詩人としての古典詩人像を提示したのである。

ウェルギリウスの生きた時代もまたブラジヤックの時代と同様にあいつぐ外征や国内の利害の対立によって彩られた危機の時代だった。そしてウェルギリウスは、ポンペイウスや元老院に叛旗をひるがえし共和制を倒そうとしたカエサルと、カエサルの遺志を引き継ぎ皇帝になることで共和制の幕をひいたアウグストゥスを、ローマを混乱から救い出しその文化を守った指導者として支持したのである。古代ギリシア以来の哲学の伝統が専制を否定して共和制を理性の反映として認め、その伝統を受け継いだローマのホラティウスといった知識人たちがカエサルの行為を不法なクーデターであり暴君の行為であるとなじっても、ウェルギリウスは哲学者たちと同様の知的伝統をふまえながら国家に対する献身からカエサルにくみすることを選んだ。ブラジヤックによれば、古代の価値が滅びて共和制が崩壊の危機に瀕していた暗い時代に生きたウェルギリウスは、時代の苦難を受けとめて、古代哲学の価値による非難にもかかわらずより強力な権力と結び、国家の確立の賛歌「エネイード」をうたうことで、いわば皇帝の権力による国家の再建へのアンガージュマンをおこなったのである。

かれ（ウェルギリウス）にとっては生涯のいかなる瞬間においても、なにかが失われたようには思われなかった。かれは自分の人生を、その源泉をすぐにみてとれる美しい詩のようにつくりあげたと感じていた。かれは青春や過去のかけがえのないものを、なにひとつ捨てなかった。逆にかれは年を経るとともにそれをふやし、富ませたのである。かれはいつも悦楽的だったし、もの想いにふけりがちだった。かれは長い夜を愛し、山の影を愛し、歓びを愛した。しかしかれは秩序が必要だと気づいたのである。（中略）しかしながら、かれはもはやこの秩序が純粋に知的であり、人間的なものであるとは考えていなかった。宇宙は理解しうるものだけによって成り立っているわけではなく、オリエントの哲学者がかれに教えたように、知覚しうる物体のまわりには人間が立ち入ることのできない光輪があり、この光輪こそが、生のしるしであり魅力なのである。かれの愛した大地や、書物、死に瀕しつつある国家の苦しみが、この秩序はまた人間的な領域にも必要であることを教えていた。そして政治が、その秩序をうちたて、つくりあげなければならなかった。

そしてこの国と秩序を救うためには、力が必要であることをかれは知っていたのである。[*13]

このようなブラジヤックのウェルギリウス観には、あえて共和制を倒してファシズムや王政といった政権を立てるべきだというアクション・フランセーズ的な政治観の素朴な反映と、極めてモーラス的な文学者のアンガージュマンについての理解があり、その政治的発想の単純さが、周到な古典文学の解釈と直接的に結びついていることに、ブラジヤックの政治意識の根本的な構造を見てとることができる。そしてまた国家の危機に立ち向かった政治的な詩人でありかつ官能的な地中海の詩人であるウェルギリウスの肖像は、ブラジヤックの理想であると同時に、モーラスのやや理想化された肖像であることは否定しようがない。いわば、『ウェルギリウスの存在』は二十二歳の青年による古典詩人の再生であると同時に、おくればせのアクション・フランセーズ運動の文学的なマニフェストとも考えられる著作である。この著作に対するモーラスの影響は極めて強いものであるが、かれの思想をこのような豊饒さをもって文学として提示した者は、モーラス自身も含めていまだいなかったのである。

一九三一年六月に公刊された『ウェルギリウスの存在』は、エコール・ノルマル在学中という著者の若さへの興味もあって、八月までに三十一もの書評にとりあげられる反響をおよび、そのなかにはR・ラルーやE・ジャルーといった一流批評家によるかなり好意的な紹介が含まれていた。[*14] しかし二十二歳の青年が得た輝かしい成功は、エコール・ノルマルの教員の嫉妬するところとなって、ブラジヤックは教授資格試験の口頭試問に落第させられた。教職のみちを断念したかれは、職業的文学者になるべく文学ジャーナリズムの世界に邁進することになったのである。

III　二月六日事件：青年たちの真実

ブラジヤックは一九三〇年に、モーニエの仲介によって、アクション・フランセーズから出されていた学生新聞「レテュディアン・フランセ」の編集にモーニエ、バルデッシュとともに協力し、この経験はブラジヤックのジャーナリズムへの参加のきっかけになったばかりでなく、文学者としての活動の舞台をアクション・フランセーズ周辺に求めていく契機ともなった。『ウェルギリウスの存在』の出版に際してマシスの知遇を得たブラジヤックは、一九三一年一月に初めて「アクション・フランセーズ」紙に記事を掲載して以来、同年六月に正式に定期執筆者になると、毎週木曜日に掲載される文学欄をG・トリュックやルバテとともに担当して、主に新刊紹介を主体とした記事を一九三九年の第二次世界大戦開戦までに約四百回書いた。この「アクション・フランセーズ」紙に載せた書評は、モーラスやドーデ、バンヴィルといったいわば同陣営の作家ばかりでなく、セリーヌ、ジオノ、ベルナノスから、アルラン、J・グリーン、J・プレヴォー、モーリヤック、コレット、ジロドー、ユルスナール、アヌイ、サルトルまで当時のフランス文学の重要な新刊をほぼ遺漏なくとりあげており、短いスペースのなかに梗概、古典より近代までの参照作品、問題点等を手際よく盛りこみつつ、作者の本質や肉声をつかみ、作家への呼びかけまでつめこんだ一連の記事は、ブラジヤックの文学ジャーナリズムにおける主要な業績のひとつであるばかりでなく、二大戦間の文学時評のなかでも多岐にわたる対象をとりあげた重要なシリーズのひとつとして評価されてしかるべき仕事である。

「アクション・フランセーズ」の連載と並行して、モーラス周辺の文学者が編集する雑誌にもブラジヤックは精力的に参与した。バンヴィルの「ルヴュ・ユニヴェルセル」誌に寄稿し、またJ＝P・マグザンスの「ルヴュ・フランセーズ」誌とは、モーニエ、バルデッシュとともにグループで契約を結んで文芸欄を担当し、「ジイド葬送」といった刺激的な記事を連載して雑誌を盛りあげ、また「カンディッド」誌ではヴァレリー、チボーデ、シュペルヴィエル、ポーランを相手にした連載アンケートのインタビューアーを務めることで、自身を新世代の旗手として印象づけた。文章の書き手として、デビューしたてのブラジヤックは手際のよい書評からより刺激的な論争記事やインタビュー、そして政治に手をそめるようになってからはベルナノスやドーデを彷彿させる悪罵にいたるまで、水準を抜いた技術とスタイルをすぐさま身につけた。こうした売文によってつかいきれないほどの稿料を稼いではバルデッシュたちとの乱痴気騒ぎや旅行で散財し、作家稼業に手をそめたばかりのブラジヤックにとっては、いまだに青春が続いているかのように思われた。

一九三二年十一月から一九三三年九月まで兵役を務めたのちに、ブラジヤックはマシスが編集長を担当した新雑誌「一九三三」の編集に参加した。この雑誌でマシスの助手を務めることでブラジヤックはいわば編集の裏方仕事をおぼえ、またパリにきて以来の熱狂の対象である演劇評を連載し、同時にバルデッシュに映画欄をまかせた。この「一九三三」誌でのバルデッシュの記事がのちのブラジヤック、バルデッシュ共著による『映画史』の母体になるのである。

こうしてブラジヤックは一九三〇年の登場からわずかのあいだに、友人たちとともに文学ジャーナリズムの檜舞台にあらわれて旺盛な活躍をみせた。しかし、かれらのデビューはその早熟さにもかかわらずいささか遅すぎたものであり、若い才能を謳歌するべき時間も環境も、あといくらもかれらのためには残されていなかった。かれらが文壇にあらわれた一九三〇年は第一次世界大戦の戦後の栄光と平和の幻想がもはや完全に破られ、「次の戦争」が公然と論議されている時期だった。二大戦間の二十年もなかばを過ぎて、第一次世界大戦後に誓われた人間回復と国際連盟や軍縮会議といった平和確立の試みは、苦い結末へと少しずつ暗転しつつあり、かれら若い才能の開花は、時代の暗さを背景とし、またその対部としてことさらにみずからを励ましたものにならざるをえず、そしてその青春の謳歌は逼迫する政治情勢の圧力をつねに受けていた。すでに、かれらが根城とたのんだアクション・フランセーズはヴァチカンから破門されることで保守層の支持を失い、王政というアナクロニズムによって国内の新興右翼やファシズム団体からおびやかされる存在になっていた。前年にはウォール街で株式が大暴落をして、ドル、ポンドがつぎつぎと平価切り下げになり、ドイツではナチス党が不況を背景にして総選挙で一気に十四から百に議席数をのばして第二党にのしあがっていた。隣国スペインでは、七年間つづいたミゲル・プリモ・デ・リヴェーラ将軍の軍事独裁が、経済的に行きづまって崩壊し、翌年の選挙の敗北によって国王も亡命を余儀なくされている。かれらが登場したときにはすでにあらゆる不吉なきざしが出そろっており、ブラジヤックらはそのきざしにかこまれながら、みずからの若さの発露を示さざるをえなかったのである。そのためフランスの二大戦間の政治史において最も重要な日付である一九三四年二月六日の暴動事件は、ブラジヤックの世代にとって、その不吉な予兆の集約であると同時に、一縷の希望と確信の最も信じうる形でのあらわれでもあった。

一九三四年二月六日の暴動事件は、ドリュ・ラ・ロシェルにとってはいわば戦後の漂泊の帰結であったのに対して、ブラジヤックの世代にとっては政治的経歴の端緒にあたるものだった。二月六日事件はその政治的失敗にもかかわらず、第三共和制の腐敗に反発して立ちあがった諸勢力の連帯と暴動の高揚によって、ブラジヤックらの若い右翼にとっては、暗転しつつある時代のなかの一つの希望であり確信の源となりうるものだったのである。ブラジヤックは十一年後にこの日付がかれにとっても決定的なものになるとも知らずに、毎年二月六日にはコンコルド広場に赴き暴動の死者たちのためにすみれを供えていた。一九四〇年にドイツ軍の捕虜収容キャンプで着手されて、ほぼ半分まで筆が進んだところで未完に終わった政治小説『虜囚』のなかでも、ブラジヤックは二月六日事件を、ブラジヤック自身に極めて似た主人公ジルベールの政治的冒険の出発点に位置づけている。『虜囚』

はバレスの『国民的エネルギーの小説』からドリュの『ジル』にいたるアンガージュマンの小説の系譜に位置づけられるべき、若きファシストの政治的探求をテーマにした同時代小説で、敗戦にいたるフランスの退歩とファシズムの失敗を追及する意図で、捕虜収容所で計画され実際に執筆された。政治小説という体裁が、元来詩的で官能性を文学の本質におくブラジヤックには不むきだったためか、この小説はなかばで放棄されてその内容は回想録『われらの戦前』にくみこまれることになるが、未完に終わったこの小説の草稿にも二月六日がブラジヤックに与えた刻印が生々しく語られている。

指導者たちがどんな打算をめぐらしていようと、今晩コンコルド広場に立ち会った革命家たちは真剣であり、自発的だったという確信がジルベール・カイエにはあった。学生、労働者、サラリーマンたち、戦場から命からがら生還した復員兵、政治屋の老人たちが支配している世界にやってきたばかりの初心者たちが、同じ失望のなかで一つに連帯したのである。そして少なくともかれらは敵を見誤ってはいなかった。控えめな野心も報われず、仕事にうんざりし、安い給金で食べるものも食べられない、そんなかれらは漠然と、いまとは別の世界とより大きな正義を求めていたのである。いかなる世界においても完璧な正義は不可能であり、そんな幻想をいだいてはいないという点をのぞけば、この夜ジルベールはかれらに賛成であり、かれにもあるその欲望と野心はかれを支配し人々の苦悩と一致してかれの意見を決めた。そう、かれは自分もその一員であるこ

の怒りに燃えた民衆を愛していた。しかしこれからは行動が必要になるのである。(中略)

この夜は、かれにとっては一種の洗礼だった。かれは少し皮肉な気持ちで「火の洗礼」という古い言いまわしを思いだし、そして突然にすべてを理解した。かれは今夜の冒険を、コンコルド広場での惨劇をも含めて、それがいかに恐ろしいものであっても、かれの父親がかつて戦争のときに体験したような、本当の闘いであるとは思っていなかった。しかし、かれに厳しい事実と直面したいという好奇心があったとしても、かれが銃弾のうなりを耳元で聞き、そしてその銃弾は空砲などではなく、実際にパリの路面に負傷者や死者を薙ぎ倒した銃弾であることは、事実だった。何人死んだのか。誰も知らなかった。ジルベール・カイエは一八四八年の、もうひとつの二月の革命のときには二十余人が死んだことを思いだした。新しい革命にはより多くの聖なる死者が必要だろうか? 神話と民族の誕生のためには、つねに大殺戮が必要なわけではない。

そう、それは洗礼だった。その洗礼から、演劇愛好家で快楽を求め、書物のなかに未来の革命を求める学生が突然に、書物がすべてではなく、革命の新信者の洗礼には、民衆による儀式と、水よりももっと神秘的な液体が、温かい液体が、粘りつき赤く、あらゆる人に流れており、流れやほとばしりをあつめて人体というさまざまな組織やかたまりのなかをかけめぐる、血という液体が必要だと気づいたのである。この血が、かつて町中のバリケードや城塞においてそうだったように、舗石を流れるのをかれは見た。そしてかれの血は流されていなかったにせよ、かれは断固としてみずから危険を求め、かれから血が流れでるのを見ようとし、そしてそれを喜びとした。(中略) 寝る前に、かれは机にむかい、紙の端になぐり書きをし、それから同じ文句を今度は注意ぶかく、活字体で書いた。あたかも未来の暦のためのように……

一九三四年二月六日――国民革命第一年。[*15]

二月六日の体験は、ブラジヤックがのちに書いているように、かれを「書物の世界から引き離し、初めて現実に触れさせる」[*16]きっかけとなり、事件の不明快な性質や、ブラジヤックにとって不本意なその後の経緯にもかかわらず、事件そのものはかれにとっていつまでも神聖な出来事でありつづけた。周知のように二月六日事件は、結局右翼諸派の不統一と無力を印象づけ、ファシズムの脅威を実感したコミンテルンの方針転換によって共産党の一貫した社会党敵視政革が一八〇度変わることで人民戦線の成立という結末に終わるが、その高揚の記憶はブラジヤックの世代にファシズムへの希望と信頼を植えつけるのに充分だったのである。ドリュ・ラ・ロシェルが二月六日に一種の啓示を見、ファシズムをヨーロッパの衰退の救済策として捉えたのとも異なって、ブラジヤックはそこに政治的駆け引きとは別のレヴェルの群衆の蜂起、民衆のエネルギーの爆発を見、そこからファシズムを暴動に象徴されるような民衆の、特に青年層のエネルギッシュな自己顕揚の運動として捉えたのである。このようなファシズムの把握には、フェルナンデスの解釈を経たバレスのナショナリズムの遠いこだまと、そしてなによりも暴動といった破壊的事件を聖別し新しい体制の生成の坩堝とみなすサンディカリズムの思想との共通性を見出すことができる。こうした事件そのものを聖なるものとして捉える姿勢のため、ブラジヤックは人民戦線をフランスの青年運動としてのファシズムを封じこめた敵とみなし、ファシズムに抗する共同戦線を提案し、人民戦線に参加したG・ベルジュリー[*17]や、ニューディール政策やヒトラーの経済政策への評価をとなえて社会党を脱党しながら、人民戦線に参加し、政権の成立後には航空相も務めたM・デアに対して、敗戦後に対独協力の立場をともにしながら終始敵意を捨てず、逆に共産党を脱党してフランス人民党を結成したドリオに対しては、かれが人民戦線に参加せず敵対していたために、一貫して好意的な態度をとりつづけたのである。しかし、いうまでもないことだが、そうした憎悪は特に、人民戦線の立役者であり、一九三六年五月の総選挙で人民戦線政権が成立したのちに首相となったL・ブルムに対してむけられることになった。たとえばのちにブラジヤックはナチス＝ドイツの占領下で、敗戦の責任者として逮捕されたブルムに対するヴィシー政権の裁判が判事たちの巧みなサボタージュによって進まず頓挫したことで、一九四二年にドイツの敗北が決定的になったあとでも何度となく「ジュ・スイ・パルトゥ」紙上でブルムの処刑を要求したのである[*18]。ブラジヤックには、このような「青年」の連帯といった美名に反するものへの激しい攻撃性があった。そしてこの激しさは、モーラスの場合と同様に、甘美なユーフォリズムの世界と表裏一体になっているのである。しかもブラジヤックには、その若さも災いしてモーラス的なマキャベリズムの発想もなく、現実に対する働きかけとしての政治という発想もなかった。そのためにかれがあげる闘争の叫びはつねに生な感情を伴い、陰惨な響きを逃れることができなかったのである。モーラスが政治闘争のテーマとしていたのが、内政的な課題であり、またその敵がドイツ第二帝政とゲルマン文化であったのに対して、ブラジヤックが敵としなければならなかったのは、ドリュと同様ソビエトのボルシェヴィズムとアメリカの物質主義であり、フランスを含むヨーロッパの生存とラテン文化の存続が課題になっていた。いわばブラジヤックの世代は、ヨーロッパ文化そのものが消滅の危機にあるという切実な認識のもとに政治的文学者の経歴を始めざるをえなかったのである。そしてこのような担うに難い課題のために、かれの政治活動はその初めから大きな歪みをもってしまっていた。

ブラジヤックが明白に、一種の政治的党派ともいえる組織と関係をもったのは、一九三五年末に結成され、一九三六年一月に創刊号を発刊したモーニエの雑誌「コンバ」のメンバーたちとだった。「コンバ」に集まったメンバーはかつてヴァロワがセルクル・プルードンで試みたアクション・フランセーズとアナルコ・サンディカリズム、モーラスとソレルの融合をいま一度試みていた。そのなかにはモーニエやブランショのようなアクション・フランセーズの出身者やP・アンドリューのようなサンディカリストが含まれており、その標的は（コンバの連中から見れば）資本家と社会主義者、物質主義とボルシェヴィズムの野合としての人民戦線政府にほかならなかった。コンバは、モーニエの意図によれば、人民戦線の打倒を通じて真正のファシズムの成立をめざすものであり、人民戦線の成立にもとづき、ソレルのいわゆる革命勢力の堕落というかつて社会主義にむけられていた予言を、急進党や社会党と結んだ共産党批判へと拡張して、もはや革命を担うことができるのは共産主義ではなく、アナルコ・サンディカリズムをはじめとする極左と、資本主義や共和制への妥協を拒んできたモーラスら極右の結びつきとしてのファシズムこそが革命を実現することが可能であり、「二つの暴力の融合[*19]」こそが共和制を打破しうると説いたのである。

このようなモーニエの行動はすぐにモーラスの知るところとなり、人民戦線政府を選出した選挙に際するブルム襲撃事件のために、殺人未遂教唆の科で四カ月の実刑判決を受けて獄中にあったモーラスは、マシスを介して手紙を送ってモーニエの試みを「私的所有権を否定することは、資本主義の解体を実現するのではなく、文化そのものを破壊する[*20]」ことにほかならないとし、その極左的傾向を批判するとともに婉曲に「コンバ」誌グループの解散を求めたが、モーニエたちにはもちろんその勧告を受け入れるつもりはなかった。誌面には相変わらず、モーラスのテクストからの引用がソレルのスローガンや「吐き気のするフランス」、「要人テロのすすめ」、「法への不服従（今日、法への不服従はすべての善良な市民の義務となった）」といった暴力的な特集記事のタイトルと並んでおり、コンバ・グループがモーラスの思想の延長線上にいながらアクション・フランセーズと一線を画してファシズムを求めていることは明白だった。ブラジヤックは「コンバ」誌に、「右翼のコキュどもへの手紙」、「尻蹴飛ばし機械」といったタイトルで、「注油されて、裏切り者の尻に正確に一撃をくりだせるようみごとに調整された尻蹴飛ばし機械の前にひきすえられるのは、タルデュー氏の尻であり、ブリアン氏の尻であり、サロー氏の、ブルム氏の、ボンクール氏の尻である。フランスにとって不幸なのは、この尻のすべてがドイツ人やイタリア人、イギリス人の尻ではなく、フランス人かフランス人であるつもりの連中の尻であることだ」[*21]というようなセリーヌばりの、売文業者としての節度をもたない悪罵記事を書いたが、左翼的なコンバの方針とはなじめないでいたためにあまり積極的な参加者とはいえず、ほぼ一年間に八つの記事を掲載したのちに、「ジュ・スイ・パルトゥ」への参加もあって自然に関係を解消してしまった。C・ロワの証言によれば、この時期のブラジヤックはモーニエやブランショに比べるとまだ政治的意識が希薄だったというし、[*22]またブラジヤックによれば、コンバ・グループは議論ばかりしている理論家の集団で、かれが考えているような革命集団、若々しい青年たちの連盟とはかけ離れていたというが、[*23]おそらくどちらの証言も真実なのだろう。そしてヨーロッパをめぐる事態の進展は、いやおうなくブラジヤックに本格的なアンガージュマンを要求することになった。

Ⅳ　スペイン戦争：青春の歓喜としてのファシズム

一九三六年七月十七日に、スペイン人民戦線政府によって参謀総長を罷免されてカナリア諸島の駐屯軍の司令官として左遷されていたフランコ将軍が、スペイン領モロッコを襲撃して反乱の火の手をあげたとき、ブラジヤックはスペイン国境に隣接する母の故郷ペルピニャンで夏のヴァカンスを過ごしているところだった。人民戦線政府を打倒しスペイン全土を支配下におさめるべくフランコに呼応して決起した軍部に対して、人民戦線政府を支持する市民たちはありあわせの武器を手にして立ち向かい、当初の予想をくつがえして粘りづよい抵抗を全土で展開した。特に首都マドリードやバルセロナでは、人民戦線側の民兵が短時間のうちにフランコ軍を打ち破り制圧し、全国的な極めて根づよい反ファシズムの感情、右翼に対する人民戦線側の結束の強さと戦いへの意志を示したのと同時に、人民戦線の陣営のなかでそれまで主導権を握っていた穏健共和派や急進党から、実際に市民兵を掌握しているアナキストや共産党、反共産党的社会主義者へと権力が移動したのである。特にアナキストが権力を握ったバスク地方では、反宗教を旗印にかかげるアナキストたちが、これまでの教会による圧制への復讐としてかたはしから教会を焼き討ちにし、ときには聖職者を皆殺しにした。ブラジヤックが休暇中ペルピニャンで出会ったのは、圧制の歴史に対する復讐のために教会や修道院を追われて、命からがらフランスに逃げこんだ神父や尼僧の群れだったのである。

もちろんこのような第一印象がスペイン戦争に対する態度を決定するにあたってブラジヤックに影響を及ぼさないではなかったが、しかしブラジヤックのこの戦争に対する規定は、人民戦線派の教会に対する暴虐に抗議してフランコに支持を与えたモーリヤックやベルナノス、そしてフランスにおけるフランコ支持の保守的世論一般が示した「キリスト教対共産主義」、「カトリシズム対ボルシェヴィズム」といった解釈とは異なっていた。のちにバスク地方を制圧したフランコ軍が、人民戦線を支持した僧侶を無裁判で処刑し大量の粛清をおこなうのをまのあたりにして、モーリヤックやベルナノスがフランコ支持を撤回し抗議・弾劾の声をあげたような動揺もブラジヤックには存在しなかった。またブラジヤックにとってスペイン戦争はマルローが『希望』において描いたように、「共産主義対ファシズム」の戦いでもなかったのである。マルローは『国民的エネルギーの小説』を思わせるパノラマ的手法を用いて、絶望的な戦いのなかから人間の「希望」が、人間の尊厳をかけて戦う民衆の熱狂＝アポカリプスを組織し規律を与えうるコミュニズムにゆだねられていることを示そうとしたが、それに対するブラジヤックの批評はまことに手厳しいものだった。

　赤軍の大義が疑わしいものだなどと、ここでは考えてはならないのである。ファシストとくれば、殺し屋と決まっている。ファランヘ党員は「白い手」をしていて、人民には属していない。古い神話の「黄金の青春」万歳！　赤軍はロシアの飛行機が足りないのに、よく防衛戦を戦い抜き、そして「我々」という言葉が、何度も繰り返して押しつけがましくつかわれる。貧しく勇敢なナヴァールの農民など影も形もなく、フランコの味方はイタリア人とドイツ人とモール人だけである。特にモール人は驚くべき残酷な連中ということになっている。こういったつきなみなプロパガンダが、あるだけ詰めこまれているのだ。マルロー氏は知識人であるから、ガダラヤーラの戦いは、イタリア人にとっては虐殺でもなんでもない。かれらは戦い、そしてそれは戦場で起きたことなのである。そしてそれは赤軍にとってよろこばしいことなのだ。[*24]

ブラジヤックは同時代の作家のなかでも、マルローに対してひときわ強い敵意をもち、何度となく書評記事や「ジュ・スイ・パルトゥ」の論説で非難を浴びせたが、その原因が知識人としての共産党への加担と、フランス人民戦線政府のスペイン人民戦線政府への支援にあたってマルローが果たした役割の大きさによるものであるのは間違いないだろう。ブラジヤックにとってスペイン戦争はどちらにしても大義のある戦いではなかった。マルローにおけるコミンテルンの大義への過信を批判したのと同様、かれはファシズムもフランコも、教会も信じてはいなかった。ベルナノスが『月下の大墓地』で書いたような蛮行、大量虐殺をフランコ軍がおこなっているのも知っていたし、ナチス＝ドイツのコンドル部隊によるゲルニカの爆撃も知っていたのである。しかしまた人民戦線の側にも大義があるようには思われなかった。人民戦線の側で戦ったシモーヌ・ヴェイユが証言しているように、スペイン戦争は「捕虜のない戦争」[*25]であり、アナキストたちは投降したフランコ軍兵士をかたはしから処刑していたし、僧侶と教会にはいっさいの留保なく攻撃が加えられ、共産党あまり教会を焼き討ちにしすぎて軍用車を動かすガソリンが不足するほどだった。

にいたってはフランコ軍だけではなく、人民戦線内部での主導権争いのために社会主義者やアナキストにまで粛清を加えていた。そこには、酷薄さにおける程度や性質の差はあっても、絶対的違いは存在しなかった。そのためにブラジヤックは、みずからが関わった血まみれの惨劇をコミュニズムの大義において正当化するマルローが許せなかったのである。

どちらにしろこの戦争は殺し合いの地獄であり、どの陣営にも「大義」などありはしなかった。ブラジヤックによるならば、この戦いに「希望」があるとすれば、それはいかなる党派の大義やイデオロギーでもなく、この「地獄」そのもの、血まみれの殺し合い、それ自体にほかならなかった。ブラジヤックはもちろん、流血を望んだわけではないが、しかし古い価値が没落しつつあるヨーロッパにおいて戦いは避けられないものであり、そしてその戦いからしか未来は生まれえないと無理にでも考えたのである。そしてブラジヤックはすすんでみずからが生きる破壊と殺戮の時代を受け入れ、否定するのでも、逃亡するのでもなくこの「地獄」を受け入れ、そこからうまれくる価値をみつけようとした。そしてファシズムとは、政治によって戦いの無残さを正当化し、政治的目的のためにすべてを犠牲にする左翼的政治第一主義とは異なって、個人の意志でその悲惨を受けとめて戦いそのものに価値を見出す思想、目的のために行動の本質を従属させることをしない、衝動と享受の、ブラジヤック的な言葉をつかえば「青春」の思想だったのである。

このヨーロッパで最も高貴な大地において恐るべき戦いが展開され、反ファシズムの陣営とファシズムのあいだで血みどろの戦いが繰り広げられた。スペインはこの物質的であると同時に精神的なものであった戦いを通じて生まれ変わったのである。二つの陣営に分かれて戦った各国の義勇兵たちは、血のなかでその連帯を確固たるものにした。地球上のあらゆる人々がこの戦争を自分の戦いであると感じ、トレドやオヴィエドの攻囲、テルエル、ガダラヤーラ、マドリード、ヴァレンシアの戦いの勝利や敗北を、自分たちの勝利や敗北として味わった。（中略）砲撃の灰色の煙のなかで、戦闘機がかけめぐる弾幕の空の下で、ロシアとイタリアの対立するイデオロギーは、この信仰と征服者たちの古い大地の上で、苦しみと、血と、死によって解消されてしまったのである。

このようにして神話がつくられた。ムソリーニが決定的な影響を受けたとみずから認めているジョルジュ・ソレルは、神話の創造的な価値について『暴力論』のなかで延々と説明している。「このような神話が未来の歴史をどのように説明するかなどということは、なんの重要性もない。神話は星占いではないのだ。（中略）神話は現在においていかに行動すべきかの指針とみなすべきなのである」。戦いの炎はスペイン戦争のイメージに、拡大する力と宗教的ともいえる色あいを与えることに成功したのである。[*26]

そしてこのようなソレル的な認識によってスペイン戦争を流血ののちの未来の生成として捉え、虐殺と圧制と破壊のなかに「希望」を見出そうとする意志によってファシズムに加担することで、ブラジヤックは明白なアンガージュマンに一歩を踏みだしたのである。

そしてこの凄惨な地獄の肯定に始まるアンガージュマンは、ブラジヤックをはるか遠くにつれてゆくことになった。

ブラジヤックがスペイン戦争に際してファシズムに加担したときに、かれがスペインのファシズムの本質として捉えたのは、パリに亡命していたカルロス十三世をとりまく王党派でもなく、また教会と地主を代表とするような保守勢力でもなく、また反乱の先頭に立って指揮をとり、ムソリーニとヒトラーの支持を得て人民戦線政府を打ち倒したフランコ将軍でもなかった。どちらかといえば、ブラジヤックはフランコを嫌っており、バルデッシュとの共著『スペイン戦争史』でも決してフランコに対して親近感や尊敬をいだいているといった扱いはしていない。ブラジヤックがスペインのファシズムの、そしてヨーロッパのあらゆるファシズムのなかでも特にかれにとっての理想形としたのは、ホセ・プリモ・デ・リヴェーラが結成したファシズム団体、ファランへ党だったのであり、ムソリーニでもなく、ヒトラーでもなく、もちろんフランコでもなく、若きホセ・プリモ・デ・リヴェーラこそがブラジヤックにとっての真正なファシストだったのである。

かつての米西戦争の英雄であり、スペイン＝ブルボン王朝の末期に七年間にわたって軍政を担った独裁者ドン・ミゲル・プリモ・デ・リヴェーラ将軍の息子ホセ・アントニオ・プリモ・デ・リヴェーラは、猥雑で素朴で豪気な父親と異なって、控えめかつ知的な性格で知られていた。ホセ・アントニオは、大学で法律を学び、なによりも文学を愛し、キプリングの愛読者で詩作を最大の喜びとし、レーニン、マルクスの著作と同時にオルテガを愛読していた。一九三〇年一月に父親が失脚し、亡命先のパリで客死したときから、ホセ・プリモ・デ・リヴェーラの政治的経歴が始まった。一九三一年の地方選挙の敗北に革命の気配を感じとったカルロス十三世がみずから自動車を駆って亡命したのちに成立した共和制のもとで、一九三三年十月にスペイン最初のファシズム団体として、「ファランへ・エスパニョーラ」を旗あげしたのである。しかし、政党としてのファランへ党の内実はかなり貧しいものであり、ラミロ・レデスマら国家主義的サンディカリストの参加や社会主義的綱領の採用といった一応の体裁を整えながらも、党首であるプリモ・デ・リヴェーラ自身がファシズムを「詩的運動」として把握し、「人々が詩人以外のものによって動かされたためし」がないと主張していたように[*27]、政治方針や運動の手法よりも運動のスタイルや演説の格調の高さにより多くの関心がはらわれていた。プリモ・デ・リヴェーラは、ウナムーノを顧問に招き、またヒメネス・カバリェロのような奇矯なファシスト詩人をファランへ党から追い出すといった文学的な行為に多くの関心をはらい、ファランへ党についてのかれの最大の悩みは再三の懇請にもかかわらずオルテガがかれの運動に参加せず黙殺しつづけていることだったのである。プリモ・デ・リヴェーラの運動は、イタリア＝ファシズムやナチス＝ドイツの影響を受けながら、オルテガ語るところの「創造的少数者」による権威主義的かつラディカルな政治経済改革運動を最も直接的にはめざしていた。

結局スペインでプリモ・デ・リヴェーラがファシズムを代表し、最終的には右翼保守派の統合者としての役割を果たすにいたったのは、ファランへ党の政治的力量やかれ自身の実力によるものではなく、調停者としての位置によるところが大きかった。プリモ・デ・リヴェーラは、将軍である父親によって軍部と、またカルロス十三世統治下の独裁者としての父親によって王党派や地主階級と、そしてその教養によって知識人と、また社会主義や労働運動への理解によってサンディカリストや組合指導者たちと、妥協することが可能だったのである。そしてこのようなファランへ党の便利な位置は、のちにフランコによって利用され、プリモ・デ・リヴェーラが人民戦線政府によって逮捕され銃殺されると、フランコはファランへ党の党首に就任し、その後四十年にわたってファランへ党はフランコの独裁を支える圧政の中枢機関として機能しつづけたのである。

このようなプリモ・デ・リヴェーラのファシズムにブラジヤックが最もひかれ、かれにとってのファシズムの本質を見出していたということは、かれの政治意識をはかるうえでまことに示唆的である。ブラジヤックが熱狂したプリモ・デ・リヴェーラの運動はいわば文学運動であり、到底政治運動といえる体のものではなかった。ある統計によればプリモ・デ・リヴェーラ時代のファランへ党の参加メンバーの七〇パーセントが二十一歳以下であり、平均年齢はかろうじて二十歳を上まわるくらいだったという。このような若さと文学性は政治運動としては無力であることを証しだてるだけだが、ブラジヤックはそのような若者の集まりとプリモ・デ・リヴェーラのスタイルに魅了され、あるべきフランスのファシズムの姿とファシズムのヨーロッパの理想をはぐくんでいたのである。そしてファシズムに対するこのような認識は、ブラジヤックを他のファシストから引き離すだけではなく、政治運動の本質のスタイルと若さに代表されるような旺盛な行動への意欲と恐れのない大胆さ、同志愛のもたらす歓喜などに限定させ、具体的な政治運動としての側面を閑却させてしまうことになった。実際、いわゆる社会的経済的な政策や政治状況に影響を及ぼす地道な政治運動といった要素は、かれの考える「政治」にはほとんど含まれていなかったのである。かつてブラジヤックは、ジャーナリストとしての言論活動を通じてある党派を支援したりまた批判したことはあっても、具体的な政治運動に参加したり党派のメンバーになったことはなかったが、かれにとって政治とは、そしてまたその選択としてのファシズムとは、『ウェルギリウスの存在』で提起したような地中海的な生の甘美さの追求であり表現にほかならなかったのである。そして青年の幸福を圧殺せずにはおかない時代のはなはだしい酷さに抵抗しつつ、その歓喜をあくまでつらぬき味わおうとしたところにかれのファシズムがうまれ、またスペイン戦争の凄惨な流血に対してそのなかに未来の可能性をはらんだ生成を認めようとした。いわばスペイン戦争は、その流血とプリモ・デ・リヴェーラという二つの要素によってブラジヤックの政治的アンガージュマンの枠組みを決定したと言うことができる。

一九三六年十二月「コンバ」誌に「プリモ・デ・リヴェーラ」を掲載したのちに、ブラジヤックはコンバ・グループとは距離をおく。モーラスとソレルの融合をめざすというモーニエやブランショのファシズムが、極めて思想的であり理論的なものである点が、行動のうちでの価値の実現をめざすブラジヤックの姿勢とは異質であることが明確になったためである。ブラジヤックはガクソットの招きに応じて「ジュ・スイ・パルトゥ」紙に活躍の舞台を移し、パスカルの体裁を借りた一連の時評「地方人への手紙」シリーズを連載して、たびかさなるマルロー攻撃や、ベルギーのファシズム運動「レックス」の指導者L・ドグレルのインタビュー、ニュールンベルクのナチス党大会の取材等に健筆をふるい、そして一九三七年春にガクソットが突然「ジュ・スイ・パルトゥ」を脱退すると編集長に就任して、二度にわたるユダヤ人特集や、「フランスは自殺するのか」といった対独融和・戦争回避路線による編集をおこなった。

一九三七年、当時A・ジャメによって運営されていた一流の講演会組織「左岸」から講演を依頼されたブラジヤックは、コルネイユを演題にとりあげた。このテーマの選択には、ブラジヤックの好んだ古典作家の現代的解釈という側面と、極めて時事的な配慮が共存しており、長い宗教戦争の荒廃が癒されないままフロンドの乱をはじめとする王権の確立をめぐっての貴族の反乱とスペインとの数度にわたる戦争が勃発する動乱の時代に生きた劇作家を、極めて現代的な作家として読みなおすことで、いわばブラジヤックの表芸である重厚な古典評論に、かれの政治的選択を結びつけようと考えたのである。いまでも専門研究者の参照書目に加えられているほど伝記的テクスト的には周到な考証を重ねながら、コルネイユ劇のドラマトゥルギーを「闘い」として把握したブラジヤックは、コルネイユをいわば十七世紀におけるファシストとして描きだしている。

休戦してポンペイウスがセルトリユスに会いにくる場面は、コルネイユの政治的解釈の最高傑作である。(中略) もしも、反ファシズムの連中に少し文学が分かるのならば、文化会館かどこかで『セルトリユス』を現代風にして上演してみたらどうだろう。この無表情とも思える古典作品が、スペイン戦争の炎によって、輝きを取り戻すのではないだろうか。反ファシズム軍の隊長が、セルトリユスである。かれは老いたサンディカリストの威厳とともに自由のために闘う、アンドレ・マルローの最新の小説から出てきたような人物である。かれは組織をつくりあげ、戦い、混乱した高揚と無秩序をつくりだすだけの「友愛のアポカリプス」を拒否するのである。このようなかれはある種の独裁者であり、独裁者は必要なのだろうか。バルセロナかヴァレンシアで開かれた国民大会は、かれに権力を与えるのか。かれに面とむかって、国内戦争から国を救った独裁者に心酔しているイタリアの若者が、論理に不得要領なところはあるものの、この国家的栄光を国にもたらすように誘惑する。これはファシズムと反ファシズムの永遠の戦いそのものなのである。現代の出来事に通じるようなエピソードがたくさん含まれているし、「左翼」の観客の前で「わたしの秩序はだれも殺しはしない」という台詞を言うときの受け方はたいしたものになるだろう。しかしコルネイユは、いかにセルトリユスに魅了されていても、ポンペイウスに対して忠節を守っているのである。[*28]

このようにコルネイユ劇のなかでもあまりかえりみられることのない作品『セルトリユ

ス』をとりあげて、スペイン戦争といった現代の状況におきかえながら、ブラジヤックはコルネイユ劇の本質を、若さを圧殺する酷い時代における青春の謳歌と規定することで、みずからのファシズム観に結びつけるのである。

コルネイユ自身がどう思っていようと、政治ではなく愛情が、そしてむしろ、いかにしてこのように多くの思想と人生がくつがえされつつある戦争のさなかに愛することが可能なのか、という問いが『セルトリユス』の中心的テーマになっている。いかにして、世界の不幸のさなかに個人的幸福を実現しうるのか？ 世界の不幸と個人の幸福のこの交錯が、『セルトリユス』の苦衷に奇妙な現代性を与えているのである。なぜならば、思想のものであると同時に肉体のものでもあるこれらの戦いに加わった王子たちは、今日ドイツやロシア、スペインでおこなわれている、より暗い、つねに参加するのを求められながら、また幸福をも追求するべき、革命をめぐっての戦いを予告しているからである。[*29]

ブラジヤックはコルネイユ劇のドラマトゥルギーを、国家や社会への義務と個人的幸福や愛情の対立、二者択一としてではなく、その両立をめぐっての戦い、義務と愛情の一致の追求とみなしている。戦いながらなお幸福を追求してやまないことをコルネイユの基本的なテーマであると考察したところにブラジヤックのアンガージュマンに対する解釈があり、またかれにとってのファシズムとは時代の要請や義務による戦いと、個人的幸福の一致の方法論にほかならないということが明白になる。このようなブラジヤックのファシズム観の核心には、時代の暗さを前提としそれと共存しなければならない青春の痛みがあり、また個と全体、個人と社会の価値を対立させて二者択一を迫る近代的な政治意識に対する強い反感、特に左翼党派に往々にして見られるような目的のためならば手段を選ばず、あらゆるうましきものを犠牲にしてかえりみない政治第一主義に対する抗議がある。コルネイユにことよせて、ブラジヤックが「古典主義は永遠の革命である」と宣言するとき、そこで訴えられているのはアンガージュマンと幸福が矛盾しない世界を求めるという希求の絶望的な困難であり、しかしその可能性への全面的な信頼なのである。そして十七世紀のファシストとしてコルネイユを理解する試みは、ブラジヤックのファシズムの本質を、個人の価値と全体の価値を行動のなかで止揚する一種の弁証法として示すことで、その思想的な意味を明確に把握させた。

ブラジヤックの文業は、青年期に手がけた詩作をはじめとして、『ウェルギリウスの存在』から『コルネイユ』『ギリシア詞華集』「わすれられた詩人たち」といった古典作品を正面から扱った著作がそれに続き、書評、劇評、映画評、政治評論といったジャーナリズムでの仕事が職業的文学者としての経歴の中核を形づくった。このようなジャーナリストとしての仕事をまとめることで、『肖像』『四つの木曜日』『演劇愛好家』『映画史』『スペイン戦争史』といった著書がうみだされたが、そういった表舞台で活躍する文筆家としてのブラジヤックの裏面で、小説家、そして劇作家としてのブラジヤックはゆっくりとはぐくまれていた。すでに一九三〇年に小説仕立ての地中海印象記『星盗人』を書き、一九三四年に『夜の子』、一九三六年に『小鳥売り』と同世代のJ・プレヴォーを思わせるようなポピュリスト風の小説を続けて発表していたブラジヤックが、小説家として本格的に姿をあらわすのは一九三七年の『時のすぎゆくごとく』によってである。このA・フルニエの『モーヌの大将』を思わせる、[*30]バレアレス諸島の入江の子供たちの、楽園で展開される幸福から、楽園を去りパリで成人し第一次世界大戦をはさんでその幸福を決定的に失うまでを扱った小説は、読書界から好評をもって迎えられたばかりでなく、ブラジヤックの最高傑作として愛好家をひきつけて、最も多く版を重ね、根づよい反対を押しきって一九八〇年六月にはフランス第二放送によってテレビドラマ化され全国放映された。

『時のすぎゆくごとく』の成功にはもちろん作品としての完成度の高さが大きな役目を果たしているが、またその世評の高さを一九三九年に書かれた『七彩』と比べてみたときに、『七彩』が体裁と政治的議論によってわりをくっていることは否めないだろう。伝統的な小説の体裁をもっている『時のすぎゆくごとく』に対して、『七彩』は題名が示すように、物語、手紙、日記、省察、対話、資料、独白という七つの形式を各章ごと順番に用いており、実験小説といった大仰さはないものの読者にかなりの緊張を強いることは間違いなく、そのような緊張はレトロスペクティヴな感興にひたりたいという読者の要求とあいいれないものである。そしてまた第一次世界大戦に前後する時代に舞台を設定した『時のすぎゆくごとく』に対して、一九二六年、主人公パトリスが二十歳の時点を出発点にした『七彩』は、ブラジヤック自身の経歴とほぼ重なっており、二大戦間の暗雲の影響をまともに受けて人民戦線やファシズムへのアンガージュマン、ナチズムが話題となり、最終的にはスペイン戦争に収斂する構成は、『時のすぎゆくごとく』に比べてはるかに生ぐさいものであり、純粋に文学的感興を楽しむのに適しているとは言いがたいものである。

しかし、それでも『七彩』をブラジヤックの小説における代表作として考えなければならないのは、たんに『七彩』においては『時のすぎゆくごとく』では扱われなかった時事の問題が登場し、またアンガージュマンが小説の一つのテーマとなっているというだけの理由によるものではない。「幸福」はブラジヤックにとって小説だけではなくあらゆる文学的な表現の中心的なプロブレマティークだが、プルーストを論じた文章のなかで、凡百の小説家が小説を空間によって区切っているのに対して、プルーストとトーマス・マンだけが現代作家のなかで時間を小説にとって本質的な要素として把握しているとし、そのうえでプルースト的時間は時間そのものとして裸であることはなく、回想におおわれることで過去につつまれていると指摘し、プルースト的時間を本質的に幸福の回想として規定した[*31]ブラジヤックにとっては、主人公たちの青春における幸福と時間との関係こそが小説の中心的課題をなすはずであり、かれらの幸福がどのような時代の圧迫を受けるのかという点は極めて重要な問題だからである。いうなれば『七彩』は、小説という時間を支配しうるジャンルにおいて、戦乱の時代における個人の幸福というブラジヤックのテーマを正面から扱った作品なのである。

かれらはその夏の最初の何週間かのうちに幾度も会うことができた。夏のパリはとりえがないと誰もが決めているが、ガソリンや菩提樹の匂いのなかにも魅力はある。入場料の安い市営プールに行って、パトリスはカトリーヌにカィユ丘のプールの習慣を説明した。そこでは、週のうち一日がカップル優先になっていて、その日は清潔でスポーツマンらしく装った男の子が何人も門のところで、女の子がくるのを品定めしては一緒に入っていただけませんかと声をかけるのである。（中略）かれらはずっと二人で、とりたてて巧くもなく下手でもなく、泳いだ。このころ、初心者がよくやっていたぎこちない平泳ぎでだったが。しかし、だんだんと、かれらはおたがいのことが分かってきた。かれはかなりやせて背が高く、手には筋肉がついていて、ももは丸かった。彼女はいかり肩で、腰もがっしりしていたが、胸はまだ子供っぽく、ひきしまっていた。その後かれらは、バスのK線にとびのり、ゴブラン街で降りてパスカル通りのイタリア料理店でカプチーノを飲んだ。パトリスは少しずつ彼女に、かれの年頃の男の子がよく熱をあげる穴場や掘り出しものの店を披露した。かれらにはこんな通りにある店のコーヒーやモンマルトルの熱いソーセージのサンドイッチなど、誰も知らないだろうと思えた。かれは彼女をロシア料理店につれていった。というのもロシア料理は五、六フランしかかからないのに、店は立派で壁には絵が飾られ、テーブルのうえには花とナプキンがおかれ、オーケストラが演奏し、歌手が歌い、給仕は丁重なのである。たったこれだけの出費で、学生食堂の粗野さに比べればなんという豪華絢爛さだろう。ロワイエ・コラール街のロシア料理店ケナムは、このころの学生たちにとって何年ものあいだ、少しじめじめしているが懐かしい救世主だったのである。このようにして若者はみずからの帝国をつくりあげ、ありふれた場所や名前に価値を与え、それらは突然に劇場や、教会や、王宮や庭園と同じような青春にとってのシンボルになるのである。*32

このような、パリを舞台に展開する甘美な青春の幸福は、しかし時代の暗雲にのみこまれ、次の戦争への予感に怯えて第三共和制の議会人を嫌悪し、しだいにファシズムへの傾倒をふかめていくパトリスに対して、あまり政治に関心がないカトリーヌは、おちついた左翼の青年フランソワに惹かれるようになる。イタリアに行ったパトリスはいよいよファシズムへの確信をいだき、カトリーヌはその間にフランソワと結婚してしまう。パトリスは外人部隊に入隊したのちに、ドイツで貿易に従事し、そこでナチス＝ドイツのスペクタクルに圧倒されながらも、その異教性に違和感をおぼえる。そしてパリに戻ったパトリスはカトリーヌに青春を取り戻すことを訴えるが、結局は拒まれてしまう。妻の動揺を感じとったフランソワはスペイン国境を突破してフランコ軍に従軍し、戦闘で重傷を負い、夫を気づかいながらスペインにむかうカトリーヌの姿で小説は終わっている。このような、青春の幸福の喪失をテーマとした『七彩』においては、若さが最高の価値と輝きをもつものとして扱われている。

人生のなかには若さしか価値のあるものはない。そして残りの日々はそれを惜しむことで過ごすしかないのだ。この世にはそれ以上に素晴らしく、感動的なものはないのである。(中略)もしもわれわれが率直だったら、夏の夜の褐色の浜辺、丘で、山の城塞で踊る若い恋人たち、高等学校の中庭、学校の庭園、屋根、突然うかびあがる街、そうした埋もれてしまったちいさな魔法の瞬間に、たまらず目を閉じててのひらや手首をおもわず嚙んでしまうような、せつない思いをするはずである。*33

このような若さの尊重はもちろん、ブラジヤックの感性の根底をなしている地中海的な官能による世界との詩的な関係づけに端を発するものであるが、また同時にプリモ・デ・リヴェーラを代表とするような若者の、既存体制への反乱としてのファシズムというブラジヤックの政治的選択とも通底している。『七彩』はドリュやマルローの小説のようなあからさまなアンガージュマンの小説ではない。しかし、レトロスペクティヴな視線がもっている恍惚と、七つの手法を使って描かれる現代史の暗転の対称をモチーフとしたこの作品の、時代の暗雲を背景とする幸福の喪失というテーマは、妻の愛情の動揺を感じとってフランコ軍に義勇兵として参加するフランソワの姿のなか、時代の要請に従った行動に殉じることによる妻の愛情と幸福の獲得という行為を通して、明確にファシズムへのアンガージュマンにつながっているのである。かつて左翼青年としてパトリスと対立したフランソワがフランコ軍に投じることの奇異を主張する論者もあるが、ブラジヤックにとってはフランソワが参加するのはコミンテルンの義勇軍ではなくファシズムでなければならなかった。というのも、ブラジヤックによるならば、ファシズムだけが、戦争と恋愛の、アンガージュマンと個人的幸福のコルネイユ的共存を可能にするからである。

『七彩』は一九三九年四月に脱稿した。小説のなかにも描かれた時代の暗さはいよいよ、漆黒となって世界をおおうべく歩調を速め、若き才気あふれる作家に残されている時間はいよいよ短くなってしまった。

V 対独協力：ホロコーストの叫び

一九三九年九月一日、ナチス＝ドイツがスターリンと領土を二分割するべくポーランドに進攻したのに対して、イギリスおよびフランス政府は最後通牒を提示し、なんの回答もヒトラーから得られないままに九月三日ドイツに対して宣戦布告をした。第二次世界大戦の始まりである。ブラジヤックも他の大多数の兵士と同様に、この動員が前年のミュンヘン会議の際のように実戦に結びつかないのではないかという淡い希望とともに、マジノ線に配備されていた。ポーランドに兵力をむけていたドイツ軍に対する優位にもかかわらず、前線に部隊をはりつけたまま、スイス経由でなおもヒトラーとの妥協のみちを求めていたイギリス、フランス両政府の優柔不断によってつくりだされた「奇妙な戦争」の間に、ブラジヤックは「ジュ・スイ・パルトゥ」紙に記事を発信し、戦争によってついに失われてしまった青春を回顧して、パリに上京して以来の自伝的年代記『われらの戦前』を執筆して過ごした。『われらの戦前』は、すでに失われてしまったかに思われた、二大戦間のパリの文化的爛熟のなかのかれの世代の青春と、時代の変転を描いて余すところがなく、ブラジヤックのレトロスペクティヴな叙述の美しさとあいまってかれの傑作のひとつとみなされている。

一九四〇年五月十日に、戦備の整ったドイツ軍がベルギーに侵入して、フランス側の幻想を打ち破り実戦が開始されたときに、ブラジヤックは戦闘に参加することができなかった。ドイツとの内通、いわゆる「第五列」の疑いでファシスト系文化人の逮捕をおこなっていた内相マンデルによって、ブラジヤックを含む「ジュ・スイ・パルトゥ」の参加者、ルバテ、ロワ、クストーらが家宅捜索を受け、勾留されていたからである。「ジュ・スイ・パルトゥ」の対独内通というデマゴギーは前年三九年七月から共産党の機関紙「ユマニテ」が盛んに書きたてていたテーマで、ユマニテ説は、ガクソットとブラジヤックがナチスによって買収されているとしていた。ブラジヤックは名誉毀損でユマニテに対して訴訟を起こし、すでに勝訴していたが、共産党はあくまでこのデマに固執して、戦後の粛清裁判でもブラジヤックの罪状のひとつにドイツからの買収をあげたのである。

嫌疑を晴らしたブラジヤックが勾留を解かれて原隊に復帰したときには、すでにフランス軍の全線にわたる後退が始まっており、ブラジヤックが参加した戦争は連日の退却と捕虜生活だけだった。六月二十五日に休戦が発効し、ヴィッテルまで退却していたブラジヤック所属の部隊はそこでドイツ軍に降伏して武装解除を受けると、ヌフ・ブリザックの捕虜審判所に移送されて、ドイツ側の尋問を受けた。この審判所に収容されている間にブラジヤックは劇作での代表作『ベレニス』を書いた。一九五七年に芸術座が[*34]「カエサルの女王」と改題してとりあげたとき、左右両翼からの激しい議論をまきおこして座長の暗殺脅迫問題にまで発展したこの戯曲も含めて、ブラジヤックの代表作の相当の部分が捕虜生活や兵営、そして留置場や刑務所といった束縛されおびやかされた状況のもとで書かれたものであり、いわばこの「獄中作家」としてのあり方はブラジヤックの文業にとって極めて本質的なものになった。

七月三十一日に審判が終わるとブラジヤックは船に乗せられてライン河をさかのぼり、オランダ領ヴァールブルクの士官用捕虜収容所に移された。この収容所でブラジヤックは再び詩作に取りかかる。九月二十八日には再びウェストファリアの捕虜収容所に移送され、ここで翌四一年の四月一日に釈放されるまで捕虜生活を送った。この一九四一年四月一日の時点でブラジヤックが釈放されたことは、確かに他の大部分の捕虜に比べれば優遇されていると言えるが、それはすぐにブラジヤックの対独協力との引き換えにとられた処置であることには結びつかない。実際、ヴィシー政府の情報相を務めていたダルラン提督はブラジヤックを映画庁の長官に据えるべく、一九四〇年七月にヴィースバーデンの休戦委員会にブラジヤックを釈放するように働きかけたが、ブラジヤック自身がヴィシー政権への協力を前提とした釈放を拒否したために実現しなかった経緯があり、[*35]またとくに対独協力を条件としなくても捕虜収容所から釈放された文学者は少なくなく、たとえばJ＝P・サルトルはブラジヤックより少し早く三月末に釈放されていた。この捕虜となっていた文学者の釈放をめぐる事情は今日でも極めて不分明であり、どのような基準や理由で、釈放する文学者が決められたのかは知られておらず、ただ有力説のひとつとしてドリュ・ラ・ロシェルの働きかけがあげられている。「NRF」誌の編集長に就任することと引き換えにドリュ・ラ・ロシェルが駐仏ドイツ大使オットー・アベッツに提出した釈放するべき文学者のリストのなかには、サルトルもブラジヤックも含まれていたという。

しかし、パリに戻ったブラジヤックは結局対独協力のみちを歩み、休戦後すでに再刊されA・ボナールの手で編集されていたのを引き継いで、「ジュ・スイ・パルトゥ」の編集長の座についた。もともと政治組織や実際の政治運動とは縁のないブラジヤックは、対独協力の立場を鮮明にしたといっても、それは純粋にジャーナリストとしての活動に限られていた。ドイツ人の役人や軍人、学者の知己はいたが、純粋な交友関係であって、ドリュのようにそれを通して政治情勢を動かすというようなつもりは全くなかった。しかし、他のジャーナリズムが相対的に控えめな活動をしていたために、占領下での「ジュ・スイ・パルトゥ」の影響力はかなり大きいものになってしまい、ブラジヤックは自身が考えていた以上の責任を結局は負うことになったのである。バルデッシュは強い調子でブラジヤックをいさめて、沈黙を守ることを勧めたし、またガクソットも決して「ジュ・スイ・パルトゥ」の編集長を引き受けないようにと説得したという。またルイ大王校時代からの友人で「コンバ」「ジュ・スイ・パルトゥ」でも同志だったクロード・ロワは恋人の父親がユダヤ人として連行されてしまったことをブラジヤックに告げ、絶対ナチス＝ドイツに協力しないように訴えた。ロワはその後、レジスタンス活動を通じて共産党に加入し、熱心なスターリン信奉者になった。ロワ以外にも、かつてヒトラーのインタビューをものにして脚光を浴び、フランスにおけるナチズムの代弁者となり、ドリオのフランス人民党にも参加していた、ドリュ・ラ・ロシェルの親友B・ド・ジュヴネルははやばやとスイスに亡命してナチズムとヴィシーの対独協力者を批判し、ブランショやモーニエはファシズムの立場を捨てていたし、ガクソットのようなヒトラーの心酔者もあえて沈黙を守ることで対独協力を拒否していた。それならばなぜブラジヤックは、あえて対独協力のみちを選んだのだろうか。ブラジヤックにはドリュのように、敗戦をフランス＝ファシズム確立の絶好のチャンスとして捉えるような甘い認識はなかったし、またルバテのナチズムへの親近感、憎みつづけていた体制の崩壊に立ち会ってその残骸で小躍りするようなカタルシスとも無縁だった。ブラジヤックは『わが闘争』を読んだ一九三四年頃から、ヒトラーのフランスに対する強い敵意に懸念をもち、スペインやイタリアのラテン系諸国のファシズムと、ナチズムを異質のものと考え、『七彩』のなかで、ニュールンベルクの党大会に立ち会った主人公の若きファシストは（ブラジヤック自身も「ジュ・スイ・パルトゥ」の特派員として観覧していたからその感想はかれ自身のものと考えられる)、「もはやドイツはインドや中国より遠い異国になってしまった」と考え、整然と行進する「新しき人間」たちの行進を見て、「このようなことが許されるのだろうか、これはもはや国家の建設といった矩を大きく超えてしまっているのではないか」[*36]と自問する。また死のまぎわに獄中で書かれた「ある六〇年度兵への手紙」のなかで、モーラスの弟子として、自分があくまで反ドイツの立場を守っていたことを主張している。

しかしそれでもブラジヤックは対独協力の立場をとったのである。かれ自身その選択の不利さを認識しており、「これで僕の未来も文学もだいなしだ」と語っていたという。対独協力にふみきった理由として、かれは戦争捕虜の釈放問題をあげている。同志愛(フラテルニテ)を青春の第一の価値として重んじるブラジヤックは、戦友に先んじて自分が釈放されたことに大きな負いめを感じていた。ドイツと休戦条約を結んだとき、約一五〇万人の兵士が捕虜となり、この莫大な人数の虜囚の奪回はヴィシー政権にとって最も大きな課題となった。道義的な責任はもちろん内政的にも政府の信用を高めるためには是非とも戦時捕虜の帰還問題を解決する必要があったので、ドイツ側はそれを利用しことあるごとに捕虜の釈放をちらつかせては、ヴィシー政権の譲歩をひきだそうとした。占領経費の値上げや占領経費として支払われたフランス国債のドイツへの送金問題、またドイツへの労働力提供や東部戦線の義勇軍に関してもその参加者数に対して一定の割合で捕虜の釈放か一時休暇が実現するとされていた。しかし、一九四四年までにドイツから送還された兵士は十万人にみたず、ほとんどの捕虜はドイツ領内の収容所にとどめられて、占領政策の切り札として使われただけではなく、抵抗運動に対するみせしめとして三万人もの兵士が処刑されたのである。ブラジヤックはこのような戦争捕虜の境遇に対して責任を感じて、かれらの釈放を実現するためにあらゆる努力を払った。そしてブラジヤックにとっては、ドイツとフランスのあいだによりよい関係をつくりだし相互の信頼にもとづく友好関係を築きあげることが、捕虜釈放のための唯一の方法に思えたのである。

しかしブラジヤックの対独協力にとってより本質的な動機は、捕虜の釈放でも、敗戦の祖国の再建でもなく、またフランスにおけるファシズムの確立でもなく、そのようなあらゆる外的な理由ではなく、より内在的で即自的な、いわば衝動とでもいうべきものだった。つまりかれは敗戦の祖国において、打ちのめされ敵軍に占領されたフランスにおいて、叫びだしたいような息ぐるしさを感じ、到底沈黙を守り、引きこもり、戦争の帰趨を眺めて待っていることができなかったのである。かれはみずから進みでて、かれとかれの世代の青春を破壊し封じこめ祖国を悲惨に追いこんだ責任者を追及し、この耐えがたい占領をより建設的で肯定的なものに変え、そしてなりよりもかれにとって耐えがたい公衆の沈黙と退廃、待機主義と敗北主義を打ち払って、澄んだ空気を呼吸しようとしたのである。そのためにブラジヤックは、非占領地帯に赴き対独協力とは一線を画して時期を待つようにというモーラスの勧めを断わり結局は破門されても、ひるむことなく紙面に奔放な言葉を書きつらねたのである、「我々は、フランスに絶望しない。何があっても決して絶望しない。

（中略）あらゆる過去、予断された過去、たとえそれが真実であってもあらゆる過去を振り捨てて、新しいフランスをつくるのだ！[37]」。そしてあくまで声高に自分が決然としており、活力にみちていることを示そうとした、「たとえ時代遅れだろうと我々は愛国者だ。たとえいかにそれが汚名であろうと我々はファシストだ。たとえ刑務所につかまろうと我々は反ユダヤ主義者で反フリーメーソンだ[38]」。しかし、占領下で発せられたこの声は、その状況の厳しさとかれ自身の怒りのためにまた一面、極めて邪悪なものにならざるをえなかった。

フランスの軍隊は敗北した。あっけなく打ち破られてしまった。政治と軍隊の指導者どもが悪いから負けてしまった。充分な戦車がないから負けてしまった。飛行機がないから負けてしまった。（中略）ユダ公エンジンに、ユダ公車をつけて、ユダ公翼をつけたおんぼろ飛行機のために、負けてしまったのだ[39]。

ブラジヤックはもともと、モーラスやドリュ、そして当時の「コンバ」や「ジュ・スイ・パルトゥ」での友人と同様に反ユダヤ主義者であり、それはドリュモン以来のフランスのナショナリストの伝統ともいうべきものであるばかりでなく、かれはある意味でのフランスにおける知的伝統のひとつとしての反ユダヤ主義を信奉していた。ブラジヤック編集長の一九三八年四月十五日付「ジュ・スイ・パルトゥ」《ユダヤ問題》特集号も、決して反ユダヤ主義を鼓舞するものではなく、その主眼はナチス＝ドイツとソビエトで当時おこなわれていたユダヤ人虐待の実態を報告することであり、その論調はおのずと両国の行為に対して批判的な調子をもっていた。「我々は、誰も殺そうとは望んでいない。我々はいかなるポグロムも組織しない。そして我々は本能的な反ユダヤ主義を抑えるには、理性による反ユダヤ主義が最も有効だと信じるのである」[*40]。理性による反ユダヤ主義の検討はひとまずおいても、ブラジヤックがいわゆる、モーラスの表現を借りれば「人種的にではない、政治的反ユダヤ主義」という伝統的な立場に拠って、ナチス＝ドイツのやり方に距離をおいていたのは明白である。しかし、一九四一年に捕虜収容所から帰ってきたブラジヤックの論調には、明らかな変化が見られる。ルバテのように公然とナチス＝ドイツの政策に追随することを主張しているわけではないが、論説のはしばしに「ユダヤ」、「ユダヤ人」といった言葉がちりばめられ、「連帯が必要だ、しかしユダヤ人とではない」、「裏切り者、暗殺者の名前がだんだんはっきりしてきた。つまりモスクワに言いなりの連中とユダヤ人ども」、「フランスの映画界を牛耳っているユダヤ企業は」といった一節が散見されるようになった。

このようなブラジヤックの態度は、占領下の世相で重大な影響を及ぼす危険があるものであり、そのことをブラジヤック自身が予見しえなかったとは考えにくい。ブラジヤックが釈放後このような姿勢をとるにいたる背景には、間違いなくかれが対独協力にふみきる背景と同様の衝動が働いており、その危険を知りながらもかれはそれを抑えることができなかったのである。敗戦の怒りと社会の腐敗的無気力への憤激が、ドイツ軍の占領下においてかつてなく無防備になった一群の人々にむけられ、理性的反ユダヤ主義と本能的反ユダヤ主義をへだてる壁を、簡単に通り越してしまったのである。そして最も重大なのは、このようなブラジヤックの呼びかけが、敗戦でうちひしがれたフランス国民一般にむけられたことである。第一次世界大戦後のドイツやポグロム発祥の地であるツァーリの圧政下のウクライナやポーランドを見れば明らかなように、従来の価値観が危機に瀕し日常生活が苦難におちいった社会では、容易に民衆のあいだに反ユダヤ感情がめばえ、またユダヤ人に対する非難に社会問題の解決を見出し、感情的なカタルシスを求める欲求が高まりやすい。そしてブラジヤックが編集長を務めていた「ジュ・スイ・パルトゥ」は占領下のフランスにおいて最も影響力の大きな言論機関のひとつであり、しかもその紙面ではルバテがブラジヤックよりはるかにあからさまな調子で、ユダヤ人だけではなく、ペタンからアベッツに対してまで、遠慮会釈なく、言いたい放題の悪罵のかぎりをつくしていたのである。

すでに、ブラジヤックが釈放される前に、ヴィシー政権に集まった右翼や反ユダヤ主義者は、ヴィシー政権の内政改革の目玉のひとつとして、フランス再建のためにユダヤ人問題を専門に扱う政府機関を設立することを計画し、その長官にグザヴィエ・ヴァラを任命していた。ヴァラはアクション・フランセーズの影響のもとに政治的経歴に入り、第一次世界大戦で片目片脚を失う負傷を負いながらも殊勲をたて、戦後は、一九一九年以来、アルデッシュ選出の国会議員として、クロワ・ド・フゥや青年愛国者同盟等の街頭右翼の議会における代弁者として振舞いつづけていた。ヴィシー政権でユダヤ人問題庁長官に就任したヴァラは、ユダヤ人問題を社会的な問題としてでなく、純粋に人種的な問題として捉えていた。かれはフランスをこれ以上の堕落から救うために、ユダヤ人との混血を防ぎ根絶しなければならないとして、「人種」的にユダヤ人をフランス人から切り離すことをくわだてたのである。そのため一九四〇年十月三日に発令された「ユダヤ人」法では、ユダヤ人種を一、祖父母のうち三人がユダヤ人であるもの 二、祖父母のうち二人がユダヤ人で、ユダヤ人と結婚しているもの、と規定したのである。このようなヴィシー政府の純粋に人種的なユダヤ人規定は、ナチス＝ドイツに先んじていた。[*41] 当時ドイツではユダヤ人の規定にユダヤ教徒であることがもりこまれていたので、ユダヤ教会から離れたユダヤ人にはまだ逃げみちがあったのである。ヴィシー政府はこのようにナチス＝ドイツよりもさらに厳しい規定を、ドイツからの要求によってでなく、みずからすすんでつくりあげて、ユダヤ人と規定された人々に黄色い星を胸につけることを義務づけ、公務員職や、会社の経営、軍隊の地位から追い出し、場合によっては市民権を剝奪し、財産を凍結し、またナチス＝ドイツの手から逃れるべく占領地帯から自由地帯に入ろうとしたユダヤ人の入国を拒否することで、むざむざとかれらを親衛隊やゲシュタポの手にわたし、ユダヤ人問題庁長官が、一九四二年にヴァラからルイ・ダルキエ・ド・ペルポワに交替すると、保安隊や市民からの密告により捕らえたユダヤ人をナチス＝ドイツの手にすすんでゆだねたのである。

このようにして、フランスではナチス＝ドイツの占領時代、約八万人のユダヤ人が強制収容所に送られた。その数は確かにその犠牲者の総数が五百万人といわれるなかでは少ないかもしれないが、生還したのはわずか二千名たらずであり、その生存率は異常に低かった。そしてブラジヤックは、一般の憤怒をかきたてるようなみずからの記事と、そしてルバテや匿名記者ミダの手になるよりあからさまな反ユダヤ記事の載っていた「ジュ・スイ・パルトゥ」の編集長であったという点で、この死者たちに責任があるのである。戦後の法廷で、ブラジヤックは「ジュ・スイ・パルトゥ」が極めて記者の自主性が強い雑誌であり、自分がルバテらの論説をコントロールできる立場になかったことを主張しており、事実ガクソットが辞任後も隠然とした勢力を編集部内にふるい、ブラジヤック自身が非常に微妙な立場だったことは確かだが、それでも編集長としての責任は到底ぬぐえないものである。よしんば法律的にブラジヤックの責任を追及することが不当であるとしても、文学者としての責任は残る。

トゥールーズの大司教が、非占領地帯で市民権を失ったユダヤ人の扱いに抗議し、外国の言うままになっていると元帥政府を弾劾した！　かれは逮捕の乱暴さを指摘し、子供は連れていくべきではないと言っているが、それには全く賛同しかねる。というのも、ユダヤ人たちは、チビどもも含めて、ひとかたまりにしてフランス人から引き離さなければならないからである。ここでは、知恵と人間味は同一である。そして、乱暴なことをしたのは、愚かなアーリア人たちに憐れみを起こさせようと狙った挑発者たる警官のお手柄である。よしんばそのようなことがあったにしても、この司教はなぜイギリス軍の虐殺に対して沈黙していたのか。他の同僚たちといっしょに、レオン・ブルムにほれこんでいたのか。[*42]

この記事は一九四二年六月にユダヤ人問題庁長官ダルキエ・ド・ペルポワが、ドイツ側にユダヤ人を引き渡すにあたっての手続きとして、子供も残さず同行させるよう警察に指示したのに対して、その残酷さをトゥールーズの大司教が弾劾したことを、ブラジヤックが「ジュ・スイ・パルトゥ」紙上で論難した文章である。あるブラジヤックの研究家は、このブラジヤックの主張について、かれが強制収容所の存在も性質も知らず、アウシュヴィッツやブッヘンヴァルトで何が起こっていたかまるで知らなかったことを前提としており、家族愛の強いブラジヤックはユダヤ人の移送によって、家族が離れることを心配してこのように主張したのであると書いている。[*43] 確かに、当時絶滅収容所は、最高機密のひとつであり、ドイツでもごくわずかなナチス党の高級幹部しかその存在も、またヒトラーが口にした「最終解決」が意味するところが何なのかも知らされていなかった。しかし、忽然と消え去った何百万人というユダヤ人たちが、決してどこかの楽園やかれらの自治区で生きているのではないということは、容易に推測できたのであり、はっきりと口にしなくても誰もがうすうす感じていたのである。仕事を奪われ、財産を失い、市民権も剝奪され、住み慣れた家から子供もろとも引きずりだされて、トランク一つの荷物しか許されず、一枚のセーターと一枚の仕事着しか携帯できない旅の先に、どのような行く末が待っていると考えられたのだろうか。一九四三年にブラジヤックはドイツに行き、旧ポーランド領のカチンを訪れている。一九三九年にナチス＝ドイツとポーランドを分割したとき、ソビエト軍が捕虜にしたポーランド軍の士官二万人あまりを即座に虐殺してその死体をカチンの森に埋めていたのが、独ソ戦が始まると進駐してきたドイツ軍によって発見されたのである。ブラジヤックは腐臭ただようカチンの森の光景に恐怖をおぼえ、スターリンは同じようなことをいたるところでやっているに違いないと想像する。[*44] ブラジヤックの想像したとおり、スターリン時代の粛清による死者はいまや千万人の単位で論議されるようになっているが、しかしブラジヤックはなぜ、同じことをナチス＝ドイツにあてはめて考えなかったのだろうか。かつてブラジヤックは、裏切り者がユダヤ人だと分からない奴は、想像力が欠けていると書いた。しかし、追い立てられ、ナチス＝ドイツの手に渡されたユダヤ人の運命が分からないのも、想像力に欠けているのではないだろうか。いや、やはりかれには分かっていたのである。

こうしてブラジヤックは、現代文学の最も暗い影に、深淵に足を踏み入れた。一つの世代のなかでも、最も才気があり、教養があり、含蓄の深い人間味もそなえた文学者が、虐殺者の、死刑執行人の側に立ち、みずから手助けをしたのである。しかもこのようなホロコーストへの呼びかけに吹きこまれた憤怒と呪いは、まさしくこの、地中海のユーフォリズムをうたいあげ、青春の豊饒をかきあつめ、雄々しく時代の暗雲に抗した文学者の肉声なのである。この若き詩人の言葉のなかで、輝かしきギリシア・ラテンの人文的遺産の精華が、無垢の子供の死を願う暗く激しい欲望の叫びと結びついた。ブラジヤックはまさしく死を、無力な人々に悲惨な死が訪れることを、意識的にではなくても望み、そしてそのためにペンをとったのである。いわば、文学者としてかれはジェノサイドをおこなったのであり、このことは断罪のためではなくかれの言葉を真剣に聞き、詩を読むためにこそ認識しなければならない。ブラジヤックは、厳しい価値の転倒の時代、誰もが銃をとって戦わなければならない時代にも、青春はあり個人の幸福は存在しうると言った。かれのアンガージュマンの経歴はその政治性によって評価されるべきものではなく、その幸福への意志と義務感の止揚への努力として評価されるべきものである。そして敗戦にうずくまり、誰もが口をつぐむ占領下の時代にも、かれは引きこもることをしないで前に進みでて、奮闘のあげく、暗い欲望の奔流に身をまかせてしまったのである。スペイン戦争の悲惨を前にして、あえてひるまずに全体的な戦いのなかでの個人の幸福の追求をとなえたかれの言葉は、行動のなかですべてを止揚しようとする戦いのなかで、深淵に踏みこんで秘められていた殺意を開け放ってしまった。あくまでモーラス的な、つまり概念ではなく、肉体に結びついたものであるブラジヤックの言葉は、その深淵のなかで最もおぞましくしかし根づよいものである欲望に抗いえなかったのである。かれは青春と言い、同志愛と言い、友情と言い、陶酔と言ったがそんなものはもうどこにもなかった。もはやかれのアンガージュマンには幸福などは随伴していなかった。代わりにかれが見出したのが、この敵意であり、殺意であり、呪いだったのである。

VI　深淵をぐる声

一九四三年八月十三日号を最後に、ブラジヤックは「ジュ・スイ・パルトゥ」の編集長の座を降り、クストーがあとを継いだ。前年のナチス＝ドイツの非占領地帯への侵入以来、対独協力の政策に疑念をいだいていたブラジヤックは、連合軍がシチリアに上陸し、ヴィシーでは首相に返り咲いたラヴァルが露骨なナチス＝ドイツへの追従をおこない占領下のフランスがいよいよドイツ第三帝国の衛星国家にすぎない様相を呈してくる七月ころから、あくまでナチス＝ドイツを信奉する他のメンバーから距離をおかれるようになり、ついに辞任に追いこまれたのである。ブラジヤックは、すでに対独協力に幻滅し「NRF」誌を投げ出していたドリュ・ラ・ロシェルとともに、L・コンベルが主宰していた「レヴォリュシオン・ナシオナル」紙に論説記事を書くほかは、小説『六時間の暇つぶし』を書き、国立図書館に通ってギリシア古典詩のアンソロジー『ギリシア詞華集』の執筆にはげんでいた。「ジュ・スイ・パルトゥ」の周辺ではブラジヤックがアルジェリアに行くつもりであるとか、ドゴール軍に加わるといった噂がまことしやかにささやかれていた。

一九四四年になるといよいよ連合軍の攻勢は明らかになり、ノルマンディに上陸した連合軍が八月になってパリをおびやかすと、ドイツ軍は撤退の準備を開始し、「ジュ・スイ・パルトゥ」のスタッフやセリーヌといった作家も、ペタン元帥やラヴァルとともにドイツに逃亡したが、ブラジヤックは残った。かれはパリの街を歩きまわり、食事をし、劇場に入り、映画を見た。サルトルの『出口なし』が最後の観劇になった。八月二十五日にパリが解放され、ドゴールが首班となった臨時政府が樹立されると、各地でレジスタンス派による対独協力者の無軌道な粛清が始まった。ダルラン内閣で内相を務めたこともあるピシューが、ヴィシー政府に見切りをつけて、アルジェリアのジロー将軍の申し出をうけてフランスを脱出し将軍のもとに身をよせたのにもかかわらず、ドゴール准将は一九四三年にピシューを対独協力者として逮捕し、一九四四年三月に銃殺してしまった。この事件は、ドゴールとジローの主導権争いを背景としていたが、きたるべき解放にあたってレジスタンス派が対独協力者に対しておこなう粛清が、極めて政治的かつ復讐的なものになることを示していた。

ジャーナリズムにおける対独協力者の首領格として最も厳しく追及されていたブラジヤックは、九月十四日に、妹婿のバルデッシュと、母親、それに継父が身代わりに逮捕されたことを聞いて警察に出頭した。捕虜収容所から釈放されて三年半ぶりにまた囚われの身になったのである。ノワジィ・ル・セックのキャンプに送られるとブラジヤックはすぐに獄中の暮らしに慣れて、また旺盛な執筆活動に入った。「兄弟の戦い」ではギリシア神話に範をとって、スパルタと協力した兄エテオクレースと、アルゴスの力をかりて祖国テバイを解放しようとする弟ポリュネイケースの葛藤を通じて、対独協力とレジスタンスの反目を同じ祖国愛から出たものとして捉えることで、自身の立場を弁護している。

十月になると裁判の開始が宣言されて法廷が組織され、ブラジヤックはシャトレの留置場に移送されたのち、十月十八日フレーヌ監獄に収監された。ブラジヤックの弁護を引き受けたのは、占領下では非合法共産党員の弁護をしていた、反骨の弁護士Ｊ・イゾルニであり、面会するとブラジヤックはすぐにイゾルニの人柄に信頼をいだくようになった。前年までペタンの政府に抗して闘っていたイゾルニは、こんどはペタン元帥や実業界の対独協力の大物として告発されたルイ・ルノーの弁護を引き受けて、ドゴールの政府に攻撃を加え、粛清裁判の政治性を告発していたのである。

フレーヌ監獄に移されても、強い意志と冷静さを保ってブラジヤックは書くことをやめなかった。ペン軸が与えられなかったために、パイプにペン先をさして「ある六〇年度兵への手紙」を書いた。当時四歳で、一九六〇年に徴兵年齢に達する甥の世代を念頭においた手紙の体裁を借りて、自身の行為の正当性を主張し、おそらく死刑になるだろうが自分は全く後悔していないと言い放っている。そして事態はブラジヤックの予想どおりに進んでいた。十月二十三日にはジョルジュ・シュアレスが死刑の判決を受け、十一月九日に執行された。十二月六日に発表された裁判長、検事は両方とも共産党系のレジスタンス派に属していた。

しかしブラジヤックにとって心づよい兆候もあった。十二月二十八日にモーリヤックが粛清裁判の偏向を弾劾し、きちんとした法廷手続きと事実審理を求める文章を「フィガロ」紙上に発表したのである。粛清の嵐が吹き荒れて四カ月の時間が流れてから、やっとフランスの知性は粛清の放埒を告発したのである。しかし翌二十九日にはアンリ・ベローがまた死刑の判決を受けていた。法廷の日が近づくと、新聞はブラジヤックの罪状を並べたて、「フロン・ナシオナル」紙はブラジヤックがカチンの森事件をソビエトの罪にしたと非難した。当時から今日まで、ソビエトは事件をナチス＝ドイツの手によっておこなわれたものだと主張している。

一九四五年一月十九日に裁判が開廷されると、法廷には多数のジャーナリストがつめかけた。検事は死刑を要求し、罪状として、ブラジヤックの比類のない文学的才能を指摘しながら、それにもかかわらずファシズムに加担したこと、共和制を打倒しようとしたこと、反ユダヤ主義者であったこと、敗戦においてブルム、レイノー、マンデルら第三共和制末期の閣僚たちの死刑を要求したこと、青少年をドイツとの共同にむかわせたこと、捕虜収容所からの釈放と引き換えにドイツに奉仕した裏切り者であることをかかげ、その動機をありあまる才能による傲慢さに求めた。いくつかのはなはだしい事実誤認をのぞけば、ブラジヤックのかれとして確信をもっておこなった行為と、またかれのみならずバレス以来のフランスのナショナリストの伝統的な政治姿勢と、モーラス＝アクション・フランセーズが連綿と続けてきた行動的反近代主義と反ヒューマニズムが裁かれ、そのために死刑が要求されているのだった。いわばこの求刑は当然のものだった。アメリカ・イギリス軍を背後にした共和派と、コミンテルンを戴いた共産党からなるレジスタンス派の臨時政権の法廷において、ブラジヤック自身と、かれがそこではぐくまれた右翼の知的精神的伝統は不倶戴天の敵であり、おたがいにたがいを抹殺するべく一世紀にわたって闘いつづけてきた。そしてもちろんその審判は政治的なものであり、いかなる正義でもなかった。事実の誤認や反論の機会を与えなかったこと、証人の喚問もなされず、陪審員の選択が極めて偏っていたこと、などを指摘しても仕方がないことであり、つまるところブラジヤックは敵の手に落ちたのである。翌日「オーロール」紙が、検事がブラジヤックの行動ではなく思想を裁いたのは大きな誤りであると非難し、ブラジヤックの罪状は共産党員とユダヤ人が危機におかれていたときに言論でかれらをおびやかしたことだけであると指摘した。共産党の機関紙「ユマニテ」は、まだ粛清は足りないと論陣をはっていた。それに対してJ・ポーランはヴィシー政権の合法性を確認し、ヴィシーに関わった者を誰でも罪にする傾向を批判し、粛清をふりまわす共産党も、コミンテルンに支配され、パリにソビエトを呼びこみたがっているもうひとつのコラボではないかとのちに書いた。[*45]

ブラジヤックには死刑の判決が下り、ブラジヤックは毅然としてそれを受け、傍聴席からの「恥だ！」という声に対して「名誉だ！」と答えた。

わたしは、すべての若者たちが、わたしがかれらに生への愛と、生を前にしての信頼と、祖国への愛情をしか示さなかったと、分かってくれていると信じております。そのことに確信がありますので、わたしは自分自身について全く後悔することはございません。[*46]

死刑の判決が下るとブラジヤックは逃亡防止のために足に鎖をつけられて、窓のない部屋に移された。その部屋でかれは大革命時にギロチンに倒れた古典詩人シェニエの伝記に取りかかった。ブラジヤックが批評のなかで決して好意的に扱ったとはいえなかったモーリヤックは息子のクロードとともに、マルセル・エイメ、J・アヌイ、モーニエらによびかけて、文学者のなかからブラジヤックの助命嘆願の署名を集めた。五十人あまりの文学者が署名したが、ピカソや、E・トリオレ、ロワ、ボーヴォワールらは拒否した。ボーヴォワールは「もしもブラジヤックのために指一本でも動かしたら、私は顔に唾をはきかけられても仕方ないだろう」[*47]と書いた。唾を吐きかけられても仕方のない文学者のなかには、クローデル、ヴァレリー、G・デュアメル、コレット、ドルジュレス、J＝L・バローらがいた。アルベール・カミュもエイメへの手紙のなかで「決してブラジヤックと握手したいとは思わない」と一言ことわって[*48]、署名した。

二月一日に控訴が棄却されると、いよいよ状況は切迫し、ドゴールの秘書だったクロード・モーリヤックの努力で、二月三日イゾルニは直接ドゴールに文学者たちの署名を渡し、助命を嘆願する機会を得た。訴えを聞いたドゴールの唯一の質問は「アベル・エルマンは署名したか?」という当を得ないものだった。[*49]というのも、当のエルマンも対独協力の廉で逮捕されて勾留中で、とてもブラジヤックの支援をおこなうような状況にはおかれていなかったからである。二月五日になってドゴールは恩赦が不可能なことをイゾルニに通告してきた。恩赦が認可されなかった理由は、いろいろと取り沙汰されているが、連合軍、特にソビエトの意向であるという説が有力である。ドゴールの懸命の虚勢にもかかわらず、無力なフランスは連合国の圧力には逆らうすべもなく、また外では植民地の問題をはじめとする多くの戦後処理をめぐる駆け引きがおこなわれていたために、コラボの裁判の帰趨に対する圧力にいちいち強硬にでる余裕も必要もなかったのである。うらはらに、ブラジヤックと同様に死刑の判決を受けたベローの場合は、イギリスに多くの友人がいて運動してくれたために、容易に恩赦をかち得ることができたのである。それに対してブラジヤックの場合、ソビエトはかれが「ジュ・スイ・パルトゥ」に書いた、カチンの森の訪問記に神経をとがらせており、できれば証人は抹殺したいと考えていたともいう。

二月六日朝、裁判所でおちあった弁護士イゾルニと検事は、その足でフレーヌ監獄にむかい、イゾルニは司祭とともにブラジヤックの監房に入った。ブラジヤックは、逮捕されて以来つねに毅然としており、冷静さを保ち、そのためレジスタンス派の新聞「コンバ」はブラジヤックの法廷での態度が感嘆するべきものであることを賞賛し、法廷を傍聴したボーヴォワールでさえブラジヤックの態度が立派であることを認めざるをえなかったが、この日イゾルニと司祭が入ってきて、平服から処刑用の服に着替えさせられ、そのポケットに母親と甥の写真を入れたとき、少し涙ぐんだという。ブラジヤックは監房を出る前に検事との面会を要求し、検事に対してかれを恨んでいないことを告げ、自分の逮捕のための人質として逮捕されたバルデッシュがそのまま勾留されているので、早く釈放してほしいと申し入れた。ブラジヤックは自分で監房の扉を開き、監獄の通路をひきたてられてゆくとき、隣房に聞こえるように「さよなら、ベロー」、「さよなら、コンベル」と大声で別れを告げた。護送車にイゾルニと二人で乗りこんだブラジヤックは、モンルージュ要塞に運ばれ、要塞に着くとブラジヤックはみずから車を降り、先頭に立って刑場に進んでいった。背をむけて並んでいた十二人の銃殺隊の前でほほえむと、イゾルニの肩をたたいてはげまし、自身で杭の前に歩いてゆき、縛りつけられるのを待っていた。

銃殺隊が位置につき、号令がかかると、ブラジヤックは「勇気!」と叫んで顔をあげ、目を開き、「フランス万歳!」と叫んだ。一斉射撃がすむと、伍長が進みでてとどめをさした。一九四五年二月六日午前九時三十八分だった。ブラジヤックは三十六歳の誕生日を翌月に控えていた。ブラジヤックのアンガージュマンを決定づけた一九三四年の二月六日からちょうど十一年の年月が経っていた。

一九三九年にマジノ線に動員されて以来、ブラジヤックは再び青年期に熱中した詩作をことあるごとに試み、その時代と運命の厳しさに対しておりおりに詩を書いた。身辺に詩情を見出すことを課題とするモーラス流の古典主義詩人として、ブラジヤックは、暗く過酷な状況のなかで地中海的な陶酔と世界との一体感を失いながら、明晰さと意志を背景として日々の暮らしを詩作にこめた。
戦場では、

眠りの岸辺のむこうがわに、
あしたやって来る、大地の彩り。
われわれの戦前はすべて遠のいてしまった、
記憶、家または太陽。

奇妙な訪問者がやってくる、
鼓動のような砲撃の音。

「戦争のクリスマス」一九三九年クリスマス[*50]

また捕虜収容所では、

すこしの陽ざしが雨のなかにさしている、
ドイツ兵舎にさしている、
ぼくらの箱船は、とっくに逃げてしまい、
そして今という時間も遠ざかる。

すこしの陽ざしでぼくらには充分だ、
ぼくらのあわれな不運をてらすのに、
よき囚人、悲しき友、
すこしの陽ざしでぼくらには充分だ。

「収容所の上の太陽」一九四〇年九月十六日[*51]

そしてナチス゠ドイツの占領下で、

ドイツの街道で、
ラインの黄金も、
山のなかの夏の炎も、
河の娘たちも、聖者も、ぼくは探しはしなかった。
——しかし、田舎の小道には、
シャトルの大聖堂、それに巡礼者。
そして、なお、おおぼくの青春よ、
ふたたびまみえたのは、おまえなのか?

友人、遊び、優しさ、
すべてがぼくと共にあったのか？
もしくは、苦境の虜囚たちと、
異邦人だけが悔やむのか？
「悔恨」一九四二年一月から一九四三年一月[*52]
こうした詩作のなかで最高峰をなすのが、粛清裁判に捕らえられてのちに、獄中で書かれたいわゆるフレーヌ詩篇であるのはいうまでもない。目前に迫りくる死に目をそむけることなく、窓ひとつない凍てつく監獄のなかで、足に死刑囚の鎖をつけられたまま、ブラジャックは詩作を続けたのである。
ああ、もしも明日、主よ、オリーヴの園より
この世に向かってふたたび歩みだすことができるなら
いまいちど泉から溢れる清らかな水を飲ませたまえ
この盃を私から遠ざけたまえ

しかしまだ待たねばならないのなら、主よ
暗い夜明けと、つらい罰が必要なら

私を引き抜き、苦しみを与えたまえ
私ではなく、あなたの意志がなされますよう

「詩篇VII」一九四五年二月三日[*53]

ブラジヤックの死を悲劇的に捉えるか、また当然の報いと捉えるかは、これらの詩の前ではあまり意味がない。ブラジヤックはとにかく、文学者として仮借なく生き、そして忌まわしい党派にくみし、そして敵の手に落ちて殺された。そのアンガージュマンをどのように評価するにしろ、またその死にいかなる意味あいを重ねても、ただ明白に刻一刻と逃れようのない死が迫ってくるのを自覚し、それを認識しながらなお詩作に取り組み、詩作の意志を死に対して明晰なものに保ちつづけることは、明らかに文学の勝利である。それは意志によって死にうちかつとか、死の恐怖を逃れるといったようなことではなく、暗く口をあけて、あらゆる青春の富、幸福、夢や愛情にもとどめをさそうと確実にやってくる死の前で、畏怖し怯える人間が、死を受け入れる最後のときまで、その教養と技術と言葉とを、つまり詩作をめぐるすべての力をふりしぼりながら、詩に取り組み、その意志の緊張のなかから傑出した詩篇を書きのこしたことが、文学の勝利とみなすべきことなのである。「フレーヌ詩篇」がみごとな作品であるというのは決してブラジヤックがおかれた稀な境遇のためではなく、詩自体の価値によるものであり、その詩をうみだしたのはかれの詩作の腕前にほかならない。「フレーヌ詩篇」のブラジヤックは殉教者でも裏切り者でも

なんでもなく、死の直前まで詩作の意志と技量を保持した雄々しい詩人である。そしてかれの詩が美しいものであり、いまだにというよりも年々多くの読者に愛されているとすれば、それがヒューマニズムに抗した罪によって死を与えられた詩人にとって、輝かしい勝利であることは間違いない。

そしてこの詩の言葉は、占領下の「ジュ・スイ・パルトゥ」でブラジヤックがユダヤ人たちを呪ったのと同じ言葉、青春の賛美と殺意の噴出が一体となった詩人の深淵のなかから、ホロコーストの死臭ただよう汚泥のなかから立ちのぼった言葉である。みずからの死を前にして、ただひとつの生命を握りしめる営みとしての詩作に取り組んだブラジヤックは、かつて世界との親和を喚起した詩作が、ただかれ自身の死刑囚という境遇のためばかりでなく、長い政治の季節を過ぎて、全く変わってしまったのをまのあたりにした。フレーヌにおけるブラジヤックの詩作は、ホロコーストを経験したかれの言葉をいま一度調べのなかで歌おうとする努力にほかならず、そしてその試みは、かれの死を代価として幾分かは成功したかもしれない。しかしそれは、かれがみずからの行為を償ったということではないし、また詫びたということでもない。ただ、みずからの内にもある皆殺しの地獄を前にしてなお、ブラジヤックはたじろぐことをしなかったということである。悦楽も幸福も、かれにとってかけがえのない人生のあらゆる富もファシズムへのアンガージュマンによって失ったブラジヤックにとって、「勇気!」という最後の言葉はまことにふさわしいものだった。

注記

＊1——ブラジヤックのみを扱った研究書は、周辺の人間の回想録等をのぞいても十五冊程度にのぼる。主要な研究書としては、まず、ブラジヤックの政治的な経歴を前面に押しだして扱った、W. R. Tucker: *The Fascist ego : A Political Biography of Robert Brasillach*, University of California, 1975. があげられる。論旨の展開にかなり強引さが感じられ、また政治的な糾弾の姿勢も強いが、未公刊資料の引用も豊富であり、また同時代の政治的作家との読みあわせも周到である。一方、ブラジヤックの妹とその夫であるシュザンヌ、モーリスのバルデッシュ夫妻の全面的な協力（ブラジヤックの草稿、ノート等の直接資料のほとんどがその手元にある）を得て書かれた伝記、A. Brassié : *Robert Brasillach ou Encore un instant de bonheur*, Laffont, 1987. は逆にブラジヤック弁護の色彩が濃いが、伝記としては最も充実しており、かつ正確な記事を集めている。

文学的研究としては、P. D. Tame : *La Mystique du Fascisme dans l'œuvre de Robert Brasillach*, NEL, 1986. があげられる。友の会誌の中心的執筆者である筆者が、ブラジヤックの作品に対する深い知識と理解により、ブラジヤックの文学と政治の本質を結ぶプロブレマティークとしてのファシズムの分析をおこなっている。

＊2——《Cahier des Amis de Robert Brasillach》, N° 1-30, Association des Amis de Robert Brasillach, 1950-1987. ブラジヤックの死の五年後から刊行が始まった同誌は、誌名のとおりのブラジヤックの旧友による証言等の投稿から、未発表原稿や書簡、またその年に発表されたブラジヤック

や対独協力全般に関する研究書や大学提出論文・新聞記事の解題や批評、場合によっては批判、また専門研究者による論文や書誌等が掲載されている。

＊3——*Œuvres Complètes de Robert Brasillach*, 12 volumes, Au Club de l'Honnête Homme, 1964. ブラジヤックの親友であり、まだ自身バルザック、スタンダール、フローベール、プルースト、セリーヌといった近代の大作家についての研究の泰斗であるバルデッシュが、編集し、注記をつけ、各作品に懇切な解説をつけており、この解説自体が、他の研究書よりもまず第一に読むべきブラジヤック研究の基本的業績となっている。ジャーナリズムでの仕事の一部（特に「コンバ」誌の掲載記事と、「ジュ・スイ・パルトゥ」の戦前分が抜けているのが痛いが）と書簡をのぞけば、ほぼ完全にブラジヤックの文業が収録されている。この全集に欠けている分の一部は、友の会誌、M.-M. Martin による選文集 *Robert Brasillach, Morceaux Choisis*, Cheval Ailé, 1949. および Tucker, Brassié の前掲書等に収められている。

小論のブラジヤックの伝記部分に関しては、以上注1 2 3の資料に依拠している。また、以下、作品からの引用は原則として同全集版による。

＊4——P. Sipriot : "Robert Brasillach ou les mémoires d'un homme en procès", 《Les Cahiers Rocher》, N° 2, 1987, p. 22.

＊5——T. Maulnier : "L'œuvre critique", 《Les Cahiers Rocher》, N° 2, 1987, p. 71.

＊6——J. Julliard : "Les Collabos", 《Le Nouvel Observateur》, 17 avril 1987, p. 77. 同号はコラボ文学者の復権に対する批判特集を組んでおり、ほかにブラジヤック、ルバテの「ジュ・スイ・パルトゥ」等の記事からの引用や、P. Ory によるコラボ作家たちの簡単なポートレート等が掲載されている。

＊7——Thierry Maulnier（1909— ）. 作家、ジャーナリスト、アカデミー会員。学生時代からアク

ション・フランセーズに出入りして、モーラス、マシスらの薫陶を受け、アクション・フランセーズを王政主義のアナクロニズムから脱皮させる一連の試みの中心となる。三〇年代に社会主義者やサンディカリスト、カトリック系社会主義者らと共同を試み、《L'Insurgé》《Combat》等の雑誌を主宰するが、挫折。アクション・フランセーズに復帰してモーラスの秘書を務める。敗戦に際しては人道主義の立場に立った《Revue de Siècle》等を主宰する。戦後は「フィガロ」紙を足場に、保守派の論客としてスターリン主義批判に健筆をふるった。

＊8――Claude Roy（1915―　）. 批評家、アクション・フランセーズ・エテュディアンの闘士としてモーニエ、ブラジヤックと親交を結び、「コンバ」をはじめとするいくつかの雑誌に協力し、一九三七年から「ジュ・スイ・パルトゥ」に参加した。敗戦後、捕虜収容所から、「ジュ・スイ・パルトゥ」のメンバーによって救い出される。占領下で「ジュ・スイ・パルトゥ」紙、「NRF」誌に参加するが、一九四三年に共産党に転向、アラゴンの信奉者、過激なスターリン主義者となり、解放時にはC・N・Eの委員を務める。ブラジヤックの助命嘆願書への署名を拒否した。一九五六年、ハンガリー動乱に際して、共産党を脱党した。

＊9――Le bonheur, date 1929, in *Œuvres Complètes, tome 9*, p. 18.

＊10――Georges Blond（1906―　）. ブラジヤックの中学時代からの友人。航海士としての商船勤務ののちに、一九三〇年から《Candide》の編集にたずさわる。一九三三年から「ジュ・スイ・パルトゥ」の編集部に入り、主に旅行、ルポルタージュ、文学欄を担当。第二次世界大戦では海軍に召集され、乗組艦がイギリス海軍に武装解除を受けてイギリスに曳航されるが、大多数の仲間とともにフランス帰還を希望し、一九四〇年末に帰国、「ジュ・スイ・パルトゥ」の文学欄を再び担当。その後ブラジヤックとともに、「ジュ・スイ・パルトゥ」を去る。政治記事は全く書かなかったために、戦後なんの処分も受けなかった。

*11——Paul Gadenne（1907—1956）．小説家。生前はほとんど注目されることがなかったが、近年になって熱心な愛読者が増加し、毎年のように旧作が復刊され、残された草稿から詩やエッセーの類いまで編集され出版されている。一九三一年にエコール・ノルマルで文学の教授資格を取得したのち、各地で教職につくが、結核にかかり、闘病生活のかたわら七編の小説を書いた。『スヘヴェニンゲンの浜辺』（世界の文学24、集英社、一九七八年、菅野昭正訳）は、プルーストの『失われた時を求めて』を下敷きにした、意識に対する回想の介入や失われた青春への追憶を主題に据えた小説であり（フェルメールに代わって、ロイスダールがとりあげられる）、そのなかでブラジヤックをモデルとする登場人物エルサンについての回想と判断が、話者の学生時代の早熟で幸福な人物と対独協力の汚辱のなかで処刑された文学者としてのイメージの乖離をめぐって、主要なモチーフとなっている。

*12——*Présence de Virgile*, in *Œuvres Complètes, tome 7*, p. 34.

*13——*Ibid.*, p. 43.

*14——《Cahier des Amis de Robert Brasillach》, N° 24, 1979. に当時でた書評がすべて再録されている（p. 13〜）。

*15——*Les captifs*, in *Œuvres Complètes, tome 1*, p. 548, p. 551.

*16——*Notre avant-guerre*, in *Œuvres Complètes, tome 6*, p. 138.

*17——*Ibid.*, p. 177. および，《Je suis partout》, 28 mars 1944, in *Œuvres Complètes, tome 12*, p. 429.

*18——たとえば《Je suis partout》, 14 fév., 18 avril 1944, in *Œuvres Complètes, tome 12*, p. 417, p. 434.

*19——T. Maulnier : "Deux violences", 《Combat》, N° 2, fév. 1936. cité par Tucker : *op. cit.*, p. 181.

*20——H. Massis : *Maurras et notre temps : entretiens et souvenirs*, Plon, 1961, p. 275.

*21——"La machine à botter les culs", 《Combat》, N° 9, novembre 1936. cité par Tucker : *op. cit.*,

p. 193.

＊22——Brassié: *op. cit.*, p. 136.

＊23——*Notre avant-guerre*, *op. cit.*, p. 184. また *Les captifs* のなかでも（*op. cit.*, p. 608）、コンバ・グループが〈Action〉という名前で登場するが、ほぼ同様の批判を受けている。

＊24——"La Causerie littéraire", 《l'Action française》, 5 janv. 1938, in *Œuvres Complètes, tome 12*, p. 135.

＊25——シモーヌ・ヴェーユ著作集Ｉ『戦争と革命への省察』（春秋社、一九六八年）所収、橋本一明訳「スペイン日記」三一七頁。

＊26——*Histoire de la guerre d'Espagne*, in *Œuvres Complètes, tome 5*, p. 579.

＊27——S・G・ペイン『ファランヘ党』小箕俊介訳（れんが書房新社、一九八二年）、六〇頁。

＊28——*Corneille*, in *Œuvres Complètes, tome 7*, p. 576.

＊29——*Ibid.*, p. 574.

＊30——フルニエ的世界とブラジヤックについては、季刊「世界文学」第四号（一九六六年）所収、渡辺一民「あるファシストの肖像」を参照。

＊31——*Portraits*, in *Œuvres Complètes, tome 7*, p. 206.

＊32——*Les Sept Couleurs*, in *Œuvres Complètes, tome 2*, p. 350.

＊33——*Ibid.*, p. 454.

＊34——《Cahier des Amis de Robert Brasillach》 N° 8, 1960. は一号すべてがこの論争の特集にあてられ、当時ジャーナリズムをにぎわせた議論のすべてが再録されている。

＊35——この事実は、粛清裁判の罪状として、ブラジヤックが捕虜収容所からの釈放と引き換えに対独協力をおこなったという嫌疑があげられたとき、弁護士のイゾルニによってとりあげられた。J.

Isorni : *Le Procès de Robert Brasillach*, Flammarion, 1946, p. 76.

＊36——*Les Sept Couleurs, op. cit.*, p. 437.

＊37——《Je suis partout》, 21 mars 1941, in *Œuvres Complètes, tome 12*, p. 324.

＊38——《Je suis partout》, 9 juin 1941, in *Œuvres Complètes, tome 12*, p. 342.

＊39——《Je suis partout》, 23 juin 1941, in *Œuvres Complètes, tome 12*, p. 349.

＊40——P.-M. Dioudonnat : *Je suis partout, 1930-1944 : Les Maurrassiens devant la tentation fasciste*, La Table Ronde, 1973, p. 252.

＊41——M. R. Marrus, R. O. Paxton : *Vichy et les Juifs*, Calmann-Lévy, 1981, p. 19. ヴィシー政府によって出されたユダヤ人に関する法令は同書、p. 399 以下。

＊42——《Je suis partout》, 25 septembre 1942, in *Œuvres Complètes, tome 12*, p. 481.

＊43——Brassié, *op. cit.*, p. 253.

＊44——*Notre avant-guerre, op. cit.*, p. 489.

＊45——"Lettre aux Directeurs de la Résistance", in *Œuvres complètes de Jean Paulhan, tome 5*, Aux Cercles des Livres Précieux, 1970, p. 432, p. 438.

＊46——J. Isorni : *op. cit.*, p. 123.

＊47——S. de Beauvoir : *La Force des choses*, Gallimard, 1964, p. 31.

＊48——J. Baldran, C. Bochurberg : *Brasillach ou la célébration du mépris*, A. J. Presse, 1988, p. 6. 同書はブラジヤックの復活に怒りをおぼえた著者たちによる、ブラジヤック非難のパンフレット。ブラジヤックのファシズム賛美や反ユダヤ主義的言辞を抜粋して集めてある。戦前の「ジュ・スイ・パルトゥ」の記事も入っている。

＊49——J. Isorni : *Mémoires, 1911-1945*, Laffont, 1984, p. 315. 以下の処刑直前のブラジヤックにつ

いての報告は、このイゾルニの回想録による。

*50——Noël de guerre, in *Œuvres Complètes, tome 9*, p. 47.

*51——Soleil sur le camp, *ibid.*, p. 51.

*52——Les regrets, *ibid.*, p. 60.

*53——Psaume VII, *ibid.*, p. 105.

第六章　リュシアン・ルバテ◉魂の復活のためのホロコースト

I　ディレッタントと親衛隊

今日リュシアン・ルバテの姿は、かれが六十九年の生涯で発表したわずか四冊の本、実質的にはかれが不本意に思っていた一冊をのぞいた三冊の著書によってのみ、うかがいうるものである（膨大なジャーナリズムでの仕事と、いくつかのほとんど完成している未刊草稿、日記の類いが出版されれば別であるが）。そしてその三冊はたがいに異質さを保っていると同時に、どれもがひとすじ縄ではいかない圧倒的な著作なのである。一九四二年に発表された『残骸』は、ブラジヤックが「われわれ（「ジュ・スイ・パルトゥ」の寄稿者）のなかで最も残虐」と呼んだルバテの、第二次世界大戦におけるフランスの敗北に対する告発の書であり、反ユダヤ主義を謳歌し、ナチズムを賛美するパンフレットであり、そして人民戦線の閣僚から右翼の指導者にいたる第三共和制全体に対する相手かまわぬ悪罵の爆弾として、ナチス＝ドイツ占領下のパリで発表され、占領下最大のベストセラーとなったばかりでなく、その攻撃の辛辣さと影響力のためにヴィシー政権内部をも震撼させ、当時一般に流布していた噂によるならば、ナチス親衛隊長官ヒムラーが激賞したといわれる書物である。ついで一九五二年に刊行された『ふたつの旗』[*2]は、青年の恋愛と信仰の確執をテーマとした古典的な長編恋愛小説であり、その心理分析を多用した悠揚せまらぬ恋愛の記述は、同時代には稀有な古典的完成度をもつ近代小説の正統を受け継いだ傑作として、初版時には名声にめぐまれなかったものの、徐々に読者を獲得し多くの識者から絶賛を受けて、今日では現代文学の隠れた傑作とみなされている。一九六九年に出版された『ひとつの音楽史』は、純粋に音楽愛好家の立場から書かれた、鑑賞を通じての本質の把握を基本としたメソポタミアからクセナキスにおよぶ西洋音楽の全体像を示す試みであり、このたぐいまれなディレッタンティスムの書も、いまだに早いペースで重版を続けている隠れたベストセラーである。

ほぼ二十代のなかばから、ジャーナリズムの世界で生活し、すぐれた書き手として周囲から認められていながら、ルバテはなかなか簡単には著書を出そうとはしなかった。二十二歳で『ウェルギリウスの存在』を出版して以来、短い人生のなかで二十冊あまりの著作を上梓したブラジヤックと身近につきあいながら、ルバテは敗戦という不測の事態においてやむにやまれぬ衝動をおぼえてペンをとるまで著作をまとめようとせず、ようやく処女作が出たのは三十九歳のときであり、そしてかれが本当に自作として自信をもって著書を世に問うためには、さらに十年の歳月が必要だった。つまりかれは軽々しく著作を発表するような書き手ではなく、長い年月をかけて練りあげ、納得できるまで書き直し推敲を加え、あらゆる意味で満足できたときに初めて出版するような、厳しいディレッタンティスムを背景にした自作に対する強い自意識をもっている作家なのである。

さらにこの自信作である『ふたつの旗』を世に問うためにルバテはあらゆる犠牲を払った。執筆を続けるために、パリを退却するドイツ軍に従ってドイツ領に逃亡し、そして草稿の量がふくらんでスペインへの亡命が不可能になると、死刑の判決を受ける可能性が極めて高かったにもかかわらず自首して牢獄で裁判を待つあいだ執筆を続け、そして死刑の判決が下りたあともいつとは知れぬ処刑の日を待ちながら書きつづけ、恩赦を受けて減刑されると監獄で改稿し、八年間におよぶ逃亡と監禁の日々ののちについに完成させ出版したのである。リュシアン・ルバテは自作の完成のためには自分の命をもかえりみないような献身と、環境を問わないみずからの仕事に対する情熱をそなえた書き手だった。

そして『ひとつの音楽史』は、豊富な知識と長年にわたる音楽愛好の経歴から得た実感により、外的な理論や歴史的展望の助けをかりずに鑑賞だけを通して音楽家の魂に触れようとする試みであり、その芸術に対する深い愛と尊敬に裏うちされて、西欧の音楽史全体を生気にあふれる実在として示すことに成功している。

このような熱心な文芸への献身者はまた、『残骸』の著者としての側面、つまり最も凶暴なナチス信奉者、第一次世界大戦の敗北にうちのめされたドイツの保守主義者のナチズムではなく、ホロコーストを通じてヨーロッパに新秩序を築きあげようとする親衛隊のナチズムの同調者であった。実際にルバテは戦争末期に、ミリスの一部がドイツ軍から正規の装備を供給されて結成した「フランス防衛隊」に加入してその制服を身にまとい、またドイツに逃亡したのちにはフランス武装親衛隊の機関紙の編集長に就任したのである。ルバテは議論の余地のないホロコーストの協力者であり、ポグロムの扇動者であり、そして卑劣な密告者でもあった。かれはそれが全く正当なことであると考えていたし、対独協力とかヴィシー政権支持といった政治的判断以前の緊急の課題として、社会からのユダヤ人種の抹殺が必要であると考えていたのである。

ルバテが独得であり、かつ率直であるのは、かれの高い教養と芸術への献身は、ナチズムへの参加と全く矛盾しないばかりか、それらはそのまま共存するだけではなく、たがいに補い合うような緊密な関係にあった点である。ルバテがそのなかで生きそしてその生気あふれる再生を追求した西欧の文芸の伝統的な価値の世界、西欧教養主義への献身は、そのままホロコーストによってしか、ユダヤ人種の組織的な排除によってしか西欧文化が存続しえないという結論に達する。最も自己に対する妥協のない文芸の担い手であり、西欧文化の精華ともいうべき音楽家の魂の声に耳を傾けうる人物が、その教養への忠節のために強制収容所を要求したのである。

こまったことに、ルバテはその教養においてかたくなで閉ざされた人物ではなかった。スタイナーが批判したエリオット（＝モーラス）の文化論のような、一国や一つの文化圏に限られた地域の伝統の総体として文化を考えるのではなく、かれの音楽史を参照すれば明らかなように、より開放された影響関係の総体としてヨーロッパ文化全体を視野に入れていた。ルバテはまたつねに芸術の進歩的傾向の支持者としてシェーンベルクや現代音楽家たち、そして美術においてもアヴァンギャルドな傾向を評価する一方で、新古典主義や反動的な試みの虚偽とごまかしを告発しつづけていたのであり、ある意味では反近代主義者というよりは、旺盛なヒューマニストともいうべき人物なのである。

リュシアン・ルバテは、西欧の精神的文化の諸価値を、バッハやモーツァルトに代表されるようなより成熟し洗練された時代にのみ認めるのではなく、歴史におけるその様々なあらわれや変形、復活、再生を感得しうるようなダイナミックな人文主義への愛情と理解をもっていた。あらゆる古きものが打ち倒される厳しい時代のなかで、いわば骨肉と化した生き生きとした西欧文化の価値から、あたかも高い圧力のかかった蒸留装置のようにして武装親衛隊員たちの反ユダヤ主義を抽出することで、西欧教養主義を無媒介にユダヤ人絶滅に結びつけたルバテは、あらゆる西欧のヒューマンな伝統に対してつきつけられた鋭い匕首であり、頭上で無気味にゆれるダモクレスの剣である。

II 「わが人種の報復」

リュシアン・ルバテは、休日の繁華街やラッシュアワーの地下鉄の階段、売り出しの宣伝をラウドスピーカーで繰り返す百貨店のショーウインドーの前で、様々な階層、出身の市民からなる雑踏にかこまれ、かれらの話し声や様々な歩き方、服装、体臭や息の匂いのなかで押しあって歩きながら、息がつまるような嫌悪をおぼえてひそかに決して癒されない憤怒を燃やしているような人物である。ルバテはかつてソドムやゴモラを焼いたような炎が天からおりてきて、かれをとりまいている人々や建物、街路、騒音、悪臭、苦い青春の悔恨と少しの金銭を稼ぐためになめなければならなかった数々の屈辱にみちた記憶が染みついた都市が、かれには到底理解できない取引やおためごかしのスローガン、ろくでもない大量生産の商品のために毎日かけがえのないものを破壊していくこの文明が、一瞬のうちに焼きつくされ消えてしまえばいいのにと考えている。決まりきったあたりさわりのないことしか書かない新聞や、愛情や徳行、平和、福祉について演説する偽善者の政治家、小金を稼ぐために狂奔する企業、惨めな生活を守るための勤勉の美徳を説くしかない宗教家たちに対して怒りをつのらせて、ただその怒りを内にこもらせたまま、黙示録の四騎士が空をかけめぐり、世の終わりを知らせるラッパの響きが轟くのを待ちながら、これらの忌まわしきすべてを焼きつくす大いなる炎を眺め崩壊した残骸のうえで歓喜とカタルシスに酔うことを夢みているかれは、モンパルナスの狭く居心地の悪いアパートの窓から、ある朝通りのむかい側の人権協会の前に、ナチスの迫害の手を逃れて、ドイツからトランク一つをかかえて逃げてきたユダヤ人たちが並んでいるのが見えたとき、たとえようもない歓喜をおぼえ、そして見出した目的のためにかれは憎悪を言葉にしてあたりかまわず撒き散らすことにしたのである。

ルバテはある意味では不屈のテロリスト、その心はあくまで社会の秩序をねだやしにするために好んで不自由な地下生活を送り、爆弾をつくったり、暗殺の計画を立てたりするような青い馬にまたがったテロリストの心に似ていないこともない。しかし、リュシアン・ルバテはテロリストのディレッタントなのである。テロリストが馬車に投げつける爆弾は、ルバテにはあまりに小さすぎて、この街を粉々にするには到底不充分だし、そのうえ洗練されているともいいがたい。それにかれはみずからの意見の偏りと邪悪さを鑑賞可能なものにして味わうことを欲しており、そのためにはスタイルが、憎悪と破壊のための様式美が必要だった。そしてそこにかれのナチズムがうまれたのである。ルバテはその著書『残骸』や「ジュ・スイ・パルトゥ」紙に掲載された戦闘的なエッセーによってだけではなく、その深い諸芸術への理解と愛情によって、フランスにおけるナチズムに十全な表現と形式を与え、極めて狷介なその性格によって限定づけられたものであったとしても、一つの様式と世界観としてのナチズムをつくりあげたのである。確かにかれは偏狭な人間であり、中庸な意見や他者の対立する見解を受け入れる素地には欠けているが、しかしかれの偏狭さが地下生活者のそれと異なるのは、ルバテの偏狭さは一種の普遍的なものにつらなっているという点である。通常中庸さや様々な見解に対する理解の欠如は知性の重要な欠点としてみなされるが、またごく稀にそれが硬直によってでない場合には偉大さの証でもある。そのような偏狭さは、だれもが首肯するような一般的な見方や理想にひそんでいる虚偽や都合のよさを暴き出すだけではなく、異常な展開をもった論理を駆使することで時代精神や魂の真実をさがしあてることがあるからである。リュシアン・ルバテは、あくまで怒りと憎悪に執着するよこしまな偏狭さによって、第二次世界大戦をめぐるいくつかの貴重な真実、つまりナチズムの、反ユダヤ主義の、そしてこの漆黒の時代における文学の、真実を示している。

リュシアン・ルバテをフランスにおける代表的なナチズム信奉者としてとりあげることは、多くの留保を前提とする。まずルバテ自身が、ヒトラーに対していだいていた尊敬の念にもかかわらず、みずからをファシストとして示したことはあっても、ナチとして考えたことはほとんどなかったからである。戦後になっても、ルバテは自分がファシストであることを隠そうとはしなかったが、その一方でみずからをナチとして規定しなかったのは、もちろんナチズムに対する違和感が前提としてあったからであり、「アクション・フランセーズ」紙の音楽欄担当記者として文筆業の経歴を開いたルバテは、モーラス流のナショナリストとして、極度に対仏報復的なヒトラーに対して当初警戒心をいだき、一九三四年二月六日の暴動事件以来、アクション・フランセーズの政治的党派としての無力さがあらわになったのちには、西欧各国の全体主義的政党への考察からナチズムに心ひかれながらもフランスにおいてはナチス型の右翼運動はほとんど成功の可能性がないことを認識し、イタリアやポルトガルのようなファシズムがフランスにはふさわしいと考え、あくまでフランスにおけるファシズム政党の勝利をめざしてアンガージュマンをおこなったのである。

しかしここであえてルバテをナチと呼ぶのは、同時代の右翼政党人や「ジュ・スイ・パルトゥ」の他のメンバーとも極めて異質なかれの性向を表現する便宜のためであると同時に、ウィーンの浮浪者収容所を転々とすることで青春を送ったアマチュア画家、音楽愛好家によってつくられたこの政治運動の本質が、ルバテの思想と通じるところが少なくないためでもある。ブラジヤックと比べてすらかれのファシズムは極度に異質でありへだたっているばかりでなく、多くのアクション・フランセーズ出身者やコラボ、右翼にとってルバテの名前は今日でさえ共産主義者やリベラリスト以上の敵を意味するものなのである。そしてここでルバテをナチと呼ぶときに念頭にあるのは、いわばナチス＝ドイツにおいて政権を実質的に担っていた第二帝国から連続した保守的軍人や地方政治家、企業家の総体的イデオロギーとしてのナチズムではなく、突撃隊や親衛隊のナチズム、ユダヤ人に黄色い星をつけることを強要し、ゲットーに襲撃をおこない、絶滅収容所で毎日の処理計画を立案しながら、バッハに耳を傾けていた将校たちのナチズム、いわば近代とヒューマニズムの価値に立脚した市民生活へのテロリズムとしてのナチズムである。そしてリュシアン・ルバテはこのようなナチズムのフランスにおける体現者なのであり、ルバテの文業と文学者としてのあり方を通して、おそらくハイデガーによることを別にすれば唯一、ナチズムというこの「汚れた謎の総体」の本質に近づくことが可能になるのである。

『全体主義の起源』のなかでハンナ・アーレントは、近代の反ユダヤ主義を、キリスト教に起因する中世以来のユダヤ人迫害の歴史とは全く隔絶した性質のものであり、近代産業社会の特質から社会学的に考察されるべき問題だと規定して、近代の反ユダヤ主義を西欧の伝統的な蛮行として考えるノーマン・コーンらの立場を強く批判している。[*3] このようなアーレントの議論は、ドリュモンの反ユダヤの闘いを再びよびさまそうと試みた若きベルナノスによって逆側から論証されているように思われる。ベルナノスにとってドリュモンとは「こんな時代に善をなすにはいったいどうしたらいいんだ？　僕は図書館の司書か、僧侶にでもなればよかったんだ。僕は単純で、おとなしく、孤独な人間なのに。僕には近代社会は全く理解できない。なぜユダヤ人たちは僕を静かにしておいてくれないんだ。（中略）連中は僕から大地を奪いとっただけではなく、神をも買い上げようとしている」[*4]と叫ぶような人物であり、自然のなかでの暮らしと大地に関わる労働や安定した人間関係、教会との緊密さ、伝統的な暮らしから引き離されて、都市の狭く不衛生なアパルトマンに起居し、大量生産の工程に従事してたんなる労働力として市場で売り買いされるようになった人間のもつ、いかなる視点からも全体を見渡すことのできない近代社会や都市の混沌とした巨大な姿とエネルギーを前にした「大いなる恐怖」、金銭によって魂すらも買い上げられて、キリストの救いから切り離されてしまうのではないかというカトリック教徒たちの金銭を媒介とした資本主義の巨大な姿に対する恐怖をよびおこした人物として描かれているのである。若きベルナノスにとって、反ユダヤ主義こそが、あらゆる青春や新しく誠実な精神を萌芽のうちに腐らせ、革命をくじき、打算的にし、転向させてしまう近代社会の異様な汚染の力にうちかって「全体的な人間」[*5]をつくりあげうる、唯一の教えなのだった。若きベルナノスの反ユダヤ主義理解は、ベルナノスとほぼ同世代のセリーヌから、ルバテにいたるまで、ほぼ共通のものであると考えることができ、このような反ユダヤ主義のあり方は、いうまでもなくアーレントが指摘したように近代社会の本質と強く関係づけられているのである。

しかし、ルバテのいだいた近代都市や産業社会に対する憤怒と、そこに結びついた反ユダヤ感情が、スペイン戦争でフランコ軍の暴虐を見て反ファシズムに転向したベルナノスはもちろん、セリーヌとすらも異質であり全く別なものと考えざるをえないのは、ユダヤ民族への敵意の実行、反ユダヤ主義へのアンガージュマンによってと、またその作品のあり方の根本的な差異によるものである。確かにセリーヌは『虫けらどもをひねりつぶせ』や『死体派』といった反ユダヤ主義パンフレットのなかで、戦争を含む近代文明全体のもつおぞましさへの恐怖をユダヤ人に対する呪いの形で吐き出しており、これらの著書が社会公衆に流した害毒ははかり知れないものであるが、これらの著作はセリーヌの偉大な小説と密接な関係をもち、ある意味で極めて文学的な要請によって書かれた、嫌悪と恐怖の奔流を暴力的な言語のなかに封じこめた想像の世界における「ひねりつぶし」の遂行なのであり、その罪悪はあくまで書物としての、言論上での問題として考察されるほうがふさわしい。それに対して、より政治的な作家、ジャーナリストとして二大戦間から第二次世界大戦中の諸事件にコミットし、具体的な党派の争いのなかで食うか食われるかの闘いを演じてきたルバテのいだいていた反ユダヤ主義は、はるかに危険であり、たんなる言論にとどまらない実際的な行動としての反ユダヤ主義に近いものであり、ポグロムからホロコーストへとすすんで参加するような性質のものだった。そのようなルバテの反ユダヤ主義の背景には、『残骸』のなかでかれが示しているようにもちろん大戦へとなしくずしに進んでゆく第三共和制フランスの政治への憤りがあり、またナチス＝ドイツの登場とヒトラーへの賛嘆の念が、過激な反ユダヤ主義へ拍車をかける結果となったであろうことは想像にかたくない。しかしルバテがすすんでナチズムを受け入れるためには、かれの内に本質的にポグロムを望む資質があらかじめはぐくまれていなければならず、そしてルバテの最初の著作である『残骸』は、ドリュモン以来の恐怖や憤怒から発生した反ユダヤ主義と、そこからうまれて矩を超えた殺戮の勧奨のつつみ隠すことのない放埒なまでの賛歌であり、まさしく文学として示された死刑執行人の告白、かつて誰ひとり試みなかった、暗くしかし根づよく万人に巣くっている欲望の解放になっている。ルバテは戦後、もしも絶滅収容所の存在を知っていたら占領下で反ユダヤ主義活動をおこなわなかったろうと語っているが[*6]、この言葉は不誠実であるばかりでなく、自身の著作によっても裏切られているのである。

私はウィーンからユダヤ人が取り除かれて、きれいに掃除された姿をまのあたりにした。花模様の短いスカートをはきグレーテル風のシャツを着た少女たちと、新しい制服を誇らしげに着たスポーツ好きで溌剌とした青年たちが、再び街路を取り返したために、ウィーンは活気で跳びはねているように見えた。私にも、ドイツとオーストリアの性質や風俗の違いがあちこちで軋轢を起こしていることは分かった。しかし、この二百万の人口をもつ都市を没落させるためにあらゆる領土を切り離してしまった愚かな条約を踏みつけにして、敵を追い払い、かれらの運命を誇り高く力強い帝国と結びつけた素晴らしい指導者の腕のなかに入ったという喜びはなににもかえがたいもののようだった。

私はレオポルド街のゲットーを再訪してみた。その長い通りのすべてが、荒廃におおわれており、カルパチア山脈かステップ草原にかれら漂泊民たちが野営していたころにつけたらしい奇妙な名前をまだつけたショーウインドーは、いまでは鉄の覆いでふさがれていた。何組かのヒトラー・ユーゲントの分隊が、ちょっとした懲罰行動をおこなっていた。すべての壁にはペンキで「ユダヤの豚」とか「ユダヤ人の家——緊急消毒の要あり——キリスト教徒はご用心！」などと書いてあり、何人かのユダヤ人が、かれらの痕跡を消すように作業させられていた。ほかの者は怯えて窓の蔭に姿を隠していた。私は復讐のよろこびにひたり、享受した。みずからの人種がおこなった報復をまのあたりにした感動のために胸がいっぱいになってしまったのである。このとき私が二年前に受けた屈辱がついに晴らされたのだ。[*7]

一九三八年三月に、ヒトラーはほとんど無抵抗に、かつ西欧諸国の有効な反対運動も受けないままにオーストリアをドイツ領に併合した。その年の夏に中央ヨーロッパを旅行してまわったルバテは、かつてユダヤ人たちが何世代にもわたって暮らし、ハプスブルク家治下の繁栄と文化を享受していたウィーンのユダヤ人街を訪れ、以前訪れたときの活気がゲットーにはみじんもなく、親衛隊とヒトラー・ユーゲントに占拠された死の街になっているのをまのあたりにして、底知れぬ歓喜をおぼえるのである。その後にルーマニアとハンガリーを旅したルバテは、そこのユダヤ人たちがまだ自由に生活しているのを見ると、極めて遺憾に思い、早くこれらの国にもヒトラーの支配が及び、「人種の報復」がおこなわれることをひそかに願った。

オーストリア併合についての政治的な意見はさておくとしても、ルバテがゲットーに行きそこでナチスがおこなっていた野蛮な行為を目にして、反発するどころか一種のエクスタシーをおぼえ、しかもそれを直截に作品のなかに書いていることに、接する読者は大きなとまどいをおぼえざるをえないだろうが、『残骸』の主調音のひとつはまぎれもなくこのような「人種の報復」がかれにもたらした喜びの記述なのであり、『残骸』はナチス＝ドイツの前になすところなく屈服した第三共和制に対するいまやはばかるところのなくなった怒りの爆発の書であると同時に、ナショナリストとしての敗北が反ユダヤ主義者としての復讐につながるという、倒錯した歓喜の書物なのである。このような、最もあけすけな著者でさえも筆をとめ、語ることを控えるような、ナチズムの暴虐を前にしての溢れるような喜悦の表明と、断固としたホロコーストの支持は、ベルナノスはもちろんセリーヌにも決して見出せないものであり、ルバテの反ユダヤ主義が極めて実践的であると同時に、その具体的な殺意によって、フランスの伝統的な反ユダヤ主義の範疇におさまらない過激な人種主義であったことが明らかになる。

しかし、ルバテの反ユダヤ主義は直接的にヒトラーとナチズムからの影響によってはぐくまれたものではなかった。ルバテもまたブラジヤックやモーニエといった同世代の右翼思想家と同様にアクション・フランセーズへの参加とモーラスへの帰依によって政治の世界に足を踏み入れ、「アクション・フランセーズ」紙とその影響圏内に含まれる「カンディッド」や「ジュ・スイ・パルトゥ」での文筆活動を通じて政治的文学者としての経歴を積んだのであり、伝統的なナショナリストとしてドイツをフランスに対する脅威と認識しその勢力の伸長を防ぐという基本的な認識では完全にアクション・フランセーズの政策を支持していた。ただルバテがモーラスやブラジヤックと一線を画すのはラテン文化の価値に対する認識であり、それ以上に文化そのものに対する概念が両者とは全く異なっていた。モーラス＝ブラジヤック的な古典主義が、口承文学を本質とした詩句の息吹による直接的な伝統の喚起であるとすれば、ルバテにとっての文化とはより普遍的で包括的な西欧の伝統の総体だったのであり、その伝統は地中海の陽光のもとでもたらされるというよりは、壮麗なオペラハウスや劇場、美術館で日々プログラムをかえながら催される最高の芸術作品の上演、展覧を通して享受されるものであり、そこにあるのは詩句の息吹ではなく、西欧教養主義の精華ともいうべき洗練されかつ柔軟な鑑賞でありディレッタンティスムだった。

一九〇三年十一月十五日に、ドローム県の最北部の村モラ・アン・ヴァロワールに、ドーフィネ周辺に代々住みついた家系に属する公証人の父親と、祖父がネルヴァルの友人の詩人だったというナポリからパリに移民したイタリア系の家系に属する母親のあいだに生まれたリュシアン・ルバテは、生まれた村の風俗地勢を嫌って、気候的には南フランスを愛したが、自身の気性としてはモラ・アン・ヴァロワールからほど近い村の出身者であるベルリオーズと、グルノーブル出身のスタンダールに同郷人の相貌を見出している。サン＝シャモンのマリスト会の学校で教育を受けて、僧侶たちと耐えがたい規律に支配された十八世紀以来変わっていない木靴と鞭の寄宿生活を憎み、ボードレールやランボー、ヴェルレーヌの詩を愛読した。一九二一年にリヨンの大学に入学したのちに、一九二三年の四月からパリのソルボンヌの哲学科に籍を移した。このころすでにルバテは、モーラスのラテン主義とそれが実作に反映されたモレアスやフェリブリージュ・サークルの作品、さらにモーラス周辺の擬古典主義詩人の滑稽さと、このようなものをかきあつめて北方の文学に対抗する狂気を告発するエッセーを書き、機会があれば発表したいと考えていたという。復習教師を中学校で務めながら大学に通うという経済的な厳しさのなかで、パリの生活はルバテに限りない刺激を与え、ルーヴル等の美術館やコンサート、花開きつつあった美術や音楽の前衛的試み、そしてジャズや映画に通いつめることでこのころすでにのちの大ディレッタントの面影を有するにいたっていた。一九二七年に哲学の学士号を取得したのちに、兵役について第一五〇歩兵隊に配属され、当時ドイツ国内のフランス軍占領地域であった、コブレンツ近郊の町ディエズ・アン・デアラーンに駐営していた。軍隊生活はあらゆる意味でルバテの気に入って、完全に快適なものだったが、毎日の退屈さと知的刺激の欠如は補うべくもなかったので、ルバテにとって学生時代から唯一読むにたえると思われた新聞である「アクション・フランセーズ」を予約購読することにした。ルバテが「アクション・フランセーズ」を手にとるようになったのもブラジヤックと同様にその文芸面の高級さと、偽善的な政治スローガンにとらわれることのない反コンフォルミスムによってであり、安易な進歩主義やヒューマニズムを痛撃する思想としてのモーラスの古典主義やアクション・フランセーズが政治においてみせるマキャベリ的なボン・サンスによってであった。しかしルバテにとってアクション・フランセーズのドイツ嫌い、反ゲルマニスムは相変わらず滑稽なものであり、かれらがフランス文化の精髄としてかかげるラシーヌやプッサンの芸術は、バッハやワーグナー、ニーチェをうみだした文化に比べて極めてスケールの小さいものでしかなかった。ルバテにとっての古典主義は一国の伝統の範囲にとらわれることがないのはもちろんとして、ナショナルな感情や文化論に先だつ鑑賞による絶対的な価値評価を基準としており、どう考えてもバッハに比肩するような芸術家はフランスの歴史にはいなかったのである。

一九二八年に兵役を終えたルバテを迎えたのは世界的な大不況の波と求職難で、かれは保険会社の営業職に最低の給料でようやくもぐりこむことができた。一九二六年に父を失って経済的な後ろだてを欠いていたためもあって、社会人としての生活は学生時代以上に厳しいもので、この時期にパリに上京して以来いだいていたユダヤ人に対する敵意が、生活に追われての屈辱的な仕事を通じてますます激しいものとなって、ついに「ユダヤ主義の輪郭」[*8]を理解したという認識に到達、断固とした反ユダヤ主義の確信をもつにいたった。

このような反ユダヤ主義の確信と、極めて高踏的なディレッタンティスム、そして子供時代に体験した第一次世界大戦のイメージを核とした漠然たるナショナリズムをいだいて、翌年ルバテは「アクション・フランセーズ」紙に書き手として参加したのである。

一九二九年四月に当時「アクション・フランセーズ」の音楽欄の編集を担当していたドミニック・ソルデを訪問して寄稿の希望を述べたルバテは、ソルデの温かい励ましを受けてコンサート評を「アクション・フランセーズ」に掲載できただけではなく、「ラディオ・マガジン」等の仕事も紹介してもらったことから、保険会社を退職して売文業に専念し、翌年には「アクション・フランセーズ」の映画評も担当するようになった。特に評判が良かった映画評については、一週間に載せられる原稿の四分の三をルバテが執筆するといった具合で、急速に「アクション・フランセーズ」のなかで書き手としての頭角をあらわし、その年に文学欄の担当秘書のポストを得たが、この仕事は毎週二度モーラスとその週の編集方針について打ち合わせをおこなう必要があり、ルバテは必然的にモーラスに親しく師事することになった。このころのアクション・フランセーズはヴァチカンからの破門の痛手から少しずつ態勢を立て直しつつある時期にあたり、編集部はブラジヤック、モーニエといった若い才能を迎え入れてかってないほどの活況を呈しつつあった。すでに『ウェルギリウスの存在』を発表していたブラジヤックの才能はルバテを感嘆させたが、またブラジヤックのほうでも、ルバテの音楽と美術に関する造詣の深さに驚嘆したという。この「アクション・フランセーズ」の「文学欄」で初めて結びついたルバテとブラジヤックの二人は、その後ほぼ十年間にわたっていくつもの保守系・右翼系の新聞・雑誌に記事をともども提供することになるが、二人のジャーナリズムに対する態度は全く異なっていた。モーニエやバルデッシュ、クロード・ロワといった友人にかこまれてまるで学生時代の活動のようにして記事を書きいくつかの雑誌の編集にたずさわり、そのかたわら三十六年の短い生涯のあいだに二十冊以上の著書を発表したブラジヤックにとって、ジャーナリズムのテンポの速い生活は、刺激と変化にみたされて日々を送る「青春」の延長のようなものであったのに対して、生涯に八千にもおよぶ記事を書きながら、そのほとんどを筆名のフランソワ・ヴァンヌイユ（『失われた時を求めて』の音楽家ヴァントゥイユの綴り字を一字だけ変えたもの）名義で発表したルバテにとっては、ジャーナリズムは保険の営業よりはましな生活の手段にしかすぎなかったのである。ディレッタントのかれにとって本当に価値のあるものは、時代の風化に耐えうる芸術作品だけであって、かれの唯一の望みは、三十年後にも読むにたえるような、スタンダールやプルーストの書いたような長編で、なおかつジイドの作品のような文体の完成度をもった小説と批評作品を書くことだった。そのためにルバテは軽々しく著書を発表しようとせず、一度とりかかるとその作品の完成度が納得のいくものになるまで発表しようとはしなかったので、六十九歳まで生きながらついに生前には自分の名を冠した著作を四冊しか出版せず、しかもそのうちの一冊を出版したことを生涯悔やんでいたのである。

しかし、その高邁な意志にもかかわらず、社会の厳しさはルバテにディレッタントとしての生活を許さなかったし、そのジャーナリストとしての生業でも望むと望まざるとにかかわらず、時代の変転によって、旗色を鮮明にした政治的な姿勢をとらざるをえなくなったのである。そしてルバテにとっての政治的戦いの舞台は、モーラスに支配されていた「アクション・フランセーズ」ではなく、「ジュ・スイ・パルトゥ」だった。

「ジュ・スイ・パルトゥ」は、J・バンヴィルを中心としたアクション・フランセーズ系の書き手が寄稿していた「カンディッド」の姉妹紙として、一九三〇年にファイヤール社から創刊された週刊紙である。当時アンリ・ベローが編集していた「グランゴワール」紙とともに、三十万部以上の売上げを達成して週刊紙ブームをまきおこした「カンディッド」の、外電や外交関係の記事を集めたいわば国際版として企画された「ジュ・スイ・パルトゥ」は、最初ドゥ・パルトゥ「世界中から」という紙名が予定されていたが、発刊時に「ジュ・スイ・パルトゥ」になった。もちろん紙名の趣旨は同じである。事実上の編集は、同じファイヤール社でバンヴィルやルイ・レイノーらアクション・フランセーズ系知識人の著作を集めたシリーズ「歴史研究叢書」の編集により成功をおさめたノルマリアン、ピエール・ガクソットにゆだねられた。今日では著書の『フランス人の歴史』や大革命関係の研究書、そしてアカデミー・フランセーズの会員として知られているガクソットは、たんに知的なばかりでなく、極めて複雑な人物で、一八九四年に生まれ、第一次世界大戦中は健康上の理由で動員されず、大戦中はエコール・ノルマルに通うかたわらモーラスの夜間秘書を務めていた。歴史の教授資格を取得したのちにパリ等の各地で教職についたが、一九二五年に編集者としてファイヤール社に入り、歴史関係図書の出版にたずさわるとともに自身でも歴史書を出版し、その勤務のかたわら香水王フランソワ・コティが資金を提供した極右ファシズム団体ソリダリテ・フランセーズの機関紙「クー・ド・パット」の編集を手伝ったり、スペインやベルギーの右翼団体の新聞の編集委員を務めたりしていた。このようなガクソットの行動の突飛さは、たんにかれのファシズムへの信奉だけではなく、性格の狷介さにもよるものであり、特に「ジュ・スイ・パルトゥ」をめぐるガクソットの進退の繰り返しはブラジヤックを深刻に悩ませて、周辺の事情を知るものは「ジュ・スイ・パルトゥ」におけるガクソットの進退がブラジヤックを対独協力に追いやったと指摘するほどである。

一九三〇年に創刊された「ジュ・スイ・パルトゥ」は、ガクソットのほかに、クロード・ジャンテやピエール・ヴィレット、創刊号の名目上の編集長だったアンドレ・レヴィッソンといったアクション・フランセーズ系の著述家の記事を主体にしつつ、アンドレ・ベルソールやエミール・ビュレといった大学人や社会主義者、そしてかつてモーラスと論争をおこなったバンジャマン・クレミューやアクション・フランセーズの脱退者であるアンドレ・シャンソンらにも紙面を開放し、「アクション・フランセーズ」とは明確な距離をおいた紙面づくりを心がけていた。ルバテやブラジヤック、クストーらの若手は、不況の深刻化にともなう若干の編集方針の変更により、文学や娯楽関係に多くのスペースがさかれるようになった一九三三年から定期的に寄稿するようになる。当時の「ジュ・スイ・

パルトゥ」の編集部の雰囲気は、アクション・フランセーズに比べてより闊達なものであり、政治的にも保守的ではあったが明確にファシズムを指向していたわけではなく、自由な議論が可能な状態だった。確かにガクソットの企画になるまだ政権をとる前のヒトラーとナチズムの特集号（フランスで最も早いジャーナリズムによる本格的なヒトラー研究と評価の試みだった）やファシズム十周年記念号等の兆候はあるものの、同紙が政治的に明確なファシズム支持の姿勢をとるのは一九三四年二月六日の暴動事件以降である。

ルバテの政治的な行動は、一九三〇年のフランス軍のドイツ国境地帯の占領解除までは具体的なものではなかった。青年時代に外相アリスティード・ブリアンの国際協調政策を、国を危うくし第一次世界大戦の戦果をなげうつものであるとして憎んだルバテは、かつてかれも兵役を務めたドイツ国境の占領地帯を去っていくフランス軍の姿を場末の映画館のニュースフィルムで見て呆れ、政府がみずから国境地帯を空っぽにしてドイツ軍の進出を自由にしたことを憤ったのである。この事件以来、ルバテの政治意識は次の世界大戦、特にドイツのフランス進攻への警戒にむけられ、戦争への恐怖と、むざむざ戦争へのみちを歩む政府への怒りと、そしてしだいにあらわになってゆくヒトラーへの傾倒によって特徴づけられるものになる。

ナチズムに対するルバテの感情は極めて複雑なものだった。当初は一般のフランス人と同様にいかにもカリカチュアにするために生まれてきたようなヒトラーの口ひげつきの顔を見て、門番程度の下層階級の人間だと軽蔑していたという。騒ぎすぎることでかえってヒトラーを助けることになっていると共和派が批判したほど、モーラスはその登場直後からヒトラーとナチズムの危険性に着目し、再生しつつあるゲルマンの意志のシンボルであると考え、その政権奪取の可能性についてヨーロッパのあらゆるジャーナリズムのなかで一番早くから指摘していたというが、ルバテが本格的にヒトラーの政治的手腕を評価するのは、ヒトラーが一九三三年に首相の座についてからのことだった。同年一月に首相の座についたヒトラーは、国会炎上事件以後着々と共産党の弾圧とユダヤ人迫害を実行につつし、毎日多数の亡命者を乗せた汽車がドイツからパリの東駅に着くようになった。ルバテがモンパルナスのアパートから人権協会の前に並ぶユダヤ人たちを見たのもこのころである。ルバテはナチズムの反ユダヤ政策を見て、その手腕と方法に心底感心してしまった。もちろんもとよりアクション・フランセーズも綱領のひとつとして反ユダヤ主義をかかげており、モーラスも政治の世界からユダヤ人に代表される金融資本の影響力を取り除くことの必要性をとなえていたが、その反ユダヤ主義はあくまで富裕で権力を握ったユダヤ人に対してむけられたものであって、人種や民族としてのユダヤ人全体にむけられたものではなかったし、そもそもアクション・フランセーズは人種という考え方自体を極めてゲルマン的で野蛮なものとみなしていたのである。しかしルバテにすれば、ヒトラーの人種政策に比べるとモーラスの反ユダヤ主義はもはや時代遅れであり、モーラス流のやり方では、ヒトラーが実現した、社会からユダヤ人種を排除したことによる強力な国家は実現できず、ユダヤ人やその他の腐敗分子は、力ずくで追い払うか収容所やゲットーに囲いこむべきであり、世界中からの非難に耳をかさずにユダヤ人に対する襲撃を果敢におこなっているヒトラーの実行力はまことに敬服すべきものであったのである。

二千人の勇敢な青年、失業者、共産党員、命しらずをかきあつめ、制服を着せ、上等兵を任命し、武装させ、何人かの指導者を戴いて数千人のユダヤ人とフリーメーソンを銃殺にし、同じくらいの連中を強制収容所に送ること。十五年来わたしは、裁判抜きの処刑だけが、この最も不健康な世界を粛正し、最悪の盗っ人どもを追い払う唯一の手段だと考えていたのである。(中略)

一国が議会や新聞、警察、共和国のゲームの規則を破棄するために、過激な政党が必要なのである。そして、私の唯一の望みは、その過激な政党が、誰も予想していないかもしれないが遅かれ早かれ外国からやってくる出来事の前に、結成されることだ。[*9]

一九三四年の暴動事件と、その後のオーストリアでのナチスによるドルフス首相暗殺事件、およびナチス゠ドイツのレーム粛清以前は、ルバテは対ヒトラー強硬論者であり、ナチズムの脅威と強力さを訴えて、すぐにも反ナチ十字軍を西欧列強は派遣するべきだと主張していた。しかし、上記の一連の事件は、ルバテによるならば、フランスにとってドイツの意図をくじく機会と可能性を失わせるものだったのである。二月の暴動事件は、ルバテにとってもブラジヤックと同様にフランスにファシズムを樹立しうる唯一の機会だった。

もしもこのときファシズムが成功をおさめていれば、その強力な国家はドイツに対抗しえただろうという。しかしフランスは、そしてアクション・フランセーズを筆頭とする右翼諸党派は、その機会を利用できなかったのである。二月七日にモーラスのそばにいて事態のなりゆきをつぶさに見ていたルバテは、暴動をクーデターに結びつけるために指示を仰いだアクション・フランセーズとカムロ・デュ・ロワの動きをとどめて行動しなかったモーラスと、その躊躇を目前にしながらモーラスに従った自分自身を深く遺憾に思うとともに、ファシズムによるフランス再生の機会は失われてしまったと考えたのである。

続く六月三十日の、ヒトラーと親衛隊によるエルンスト・レームを首班とする突撃隊幹部と、グレゴール・シュトラッサーらのナチス党左派の粛清の手際の良さはルバテを感嘆させ、ヒトラーの演出した粛清劇をまるでワーグナーの楽劇の一幕を見るような陶酔とともに迎えたのである。そしてこの事件は議会での討議といった民主主義的な手続きを踏まずに容易に国内を粛正してしまえる過激な党派に支配されたドイツの強力さを、自国の暴動事件の顚末との比較においてルバテに認識させた。そして続く七月二十五日のオーストリアのナチス党員によるオーストリアの首相ドルフスの暗殺事件は、ルバテにとってヒトラーを打ち倒す最後の機会だったのである。ドイツの支配をオーストリアに及ぼそうとして先ばしったオーストリアのナチス党員が、ドイツ側とのなんの打ち合わせもないまま首相を暗殺してしまったときに、ドイツのオーストリア侵入を警戒したムソリーニがオーストリア国境に陸軍の動員をかけたこの事件は、ルバテにいわせれば第一次世界大戦後最大の政治的事件であり、歴史の転換点だった。結局ヒトラーはオーストリア侵入にふみきらなかったが、もしもこのときにフランスがムソリーニに呼応してドイツ国境に動員をかけていたらヒトラーの政権を倒すことができたし、もしも打倒しえなかったとしてもイタリアとの同盟関係を通じてドイツを牽制することで、第二次世界大戦の発生を防ぐことができたという。しかし、この機会もまた、傍観したフランス政府によってむざむざと失われてしまい、この日以降、ルバテの基本的な政治目標は、フランスより強力なドイツとの戦争をいかなる犠牲を払っても避けることに変わった。ルバテにとって、ヒトラーの野蛮さや非人道的行為、露骨な膨張主義や軍国主義を口実にナチスとの取引を拒否したり、強硬な態度にでようとする勢力や政治家は、みな好戦主義者か、フランス人にナチス＝ドイツを攻めさせることでユダヤ人を救おうというユダヤの陰謀にあやつられている人間であり、かれらはルバテの限りない憤激の対象になった。くしくもその後に誕生する人民戦線政府の首相はレオン・ブルムであり、右翼の陣営は一致してブルム内閣をユダヤ人の政府として弾劾することになる。

一九三四年の暴動事件以来、ファシズムへの支持を鮮明にした「ジュ・スイ・パルトゥ」は、しかしその後の社会党、急進党、共産党による人民戦線の結成と反ファシズム運動の盛りあがりによって、かえって国際派の週刊紙という高級な知的イメージを傷つけてしまい、部数は凋落し、人民戦線政府が一九三六年五月に成立すると経営が成り立たない状態におちいってしまったのである。そしてついに一九三六年五月十六日の第二八六号の紙上で休刊が読者に突然宣言された。ファイヤール社はさらにルバテらの編集者、寄稿家に対して休刊が実質的な廃刊であると電報で通告してきた。突然の処置に憤慨したルバテやクストー、ヴィレットらはファイヤール社に抗議して、「ジュ・スイ・パルトゥ」の紙名を有償で譲渡してもらうことに交渉をまとめた。[*10] クストーが新しい金主を探して奔走し、モーラスの友人のアルゼンチン人シャルル・レスカ[*11]とプリモ・デ・リヴェーラの友人でアクション・フランセーズの古い会員のアンドレ・ニコラ、そして出版社の経営者ジョルジュ・ラングの三人を株主とした、株式会社の成立にこぎつけたのである。ルバテの表現によれば、新生「ジュ・スイ・パルトゥ」は、ファイヤール社という大資本の手から逃れた、書き手たちによって運営されている一種の「ソビエト」的な新聞だった。その傾向は、一九三七年四月に突然ガクソットが編集長を辞任してブラジヤックが後任になると、より著しいものになった。編集長として他の書き手を牽制するなど思いもよらなかったブラジヤックのもとで、ルバテやクストーらは書きたい放題の記事を掲載し、「ジュ・スイ・パルトゥ」は、二度にわたるルバテの特別編集によるユダヤ人特集をはじめとして、露骨なファシズムへの支持とともに徹底したドイツに対する妥協、戦争回避を主眼とした政府への攻撃を展開したのである。

一九三八年三月十四日に、ヒトラーがドイツのオーストリア併合を発表すると、ヒトラーの戦略的意図は明白に認識されるようになった。オーストリア併合はたんにナチス゠ドイツの野望の顕在化を意味するだけのものではなかった。第一次世界大戦後フランスが対ドイツ安全保障として推進してきた、ポーランド、チェコスロバキアとの攻守同盟によるドイツの東西両側からの牽制という基本政策は、このオーストリアの併合により、チェコの領土がナチス＝ドイツとの国境線に包囲されて敵を腹背にうける形勢となったことで、破綻してしまった。これは、もはやなにものもヒトラーの中央ヨーロッパでの行動を阻止できない、ということでもあった。予想どおり、ヒトラーは九月に入ると次にチェコ領内のズデーテンの割譲を要求し、フランスとイギリスはその要求に対して同盟国への義務を果たすべく総動員をもって応じたのである。フランスの朝野は、目前に迫った戦争をまのあたりにして震撼し、第一次世界大戦の忌まわしい記憶が消えない公衆の意見の大勢は、戦争回避にむけられることになった。なかでも絶対的に戦争を回避することを主張していた「ジュ・スイ・パルトゥ」は率先してチェコもポーランドもすべてナチス＝ドイツに与え、ソ連と対峙させることを提案していた。そしてミュンヘンでの会談の結果、英仏両国はこれを最後に領土的要求をおこなわないというヒトラーの口約束をかたに、チェコスロバキアをナチス＝ドイツに与えたのである。

III　近代フランスの「残骸」

一九三九年九月三日、独ソ不可侵条約の締結に引き続きナチス＝ドイツがポーランドへ侵入したことに対してフランスとイギリスは宣戦布告をした。開戦準備にともなう総動員によってブラジヤックや他の「ジュ・スイ・パルトゥ」のメンバーが動員されたのちにも、ルバテは年齢と健康問題を理由に予備役に編入されたためそのままパリに残ったが、軍隊マニアのルバテは動員を免れたことを少し残念に思った。宣戦布告がおこなわれると従来の愛国的な立場に立ち返ってドイツに対する勝利を積極的にとなえだした「アクション・フランセーズ」他の右翼系新聞を軽蔑しながら、あくまでルバテは「ジュ・スイ・パルトゥ」に反戦的かつ戦いの見こみについて悲観的な記事を書きつづけ、厭戦ムードが蔓延するなか愛国心をかきたてようと努力するジャーナリズムのなかで冷静さを保つことがパリに残されたものの務めであると考えていた。しかし、「奇妙な戦争」の膠着状態が続くなかで、ルバテも一九四〇年一月に動員を受けて、イゼール川岸のアルプス歩兵部隊に二等兵として配備された。部隊の襟章のデザインが素晴らしいと有頂天になったルバテだったが、冬のアルプスは寒く、山地の行軍は辛いうえに連隊長の大佐から、ドイツびいきだとかヒトラー主義者だとか、なにかにつけていびられたため閉口しているうちに、陸軍の情報部からパリに呼び出されて廃兵院近くの情報第五部に配属され、ルーマニアからの入国者の査証とパスポートのチェックという退屈な仕事にまわされた。そして五月になると、ポーランド征服を終えて攻撃の準備が整ったドイツ軍が奇妙な戦争の沈黙を破って攻撃を開始し、フランス軍は退却につぐ退却を余儀なくされてしまい、ルバテはジャーナリストとしてのキャリアを買われて情報部のなかでイタリア参戦の可能性について検討する部署に移される。新しい仕事は上司の理解にもめぐまれて快適なものだったが、あからさまな反戦主義とナチス＝ドイツへの敗北主義のために、内務省が「ジュ・スイ・パルトゥ」の主要寄稿者に対する捜査にのりだし、レスカと、ファーブル＝リュースが逮捕され、ルバテとブラジヤック、アラン・ロブロー[*12]の住居も家宅捜索を受け、ドイツから買収されているという容疑は結局棄却されたものの、レスカ、R・ファーブル＝リュース、ロブローがそのまま拘禁され、ルバテも情報部での務めを解かれてポワッシーの軍用車センターに配属になる。この軍用車センターに配属された途端に、こんどはドイツ軍の電撃作戦にさらされたフランス陸軍の全線における退却のために連日南にむかって進まざるをえなくなり、六月に休戦が成立したときにはルバテは、リモージュ近郊にまで逃げていた。

休戦の成立後、現地除隊になったルバテは、夫人が疎開していた故郷のモラ・アン・ヴァロワールの生家に戻っていたが、八月に、ヴィシーでラジオ放送の仕事をしていたロブローに呼び出されて反ユダヤ主義の宣伝放送に従事する。しかし、ヴィシー政府の第三共和制と変わらない政治的駆け引きの横行や、アクション・フランセーズの支持者を中心とする新政府の保守性にあいそをつかしたルバテは、ヴィシーでの活動を断念したドリオやデアと同様に十月にパリに戻り、フランス人民党の新しい機関紙「クリ・ド・プープル」の政治部長兼演劇欄責任者になった。しかしフランス人民党の共産党脱党者であふれた党内の雰囲気になじめずに、新聞のなかでは劇評だけを手がける。この占領下のパリの最初の冬にルバテは、十年にもおよぶ著述家としての活動で初めて、作品のプランを明確にはぐくんで著書に取り組んだが、かれがとりあげたプランは、自分の青年時代を題材とした長編小説と、そして敗戦にいたるフランスの年代記のふたつだった。ルバテは作家としてまず小説を書きたいという気持ちが強かったが、時勢や状況を鑑みて、年代記を先に手がけることにする。

一方「ジュ・スイ・パルトゥ」は、敗戦による休刊から復刊するべく一九四〇年八月ごろから株主のレスカと、ロブローによって努力が続けられていた。かれらは、「アクション・フランセーズ」や「グランゴワール」のように非占領地帯のリヨンで発行することを嫌い、占領下のパリで発行する方針をもっていたが、もう一人の大株主のアンドレ・ニコラが反対していた。「ジュ・スイ・パルトゥ」再刊計画の知らせを喜んだブラジヤックは、発行地の問題についてモーラスに相談するよう求めるが、モーラスの答えは「ナショナリストの新聞が、敵の占領下の都市で出版できるわけがない」[*13]と強硬なものだった。このモーラスの対応はかれの立場としてはある意味で当然であって、占領下のパリで新聞を発行することは占領軍司令部による発行認可と検閲が前提となるのであり、ナチス＝ドイツの支配下で新聞を出版することは、反ゲルマニスムを標榜してきたフランスの右翼勢力にとって公然とした対独協力以外のなにものでもないからである。しかしヴィシー政権を敵視して、国家再生のためのナチズム運動を進めようとしていたルバテらにとっては、ドリュ・ラ・ロシェルと同様に、パリにとどまるほうがヴィシーの意向にかかわることなく自由な言論活動を展開することができて得策だと思われたのであり、結局レスカやロブロー、ルバテたちは数カ月におよぶ論議の末にパリで再刊することに決定し、このことがアクション・フランセーズによる「ジュ・スイ・パルトゥ」絶縁の直接的な原因となった。モーラスは、対独協力に走ったアクション・フランセーズ系の活動家や著述家をかたはしから除名しており、そのなかにはかつてルバテをとりたてた「アクション・フランセーズ」音楽欄担当者、ドミニック・ソルデも含まれていた。[*14]

「ジュ・スイ・パルトゥ」は発行地をめぐる問題のために他の新聞より遅れて、ようやく一九四一年二月七日号から再刊された。編集長は、当時ブラジヤックがまだドイツの捕虜収容所にいたために、アカデミー会員のアベル・ボナールが務めることになり、ようやくルバテも活動の中心を取り戻して健筆をふるうことができるようになった。五月にはドイツから若きヘルベルト・フォン・カラヤンがオーケストラを伴ってやってきてパリで公演をおこない、ワーグナーの「トリスタンとイゾルデ」を指揮して、ルバテを熱狂させた。このときの「トリスタンとイゾルデ」はかれが生涯で聴いた最高の出来だったという。しかし、占領下でのルバテの筆の本領は政治記事にあった。一九四〇年を最後にアクション・フランセーズから脱退したルバテは、誰はばかることなく攻撃の刃を浴びせ、その矛先はユダヤ人やブルム等の第三共和制の政治家、イギリスはもちろん、モーラスをはじめとする右翼の指導者、ヴィシー政権を支えている保守派たち、そして占領下に沈黙を守っている人々に対してまで凶暴にむけられており、しばしばその筆はたんなる個人攻撃の領域にとどまらず、ユダヤ人やレジスタンス派の密告や、かれらに対する警察やドイツ側の怠慢への非難すら含まれていた。そしてそのようなルバテの怒りを凝集した著作が『残骸』なのである。

『残骸』は「ジュ・スイ・パルトゥ」の再開より一年を経て一九四二年四月にようやく脱稿した。ジイドとプルーストを現代作家のなかでは尊敬していたルバテは、当然NRFから処女作を出版したいという意向があり、当時ガリマールと懇意にしていたロブローが仲介の労をとって原稿を持ちこんだが、ガリマールは出版を引き受けたものの、ほぼ半量に削減してかつ五千部までしか刷らないことを条件として提示してきた。ルバテやブラジヤックとも親しい編集者のアンドレ・フレノーがいたグラッセ社は、出版したい意欲はあったものの、『残骸』のなかで社長のベルナール・グラッセの友人が何人も罵られているためにとても出版できないという判断だった。結局『残骸』は十年前のセリーヌの『夜の果てへの旅』と同様にドノエル社から出版されることになったのである。セリーヌとルバテの作品の出版社というイメージをおったために、解放時に社長のドノエルはレジスタンス派のテロルによって暗殺されることになるが、『残骸』が出版された当時はその爆発的な売れ行きによって大いにうるおった。ガストン・ガリマールがおもわず後悔したといわれるほど売れた『残骸』は、出版後数日で二万部の初版を売り切り、最終的には少なくとも十万部は売れたといい（双方の言いぶんに食い違いが生じ、そのためにドノエルとルバテのあいだに印税の支払いをめぐるトラブルがあったらしい）、それもドイツ側が用紙のわりあてをそれ以上ふやさなかったためで、「もしもフリッツ（ドイツ人の蔑称）がケチらなければ」その三倍は売れたとおぼしき注文が書店からきていたという。[*15]

この占領下における『残骸』の圧倒的な商業的成功と反響は、この書物が時代の書であり、まさしく一つの「叫び」[*16]、怒りと絶望の「叫び」であり、そして理不尽な苦境にあえぐ占領下の読者に対して暴動と略奪への参加を求める「叫び」であったという点に求められる。息をひそめて日々沈黙を守りながら、毎日を待機――それがナチス＝ドイツの勝利に終わるのか、連合国の巻き返しに終わるのかは知れないものであるとしても――のうちに過ごさざるをえない、対独協力派でもなければレジスタンス派でもないような一般の市民にとって、『残骸』のなかで吹き荒れるルバテの憤怒の激しさは間違いなく一種のカタルシスだったのである。『残骸』のあげた叫びには、その怒りの純粋さをのぞけば、いかなる意図も計算も、意味づけさえもなかった。『残骸』はルバテというフランスにおける特異なナチズム信奉者が書いた書物ではあるが、決してナチズムのプロパガンダの書ではなく、反ユダヤ主義の宣伝すらもめざしてはいない。確かにルバテは『残骸』のほぼ全章を通じて反ユダヤ主義的な言辞をふるい、第三共和制の崩壊を跡づける様々な事件の極めて独得な解釈を通じて自身の反ユダヤ主義の正当性を主張しているが、しかしその正当性はルバテ自身の納得しうるものであっても、読者の理解を期待する心がまえのない極めて一方的なものであり、そして『残骸』の力は、たんに様々な党派や一般的な倫理や常識、またルバテ自身の保身や功業だけではなく、読者の理解すらも意に介さない、純粋に暴力的な怒りの表明にあるのである。ルバテにとって第三共和制の崩壊は愚か者の政治家と右翼指導者と、ユダヤ人の悪意がひきおこした悔やみきれない痛恨事であるけれども、しかしまたかれのうえにのしかかっていた民主主義の諸制度や経済機構、市民道徳やその日常生活、教会、文壇やアカデミズム、そしてかれ自身が属していた伝統的な右翼といったすべての既成秩序をくつがえし倒壊させ、まさしく「残骸」の山に帰してしまった解放の経験でもあった。そしてここに、アクション・フランセーズに属するべき党派を見出しながら、その第一の価値である伝統を軽蔑したルバテは、あらゆる古きもの、既成の秩序や制度、道徳が敗北し土にまみれた、そしてもはやなにものもめばえないような不毛の廃墟のうえで、はばかることのない憤怒の叫びをあげたのである。

ルバテの対独協力とは、ドリュ・ラ・ロシェルのようなファシズムの夢を実現する方策でもなく、またブラジヤックのような占領下を支配した沈黙や停滞に対する果敢な挑戦でもなかった。ルバテの対独協力はいかなる現実的政治的な目標ももたない、いわば無償の行為であり、第三共和制の崩壊を楽しみ、リヨンに逼塞したモーラスらの右翼指導者をあざ笑い、ヴィシー政権の茶番劇を攻撃し、そしてナチズムに怯えるユダヤ人たちの姿を見て腹をかかえて大笑いするという黙示録的な、幸福かつ純粋な行為なのである。このような純粋さは、たとえば結党以来支持してきたドリオのフランス人民党を、ドリオが政権ほしさに元帥によるラヴァルの逮捕に上手を言っただけで見限ってしまい[*17]、マルセル・デアにくら替えしてしまうといった占領下でのルバテの政治活動にも端的に反映しており、ドリオのなりふりかまわない政権獲得とファシズム実現のための政治努力すらも軽蔑したかれの対独協力は、現実的な行為とは無縁の、あくまでも敗北の快楽に忠実な、未来を望まない無償の行為なのである。

このような『残骸』の「純粋」さを象徴しているのが、ルバテがモーラスをはじめとしたアクション・フランセーズのメンバーにむけた攻撃と暴露の凄まじさで、そもそも『残骸』が占領下の公衆に大きな衝撃を与えたのは、敗戦の分析と綿密に関係づけられながら展開される反ユダヤ主義の直截さ以上に、一九四〇年まで十年間にわたって「アクション・フランセーズ」に寄稿しつづけただけでなく、モーラスの秘書を務めた腹心でもあり、一九三八年からは「アクション・フランセーズ」紙の情報部長も務めていた人物が、そのアクション・フランセーズを糾弾する罵言を発したことによっていた。一九三四年二月六日の段階ですでにモーラスに失望していたとはいいながら、一九四〇年までのほとんど毎晩を新聞の編集のためにモーラスとともに過ごし、「アクション・フランセーズ」の発行に取り組んでいたルバテは、敗戦によりモーラスへの尊敬から「解放」され、敬意と服従を軽蔑と憎しみにとりかえて、いままで疑問を感じながらも従っていたこの老指導者の誤謬と失敗を、ほしいままにあげつらい、暴露し、非難したのである。それはモーラスが毎日「アクション・フランセーズ」の記事を書くときのやり方や、その遅筆と丹念な校正のために新聞に与えた被害からはじまって、二月六日事件での躊躇や、ゴーストライターの存在、ミュンヘン協定を賞賛したことや、モーラスが文学性の狭さからジイドの呼びかけを拒絶したこと、権威主義、老衰、独ソ協定に狼狽し、ヒトラーに対する勝利を宣言したことなどが、内情をつぶさに知るものの筆で書かれ、揶揄され、罵倒されているのである。

そしてアクション・フランセーズ陣営で『残骸』の汚辱にまみれたのはモーラスだけではなかった。一時「コンバ」を結成することでモーラスのもとを離れながら、戦争直前にアクション・フランセーズに戻ったモーニエや、「ジュ・スイ・パルトゥ」の「裏切り者」であるガクソット、そしてモーラスと並ぶアクション・フランセーズの創立メンバーであるプージョらも、フリーメーソン呼ばわりされたり、イギリスびいきと罵倒されている。なかでも最も卑劣な攻撃は、モーラスの腹心の文芸評論家、アンリ・マシスに対するもので、アクション・フランセーズのなかでも最も反ゲルマン的な論客として占領軍から警戒されていたアンリ・マシスに関して、おそらくマシスがペタン元帥の演説の原稿を書いていたこと等に対する反発が背後にあったのだろうが、かれの息子の妻がユダヤ人であることを暴露したのである。このような攻撃が、ほとんど政治的な意味あいをもたないどころか、著者自身をも危ういめにあわせるような到底理屈にあわない、完全に罵倒と憤怒の快楽にのみ奉仕した「叫び」であることは明白である。そしてこの「叫び」は、占領下の暗い空の下に響きわたり、多くの読者を獲得した。

『残骸』が画期的な大成功をおさめたときに、ルバテはパリに滞在しておらず、故郷のモラ・アン・ヴァロワールの生家に戻って第二の執筆計画に取りかかっていた。『残骸』のベストセラー化によって一躍名士になったルバテは、パリの書店でのサイン会や、ドイツへの講演旅行にひっぱりだされるが、これ以降占領下でのルバテの主要な関心は執筆中の小説を仕上げることにのみ集約され、戦況が不利になり連合軍がノルマンディに上陸すると、その進軍の速度と競うように筆を走らせ、パリの解放後はドイツ領に逃れながらその亡命先でも小説の執筆を続けた。そのようなルバテが、故郷からパリへの上京を一九四三年に余儀なくされるのは、「ジュ・スイ・パルトゥ」の分裂、編集長ブラジヤックの脱退問題のためだった。ルバテは戦後の回想録のなかで、ブラジヤックの「ジュ・スイ・パルトゥ」からの脱退の原因を、レスカとブラジヤックのあいだの主に金銭をめぐる争いのためとしている。[*18] 確かに、復刊当初から占領下で唯一の闊達な新聞として、戦前の倍近い部数を売りさばき、一九四三年には三十万部に近い売上げを達成した「ジュ・スイ・パルトゥ」は莫大な利潤をあげており（そのためブラジヤックは戦後の粛清裁判のとき、占領下での高収入をドイツから買収されていた証拠にされるのだが[*19]）、その配分をめぐって株主のレスカと編集長のブラジヤックのあいだで紛争がもちあがる可能性は充分あるし、実際あった可能性も高い。しかしルバテの言いぶんとは別に、しだいにおおうべくもなくなってゆく「ジュ・スイ・パルトゥ」内でのブラジヤック派と、ロブローやクストー、そしてルバテ派の対独協力をめぐる路線の違いが、ドイツ軍の意図が明白になるにつれ収拾がつかなくなったというのが真相だろう。特にルバテとブラジヤックの立場の違いははなはだしいものがあり、すでに捕虜収容所から戻って編集長として復帰した直後に、ブラジヤックはルバテの記事の攻撃性に不快感を表明していたというし、ブラジヤックはまた『残骸』のはばかることのない攻撃性が「ジュ・スイ・パルトゥ」をあらゆる右翼勢力から孤立させてしまうことを恐れていたのである。ブラジヤックにとって対独協力とはあくまで、フランスを再建するための一手段でしかなかった。ブラジヤックはヴィシー政権を批判したが、ペタン元帥に対しては忠節を表明し、元帥のもとにフランスのあらゆる勢力が結集するように主張していた。ブラジヤックはもともとモーラスの思想の継承者であり体現者ですらあり、その思想的な内容は伝統的なフランスのナショナリズムの系譜に立つものであった。ただかれは政治手法とファシズムに対する見解の相違から「アクション・フランセーズ」ではなく「ジュ・スイ・パルトゥ」を活動の舞台に選んだのである。それにかれは、ユダヤ人問題庁長官のダルキエ・ド・ペルポワ[*20]や、ミリスの指揮官ダルナンの取り巻きのようなナチズムの堕落した追従者が「ジュ・スイ・パルトゥ」に出入りすることには耐えられなかった。それに対して、あらゆる伝統的価値、既存の秩序を憎悪するルバテにとって、元帥とかれのかかげる家庭や友愛を基本とする政策は、古めかしい噴飯ものとしか思えず、実現の可能性もないファシズム国家をかたにあらゆるエスタブリッシュメントに対する罵倒を続けることがかれの対独協力の本質であり、わが身と国家の将来に配慮することなく、この崩壊の愉悦に最後まで忠実であろうとしていたのである。イタリアの敗北を見て、自身の賭けが失敗に終わったことを認めて苦い無力感にひたっていたブラジヤックと異なって、ルバテは勝敗にかかわらずナチズムに熱中していた。そしてついに、一九四三年九月頃、ブラジヤックは、ジョルジュ・ブロン、アンリ・プーランとともに「ジュ・スイ・パルトゥ」を脱退し、後任の編集長にはクストーが就任した。

戦況はますます厳しくなっていったが、ルバテの執筆活動とナチズムへの信奉は全くゆるがなかった。一九四四年六月に、連合軍がついにノルマンディに上陸すると、ルバテはクストーとともに「ジュ・スイ・パルトゥ」の代表として、ダルナンが連合軍の上陸に対抗して組織したフランス防衛隊に加入した。ヴィシー政府の政令によって従来の雑多な在郷軍人組織を統一した全国組織「フランス戦士団」の内部に、集会や動員をおこなうために「フランス戦士団保安隊」を一九四二年一月に結成した第一次世界大戦の英雄ジョゼフ・ダルナン*21は、保安隊を母体として警察では手に負えないレジスタンス派との戦いやユダヤ人の捜索をおこなうための治安組織「ミリス」(民兵)を組織した。逮捕、捜索の権限だけではなく独自の軍事法廷と収容所までもっていたミリスの登場は、ドイツ軍の非占領地帯への侵入以来ヴィシー政権が政府としての統治能力を徐々に失って強圧的な政策に頼らざるをえない状態になっていることを示すものであった。同時に、ナチス=ドイツの親衛隊がゲシュタポと連携をとりながら自国民を迫害したダルナンの民兵とフランス防衛隊は、対独協力の歴史のなかでも最も陰惨な局面が始まったことを示していた。占領軍から治安の実権を認められた一九四三年六月頃よりのかれらの台頭のためにヴィシー政権に見切りをつけてレジスタンス派に転向したヴィシー政権の支持者、活動家は枚挙にいとまがない。ダルナンとその配下たちは、フランスの軍事的敗北を直視して国家の再建を期する対独協力のいわば積極的な要素を全くもたないナチズムの走狗の集団であり、かれらの任務はドイツ軍から供給された武器を用いてレジスタンス派と戦い、検挙し、またユダヤ人を捕らえてゲシュタポや親衛隊に引き渡すことだったのであり、一部の者はそのまま親衛隊に入隊してフランス武装親衛隊の隊員となり、ダルナンも親衛隊の将校として任官していた。そしてルバテは敗色が明らかになったこの時期になってダルナンの軍隊に志願し、その制服を着たのである。このような勝利の希望のない裏切り者の戦いにみずから参加したルバテ、そしてダルナンらのミリスの団員や、さらにはるか東部戦線まで行ってソビエト軍と戦った反共義勇軍（L・V・F）の参加者の行動をどのように理解すればいいのだろうか。極めて一般的には、ミリスやL・V・Fの構成員は純然たるならず者であり、社会の落伍者であり、天性の裏切り者であるといわれている。もちろんそのような要素が極めて大きいものであったことは否定できないが、しかし、たとえばL・V・Fが戦った東部戦線の戦場はドイツ兵も厭がる過酷な戦場であり、かれらはドイツ軍の制服を着せられ、他のドイツ部隊と全く同様に前線に投入されて、高い消耗率で戦死していったのであり、そしてL・V・Fの隊員たちはみずから望んでそのような戦場にむかい、前線で戦ったのである。ここには少なくとも通常の犯罪者やならず者を欲得ずくでひきつけるような魅力は全くないと言わねばならないだろう。そしてL・V・Fの生き残りと、ドイツ領に占領軍とともに退却したミリスの一部は、武装親衛隊シャルルマーニュ大隊に改組され、ポメラニアでの戦闘に参加して包囲され全滅した。また他のミリスやフランス武装親衛隊はベルリン攻囲戦に参加して最後まで戦いつづけ、ドイツ人の守備隊が降伏したあとも抗戦して全滅したという。このようなフランス人たちの行動に秘められている解釈のしようがない戦いへの情熱と狂信を、ルバテもまた共有していた。かれもまた、戦いと裏切りへの癒されることのないフレネジーに憑かれていたのである。

ルバテは、連合軍がパリまぢかに迫った七月二十八日、「ジュ・スイ・パルトゥ」第一面に「ナチズムへの忠誠！」という記事を掲載して、その信条が不変であることを誇示した。

ヒトラーが、敗北の瀬戸際にいることは認めてもよい。しかし、かれを打ち負かすためにどれだけの努力が払われたか、考えてみるがいい。六年にもおよぶ執拗な冷戦を、国際金融資本を敵にまわして戦い、地球規模の宣伝戦や絶え間ない外交の陰謀が、あらゆる教会、あらゆる道徳、あらゆる学者の支援のもとにおこなわれたのを受けて立たなければならなかったのである。（中略）そして、実際の戦争が始まると、今度は、全世界の四分の三、アメリカ、イギリス、ロシア、そしてイスラエルを敵にまわして戦わなければならなかったのだ。

私はヒトラーを尊敬する。我々はヒトラーを尊敬し、その気持ちは全く真摯なものである。[*22]

そしてこのような宣言のとおり、ナチス＝ドイツの軍事的敗北もまたかれには無縁であり、リュシアン・ルバテの戦いはまだまだ続くのである。

IV 『ふたつの旗』：魂の復権のために

連合軍のパリ進攻の迫った一九四四年八月十八日に、ドイツ軍はヴィシーからペタン元帥を無理やり連れだして、ベルフォールで監禁状態におき、同様にドイツへの出発を強要されたために逃亡した首相のラヴァルをパリで捕捉した。両者はドイツ軍の脅迫下でのいかなる政治的活動への協力も拒否したために、ペタン元帥を国家主席に戴くフランス政府としてのヴィシー政権は同日実質的に消滅して、四年間におよぶ歴史を閉じた。実際には連合軍の北アフリカ上陸に対抗した一九四二年十一月のドイツ軍による非占領地帯への侵入以来、ヴィシー政権の内外からの解体は緩慢に進んでおり、一九四四年の初頭からラヴァルの政治方針は、対独協力によるフランスの再建から、フランス本土が両者の戦闘の舞台になることで甚大な被害を被ることがないように連合国とドイツの双方に対する中立を達成することに明確に移行し、またあわよくば北アフリカのジロー将軍の臨時政権をめぐるあらそい以来ドゴールと不仲を伝えられるアメリカ軍と取引をしその支持をとりつけ、ドイツ軍の占領の終了処理を自身の手でおこなわんと手だてをさがし、一九四〇年に解散させられていた国民議会の議長エリオとパリで面会して第三共和制を復活することを画策していた。寝業政治家ラヴァルの節操を問わぬ、しかしまた旺盛といえないこともない政治行為が、ドイツ軍によって元帥ともども監禁されその退却にともないドイツ領に連れ去られる事態をまねいたともいえる。

ドイツ占領軍は、連合軍の進撃によりパリを撤収するときに、対独協力者たちにもレジスタンス派の粛清から逃れるために同行する便宜を提供した。八月十八日に、ルバテとその妻はクストーらとともに、フランス人民党が用意したトラックに乗ってパリを脱出して、二十日にナンシーに到着した。ナンシーは、ドイツへの亡命を希望する対独協力者の集合場所になっており、そこから汽車で有名な温泉保養地のバーデン゠バーデンにルバテたちは送られた。バーデン゠バーデンのたたずまいはルバテの気に入ったが、しかしこの小さな温泉町においてもペタン元帥とラヴァルの監禁にともなう後継政府の首班獲得をめぐる政治的確執が繰り広げられ、やむことのない政治的茶番が演じられていた。暫定政府委員会はドリオ、デア、ダルナンの三人の高名な対独協力指導者と、ポール・マリオンといったバーデン゠バーデンにあえて逃亡したヴィシー政府の閣僚によって構成され、このなかからペタン元帥の後継者となりうるような国家主席を選任することが問題となっていた。基本的な対立は、このような状態になってまで相変わらず政権への執念を燃やすドリオの積極的な姿勢と、みずから亡命政府の首班を担うような酔狂なまねをする気はないもののドリオの就任だけは避けたいという他の委員のおもわくの対立にあった。いちはやく全党あげてフランスからドイツに亡命していたフランス人民党は、バーデン゠バーデンを舞台に派手な示威行動を繰り返しただけでなく、ドイツ軍の許可をうけてフランス人捕虜収容所や派遣労働者の工場に細胞を送りこみ党員の勧誘をおこなっていた。結局、ドリオの積極策は功をむすんで、九月になるとヒトラー、ヒムラーといった崩壊しつつあるナチス゠ドイツの最高権力者と続けて面会したドリオは、ついに亡命フランス政府の首班としてドイツ側から承認されたが、暫定政府委員会内の様々なサボタージュにより正式決定が延引した。ついに委員会が解散して新政府が発足することになった一九四五年二月二十二日、ドリオは自動車で移動中に連合軍の戦闘機の機銃掃射を受けて負傷し、二十六日に息をひきとった。共産党の指導者として政治的経歴を踏みだし、コミンテルンの中央委員を務め、サン＝ドニ市の市長となり、モーリス・トレーズとのあらそいから共産党を脱党してファシストとなり、野蛮な対独協力に手を汚した、二大戦間のフランスを象徴する代表的政治家の一人、ジャック・ドリオの奇妙な冒険もついに結末をむかえたのである。

ルバテたち一行は一九四四年九月に、ペタン元帥が監禁されていたジークマリンゲンに移動し、ルバテはそこで猫と夫人を伴ったセリーヌと二年ぶりに再会した。ルバテはドイツでの「ジュ・スイ・パルトゥ」再刊を計画していたクストーたちと距離をおき、ダルナンの民兵やソビエト戦線へのフランス兵義勇軍の残党を合わせて前線に立ったフランス武装親衛隊の機関紙「変転」の編集を引き受けるが結局発行にはいたらず[*23]、打ち合わせのためにベルリンに行って爆撃のために破壊しつくされた市街の「残骸」を眺めたり、ジークマリンゲンのホーエンツォレルン家の別荘の図書館から本を借り出してくる以外にはほとんど占領時代から書きつづけていた小説の執筆を続けていた。一九四五年四月二十三日にジークマリンゲンを逃れて、オーストリアをさまよった末に、レスカやロブロー、ボナールとともにスペインに逃れることを断念して、五月八日にフェルドキルシュで連合軍に自首したのも、千四百枚におよぶ小説の草稿のために逃亡が不可能だと判断したためであり、草稿を妻に託したルバテはみずから戦争犯罪人として出頭したのである。

ルバテは一九四五年十月にパリのフレーヌ監獄に移送された。「ジュ・スイ・パルトゥ」の寄稿者を一括して裁こうと考えていた粛清法廷は、他のメンバーが捕らえられるのを待っていたが、一九四六年十一月十八日に開廷したときにひきすえられたのは、ルバテ以外にはジャンテとクストーの二人だけだった。前述のようにロブローやレスカたちはスペインへの亡命に成功していたし、J・アゼマやヴィレットのように南米に行った者や、イタリアに逃げたメンバーもおり、その逃亡のみごとさも「ジュ・スイ・パルトゥ」全体に対する一般の心証を極めて悪化させる要因となって、ドイツに買収された扇動者という「ユマニテ」紙が戦前からとなえていたイメージを強めた。ルバテに対する尋問は二十日に開始された。「ジュ・スイ・パルトゥ」の創立以来の言論活動のすべてが対象になって、対独協力やドイツ軍に対する内通、密告だけではなく、戦前の反戦運動までが罪状にあげられていた。被告団の弁護士を務めていたB・ド・サリアックは、ドゴールに対する攻撃が罪状にあげられているのに抗議して、ドイツとの休戦が成立したのちにモーリス・トレーズがドゴールを攻撃していた「ユマニテ」の記事を引用して反論したが、ほとんどが共産党員で占められていた法廷でとりあげられるわけがなかった。二十二日には証人の喚問が始まり、ルバテに全く面識のない一人の証人、マルセイユのユダヤ人バルダンヌ氏は、一九四三年に「ジュ・スイ・パルトゥ」に掲載された「マルセイユ、ユダヤ」というルバテの署名記事のなかで、ユダヤ系のレジスタンス派を野放しにせずただちに逮捕するようにルバテが警察の怠慢を非難した直後に、四十三人の仲間とともに逮捕され、強制収容所に送られたと証言したのである。もちろんバルダンヌ氏の仲間の多くは戻ってこなかった。このルバテの記事は警察当局になんらレジスタンス派の活動についての新しい情報をもたらしたものではなかったが、記事が一種の挑発としての機能を発揮したことは間違いなく、捜査発動の要因となった可能性は高かった。続いて法廷でルバテがヴィシーの教育省に宛てた手紙が朗読されたが、その手紙のなかでルバテは、ある中学校の校長がレジスタンス派であり、ユダヤ人を保護していることを指摘し、更迭するよう要求していた。[*24]

一九四六年十一月二十三日、ルバテとクストーは死刑を、ジャンテには無期懲役が言い渡された。その日のうちに足に鎖をつけられ死刑囚の部屋に移されたルバテはさすがにその日は意気阻喪したが、しだいに活力を取り戻し、かれにとって唯一の興味の対象となっていた小説『ふたつの旗』を再び書きだした。前年の十月にフレーヌに移送されたのち十二月にその妻から原稿を差し入れてもらってからは、開廷するまでの一年近くのあいだ執筆に没頭していたために、このガリマールのブランシュ版で細かい活字で組んでも千三百ページを数える長編も終わりに近づいていた。ほぼ死刑以外の判決はありえないことを知りながら、日々執筆に没頭していたルバテは、なにものにもわずらわされないで著作に集中できるフレーヌ監獄を理想的な仕事部屋とすら考えていたのである。死刑の判決を受けると、いつくるとも知れない処刑の日を待ちながら、いよいよルバテは『ふたつの旗』に熱中し、なんとか死ぬ前に小説を完成させることだけがかれの唯一の願いとなった。しかしブラジヤックの死によって文学者の処刑については慎重になっていた政府は、なかなかルバテを処刑せず、妻と弁護士のサリアックは恩赦を求めて奔走し、特に妻はどんなつてでもたどって人に会い、ルバテへの助力を懇請した。ブラジヤックのときのように文学者の恩赦署名がおこなわれ、そのなかにはルバテが『残骸』や「ジュ・スイ・パルトゥ」の記事のなかで手ひどく罵ったモーリヤックやモーニエをはじめとする、コレット、ポーラン、ジュール・ロマン、ドルジュレス等の署名が含まれていた。特にポール・クローデルは熱心で、ルバテに手紙を送って、かれの宿敵であるモーラスの内幕をばらしてくれたルバテを殺させはしないと言ってきたという。このような周囲の尽力によってルバテは一九四七年四月十二日に死刑判決を無期懲役に減刑する恩赦を受けて、日々銃殺に怯える毎日に終止符を打ったのである。

懲役刑に処されたルバテは、『ふたつの旗』の草稿から引き離され、クレールヴォーの徒刑地に移された。当時、徒刑はいまだレ・ミゼラブルの時代そのままで、昼には毎日二十五キロ歩かされ、夜は二メートル四方の金網の檻に閉じこめられた。ルバテはこの環境でも『残骸』の続きを書くなどの執筆をおこなっていたが、一九四九年十一月に、徒刑場から監獄に移されると、監獄出入りの食肉業者を通じて『ふたつの旗』の原稿を入手、結末の変更を含む全体の推敲に取りかかり、十カ月あまりかかって完成したタイプ原稿は、一九五〇年九月にふたたび食肉業者によってその妻に、妻の手によってガリマール社にもちこまれたのである。

一九五二年二月に『ふたつの旗』がガリマール社から出版されると、ルバテ自身も七月十六日に釈放された。著作の出版とマルローの厚意あるはからいが、影響したといわれている。しかし、自由になったルバテを消沈させたのは、みずから死刑になるのを知りながら原稿のために自首してまで守った自信作『ふたつの旗』が、『残骸』に引き比べて全く反響をよばないことだった。今日では隠れた名作として知られている『ふたつの旗』は、出版当時は文学ジャーナリズムのほぼ完全な無視によって迎えられていたのである。『ふたつの旗』はゆっくりと名声を得ていった。初めにポーランやアルランといった「NRF」誌の編集者による評価があり、ついでニミエ[25]やアントワーヌ・ブロンダンといった若い世代の熱狂的な支持を受け、そしてエチアンブル[26]やジョージ・スタイナー[27]といった政治的には絶対ルバテを受け入れない評論家たちが手放しでかけねなしの傑作であり文学史に残る作品であることを認めた。『ふたつの旗』は重版を繰り返し、ドイツ語訳も出版され、ガリマール社は愛読者をあてこんで装丁のしっかりした『ふたつの旗』の愛蔵版も発売し、発行から十年を過ぎるとルバテのもとに多くの読者が訪れるようになった。みな『ふたつの旗』に感動した青年たちであり、ルバテはかれらの熱狂によって自作が本物であることを確認しえたのである。『ふたつの旗』は今日でも読まれつづけており、少なくともルバテが青年時代に夢みた三十年後にも読まれる作品という基準は達成したことになる。

『ふたつの旗』は、『残骸』とは全く異なった特質をもった小説であり、この作品が、『残骸』とほぼ同時期に着想され、そして引き続いて執筆されたことが不思議であるばかりでなく、エチアンブルが「いかにして『残骸』の作者が『ふたつの旗』を書くことができるのか」と問うたように、同じ作者が書いたことが到底信じられないような、極めて正統的かつ西欧人文主義と近代フランス文学の伝統を受け継いだ長編小説である。『残骸』のパンフレテールの憤怒や政治的アンガージュマンは、一九二三年から一九二六年の二大戦間を舞台にしていながら『ふたつの旗』のなかには全くあらわれないばかりでなく、なによりも政治的な話題はほとんど扱われておらず、その代わりに千三百ページにわたって展開される綿密で官能的な恋愛心理分析と、音楽や美術、そして文学をめぐる興味深い会話があり、極めて美しいイメージと印象的な人物像があり、すこし古くさい言葉をつかっているけれどしかし息の長い叙述がつくりだすたっぷりとして悠揚せまらざる時間と人生の流れがあるのである。『ふたつの旗』というこの小説は、一九四二年にドノエル社から『残骸』が発売されたときには扉に「悪魔でなく、神でなく」という題名で発売予告がなされていた。題名の変更がおこなわれたのはルバテの服役中、一九五一年に発表されたサルトルの当時の人気作『悪魔と神』との題名の類似、連想を嫌ったためだが、題意はほぼ同じである。題名の出典はイグナチウス・デ・ロヨラの『心霊修行』のなかの「ふたつの旗の瞑想」に由来しているが、このなかに「ふたつの旗、ひとつはわれらの崇高な導き手であり主であるイエス・キリストの旗であり、いまひとつはわれら人間の宿敵であるルシファーの旗である」という一節があり、原題と決定した題名が同じ意味あいをもつものであることが分かる。このような題名から推察されるように『ふたつの旗』はキリスト教の信仰が大きなテーマとなっている小説であり、それもレオン・ブロワからベルナノスにいたるような信仰の意味を現実との関わりのなかから問いただす戦闘的なキリスト教文学ではなく、『地の糧』から『背徳者』にいたり、『狭き門』で最高峰に達するような、信仰と情念の確執をテーマに扱ったアンドレ・ジイドの一連の小説に最も近いものであり、事実ジイドの名前と『狭き門』の主人公アリサの名前はたびたび『ふたつの旗』のなかでも登場人物たちから言及されている。しかしまた、その極めてゆったりとした長編小説としての構成は、凝集された印象の強いジイドの作品とも明白に異なっている。

『ふたつの旗』は極めてオーソドックスに主人公ミッシェル・クロのドフィネ地方における誕生から始まる。主人公のマリスト会中学校での生活について、経済的には貧しいが同時代の絢爛たる文化の繚乱に熱情をかりたてられたパリでの大学生活が、様々な展覧会やコンサートのエピソードとともに語られる百ページののちに、突如小説は転換する。故郷に残りリヨンで学生生活を送っていた、古典音楽への愛を共有する友人であるレジ・ランテルヌがワーグナーを聞くために上京したとき、かれがイエズス会の神父になろうとしていること、そして同時にアンヌ＝マリー・ヴィラールという女性と婚約し、愛し合っていることを告げられる。リヨンに行って、アンヌ＝マリーとレジのカップルを見たミッシェルは、レジが神学校に入ると同時にアンヌ＝マリーも修道誓願修練を始めるというような、現世的な結びつきを断ちながらも、神秘的かつ純粋に信仰のうちに結ばれようとする二人の愛の情熱に圧倒され、一目でアンヌ＝マリーに恋をしてしまう。アンヌ＝マリーへの恋に悩んだミッシェルは、その懊悩のうちに極めて無神論的な性癖を捨てて、それだけがかれとアンヌ＝マリーのあいだをつなぐものに思われたために宗教書を耽読し、そしてキリストへの信仰を試みることで自分もレジとアンヌ＝マリーの境地に参入しようと考え、かれ自身リヨンに移り住んでイエズス会の神父の指導を受ける。しかし、ミッシェルはどうしても信仰をもつことができず、告解を求められてその屈辱に怒り狂い、かれはレジの仕える神と対決することで、アンヌ＝マリーを奪おうと決心する。ミッシェルは、信仰に至らなかったことを秘密にしたままアンヌ＝マリーとつきあいながら、少しずつ彼女に生命の歓喜をよびさまそうと試み、ミッシェルにそそのかされたアンヌ＝マリーはしだいにレジに対して挑発的になる。結局レジは神かアンヌ＝マリーかという二者択一にさらされて、アンヌ＝マリーに屈服し彼女を選ぶが、そのために逆にアンヌ＝マリーに捨てられてしまう。そしてミッシェルも、より挑発的になったアンヌ＝マリーに抗って精神的な結びつきを強めようとしながら彼女とむすばれるが、その恋が成就した直後にアンヌ＝マリーは信仰とレジのもとに帰ってゆくのである。この梗概から分かるように主人公のミッシェル・クロはルバテ本人に極めて近い人物であり、その出生といい、ディレッタンティスムといい、また極めて欲求に対して積極的でありかつ権威や常識に対して暴力的であり、人生に対する熱狂的な愛着をもっている点といい、自伝小説といった意味あいを思わせないこともない。そしてこのようなミッシェルの攻撃的な性格が、小説のプロブレマティークとなっている。

「くそ！　神の淫売屋め！　こやし！　おかま！　ああ、ろくでなしの神の名をかたった淫売め！　イグナチウスの連中！　冷血漢！　生ぐさ坊主ども！　イエズス会の下肥ども！　便所虫！　便所掃除！　くたばれ！　なんてこった！　煙突掃除みたいな格好しやがって！　ああ、ああ、煙突掃除屋め！　神の土人ども！　尺八上手の一座！　臭い奴！　豚！　下司野郎！「汝は恩寵につつまれている」だって！　恩寵だと、尻でもくらえ！　俺の尻でも！　連中の尻でも[*28]！」

ブラームスのピアノ曲とバッハのオルガン曲を極めて内省的に弾きこなすことのできるレジ・ランテルヌは、根っからの善人であるためにいささか生彩を欠いた人物であるが、神と教会に対して理屈抜きで身を捧げることのできる信仰をもっている。それに対してスタイナーが『戦争と平和』のナターシャに引き比べてその女性像を絶賛したアンヌ＝マリー・ヴィラールは、その若い生命の横溢と信仰を矛盾なく、そのまま実現できるような女性であり、性格的な力強さと肉体の馨しさにみちていながら同時に内省的であり精神的な存在であるような、極めて立体的な女性像である。

「わたしはレジを家につれていきました。夕食まで家には誰もいませんでしたから。あの人は野蛮人のようでした。わたしの唇にほとんどかみつきそうなくらいに。ついに彼はわたしに屈服してわたしのものになったのです。でもわたしは厭でした。というよりももう厭になってしまったのです。わたしはもう彼の肉欲をかきたてる必要のないことがわかりました。彼が罪をおかさなかったのは、ただわたしが拒んだからにすぎません。彼は恐ろしいほどにわたしを求めていました。そしていまだかつてないくらい、わたしの体によって彼とわたしは結ばれていたのです。でもその欲望以外には、彼はもうわたしにたいして憎しみにみちた軽蔑以外には、なんの気持ちももっていませんでした[*29]」

神への献身を誓う恋人に対して、挑発を繰り返しながら、ひとたびかれが屈服すると捨て去ってしまうアンヌ゠マリーは、ニミエの指摘するとおり『赤と黒』のマチルド・ド・ラ・モールに似ているが、その振舞は倦怠によるものではなく、より官能的であり即自的である。

千三百ページの小説としては、『ふたつの旗』のメインプロットは極めて単純なものであり、レジとミッシェルのアンヌ゠マリーをめぐる三角関係以外にはほとんど物語らしいものが見られないばかりでなく、登場人物も極めて少ししか登場しない。小説の大部分は三人の若者の恋と信仰をめぐる悩みや歓喜といった心理の分析と、少しずつ離れていったりこわばったり、あるいはかたくなになったり解き放たれたりする心の動きの描写によって占められており、その間をぬってというよりその運動の反映として、ワーグナーからストラヴィンスキーといった音楽家や画家、文学者についての会話や、リヨンやローヌ地方、ボージョレ、アルプス、ローマといった場所の風光があらわれるのである。いわば『ふたつの旗』は同時代には稀有な恋愛小説であり、失われた情念と欲望をよびさます恋愛心理小説なのである。様々な文学者がそのために『ふたつの旗』を、たとえばその恋をめぐる戦いの苛烈さから『危険な関係』や『赤と黒』にたとえたり、その恋愛心理分析の迫真と圧巻によって『新エロイーズ』になぞらえている。確かに『ふたつの旗』は、他の現代文学に見出せないような豊饒な恋愛の実在を感じさせる。そこに、あえて宗教と恋愛といった古めかしいプロブレマティークをおいた計算や、最終部まで恋人たちが直接的な関係をもたずに、精神的なふれあいのみによってその官能を喚起するという筋立てのうまさといった構成や技法の卓越だけには還元されえないような、一種の画期的な認識、つまりは恋愛をめぐる精神の領域と肉体の領域が交錯し喚起しあうような、真の生き生きとした魂のふれあい、エロスの認識がおこなわれている。

アンヌ＝マリーが靴を片方脱いで、足首をそらして遊んでいるのを、ミッシェルは見ていた。それは彼女の体を、この世界のうちで最も精神的なものとして完成させていた。(中略) そのときまた泣きたくなるような夜の熱気がふたたび打ち寄せてきた。このような場面でわきたつ詩情がかれをひきたたせ、すべてが、饒舌すらも許されるように思われた。

「愛……。愛……。アンヌ＝マリー、僕はもうこの言葉はつかいたくないよ。クリスチャンの連中がこの言葉を倒錯か去勢みたいな意味にしてしまったんだ。アンヌ＝マリー、君はギリシアの古典を読むから分かるだろう？　僕はこれからは、エロスとしか言いたくないよ。それは全然猥雑なことじゃないんだ。エロスとは最もだいじなこと、エロスとは引きしぼった弓であり、エロスとは剣なんだ[*30]」

『ふたつの旗』に思想的なテーマを求めるとすれば、それもまた極めて小説的な真実の開示として考えざるをえない。この恋愛小説のテーマは原題の「悪魔でなく、神でなく」に示されているように、神の側に立って生き、純粋な精神の領域にたてこもるのでもなく、また悪魔となってことさらに肉欲に耽溺し、背徳を謳歌するのでもなく、結末部で自分を悪魔扱いするレジに対してミッシェルが語るように、ただあたりまえに人生を受け入れ、その果実を楽しみ、精神と肉体の双方、つまりはエロスを受け入れることなのである。宗教はもちろん恋愛に対する障害だが、しかしこの小説は一面では果敢な信仰の擁護の書物ともなっている。というのもこの恋愛小説で語られる情念や絆、そして欲望の息づまるような濃厚さは、なによりも信仰のもたらす精神性と規範によるものであり、宗教の介在によって、肉体と精神がたがいに相乗することで初めてこの小説では、真の絆、魂の結びつきを求める恋愛が可能となっているからである。『ふたつの旗』は信仰をなみする書物というよりも、それが直接に神への帰依に結びつかないとしても、即物的な人間関係を棄却して精神の領域を復活させることを主張しているかにも読めるからである。

それではいったい何が、この『ふたつの旗』の極めて反時代的な正統性を可能にしているのだろうか。この点において、読者は『ふたつの旗』の『残骸』との同一性を認めなければならなくなるだろう。つまりこの政治について一行も書かれておらず、罵りも攻撃も、血の雨も暴動の雄叫びも聞かれない小説は、まごうことなき現代の文学と社会の否定行為であり、様々なイデオロギーや先入観、政治状況や文学様式、ジャーナリズムや商業主義に支配されている現代文学に対してルバテが投げつけた、薫りたかき恋愛小説という爆弾なのであり、ヒューマニズムの描きだす政治化され均質化され疲弊した「人間」に対しての、いわば「魂」の復権要求であり精神的な領域の復活の呼びかけなのである。『ふたつの旗』の世界は『残骸』の語り手が破裂させた大いなる怒りの対象である、様々な認識することのできない拘束や、「平等」「自由」といった人間の本質への欺瞞や腐敗によって侵された、巨大産業に飼い殺しにされて生きているのかどうかも分からない現代人の世界に対置された、葛藤する精神と理想を希求する強い意志をもち、肉体と思いが交錯するエロスの領域を支配する「魂」の世界なのである。『ふたつの旗』における恋愛劇の実在感の強さは、このエロスの領域にあくまで忠実であることによっている。そのような点から見ても、『ふたつの旗』は信仰もしくはそれに類する精神的な活動の奇妙な擁護のように受けとれないこともない。というのも、信仰があって初めて、肉体とは別な領域が成立し、精神と肉体の交錯、葛藤、親和としてのエロスがうまれ、近代社会とは異なった「魂」の領域が開かれるからである。

この、死刑囚として囚われた牢獄で書かれた恋愛小説は、ある意味で『残骸』以上に、過激なナチであり反ユダヤ主義者であるルバテの本質を指し示すことになっている。エチアンブルやスタイナーが、疑問符のままにとどめざるをえなかった、最も悪辣な反ユダヤ主義者、武装親衛隊の僚友、ホロコーストの提唱者が書いた古典的な恋愛小説の傑作という謎は、ルバテにとって不思議でもなんでもなかった。つまりルバテはその高い教養や学識、そして稀にみる文芸での卓越のゆえに（にもかかわらず、ではなく）『残骸』を書き、そして武装親衛隊に入隊し、ユダヤ人を密告する手紙を書いたのである。確かにかれは常軌を逸したところのある人物だが、自分の基本的な立場の選択を誤るような愚か者ではなく、きちんとした検討ののちにナチズムにアンガージュマンをおこなったのである。かれの正統的な教養は、近代社会の害毒をいかなる手段をとってもねだやしにしようとさせた。いわば、ルバテはその教養のゆえにナチになり、武装親衛隊に入ったような人物であり、高い教養と深い人間性への理解によって反ユダヤ主義の狂熱にとらえられたのである。おそらく、ルバテ以上にアドルノのアフォリズム「アウシュヴィッツのあとで、詩を書くことは野蛮である」を証明している人物はいないのではないだろうか。ルバテの存在は明白に西欧の文芸、人文主義の伝統とその人間的薫陶には内在的に、ホロコーストを阻むことができないばかりでなくそれを許しかきたてる何かがあるという可能性を示しているからである。ルバテをまのあたりにして、なおヒューマニズムの立場を守りホロコーストを防ごうとする者は、あらゆる西欧芸術の富を野蛮の温床としてみなし、遠ざけなければならなくなり、ただルバテのような人物だけがコンサート会場にあらわれて、その豊饒を享受するといった事態になりかねないのである。

その自作の完成度への献身といい、また作品の質の高さといい、多様な芸術に対する深い理解といい、リュシアン・ルバテが二十世紀の西欧教養主義の最もすぐれた人物であることは間違いないだろう。かれは古典を愛しつつ前衛の試みを愛しうる知性と感受性の柔軟性をもち、自国の文化の境界を超えて広くヨーロッパ文化の様々な多様性を享受し、その価値を判断することができ、また神を恐れぬ非信者でありながら、信仰のもたらす豊かさを理解することができてそのことを説得力豊かに描きだすことができたのである。エリオットが「文化の定義のための覚書」[*31]で主張したように、たんなる文化主義ではなく、信仰を代表とするような精神生活の復活と、それに由来する規範と修練が、生き生きとした人間の再生に不可欠であることを主張していたルバテは、またユダヤ人の虐殺が近代社会の汚染から人間を救い出すという狂熱におかされていたのである。はたして、『ふたつの旗』で書かれたような生き生きとした恋愛の経験と生の充実を取り戻すためには、「魂」を復権させるためには、信仰の富を取り返すのと同時に、ユダヤ人たちをその家から追い立て、ゲットーに火を放ち、チクロンBをシャワールームの蛇口から吹きこむことが必要なのだろうか。ルバテはそのように考えていたのだろうか。

ルバテの問いの深刻さは、ほぼハイデガーのナチス突撃隊へのアンガージュマンと同様に深刻である。ハイデガーは一時期とはいえ間違いなく、その哲学的な結論として突撃隊のような政治団体が文化と国家の再建のためには必要であると考えていた。あらゆる楽観論、あらゆる人道主義はここで口を閉ざして、生気あふれる精神的文化の復活と、ホロコーストの要求が角つきあわせている光景を、まのあたりにしなければならなくなる。そしておそらく、このような場面において真の「魂」の文化、生気あふれる充実した精神を断念しうるものは幸福なのである。

V ディレッタントの戦後

戦後のルバテは、かつての『残骸』における容赦のない復讐の執行者のような人物とも、またドイツへの逃亡から獄中にいたる障害をものともせずに『ふたつの旗』を執筆しつづけたフレネジーにとり憑かれたような作家とも、異なった人物になってしまった。[*32] 一九五四年に釈放されたクストーが、「リヴァロル」紙などで、かつての「ジュ・スイ・パルトゥ」の挿絵画家ラルフ・スーポーの挿絵とともにほとんど占領下と見まがうような論陣をはりつづけたのと比べると、アルジェリア独立問題において多少の発言はしたもののルバテは政治的な活動からはなかば引退した観があり、「リヴァロル」紙への寄稿もヴァンヌイユ名義の映画評、音楽評がほとんどだった。その信念を捨てたとはいわないまでも、かれの死刑に対する恩赦を求める運動に、「ジュ・スイ・パルトゥ」紙や『残骸』のなかでかれが痛烈に攻撃を加えたモーニエやモーリヤック、マルローといった人々が協力をし、手をさしのべてくれたことが、ルバテの闘争心を癒し（それでもモーリヤックの文章は到底我慢ならないと、このディレッタントは語っているが）、改悛の情をもたらしたのかもしれない。一九七六年に『残骸』が、ポヴェール社から再版されたとき、ルバテの手によって反ユダヤ主義や他の文学者への攻撃を念む多数の個所が削除され、書き直されていた。戦後のルバテにとって、もはやかれのよってたつべき政治的立場は消滅していたのである。ヒトラーの政治手腕について一定の評価を与えることはできたとしても、ナチズムの再生をめざすのはいまや王政復古と同様のナンセンスになってしまったし、かれが最も熱心に関係した親衛隊的ナチズムにいたっては完全に葬り去られていた。そしてそれ以上にルバテのナチズムもまた時代の空気に極めて強く支配され、そのなかでのみ機能するものであって、一個の思想として普遍性をもち時代を超えてその立場を守りうるようなものでは到底なかった。そして消えることのない近代社会への嫌悪と、「魂」への渇望は、徐々にひろがってゆく作家としての名声と、特に『ふたつの旗』を読んで作者のもとに駆けつける青年たちの尊敬によって、みずからの著作家としての確信のうちに隠れてしまったのである。

一九五二年七月十六日にクレールヴォー監獄から釈放されたときからルバテの戦後が始まった。居住制限によって初めモンモランシーに居を構えた（のちにガリマールの尽力によって一九五四年からパリ居住が許される）ルバテは、ジャン・ポーランに依頼された小説『熟穂』に取りかかる。第一次世界大戦前のフランスを舞台に、音楽とはなんの関係もない帽子商の家に生まれた少年があくまで音楽家になろうとする希望をつらぬくこの小説は、『ふたつの旗』とうってかわって一種のロマン・ピカレスク的な、無力のまま社会に投げだされた少年が様々な出会いを経て成功するという、ストーリー展開で読ませる小説で、二十世紀初頭のフランス音楽界の実在人物をはじめとする登場人物の数も、『ふたつの旗』よりかなり多い。一九五四年の春に出版された『熟穂』は、『ふたつの旗』とは異なって好意的な書評に迎えられ、当時そこそこの売れ行きを示したが、ルバテにとっては極めて不本意な作品だった。

完成度の低い『熟穂』を拙速に出版してしまったと後悔したルバテは、ますます自作の出来映えについてかたくなになり、続いて執筆した五百枚ほどの自伝小説『怒りのマルゴ』は、完成し草稿を読んだポーランから賞賛されてガリマール社からの出版を懇請されたにもかかわらず、結局作者自身が満足できなかったためにお蔵入りになってしまった。また次の長編政治小説『最後の戦い』も、千五百枚の草稿を書き、数度におよぶ改稿ののちに、ついに完成しないまま中断されてしまった。

戦後のルバテの文業は結局、『ひとつの音楽史』一冊の出版に尽きている。十年にもおよぶ執筆ののちに、今日でも尽きることのない名声と成功を獲得したこの著作は、ルバテの、『残骸』と『ふたつの旗』とは異なるいまひとつの側面、偉大なディレッタントとしての姿を示したのと同時に、戦後におけるかれの生き方と立場を如実に示しているからである。この音楽史につけられた「ひとつの」という標題は、メソポタミアからクセナキスにおよぶ西欧音楽の歴史を扱ったこの書物が、音楽史家でもなく、音楽評論の専門家でもなく、もちろん演奏家でもない、アカデミックな素養も全くない一音楽愛好家によって書かれた、極めて特殊なしかしまたそれゆえに正統的な著作であることを意味している。[*33] 純粋な鑑賞者の立場から各時代や大家の作品の魅力の本質を把握することによる西欧音楽全体のパノラマという本書の企図は、硬直したアカデミズムの言語から音楽の楽しみを奪い返す試みであると同時に、西欧教養主義の生き生きとした再生というルバテの生涯にわたる課題の追求でもある。そしてこのような叙述によって提示される音楽家の姿は、ルバテの考えていた真の「魂」、あるべき生の姿を端的に示している。

モーツァルトが革新をおこなうとき、それはつねに表現上の目的のためであった。交響曲においてかれは、同時代の作曲家たちが哀感あふれるエレジーを歌いあげるのに都合いいからそうしたように、アンダンテまで歌いあげるのを待つことをしなかった。かれは自分の痛みと喜びの核心に踏みこんでゆき、冒頭の震えるようなアレグロからすでに抒情的であり、情熱的である。かれは革命的な意図などとは全く無縁に、かれの芸術をより人間的で直接的なものにしようとしたのである。かれ以降の作曲家たちは、自身の肉声を響かせるためには新しい様式をつくりださなければならなかったが、かれは同時代の構成と様式をそのまま受け入れることですべてを表現できた。かれにはいかなる理論的な意図もなかった。かれは改革のためにやってきたのではなく、生気あふれる完全さを実現するためにやってきたのである。(中略)モーツァルトはあらゆる音楽の古典主義の頂点にいる。いかなるモーツァルト以外のドイツの音楽家も詩人も、モーツァルト自身は全く知らなかったアカデミズムの犠牲にならずには、このような均整をもつことはできなかったのである。[*34]

アカデミックな理論の助けをかりたり、ペダンティックな参照のひけらかしに耽溺することもなく、鑑賞によってのみ音楽家の魂にたどりつき自分の言葉で本質を提示しようとする著者の姿勢は、ときにはみずからの受容のみを頼りにするその方法のために、一般の意見とはかなり異なった判断を下すこともある。ルバテは、ブラームスやブルックナーをワーグナーの影におしこめてしまい、またシューマンやショパンには一顧だに与えていない。シェーンベルクの偉業を評価して、現代音楽に対する関心をよびかけながら、新古典主義の音楽家たちには極めて厳しい態度をとっている。しかし、みずからの鑑賞によってのみ音楽を評価しようとするルバテのこうした試みは、その独善の裏に、表面的でつきなみな判断に影響されない深い省察をつねに義務づける姿勢によって成り立っており、音楽の本質についての独得の考察を展開している。

あまりにも看過されていることであるが、旋律の潑剌とした魅力というのは、より広い範囲から考えられるべきなのである。ブランデンブルク協奏曲第五番の素晴らしい導入部の最初の主題の踊るようなリズムや、カンタータ「めざめよ」の第二節のヴァイオリンとアルトの応酬といった部分が展開するときの拍子もまた、旋律の美しさのひとつなのである。バッハは二重主題という様式を知らなかったが、そんなものはかれには全く必要ではなかった。かれの旋律のうちのたった一節の輝きが、いかに内容豊富なものであり、聴衆に強く消えがたい刻印をおすことだろうか。[*35]

『ひとつの音楽史』は、発表当時から、好意的な批評と多くの反響にめぐまれて、商業的にも大きな成功をかち得ただけではなく、初版から二十年たった今日でも十数版を重ねて売れつづけている隠れたベストセラーになっている。学術的でもなく、またいかなる権威によるものでもなく、中庸であるとさえいいがたいこの著作が獲得した多くの読者は、ルバテの生気あふれる音楽の解釈のなかに、専門家たちの著作にはないような魅力を見出したのである。そして、戦後のルバテのいるべき場所もまた、このような音楽のディレッタンティスムにしかなかった。

ルバテは『ひとつの音楽史』の出版後、『残骸』に続く回想録に取り組みつつ、またいまひとつのディレッタンティスムの対象である美術をとりあげた「美術史」の構想を進めていたが一九七二年に急死してしまった。戦後のルバテにとって西欧教養主義の再生というテーマは、もはやおもてだった闘争として戦われるものではなくなってしまい、かれはコンサート会場の片すみや美術館の回廊のなかで、ひそかに芸術作品をおとしめ、商品にし、あるいは学問やジャーナリズムによって塩漬けにしてしまう連中とわたりあって、真の芸術の息吹をつかみ、その生ける本質を提示しようと試みていたのである。ありていに言ってルバテの戦いはすでに終わってしまっており、かれの著書『ひとつの音楽史』は、独得の判断に驚かされる専門家をのぞけば、誰もが読書のよろこびを味わいうるような作品なのである。そしてそれはルバテにとって、やはりひとつの敗北なのだった。

注記

＊1——生前にルバテが出版した著書は、

Les Décombres, Denoël, 1942.

Les Deux Etendards, Gallimard, 1952.

Les Epis mûrs, Gallimard, 1954.

Une Histoire de la Musique, Laffont, 1969.

の四冊だけであり、釈放後、ガリマール社からの要請に応えて書き下ろした *Les Epis mûrs* についてはその出来映えを著者は疑問に思い、公刊したことを深く後悔していた。

死後、反ユダヤ主義的言辞や他の文学者たちへの攻撃をルバテ自身の手で削除した *Les Décombres* と、その続編として戦中、戦後に書きためた原稿を編集した回想録を併せ、

Les Mémoires d'un fasciste I, II, Pauvert, 1976.
として出版。

また Pol Vandromme による研究書 *Lucien Rebatet*, Editions Universitaires, 1968. にはルバテ自身の手になる自伝メモが付されている。

「ジュ・スイ・パルトゥ」グループの全般的な研究書である、P.-M. Dioudonnat : *Je suis partout, 1930-1944 : Les Maurrassiens devant la tentation fasciste*, La Table Ronde, 1973. には、ジャーナリストとしてのルバテの活動について詳しい記述がある。またブラジヤックの回想録 *Notre avant-guerre* にも多くの「ジュ・スイ・パルトゥ」時代のルバテに関する記述がある。小論のルバテの伝記的記述については、ルバテ自身の作品と上記の著作に依拠している。

他にゴビノーやドリュモン、セリーヌ、ルバテ、ニミエ等を「右翼アナキスト」の系譜として考察する興味深い著作 F. Richard : *L'anarchisme de droite dans la littérature contemporaine*, PUF, 1988. や Paul Sérant の先駆的名著 *Le Romantisme fasciste*, Fasquelle, 1959 ; M.-E. Nabe : *Au régal des vermines*, Barrault, 1985. 等の研究書がある。

＊2――J. Queval : *Première page, Cinquième colonne*, Fayard, 1945, p. 352. 終戦直後に出版された、いわば占領下でのジャーナリズムの内幕暴露本。検証不可能な多くの風評、噂が載っており、事実はともかく当時どのようにルバテらが世間から見られていたかを知るうえでは興味深い。

＊3――H・アーレント『全体主義の起源』一巻、大久保和郎訳（みすず書房、一九七二年）、iii頁。

＊4――G. Bernanos : *La grande peur des bien-pensants*, Bibliothèque de la Pléiade, *Essais et écrits de combat, tome I*, Gallimard, 1971, p. 53.

＊5――*Ibid.*, p. 330.

＊6――J・シャンセル対談集『人物透視』佐藤房吉他訳（評論社、一九八一年）、上巻、一三三－一

三六頁。フランス国営放送ラジオ局のインタビュー番組をもとにまとめられた同書に、ルバテの回が収録されている。

＊7――*Les Décombres*, p. 62.

＊8――*Ibid.*, p. 25.

＊9――*Ibid.*, p. 32.

＊10――Pierre-Antoine Cousteau（1906―1958）. 一九三〇年頃から、「ル・モンド」紙をはじめとする多くの新聞に寄稿し、一九三二年から「ジュ・スイ・パルトゥ」の編集者として、外交関係記事やインタビューを担当、しだいに反共色の強い記事を書くようになる。占領下では精力的に記事を書き、「ジュ・スイ・パルトゥ」の政治担当責任者になり、ブラジヤックの脱退後、編集をおこなう。ドイツに逃亡し、戦後ルバテとともに死刑を言い渡されるが、恩赦を受け、一九五四年釈放。《Rivarol》をはじめとする極右の新聞で活動する。

＊11――Charles Lesca（1887―1948）. アルゼンチン人、ブエノスアイレスで、缶詰会社を経営する富豪。フランスで教育を受け、第一次世界大戦に義勇兵として従軍。戦後「アクション・フランセーズ」紙の印刷工場に出資し、モーラスの友人となる。ファイヤールから「ジュ・スイ・パルトゥ」が独立するときに、出資して取締役となり、ラテンアメリカ問題の責任者となる。一九三九年には外交問題の責任者となり、敗戦後は事実上「ジュ・スイ・パルトゥ」の経営責任者となる。戦後、ドイツからスペインに逃亡して粛清を免れ、アルゼンチンに戻って死去した。

＊12――Alain Laubreaux（1898―1962）. アンリ・ベローの秘書としてジャーナリズムの世界に入り、「カンディッド」の寄稿者となり、一九三六年から「ジュ・スイ・パルトゥ」の演劇評を担当。一九四〇年に内務省によって対独内通の疑いで逮捕され、敗戦まで多くの雑誌に反ユダヤ的な記事を書く。占領下では、「ジュ・スイ・パルトゥ」の主要な書き手としてナチズムを賛美し、

フランス人民党に加入。パリ解放に際してドイツ軍とともにベルリンに逃亡し、そこから飛行機でマドリードに逃れ、死ぬまで同地で過ごした。

＊13――G. London : *Le Procès Maurras*, Bonnefon, 1945, p. 86. モーラスの粛清裁判のときの André Nicolàによる証言。

＊14――「アクション・フランセーズ」の音楽欄を長いあいだ担当していた Sordet は、戦前に発足させた通信社 Inter-France が敗戦後対独協力のための報道機関として機能したために、一九四〇年九月二日付「アクション・フランセーズ」紙上で、モーラスによって絶縁を言い渡された。

＊15――*Les Mémoires d'un fasciste II*, p. 62.

＊16――*Les Décombres*, p. 13.

＊17――*Les Mémoires d'un fasciste II*, p. 62. 続くページで、デアにはヴィシー流の偽善がないと評価している。

＊18――*Ibid.*, p. 125.

一方ブラジヤックは一貫してその理由を政治的なものとしてきた。J. Isorni : *Le Procès de Robert Brasillach, op. cit.*, p. 60.

＊19――Isorni : *ibid.*, p. 67.

＊20――Louis Darquier de Pellepoix (1897―1980). 職業的な反ユダヤ主義者。ルバテの親友。第二代ユダヤ人問題庁長官。第一次世界大戦に従軍したのち、ヨーロッパ各地を放浪。帰国後アクション・フランセーズに加入し、一九三四年の二月六日の暴動で負傷。「二月六日負傷者友の会」を結成し、会長におさまる。ナチス＝ドイツのユダヤ政策を支持してアクション・フランセーズ、クロワ・ド・フゥと決裂、モーラスとドーデをユダヤ人呼ばわりする。反ユダヤ主義の新聞《La France enchaînée》を発行し、また反ユダヤ連合という団体をつくる。戦後これらの活動資金はすべてドイツ

大使館から提供されていたことが分かった。敗戦後、ヴィシー政府のイニシアティヴでつくられたユダヤ人問題庁から除外され、パリで反ユダヤ主義宣伝に従事するが、一九四二年五月にドイツ側の圧力をバックに、長官に就任。ダルキエの就任により、ユダヤ問題の方針は「絶滅」に転換され、法律によるユダヤ人の規定が厳しくなったばかりでなく、完全にドイツ側の要求に応える形式となり、逮捕されたユダヤ人は即刻ゲシュタポや親衛隊に引き渡された。一九四四年一月には汚職の頻発によりドイツ側から解任される。解放に際してドイツに逃亡。ついでスペインに逃れ、死ぬまでマドリードで語学教師をしていた。

*21——Joseph Darnand (1897—1945). 第一次世界大戦で輝かしい武勲をたて、一九二一年まで陸軍にとどまる。その後カムロ・デュ・ロワの指導者となり、一九二八年までニースのアクション・フランセーズの退役軍人組織のリーダーを務めた。一九三〇年代後半にはフランス人民党に加入する。第二次世界大戦でもマジノ線で活躍し、また敗戦後は捕虜収容所から脱走した。ペタン元帥の信任が厚く、一九四一年初頭にフランス戦士団のアルプス地方の責任者に任命され、ついで一九四二年一月には戦士団の軍事警察組織である、フランス戦士団保安隊の隊長に任命される。一九四三年一月にミリスを結成し、ドイツ軍から武器を供与されて、フランス全土で活動する許可のもとにユダヤ人やレジスタンス派の検挙をおこなう。一九四三年八月にはナチス親衛隊の将校に任官する。ドイツ側の支持によって一九四四年六月にはヴィシー政府に内相として入閣し、治安の実権を掌握する。ドイツの撤退後はイタリア戦線でパルチザンと戦闘を交え、一九四五年十月にイタリアで逮捕され、死刑に処せられた。

*22——"Fidélité",《Je suis partout》, 28 juillet 1944.

*23——*Les Mémoires d'un fasciste II*, p. 200, p. 212.

*24——この裁判についての記述は J.-M. Théolleyre : *Procès d'après-guerre*, La découverte, 1985, p.

45〜. ならびに H. R. Lottman : *L'Epuration 1943-1953*, Fayard, 1986, p. 247. による。

＊25——R. Nimier : *Journées de lectures*, Gallimard, 1965, p. 240〜.

＊26——Etiemble : *Hygiène des Lettres II —— Littérature dégagée*（*1942-1953*）, Gallimard, 1955. p. 320〜.

＊27——G・スタイナー『言語と沈黙』下巻（せりか書房、一九七〇年）所収、岡田愛子訳「屠殺の使嗾」一二六—一二八頁。

＊28——*Les Deux Etendards*, p. 653.

＊29——*Ibid*., p. 988.

＊30——*Ibid*., p. 969.

＊31——エリオット全集5『文化論』（中央公論社、一九七一年）所収、深瀬基寛訳「文化の定義のための覚書」。

＊32——前記インタビューや回想録のなかで、自身の立場を修正し、また「今日ならそのようには書かないだろう」と述べている。

＊33——ルバテ自身の言葉によると、この〈Une〉という冠詞をつけるアイディアは、K. Haedens の *Une Histoire de Littérature* から借りたものだという。*Une Histoire de la Musique*, p. 6.

＊34——*Une Histoire de Musique*, p. 323.

＊35——*Ibid*., p. 268.

第七章　ロジェ・ニミエ◉生きながら戦後に葬られ

I　モーラス裁判

一九四四年八月二十五日の連合軍によるパリ解放に前後して、ドゴール将軍を首班とするアルジェの共和国臨時政府は、すでに任命されていた全国八十七県の知事をドイツ軍が撤退した地域に順次派遣して、現地のレジスタンス運動の指導者の勧告を参照しつつヴィシー政府に任命された行政官の人事異動をおこなって行政を掌握し、あわせて各地方の高等裁判所に付属機関として政治的、経済的な対独協力行為を糾弾する裁判所もしくは公民審査所を設置した。すでに一九四二年にドゴール政府の内部でつくられた法律によって、略奪や暴行といった犯罪的な対独協力や、ユダヤ人あるいはレジスタンス派の抑圧の関係者だけではなく、ヴィシー政権に関わったあるゆる公人を反逆者として訴追する方針が固められていた。まがりなりにも国民議会の投票をうけて成立した政府が、最初はイギリスだけ、そしてのちに連合国各国という外国に承認されただけの海外亡命政権によって「傀儡政権」として扱われ、議員の選挙をうけて国家元首の座についたペタン元帥が、クーデターの首謀者として裁かれることになったのである。[*1] そしてそのような正式の裁判所がつくられていたにもかかわらず、レジスタンス派の闘士による全国的な対独協力者の暗殺や公衆を前にしてのおおっぴらな拷問、略奪、暴行、殺害は、年末までとどまることなく猖獗を極めて、その実態は現在にいたるまで明らかにされていない。というのもこれらの私的な報復において殺人や私刑をおこなった犯人で、司法によって裁かれた者はほとんどいないからである。*2

シャルル・モーラスは一九四四年九月八日に、ドイツ軍占領時にアクション・フランセーズの本部がおかれていたリヨンで逮捕された。検挙された知識人として最大の大物でありかつヴィシー政権の知的支柱であり、一貫したドゴール派とレジスタンス勢力への批判者であるばかりでなく、モーラスを裁くことはまた第三共和制の歴史に対し一つの判断を下すことにならざるをえないという事情から、ドゴールは早くからモーラスの裁判をパリで開くことを希望していた。しかし、ドゴールの影響下で裁判をおこなうことを危惧する共産党のおもわくや、反逆罪の適用によって軍事裁判に移管しようとする一部の動きなどの牽制の結果、モーラスに対する法廷はリヨンのローヌ県高等裁判所で開かれることに決定した。

一九四五年一月二十四日に、いっしょに逮捕されたモーリス・プージョとともに法廷にひきだされたモーラスは意気軒昂としており、不当な逮捕に対して徹底的に争う姿勢を初めからあらわにしていた。モーラスの罪状は、アクション・フランセーズの会員の多数がヴィシー政権に協力して公職についたばかりでなく、その政策の決定に参画したことはモーラスのペタン元帥に対する支持が直接の動機であったこと、ドイツ軍やゲシュタポに対して協力したこと、ミリスに「アクション・フランセーズ」紙上で支持を与え、会員にミリスへの参加を許したこと、ドゴール派に対する攻撃、イギリスへの批判等であった。*3

興奮したモーラスに対して裁判長が注意を加える一幕ののちに、モーラスはあらゆる告発に細かく反論を加えた。ヴィシー政権は、第三共和制の国民議会から信任を与えられた正統なフランスの政権であり、自国の政府に対する献身が、犯罪になるわけがないこと。かれとアクション・フランセーズにとってドイツは不倶戴天の敵であり、いかなる形であれドイツの政府に属する機関に協力するわけがないばかりでなく、占領下で「ジュ・スイ・パルトゥ」一派をはじめとする対独協力者をアクション・フランセーズから追放したために、逆に攻撃を受けていたこと。国内警察組織としてのミリスの結成には支持を与えたが、ミリスがドイツ軍から武器を供給されて対独協力を始めると、「アクション・フランセーズ」紙上ではっきりと絶縁を宣言したこと。ドゴール将軍は当時の法規から考えていかなる角度から見ても軍からの脱走者であり、反逆者であり、またイギリスのフランスに対する敵対行為のアリバイであったこと。休戦後のフランスに対するイギリスの行動、特にメール・エル・ケビールでのフランス艦隊への攻撃は明白に敵対的であったこと等をとうとうと述べたてた。

検事側は、対独協力の問題を主眼にする作戦をとることでモーラスの愛国者としての名誉をおとしめることを狙い、「アクション・フランセーズ」紙上のモーラスの署名記事の断片を引用して、モーラスの言動がドイツに利益を与え、またかれのいくつかの記事とゲシュタポの逮捕活動が因果関係をもっていたことを論証しようとした。しかし反論に立ったモーラスは、驚嘆すべき記憶力でその断片の引かれた記事を指摘して、検察の主張は記事の歪曲にすぎないことを論証した。また検察は、モーラスがゲシュタポと関係をもっていた証拠として、ポール・クローデルが検察官に送ってきた手紙を提出した。クローデルはこの手紙のなかで、第一次世界大戦にさかのぼってモーラスの様々な政治的態度を非難したのちに、一九四四年五月二日にゲシュタポがクローデルを逮捕にきたことを明かし(クローデルはそこから引っ越していたために難を逃れたのだが)、それがモーラスの差し金によるものであり、クローデルの住所を教えたのもモーラスであると主張していた。この古くからの敵対者による「密告」に憤ったモーラスはほぼ二時間にわたってクローデルを攻撃する演説をおこない、ゲシュタポに対する密告というクローデルの告発が詩人の思いこみ以外に全く客観的な証拠がないことを指摘したうえで、どうすれば一九四〇年からパリを留守にしていた自分がゲシュタポにクローデルを密告したと疑うことができるかと非難して、この手紙をクローデルの非常識さを証明する証拠として保存することを提案するとともに、クローデルが休戦時にペタン元帥の登場を祝って捧げたオードを暗唱し、パリに残ってガリマールから本を出したクローデルがドイツ軍の検閲を受けたことをあてこすり、徹底的に論駁された検事は二度とクローデルのことを法廷でもちださなかった。

モーラスの弁護士は占領下での対独協力派の新聞の、デアやルバテ、ドリオ等の手になる記事を引用して、いかにモーラスが攻撃を受けていたか論証し無罪を主張した。裁判はモーラス側のペースで進んだが、レジスタンス派からなる法廷でヴィシー政権の正統性の主張やドゴールへの非難が受け入れられるべくもなく、陪審員の評決によってモーラスには終身禁固、プージョには禁固五年の判決が下りた。

判決に際してモーラスが吐いた有名なセリフ「ドレイフュスの仇をうたれた！」が示しているように、判決はもちろん政治的なものであり、かつてドレイフュスの有罪無罪に拘泥することを戒め、国家の利益のためにドレイフュスを断罪することを主張したモーラス自身が、こんどは新しい国家の利益のために獄につくことになったのである。

連合国の力によって辛うじてドイツ軍を駆逐したフランスは、枢軸国の指導者たちを民主主義とヒューマニズムの名のもとに連合国の国際法廷が裁いたのと同様に、自分の手で自国の政府だったヴィシー政権の指導者たちを糾弾することで、反民主主義的な右翼の裏切りによる敗北と、フランス国民の抵抗運動による解放という第二次大戦の神話をつくりだし、新しい民主主義の国家を建設した勝者として連合国の一翼に加わる必要があったのである。そして、ドゴール将軍の天才的な政治手腕によって、フランスはまがりなりにも「勝者」の列につらなることに成功し（一九四五年九月のミズーリ号上での日本の降伏文書調印の際には、連合国十国のなかでカナダより下位の八番目にすぎなかったが）、北アフリカからインドシナ半島におよぶ植民地の保全にも成功したのである。しかし、傲岸なまでの自信と憂国の情と、そして天才的な政治手腕をのぞけば、一九四〇年のフランス敗北時に、ロンドンにおいてなにひとつもっておらずに、「将軍」という呼称さえ政治的効果のために詐称しなければならなかったドゴールは、勝利をおさめるために数々の無理をおかさなければならなかった。

フランスが、同盟国イギリスとの約束を破ってドイツに単独で降伏したとき、フランス側は、ドイツへの宣戦布告の共同歩調を要求しておきながら有力な援軍を提供せずに敗走するとすぐダンケルクから撤収してしまったと逆にイギリスを非難していた。一方的に同盟国に休戦されて窮地に追いこまれたイギリス政府は、当時ロンドンに滞在していたフランスの高級軍人に対して、亡命政府の樹立を提案した。四人の将官のうち三人がフランス本土への送還を要求したのに対して、ただみずからロンドンに渡ったドゴール准将だけがイギリスの求めに応じたのである。ソビエト、アメリカ、日本そしてヴァチカンといった当時の中立国が次々とヴィシー政権を承認していたが、イギリスはドゴールを一応承認し、そのフランス本土への反攻を支援するという外交的立場を選択したのである。特に一九四〇年七月三日のメール・エル・ケビールでの、フランス艦隊に対するイギリス軍の攻撃事件以来、イギリスにとってドゴール政府の価値は無視できないものとなった。

当時、陸での惨憺たる敗戦にもかかわらず、フランス海軍は全く無傷のまま温存されており、地中海の制海権を保持しつづけていた。ヒトラーがペタン元帥につきつけた休戦条約のなかでも、他の厳しい条件とは異なって、海軍力については完全にフランスの意向を尊重して中立を守ることだけを要求していた。これに対し、ドイツ軍がフランスの海軍力を手に入れてイギリス進攻作戦に使用することを恐れたチャーチルは、「私がこれまでに関係した決定のなかでも、最も不自然で、心苦しい」[*4]決定を下して、北アフリカのフランス艦隊基地に停泊していたフランス地中海艦隊に、航空母艦アーク・ロイヤルの艦載機によって攻撃を加え、撃滅し沈没させたのである。このイギリスの行為が、いかに当時の状況からは弁護しうるものであるとしても、千三百名の乗組員の命とドイツの占領下にあって唯一の優位な取引材料である海軍力の大半を同盟国の手によって失ったフランスの朝野の呆然自失とひきつづく怒りは筆舌に尽くしがたいものであり、事実海軍力を失ったヴィシー政権は、たんに北アフリカからの生活物資の本土への運搬の手段だけではなく、北アフリカ植民地と強固に結ばれた地中海国家としてのドイツに対する立場も失って、このことがのちにナチス＝ドイツの衛星国化していく過程の出発点となったのである。少なくとも海軍力が温存されていれば、ドイツ軍は一九四二年に非占領地帯への侵入に容易にふみきることはできなかったはずであり、北アフリカへの連合軍の上陸ののちのヴィシー政権の選択の幅はより広いものでありえたはずである。

そしてこのような行為に関するイギリス側の免罪符となったのがロンドンにおけるドゴール政府の存在だった。もしもドゴール政府の承認がなければ、イギリスは同盟国の海軍を一方的に奇襲により撃滅したという汚名を歴史に残さなければならなかったのである。ドゴールはチャーチルの決定を尊重することでイギリスに対する価値を高めたが、そのためにフランスでは欠席裁判により死刑の判決を受ける破目になった。モーラスらがドゴールを最後まで反逆者とみなしていたのは、このようなドゴールのイギリスに対する取引と、その政治手法に原因があった。

メール・エル・ケビールにみられるような自国の危険をかたにした取引を繰り返しながら、ドゴールはイギリスのヴィシー政権との一連の関係修復の試みを頓挫させ、参戦したアメリカが最初承認した北アフリカのジロー将軍の亡命政権を屈服させて、ついに連合国の承認するフランス政府の首班として、フランス本土のドイツ軍からの解放にのぞむことができたのである。ドゴールの努力によってフランスは連合国の列に加わり、勝者として大戦の終結をむかえることができたが、しかし、そのために対独協力だけでなく、ヴィシー政権自体の正統性を、連合国の法廷ではなく自国の手で否定し、裁かなければならなくなってしまった。そしてそのためにヴィシー政権に支持を与えたアクション・フランセーズをはじめとする第三共和制の右翼勢力のほとんどすべてが、解体されその伝統を断絶させられてしまった戦後のフランスでは、ベルナノスをのぞけば、かつてはリベラルか左翼として中道から左といったポジションにいたモーリヤックやマルローが一番右ということになってしまったのである。そして戦後の右翼的な思潮は、モーリヤックが主筆を務めていた「ターブル・ロンド」[*5]誌の周辺から輩出した。

この「手品」めいた第二次世界大戦におけるフランスの勝利は、その「手品」のたねとして占領時代の歴史を歪曲しただけではなく、自国の敗北という厳然たる事実を解放と抵抗の神話で隠蔽したために、いわばその後に建設するべき未来も歪曲してしまった。ドゴールの政治的手腕はまことに天才的なものだったが、その「勝利」の神話を盛りたてるためには連合国だけでなく自国民をも幻惑する必要があり、左右を問わぬあらゆる文学者たちが、ドゴールに対する評価やおもわくは異なるものの、このドゴールの政治的神話の成立に協力し、みずからを「勝者」として規定したのである。フランスは勝ったのではないと語った文学者は、ブラジルから帰還したベルナノスをのぞけば、みなコラボとして牢獄のなかにいたので、その声が外に聞こえる心配は全くなかった。

モーラスは判決を受けた翌日の一九四五年一月二十八日にリオムの監獄にプージョとともに移されたのち、一九四七年六月十日からクレールヴォーの監獄で服役した。ただしモーラスはルバテと異なって、かつての役所を改造した高級軍人たちが収容されている棟に収容されることになった。この棟は連合軍との政治的関係のいわば犠牲となったドゴール政府にとってうしろめたい国事犯が収容されており、*6 大部分は一九四〇年の休戦後にイギリスの一方的な武装解除の要求に従わなかった各地の海軍基地の司令官たちで、そこでは囚人の行き来が許されており、環境もただの監獄とは全く違った快適さをもち、監房は普通の居室を改造したものだった。モーラスは獄中で初めて毎日の新聞記事に追われる状況から離れて、著作の執筆に没頭し、死去するまでの七年間に多数の著述を完成させ、みずからの作品集を編集した。また面会もかなり自由に許可されて、いまだ離反しないかつてのアクション・フランセーズ会員にまじって、戦前「アクション・フランセーズ」の政治欄を担当していたピエール・ブータンに連れられた若い戦後世代の文学者たちがこの囚われの文学者を訪れ、そのなかには評論家のミッシェル・モールとともに、ロジェ・ニミエの姿もあった。[*7]

II　四五年に二十歳の世代

若い作家へのいくつかの助言。
アルコールや美しい車に用心し、残された生命《いのち》は限られていることを忘れないように。

ジャック・シャルドンヌ[*8]

年長の友人であり先輩である小説家がかつて自作の抜粋集に収めたもっともらしい教訓を守らなかったために、ロジェ・ニミエは一九六二年九月に自慢の愛車アストン・マーティンをパリの東ハイウエーで運転中に、時速二百キロメートルでハンドル操作を誤って死亡してしまった。助手席にはやせた金髪の女性が乗っており、彼女も小説家と運命をともにした。灰色の高級なイギリス車と、金髪の女性、夜の高速道路での事故という結末は、[*9]作家の友人でいくつかの脚本で協力もしていたルイ・マルの、道具立てはまあまあだが出来はいつでもつきなみな映画の結末に、似ていないこともない。
文学ジャーナリズムは一致して、十四年前に弱冠二十三歳で華やかなデビューを飾ったことを思いおこして、その才能が実を結ばずにニミエが夭折したことを惜しんだが、しかしミッシェル・デオンが語っているように[*10]、ニミエは死亡するより何年も前から、すでに「消えて」いたのである。かれは死のほぼ十年前からほとんど小説の執筆活動を止めてしまっており、いくつか雑誌の編集長を務め、そしてガリマール社で文学顧問を務めることを生業としていた。実質的にはほぼ四年間、つまり一九四八年の『ぼくの剣《つるぎ》』から一九五一年の『悲しみの子供たち』までの期間だけがニミエの小説家としての活動期間であり、その時期を過ぎると突然のデビューと同様に急に創作に対する熱意を失ってしまい、編集者に転職したのである。そしてニミエの文学そのものが、同世代のデオンやブロンダンらの文学と同様に、投げやりに打ち捨てられることでのみ示されるような文学だったのである。

監獄に囚われた晩年のモーラスの謦咳に接したニミエはしかし、モーラスの思想やアクション・フランセーズの残映に献身したわけでは全くなく、またその思想のためにモーラスを訪ねたわけではなかった。一九二五年十月三十一日に、パリで生まれたロジェ・ニミエ・ド・ラ・ペリエールは、一九四五年に二十歳になった世代、つまり幼年期を戦前の息づまるような時代に送り、中学校を卒業すると偉大なはずの祖国は敵に打ち負かされ、そして青春の最も輝かしい時代をドイツの占領下に送った世代に属していた。イデオロギーの洗礼や政治的利害の確執、様々な紋切型による党派の色分けを経ていない少年の目から見ると、「四〇年七月と四四年の夏の光がまざってしまい[*11]」、慌てふためいた退却と有頂天の凱旋の反復のなかで、年長者たちの都合のよい信条の変化とあまりにも巧妙な出処進退をまのあたりにしたために、長い戦乱の時代にこの青年の内部でかけがえのないものが失われてしまい、いかなるものであっても思想や信条を真面目に受けとることはできなくなり、「二十歳になり、そしてヒロシマの煙が、この世がさしてまともでもなく、長続きがしそうもないことを教えた」[*12]のである。しかし、実際にはかれはそのかけがえのないもの、真摯さや真情、信じるものにすべてを捧げる気持ちを失くしてしまったわけではなかった。幻滅と精神の大空位の時代に思春期を過ごしたニミエは実際には人一倍信ずるべき何かを求めているのであるが、しかし変節と駆け引きに敏感にならざるをえない少年期を過ごしたかれは、スローガンや流行語、ラウドスピーカーで流されている口あたりのいい説教や解釈を軽く信じることはできなかったのである。なによりもかれにとって我慢できなかったのは、人間性とか平和とか、自由とか平等といった問題を、まるで全人類を背負ったように正面から真剣に議論したり、説明したりするグランゼコール出身の教授資格取得者たちだった。かれがモーラスを訪ねたのは、この八十歳になって監獄暮らしをしている老人にだけは少なくとも、思想のもつべき厳しさや信念があるように思われたからだった。確かに老人は軒昂としており、いささかも悔いることなくさらに執筆を続け、服役以来詩作の腕前があがったと自慢していた。しかしモーラスの思想はもはやニミエにとって教授資格者たちのそれとは別のかかげるべき価値とはならず、そしてあらゆる意味で敗北し抹殺されていたアクション・フランセーズにしがみついている忠義者の集まりはかれには鬱陶しいだけだった。そのためにニミエは、サンジェルマン・デ・プレのカフェで深刻そうな議論を繰り返すむさくるしい実存主義者たちの前で、美しいブロンドの娘を助手席にイギリス車を乗りまわし、粋なアメリカ風の背広をみせびらかすことで、おそらく教授資格取得者たちがいっこうに痛痒を感じていないようなやり方で、かれらをひそかに殺してしまうことを選んだのである。

大上段にふりかざされる政治論議や文学論に辟易しながら、しかし対抗するべき信条も立場もみつけることができなかったニミエは、結局あらゆるインチキや駆け引き、無神経に対する軽蔑と、自分自身がそれらの虚偽に落ちこむまいとする強い自意識によって教授資格取得者たちと対決するしかなかった。確かにニミエのいくつかの文章には、モーラスの教養の反映が見出せないこともない。エッセー集『スペイン大公』に収められた「ジロンド派」は、フランス大革命のなかの地方分権の指向を評価する著者唯一のまとまった政治論であるし、レス枢機卿への愛好も絶対王政の確立期にマザランの中央集権政策に反発したレスの果敢な戦いへの共感と解釈できないこともない。しかし、ヴィシーでの数々の茶番と対独協力、アメリカの覇権のもとでの新しい共和制の発足のなかで、フランスの反近代主義の政治的思想的伝統は完全に死にたえてしまい、地中海的な詩句の親和力の命脈も絶たれたかに見え、モーラスの教養に出番がないことは明白であり、王政主義どころかブラジヤックたちの世代がアクション・フランセーズのアナクロニズムを救うための解決策として採用したファシズムさえ、もう使えなくなってしまったのである。ただモーラスの存在は、「民主主義の十字軍」[*13]の支配にも征服されざる精神というあくまで戦闘的な知識人としてのあり方と、その「勝利」のために糾弾され投獄された文学者であることでしかなかった。確かに、ニミエにとってカムロ・デュ・ロワは「ヨーロッパ最初の革命的グループ」[*14]だったかもしれないが、アクション・フランセーズとともにその命脈は尽きていた。しかし、頼るべき思想も方法論も欠いたままにニミエも憤怒の声をあげ、なにひとつ信じるべき教義がないままに異議申し立ての声をあげなければならないときがあった。そのような破綻が、一九四九年に書かれたベルナノス批判のエッセー「スペイン大公」には鮮明にあらわれている。

もともとベルナノスは、戦後亡命先のブラジルからフランスに帰って以来、文学性を犠牲にしたレジスタンス派詩人たちの政治性、通俗性を批判したバンジャマン・ペレをのぞけば、ただ一人フランスの「勝利」の欺瞞と虚偽を告発し、敗北を直視するようによびかけつづけた文学者であり、そのために激しい反発を言論界から受けていた。ニミエのベルナノス論「スペイン大公」は、ベルナノスがアクション・フランセーズの陣営から決定的に遠ざかる原因となったスペイン戦争におけるフランコ陣営の暴虐と、その蛮行を支持した聖職者たちへの告発、批判を展開した『月下の大墓地』と、それより前に書かれたドリュモンの伝記で反ユダヤ主義の復活を訴えている著作『敬虔な信者の大いなる恐怖』とがじつは同じ根源に発する著作であり、通常いわれているベルナノスのファシズムからヒューマニズムへの転向なるものは存在していない[*15]、という独得なベルナノス解釈が含まれてはいるものの、ベルナノスの文学とアンガージュマンへの明快な批判というよりは、戦後ただ一人「解放」や「勝利」の欺瞞を告発していたベルナノスに対する、ないものねだりの期待の一文といえないこともない。かつてのモーラスやカムロ・デュ・ロワの勇姿を引き合いにだして、フランスの戦後に対する唯一の批判者であるベルナノスの戦略の欠如を攻撃しながら、ニミエ自身にも具体的な戦略や、よってたつような思想などありはしないのである。そのためにかれはただ無力なままにベルナノスに対する軽蔑の意志を表明しつづけるしかないのだが、じつはその軽蔑はかれ自身にもいやおうなくむけられているのである。

ニミエの小説もまた、同様の軽蔑に支配されている。その軽蔑とは、小説をつらぬく話者の視線が軽蔑に特徴づけられているということであり、また極端な自意識ゆえに文学的な構成や効果といった表現の技術的な点について配慮することを、恥ずかしく思い、卑しんでいるということでもある。

そしてぼくは本物の闘士《レジスタン》たちが、あの六月のにわか対独抵抗運動参加者《レジスタン》ども、つまりあの小汚らしい連中を両腕をひろげて迎え、ちやほやし、そいつらに拍手をおくるのを目撃した……むろん、あの国には、当世風な一つの真実が必要だったのだ、つまり大胆で、きりりと引き締まった一つのフランスが。もうたくさんだ。我々はもう進みはしない。幸いなる恥辱よ、ああわが祖国は恥をかくことに汲々となった、おまえのその穢《けが》された親愛なる頬、その不信心者どものもつ誇りにみちた額よ。瞬時のうちに、ぼくはふたたびあの国民のうちにひそむ裏切りの天分をみつけ出したのだ。ブルボン家の聖なる総帥、素晴らしいコンデ、ギュイーズ公、そしてあなた、レス枢機卿——フランスに、引き裂かれた相貌を与えた、裏切りの美しき系譜……やくざでチャーミングな国——暗殺者たちの、その甘やかな卑劣さがぼくの喉元にこみあげてきて、ぼくをその香りで満たしていた。[*16]

一九四八年、二十三歳のときに発表された処女作『ぼくの剣《つるぎ》』は、レジスタンスに参加してダルナン暗殺の計画にたずさわって潜入したミリスにそのまま腰をおちつけてレジスタンス狩りに従事する青年の冒険という題材の皮肉さと、主人公の独白で語られる叙述のぶっきらぼうな乱暴さのなかに、ニミエが戦後のフランス社会に対して示していた軽蔑が二重にあらわれている。祖国フランスの「勝利」に耐えられないニミエはまた、「文学」にも耐えられないのである。哲学と政治を止揚した新しい文学の誕生が告げられて、堰を切ったようにあらわれた新しい、ドイツ哲学からアメリカ小説までの意匠の流行がうずまいて、もっともらしい、あるいは深刻な顔をした文学談義が、夜昼を問わずに左岸のカフェのテーブルを埋めつくしているのに赤面し、そしてそれ以上に周到な構成と巧みな叙述によって小説をつくりあげていくことにやりきれなくなって、ニミエはぶっきらぼうで、唐突な、アフォリズムや感嘆符、呼びかけにみちた断片を並べてみせる。そのなかの言葉は刺激的であり、またおおげさであるが、しかしまやかしや虚偽ではなく、そのような投げやりさや、破れかぶれでなければ示しえないような真実が顔をみせるようなことも、なくはないのである。

つまり連中は目的もなしに人は殺さないだろう。そのとき、残されるのは幾筋かの孤独な道だけ……

ぼくは一度たりとも侮辱されたことはない、でも今、ぼくの心のうちにはありあまるほどの復讐心がある。いずれ、そのときはやってくるだろう。必然的にやってくるだろう。[*17]

しかしまた、このような叙述のむこうに、教授資格取得者に負けないような文学に対する真摯な研鑽と、こまやかな配慮が透けてみえてしまう。なぜなら、この叙述の乱暴さは、セリーヌの大いなる怒りの言葉とは異なり、意識家の示した露骨な周到さへの軽蔑の表明としての意匠にすぎないからである。しかしそれでも『ぼくの剣《つるぎ》』は、ドゴールの政治手腕に便乗して「勝利」を謳歌していた戦後フランス文学に対して最初に発せられた抗議と否定の作品として、その軽蔑の力を充分に発揮した作品であり、作者の意図は成功している。占領下の息づまるような暮らしに退屈して、なんとなくレジスタンスに参加し、そして活動に従事しているうちにまたなんとなくミリスに入隊してしまい、青い制服を着て機関銃を持ち、いい気になって行進しているうちにパリは解放され、顔をおぼえていた市民に追いかけまわされてようやく逃れたのちに、解放のよろこびに有頂天になったユダヤ人を射殺する主人公の行動は、ドゴール派や共産党といったレジスタンスの大義や政治、思想に対する攻撃でも批判でもなく、いまひとつの真実、政治とスローガンには隠蔽しえない真実の開示となっているからである。つまりそれは、「四〇年七月と四四年の夏の光がまざってしまい」、「ヴィシーもゴーリスムも対独協力も」同じ壊落と逃亡、退却、そして新しいスローガンの到着としていり混じり同一のものとなってしまったような、ニミエの世代の経験の真実であり、そしてフランスの「勝利」の真実なのである。

このような「真実」の提示はさらに二年後に発表された長編小説『青い軽騎兵』によって全体的なものとなる。第二次世界大戦末期に、パットンの戦車隊に追随して、ドイツ領に攻めこんだフランスの騎兵部隊の行程を、部隊の司令官から新兵や周辺の女性その他へと話者をかえて複数の視点から（そのなかにはドイツ人の青年も含まれている）描きだしたこの小説は、フランスのドイツに対する「勝利」についての、より直接的な問いかけである。題材の直接性と露骨さのために意識家である小説家は、複数の話者という手法を採用したが、またこの手法は大胆な口語と罵言の導入によって小説の内部をそのまま一九四五年のドイツ派遣部隊の雰囲気におきかえることに成功している。「おまえ、火炎放射器見たことあるか？ けっこうきれいだぞ、といったって愉快な明かりじゃねえけどな[*18]」。『青い軽騎兵』のなかで展開される戦争は、いかなる第二次世界大戦の戦争文学のなかの戦争にも似ていない。それはどちらかというと、二十年後のベトナム戦争に際して書かれた文学のなかの戦争、『キャッチ22』や『カツィアトを追跡して』の戦争に似ている。連合軍の対ドイツ戦の勝利に便乗して、少しでも戦闘に参加したという実績をあげるべく大急ぎでパットン将軍につきしたがう騎兵部隊は、元ミリスやならずもの、まったく無垢な少年、男色家の将校といった連中のよせ集めで、部隊のなかは、飲酒や様々な悪徳、男色関係などで乱脈の極に達している。ひとたびドイツの町を占領すると、兵士たちは市庁舎に乱入し、クラナーハの聖壇画を汚し、年代ものの大理石のテーブルを打ち壊し、かたはしから暴行をおこない、遊び半分に子供を撃ち殺すという具合で、いかにこの戦争が、火事場泥棒的な、どさくさまぎれの、戦いにおける最低のモラルもない、みずからの危険をおかして敗北と勝利の中間でしのぎをけずる厳しさのない戦いであるかがこと細かに語られている。そしてよせ集めの部隊があまりに役に立たないので、司令官はドイツが降伏して戦争が終わったあとに、部隊に演習を課すほどである。そしてそういった蛮行も、深刻な調子で語られるのではなく、ひたすら皮肉に、滑稽で愚かな出来事として示されている。話者のひとりが、凌辱したドイツ女性と交わす会話はこんな調子だ。

「で、おまえの兄貴は？　落下傘部隊の……」

「ええ……。あの人戦死したの、ただし赤痢でね。家族にいいことなんかないわ。英雄むきじゃないのよ。このあたしだって乱暴されてても、御覧になったでしょ、大いに感じちゃうし[*19]」

フランスに勝利をもたらした戦争、フランス人が戦った戦争とはいかなるものだったのかというニミエの糾弾は、戦後フランスの「勝利」の欺瞞を克明にあばきたてた。そしてこの欺瞞にみちた戦いこそがフランスにとっての第二次世界大戦だったという認識だけが、ニミエの世代に一つのモラルをもたらした。

だからおれに残されていたのは、未来だった。いらつく思いで、おれは持続するものすべてに、要求するものすべてに、存在を秩序だてるものすべてに、その未来を提供する破目に陥っていた。それは複雑なことじゃない。おれたちは友人たちの死に多くを返す義務がある、おれたちは多くのかっぱらわれた年月を彼らに返す義務がある。だから彼らがおれたちに小声で頼んでいることは、それを即座に実行せねばならぬ。あの者たちは何を望んでいたのだろうか？（中略）生きること、おれはさらに生きねばならないだろう、あの者たちに囲まれて、いくばくかの時間《とき》を。人間的なもののいっさいが、おれには無縁だ。[*20]

民主主義のスポンサーであるアメリカと人民の祖国ソビエトの勝利のもとに、左右を問わないヒューマニズムの、「人間」の奔流をたれ流しにする戦後フランスの言論界を前にして、人間的なものと無縁であろうとするニミエのモラルは、ついにかれに筆を折らせるにいたる。輝かしい才知と、才能の片鱗をみせながら、それをだいなしにし、そして棚ざらしのままに朽ちさせてしまうことが、ニミエの皮肉な、そして無力な、戦後文学に対する抗議の表明となった。左岸のカフェのテーブルにへばりついたむさくるしい連中に、ジャガーやアストン・マーティンの車体の流麗で官能的な曲線や、ジョン・ロブの鰐革の靴、匂うようなフランネルの背広をみせびらかすという形を最初はとっていたニミエの軽蔑の表明は、ついに自身の文業を放棄してその多様な才能をだいなしにすることで、文学や政治に汲々として真剣に取り組んでいる教授資格取得者たちを馬鹿にしようとする試みに決着したのである。

このニミエの方法論が奇抜な思いつきではなくじつは強い必然性があったことは、同世代の文学者のなかに多くの追随者を出した点からも明らかである。モーリヤックが主筆を務めていた「ターブル・ロンド」誌に集まった、ほぼニミエと同年配の「一九四五年に二十歳」の世代の文学者たち、ミッシェル・デオン[*21]、アントワーヌ・ブロンダン、フランソワ・ヌーリッシエ[*22]、ミッシェル・モール[*23]、ジャック・ローラン[*24]らは、いずれもフランスの戦後文学、特に実存主義文学に対して否定的な態度をとり、ドゴールにも満足しない右よりの立場をつらぬき、思想的な意匠や方法論をかまびすしくしない文学の本質を復活しようと試みた。ニミエの先んじた成功によりかれをこの世代の代表者とみなした文学ジャーナリズムは、かれらを、ニミエの小説の標題を借り、そしてまたおそらくはかれらの行動の本質をつくことで、「軽騎兵の世代」と呼んでいた。サルトルの小説をとりあげて、その「思想」や「政治」を論ずるのではなく、思想的な意匠をのぞいたあとのサルトルの小説が、ポール・ブールジェを思わせるような、一時代前の「問題小説」にすぎないのではないかという、極めて反時代的なサルトル批判を加えた評論家のジャック・ローランは、大衆小説を書きまくることで批評家としてのキャリアをだいなしにしたし、同様にミッシェル・デオンは、アルジェリア問題において積極的に極右軍人を支援したときをのぞけば、アイルランドやギリシアの町をうろうろして、心境記を書くことでお茶をにごしている。それにもかかわらず、いまではローランもデオンも、二人ともアカデミーの会員になっているのだが。

しかし、このような一連の作家たちのなかで、おそらく最もニミエのモラルに忠実なのは、存命中のカリスマ的な人気作家でありながら、一九五九年以来、一冊の小説も書いていない、アントワーヌ・ブロンダンだろう。ただし、ニミエが筆を折ってもガリマールの文学顧問を務めたり、雑誌の編集にたずさわることで文学の世界と関わりをもっていたように、ブロンダンもスポーツ観戦記と、序文の依頼は引き受けることがあるようだ。しかし、かれの名声の大部分は、一九五九年に書かれた（いまのところ）最後の小説である『冬の猿』[*26]と、そして無頼で奔放な文学者としての生活によっている。もはやかれが小説を書かないということは伝説になってしまったが、最後の作品でさえ出版社が、のんだくれて一文なしになったかれを無理やりホテルに缶詰にして、なんとか書かせたものである。ニミエの自動車狂いを無頼と泥酔に取り替えたブロンダンは、大臣の官房室やシャンゼリゼの真ん中での酔ったうえでの暴行により何度も警察に拘禁された経歴の持ち主で、泥酔や路上での睡眠、そして警官へ小便をひっかけた（これは重犯）等の罪により三十三回逮捕され、裕福な相続人だった最初の妻を保釈金によって破産させた。サンジェルマンの文学カフェよりも、留置場の床から世間を見ることを好んだこの文学者の作品は、泥酔や終わりのない飲酒を扱ったものが多い。最高傑作であり、また大成功をおさめた一九五九年の作品『冬の猿』は、第二次世界大戦中のドイツ軍占領下の港町が、発端となっている。主人公のホテルの主人は、かつて植民地派遣軍の海兵隊員だったが、ドイツ軍の占領のもとになすすべもなく、毎日深酒をして泥酔し、バーの調度を壊すしか能がない。おりしもノルマンディ上陸作戦を前にして、英空軍の爆撃にさらされて命からがら逃げまわった主人公は、妻にもしもここで死ななかったら、もう酒は飲まないと誓う。戦後、解放された港町で、しらふの人間としてホテルを切りまわしているかれは、しかしなにか漠然とした欠落感を癒せないままに生きている。そんなある日、スペインから流れてきて、かれのホテルに投宿した若者が、なにをするのでもなく毎日酒を飲み、泥酔して面倒を起こす。若者の尻ぬぐいをしながら、主人公は若者に強い共感をおぼえ、ついにある日、再び酒を口にする。若者と二人で泥酔し、気に入らない町の住人を殴るなどの乱行をはたらき、浜辺でカーニヴァル用の花火をあげて町中を驚かすのである。

このほとんど作者の心境をそのまま移したような小説に描かれている、戦後の「しらふ」の社会のなんともいえないいかがわしさ、インチキ臭さと、そのいかさまに対する告発、つまり占領下以来なにひとつ変わっていないという告発と、そして結局泥酔と愚にもつかない乱行によって快哉を叫ぶしかない無力さは、まさしくニミエの文学のおかれているのと同様の状態である。ブロンダンもニミエと同様に、書かないことで作家であるような、奇妙なうしろむきの文学活動をおこなっており、それが年々伝説となってブロンダンの存在はいまや一種のカリスマになってしまったのである。瑣末な問題や仰々しい理論を振りまわして営業を続けている戦後の文壇に対して、本当に書くべきことがあるのかね？と問いかけるブロンダンの姿勢は、あまりの伝説化によってスノビズムの危機にさらされているようである。しかしもともとニミエにしてもブロンダンにしても、無力なスノビズムのなかに鋭い嫌悪を葬るしかない作家たちだった。

第二次世界大戦後のフランスの文学者たちは、共産党から、ドゴール派、旧来の共和派、カトリックといった政治的にも思想的にも相反する立場に立ちながら、ナチス＝ドイツに立ち向かい勝利した祖国フランスというイメージに貢献していること、自分たちが抵抗運動を支援しそのために一役買ったのを自認することでは一致していた。文学者の粛清問題をめぐってポーランやモーリヤックといった、真のそして初期からのレジスタンス運動家がすぐに脱退してしまうにせよ、文学者の抵抗運動の全国組織C・N・E（全国作家委員会）の機関紙「レットル・フランセーズ」の一九四四年九月九日付の解放後第一号では、巻頭、デュアメル、モーリヤック、ヴァレリー、カミュ、エリュアール、レリス、ポーラン、クノー、サルトル、アラゴン、バンダ、カスー、マルロー等五十名の文学者、つまり当時の有力な文学者のほとんど全員が、「悲しみと抑圧の中においてそうあったように勝利と自由の中においても統一を守り続けようではないか」[*27]と結ばれた宣言に署名していた。かれらはみずからの手で自由になり、勝利をおさめたのである。この勝利とはつまり、祖国フランスの勝利であり、ファシズムに対する、全体主義に対する、ホロコーストと人種差別に対するかれら文学者の、ヒューマニズムの、「人間」の勝利だった。

しかし、この勝利は、ドゴールの自由フランス軍の武力によって、また抵抗運動のあくなき闘いによって、ドイツ軍とナチズムを打ち負かし、獲得したものではなかった。ドイツを打ち負かしたのは、ソビエトの戦車とアメリカの飛行機であり、フランスが「勝った」のは、ドゴールが名将でその兵士が勇敢だったからではなく、チャーチルとルーズヴェルトのあいだで巧みに立ちまわったからであり、そしてかれら文学者がその事実に目をつぶり、あるいは政治的な術策として、あるいは愛国心から、フランスの勝利をドゴールとともに歌いあげたからである。

いわば戦後のフランス文学は、「勝利」の文学だった。忌まわしい全体主義に対する勝利という出発点から、かれらはその党派的立場に拠りながら、新しい人間像を、きたるべき世界を、そして文芸の未来を論じたのである。

このようなフランスの戦後文学の大勢に対して、ニミエやブロンダン等、かれらの世代の文学者たちは、「敗北」の文学を書いた。そしてかれらの敗北は二重であった。というのも、かれらは、はたして本当にフランスは勝ったのか、そして「人間」は勝利をおさめたのだろうかという問いかけによって、フランスの敗北を認めなければならなかったからであり、またかれらの「勝利」の文学に対する異議申し立てが初めから、うしろむきで無力なものでしかなかったからである。かれらの文学はイギリス製のスポーツカーや泥酔者用の留置場にしかないものであり、かれらの最高の文学表現は筆を折ることにあった。

ニミエやブロンダンのような文学者のあり方は、戦後のフランス文学の深刻な危機を示している。つまり、作家が欺瞞を直視し虚偽を拒否したならば筆をとることができなくなるような文学と言語の構造ができあがってしまっていることを、ニミエのような文学者は身をもって示しているからである。確かに、「勝利」の文学の治世は恒久的なものではなく、ハンガリー危機をはじめとする様々な戦後の事件は作家たちを「勝利」のなかに安住させておかなかったし、アルベール・カミュのように確信にみちた『ペスト』で示された勝利の世界から、苦渋の色濃い『転落』へと移行することで、「敗北」の文学に足を踏み入れた作家もいる。しかし、ニミエの深い軽蔑を逃れるような文学や言葉はいまだにあらわれていない。その言葉はおそらくこのような問いに先だたれてあらわれなければならないだろう。

はたして、人間は本当に勝利したのだろうか？

注記

＊1――しかし皮肉なことに、ペタン元帥の粛清裁判で証明されたのは、いかに戦時中イギリスがドゴールを軽んじていたか、チャーチルがなんとかしてヴィシー政権と関係を修復しようと試み、ペタンに働きかけていたかという事実だった。H. R. Lottman : *Pétain*, Seuil, 1984, p. 380～.

＊2――H. R. Lottman : *L'Épuration 1943-1953*, Fayard, 1986, pp. 15-16. ロットマンは、このような無反省のままにとどまるかぎり、フランス人はまた再び同様の蛮行を繰り返すだろう、と記している。

＊3――以下のモーラス裁判についての記述は G. London : *Le Procès Maurras*, Bonnefon, 1945. による。

＊4――W・チャーチル『第二次世界大戦』佐藤亮一訳（河出書房新社、一九七二年）、上巻、三二五頁。

＊5――江藤淳『落葉の掃き寄せ・一九四六年憲法――その拘束』（文藝春秋、一九八八年）、三〇頁。ミズーリ艦上での署名順位についても、同書、二九頁の指摘による。

＊6――X. Vallat : *Charles Maurras N° d'écrou 8321*, Plon, 1953, p. 10.

＊7――M. Mourre : *Charles Maurras*, Editions Universitaires, 1958, p. 22.

＊8――J・シャルドンヌ『愛をめぐる断想』小海永二訳（白水社、一九六九年）、六七頁。シャルドンヌはニミエを気に入り、戦後の追放生活中、手紙を送りつづけた。その書簡がまとめて公刊されている。*Lettres à Roger Nimier*, Grasset, 1954.

＊9――P. de Boisdeffre : *Une anthologie vivante de la littérature d'aujourd'hui*, Perrin, 1965, p. 239.

＊10――M. Déon : *Bagages pour Vancouver*, Folio 1886, 1987, p. 146.
＊11――R. Nimier : *Le Grand d'Espagne*, Folio 632, 1975, p. 126.
ニミエの作品および生涯については、1945：もうひとつのフランス7『ぼくの剣／愛と虚無』田代葆訳（国書刊行会、一九八七年）ならびに、同8『青い軽騎兵』田代葆訳（国書刊行会、一九八九年）の巻末に付された訳者による懇切周到な解説「ロジェ・ニミエを読む――その一、その二」がある。
＊12――*Le Grand d'Espagne*, p. 122.
＊13――*Ibid*., p. 30.
＊14――*Ibid*., p. 25.
＊15――*Ibid*., p. 27.
＊16――『ぼくの剣／愛と虚無』七六頁。
＊17――同書、一一六頁。
＊18――『青い軽騎兵』一五二頁。
＊19――同書、一二二頁。
＊20――同書、三九五―一九六頁。
＊21――Michel Déon (1919―). 作家。随筆家。アカデミー会員。占領下で、モーラスの秘書を務める。戦後派の右翼作家の指導者的な存在として、アルジェリア紛争の際には、軍部を支持。アルジェリアの独立後も、OASを支援した。フランスにはあまり住まず、ポルトガルやアイルランドに居を構えている。
＊22――François Nourissier (1927―). 小説家。アカデミー・ゴンクール会員。占領下での歴史に関心をもちつづけ、*Bleu comme la nuit*, Grasset, 1958 ; *Allemagne*, Grasset, 1973. 等で繰り返し扱

っている。自伝という形式で占領下のフランスを扱った *Une histoire française*, Grasset, 1965. によってアカデミーの小説賞を受賞した。

＊23――Michel Mourre（1928―　）. 批評家。カトリック的な色彩が強い保守派の論客として、《Aspect de la France》や《La Parisienne》の編集にたずさわる。

＊24――Jacques Laurent（1919―　）. 批評家。アカデミー会員。Cécil Saint-Laurent 名義で大衆小説を書き、また Albéric Varenne 名義で歴史書を書いている。

＊25――*Paul et Jean-Paul*, Grasset, 1951.

＊26――*Un singe en hiver*, Grasset, 1959.

＊27――H・R・ロットマン『セーヌ左岸』天野恒雄訳（みすず書房、一九八五年）、二七九頁。

年表

一八一六年　■七月十四日、ゴビノー生まれる。

一八三五年　■十月、ゴビノー、パリに上京。

一八四八年　二月二十四日、パリで二月革命が勃発。国王ルイ・フィリップ退位し、イギリスに亡命する。革命後すぐに都市労働者がデモをおこない、失業対策として国立作業場を設置するとともに、労働時間を十時間に短縮することが決定。議会では普通選挙の制定をはじめ、奴隷制の廃止、出版規制法の破棄といったリベラルな決議が次々におこなわれた。六月二十三日、六月暴動。国立作業場の廃止を不満とした労働者が結集し、暴動化。国民軍が地域ごとに分かれて戦い、近代史上初めての労働者による組織的反乱に発展する。カヴェニャックが全権を掌握し、戒厳令をしいて労働者を弾圧。その後労働時間はもとに戻され、出版法も復活する。十二月二十日、ルイ・ナポレオン、共和国大統領に選出される。共和派の暴動の鎮圧、教育法の制定、普通選挙の廃止、政治クラブの禁止等の一連の反動政策が進む。

一八四九年　■六月、ゴビノー、トックヴィル外相の官房長官になる。十一月、書記官としてベルン公使館に赴任。

ゴビノー像

一八五一年　十二月二日、ルイ・ナポレオンによるクーデター。ユゴーら亡命する。

―　第二帝政（一八五二―一八七〇）

一八五二年　帝政の是非を問う国民投票が施行され、帝政が復活、十二月二日、ナポレオン三世が即位する。オスマン、パリ都市計画に着手。

一八五三年　クリミア戦争はじまり、翌年三月、フランスとイギリスが参戦。五六年のパリ条約により終結する。■六月、ゴビノー『人種不平等論』第一巻刊行。

一八五五年　■一月、ゴビノー、使節としてペルシアに出発。五八年四月にパリに戻る。

一八六一年　ウィルヘルム一世、プロイセン王に即位、翌年ビスマルクが宰相に就任する。イタリア王国統一。アメリカ南北戦争。■八月、ゴビノー、ペルシア大使に任命さる。

一八六二年　■八月十八日、バレス生まれる。

一八六八年　■四月二十日、モーラス生まれる。

一八六九年　十一月十七日、スエズ運河開通式典。■三月、ゴビノー、ブラジル大使としてリオデジャネイロに着任。

トリィの城館

2　第三共和制前期（一八七〇―一九〇五）

一八七〇年　七月十九日、ナポレオン三世、プロシアに対して宣戦布告、普仏戦争はじまる。九月二日、スダンにおいて皇帝が虜囚となる。九月四日、パリで革命、共和政府が宣言され国防政府樹立される。九月十八日、プロシア軍によるパリ攻囲。ガンベッタ、気球でパリを脱出。地方でプロシア戦を鼓舞する。■八月、バレスの生地、ドイツ軍に占領され、祖父は人質となる。この占領は賠償金支払い終了まで三年間つづく。

一八七一年　一月十八日、ウィルヘルム一世、ヴェルサイユでドイツ皇帝に即位。ドイツ第二帝政の始まり。一月二十八日に休戦協定が調印され、引き続いて国民議会が選挙されたのちに、ボルドーで開会、ティエールを行政長官に任命した。三月一日、仮講和条約の規定に従い、ドイツ軍パリに入城。ドイツ軍が退却したのちに、共和派の闘士やインターナショナルの委員、愛国的反抗組織等の扱いと、武装解除をめぐって、国民軍と政府軍の対立が深まり、三月十八日に両軍の衝突ののち、国民軍がパリを制圧。パリ・コミューン成立する。五月十日、フランクフルトで独仏講和条約締結。アルザスとロレーヌの半分をドイツに割譲することになる。政府軍、パリ

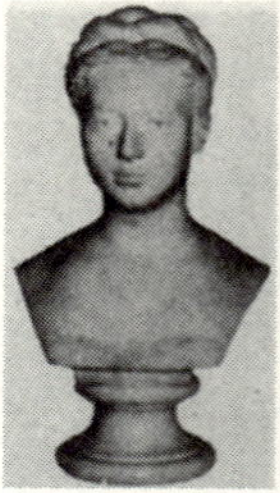
ゴビノー作の彫刻「ド・ラ・トゥール伯夫人胸像」

の城塞を攻略し、五月二十一日、パリ市街に侵入。血の一週間ののち、コミューン制圧される。
一八七三年　五月、国民議会で、共和派とオルレアン派分裂し、ティエール、行政長官から解任される。オルレアン派と正統派によりマクマオン元帥擁立。王政復古のみちをさぐるが難航。
一八七四年　■ゴビノー『プレイヤード』刊行。
一八七五年　憲法成立。マクマオン元帥、大統領となる。
一八七七年　五月危機おこる。七六年に新憲法下はじめての総選挙によって選出された下院が、マクマオン元帥と対立。五月に元帥は議会を解散し、元帥によるクーデターの噂が流れるなか、マクマオン、ガンベッタ両陣営、全国に遊説し、結局共和派が議席をふやした。二年後に上院も共和派が勝利すると、元帥は大統領を辞任し、穏健な共和派のグレヴィ、大統領になる。この一連の事件によって、第三共和制は完全に確立された。
一八八〇年　教育令発令。公立学校での宗教教育を禁止。国家による宗教法人の経営する学校への補助の停止等がもりこまれた、反コングレガシオン運動の始まり。
一八八二年　■ゴビノー死去。
一八八三年　■バレス上京。

エドゥアール・ドリュモン

一八八五年　■モーラス上京。
一八八六年　■ドリュモン『ユダヤ的フランス』刊行。
一八八七年　ウィルソン買勲事件。仏領インドシナ連邦成立。
一八八八年　ウィルヘルム二世、ドイツ皇帝に即位。■バレス『蛮族の眼の下に』発表。
一八八九年　一月二十七日、ブーランジェ将軍によるクーデター未遂事件。八六年に陸軍大臣に就任して以来、対独強硬姿勢によって国民の輿望を得た将軍が、パリでの補欠選挙で共和派を破って当選、支持者がクーデターを画策するが成功目前で将軍が拒否した。第二インターナショナル結成。大日本帝国憲法発布。■バレス、ブーランジェ派の代議士として当選。
一八九一年　九月六日、パナマ疑獄「自由公論」紙により暴かれる。八八年に破産したパナマ運河会社の起債の国会承認に疑義があることを公表し、下院の有力議員が自殺。■モーラス、モレアスとともにロマヌス派宣言。
一八九三年　■一月三日、ドリュ生まれる。
一八九四年　十二月二十二日、ドレイフュス大尉、反逆罪で有罪判決を受ける。露仏同盟完成。日清戦争勃発。■バレス「コカルド」紙の主幹となる。

バレスとデルレード

一八九五年 出版印刷労働者連盟を中心として、労働総同盟C・G・T結成される。
一八九七年 ■バレス『デラシネ』刊行。
一八九八年 一月十三日、ゾラ「私は弾劾する」発表。九九年、デルレードのクーデター計画失敗後に、ドレイフュスの再審がおこなわれ、恩赦により釈放される。
一八九九年 ■モーラス、アクション・フランセーズに加入。
一九〇〇年 ■デルレード、前年のクーデター未遂により、十年の国外追放の処分を受ける。バレス、事実上の愛国者同盟の指導者となる。モーラス『王政についてのアンケート』刊行。
一九〇二年 ■モーラス『知性の未来』刊行。
一九〇三年 ■十一月十五日、ルバテ生まれる。
一九〇五年 ドレイフュス名誉回復の判決。ゲード派とジョーレス派の統合によって統一社会党発足。教会と国家の分離を宣言する法案成立し、反コングレガシオン運動終了する。

3 第三共和制中期（一九〇六―一九二九）

一九〇六年 労働総同盟、メーデーにゼネストを計画し、徹底的弾圧にあったことを契機に、大会において「アミアン憲章」を採択。

以後大戦までストが頻発し、しばしば軍隊が出動。■バレス代議士に再び当選。以後死ぬまで議席を守る。ソレル『暴力論』刊行。ヴァロワ、アクション・フランセーズに加入。
一九〇八年 ■「アクション・フランセーズ」紙、日刊化。
一九〇九年 ■三月三十一日、ブラジヤック生まれる。
一九一二年 第一次バルカン戦争。中華民国臨時政府成立。
一九一三年 ■ドリュ、政治学学院の卒業試験に失敗。翌年、第一次世界大戦に従軍。
一九一四年 七月二十八日、オーストリアがセルビアに宣戦布告、第一次世界大戦の始まり。九月五日、ベルギー国境から侵入してきた圧倒的なドイツ軍を、パリの目前に撃退、いわゆるマルヌの奇跡。
一九一六年 二月二十一日、ヴェルダンの戦い始まる。
一九一七年 四月六日、アメリカが参戦。クレマンソー、首相となり挙国一致内閣により、厭戦気分が蔓延した国内をひきしめる。十一月、ロシア革命。
一九一八年 十一月十一日、第一次世界大戦休戦。翌年ヴェルサイユ条約調印。フランスは、普仏戦争で失った領土を取り戻したが、英米の反対により次の侵略を防ぐのに充分な国境線を得ることができなかった。

モーラスとドーデ

一九二〇年　統一社会党、トゥール大会で第三インターナショナル加入問題をめぐって、社会党と共産党に分裂。

一九二一年　■ダダイストたちによるバレス裁判。この年、ドリュ「空っぽのトランク」を発表。引き続き『フランスの測定』等を発表。

一九二二年　ワシントン海軍条約。ムソリーニのローマ進軍。レーニンの引退にともない、スターリン、書記長に就任する。

一九二三年　一月、フランス軍、賠償金取り立てのためルール地方を占領し、国際的非難を浴びる。関東大震災。■バレス死去、国葬によって送られる。ルバテ上京。

一九二五年　エリオ内閣、財政危機による増税を下院に提案、打倒され、その後一年間に六つの内閣が倒され、共和制議会の乱脈が批判される。ロカルノ条約。■十月三十一日、ニミエ生まれる。モーラス『内なる音楽』刊行。ブラジヤック上京。

一九二六年　■ローマ法王、アクション・フランセーズのメンバーとその機関紙読者を破門すると発表、支持者が半減する。

一九二九年　ニューヨークで株価大暴落。世界大恐慌はじまる。■ルバテ「アクション・フランセーズ」紙に参加。

第一次世界大戦中のドリュ

メス市に凱旋したバレス

4　第三共和制後期（一九三〇―一九四〇）

一九三一年　■ブラジヤック『ウェルギリウスの存在』刊行、「アクション・フランセーズ」「ジュ・スイ・パルトゥ」で本格的に文筆活動を開始。ドリュ『ゆらめく炎』刊行。

一九三二年　ドイツ総選挙で、ナチス第一党になる。満洲国建国。

■ルバテ「ジュ・スイ・パルトゥ」に参加。

一九三三年　ヒトラー内閣成立し、議事堂放火事件以後、政党活動を非合法化し独裁体制をかためる一方で、軍縮会議、国際連盟を脱退する。社会党、ブルム派とデア派に再分裂。

一九三四年　二月六日、パリで暴動事件が起こり、右翼団体、ファシズム組織、共産党等が議会に進軍して、第三共和制を窮地におとしいれ、深刻な危機感を、共和派や左翼に与えた。ナチス、突撃隊を粛清し、ヒンデンブルクの死去によってヒトラー、総統に就任。

■ドリュ『ファシスト社会主義』刊行。

一九三五年　ファシズムの脅威を前に社会党、共産党、急進党のあいだで人民戦線成立する。ドイツでユダヤ人の市民権剝奪。イタリア軍、アビシニアに侵入。国際連盟はイタリアに制裁をおこなうが、ラヴァル外相によって秘密裡に行動の承認を得ていたムソリーニは、

一九三四年二月六日の暴動

怒ってフランスとのローマ協約を破棄。
一九三六年 五月、人民戦線、選挙で勝利し、ブルム、首相となる。スペインでも人民戦線内閣が成立し、それに対してフランコが反乱を起こす。ドイツ、ヴェルサイユ条約によって非武装地帯と定められていた、ライン河沿岸に軍を配備する。フランス政府は、軍部が消極的であり、英米が支持しなかったために対抗処置をとらず、そのため再度ドイツ軍が侵入してきた場合防ぐことが不可能になった。フランス人民党設立。二・二六事件。■モーラス、ブルム襲撃事件により逮捕、懲役。ブラジヤック「コンバ」創刊に参加。ドリュ、フランス人民党に入党。
一九三七年 日独伊防共協定。蘆溝橋事件。■ブラジヤック「ジュ・スイ・パルトゥ」編集長に就任。
一九三八年 人民戦線内閣倒れる。ドイツ、オーストリアを併合したのちに、チェコ領ズデーテンを要求。フランスは総動員令を布告し、ドイツのチェコ進攻に備えるが、世論は戦争に反対。ミュンヘン会議により、英仏は、チェコをドイツに与えることで、平和を維持することに決める。■ブラジヤック『コルネイユ』刊行。ルバテ「アクション・フランセーズ」紙の情報部長に就任。
一九三九年 スペイン戦争、フランコ軍の勝利に終わる。ドイツはさらにダンチッヒ併合を要求し、八月二十三日、独ソ不可侵条約を締結。イギリスも対抗してポーランドと相互条約を締結する。九月一日、ドイツ、ポーランドを攻撃、英仏、最後通牒を発する。第二次世界大戦の始まり。しかし宣戦布告をしながら、国境に兵をはりつけた両軍は動こうとせず、「奇妙な戦争」と呼ばれる。■ローマ法王、アクション・フランセーズの破門を取り消す。ブラジヤック『七彩』刊行。八月、ブラジヤック動員される。ドリュ『ジル』刊行。

一九四〇年 五月十日、突然進撃を始めたドイツ軍は、中立国であるベルギーに侵入、ベルギー国境から北部フランスに展開して、パリと国境地帯の軍隊の連絡を断ち、北部沿岸の港を制圧することでイギリスからの援軍の上陸を阻止した。六月十四日、ドイツ軍パリに入城。ボルドーに逃亡した政府は、六月十六日ペタンを首相に指名。ペタンはスペインを通して休戦の交渉を開始し、軍隊に戦闘行為の停止をよびかける。六月十八日、ドゴール、ロンドンからラジオでフランス国民に徹底抗戦を訴える。六月二十二日にペタン元帥はドイツと休戦協定を締結。締結に従いボルドーをドイツ軍に明け渡し、ヴィシーに政府を移した。■一月、ルバテ動員される。六月、ブラジヤック捕虜となる。

ピエール・ラヴァル

5　ヴィシー政権（一九四〇－一九四四）

一九四〇年　七月三日、イギリス軍、メール・エル・ケビールに停泊中のフランス艦隊を奇襲、全滅させる。七月十日、ヴィシーでの国民議会、圧倒的多数で第三共和制憲法を破棄、ペタン元帥に全権を付与する。ヴィシー政権誕生。ペタン元帥、国家主席に就任するとともに、フランス再生のための国民革命を宣言、ラヴァルを後継者に指名。八月三日、パリにドイツ大使としてアベッツ着任。八月二十九日、各種の在郷軍人団を解消して、「フランス戦士団」に統合、元帥政府を支える母体として位置づける。九月三日、カトリックの教団に教育権を付与。凍結されていた法王庁の財産も返還する。九月、単一党の構想がペタン元帥によって拒絶されたのを不服としてデア、ヴィシーを去り、パリで元帥政府の攻撃を始める。十月三日、ユダヤ人法制定。十二月十三日、対独協力の行きすぎのためラヴァル解任され軟禁。ダルラン提督が後任。官吏のなかの不穏分子解雇。農民協調組合発足。日独伊三国同盟。■七月、アクション・フランセーズ、ペタン元帥支持を表明。十月、ルバテ、パリに戻る。十二月、ドリュ編集長の「ＮＲＦ」誌発足。

一九四一年　一月、ラヴァルを支持する目的で、デアらによって国

会談するヒトラーとペタン

家人民連合がパリで結成され、ヴィシーの政策を非難する。ヴァラ、ユダヤ人問題庁長官に就任。五月十五日、レジスタンス国民解放戦線結成。六月二十二日、独ソ戦開始。ピシュー内相となり、フランス人民党を弾圧。七月四日、ドイツの対ソ戦を支援するための義勇軍L・V・F、パリで結成され、デア、ドリオが参加。十二月八日、真珠湾攻撃。アメリカ参戦。■二月、モーラス、「ジュ・スイ・パルトゥ」一派と絶縁。「ジュ・スイ・パルトゥ」復刊。五月、釈放されたブラジヤック、「ジュ・スイ・パルトゥ」編集長に復帰。九月、ドリュ、ブラジヤックら、ドイツに親善旅行。

一九四二年　一月、ダルナン正式に「フランス戦士団保安隊」の隊長となる。四月、ラヴァル復帰。五月、フランス人労働者のドイツ派遣開始。のちにこの派遣は強制的なものになる。六月五日、ミッドウェー海戦。十一月八日連合軍北アフリカ上陸。アルジェのダルラン提督、連合軍と休戦協定を結び交戦を回避。十一月十一日、ドイツ軍、自由地帯に侵入し、フランス全土を占領する。十二月二十四日、ダルラン提督暗殺され、ジロー将軍、アメリカ占領軍の承認のもとに北アフリカの最高司令官に就任。■七月、ルバテ『残骸』刊行。

一九四三年　一月、「ミリス」創設され、ダルナン長官となる。ス

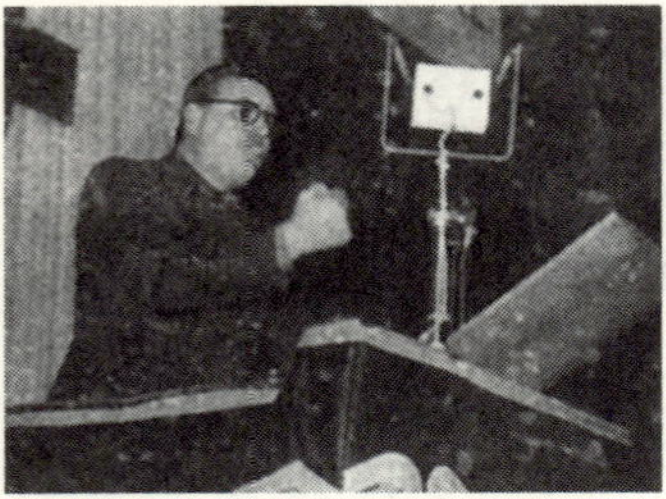

ジャック・ドリオ

ターリングラードのドイツ軍、降伏。五月、北アフリカのドイツ軍、降伏。六月、ドゴール、アルジェに臨時政府を移す。九月三日、アルジェのドゴール政府、ヴィシー政府の閣僚経験者はすべて訴追という方針を発表。九月、イタリア降伏。■九月頃、ブラジヤック、「ジュ・スイ・パルトゥ」を離脱。十一月、ドリュ、スイスに行きながら、また戻る（「ローマ風幕間劇」執筆は、この年からか）。

一九四四年　六月六日、連合軍、ノルマンディに上陸。七月、「ミリス」とレジスタンス派、ヴェルコールの戦い。八月二十日、ペタン元帥、ラヴァル、ドイツ軍により、ジークマリンゲンに移送される。八月二十五日、パリ解放。対独協力者の逮捕と私刑はじまる。九月九日、ドゴール臨時政府樹立。■八月十二日、ドリュ自殺未遂。八月十八日、ルバテ、パリ脱出、ドイツへ逃亡。九月八日、モーラス逮捕される。九月十四日、ブラジヤック自首。十月よりドリュ『ディルク・ラスプの回想』執筆。

* * *

一九四五年　五月七日、ドイツ降伏。八月十四日、日本ポツダム宣言受諾。■一月十九日、ブラジヤックの粛清裁判開始。一月二十四日、モーラス裁判開始、終身刑。二月六日、ブラジヤック処刑され

判決を受けるブラジヤック

獄中のモーラス

る。三月、ニミエ、フランス軍に志願。三月十六日、ドリュ自殺。
五月八日、ルバテ、オーストリアで自首。

一九四六年 ■十一月二十三日、ルバテ死刑判決受ける。

一九四七年 ■四月十二日、ルバテ恩赦により死刑を免れ、無期懲役に。

一九四八年 ■ニミエ『ぼくの剣《つるぎ》』刊行。

一九五〇年 ■ニミエ『青い軽騎兵』『スペイン大公』刊行。

一九五一年 ■ニミエ『愛と虚無』刊行。

一九五二年 ■二月、ルバテ『ふたつの旗』刊行。四月、モーラス健康上の理由で釈放される。七月、ルバテ釈放される。十一月十六日、モーラス死去。

一九六一年 ■ドリュ『秘められた物語』刊行。

一九六二年 ■九月、ニミエ死去。

一九六七年 ■ブラジヤック『フレーヌ獄中の手記』刊行。

一九六九年 ■ルバテ『ひとつの音楽史』刊行。

一九七二年 ■八月二十四日、ルバテ死去。

ロールス・ロイスとニミエ

Le numéro : 2 francs — *En page 4: Molière, peintre de son temps, par Jacques ROUJON* — 14e ANNÉE. — N° 663. — VENDREDI 28 AVRIL 1944.

Paris vaut mieux qu'une messe

JE SUIS PARTOUT

Le Grand Hebdomadaire Politique et Littéraire

DIRECTEUR : CHARLES LESCA

MERCIER FRÈRES — ANCIEN-MODERNE AMEUBLEMENT DÉCORATION — 100, FAUB. SAINT-ANTOINE PARIS

Vous l'avez voulu...

par P.-A. COUSTEAU

Le Maréchal à Paris

NOUS voudrions dire ici, sans faire de grandes phrases, combien nous nous sommes réjouis du voyage de Pétain à Paris.

Pétain, le seul chef de la France, dans la seule capitale de la France...

Ceux qui ont suivi à travers les rues de Paris noires de monde la voiture du Maréchal, où le grand vieillard, debout, les yeux voilés de tristesse, mais le visage paisible saluait son peuple avec vraiment une majesté souveraine, ont vu, comme nous les avons vus, dans les quartiers populeux que le cortège traversait, apparaître des ouvriers sur le seuil de leurs ateliers et des larmes embuer leurs regards.

Depuis trois ans et demi, nous attendions ce moment, nous attendions d'acclamer le Maréchal à Paris. Et, certes, nous espérions que ce retour se ferait dans d'autres conditions, nous pensions — puisque rien de sérieux ne s'y oppose — que ce retour pourrait être définitif. Mais c'est un premier pas. Et il faut se garder d'en sous-estimer la portée symbolique.

Au moment où Paris est cruellement meurtri par le bombing juif, le Maréchal a tenu à s'associer au deuil de la capitale. Il s'est mêlé aux parents des victimes innocentes.

On peut ainsi mesurer l'abîme qui sépare le Maréchal des usurpateurs de Londres et d'Alger.

Pétain, lui, est vraiment avec nous « dans les jours sombres ». Avec nous, à l'heure même où, de son confortable P. C., l'atroce de Gaulle ricane des encouragements à l'adresse des tueurs anglo-américains et les adjure de persévérer...

Pour distinguer les bons Français des mauvais, les Espagnols disent « Les Français de Pétain ». Mercredi, tous les Parisiens, qui ont conservé le sens de l'honneur et de la Patrie, étaient des « Parisiens de Pétain ».

Attendons maintenant que le Maréchal, fidèle à la promesse qu'il a formulée à plusieurs reprises au cours de cette journée inoubliable, redevienne le Pétain de Paris.

JE SUIS PARTOUT.

DRUMONT parmi nous

par Lucien Rebatet

「ジュ・スイ・パルトゥ」一九四四年四月二十八日号

文庫版あとがき

本書は、私の最初の文芸評論である、と同時に最後の研究論文でもあると思っています。書いていた時に、評論と考えていたのか、論文と考えていたのかは、よく覚えていません。おそらく、どちらとも考えてはいなくて、ただ、書けるように書いたというだけでしょう。

アカデミズムでのキャリアを執筆の途中で断念というより放棄してしまったので、その拘束を意識しなくなったのは確かでしょう。さらに、何回か書き直したり、考え直したりをする過程で、日本語で文学について記述する事、それ以前に日本語で考えるという事に直面せざるをえなくなりました。その結果、それまでほとんど読んでいなかった日本語の批評文、つまりは萩原朔太郎、折口信夫、小林秀雄、保田與重郎、江藤淳、柄谷行人らの文章を読み、それぞれの批評家としての構え方や戦略の立て方について考え、その考えた事から本書の成り立ちは、決定的な影響をこうむっています。けれどもまた、おそらく類書が日本語で書かれることも、またほかの言語で書かれることもないだろうと思っていましたから、書くべきことは書き残してしまおうという決意もありました。処女作としては大部なものになってしまったこと、特に叢書全体の構成（本書は、国書刊行会の「1945：もう一つのフランス」の別冊解説として企画されました）とは関係のない作家、つまりゴビノー、バレス、モーラスに一章ずつ割り当てたのも、このテーマについて当時書けることの全てを書いておいたためですし、批評文であれば本文のなかに溶かし込むべき引用をかくも大量につけたのも、そのためでした。

私は二十二歳から二十九歳までの七年間を、本書の執筆のために費やしました。はじめの二年間は大学院に在籍し、後に家業を三年ほど手伝い、最後の二年間はほぼ執筆だけをしていました。周囲の理解と寛容さがなければ出来ないことです。当時の自分がどういうつもりだったのか、今考えてもよく分かりません。ただ、書ききることだけが課題だと考えていて、書こうと思っていることを書ききれば、自分は今いる場所とは違うところにいるのだろうと思っていました。違うところというのは、無論社会的な場所ではなくて、認識なり思考なりの位置のことです。

幸福だったことは事実です。このように書くと、夢中になって書いていたように思われるかもしれませんが、そういう事はなく、毎月一回、書いた分の原稿を編集者の佐々木秀一氏に渡しにいき、その時に巣鴨あたりの呑み屋で一献傾けるのを楽しみ、というより頼りにして書いていたのです。実際、今考えると、会社から経費が出るはずもない書き手をよく呑ませてくれたものです。拙宅でゲラの最終的な読み合わせを一日かかってすませ、それから二人で三升呑みました。今まで生きてきて、指折りの楽しい酒でした。

今、私はフランス文学について書くことはほとんどありません。いわゆるアカデミックな関心自体はありませんし、当時は予想もしないことでしたが、ナショナリズムに関する研究が近年流行をしはじめて、もちろんそのほとんどは問題設定としてはごく狭いものなのですが、あえて棹差す意欲を持つことはできません。ただ、現在もモーラスの刊本と草稿を収集することは続けていて、もしも可能であれば原語版のテキストをいくつか校訂したいと思っています。もっともこの仕事は、集めるだけ集めて後世に委ねることになるかもしれませんが。

ブラジヤック、ドリュ、そしてゴビノーは今でも好きな著者です。ブラジヤックの『ウエルギリウスの存在』、ドリュの『ローマ風幕間劇』、そしてゴビノーの『プレイヤード』、『ルネサンス』は、今でも年に数回読み返します。これらの著者との出会いが自分にとって決定的であったこと、その出会いの「幸運」の残響が現在まで途切れていないことをその度に確認します。

本書の上梓後、しばらくして私は文芸批評家となり、自分でも呆れるほど多くの文章を書いてきましたが、自分にとって致命的な問題系統は本書から変わっていないと思います。はじめての評論集となった『日本の家郷』は、本書の問題構成を、よりハイデガーに近づけながら書いたものです。爾来、私は批評のスタイルについての探求を主眼においてきました。考えられないことを考えるためには、形式の助けが必要だからです。形式についての模索は、『日本人の目玉』と現在連載中の『ヨーロッパの死』において、ほぼ一段落しました。これから、どうしていくのか分かりませんが、しばらくはあまりバロック的なアプローチはしないつもりです。

∴

本書の文庫化にあたって、本文テキストには一切手をふれませんでした。その方がフェアだと思ったからですが、同時に面倒だったことも事実です。一度、手を入れだせば、まったく違った本に、すくなくとも文章の上ではならざるをえないと思いました。

文庫化にあたっては、筑摩書房の大山悦子氏の手を煩わせました。度重なる遅延をお詫びするとともに、御礼を申しあげます。また、懇篤な解説を寄せてくださった柄谷行人氏にも御礼申しあげます。

最後に、本書を書かせてくれた佐々木秀一氏に、今一度挨拶を、当時は云えなかった言葉を贈らせてください。ありがとう、佐々木さん。あなたと会えて本当に幸せだった。

かくも呪われた作家たちについての書物の幕切れにはいささかふさわしくない台詞だったかもしれません。けれども私は、彼らの罪にしろ過ちにしろ、すべては人生の美しさを信じた、あるいはたとえ彼方であれその可能性を求めたことが根底になっていると思います。し、やはり私はいまでも「歌と踊りの王国」の到来を自分が希んでいることを、否定できません。耳朶にはブラジヤックの「勇気！」という言葉が響いている。

平成十四年七月十五日

福田和也

解説

柄谷行人

私が『奇妙な廃墟』を著者から寄贈されて読んだのは、一九九〇年ごろであろうか。その当時、私は雑誌「季刊思潮」を編集しており、特に一九三〇年代に焦点を当てていた。そして、その著者はそのことを知っていた。一読して、私はこの著者に原稿を依頼しようと思った。しかし、「季刊思潮」がまもなく終刊になり、ごたごたしている間に、その著者福田和也は保守派の雑誌からデビューしてしまったのである。さらに、彼は私に対して挑発的に敵対してきた。私はそれに答えなかった。小さな行き違いがふくらんでいくことを、残念に思うと同時に、私はそれを楽天的に考えていた。というのは、福田氏が考えていることを理解できるのは私のような人間であって、いわゆる保守派の人たちではないという確信をいだいていたからである。

『奇妙な廃墟』はかつて例のないようなフランス文学研究の書である。私自身、外国文学研究者であったので、そのことが根本的な背理をかかえていることを忘れたことはなかった。趣味判断にかかわる領域で外国のものを研究するのは、はなはだ困難である。われわれはその国の人たちの通念に従うほかない。主体的に判断すれば、締め出されるか、相手にされないだろう。しかし、主体的な判断でないならば、それは趣味判断ではありえない。そこで、多くの場合、人は、他人に追従することをあたかも主体的な判断であるかのように思いなすのである。

そこからみると、夏目漱石がロンドンで英文学を研究しているとき、「自己本位」でやると決意したこと、そしてそれを実行したことは異例である。人は自己本位のつもりで、他人、あるいは他人の欲望に従属しているのだから。しかし、その結果として、漱石は気違いじみた勉強をせざるを得ず、実際「発狂せり」と日本に伝えられたのである。その場合、漱石が「理論」に向かったことに注意すべきだろう。彼は趣味判断そのもので勝負することを避けるほかなかったのである。長い間懸命に努力したとはいえ、彼はこうした理論的な仕事に本当の充足を感じていなかった。かくして、小説家漱石が、突然、爆発的な勢いで出現したのである。

ところで、漱石に「自己本位」の姿勢をもたらしたのは、彼の特異性によるだけでない。一つには、イギリスでは当時、英文学というものが制度的・学問的に確立されていなかったからである。フランスはそうではない。したがって、漱石のような「自己本位」はフランス文学においてはありえなかっただろう。事実上、日本のフランス文学研究者はこれまで、当人がいかに反時代的・反体制的であろうと、フランスの動向に対しては従順であった。しかし、そのことは、日本人の側にだけでなく、フランスの側にも責任があったと私は思う。それに関して、近年あらためて知らされたことがある。余談であるが、『奇妙な廃墟』に関連するので、述べておく。

一九八〇年代前半に、ジェフリー・メールマンというアメリカのフランス文学者が書いた論文が、フランスの雑誌に翻訳され、センセーションを巻き起こした。それは、モーリス・ブランショがアクション・フランセーズにいた当時の反ユダヤ主義的な言説をとりあげたものである。それはメールマンの『フランスにおける反ユダヤ主義の遺産』(邦訳あり)を読めばわかるように、ヴィクトル・ファリアスの『ハイデガーとナチズム』のように単純な暴露・糾弾の書ではない。たしかに意地悪ではあるが、ラカンやデリダの手法をふんだんに使った、精神分析的で脱構築的な本である。しかし、それに対するフランス知識人の反応は異様だった。レヴィナスやデリダにいたるまでこの論文に反撥した。彼らは一斉にメールマンを嘲笑的に否定した。というより、彼らはこぞって「一アメリカ人」を軽侮したのである。メールマンによれば、彼の論文(英語)を党派的な理由から勝手に翻訳(誤訳だらけだったらしい)をさせ騒ぎ立てたのはソレルスであったが、彼自身、「一アメリカ人がこういっている」と論じ、メールマンの名を挙げなかった。アメリカ人など名を挙げるにも値しないということだったらしい。(数年前に、私はこの事実をメールマン自身から聞いた。)

もちろん、このことはフランス人が一般に誇り高く自国中心的であるということから来るだけでなく、このような問題が特殊に、フランス知識人のタブーに触れているからである。実は、『奇妙な廃墟』の仕事がなされたのは、以上のような事件が起こった時期、つまり一九八〇年代後半である。福田氏がフランスでこのような仕事をしていたとき、どんな気持でいただろうか。この本は絶対にフランス人に受け入れられない。フランス語で出版されることもない、「一日本人」の発言として政治的に利用されることがありえたとしても。（とはいえ、私はこの本が英語で出版されるべきであり、また出版する価値があると思う。）のみならず、それは日本の学界でも同様である。具体的にいうと、教職を得られないということを覚悟しなければ、こんな仕事はできないのである。学者としては、それほどにリスキーな仕事である。私はふりかえって、福田氏の向こう見ずな勇気を愛する。と同時に、彼があの若さで、同時代の世界的な問題の核心をつかんでいた鋭敏さに舌を巻くのである。

一九八〇年代は、アメリカでも日本でも、ポスト構造主義とか「現代思想」と呼ばれるものが風靡した時期であった。それは、ラカン、フーコー、ドゥルーズ、デリダなど、もっぱらフランスから来た思想である。しかし、それらが画期的に新しいものであるとはいえない。数学的な体裁や記号論などをのぞけば、それらは戦前の反近代主義（日本でいえば近代の超克）の再版というべきものであった。そのことは、彼らがこぞってハイデガーを重視していたことからも明らかである。

八〇年代後半に、こうした反近代・反ヒューマニズム的な思想に対する巻き返しが起こってきたが、それがハイデガー攻撃というかたちをとったのは、以上の理由からである。その代表的なものが、ハイデガーのナチ参加がたんなる一時的な過ちや戯れではないということを主張するヴィクトル・ファリアスの『ハイデガーとナチズム』である。こうした動向は、フランス現代思想をナチズムにつながる反ヒューマニズムとして一掃しようとするものであった。いいかえると、反近代・反ヒューマニズムをナチズムと結びつけることで、それがもつ近代資本主義や民主主義へのラディカルな批評性をも一緒に洗い流してしまおうとしたのである。その結果、人権やPC（ポリティカル・コレクトネス）を唱える保守的（＝進歩的）なヒューマニズムがとってかわった。

この時期、デリダがハイデガーを擁護したのは、ハイデガー個人を守るためではなく、彼を否定するものがたんなるブルジョア的な反動でしかないと考えたからであろう。それにしても、サルトル以後のフランスの思想家たちは、なぜかくもハイデガーを尊重したのだろうか。一つの理由は、彼らがサルトルを否定するために、サルトルの「ヒューマニズム」を批判していたハイデガーが必要だったということである。そういってしまえば、別に謎はないようにみえる。しかし、なぜ誇り高いフランスの思想家が、自国の思想家ではなく、ドイツの、しかもナチスに関係した哲学者を称賛しつづけるのか。それは、ハイデガーが画期的に偉い思想家だからだろうか。福田氏の『奇妙な廃墟』はこの問題を真正面から扱おうとしている。

しかし、かれらがいまハイデガーに求めるしかない反近代主義は、戦前のフランスでも確固とした伝統として一つのエコールをつくりあげていた。もちろん、ハイデガーの哲学とコラボ作家の思想は同一のものではありえないし、またフランスの反近代主義者は伝統的に文学者であり、また過激な政治活動をおこなっていたので、かれらの近さは現在では感得しがたいものになっている。そのうえフランスにおいてかれらの思想と作品を読みうるものにするのは、彼らのおこなった政治的選択とアンガージュマンののちにはほとんど不可能になってしまった。しかし、もしかれら反近代主義者が戦後に生きのびることができていたなら、フランス思想は現在とは異なった様相になっていたことは確かなように思われる。(二八頁)

福田氏の考察は次のようなことを示唆している。戦後フランスでは、反近代主義・反ヒューマニズムの長い系譜が、コラボ(対独協力)と結びつけられることによって、否定され、忘却された。フランスの「現代思想」の担い手たちは、この抑圧の下にありながら、それを抑圧とは見なしていない。(つまりそのような状態にこそ「抑圧」が働いている。)彼らはセリーヌを評価するようなことはしても、フランスの反近代主義の系譜を総体として検討しようとはしない。そのかわりに、ハイデガーを称賛する。

たとえば、ゴビノーは、ナチズムの人種主義の先駆者と見なされているが、福田氏はゴビノーの作品を実際に読み、反ユダヤ主義と無縁でありナチにとって受け入れがたいものであることを指摘している。ところが、フランスではゴビノーは読まれず、また、ドイツで受け入れられただけの非フランス的な思想家とみなされている。フランスには人種主義などなじまないからである。福田氏はそれについてつぎのようにいっている。

あたかもフランスの知識人たちには、十八世紀以来、ヴォルテール、ミシュレ、サン゠シモンにまでおよぶ人種主義の潮流を、忘却してフランス思想史から切り離し、ライン河の彼岸にのみ信奉者をもつフランスの作家、しかしフランス文学史にはどのような跡もとどめていない、私生児であり、流刑に付された一人の作家の名前に集約することで、フランスを人種主義から浄化し、人種主義をフランスとは無縁な、ドイツに固有なものであるかに思わせるような、無意識の作為でも働いているかのように。（八〇頁）

アメリカ人のT・S・エリオットやエズラ・パウンドはアクション・フランセーズのシャルル・モーラスから強い影響を受けたことを隠していない。また、その成果は、戦後の英米文学において高く評価されている。しかるに、フランスでは、モーラスは悪名高いだけでまともに読まれてもいない。先ほど述べたように、ブランショがアクション・フランセーズにいたことは、事実として否定されないが、そこに大した結びつきはなかったと一般に見なされている。そして、ブランショをむしろハイデガーに結びつける傾向がある。それは自らの問題であったものを外において見出す「無意識の作為」ではないだろうか。

彼らにとって、ハイデガーはモーラスを忘れるために必要なのだ。

こうした認識は、フランス文学や哲学の研究において不可欠である。しかし、『奇妙な廃墟』は別に、フランスの文化的恥部をあからさまにしてやろうという動機で書かれたのではない。実際、これはフランスにだけある現象ではないし、基本的には、日本においても同じことが起こっている。たとえば、西田幾多郎や京都学派が再評価されたとき、彼らが戦争イデオローグであったことが括弧に入れられた。もちろん、一方では、彼らはあいかわらず戦争イデオローグとして黙殺されてきている。問題は、この二つの立場しか存在しないということである。この二つの側面を認めつつ、さらに、いかにしてそれらがこのようにつながるのかが問われないのである。そして、それを問おうとすると、いずれの立場からも反撥を買うことになる。

本書において、福田氏は、フランスで抑圧されたコラボ作家の問題に、普遍的な意味を見ようとしている。たとえば、ヒューマニズム（ユマニスム）には、ヒューマニズム（人道主義）という意味と、人文主義という二重の意味がある。福田氏は、ロベール・ブラジヤックのようなコラボの作家を見るとき、「ヒューマニズムという概念が内包しているダブルミーニング、人文的＝人道的の分裂に立ち会うことになる」と述べ、つぎのようにいう。

（ロベール・ブラジヤックは）この二つの事実を同時に実現するような存在、つまり人文的にぬきんでていながら、非人道的な行為を意識的に選択した人物を、ダブルミーニングを内包するヒューマニズムの尺度で捉えることは不可能であり、人文的に評価して肯定するか、人道的に切り捨てて抹殺するかという、いわば二つの側面のあいだでの選択、文芸と倫理のどちらをとるのかという選択を、つねに逃れがたい問いとして強要するような文学者なのである。（三三九頁）

『奇妙な廃墟』には、根本的にこの問題がある。そして、福田氏は、ここで「選択」を拒んでいる、選択を強要するような作家を相手にして。そして、それこそ彼の選択である。それはどういうことか。どちらかを選ぶことは容易であり、実際、人はどちらかを選択している。しかるに、選択を「逃れがたい問い」として問い続けることは、選択しないことであり、同時に、そのような問いを続けることを選択することなのである。それは「文芸」でもあり「倫理」でもある。

共産主義黒書〈ソ連篇〉
ステファヌ・クルトワ／ニコラ・ヴェルト　外川継男訳
史上初の共産主義国家〈ソ連〉は、大量殺人・テロル・強制収容所を統治形態にまで高めた。レーニン以来行われてきた犯罪を赤裸々に暴いた衝撃の書。

共産主義黒書〈アジア篇〉
ステファヌ・クルトワ／ジャン＝ルイ・マルゴラン　高橋武智訳
アジアの共産主義国家は抑圧政策においてソ連以上の悲惨を生んだ。中国、北朝鮮、カンボジアなどでの実態は我々に歴史の重さを突き付けてやまない。

ヨーロッパの帝国主義
アルフレッド・W・クロスビー　佐々木昭夫訳
15世紀末の新大陸発見以降、ヨーロッパ人はなぜ次々と植民地を獲得できたのか。病気や動植物に着目して帝国主義の謎を解き明かす。（川北稔）

民のモラル
近藤和彦
統治者といえど時代の約束事に従わざるをえなかった18世紀イギリス。新聞記事や裁判記録、ホーガースの風刺画などから騒擾と制裁の歴史をひもとく。

台湾総督府
黄昭堂
清朝中国から台湾を割譲させた日本は、新たな統治機関として台北に台湾総督府を組織した。抵抗と抑圧と建設。植民地統治の実態を追う。（檜山幸夫）

新版 魔女狩りの社会史
ノーマン・コーン　山本通訳
「魔女の社会」は実在したのだろうか？　資料を精確に読み解き、「魔女」にまつわる言説がどのように形成されたのかを明らかにする。（黒川正剛）

増補 大衆宣伝の神話
佐藤卓己
祝祭、漫画、シンボル、デモなど政治の視覚化は大衆の感情をどのように動員したか。ヒトラーが学んだプロパガンダを読み解く「メディア史」の出発点。

ユダヤ人の起源
シュロモー・サンド　高橋武智監訳　佐々木康之／木村高子訳
〈ユダヤ人〉はいかなる経緯をもって成立したのか。歴史記述の精緻な検証によって実像に迫り、そのアイデンティティを根本から問う画期的試論。

中国史談集
澤田瑞穂
皇帝、彫青、男色、刑罰、宗教結社など中国裏面史を彩った人物や事件を中国文学の碩学が独自の視点で解き明かす。怪力乱「神」をあえて語る！（堀誠）

王の二つの身体(上)　E・H・カントーロヴィチ　小林公 訳

王の可死の身体は、いかにして不可死の身体へと変容するのか。異貌の亡命歴史家による最もラディカルな「王権の解剖学」。

王の二つの身体(下)　E・H・カントーロヴィチ　小林公 訳

王朝、王冠、王の威厳。権力の自己荘厳のメカニズムを冷徹に分析する中世政治神学研究の金字塔。必読の問題作。全2巻。

世界システム論講義　川北稔

近代の世界史を有機的な展開過程として捉える見方、それが〈世界システム論〉にほかならない。第一人者が豊富なトピックとともにこの理論を解説する。

インド文化入門　辛島昇

異なる宗教・言語・文化が多様なまま統一された稀有な国インド。なぜ多様性は排除されなかったのか。共存の思想をインドの歴史に学ぶ。（竹中千春）

ブルゴーニュ公国の大公たち　ジョゼフ・カルメット　田辺保 訳

中世末期、ヨーロッパにおいて燦然たる文化的達成を遂げたブルゴーニュ公国。大公四人の生涯と事績を史料の博捜とともに描出した名著。（池上俊一）

中国の歴史　岸本美緒

中国とは何か。独特の道筋をたどった中国社会の変遷を、東アジアとの関係に留意して解説。初期王朝から現代に至る通史を簡明かつダイナミックに描く。

大都会の誕生　喜安朗　川北稔

都市型の生活様式は、歴史的にどのように形成されてきたのか。この魅力的な問いに、碩学がふたつの都市の豊富な事例をふまえて重層的に描写する。

兵士の革命　木村靖二

キール軍港の水兵蜂起から、全土に広がったドイツ革命。軍内部の詳細分析を軸に、民衆も巻き込みながら帝政ドイツを崩壊させたダイナミズムに迫る。

女王陛下の影法師　君塚直隆

ジョージ三世からエリザベス二世、チャールズ三世まで、王室を陰で支えつづける君主秘書官たち。その歴史から、英国政治の実像に迫る。（伊藤之雄）

専制国家史論　足立啓二

封建的な共同団体性を欠いた専制国家・中国。歴史的にこの国はいかなる展開を遂げてきたのか。中国の特質と世界の行方を縦横に考察した比類なき論考。

暗殺者教国　岩村忍

政治外交手段として暗殺をくり返したニザリ・イスマイリ教国。広大な領土を支配したこの国の奇怪な活動を支えた教義とは？　（鈴木規夫）

増補 魔女と聖女　池上俊一

魔女狩りの嵐が吹き荒れた中近世、美徳と超自然的力により崇められる聖女も急増する。女性嫌悪と礼賛の熱狂へ人々を駆りたてたものの正体に迫る。

ムッソリーニ　ロマノ・ヴルピッタ

統一国家となって以来、イタリア人が経験した激動の歴史。その象徴ともいうべき指導者の実像とは。既成のイメージを刷新する画期的ムッソリーニ伝。

資本主義と奴隷制　エリック・ウィリアムズ　中山毅訳

産業革命は勤勉と禁欲と合理主義の精神などではなく、黒人奴隷の血と汗がもたらしたことを告発した歴史的名著。待望の文庫化。　（川北稔）

文天祥　梅原郁

モンゴル軍の入寇に対し敢然と挙兵した文天祥。宋王朝に忠義を捧げ、刑場に果てた生涯を、宋代史研究の泰斗が厚い実証とともに活写する。　（小島毅）

歴史学の擁護　リチャード・J・エヴァンズ　今関恒夫／林以知郎／與田純訳

ポストモダニズムにより歴史学はその基盤を揺るがされた。学問を擁護すべく著者は問題を再考し、論議を投げかける。原著新版の長いあとがきも訳出。

増補 中国「反日」の源流　岡本隆司

「愛国」が「反日」と結びつく中国。この心情は何に由来するのか。近代史の大家が20世紀の日中関係を解き、中国の論理を描き切る。　（五百旗頭薫）

中国の城郭都市　愛宕元

邯鄲古城、長安城、洛陽城、大都城など、中国の城郭都市の構造とその機能の変遷を、史料・考古資料をもとに紹介する類のない入門書。　（角道亮介）

本書は一九八九年十二月二十五日、「1945：もうひとつのフランス」別巻として、国書刊行会より刊行された。

書　誌

以下に、小論を執筆するにあたって依拠した各作家の作品のエディションおよび研究論文等をかかげる。ただし叢書《1945：もうひとつのフランス》所収の作品と解説は省いた。また主要研究書についての解題は注記のなかで示した。小論の内容に反映していない各作家の研究書および歴史書については、これを省いた。また本文、注で言及した著作についても、以下の書誌のカテゴリーに入らないのものは、あげていない。

1．ゴビノー

〔A〕作品

A. de Gobineau: *Œuvres*, Edition publiée sous la direction de J. Gaulmier, Bibliothèque de la Pléiade, Gallimard, 1983, 1987.

Tome 1; Scaramouche. Mademoiselle Irnois. Essai sur l'inégalité des races humaines (textes présentés, établis et annotés par J. Boissel).

Tome 2; Mémoire sur l'état social de la Perse actuelle (texte présenté, établi et annoté par J. Gaulmier). Trois ans en Asie. Les religions et les philosophies dans l'asie centrale (textes présentés par J. Gaulmier, établis et annotés par J. Gaulmier et V. Monteil). Souvenir de voyage. Adélaïde (textes présentés, établis et annotés par P. Lesetieux).

Tome 3; Les Pléiades (texte présenté, établi et annoté par J. Gaulmier). Nouvelles Asiatiques (texte présenté, établi et annoté par J. Boissel). La Renaissance (texte présenté, établi et

annoté par M.-L. Concasty).
—: *Le Prisonnier chanceux,* Grasset, 1924.
—: *Histoire d'Ottar Jarl, pirate norvégien, conquérant du pays de Bray en Normandie et de sa descendance,* Didier, 1879.
—: "Le Mariage d'un Prince", 《NRF》, août 1966.
—: "L'Alviane", 《Revue de littérature comparée》, N° 3, 1966.
—: Correspondance entre A. de Tocqueville (A. de Tocqueville: *Œuvres complètes, tome 9,* Gallimard, 1959).
—: *Correspondance entre Prokesch-Osten,* Plon, 1933.
—: "Correspondance entre la comtesse de la Tour", 《La Table Ronde》, N° 28, 29, 1955.
—: *Lettres à la princesse Toquée,* Seuil, 1988.
—「高名な魔術使」川口顕弘訳、『十九世紀フランス幻想短篇集』(国書刊行会、1983) 所収

〔B〕研究論文等

Alain: "Gobineau romanesque", 《NRF》, fév. 1934.
M. D. Biddiss: *Father of racist ideology,* Wiedenfeld and Nicolson, 1970.
J. Boissel: *Gobineau polémiste,* Pauvert, 1967.
—: *Victor Courtêt de l'Isle,* PUF, 1972.
—: *Gobineau, l'Orient et l'Iran,* Klincksieck, 1973.
—: *Gobineau,* Hachette, 1981.
—: "Amitiés et affinités germaniques du comte de Gobineau", 《Revue des sciences humaines》, N° 122, 123, 1966.
H. S. Camberlain: "Wagner et le génie français", 《La Revue des Deux-Mondes》, 15 juillet 1895.
J. Cocteau: "Eloges de Pléiades", 《NRF》, fév. 1934.
R. Dreyfus: *La Vie et les prophéties du Comte de Gobineau,* Calmann-Lévy, 1905.
J. Gaulmier: *Spectre de Gobineau,* Pauvert, 1965.

—: *Gobineau et sa fortune littéraire,* Ducros, 1971.
—: "Wagner et Gobineau", 《Nouvelle Ecole》, N° 31, 32, 1979.
J. de. Lacretelle : *Quatre études sur Gobineau,* A la Lampe d'Aladin, 1926.
J. Mistler : "Gobineau, le plus grand méconnu de 19e siècle", Annales-Conferencia, N° 204, 1967.
P.-L. Rey : *L'univers romanesque de Gobineau,* Gallimard, 1981.
M. Riffaterre : *Le style de Pléiades de Gobineu,* Droz, 1957.
A. H. Rowbothan : *The Literary Works of Count de Gobineau,* Champion, 1929.
L. Schemann : *Gobineau Rassenwerk,* Trubner, 1910.
—: *Gobineau,* Trubner, 1916.
E. Seillière : *Le comte de Gobineau et l'aryanisme historique,* Plon, 1903.
A. Smith : *Gobineau et l'histoire naturelle,* Droz, 1984.
G. M. Spring : *The Vitalism of Count de Gobineau,* French Studies, 1932.
C. Wagner : *Graf Arthur Gobineau*, Trubner, 1907.
—: *Journal, tome 3, 4*, Gallimard, 1979.
平川祐弘「非西洋の近代化と人種間問題」、「比較文化研究」第７号（東京大学出版会、1967）所収
室井庸一『スタンダールの世界所有』（中央大学出版部、1971）

〔C〕雑誌特集等
《Europe》, octobre 1923.
《Le Nouveau Mercure politique et littéraire》, octobre 1923.
《NRF》, fév. 1934.
《Etudes gobiniennes》, N° 1-9, 1966-1978.
《Romantisme》: Colloque Gobineau, 1982.

2. バレス

〔A〕作品

Maurice Barrès : *L'Œuvre de Maurice Barrès,* annotée par P. Barrès, Au Club de l'Honnête Homme, 1968.

Tome 1 ; Sous l'œil des Barbares. Un Homme libre. Le Jardin de Bérénice. Les Taches d'encre. Boulangisme.

Tome 2 ; Du Sang, de la Volupté et de la Mort. L'Ennemi des lois. Huit jours chez M. Renan. Trois stations de psychothérapie. Toute licence sauf contre l'amour. Les funérailles de Verlaine. Adieu à Moréas. Anatole France. Le Quartier Latin.

Tome 3 ; Les Déracinés. L'appel au soldat (I).

Tome 4 ; L'appel au soldat (II). Leurs figures. Une journée parlementaire. Discours à l'Académie française. Maurice Barrès et Zola.

Tome 5 ; Scène et doctrines du nationalisme. Les Amitiés françaises.

Tome 6 ; Au service de l'Allemagne. Colette Baudoche. La Colline inspirée.

Tome 7 ; Amori et Dolori sacrum. Le Voyage de Sparte. Greco ou le secret de Tolède. Amitié espagnole.

Tome 8 ; La Grande Pitié des Eglises de France. Dans le cloaque. Les Traits éternels de la France. Les Diverses Familles spirituelles de la France. Discours sur l'Enseignement primaire. Les Instituteurs.

Tome 9 ; En regardant au fond des crevasses. Dix jours en Italie. La Minute sacrée. Pour la haute intelligence française. Le sacrifice de Gerbéviller.

Tome 10 ; Le Génie du Rhin. Les Grands Problèmes du Rhin.

Tome 11 ; Un jardin sur l'Oronte. Une enquête aux pays du Levant. Faut-il autoriser les congrégations? Les Maîtres. Le Mystère

en pleine lumière. N'importe où hors du monde.
Tome 12-20 ; Mes Cahiers (Janvier 1896-Décembre 1923).
—: *Sensations de Paris,* Dalou, 1888.
—: *Chronique de la Grande Guerre,* 14 volumes, Plon, 1939.
—: *Le Départ pour la vie*, Plon, 1961.
—: *La République ou le Roi, Correspondance Barrès-Maurras*, Plon, 1970.
—『科学の動員』日本学術振興会訳（日本学術振興会、1938）
—『コレット・ボドッシュ』本田喜代治訳（白水社、1940）
—『エル・グレコ』関口俊吾他訳（版元不明、1943）
—『自我礼拝』伊吹武彦訳、新集世界の文学 25（中央公論社、1970）

〔B〕研究論文等

L. Aragon : *La lumière de Stendhal,* Denoël, 1954.
J. Bécarud : *Maurice Barrès et le Parlement de la Belle Epoque,* Plon, 1987.
J. Benda : "De Gide, de Mauriac, de Barrès", 《NRF》, novembre 1932.
L. Blum : *Souvenir sur l'Affaire,* Gallimard, 1981.
P. de Boisdeffre : *Barrès parmi nous,* Amiot-Dumont, 1952.
—: *Barrès,* Editions Universitaires, 1962.
P. Bourget : *La leçon de Barrès,* A la Cité des Livres, 1924.
F. Broche : *Maurice Barrès,* J. C. Lattes, 1987.
E. Carassus : *Barrès et sa fortune littéraire,* Ducros, 1970.
A. E. Carter : *The Idea of Decadence in French Literature, 1880-1900,* University of Tronto, 1958.
Y. Chiron : *Maurice Barrès,* Perrin, 1986.
P. Citti : *Contre la décadence,* PUF, 1987.
H. Clouard : *La Cocarde de Barrès,* Nouvelle Librairie Nationale, 1910.
E.-R. Curtius : *Barrès und die geistigen grundlagen des franzosischen nationalismus,* Coen, 1921.

M. Davanture : *La Jeunesse de Maurice Barrès*, Champion, 1975.
—: *Autour de Maurice Barrès,* Université de Dijon, 1986.
J.-M. Domenach : *Barrès par lui-même,* Seuil, 1960.
R. Fernandez : *Barrès*, Livre Moderne, 1943.
—: *Messages,* Grasset, 1981.
J. Godfrin : *Barrès mystique,* A la Baconniere, 1962.
J.-H. Hugot : *Le Dilettantisme dans la Littérature française d'Ernest Renan à Ernést Psichari,* Aux Amateurs de Livres, 1984.
J. Hurêt : *Enquête sur l'évolution littéraire,* Thôt, 1982.
R. Lalou : *Maurice Barrès,* Hachette, 1950.
H. Massis : *Barrès et nous,* Plon, 1962.
H. Mondor : *Maurice Barrès avant le Quartier Latin,* Ventadour, 1956.
P. Moreau : *Barrès,* Desclée de Brouwer, 1970.
D. Moutote : *Egotisme français moderne,* SEDES, 1980.
Z. Sternhell : *Maurice Barrès et le Nationalisme français,* Presses de la Fondation Nationale Scientifique, 1972.
A. Thibaudet : *La Vie de Maurice Barrès,* Gallimard, 1921.
—: *Les Princes lorrains,* Grasset, 1924.
J. Variot : *Propos de Georges Sorel,* Gallimard, 1935.
M・プラーツ『肉体と死と悪魔』倉智恒夫他訳（国書刊行会、1986）
渡辺一民「バレス再審」、季刊「世界文学」3号（1966）所収

〔C〕雑誌特集等

《Chroniques barrèsiennes ; Sources de Maurice Barrès》, 1929.
《La Table Ronde》, mars 1957.
《Les Cahiers Universitaires》, juin 1962.
Catalogue de l'exposition Barrès, Bibliothèque nationale, 1962.
Maurice Barrès ; colloque de l'Université de Nancy, Annales de l'Est, 1962.
《La Nouvelle Revue de Paris》, septembre 1986.

3. モーラス

〔A〕作品

Charles Maurras : *Œuvres Capitales,* textes établis par C. Maurras, Flammarion, 1954.

Tome 1 ; Invocation. Le Chemin de Paradis. Anthinéa. Les vergers sur la mer. Quatre Nuits de Provence.

Tome 2 ; Confession. Romantisme et Révolution. Trois idées politiques. L'avenir de l'intelligence. Principes. Réalités. Jeanne d'Arc, Louis XIV, Napoléon. Dictateur et roi. Vingt-cinq ans de monarchisme. L'avenir du nationalisme français.

Tome 3 ; Prologue d'un essai sur la critique. Ironie et poésie. Les amants de Venise. Réflexions préalables sur la critique et sur l'action. Le conseil de Dante. Mistral. André Chénier. Lamartine et Chateaubriand. Victor Hugo. Baudelaire. Mallarmé. Verlaine. Jean Moréas. Anatole France. Maurice Barrès. J.-J. Rousseau. Auguste Comte. Renan. Taine. Brunetière ou le faux critique. Fustel de Coulanges.

Tome 4 ; Enfance. L'étang de berre. Suite provençale. La Musique intérieure. La Balance intérieure. Notes Biographiques.

—: *L'Action française et le Vatican,* Flammarion, 1927.

—: *Au Signe de Flore,* Grasset, 1933.

—: *Les conditions de la victoire,* 4 volumes, Nouvelle Librairie Nationale, 1920.

—: *Critique et Poésie,* Perrin, 1968.

—: *Débat sur le Romantisme,* Flammarion, 1928.

—: *De la colère à la justice,* Milieu du Monde, 1942.

—: *Enquête sur la monarchie,* Nouvelle Librairie Nationale, 1924.

—: *L'Etangs au Mistral,* Didier et Richard, 1942.

—: *Kiel et Tanger,* Nouvelle Librairie Nationale, 1913.

—: *Mes idées politiques,* Fayard, 1937.
—: *Le Mont de Saturne,* Les 4 jeudis, 1950.
—: *Pascal puni,* Flammarion, 1953.
—: *Quand les Français ne s'aiment pas,* Nouvelle Librairie Nationale, 1926.
—: *Vers l'Espagne de Franco,* Livre Moderne, 1943.
—『ヴェネチアの恋人たち』後藤敏雄訳（彌生書房、1972）

〔B〕研究論文等

P. Andreu : *Notre maître M. Sorel,* Grasset, 1953.
E. Beau de Lomenie : *Maurras et son système,* E-T-L, 1953.
J. Benda : *La trahison des clercs,* Grasset, 1927.
—: *Précision,* Gallimard, 1937.
P. Boutang : *Reprendre le pouvoir,* La Table Ronde, 1978.
—: *Maurras,* Plon, 1984.
B. Brigouleix : *L'extrême droite en France,* Fayolle, 1978.
A. Chanson : *L'Homme contre L'Histoire,* Grasset, 1927.
L. Daudet : *Charles Maurras et son temps,* Girard, 1928.
P. Dresse : *Charles Maurras Poète,* L'Ecran du monde, 1948.
Y. Guchet : *Georges Valois,* Albatros, 1975.
H. Jamet : *Un autre Bernanos,* Vitte, 1959.
R. Joséph : *Le poète Charles Maurras,* Points et Contrepoints, 1962.
—: et J. Forgés : *Nouvelle Bibliographie de Charles Maurras,* L'art de Voir, 1980.
C. Ledre : *Histoire de la presse,* Fayard, 1958.
G. London : *Le Procès Maurras,* Bonnefon, 1945.
E. Nolte : *Le Fascisme dans son époque,* Julliard, 1970.
P. Pascal : *Charles Maurras,* Chiré, 1986.
P. Souday : *Les livres du temps,* Emile-Paul, 1930.
A. Thibaudet : *Les idées de Charles Maurras,* Gallimard, 1920.
X. Vallat : *Charles Maurras, N° d'écrou 8321,* Plon, 1953.

G. Valois : *Contre le Mensonge et la calomnie,* Nouvelle Librairie Nationale, 1926.
P. Vandromme : *Maurras,* Centurion, 1965.
E. Weber : *L'Action Française,* Fayard, 1984.
村松嘉津『新版プロヴァンス随筆』(大東出版社、1970)
村松剛『アンドレ・マルロオとその時代』(角川書店、1985)
渡辺一民『ドレーフュス事件』(筑摩書房、1972)

〔C〕雑誌特集等

《Les Amis du Chemin de Paradis》, N° 1-10, 1955-1958.
《Cahier Charles Maurras》, N° 1-68, 1960-1978.
《Etudes maurrassiennes》, N° 1-4, 1972-1979.
《Itinéraire》, N° 122, 1968.

4. ドリュ

〔A〕作品

Pierre Drieu la Rochelle : *Interrogation,* Gallimard, 1917.
—: *Fond de cantine,* Gallimard, 1920.
—: *Etat civil,* Gallimard, 1921 ; dans la collection 《Imaginaire》, 1977.
—: *Mesure de la France,* Grasset, 1922 ; suivi de *Ecrits 1939-1940,* Grasset, 1964.
—: *Plainte contre inconnu,* Gallimard, 1924.
—: *L'Homme couvert de femmes,* Gallimard, 1925.
—: *La Suite dans les idées,* Au Sans Pareil, 1927.
—: *Le Jeune Européen,* Gallimard, 1927.
—: *Blèche,* Gallimard, 1928.
—: *Genève ou Moscou,* Gallimard, 1928.
—: *La Voix,* Les Amis d'Edouard, 1928.
—: *Une femme à sa fenêtre,* Gallimard, 1976.
—: *L'Europe contre les patries,* Gallimard, 1931.

—: *Le Feu follet,* Gallimard, 1931 ; avec *Adieu à Gonzague,* en 《Folio》 152, 1977.
—: *L'Eau fraîche,* Les Cahiers de Bravo, 1931.
—: *Drôle de Voyage,* Gallimard, 1933.
—: *Journal d'un homme trompé,* Gallimard, 1934.
—: *La Comédie de Charleroi,* Gallimard, 1934 ; en 《Livre de Poche》 2737, 1970.
—: *Socialisme fasciste,* Gallimard, 1934.
—: *Beloukia,* Gallimard, 1936.
—: *Doriot, ou la vie d'un ouvrier français,* Les Editions populaires françaises, 1936.
—: *Rêveuse Bourgeoisie,* Gallimard, 1937 ; en 《Folio》 620, 1975.
—: *Avec Doriot,* Gallimard, 1937.
—: *Gilles,* Gallimard, 1939 ; Edition intégrale avec préface, Gallimard, 1942 ; en 《Folio》 459, 1973.
—: *Ecrits de jeunesse,* Gallimard, 1941.
—: *Ne plus attenere,* Grasset, 1941.
—: *Notes pour comprendre le siècle,* Gallimard, 1941.
—: *Chronique Politique 1934-1942,* Gallimard, 1943.
—: *L'Homme à cheval,* Gallimard, 1943 ; en 《Folio》 484, 1973.
—: *Charlotte Corday; Le Chef,* Gallimard, 1944.
—: *Le Français d'Europe,* Editions Balzac, 1944.
—: *Les Chiens de paille,* Gallimard, 1944.
—: *Récit secret,* suivi de *Journal* (*1944-1945*) et d'Exorde, Gallimard, 1961.
—: *Histoires déplaisantes,* Gallimard, 1963.
—: *Sur les Ecrivains,* Gallimard, 1964.
—: *Mémoires de Dirk Raspe,* Gallimard, 1966 ; en 《Folio》 1042, 1978.
—: *Les Derniers Jours,* Jean-Michel Place, 1979.
—: *Fragment de mémoires, 1940-1941,* Gallimard, 1982.
—『女達に覆われた男』山内義雄訳（第一書房、1936）

—『夢見るブルジョア娘』堀口大学訳（新潮社、1951）
—『ゆらめく炎』菅野昭正他訳（河出書房新社、1967）
—「空っぽのトランク」杉本秀太郎訳、世界の文学 52『フランス名作集』（中央公論社、1966）所収
—「奇妙な旅」若林真訳、筑摩世界文学大系 72『ドリュ・ラ・ロシェル／モンテルラン／マルロオ』（筑摩書房、1975）所収

〔B〕研究論文等

O. Abetz : *Histoire d'une politique france-allemande* (*1930-1950*), Stock, 1953.

R.-M. Albérès : *Portrait de notre héros,* Le Portulan, 1945.

P. Andreu : *Drieu, témoin et visionnaire,* Grasset, 1954.

—: *Le Rouge et le blanc* (*1928-1944*), La Table Ronde, 1977.

—et F. Grover : *Drieu la Rochelle,* Hachette, 1979.

M. Arland : *Essais et nouveaux essais critiques,* Gallimard, 1952.

—: *La Grâce d'écrire,* Gallimard, 1955.

M. Balvet : *Itinéraire d'un intellectuel vers le fascisme : Drieu la Rochelle,* PUF, 1984.

E. Berl : *Présence des morts,* Gallimard, 1956.

P. de Boisdeffre : *Les écrivains de la nuit ou la littérature change de signe,* Plon, 1973.

B. Cadwallader : *Crisis of the European Mind,* University of Wales, 1981.

L. Combelle : *Péché d'orgueil,* Olivier Orban, 1978.

B. Crémieux : *Inquiétude et reconstruction,* Corrêa, 1931.

D. Desanti : *Drieu la Rochelle ou la séducteur mystifié,* Flammarion, 1978.

J. Desnoyers : *Etude médico-psychologique sur Pierre Drieu la Rochelle,* Foulon, 1965.

P. Du Bois : *Drieu la Rochelle,* Cahiers d'histoire contemporaine, 1978.

F. Grover : *Drieu la Rochelle and the Fiction of Testimony,* University of California, 1958.
—: *Drieu la Rochelle,* Gallimard, 1962.
—: *Six entretiens avec André Malraux sur des écrivains de son temps (1959-1975),* Gallimard, 1978.
J.-M. Hanotelle : *Drieu et la déchéance du héros,* Hachette, 1980.
T. M. Hines : *《L'Homme à cheval》 de Drieu la Rochelle,* Columbia S. C., 1978.
B. de Jouvenel : *Un voyageur dans le siècle,* Laffont, 1979.
T. Kunnas : *Drieu, Céline, Brasillach et la tentation fasciste,* Les sept couleurs, 1972.
J. Lansard : *Drieu la Rochelle ou la passion tragique de l'Unité I, II,* Aux Amateurs de Livres, 1985, 1987.
R. Leal : *Drieu la Rochelle : Decadence in Love,* University of Queensland, 1973.
—: *Drieu la Rochelle,* Twayne, 1980.
J.-L. Loubet de Bayle : *Politique et Civilisation,* Presses de l'Institut d'études politiques de Toulouse, 1985.
J. Mabire : *Drieu parmi nous,* La Table Ronde, 1963.
F. Nourissier : "L'Héritage de Drieu la Rochelle", 《Réforme》, 10 Juillet 1955.
—: "Le Retour de Drieu", 《Vogue》, novembre 1963.
—: "Maintenant il va falloir expliquer Drieu", 《Gazette de Lausanne》, octobre 1964.
J. Paulhan : *De la paille et du grain,* Gallimard, 1948.
J.-M. Perusat : *Drieu la Rochelle ou le goût du malentendu,* Peter Lang, 1977.
M. Reboussin : *Drieu la Rochelle et le mirage de la politique,* Nizet, 1980.
J.-P. Sartre : *Situations II,* Gallimard, 1948.
P.-H. Simon : *Procès du héros,* Seuil, 1950.

W. R. Tucker : "Fascism and individualism : the political thought of Pierre Drieu la Rochelle", 《Journal of politics》, fév. 1965.

P. Vandromme : *Pierre Drieu la Rochelle,* Editions Universitaires, 1958.

C. Wardi : *Le Juif dans le roman français* (*1933-1948*), Nizet, 1973.

M. Zimmermann : *Die Literatur des französischen Fascismus,* Wilhelm Fink Verlang, 1979.

M・アルラン「ドリュ・ラ・ロシェル」若林真訳、世界批評大系7『現代の小説論』(筑摩書房、1975) 所収

R・ニミエ「ピエール・ドリュ・ラ・ロシェル」菅野昭正訳、筑摩世界文学大系72『ドリュ・ラ・ロシェル／モンテルラン／マルロオ』(筑摩書房、1975) 所収

河野健二編『ヨーロッパ――1930年代』(岩波書店、1980)

西川長夫「フランス・ファシズムの一視点」、「思想」1979年7月号所収

橋本一明「叙事詩への裏切り」、「朝日ジャーナル」9巻26号 (1967.6) 所収

村松剛『アンドレ・マルロオとその時代』(角川書店、1985)

山口俊章『フランス1920年代』(中央公論社、1978)

―『フランス1930年代』(日本エディタースクール出版部、1983)

若林真『絶対者の不在』(第三文明社、1973)

―「モンパルナスの灯は消えたか」、「三田文学」1988年2月冬期号所収

渡辺一民「悲劇の時代を生きた一作家の自画像」、「潮流ジャーナル」1967年6月25日号所収

〔C〕雑誌特集等

《La Parisienne》, N° 32, numéro spécial de Drieu la Rochelle, octobre 1955.

《Défense de l'Occident》, N° 50-51, numéro spécial de Drieu la Rochelle : Témoignage et document, fév.-mars 1958.

《Magazine littéraire》, N° 143, numéro spécial de Drieu la Rochelle, décembre 1978.
《L'Herne》, N° 42 : Pierre Drieu la Rochelle, octobre 1982.

5. ブラジヤック

〔A〕作品

R. Brasillach : *Œuvres Complètes de Robert Brasillach,* Edition annotée par M. Bardèche, Au Club de l'Honnête Homme, 1964.

Tome 1 ; Le Voleur d'étincelles. L'Enfant de la nuit. Le Marchand d'oiseaux. Les captifs. Annexes aux captifs.

Tome 2 ; Comme le temps passe. Les Sept Couleurs. Laurence Archambault.

Tome 3 ; La Conquérante. Six heures à perdre.

Tome 4 ; Domrémy. Bérénice. Adaptation scénique du Procès de Jeanne d'Arc. La Tragédie d'Hamlet. Macbeth. Le Marchand de Venise. Les Captives. Septentrion.

Tome 5 ; Léon Degrelle. Histoire de la guerre d'Espagne. Lettre à un soldat de la classe 60. Mémorandum écrit par Robert Brasillach pour la préparation de son procès.

Tome 6 ; Notre avant-guerre. Journal d'un homme occupé. Variantes du chapitre《Ce mal de siècle, le fascisme》de Notre avant-guerre. Avertissement de l'édition de 1955 du Journal d'un homme occupé. Note placée en tête de la 2e partie du Journal d'un homme occupé par l'éditeur de 1955. Plan manuscrit du Journal d'un homme occupé.

Tome 7 ; Présence de Virgile. Portraits. Corneille. Notes et références prises par Robert Brasillach pour la rédaction des deux premiers chapitres de Présence de Virgile.

Tome 8 ; Animateur de théâtre. Les Quatre Jeudis. Poètes oubliés. Premiers fragments de critique dramatique (1926–1929). Histoir-

e des Lettres en France. Textes sur Jeanne d'Arc. Le Théâtre de Claudel. Planche d'une étude sur Jean Giraudoux.

Tome 9; Poèmes 1944. Poèmes de Fresnes. Chœur parlé pour la《Journée des absents》. Les Frères ennemis. Chénier. Lettres écrites en prison. Anthologie de la poésie grecque. La Tragédie d'Antigone. Poèmes et fragments.

Tome 10; Histoire du Cinéma. Correspondance inédite.

Tome 11; Articles de《l'Action française》. Articles de《la Revue française》. La Causerie littéraire de《l'Action française》.

Tome 12; La Causerie littéraire de《l'Action française》. Les articles de《Je suis partout》. Articles de《Révolution Nationale》. Articles de《l'Echo de la France》.《La Chronique de Paris》.

〔B〕研究論文等

C. Ambroise-Colin: *Un Procès de l'épuration; Robert Brasillach,* Mame, 1971.

J. Baldran et C. Bochurberg: *Brasillach ou la célébration du mépris,* A. J. Presse, 1988.

A. Brassié: *Robert Brasillach ou Encore un instant de bonheur,* Laffont, 1987.

F. Briere-Loth: *Robert Brasillach et la Mystère de la Mort,* Cèdre, 1984.

B. Georges: *Brasillach,* Editions Universitaires, 1968.

J. Isorni: *Le Procès de Robert Brasillach,* Flammarion, 1946.

—: *Mémoires 1911-1945, 1946-1958,* Laffont, 1984, 1986.

T. Kunnas: *Drieu, Céline, Brasillach et la tentation fasciste,* Les sept couleurs, 1972.

J. Madiran: *Brasillach,* Club de Luxembourg, 1958.

M.-M. Martin: *Robert Brasillach, Morceaux Choisis,* Cheval Ailé, 1949.

H. Massis : *Le Souvenir de Robert Brasillach,* Dynamo, 1963.
R. Pellegrin : *Un écrivain nommé Brasillach,* CEN, 1965.
R. Poulet : *Robert Brasillach, critique complet,* Dynamo, 1971.
P. Sérant : *Le Romantisme fascist,* Fasquelle, 1959.
G. Steme de Jubecourt : *Robert Brasillach, critique littéraire,* Association des Amis de Robert Brasillach, 1972.
P. D. Tame : *La Mystique du Fascisme dans l'œuvre de Robet Brasillach,* NEL, 1986.
W. R. Tucker : *The Fascist ego : A Political Biography of Robet Brasillach,* University of California, 1975.
P. Vandromme : *Robert Brasillach : l'homme et l'œuvre,* Plon, 1956.
J. Vercard : *Robert Brasillach, le donneur d'étincelles,* Edition Charlemagne, 1972.
村松剛『アンドレ・マルロオとその時代』(角川書店、1985)
渡辺一民「あるファシストの肖像」、季刊「世界文学」4号(1966)所収

〔C〕雑誌特集等

《Cahier des Amis de Robert Brasillach》, N° 1-30, 1950-1987.
《Défense de l'Occident》, N° 21, Le souvenir de Robert Brasillach, fév. 1955.
《Les Cahiers Rocher》, N° 2, numéro spécial de Robert Brasillach, mars 1987.

6. ルバテ

〔A〕作品

Lucien Rebatet : *Les Décombres,* Denoël, 1942.
—: *Les Deux Etendards,* Gallimard, 1952.
—: *Les Epis mûrs,* Gallimard, 1954.
—: *Une Histoire de la Musique,* Laffont, 1969.

—: *Les Mémoires d'un fasciste I, II,* Pauvert, 1976.

〔B〕研究論文等

M. Arland : *Nouvelles Lettres de France,* Albin-Michel, 1954.

P.-M. Dioudonnat : *Je suis partout, 1930-1944 : Les Maurrassiens devant la tentation fasciste,* La Table Ronde, 1973.

Etiemble : *Hygiène des Lettres II—Littérature degagée (1942-1953),* Gallimard, 1955.

C. Jamet : *Images de la Littérature,* Sorlot, 1943.

M.-E. Nabe : *Au régal des vermines,* Barrault, 1985.

P. Sérant : *Le Romantisme fasciste,* Fasquelle, 1959.

P. Vandromme : *Lucien Rebatet,* Editions Universitaires, 1968.

J・シャンセル『人物透視』上巻、佐藤房吉他訳（評論社、1981）

G・スタイナー「屠殺の使嗾——ルイ＝フェルディナン・セリーヌ」岡田愛子訳、『言語と沈黙』下巻（せりか書房、1970）所収

7．ニミエ

〔A〕作品

Roger Nimier : *Les Epées,* Gallimard, 1948 ; en《Folio》494, 1973.

—: *Perfide,* Gallimard, 1950.

—: *Le hussard bleu,* Gallimard, 1950 ; en《Folio》986, 1977.

—: *Le Grand d'Espagne,* La Table Ronde, 1950 ; en《Folio》632, 1975.

—: *Les Enfants tristes,* Gallimard, 1951.

—: *Amour et Néant,* Gallimard, 1953.

—: *Histoire d'un amour,* Gallimard, 1953 ; en《Folio》233, 1972.

—: *D'Artagnan amoureux ou Cinq ans avant,* Gallimard, 1962.

—: *Journées de lectures,* Gallimard, 1965.

—: *L'Etrangère,* Gallimard, 1968.

—: *L'Elève d'Aristote,* Gallimard, 1981.

—et J. Chardonne : *Lettres à Roger Nimier,* Grasset, 1954.
—『恋愛について』井沢義雄訳（ダヴィッド社、1954）
—『ある愛の歴史』菅野昭正訳（新潮社、1955）

〔B〕研究論文等

M. Dambre : *Roger Nimier, hussard du demi-siècle,* Flammarion, 1989.
O. Frébourg : *Roger Nimier, Trafiquant d'insolence,* Rocher, 1989.
F. Richard : *L'anarchisme de droite dans la littérature contemporaine,* PUF, 1988.

〔C〕雑誌特集等

《Cahier Roger Nimier》, N° 1-6, 1980-1989.

8．フランス政治史等全般（上記作家書誌既出のものは省いた）

M. Agulhon : *La France de 1940 à nos jours,* Nathan, 1972.
G. Allardyce : *The Political Transition of J. Doriot, 1926-1936,* University of Iowa, 1966.
H. Amouroux : *La grande histoire des Français sous l'occupation,* 8 volumes, Laffont, 1976-1986.
P. Amoury : *Histoire du plus grand quotidien de la Presse française, Le Petit Parisien,* PUF, 1972.
P. Arnoult : *Les finances de la France et l'Occupation allemande,* PUF, 1951.
Raymond Aron : *L'Opium des intellectuels,* Calmann-Lévy, 1955.
—: *Espoir et peur du siècle,* Calmann-Lévy, 1957.
—: *Dimensions de la conscience historique,* Plon, 1961.
—: *Les Etapes de la pensée sociologique,* Gallimard, 1967.
Robert Aron : *Histoire de l'Epuration,* Fayard, 1969.
—et G. Elgey : *Histoire de Vichy,* Fayard, 1954.

P. Assouline : *L'Epuration des intellectuels,* Complexe, 1985.
J.-P. Azéma : *De Munich à la Libération, 1938-1944*, Seuil, 1979.
P. Aziz : *Le Livre noir de la trahison, Histoires de la Gestapo en France,* Editions Ramsay, 1984.
F. Bac : *Intimité de la IIIe République,* Hachette, 1935.
J. Bainville : *Histoire de France,* Fayard, 1924.
—: *La Troisième République, 1870-1935,* Fayard, 1935.
P. Barral : *Les Fondations de la Troisième République,* Armand Colin, 1968.
P. Baudouin : *Neuf mois au Gouvernement, Avril-Décembre 1940,* La Table Ronde, 1948.
D. de Bayac : *Histoire de la Milice,* Fayard, 1969.
J. Benoit-Méchin : *De la défaite au désastre,* Albin-Michel, 1984.
H. Béraud : *Quinze jours avec la Mort,* Plon, 1951.
—: *Les Derniers Beaux Jours,* Plon, 1953.
S. Berstein : *Le 6 Février 1934,* Gallimard, 1975.
—: *Histoire du parti radical,* 2 volumes, FNSP, 1982.
J.-P. Bertin-Maghit : *Le Cinéma français sous Vichy,* Albatros, 1980.
J. Billig : *Le Commissariat aux questions juives,* 3 volumes, Centre, 1960.
M. Billis : *Socialistes et Pacifistes, L'intenable dilemme des socialistes français (1933-1939)*, Syros, 1979.
P. Birnbaum : *Un Mythe politique : la《République juive》,* Fayard, 1988.
J. P. Brunet : *Saint-Denis, la ville rouge, 1890-1939,* Hachette, 1980.
—: *Jacques Doriot,* Balland, 1986.
P. Burrin : *La dérive fasciste, Doriot, Déat, Bergery, 1933-1945,* Seuil, 1986.
R. F. Byrnes : *Antisemitism in modern France,* Rutgers University, 1950.
F. Caron : *La France des patriotes, 1851-1918,* Fayard, 1985.

A. Chambon : *Quand la France était occupée...1940-1945,* France-Empire, 1987.

M. Charzat : *Georges Sorel et la révolution au XXᵉ siècle,* Hachette, 1977.

M. Cointet-Labrousse : *Vichy et le fascisme,* Complexe, 1987.

Compère-Morel : *Jules Guesde : Le socialisme fait homme* (*1845-1922*), Quillet, 1937.

M. Cotta : *La collaboration,* Armand Colin, 1969.

A. Daniel : *Bucard et le Francisme,* Jean Picollec, 1979.

A. Dansette : *Le Boulangisme,* Fayard, 1946.

M. Déat : *Perspectives socialistes,* Valois, 1930.

—: *Le Parti unique,* Aux armes de France, 1943.

J. Debu-Bridel : *L'Agonie de la Troisième République, 1929-1939,* Le Bateau ivre, 1948.

J. Delarue : *Trafics et crimes sous l'occupation,* Fayard, 1968.

H. De Man : *Au-delà du marxisme,* L'Eglantine, 1932.

P. Dodge : *Beyond Marxism, The Faith and Works of Hendrik De Man,* Martinus Nijhoff, 1966.

—: *A Documentary Study of Hendrik De Man, Socialist Critic of Marxism,* Princeton University, 1979.

E. Drumont : *La France Juive,* Victor Palme, 1886.

—: *La France Juive devant l'opinion,* Flammarion, 1886.

G. Duhamel : *Chronique des sairons amères 1940-1943,* Hartmann, 1954.

J. Dumont : *Les Enigmes de l'Occupation,* Cremole, 1970.

Y. Durand : *Vichy, 1940-1944,* Bordas, 1972.

M. Ferro : *Pétain,* Fayard, 1987.

P. Fouché : *L'édition française sous l'occupation,* 2 volumes, l'Université Paris 7, 1987.

G. B. Furiozzi : *Sorel e l'Italia,* D'Anna, 1975.

M. Gallo : *Cinquième Colonne, 1930-1940,* Plon, 1973.

R. Girardet : *La Société militaire dans la France contemporaine 1815-1939*, Plon, 1953.
—: *Le Nationalisme français,* Seuil, 1983.
R. Gombin : *Les socialistes et la Guerre,* Mouton, 1970.
E. Goodman : *The Socialism of Marcel Déat,* Stanford, 1973.
B. Gordon : *Collaborationsism in France during the Second World War,* Cornel University, 1980.
A. J. Gregor : *Young Mussolini and the Intellectual Origins of Fascism,* University of California, 1979.
N. Gun : *Pétain-Laval-de Gaulle, Les secrets des archives américaines,* Albin-Michel, 1979.
W. D. Halls : *The Youth of Vichy France,* Clarendon Press, 1981.
A. Hamilton : *The Appeal of Fascism : a Study of Intellectuals and Fascism, 1919-1945,* Macmillan, 1973.
A. Hermant : *Souvenir de la vie mondaine,* Plon, 1935.
R. Humphrey : *Georges Sorel, Prophet without Honor,* Harvard University, 1951.
P. Hyman : *De Dreyfus à Vichy, L'évolution de la communauté juive en France 1906-1939,* Fayard, 1985.
E. Jaeckel : *La France dans l'Europe de Hitler,* Fayard, 1968.
Y.-F. Jaffre : *Les derniers propos de Pierre Laval,* Editions André Bonne, 1953.
T. Judt : *La Reconstruction du parti socialiste : 1921-1926,* FNSP, 1976.
J. Julliard : *Fernand Pelloutier et les Origines du syndicalisme d'action directe,* Seuil, 1971.
S. Klarsfeld : *Vichy Auschwitz,* 2 volumes, Fayard, 1983, 1985.
H. Kohn : *The Idea of nationalism,* Macmillan, 1956.
F. Kupferman : *Le procès de Vichy : Pucheu, Pétain, Laval,* Complexe, 1980.
R. Lasierra et J. Plumyene : *Les Fascismes français,* Seuil, 1963.

M. Le Clerc : *Le 6 février,* Hachette, 1967.

G. Lefranc : *Le Mouvement socialiste sous la IIIᵉ République,* Payot, 1963.

—: *Le Mouvement syndical sous la Troisième République,* Payot, 1967.

C. Lévy et P. Tillard : *La grande rafle du Vel'd'Hiv',* Laffont, 1967.

A. Liedekerke : *La Belle époque de l'opium,* la Différence, 1984.

H. R. Lottman : *Pétain,* Seuil, 1984.

—: *L'Epuration 1943-1953,* Fayard, 1986.

J.-L. Loubet de Bayle : *Les Non-conformistes des années 30,* Seuil, 1969.

P. Machefer : *Ligues et Fascismes en France (1919-1939),* PUF, 1974.

P. Marion : *Programme du Parti populaire français,* Les Œuvres françaises, 1938.

J.-M. Mayeur : *Les Débuts de la IIIᵉ République, 1871-1898,* Seuil, 1973.

C. A. Micaud : *The French Right and Nazis Germany, 1933-1939, A Study of Public Opinion,* Octagon Books, 1964.

H. Michel : *Vichy, années 40,* Laffont, 1967.

—: *Paris Allemand,* Albin-Michel, 1982.

J. Nere : *Le Boulangisme et la presse,* Armand Colin, 1964.

P. Novick : *L'Epuration française 1944-1949,* Balland, 1985.

P. Ory : *Les Collaborateurs, 1940-1945,* Seuil, 1976.

R. O. Paxton : *La France de Vichy, 1940-1944,* Seuil, 1973.

—et M. R. Marrus : *Vichy et les Juifs,* Calmann-Lévy, 1981.

A. Philippe : *Henri De Man et la Crise doctrinale du socialisme,* Librairie universitaire J. Gamber, 1928.

F. Picard : *L'Epopée de Renault,* Albin-Michel, 1976.

M. Rebrioux : *La République radicale? 1898-1914,* Seuil, 1975.

R. Remond, *La Droite en France,* Aubier, 1963.

Y. Roucaute : *Histoires socialistes de la Commune de Paris à nos*

jours, Ledrappier, 1987.
H. Rousso : *Pétain et la Fin de la Collaboration,* Complexe, 1984.
—: *La Collaboration, Firmin-Didot, 1987.*
—: *Le syndrome de Vichy,* Seuil, 1987.
P. Rudeaux : *Les Croix-de-Feu et le PSF,* France-Empire, 1967.
P. Sauvy : *La Vie économique des Français de 1939 à 1945,* Flammarion, 1978.
B. C. Shafer : *Le Nationalisme,* Payot, 1963.
A. Siegfried : *Mes souvenirs de la IIIe République,* Grand Siècle, 1946.
L. Steinberg : *Les Autorités allemandes en France occupée,* Centre, 1966.
M. Steinberg : *L'Etoile et le Fusil,* 4 volumes, Vie Ouvrière, 1986.
G. Steiner : *French Right from de Maistre to Maurras,* J. S. McCleland, 1970.
Z. Sternhell : *La Droite révolutionnaire, 1885-1914,* Seuil, 1978.
—: *Ni droite, ni gauche,* Complexe, 1987.
L. Syder : *The Meaning of nationalism,* Rutgers University, 1954.
J.-M. Théolleyre : *Procès d'après-guerre,* La découverte, 1985.
M. Toda : *Henri Massis,* La Table Ronde, 1987.
J. Touchard : *Histoire des idées politiques,* PUF, 1959.
—: *Le Mouvement des idées politiques dans la France contemporaine,* Institut d'etudes politiques, 1965.
M. Vajda : *Fascisme et Mouvement de masse,* Le Sycomore, 1979.
G. Valois : *La Politique économique et sociale du Faisceau,* Editions du Faisceau, 1926.
R. Vernon : *Commitment and Change : Georges Sorel and the Idea of Revolution,* University of Toronto, 1978.
E. Weber : *Satan franc-maçon,* Julliard, 1964.
—: *The nationalist revival in France : 1905-1914,* University of California, 1968.
—: *Fin du siècle,* Fayard, 1986.

C. Willard : *Les Guesdistes,* Editions Sociales, 1965.

M. Winock : *Edouard Drumont et Cie,* Seuil, 1982.

O. Wormser : *Les origines doctrinales de la 《Révolution Nationale》,* Plon, 1971.

T. Zeldin : *Histoire des passions françaises, 1848-1945,* 3 volumes, Seuil, 1981.

A. Zévaès : *Histoire du socialisme et du communisme en France de 1871-1947,* France-Empire, 1947.

H・アーレント『全体主義の起源』全三巻、大島通義他訳（みすず書房、1972-1974）

P・アスリーヌ『ガストン・ガリマール』天野恒雄訳（みすず書房、1986）

R・デ・フェリーチェ『ファシズム論』藤沢道郎他訳（平凡社、1973）

J・デフラーヌ『ドイツ軍占領下のフランス』長谷川公昭訳（白水社、1988）

F・フィッシャー『世界強国への道』全二巻、村瀬興雄監訳（岩波書店、1972）

J・ゴデショ『反革命』平山栄一訳（みすず書房、1986）

G・ヘラー『占領下のパリ文化人』大久保敏彦訳（白水社、1983）

S・ホフマン『革命か改革か』天野恒雄訳（白水社、1977）

G・ルフラン『フランス人民戦線』高橋治男訳（白水社、1969）

H・R・ロットマン『セーヌ左岸』天野恒雄訳（みすず書房、1985）

A・ミシェル『レジスタンスの歴史』淡徳三郎訳（白水社、1952）

—『自由フランスの歴史』中島昭和訳（白水社、1974）

—『ファシズム』長谷川公昭訳（白水社、1978）

—『ヴィシー政権』長谷川公昭訳（白水社、1979）

E・ノルテ『ファシズムの時代』全二巻、ドイツ現代史研究会訳（福村出版、1972）

S・G・ペイン『スペイン革命史』山内明訳（平凡社、1974）

—『ファランヘ党』小箕俊介訳（れんが書房新社、1982）

J＝C・プティフィス『フランスの右翼』池部雅英訳（白水社、1975）

G・リューディ『歴史における群衆』古賀秀男他訳（法律文化社、1982）
W・シャイラー『フランス第三共和制の興亡』全二巻、井上勇訳（東京創元社、1971）
J・ソペーニャ『スペイン――スランコの40年』（講談社、1977）
―『スペイン人民戦線史料』（法政大学出版局、1980）
A・J・P・テイラー『第二次世界大戦の起源』吉田輝夫訳（中央公論社、1977）
D・ヴォルフ『フランスファシズムの生成』平瀬徹也他訳（風媒社、1972）
木下半治『フランス・ナショナリズムの史的考察』（有斐閣、1958）
―『フランス・ナショナリズム史』全二巻（国書刊行会、1976）
喜安朗『革命的サンディカリズム』（河出書房新社、1972）
斉藤孝編『スペイン内戦の研究』（中央公論社、1979）
長谷川公昭『ファシスト群像』（中央公論社、1982）
―『ナチ占領下のパリ』（草思社、1986）
ファシズム研究会編『戦士の革命・生産者の国家』（太陽出版、1985）

人名索引

ア

アウグストゥス　352
アゼマ，ジャン　465
アドルノ，テオドール　22,23,27,477
アヌイ，ジャン　355,404
アベッツ，オットー　304,309-318,387,393
アポリネール，ギョーム　191-193
アミエル，アンリ＝フレデリック　264
アメリー，ジャン　27,31,321
アラゴン，ルイ　110,111,125,163,166-168,252,259,262,269-271,282,284,291,295,304,305,314,325,515
アラン　89,94
アリストテレス　205
アルトー，アントナン　347
アルラン，マルセル　355,468
アーレント，ハンナ　428,429
アンドリュー，ピエール　222,223,301,363
アンドレ，シャルル　206
アンリ中佐　197,198
イェイツ，ウィリアム・バトラー　228
イグナチウス・デ・ロヨラ　123,469,472
イゾルニ，ジャック　401,404-406
イプセン，ヘンリク　347
イポリット，ジャン　131
ヴァイヤン，ロジェ　346
ヴァラ，グザヴィエ　211,293,394
ヴァラン，シャルル　316
ヴァレリー，ポール　56,114,121,145,184,239,308,349,356,404,515
ヴァロワ，ジョルジュ　209,220-222,225,226,280,282,363
ヴァンヌイユ，フランソワ　438,479
ウィゼワ，テオドール・ド　131
ウィルスン，エドモンド　232
ウィルソン，ダニエル　145
ヴィレット，ピエール　440,446,465
ヴェイユ，シモーヌ　348,368
ウェルギリウス　19,190,238,241,343-354,374,378,421,437
ヴェルレーヌ，ポール　140,191,192,435
ヴォージョワ，アンリ　201
ヴォルテール　80,168
ウナムーノ，ミゲル・デ　372
ウルバック，ルイ　117
エイゼンシュテイン，セルゲイ　346
エイメ，マルセル　404
エチアンブル　468,469,477
エリオ，エドゥアール　279,283,462
エリオット，トーマス・スターンズ　180-182,225,227,231,235-240,423,478
エリュアール，ポール　270,515
エル，リュシアン　141,149,206,286
エルマン，アベル　404,405
エレディア，ジョゼ＝マリア・ド　199

エンゲルス，フリードリッヒ　138
オウィディウス　231
オーデン，ウィスタン・ヒュー　238
オルテガ・イ・ガゼ，ホセ　70，371，372

カ

カヴァルカンティ，グイード　230
カヴェニャック，ルイ・ユージェーヌ　69
カエサル　352，386
ガクソット，ピエール　375，385，388，395，439-441，446，456
カスー，ジャン　515
ガーダマー，ハンス＝ゲオルク　25，26，36，43
ガデンヌ，ポール　346
カバリェロ，ヒメネス　372
カフカ，フランツ　225
カミュ，アルベール　340，404，515，517
カラヤン，ヘルベルト・フォン　451
ガリマール，ガストン　87，315，452，480，481
カルロス十三世　371-373
カレル，アレクシス　301
ガンス，アベル　346
カント，イマニュエル　66，200
ガンベッタ，レオン　134，136，137，158，159，165，277
ギゾー，フランソワ　67
キートン，バスター　346
キプリング，ラドヤード　371
ギュイーズ公　507
クーザン，ヴィクトル　119
クストー，ピエール＝アントワーヌ　385，399，440，446，457-459，463-466，479
クセナキス　19，421，482
グーテンベルク　193，233，240
クノー，レイモン　515
グラッセ，ベルナール　314，452
クラナーハ，ルーカス　510
グリフュール，ヴィクトル　218
グリーン，ジュリアン　355
グレコ，エル　120
クレマンソー，ジョルジュ　135-137，142，149-151，154，157，161，165，198，278，307
クレミュー，バンジャマン　440
クレール，ルネ　346
クローデル，ポール　265，308，347，348，404，467，495
ゲオルゲ，シュテファン　40
ゲーテ，ヨハン・ヴォルフガング・フォン　348
ゲード，ジュール　138，141，142，150，217
ケロール，ジャン　28
孔子　231，232
コクトー，ジャン　347
ゴッホ，ヴィンセント・ヴァン　321，322
コティ，フランソワ　226，315，440
ゴデショ，ジャック　54
ゴビノー，アルチュール・ド　46，47，53-103，111-113，180，339
コペ，フランソワ　116，199
コポー，ジャック　347
ゴーミエ，ジャン　61
コルネイユ，ピエール　375-378，384
コルビエール，トリスタン　237
コレット，シドニー＝ガブリエル　355，404，467
コーン，ノーマン　428
ゴンクール，エドモン　213

コンデ公　507
コント，オーギュスト　204-206,208
コンベル，リュシアン　399,406

サ

サド，マルキ・ド　54,193
サリアック，ベルナール・ド　465,467
サルトル，ジャン＝ポール　43,125,167,168,225,325,340,355,387,400,469,512,513,515
サロー，アルベール　365
サン＝シモン（公）　54
サン＝シモン（伯）　68,75,80
サンテリア，アントニオ　192
サント＝ブーヴ　116
ジイド，アンドレ　56,89,94,110,114,121,122,125,158,168,308,348,356,438,452,455,470
シェークスピア，ウィリアム　347
シェニエ，アンドレ＝マリー・ド　404
ジェファーソン，トーマス　231
シェマン，ルードヴィッヒ　80
ジェミエ，フィルマン　347
シェーラー，マックス　31
シェーンベルク，アーノルト　22,483
ジオノ，ジャン　355
シーグフリード，アンドレ　154
シスモンディ　64
シプリオ，ピエール　337
シモンズ，アーサー　228
シャトーブリアン，アルフォンス・ド　251,313
シャトーブリアン，フランソワ＝ルネ・ド　112
ジャメ，アニー　375
ジャリ，アルフレッド　192
ジャルー，エドモン　354
シャルドンヌ，ジャック　50
シャルパンティエ，ジョルジュ　153
シャンスレル，アンドレ　347
シャンソン，アンドレ　440
ジャンテ，クロード　440,465,466
シャンボール伯　134
シュアレス，ジョルジュ　401
ジュアン，フィリップ　73
ジューヴェ，ルイ　347
ジュヴネル，ベルトランド・ド　283,301,388
シュオブ，マルセル　348
シュトラッサー，グレゴール　444
シュペーア，アルベルト　315
シュペルヴィエル，ジュール　356
シュペングラー，オスヴァルト　40
シューマン，ロベルト・アレクサンダー　483
シュライヤー，ルドルフ　318
ジュリアール，ジャック　337
ショー，ジョージ・バーナード　347
ジョイス，ジェイムズ　121,235
ショパン，フレデリック　483
ショーペンハウアー，アルトゥール　271
ジョルジォーネ　337
ジョーレス，ジャン　136,138,141,142,146,215,216,222
ジロー，アンリ・オノレ　316,400,462,499
ジロドー，ジャン　347,355
スタイナー，ジョージ　239,423,468,472,477
スタヴィスキー，セルジュ・アレクサンドル　226,281,291
スターリン，ヨシフ・ヴッサリオノヴィッチ　299,311,319,321,339,384,

388,397
スタンダール　56,61,86,90-92,154,162,435,438
ストラヴィンスキー，フェドロヴィッチ　473
ストリンドベルイ，ヨハン・アウグスト　347
ストロハイム，エリック・フォン　346
スーポー，ラルフ　479
セザンヌ，ポール　192
セネカ　127
セリーヌ，ルイ＝フェルディナン　20,73,146,166,213,251,262,264,336,337,348,355,365,400,429,430,433,452,464,508
セルトリユス　376,377
ソシュール，フェルディナン・ド　114
ゾラ，エミール　116,136,140,150,198,213
ソルデ，ドミニック　437,451
ソレル，アルベール　90
ソレル，ジョルジュ　181,209,216-220,222,224,227-229,236,293,363,364,370,374
ソンディ，ペーター　27

タ

ダヴィアーノ，バルトロメオ　64
ダヴィンチ，レオナルド　101
ダグラス，メアリー　77
ダヌンツィオ，ガブリエル　263
ダラディエ，エドゥアール　281,282,305
ダリュ，ピエール　64
ダルキエ・ド・ペルポワ，ルイ　394,396,458
タルデュー，アンドレ　365
ダルトン＝シェー伯　68
ダルナン，ジョゼフ　458-460,463,464,507
ダルラン，フランソワ　312,315,386,400
タロー兄弟　164
ダンテ，アルギエーリ　182,190,205,230,238,241,343
チェンバレン，ヒューストン・スチュワート　81
チボーデ，アルベール　356
チャーチル，ウインストン　498,516
チャップリン，チャールズ　346
ツァラ，トリスタン　166
ツェラン，パウル　25-28,30-35,43-45,321
デア，マルセル　226,283,286,298,305,310-312,315-317,362,449,454,463,495
ティエポロ　126
ティエール，ルイ・アドルフ　88
ティツィアーノ　126
ティントレット　126
デオン，ミッシェル　502,513
デカルト，ルネ　55,121
デシャネル，ポール　278
テーヌ，イポリット　114,119,127
デュアメル，ジョルジュ　404,515
デュカス，イジドール　271
デュ・カン，マキシム　59
デュ・ベレー，ジョアシャン　185
デュラン，シャルル　347
デュルケム，エミール　194,203-209,220,221,224
デリダ，ジャック　17,24,36,225
デルレード，ポール　137-142,145-147,149-152,154,155,159,161,164,

165, 197-199, 201, 208, 211, 215, 222, 226
ドゥルーズ，ジル　225
ドグレル，レオン　375
ドゴール，シャルル　303, 304, 316, 399-401, 405, 462, 465, 492-494, 496-500, 508, 509, 512, 515, 516
トックヴィル，アレクシス・ド　65-67, 71, 79, 80, 90, 91
ドーデ，アルフォンス　212, 213
ドーデ，レオン　150, 191, 194, 201, 212-214, 220, 221, 223, 348, 355, 356
ドノエル，ロベール　452
ドーマル，ルネ　346
ドライエ，ジュール　161
ドラクロワ，ユージェーヌ　323
ドリオ，ジャック　299-302, 305, 310-312, 315-318, 362, 388, 449, 454, 463, 464, 495
トリオレ，エルザ　404
トリュック，ガストン　355
ドリュモン，エドゥアール　73, 141, 142, 145, 146, 198, 212, 213, 222, 391, 428, 429, 431, 505
ドリュ・ラ・ロシェル，ピエール　16, 45, 125, 163, 166, 170, 249-326, 336, 337, 349, 358, 361, 363, 383, 387, 388, 391, 399, 450, 454
ドリール，アベ・ジャック　189
ドルジュレス，ロラン　262, 404, 467
ドルフス，エンゲルベルト　443, 444
ドレイフュス，アルフレッド　110, 138, 144, 145, 147, 153, 157, 162, 164, 168, 196-199, 202, 203, 226, 282, 496
トレーズ，モーリス　299, 300, 464, 465
トロツキー，レフ　299

ナ

ナポレオン一世　58, 59, 68, 70, 277, 313, 346
ナポレオン三世　60, 70, 71, 87, 138, 277
ニコラ，アンドレ　446, 450
ニーチェ，フリードリッヒ　17, 31, 47, 64, 82, 83, 85, 101, 128, 287, 293, 436
ニービュール，クロード　77
ニミエ，ロジェ　46, 47, 468, 473, 491-517
ヌーリッシェ，フランソワ　512
ネルヴァル，ジェラール・ド　434
ノーノ，ルイジ　19

ハ

ハイデガー，マルティン　17, 24, 25, 28, 30, 34-41, 43-45, 47, 225, 320, 321, 428, 478
ハイドン，フランツ・ヨーゼフ　90
バイロン，ジョージ・ゴードン　65
パウンド，エズラ　180, 182, 225, 227, 230-241
パスカル，ブレーズ　55, 120, 164, 375
バタイユ，ジョルジュ　169, 205, 209, 224, 225
バチ，ガストン　347
パットン，ジョージ・スミス　510
バッハ，ヨハン・ゼバスチャン　424, 428, 436, 472, 484
バビット，アーヴィング　236, 237
パリ伯　134, 151, 210
バルザック，オノレ・ド　90, 154, 160
バルデッシュ，モーリス　346, 347, 355-357, 371, 387, 400, 406, 438
ハルトマン，エドゥアルト　129
バルビー，クラウス　337

バルビュス，アンリ　262
バルベス，アルマン　68
バレス，モーリス　46,57,109-170,180,196-200,208,211,214,222,252,261,262,264,283-285,288,292,325,359,361,402
バロー，ジャン＝ルイ　404
バンヴィル，ジャック　201,355,356,439
バンダ，ジュリアン　237,515
ピカソ，パブロ　404
ピカール中佐　197
ピシュー，ピエール　301,302,310,315-317,400
ビスマルク，オットー・フュルスト・フォン　84
ピトエフ，ジョルジュ　347
ピトエフ，リュドミラ　347
ヒトラー，アドルフ　28,37,70,143,226,237,280,285,286,311,313,318,362,371,384,388,396,427,431-433,441-448,455,461,463,480,497
ヒムラー，ハインリッヒ　420,463
ヒューム，デイヴィッド　66
ヒューム，トーマス・アーネスト　180,225,227-230,236-238
ビュレ，エミール　440
ピランデルロ，ルイージ　347
ピンダロス　190,241,343
ヒンデンブルク，パウル・フォン　37
ファゲ，エミール　199
ファーブル＝リュース，レイモン　449
ファリアス，ヴィクトル　24,36
フィヒテ，ヨハン・ゴットリープ　66,131,132,148
フィリップ，ルイ　63,67,68
フェルナンデス，ラモン　143,167,170,251,301,302,361
フーコー，ミッシェル　17
プージョ，モーリス　201,456,493,496,500
ブータン，ピエール　500
フッサール，エトムント　36
プッサン，ニコラ　436
ブラジヤック，ロベール　16,18-20,22,45,181,183,213,223,227,251,261,285,303,335-411,420,428,434,436-438,440,443,446,448,450-452,454,457,458,467,504
プラトー，マリウス　284
ブラームス，ヨハネス　472,483
プーラン，アンリ　458
フランコ，フランシスコ　307,366-369,371,373,382-384,430,505
ブーランジェ，ジョルジュ　127,128,130,133,135-142,151,154,155,157-161,165,213,282,292
ブランショ，モーリス　17,183,209,223-225,227,341,363,365,374,388
フランス，アナトール　95,115,119,182,196
ブリアン，アリスティード　365,441
プリチャード，ジャック　77
プリモ・デ・リヴェーラ，ホセ・アントニオ　371-374,383
プリモ・デ・リヴェーラ，ミゲル　358,371,446
ブリュンチエール，フェルディナン　203
ブルクハルト，ヤーコプ　47,64,82,101
ブールジェ，ポール　95,119,513
プルースト，マルセル　110,114,121,164,213,346,348,380,438,452
ブルックナー，アントン　483

ブルトン，アンドレ 166,262,270,271
フルニエ，アラン 379
ブルム，レオン 148,216,226,282,286,362,365,396,402,445,451
フレイザー，ジェイムズ・ジョージ 77,78
プレヴォー，ジャン 56,355,379
フレノー，アンドレ 452
プロケッシュ＝オステン，アントン 79,100
フローベール，ギュスターヴ 154
ブロワ，レオン 470
ブロン，ジョルジュ 346,458
ブロンダン，アントワーヌ 468,502,512,513,515-517
ベーガ，ローペ・デ 230
ペギー，シャルル 150,164,220,347
ベケット，サミュエル 27
ヘーゲル，ゲオルク・ヴィルヘルム・フリードリッヒ 17,66,131,132,211
ペタン，アンリ＝フィリップ 181,307-310,312,313,316,317,393,400,401,456,458,462-464,492,494,495,497
ペドロ二世 83,86
ベルグソン，アンリ 129,217,228,229
ベルジュリー，ガストン 283,286,289,298,305,309-312,362
ベルソール，アンドレ 440
ヘルダーリン，フリードリッヒ 38,40,42,85,225
ペルティーエ，フェルナン 217,218
ベルナノス，ジョルジュ 146,227,262,282,348,355,356,367,368,429,430,433,470,499,500,505,506
ベルリオーズ，エクトール 435
ペレ，バンジャマン 505
ペロー，アンリ 402,405,439
ベンサム，ジェレミー 66
ベンヤミン，ヴァルター 146
ボーヴォワール，シモーヌ・ド 404,405
ボードレール，シャルル 192,346,435
ボードワン，ポール 310
ボナール，アベル 387,451,464
ボナルド，ルイ・ガブリエル・アンブローズ・ド 54,205
ボーフレ，ジャン 346
ホメロス（ホーマー） 231,237
ホラティウス 352
ポーラン，ジャン 304,314,315,356,403,467,480,481,515
ポリアコフ，レオン 79
ポリニャック兄弟 58
ポロック，ジャクソン 233
ポワンカレ，レイモン 279
ボンクール（ポール＝ボンクール，ジョゼフ） 265
ポンペイウス 352,376

マ

マキャベリ，ニッコロ 436
マグザンス，ジャン＝ピエール 356
マグナール，フランソワ 133
マクマオン，マリー・エドム・パトリス・ド 135,136
マザラン，ジュール 55,504
マシス，アンリ 282,284,355,356,364,456
マネ，エドゥアール 192
マラルメ，ステファン 111,114,117,122,128,131,169,196,239

マリオン，ポール　310,315,463
マリタン，ジャック　237,348
マリネッティ，フィリッポ・トマソ　193
マル，ルイ　501
マルクス，カール　70,138,141,167,206,286,293,371
マルタン，アンドレ　137
マルロー，アンドレ　110,111,125,163,167,168,252,304,305,314,325,340,367-369,375,376,383,468,480,499,515
マレーヴィッチ，カジミール　192
マン，アンリ・ド　286,287,293
マン，トーマス　380
マンデル，ジョルジュ　306,385,402
ミケランジェロ　101
ミシュレ，ジュール　75,77,80
ミストラル，フレデリック　184,196,199,349
ミッシェル，ルイーズ　138
ミュッセ，アルフレッド・ド　90
ミルラン，アレクサンドル・エティエンヌ　138,141,147,150,152,216,222,283
ムソリーニ，ベニト　217,221,222,234-236,250,286,309,370,371,444,445
ムーラン，ジャン　337
メイエルホリド，フセヴォロド　347
メーストル，ジョゼフ・ド　54,205
メタスターシオ，ピエトロ　90
メリメ，プロスペール　86,91
モース，マルセル　205,209,224
モーツァルト，ヴォルフガング・アマデウス　90,337,424,482,483
モーニエ，ティエリー　183,222,223,227,337,341,346-348,355,356,363-365,374,388,404,434,437,438,456,467,480
モーラス，シャルル　17,46,55,57,141,149-152,164,165,167,179-241,250,261,262,282-285,288,293,303,340,341,343,348-350,354-356,362-364,374,389-392,398,402,406,423,427,434-437,439,442,446,450,451,454-456,458,467,493-496,498,500,502-504,506
モーラン，ポール　348
モーリヤック，クロード　404
モーリヤック，フランソワ　164,308,355,366,367,402,404,467,480,499,512,515
モール，ミッシェル　501,512
モレアス，ジャン　117,196,435
モンジュネ，エピナス　182
モンテルラン，アンリ・ド　125,284

ヤ

ユゴー，ヴィクトル　78,142,155,213
ユルスナール，マルグリット　355

ラ

ラヴァル，ピエール　309,312,315-318,400,454,462,463
ラクー＝ラバルト，フィリップ　36
ラクルテル，ジャック・ド　56
ラザロ　127,254
ラシーヌ，ジャン　55,436
ラセール，ピエール　229
ラーセン，チャールズ　77
ラファルグ，ポール　138
ラフォルグ，ジュール　237
ラフォルジュ，アナトール・ド　137
ラマルチーヌ，アルフォンス・ド　68,78

ラルー，ルネ　354
ラング，ジョルジュ　446
ランボー，アルチュール　435
リヴィエール，ジャック　124
リオタール，ジャン＝フランソワ　36
リゴー，ジャック　166,271
リシュリュー，アルマン・ジャン・デュ・プレッシ　55
リッベントロップ，ヨアヒム・フォン　318
李白　231
リルケ，ライナー・マリア　40,44
リンダー，マックス　346
ルイ十八世　58
ルコント・ド・リール，シャルル＝マリー＝ルネ　116
ルーズヴェルト，フランクリン　226,286,516
ルソー，ジャン＝ジャック　197,204
ルナン，エルンスト　64,72,77,79,114,117-120,127,140
ルノー，ルイ　401
ルバテ，リュシアン　16,18-20,22,45,73,102,183,227,251,261,285,324,337,341,355,385,388,392,393,395,421-485,495,500
ルフェーブル，レイモン　282
ルメートル，ジュール　117,119,199
ルルー，ピエール　68
レイナック（兄弟）　142,149,151,157,161
レイノー，ポール　307,402
レイノー，ルイ　439
レイモン，マルセル　181,239
レヴィッソン，アンドレ　440
レス枢機卿　504,507
レスカ，シャルル　446,449,450,457,464
レセップス，フェルディナン・マリー・ド　161
レチフ・ド・ラ・ブルトンヌ　193
レデスマ，ラミロ　372
レーニン，イリッチ　217,371
レーム，エルンスト　37,444
レリス，ミッシェル　515
ロシュフォール，アンリ　138,141,142,150,198
ローゼンベルク，アルフレート　40,72,73
ロック，ド・ラ　316
ロートレアモン　193
ロブロー，アラン　449,450,451,457,464,465
ロマン，ジュール　467
ローラン，ジャック　513
ロラン，ルドリュ　68
ロラン，ロマン　56
ロワ，クロード　223,341,365,385,388,404,438
ロンサール，ピエール・ド　185,191

ワ

ワーグナー，コジマ　56,80,81
ワーグナー，リヒャルト　80,81,83,120,131,348,436,444,451,470,473,483
ワトー，アントワーヌ　337